福報姻緣

郭凱宏、林婉淑／合著

The 43rd Anniversary

To my beloved husband and children,
together we are strong, we are thankful, and we are a happy family.

結婚43週年紀念

獻給我深愛的丈夫和孩子們，
我們同在一起，堅強，感恩，我們是一個幸福美滿的家庭。

I DON'T KNOW
where I'm going from here,
but I promise it won't be boring.
（David Bowie, English Musician and actor, 1947- 2016）

這一句，像是身邊這男人對我說的：
我不知從此地出發會到達何處，
但我保證此行將不會平淡無趣。

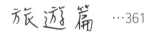

旅遊篇 …361

天地有情　愛，從何開始？

　　暑假過後，學校來了一票剛畢業的男老師，各個充滿活力，帥氣十足。這是我在國中教書的第二年，感覺學校變得充滿朝氣，女學生們更是精神起來，常聽她們口中提到萬沙浪老師。有一天在學校大樓的樓梯口，一上一下兩隻羊要過橋，友善的打個招呼：

　　「萬老師，好像沒見過你。」

　　「林老鼠，我倒是常看到妳，妳走路眼睛都看著天花板。」

　　這之後某一天，他微笑著朝我走來，遞給我一張紙條：

　　「有人要我拿給妳。」接著轉身就跑了。心想：

　　「怎麼還像個小學生，傻瓜！」

　　打開紙條一看，忍不住笑起來。

　　「It's me。週末有空去國父紀念館聽音樂會嗎？」

　　他的辦公室在樓上，沒一會兒，就跑到我的辦公桌旁，往旁邊的椅子一坐，把手裡的口香糖折兩半，一半塞給我，一半自己放到嘴裡嚼著。

　　「Well？」

　　「學校老師都已說好那天要去露營。」

　　「那天會下雨啦！」

　　接著幾天，每天都來跟我報氣象：「那天會下雨。」

　　看來他好像沒錯，只好推說：

「不好啦！我年紀比你大。」

他居然仰天大笑：

「天啊！我只不過請妳去聽音樂會，妳想到那裡去。」

「好吧！好吧！音樂會就音樂會！」

約會那天，準時在巷口的馬路邊等了又等。原以爲男人會早早在路邊跪拜，恭侯小姐大駕。結果左看右看，等嘸郎！心想他家人住高雄，要是出了意外，朋友可能也不知到那裡找他。打定主意，只要老遠看到他，就轉頭回家，把他丟進垃圾桶，Delete！平常我是不化妝的，那天還塗了口紅，覺得自己眞是得了大頭症。大概當時頭上正在冒煙，沒發現那人已站在我旁邊了。說是陪男生班去郊遊，才回來晚了，說著說著，正要開步走，竟下起雨來。那位老兄當然沒帶傘，一手把我的傘接過去。

要靠近他嘛……有點那個……不靠近嘛……剛好接傘滴下來的雨水。

正爲難時，一隻鹹豬手已摟住我的腰，往傘裡靠。

「唉……好吧！好吧！下不爲例！」

他後來說看到我的口紅，心中好得意！「有希望啦！」

送我回家前，約好第二天遊北海一周。他還提醒一句：

「有相機嗎？別忘了帶來喲！」

北海回來，一路騎著摩托車，一路約第二天見面的時間。

「明天下課要辦點事。」

「我可以載妳去。」

「不好啦！」

只見他握在摩托車把手的雙手，居然在空中揮舞。

「天啊！好吧！好吧！約會就約會！」

我可不忍心我老媽因我喪命而痛哭。

那之後，每天分手前都要約好第二天見面的時間。週末郊遊，週日下課後，要我到他在學校附近的住處一起聽音響改考卷。不知怎會有那麼多考卷，總要磨蹭到半夜才騎摩托車載我回家。我常累得趴在他背上說我睡著了，他說：「偶也睏，到家，叫我一聲。」

在學校時，他偶而會找我到桌球室打桌球，外頭有點涼，我隨手抓了風衣，一邊跟著他走出辦公室，一邊繫著風衣的帶子。也許他想到再不久就要去服兵役了，想做點什麼交代。有意無意，吊兒郎當的說：「When are you going to tie the knot?」（結婚）

我說：「你知道你找對人了嗎？」

他油嘴滑舌的說：

「If I were wrong, I don't want to be right.」如果我錯了，我不要對。

走著走著，已到了桌球室，就此打住。說打球，就打球吧……

很快一年將屆，這一票年輕帥氣的男老師們，又將像一陣風般離開學校，從軍去。我到這男人的住處去幫他搬家，因為天氣熱，他脫掉上衣正忙著。突然一陣敲門聲，一群女學生嘻嘻哈哈衝進門來，七嘴八舌吵著說：「老師，你還是穿著上衣比較好看。」接著悉悉窣窣小聲說：「啊，英文老師的鞋子。」我急著躲人，忘記鞋子啦。

　　他在離家從軍前，很慎重的向我爸爸承諾，他服完兵役會回來娶我。有一次從軍隊休假來台北看我，在新公園一棵樹下，給我戴上戒指。我大他一歲，覺得這小弟弟，還蠻當一回事的。他天天寫信給我，也期待我能天天回信。將近兩年裡，我們各自寫了365封信。有一次我沒收到他的信，心情好低落，直到晚上，爸媽提醒我桌上有一張明信片。原來是他們正在行軍，他無法寫信，只能趁著看

到路邊有郵筒，趕緊丟一張明信片。我看了信，忍不住當著我爸媽的面流下淚來。我已習慣了他在我身邊繞，曾幾何時，他在我的心中有了這麼重的份量。我們在他退伍後結婚，婚禮由他一手包辦，帶我去我爸媽的友人家，我們的長輩，請他們夫婦當我們的證婚人，也請了他的大學同學來幫忙婚禮瑣事及觀禮。白紗禮服是他陪我去婚紗店選的，唯一要求領口不能太露。送客的禮服，布是他挑的，也是他陪我去找裁縫師傅縫製的。

結婚那天他好可憐，一早騎摩托車去拿捧花又要接媒人，辦雜事，像隻小蜜蜂嗡嗡嗡。來我家迎娶的時候，一臉臭臭的。我說怎樣，不想結婚就拉倒。他說不是，是被警察逮了吃了一張違規罰單，很生氣。我那天早上只做了一件事：去美容院，打扮得美美的。他不能喝酒，那天大概喝了一點，臉紅紅的。

蜜月旅行中的一站后里馬場。我妹夫，當時是妹妹的男朋友，讀台大獸醫係，當兵被分到后里馬場。帶我們去看兩匹阿拉伯送台灣的白色俊馬，說馬本來應該天天溜的，但是沒有人敢溜阿拉伯馬，怕馬受傷了，賠不起。可惜！

婚姻誓言

結婚時我這男人才25歲。他在結婚前寫了一封短箋給我：

May 17, 1977, Rainy

Dear，

今早花了一早上來整理書，看了妳往日的文章，隨手翻翻看了數篇，發覺妳的文筆的確不同凡響，並非普普通通的思維之作。我在想，我又多發揭了一項優點，內心深感無限驕傲。

日記是培養人高雅情操的，也可予以人往後的回憶，人生發展的過程，生命的刻劃，都一一在它上面描繪出來。珍惜我們的青春，創造我們的將來。愛美是人的天性，求善亦是難能可貴，然而求真卻是非花極大的苦心而不能達到。在人生的旅途當中，我很高興，妳的出現是我的轉淚點，我們自結識以來，就擁有著至真、至善、至美的愛情，毫無虛偽、徬徨、輕浮之感，我們一向都是真誠的，熱情又理智的。我承認我欣賞妳的美麗，然而我更醉心於妳的誠摯與善良，我發誓此生此世再也無法讓妳離開我的懷抱。

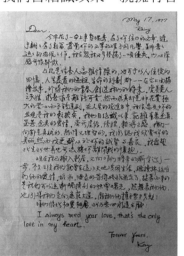

現在我已搬入新居，又向咱們將來的廝守近了一步，不久之後我們就要在這個小天地共同生活，繼續綿延咱們倆的愛情。婉淑，漫長的等待終於過去了，接著而來的，是我們可以逐漸觸摸到的快樂曙光，照耀著我們倆，也引導我們走向康莊大道，願我們倆攜手努力共勉！

咱們彼此相愛相屬，此乃吾心永遠之願！

I always need your love, that's the only love in my heart.

Forever yours,

Kay

我發覺男人和女人在決定結婚時的態度是不一樣的。我因爲這男人窮追不捨，天天在我身邊繞，久了離不開他，嫁給他就是我唯一的選擇。可是對男人而言，擁有主導權，在決定追一個女人時，是要秤斤掂兩的，衡量這女人是否和自己匹配。畢竟這女人是將來孩子的媽，負著承先啟後、傳宗接代的任務。他和我談戀愛時正在軍中服役，我們雖經過將近兩年多的考驗，男人仍然時不時的觀察著我的一切。他把我散落各處大學時的照片裝好在相簿裡，和我的書籍日記從娘家搬到新家準備結婚。他對婚姻的態度是認眞嚴肅的，在他退伍後結婚前，寫了上面那張短箋給我，在我看來那是一紙婚約的誓言，承諾他此生此世不會離開我們。他這一生，履行了信中所做的承諾，以及日後婚姻生活中對我和孩子們所許下的諾言。

　　結婚一年時，老公師大的同窗好友Eric準備到美國讀研究所，班上同學都到機場送行。從機場回來，老公突然想到他也可以出國。我當時懷孕六個月，他要我跟著去唸書，把小孩留在台灣給婆家媽媽帶，我捨不得留下孩子。礙於規定：留學生配偶要六個月後才能出國依親伴讀，於是我們又開始了分隔兩地的生活，靠著書信往來聯繫著彼此的感情，期望六個月趕快過去，全家能團圓生活在一起。

書信篇

1979 8月 — 1980 2月

前言

　　四十多年前的社會文化、財經、政府、法律條文、學校的規定等與現今的現狀有異，書信中所述只是我們倆人之間對當時的認知，只能當作故事閱讀，不能和現今的社會文化法律條文做對比。

　　男朋友在軍中服役時，我們說好要努力存錢，結婚後可以盡早買房，可惜房子剛蓋好，還沒搬進新屋，就賣了。找到買主簽約後，老公隨即出國，後續的文件處理，過戶流程就由我來完成。

　　等待是一種折磨，期待是一種煎熬，在書信往返期間，歷經許多挫折，但每次接到他的信，不僅充滿熱情，還有許多負責的交代，又會燃起希望，對他重拾信心。每天都祈禱著我們這個家能平安幸福的生活在一起，永遠，永遠。

　　從我們第一次約會開始，每次出遊必定帶著相機，大部分時候也都帶著三腳架，他總是很細心的將相片整理好並加上註解。他出國時有跟我提起他帶走相機，那相機是我的。我沒注意，他把一百多張我們的相片也帶走。所以我們有著非常完整的家庭相簿，記錄著我們這43年來的婚姻生活。

　　他在信中常穿插一些英文，這些信當初只是給我一人看的。為了閱讀方便，括弧中的中文翻譯是我後來才加上的。

兩地相隔魚雁訴衷情

8/11/79（六）#1

婉淑：

　　我已平安抵達休士頓，請安心。Je t'aime。飛機CAL002於桃園8月10日18:10（誤30分）起飛20:50抵達東京，唯一可辨認是鐵塔及橫濱外港，在東京停1小時，22:10再起飛，經9小時於台北時間8月11日上午7:10抵SFO，華航除直飛是747SP（小）外都是747（大），可坐380人（客滿）難怪猛賺錢，服務態度也不如傳說中的那麼差，有三次餐，飲料隨人，嬰兒甭擔心，熱水供應，盥洗室東西俱全，比自己家還方便。在SFO花了約1小時，先是移民局查照，再是Baggage Claim提領行李，取出再驗入關，沒有看多少即放行。一個Porter過來問要否推行李，I sent him away，說不需要。然後到AA去寄行李（其實也很方便），票給他們（Counter櫃台就在行李房前），就把行李送走了，電鍋也送走，而且照顧很好，又大約花了11小時在SFO機場大廈逗留，不過我從桃園起就有人聊天：先在候機室遇到FORTRAN數學老師，他去史丹佛做實驗一年公費留薪。他就坐我前排（對了，我位子在前，很好，以後妳來也要靠前。靠機翼，很亮而且很吵，我不知那些人如何睡，我的位子已像傾盆大雨那個聲音了），我旁座的是一位去年來舊金山唸會計的「老女人」，兇巴巴的。到SFO機場，又碰到一位同去休士頓唸大學的馬來西亞大一新生，國語、英語、廣東話一起講。登機前一個20歲老美又主動與我「搭訕」，他是Mexican American（美籍墨西哥人）很愛他的祖國，想修完以後回去教育小孩。聽他說來，他很欣賞台灣來的，很有教養，與我交談2、3小時，一直讚美我的英文，也告訴我：「You got a lot to learn.」（你還有很多要學的）大概還沒有人像他那麼友善，非Mexican girl墨西哥女孩不娶。不要像美國人一樣離婚，不要大房子，僅要教育，很佩服他的做事精神。他是舊金山一家很有名的建築系，升二年級。後來他要去墨西哥看他七、八年未見的祖父母，給他們一個驚喜，就走了。走前還要我談些台灣，及寫些中國字如中華民國、美國、墨西哥、我名字。我也解釋一至十與壹至拾有何不同作用，他很驚訝。午夜1:10，AA起飛，睡了又睡，24小時之內經過兩晚，很怪的。中途經過雷雨區，有點擔心crash。後來安抵休士頓，天氣很好（8月11日，6:29準時，台北8月11日下午8:29）以後妳算時間，只要將台北時間減二小

時，AM、PM對調就是休士頓時間。Host Family（接待家庭）準時來接，是年輕夫婦大約40但看不出。開部旅行貨車來接我（他們家有四部車），很健談，說話不快，大部分可懂80～90%。他們也說我No problem，我英文比那港仔好多了，他的口音令他們一年來仍有未懂之處。歐薩利薇太太說休士頓需大量老師，問我太太是否一年後要來，我說半年後，她說那沒問題。休士頓很大，長寬約50哩（台北市到中壢），高速公路很多，但沒台灣漂亮乾淨，住宅區很大、很靜，他們房子是獨門共院的，因每家都無圍牆，大約50坪房子，早上我先打給Eric，他說要來找我，結果我睡一覺就不知了（他整天去打工）。休士頓據聞每週有1000家搬入。我與歐薩利薇夫婦談不少，經濟、總統、事業、交通……等等，太太是田納西長大，先生是德州長大，說話較慢但無怪腔。時間不對，生活也不正常，待會兒他們要帶我去吃American Chinese Food（老中在台灣吃不到的怪食）、看電影、逛街。我想明天就去找房子，要維持距離，如此才可長久。

婉淑，我此行又喜又憂，喜的是，我將接受一番新的考驗（不是語文，兩天來我已覺得可以了。）我相信必定可追求更好的事物；憂的是，遠離在地球那一方的妳與劭騏吾兒，妳要相信我是如何地愛你倆，此生不想失去你們，對我而言，沒什麼比你們還重要的。好好照顧劭騏，妳也保重（劭騏身體好了嗎？）心裡一陣辛酸，半年熬過就好了。婉淑，我們都忍一下子，此番比起服兵役好多了，不是嗎？待我與Eric聯絡，找房子妥，就可收到妳信了。我會盡可能常寫信給妳。I love you very, very much.

凱8/11/79　17:35

P.S. 朝代通知取權狀了沒？取完就送去代書處。Eric未搬家，不知他要如何（那兒很多蟑螂），我住何處未定，不過住校旁是肯定的。

18

婉淑，my love：

又經過一天了，昨晚Host Family帶我去看寇克道格拉斯的電影，情節與卡通影片The Roadrunner and the Coyote相同（嗶嗶鳥及黃鼠狼），很容易懂。美國人好像看電影不吃東西不行似的，又是Coke（可樂）又是pop-corn（爆米花）、hot dog（熱狗）的，吃完就去寄昨天下午寫的信，這兒週末不辦公沒人收信，週日全無，然後去一家叫Cellar Door吃西餐，有Country song鄉村歌曲，陳設不錯，我吃了一客煎魚還有地瓜，那生菜沙拉實在不好吃。後來Bob帶我去參觀他的公司（賣Bourough 6800電腦），沒人在，但燈大亮，冷氣大開。美國人就是這般浪費，話說冷氣對computer是必須的，但是一般家庭空調機器都幾乎是開一整天，不管是否在家。在AA727波音機上看舊金山及其他城市都是燈火光明，路燈很近的。對了，我學生家長說他原在華航櫃檯等不到我，要不然，超重10kg，根本不必加什麼運費。到SFO之後，國內線不秤重的。我也問了一下SFO華航櫃檯，嬰孩可加1件35kg，我想妳一個人要帶三大箱似乎是很困難的，有個方法是，妳到LA或SFO後（行李由台灣直掛休斯頓），通過移民局然後取行李給海關檢查（很近，就在旁邊）然後馬上送去要轉機的國內航空公司（大約在海關門口幾步路而已）三件不容易提，有Porter穿制服會來問人要不要推送（小費大概$1～$1.5左右），國內飛機公司馬上就把行李送走，不用擔心，到休士頓我就可以幫妳取出行李（因為無海關，我可以進去），一切視情況而定，三件行李、手提一件、一推娃娃車，可能很多。不知妳明年如何決定，當然輕便亦可，較安心。本來我可以改直接轉機，一方面我不知道，另方面，我行程與人約好，無法更改……

Bob到公司後帶我看機器內部，CPU、MEMO、Power……等等，另外還用了簡單的OP CODE印出三張給咱們：「JASON WELCOME TO AMERICA」「ROSA HELLO FROM AMERICA」&「BABY HELLO FROM DAD」後兩張我會寄給你們看。噢！婉淑，多麼想念妳與劭騏，恐怕妳也無法體會到，或許，妳目前與我一樣的心情，希望妳能在身邊。

半夜睡了兩小時，醒了4小時又睡到九點，Eric來電話，Bob的太太來敲門叫我，接完電話，洗後，就吃了一頓老美豐盛早餐：tea、milk、juice、2 eggs、bacon、bread，除了這種早餐外，我兩天來真是吃西餐吃的要發狂了。

很多事情不親身體會不明白，像中國菜今午到Eric家，真是覺得好吃。無車即無腳，老美城市不似台北，很多街道就是freeway（高速路），不然就是小路，根本沒台北所謂的公車或計程車的。綠地一片片很空曠，住台北應該感到公車不錯啦！沒有西門町，可能要像紐約才有，樓房多些即是Downtown（市區）。沒有夜市，僅有Supermarket（超市）似乎樣樣有吧（我仍未去過）。早上Eric來接我去住，（幸好脫身，否則真耐不住，我還好僅一天，Eric去年住四天），走前我送他們一幅字畫，好樂，掛客廳，還開玩笑說大女兒會偷去（她去泰國收集不少泰東西）。因週日，不好找到roommate（室友），等明天再看，今晚暫與Eric睡沙發。她女兒仍小小的，可能眼不靈光，很賣力哭，常尿。給他們夫婦，岳母看咱劭騏照片，說：像媽媽，愈大愈可愛了（幸好像妳，婉淑）。他們目前是兩對夫婦住一間Apt（2 bed rooms），$315/mo，後天8/15那對就要轉去加州。我一個人也不可能付$315/2，太貴了。通常是4人合住一間兩臥室的公寓，兩人一室。明天應該可以解決，因CSA（老中同學會）那兒都會有徵室友。

　　明天或後天就要報到、註冊、選課，然後Orientation新生訓練（兩週吧？）$30，四處看看熟悉一下。開學可能帶外系必修的普通物理學，應該毫無困難。UH像個小鎮（應該比台大還大吧）校景不錯，有些係很強（化工，商不好進，工也不錯）讀書環境比台灣應該是好很多。出來學東西必有所長進，生活如何倒無所謂，主要是唸書。台北信來得慢，因老美假日多，反而去台北信快，因送走上飛機就可以了，而信到此地總是要分發。魏已畢業一年沒空去看他，Eric認識，說他可能公司申請PR了（不知准否）。

　　婉淑，來此好寂寞，我心裡一直掛念著妳，妳要相信我深愛著你們母子倆，爸爸不會願意失去你們，我盼望著妳的來臨。

愛妳的，

凱8/13/79晨00:25

P.S.
1-今日週一，我可以想像妳愛劭騏捨不得送去奶媽家。
2-How's our baby now? I'm worried about his health.
3-信可先寄到系內，待有房子再告訴你地址。
4-時差已適應，放心，黑夜睡。

20

5-幸好西裝取出，機上很冷（睡著）。

6-此處奶粉據說不多（沖好的），ENFAMIL可能有一系列的奶粉。

7-如果可能，每隔一個月照些你倆照片來，Miss you both very much！

劭騏：

　　你身體好些了嗎？爸爸好想念你，看著你與媽媽的照片，爸爸覺得好驕傲但也感到你與媽媽不在我身邊而難過，希望你要乖乖，過不久，媽媽就要帶你來美國與爸爸相聚了。爸爸是最愛你與媽媽的了，也時常惦記在心中。好想見到你與媽媽。

親親你

爸爸筆8/13/79

8/14/79　　#3

婉淑：

　　今天去Pre-Orientation Enrollment（新生訓練註冊），所有的外國學生均來報到（可能有一些明天才來），繳了不少$，保險$81（一年），Orientation（新生訓練）$30，都不能省。保險是個人的，若保多人更貴。我問了一下，

他們說可以等明年我太太及小孩來時再加保，如此才不至於浪費半年錢。$30必繳，但去不去是Optional隨意，內容有搭巴士、逛Supermarket（老美的商場，都很大）、Common Market（露天市集，跟台灣的一樣，很少）、參觀NASA（太空中心）、Roller Skate Party（滑輪溜冰派對）、演講有關學校內一切及美國生活……等等，我都登記了（才可去），兩週內（並非每天整天，有半天的）再挑看那些值得去。上午校內郵局的郵簡被我買光，幸好，否則就無法寫信給妳，除非每次用此種方法（電腦紙）。

美國很多方面不來看不知道，有些方面不如台灣，例如：治安、人情味，也有不少享受不如台灣，隨便照相有人頭即好（一部KODAK，幾十塊就有），滿身凹痕的破髒車到處跑，不以為怪，板金太貴了。Eric的太太Jenny帶小孩去看醫生，說了一句臉上出豆子是OK的——$18！腳踏車很容易被偷，除非把它抬進來，或是卸下一隻輪子，鎖半部在外面（美國腳踏車真是前輪可卸的，但很貴，$145一部十速，On Sale減價也要$75。）今晚Eric帶我去Shopping採買，買了一些：二枕套、一枕頭、一床單（$5.99）、一些紙張簿本及罐頭。紡織品貴死了，妳從台灣買兩只好枕頭，用海運寄來，可能都不要$6.49，況且美國買東西都必須在每一項加6％稅。他們老生說剛來者，均有此通病，換算台幣，這個貴，那個貴，以後打工賺美金也就習慣，反而會倒過來算台幣成美金了。

UH（University of Houston）很多老中，據聞排美第三名，有五、六百人左右，還不包括香港的。第一位多外人是伊朗，若香港、台灣加起來就超過伊朗人，大概以往學費便宜，大家擠，況且UH排在德州是第三、四名（平均），如今不是Residents（本州人），及有獎學金者，Fee（學費）與外州差不了多少。全美除了CA（加州）與NY（紐約）之外，生活費相當，不同的就是學費了。有個人從米爾瓦基轉來念建築的，他說那學校要$1,800，是UH的三倍，若UH有獎學金者，也不過才付$170而已。整個UH像是Chinatown（中國城），走來走去，不少黃面孔，國語台語廣東話都來（三者我都行，令他人驚訝！）

　　這兒人種多，黑人、墨西哥人（長得很不錯，西班牙種）、波多黎各……等等大雜燴。美國不一樣的是，住宅區房價貴，一旦成商業區，沒人願住，房價就跌下來了，所以那Host Family（接待家庭）很怕如此，Uptown（上城區）治安較好，很寧靜，所以新生來UH，不得已，住校旁的Cougar Apt（公寓）走10～20分鐘，半年後有了車大都走光了，到上城去租，開車來學校上課，而又是另一學期的新生住入公寓。這個公寓還好，另一頭（校外另一角）有個叫King's Apt時常有人Break in（闖空門），撿便宜房租的人就去那兒擔風險。婉淑，妳放心，我住的這兒較安全。明天可能我就有房間，四人分兩個臥室，Eric就如老生搬到住宅區去，約5miles（8公里），三人分一個臥室（仍不小）$230/3。這兒公寓是如此，有個Boss（Manager），他擁有不下200間Apt（二樓的，好多排），然後每間租$315/mo（生意好，客滿就詐——$375，大家搬就降下來），房內有客廳、餐廳、廚房、臥室、浴廁樣樣全（冰箱有）。新生無車忍耐些，以後，婉淑，妳帶劻騏來，我就不願住這兒（尤其是對劻騏不好境教），我就找一、二位室友去住宅區住。這兒食物，雖大家吃中菜，但求速簡營養。超市的內臟便宜如草芥，台灣數百大鈔的豬肝、肚，在這兒才幾十個¢而已，青菜很少，我僅看到生菜、碗豆、仙人掌（眞可笑）、茄子、地瓜、洋芋……。總之，是不多，不過罐頭食品花樣百出，有不少ready-to-serve卽食品。夜深了，今早我得去參加英文測驗，明兒有空，我會趁開學前多寫給妳。

非常愛妳的，

凱8／14／79　清晨00:35

婉淑darling：

　　今上午（其實是昨天）去參加英文測驗，每人做一篇文章，研究所的是「What problems will your country be facing by 2000?」（你的國家在2000年時，將會面臨什麼問題？）我寫人口問題，好多台灣來的都是寫人口的多。之後，有TA的人都去英文系面試（錄音），問一些與本身有關的問題如學、經歷，對休士頓的印象……等等。

　　今晚我已搬入一Apt公寓，室友是三個化工（可是一在台灣，本週來，省了新生訓練，罰$10，還划得來），他們兩個住一間，我先一人獨自一間。他們都來自台北，梁有太太在台，可能春節生子，然後來。杜訂婚，未婚妻要明秋來。化工系的Stipend（薪）較高，$500/mo，可能是出了名就財源多，而且凡是入化工的每人均有grant（獎學金）。UH校內有很多工作，眷屬或許可以做，但pay較差$2.90/hr，校外雖非法，但很多人，據聞10個中9個半都在打工，因pay較高$3.00/hr以上。

　　這兒信件大約是MON～FRI，下午送一次來，MON～SAT，中午下午各收一次，其他就沒了，週六收信但不辦公（除Main Office），學校也沒課，據說週五下午排課，師生皆不悅。明天去拿測驗結果及ID，然後註冊（下週才繳費），先選課。有ID可以辦許多事如：開戶、Social Security No.（社安號碼）等等。目前路不熟，等以後稍熟了，再買車、考照。Eric有個朋友因鼻癌回台治療（因老美說台灣醫生臨床多）留一部車要賣$350，但太大了，我不喜歡，耗油。（有7300c.c.）以後再買一部小一點，好一些的。

　　與Eric一同分租的太太是學生F-1出來，馬上就改F-2如此可以選很少課（part-time，大概6學分），一般人都是學一些，而不重degree（學位），可以顧到家。

聽說台北開放直播美國電話，字頭沒聽錯是303，休士頓區號是713，可惜我住處無電話，或許過幾天，老生帶我們去申請，兩天OK。每月$8元，次數不限，但撥長途則另計，此地無直播出去（某些處有，大概商業區），以後若有，或許也會另計。若有電話從台灣妳打來就方便了，妳只要撥303-713-xxx-xxxx就可以了。可能台灣打來較貴，平常五百多元，週日0到24時半價，這兒打，平常10元，週日5元，便宜多了。若電話來往，通常人都算好對方是什麼時候，才好接電話。算法很簡單，台北減兩小時，日夜顛倒就是休士頓，週日即指發話地時間。妳可以告訴我，奶媽黃太太家電話號碼，萬一我有急需，可以打過去請她告訴妳，沒事當然我不會打。

對了，高雄家裡就麻煩你寄一些郵簡回去（寫好我的地址）同時告訴爸媽，我在美很好，我也會寫信回去。但是寫到係較方便，在校內就可以拿到，Apt的辦公室又不幫人送到每家，要自己去拿。這兒寄快信很貴，要加$2元才有效，台灣來的快信無效，老美不管。掛號信不必，很麻煩，要去大郵局領，一般信不易失。

來此已4、5天，偶而拿起照片，Tape回憶，獨自一人時更是心酸，更加體會到無論如何，不能沒有你們母子倆，盡可能偶爾拍些張照片寄來給我，太太……太想念妳與劭騏了。也很想趕快收到妳的信，婉淑，我想妳是相信我始終深愛著妳的。每番我與人談話（不管是老中或是美國人），我都談到我太太如何美、好，我兒子多麼可愛。

開學後，大概功課忙，先說明，也許每週寫給妳才一封、兩封、三封都難說，但我愛你的程度仍是一樣有增無減。這兒的女孩子很少拿傘，裙子還偶而可見，牛仔褲倒是很多。一般穿著便裝較實用，晚禮服少之又少用。所以你可以先作購衣參考，台灣衣服料好便宜。我盡可能節約，吃方面放心，該用則用。Luxe（高檔奢華）是無法度日的，雖說$425/mo可以過得愉快，但我會省下來一半，因為我太太及孩子明春就要來了。婉淑，好想妳及咱們可愛的兒子劭騏。

凱8/15/79　01:10

25

婉淑：

　　昨天未寫信，對不起。好想妳，每天，每天。昨晚在Eric家，幾個室友及他丈人，聊天至兩點，所以只好睡他那兒的沙發，身體成了U字型，躬著睡。昨天上午找了Head（系主任）Dr. Wood不在，下午又去也不在，今天上午終於找到。聊一聊，問一問我的大學物理background（背景），修過什麼，用什麼書，大概下週會有個會，告訴我們如何當TA。

　　昨天上午非常沮喪，拿到英文Assignment（指定的功課），必須修研究生的英文，一桿打翻一條船。後來我知道除了老印之外，全部外來生均被安排如此，甚至有很差的被分到大學部去修英文，而且每一年聽聞均是英文系如此作為。心裡想一想也就算了，不去理它。Eric去年即是如此，根本不去選課。我昨天下午註冊，也沒選英文，反正以後再說，先修本科要緊。很多人選，也很多人不去理它。Dr. Wood也知道這件事，問我的托福和GRE Verbal後說，我的英文很好，應該可以不去修的，但他也不敢做主，我說我比較想先選物理課程。

　　UH註冊很簡單，很像GRE報名表，用2B塗上課號，投進一box就OK。至於學費是下週的事。租住的公寓辦公室管兩百多間房，拿信都去拿兒。每間住房有一中央冷氣（很破但還冷），全日熱水，臥室大約五坪，有兩衣櫥大約半坪，人可以走進衣櫥。整個房大約有25坪（實坪），客廳、餐廳合起約10坪多，還有一個廚房、小櫃等等。由公寓走到校約3到5分鐘，但到係館SR Bdg（Science Research）約20分鐘。目前轉來轉去還搞不太清方向，除非看太陽或幾棟熟悉的建築。UH Campus校園很大，每棟距離很遠，草地不少，噴泉也多。每一棟樓都是冷氣，學校有Power Plant發電廠及中央冷卻，輸送8°C左右的冷水至各棟。建築系館是最破舊的建物。美國人很喜歡幽默，陌生人見了若目光相碰，也會Hi！一聲。表面上的禮貌不少，「Excuse me.」這句話天天重複。

　　昨天下午Eric帶我去一家購物中心叫Foleys，很大、很貴，旁邊還有其他高級店，像法國巴黎的街道，看不懂的文字很多。以後妳來，我也會帶妳去逛逛，很多賣服飾的，與台灣情形相同。那兒穿漂亮者也不少，但赤腳開車出來的也有，尤其是買菜的。（所謂買菜就是到Shopping Center購物中心去購物。）我也買了一些肉、菜、水果、罐頭、油等等，準備開火。這兒牛奶很便宜，很少人沖（除非要熱的）。大概一加侖（4公升不到）約$1.5～$1.9。學校有微波

爐，蒸便當（塑膠才行，鐵盒會反射wave）很快，大概冰箱拿出，放入1分鐘即OK，若是老美的熱狗，僅30秒或20秒即可。美式生活剛來或許不適，但我會盡力而為，精神上無所謂，反正是來唸書，打發時間，我會努力用功。聽學長說系內stipend獎學金已提到$500，如果是，那就好多了。我會Save some more money（多省些錢）。

至於車，可能一、二個月我就會買，等先拿了學習執照（筆試過），我就先買部車（不要太差），先在附近開開，熟了再去路考取執照。

昨晚夢見妳來了，心裡很高興，摟著你一直kiss，可是僅是高興一會兒，醒來卻令我失望。But, however, I'm sure my dream will soon come true. Darling, I just love you and our baby for all of my life.

愛妳及劭騏的

凱8/16/79　下午17:30

P.S. 妳的課如何了？騎車去台大嗎？
我很為妳操心，希望快收到信，知道妳近況。

婉淑，My dear sweat heart：

今天已是星期五，算算離家也有一週了。搭上飛機，當起飛時，那股強勁的引擎推力，把我舉上天空，也令我的難過心情隨之而起。五分鐘飛臨淡水河，10分鐘後就必須向後側才能見到基隆港。我記得看到一狹長的半島，我可以肯定那是我們去過的野柳，記得一些不知名而我們名之為Candle Tree蠟燭樹的地方嗎？

我相信妳是知道的。第一次北海遊玩，也是我們首度出遊，到了野柳，是否妳一直帶我走到燈塔去？Perhaps you got something in mind to tell me then, right?（也許你心中有什麼想告訴我？）我那時真想給你一個吻，內心太「喜歡妳」了，但又怕frighten you away（把妳嚇走），（我用「喜歡」是避免妳猜忌，免得妳認為我見到女孩子就想⋯⋯事實上，我相信我自己的眼光是不會錯的，而且我也僅僅愛妳一人，來此，妳放心好了，老中女生也很保守，外國女人更難溝通。

看美國電影會覺得very romantic（很浪漫），但是據聞美國各大城市，尤其是休士頓的犯罪率很高。所以晚上較少人步行，不然就是要開車或是結夥，白天偶然倒楣鬼也會碰到，隨身最好帶個$5～$10以便「被搶」，否則挨一刀、一槍的，就如UH校警說的：We can get your property back but can't get your life back.（我們可以把你的東西找回，卻無法把你的命救回）。趕緊開一支票帳戶和儲蓄帳戶。此地是新興都市，不少新的公司（尤其是油公司），所以有$、沒$的人都來此，老黑不少犯罪，老墨較好一些，因他們很多是wetback（偷渡來回），犯罪易被抓遣回。

野柳4/5/75

白沙灣4/5/75

今天上午（昨天上午也是）都在Coffee House（咖啡屋）聽演講，有關於學生生活、接待家庭、移民、貸款、獎學金、校園活動、圖書館、開車、安全……等等，聽煩了，就出來吸吸空氣。下午節目是去Astro World是一個amusement park（遊樂場），本來$9.50，weekdays週日只要$5.00，而且有免費巴士，$5.00是入場券，進去後，隨人玩任何雲霄飛車、「瑪麗」團團轉Merry-Go-Round……什麼的都不要再付$。我想目前時間難打發，就趁此去。開學後很忙，什麼也別做，Just study Hard & Hard！（只能認真唸書。）

昨天信寫晚了，或許你會有天收不到信的，真抱歉！我們室友或許再過幾天就會裝電話，申請很方便，一通電話去，過兩天，問他線路好了，就可自己去拿機（他來就貴，加油也是一樣，自己加便宜），付deposit押金（大概$30，若常打長途則他會提高押金，無所謂有利息的）。

我這學期共修了四科：古典力學、電動力學、物理數學及一Seminar研討會，學科分為本科（3學分）及Problem Session（1學分）所以加研討會1學分，共13學分。

如此再加TA：帶6hr lab、Paper grading、Test等等大約將近排滿1～5 weekdays。課本我全有，均從台帶來，所以可以省不少$，大約$100，這兒理工的書很貴，Text教科書比Ref.參考書貴，而且學校比外面書店貴，書本是非在UC的書店買不可的了，有處有Used Books用過的舊書，或許有些人可以找到自己要的。

沒有接到妳的信，很為妳擔心一些事：COBOL、學校、房子，尤其是咱們小傢伙劭騏，不知近來如何了，身體好嗎，還有妳呢？三餐如何？我真是不該忍心拋下你們，我實在是非常、非常愛你們的

凱8/17/79　12:10 Noon

收到凱的第一封信

凱：

　　今天星期六，終於接到你8/13，00:25的信，第一封尚未收到。這幾天真不知是怎麼過的，老少碰到我都問「來信了吧？」左鄰右舍的關心成了我的負擔，魏的媽媽見我回娘家還追進來問，甚至不相信的說應該到了才對，她急著想知道兒子的消息。真害怕回家見那空空的信箱，一面鎖車子，眼淚一面流。你買的那輛車子，對我真的太有用了，否則一天也辦不了幾件事。雖如此，自你走後，我每天上學都遲15分鐘，好在輔導已近尾聲，沒人管。昨天領$7200，今天考完試就可喘口大氣了。有件好消息告訴你，下學期周和我都不當導師，學校知道我半年後可能離職。

　　上星期五送你走後，媽媽、弟和我一同坐你乾弟的車回來，他堅持好事做到底，送我回永和，一切路費全是他出的。要去抱劭騏回來，不知怎的竟心酸起來，一路走一路哭，只好繞過草地，等眼淚乾了再去奶媽家，當天劭騏發燒且拉肚子。晚上大妹、媽和我抱著寶寶去找那位圓環100元的醫生，他仔細詢問，慢慢推敲，斷定寶寶是腸炎。回來後好了一天，星期日下午我抱著他每20分便拉一次，把我嚇壞了，再找那醫生，他說用藥不夠，份量加倍，吃了一天份，至今一直很正常。你大可放心，寶寶活潑健康，越來越不安分，不斷叫爸爸或阿爸，站在小床上扶著邊，可以從這頭走到那頭。我大笑，他也跟著笑得好大聲。我覺得他聰明伶俐（兒子是自己的好），教他翹起拇指說第一名，他看看研究一下也跟著學。星期三，又刮風，又下雨，我醒來已8:30，妹妹已走，只剩我和寶寶，無法出去打電話確定是否要上課，風雨大時，我只想將寶寶放在身邊，我給自己放了一天假（其實沒放，但沒扣我錢），整天陪著他玩，不是在床上打滾大笑，便是在陽台看颱風下雨，寶寶不停地叫爸爸，聲音好稚嫩好可愛。在家待一天僅我一人陪他，頗不耐煩，他硬指著門要出去，只好到樓下，站在鐵門口，一直看到大妹從雨中回來，他才肯上樓。陪著劭騏玩很容易忘掉寂寞，日子也過得快，只不過偶爾會一陣心酸，掉兩滴眼淚。星期一我並未陪寶寶在家，因朝代來電話，要我去領土地權狀，搭254一班車即到，下車對面即是，再續搭54公車可到啟安，土地權狀已交代書辦，並通知沈先生，他說等過好名，他會照他對你的承

諾多付一點。朝代又來信，在20日以前要補交契稅1768元，核定的比我們預繳得多。

　　下星期一我會去付款，本週五台大補上次颱風假，所以抽不出空來。早上上學，中午沒興趣在外頭吃，乾脆回家吃麵包，喝牛奶和檸檬汁。晚飯有時吃大妹的，有時雞蛋和飯攪一攪吃，以後有空我會吃的正常點。中午回家順便洗衣服，晾好後再去台大上課，一方面可回來看有沒有信，每天都是失望的上樓來。胡亂吃吃再匆匆趕去台大。騎腳踏車還很舒服，我的技術不錯，照著你用機車載我的路線很安全。我若買東西就往籃子裡塞，有一次在公館買兩個玩具（40元）給寶寶，一路過福和橋好開心，可是進了家門竟抱著玩具哭不停。

　　台大的課已快進尾聲，大家都搶著打卡（打卡小姐不幫人打），不能自己上機，卡片交出隔日才拿到報表，光是從那一堆中認自己的就夠煩，還有人卡片被偷。我至今還抽不出空在打卡房等（大排長龍）。我姐夫三題都幫我做了，但機器不同（他用IBM），方法稍有出入，明天我會找他講解一下，希望星期一我能起個大早去搶部打卡機，連打三題，下午再去朝代交錢。

　　我騎車一直很小心，因為劭騏需要媽媽。你一人在外也要處處留心，我們都需要你。你剛走時晚上常夢見你，夢中你還是和我們在一起。你的行李，其實僅拿出一熨斗、大皮鞋和一盒香皂。大皮鞋幫你收好，下次要的話再一起托運好了。我和劭騏生活起居都很好，大家（家人爸媽姊弟妹鄰居）很照顧我們，我很感激他們，你走後我也很能幹，你大可放心，安心讀書，我只是常感寂寞想哭而已。寶寶和我都想念你。

婉淑8/18/79

到Astro World遊樂園

婉淑，my darling：

　　前天去Astro World，玩了不少樣，如雲霄飛車（有大、中、小三號，大號最刺激），有個叫Greeze Lightnin的，就是這樣子的軌道，人會倒過來的，還有1/4球形電影，大家都躺下來看，腳味不好聞，還有坐船入jungle叢林，許多trouble來擾人。鬼屋、纜車以及花式跳水、High Dive、Dolphins Show（海豚表演），玩意兒不少，入場在週日是$9.50，25人團體票不過才少一、二元，我們UH學生，個別交涉，每人$5。要是在假日週末，那又貴又擠，玩每一樣都得排隊很久。

　　昨天上午沒事，洗洗衣服，這兒洗衣服是這樣：投兩個Quarter（25分錢）就可洗一大堆衣服（大約兩週份，單身），然後另一台Dryer烘乾機，投一Quarter可以烘乾15分鐘。因洗衣機壞了，所以只好自己洗，用手洗了30分鐘，把一週來的衣服洗完，然後用塑膠帶提去烘乾（通常人都有洗衣籃，約「腳桶」那麼大），當一個Quarter被吃掉不轉以後，我才知道機器只剩一台，有人正在用。所以只好又提回來，晾在浴室，滴完水後就拿進寢室，現在已差不多乾了。

　　昨天下午去逛Common Market（open-air market）露天市集，這地方比較像台灣的夜市，有各種地攤，賣衣服、杯子、毯子、音響、五金、首飾、圖畫、錶……等等不少東西，只有週末才有開，賣東西的，有越南人、墨西哥人、中國人，不過是少數，老墨較多（休士頓有20萬墨西哥人），老美最多。我買了五個杯子（大的，喝水用），美國的玻璃杯便宜，我才花$1.00，要是在台灣，可能要100元以上。塑膠杯子反而並不便宜，一個老美專用的便當盒，像咱們鹽盒子那般大，就要$1.50。

　　已經好幾天沒去找Eric了，這幾天都在寢室，不然就是去學校參加新生訓練。這兒的出租似乎不少，報上有登，不過住宅大部分是unfurnished（不附傢俱），自己最少得有床。Stove（爐子）及冰箱本來就包括在內。

　　今天星期日，整天在家休養，明天學校要帶我們去NASA（休斯頓太空中心），參觀控制中心、火箭、登月艇，那兒不算近，開車約40分鐘（走高速公路），換句話說，即可由台北開到中壢附近了。若是到Galveston（加維斯頓）

海邊就要1小時，也就是到新竹了。那兒有海灘、海產，聽說釣螃蟹蠻容易的，常常看人提回來煮。將來妳來時，我也會開車帶你去玩玩。現在沒有car，大家就說那是沒有腳（台語），的確一點也沒有錯。

　　下週到系裡多跑幾趟，Dept. Head說要給我一個mail box（信箱），好收信，應該下週末以前就可收到你的信了。婉淑，好想妳及劭騏，不知劭騏最近如何，我猜大概很快會站了。妳一個人獨自照顧，我知道必定很累，但爸爸求求妳忍耐些，好好照顧劭騏，OK？爸爸會很感激妳，明年妳來後，再跟妳特別「相好」，好嗎？I miss you and our son very much.

昨天夢見你呢！眞好！

凱8/19/79　10:20 AM

P.S. 相信現在妳已熟睡，Have a sweet dream！

8/20/79　#2

爸爸：

　　好久沒這麼叫了，倒是劭騏每天笑咪咪不停地叫，像黃鶯般的聲音，聽來好愉快。早上（20日，星期一）我趕著出門，他卻玩得好開心，只好狠下心，硬將他抱去奶媽那兒。劭騏喜歡跟我玩，早上我要走他會很傷心的樣子要跟我，他已逐漸懂事，調皮不安分，很不好帶，我們自己的孩子較能付出耐心，奶媽們就會覺得很累。前幾天奶沒喝完，我將他們的奶瓶帶回，發覺奶嘴竟長了好多黑斑，我們的又新又乾淨，看得我眞心酸，不知腸炎與此有關否，我打算這兩天有空多買兩個新的，但已先將那不合格的留下，換乾淨的給他們。今天我不得不去台大打卡，已是第七週，我無法自己做（那要不斷上機，不斷修正，全天耗在台大才行），至少姐夫替我做好的總該印出報表來看看。打卡房隨時擠滿人，我8:30跑進卡房已是人滿為患，火大了，先去朝代補交契稅（1768元），回來後買了漢堡帶進卡房等，12點時，總算輪到一架破機器，卡片不能自動掉下，只能一張張放，色帶不清，不知打出些啥，有人又不斷借改卡，我一口氣打完三題，明天再去上機，一張張對過順序後已是7:00pm，肚子餓得很，隨便吃盤咖哩飯，回家一路上一直對劭騏感到抱歉，他好可憐。黃婆婆抱著他似乎不大高興，可能被劭

33

騑整得累壞了。劭騑一切正常，只屁股紅紅的脫了一層皮，我帶可以不給他穿尿褲，奶媽甚至是否常換尿布都不知。不是怪奶媽不好他們已不錯。帶孩子是件辛苦事，只有自己父母才會任勞任怨。所以說「有父母的孩子是個寶，沒父母的孩子是根草」。常有人說我為什麼不將孩子留下，對我言，那是件不可思議的事。劭騑需要我們，我在房裡他獨自玩得很高興，我離開久一點，他便大哭大叫，逗他玩他會開心的大笑。爸爸，我們一家三口要永遠在一起，對不？缺一個都將會是終身遺憾。上週整整一星期沒你的消息，想到沒有你要帶著劭騑生活，眼前一片黑暗，閉上眼就是你臨走的那一幕。星期六接到你信，星期日便高高興興帶回去給大家看，我爸、姐夫、妹夫，讓他們了解你的狀況。尤其我爸一直很著急，想知道你是否平安。晚上我又接到你的第一封信，心情平靜下來，感覺你還是和我們在一起的，夜裡也常在夢中與你相見。我很滿意目前狀況，你能很順利在外，增廣見聞，我和寶寶與有榮焉，能時時從你那兒得知新鮮事。我這兒小心從事，沒出什麼差錯，相信日子會很快就過去的，那我們重逢的日子就不遠了。

　　星期日早上我抱著寶寶去寄信，順便散步，不知你何時會收到，希望能早早到你手中。今天再寫一封，以免你收不到第一封。晚上劭騑八點半便睡了，我在床上做功課、寫信、讀信，這是一天中最享受的時刻。每晚睡前再將你的信讀一遍，給我莫大的安慰。爸爸，我和劭騑都很驕傲有這麼個好爸爸。你放心在外，身體多保重，家務事我學你的樣，該做的事先寫下再一一解決，處理得很不錯。每天按時都有記帳，不會歪哥的。只要能常收到你的信，我們便會快樂。爸爸，我們最愛你。

婉淑 8/20/79

P.S. 劭騑現在會坐小蜜蜂電動玩具，雜貨店新設的。

8/21/79　#3

爸爸：

We need you and love you.

　　今早送走劭騑，我便騎車送卡片到台大上機，報表下午才能拿，所以我又騎到水源市場買牛肉和一點蔬菜（我媽聽說我沒開伙很心疼），賣菜的老闆問你為

34

何不來了？聽說到美國了，他大笑說這樣好啦，以後回來當大官，不過要好幾年哦。我發覺車胎沒氣了，騎回買車那兒打氣，問他何以易漏氣，他說內胎不好舊了，但還可用，中古車不可要求太多。下次我得要他修修煞車，下坡時不太煞得住。買了菜再騎到學校交考卷，又去銀行存款，上回15日領出錢來給奶媽，這回將暑假輔導費存入5000元，朝代契稅1768元，如此輔導費安排好了。再回家已是12點，趕緊洗衣服、浴巾、尿布、燙奶瓶、做午飯（好久沒做了。）洗冷氣濾網，等一切妥當已是下午2點，下樓時看到信箱中有四封信，全是你寫的，好開心。現在我都將信箱封蓋拉上，若有信來，口便會開，心會先喘一口大氣，你在百忙中，還能寫這麼多信令我感動，一整天我都好開心，因為我能確定你是愛我們的。心中充滿愛，世界就可愛了。此時，你一定還未接到我信，今早，星期日早，都分別寄出信給你，明早再抱劭騏去散步寄信給你。多希望你能早點知道我們平安地過著日子。下午上課遲了一點，我搭車，因騎車騎了一上午有點累。搭車在橋上常阻塞，回來時常等不到車，還是自己騎逍遙自在。

從今天下午起可以自己上機了。我那三題出來全錯，現還沒時間仔細看是錯在那兒。原想明天再去台大，但晚上抱劭騏回來，洗好澡玩（在床上）時，不知怎的頭去敲到床頭放棉被的櫃子，我嚇壞了，他大哭。一看額頭像被刀砍過一般凹下去，發紫瘀血，沒一會兒額頭腫起大包。我心疼也無濟於事，就是現在他在小床中熟睡，漂亮的臉蛋白白淨淨，額頭卻青腫瘀血有一刀痕。他現在比你走前差很多。不肯安靜坐著，不是翻滾就是歪歪倒倒站著抓東西，或自己往枕頭上摔，他知道枕頭柔軟舒服，但常沒算準去碰到頭。我們臥室有稜角的地方太多了，一天中小碰頭無數次，從床上或沙發滾下已有五次了。並非我不注意，有幾次我弟弟、妹夫看著他掉都來不及抓。他雖說摔傷卻並不愛哭，僅大哭約半分鐘，又開始笑啊跳啊。剛才睡著輕輕在額頭上擦藥，他像觸電般立刻轉頭。我心裡好內疚，決定明天自己帶，奶媽近來似乎對他頗不耐煩，黃太太說要給江太太帶她都不敢要。上星期五我去喝小娟喜酒，晚點來抱還送個120元蘋果派給他們，不知是否孤兒寡母的易受人欺負。若他們真的不帶，了不起換人，我們對他們也夠巴結的了。現在劭騏較大，我比較不像他剛出生時那樣害怕，沒經驗，開學後我當專任有的是時間。他半夜有時會醒來哭，抱到大床上來和我睡就安靜了。黃昏時他愛到外頭玩，外頭有好多小朋友，他滿嘴爸爸叫不停，有時好玩，有時想到痛處令我傷心落淚。

35

P.S. 待你有電話，我會設法與你聯絡

8/20/79　#9

婉淑，darling：

　　今天上午去參觀NASA，離市區有15 miles（24公里，約台北－淡水）。休士頓有四、五條高速公路，現在漸漸知道了。早上忘了帶相機去，否則可以照些寄給妳，沒關係，以後或許有機會。這兒底片比台灣稍便宜些，ASA 400的柯達很普遍，今晚Eric載我去Shopping購物，我買了一卷ASA 100的film才$2.49，再加稅合台幣不到100元，在台灣一卷大概120～130元左右。還買了一些碟子、杯子、開罐器、洗衣籃還有一些食品。這兒肉便宜，尤其內臟或什麼豬頭、豬腳，青菜貴，水果還可以，大部分是加州來的（可能那兒便宜，又好）有很大的桃子（很細）、紅、綠蘋果，很大的「紅肉李」、「綠肉李」、葡萄、香蕉、檸檬、柳丁、芒果（貴）。罐頭食物很普遍，一加侖的牛奶也很暢銷。

　　我現在已開始做菜好多天了，電鍋是很有用的，至少目前我可以吃熱騰騰的米飯，我通常是煮兩杯米，第一餐吃熱飯，然後第二、三餐吃炒飯，通常是一菜或兩菜再一湯。廚房比台灣的方便，有四個爐嘴，母火整日不熄，一開火就來，下面是烤箱，溫度可調，通常烤麵包、肉、蛋糕之類的。我做的菜是：速、簡、營養，肉類不乏，蔬菜不夠多就多喝牛奶，吃水果或喝果汁補過來。炊具大家共用，將來分家，各人帶走，不過我的室友自己有四人份，六人份的電鍋，我還是覺得10人份比較好些，可以做些燉菜。今天也買了兩個塑膠餐盒，準備若有必要，午晚留在校內辦公室吃，這兒洗衣服的人，除非自家有洗衣機、烘乾機，不然拿去Laundry（洗衣房）就得有個大籃子，今天買了一個算是很大，但將來我們可以一起用的籃子，這個東西還不便宜呢！$4.39呢！明年妳來時，每日換洗的衣服，至少也得要存有一打才行，便裝在台灣買便宜，鞋子尤其是（這兒「皮」鞋很貴），高級衣服或許這兒不比台北委託行貴，劭騏的衣服可以多買些。

　　NASA在休士頓之南（市內），靠海邊，那兒是太空控制中心，所有在軌道上的美國太空船大概都在那兒通訊，外面有三具大小火箭實體，裡面有登月小

36

艇、太空船、Space Shuttle（太空梭）模型……還有很多，Apollo 17（阿波羅17）的登月影片，很好玩，太空人在月球上跑步或做活動有時也會跌倒在地上（應該是「月」上）。

今天下午回到校內，順便去係內的Mail box（信箱）看看，結果是空的，沒有開會通知也沒有妳的信，我想大概妳的來信還在半途中，快了。人云：「小別勝新婚」，我現在若是能見到妳，不知多麼高興！心裡總是有股錯覺，好像離開妳很久很久了。

明天開始繳Tuition & Fee（學雜費），我的匯票未存入銀行就不能兌現，或許我明天去開戶頭，這兒存提很方便，尤其提款，任何時刻就是半夜也可到學校UC有台電腦那兒去投入ID及按密碼，就可以領出$50或$100來。

婉淑，好想念妳，知道嗎？這兒的生活單純，據聞女人都想住美國而不想讓先生回台灣去，因為台灣比起美國生活多太多機會讓其他野女人勾走自己的先生了。的確，這兒生活是夫婦小孩，自個兒一家，偶而朋友聚聚吃吃飯，不會像台灣，先生應酬花天酒地去啦！離開妳，才深深體會到，我們更需要在一起共同度過相愛的日子。沒有妳，似乎一切都索然。雖然生活苦一點，我也不計一切要妳及劭騏在我身邊，我深信沒有熬不過的難關的。

非常愛妳的

凱8/20/79清晨03:20

P.S. 又過了半夜，所以今天應該是說是昨天

8/22/79（三）#10

婉淑，吾愛：

現在已是午夜過半小時了，心裡一直想念著妳及劭騏，有時我一想到劭騏的樣子、笑聲，內心就很難受，覺得自己很殘忍，他還那麼小、不懂事，爸爸就離開他不給他愛。其實爸爸在很遠的美國仍深愛著妳及劭騏，藉著此片小紙，飄洋過海傳真情。Darling, I just love you and our kid very, very, very much！

昨天星期二上午去辦Social Security Card（社安卡），大概要六週才會下來，之後去學校對面的銀行開兩個戶頭，一是儲蓄帳戶，另一是支票帳戶。我把

那張匯票$2,000各存入一千。這兒的存錢都有利息，儲蓄比較高，支票也有但較低，而且若Balance（餘額）低於$200則銀行會收些手續費。

明天若可以的話我們會去申請電話，大約兩天可以接妥，Deposit（預由一室友出，反正將來有利息。但接線費則4人平均分擔。若接好電話，我就可以告訴妳，何時在家（汀州路）等我打回家給妳，真渴望聽到妳及劭騏的聲音。這兒錄音機還算不貴，收音機與錄音機價錢差不多，$20左右一台收音機，錄音機差一點的$30～$40，好一點的、立體的，約$100左右，我很想錄些爸爸的聲音給妳以及劭騏聽一聽，也可時常放由家裡帶來的那卷劭騏的哭笑聲。心情煩的時候，就拿照片起來看，就舒服一些，若是做夢夢見妳，起床也是覺得很愉快，大概是太單調的生活環境使我太想妳、太愛妳了。我相信楊華她先生三年之中不會有什麼豔遇的，就跟我在此一樣。

今天中午去看信箱，仍是失望，明天再看看。下午去一個大的地方在Downtown（市中心），叫Galleria Shopping Complex，很像中山北路那種Window Shopping（純逛街）的高級地區，是有錢人「拋錢」的地方。有賣衣飾、古玩、音響、皮件等等的，也有電影院、Ice Skating（溜冰）。這兒來逛的人就穿得較整齊，但穿Slipper（拖鞋）仍是有。以後我也會帶妳去「看」，（不會「買」，因為太……太貴了。）在休士頓，我已大概知道那幾家購物中心較便宜，其中一家最便宜，那洗衣籃，相同的，今天去另一家看到，氣死了，才$3.49而已。不過我也買了便宜其他店很多的睡袋、床單及水壺。睡袋較適用，妳來時若仍冷，再買一個給妳用，才$8.99比台灣600元一個便宜很多。睡袋不介意吧，二個人擠在一個內相好「還是可以的」，但睡覺很可能太擠了吧。很晚了，希望做夢再見到妳。

愛妳的

凱8/22/79　01:15 am

8/23/79（四）#4

凱：

昨天本想寫信給你，但寶寶纏了我一天，到晚上八點半睡著後，我吃頓飯的時間，他又醒來玩，直到十點多，沒辦法，將燈關掉，就在大床上陪他睡，他

玩了一會才漸漸睡去。等它熟睡了放回小床，半夜又叫了，只好再抱回大床，他好怕熱，冷氣一晚不斷開開停停。不關掉他手腳冰冷，關掉他又冒汗，衣服都濕了。從你走後，每夜都得起來兩三遍，變得喜歡在大床上睡。我只能在兩次起來之間的空檔趕快睡，時間雖短，卻也做了不少夢，有一次夢見你說我沒將劭騏照顧好，他很冷，我醒來趕快將冷氣關掉。每次都是夢見你，情節雖不大記得，但都很愉快。昨晨原想抱劭騏去寄信，順便散步，一早醒來卻是傾盆大雨，信只好託妹妹幫我寄了。到十點雨停了，抱著寶寶去買報紙，並坐小蜜蜂（一元），玩具在動，劭騏也在上面動，他一坐上，會立刻將手扶在把手上，坐得好起勁，然後再去奶媽那兒說一聲休息一天。昨一整天，天氣都怪怪的，一會下大雨，一會大太陽，劭騏不停的在室內室外換地方，床上玩累了就想出去，到外頭只要站著他都高興，有小狗，有來往的人和汽車可看。他現在很喜歡玩按鈕，開燈的，按電鈴的，冷氣的，他知道那些很奇妙，會自動伸手去按或轉，但力量還不夠。能陪劭騏玩，我感到很安慰，但心裡也很急，我的COBOL，上機錯了兩題半，第一題僅印出一半答案，從拿回報表到今甚至沒時間看錯在那兒。今天要交的作業，待會兒得趕一下。抱孩子玩一天，總覺得沒什麼成就，不停地站在陽台往下看。但見他兩眼黑藍分明，骨碌碌，滴溜溜地轉，白白的臉蛋紅紅的唇，不斷叫著爸爸，和我的眼神相遇，就開心的張嘴笑。兩顆小牙，每叫一聲爸，便明顯的露出來。我想帶他還是值得的，此刻他最需要我們，爸爸不在身邊，媽媽又常自顧自去了，他實在很可憐。星期一我打卡到七點才去抱他，看得出黃婆婆不大滿意的神色。好在，再兩週星期六就不必下午還麻煩他們了。劭騏頑皮不好帶是令他們感到疲倦的原因。我帶他一天也累得很，要隨時跟在旁，否則不是摔就是跌，明明站得好好的會突然往後仰。跟他玩其實很有趣，教他一個花樣，他會很專心聽，然後努力學著做並且玩得很開心，又笑又跳，但他常惹事又教人生氣。他會伸手亂抓，一不注意架在窗上的棍子被抓下來，雜貨店在掛玩具，也被他從箱子裡抓出來，吃麵打破辣椒罐，麵老闆看他頭疼。只有看電視時聚精會神（試過好多次，有一次我去吃麵，電視在後，他乾脆將身子轉過去直到我吃完，他還在看，歌舞節目還會喝彩。另一次我晾衣服，他在娃娃車上哭，妹夫在看棒球賽，他看沒人理，索性看電視，直到我來抱他還盯著電視看。你給他的信，我才唸一句，他就又蹦又跳不聽了，我也唸不下去想哭。我能確定他該是聰明的，只希望不要小時了了才好。平日看他覺得像我，熟睡時，看他大大的臉龐，大大的嘴，

微翹，像極了你，標準的男孩樣。不知道他個性又像誰？他一點都不愛哭，頑皮，以後你得準備隨時向人道歉。我現在也吃了不少這種苦頭。等我確定你收到我信，我會打一些郵簡寄回家。等你有了電話我會找時間打給你。我會設法向大姐借相機，照些照片給你看。我們很好，生活愉快，只是寂寞點，常想哭。希望你早點收到信，好讓你安心。劭騏和我都非常愛你也想念你，他天天都叫爸爸。

婉淑8/23/79　10:45

8/24/79（五）#5

凱：

目前你一定還沒收到我的信，可以說我們還沒溝通。我能了解你的心情，等你接到信，知道劭騏健康以後就會好點。在我未接到你信時，你剛走後幾天，家人都很同情我，不時來看我們，熱鬧得很，劭騏兩次去圓環看病都是坐滿一計程車的人，浩浩蕩蕩的去，我媽還堅持送我回福和橋，她再搭車回家，幾次回娘家也都由弟弟護送回來，他們不放心我一人抱娃娃搭計程車，大家在時都嘻嘻哈哈，我沒流淚給別人看過，可是日子一天天過，已經一週了還沒你的消息，週五（17日）晚路家請客，我先回家看不到信來，就淚如雨下，哭不停，心想不去吃算了，但媽又說好要我和弟弟去，一張臉洗完又哭，哭了又擦，想想若你永遠不來信，我難道就永遠哭下去嗎。最後還是擦乾眼淚回家去，爸媽倒不尋常的已在家打扮，我一說笑就不哭了，家人都盡量不提來信的事，當晚我們四人計程車去

計程車回（很特別，還是老爸提議的）。我旁邊坐一位太太美國台北跑，告訴我信沒那麼快5～10天，聽了才放下心來。第二天收到你的信後一切煩惱都煙消雲散了。現在我盡可能寫信給你，等你收到第一封之後，信就會源源不斷地來了，那時你就會比較安心做自己的事。雖然我們仍無法見面，但每天反覆看你的

信，就像你在身邊，也稍可安慰了。只要知道你安好無恙，一切寂寞都可忍受，否則做什麼都覺得毫無意義，沒有了你，存在又有何價值。等你買車後一定要小心，尤其還沒保險，萬一出錯是會被拖垮的。最近台北的天氣似乎有個周期性，每到星期三便颳風下雨，上週來了颱風，這週則象徵性的颱陣小風，到週五稍放晴週六，日都是好天。我收信似乎集中在週六和週一、二。星期六、週一，各一封，星期二一口氣四封，然後又沒了，不知今天是否會有。今天星期五，我們已分別兩週了，每天我都很認真地過，劭騏是我生活的重心，有他日子就好過，送他去奶媽那兒前，都要坐一會兒小蜜蜂，回家來收拾他散了一地的玩具和尿布，帶他雖累，但很愉快。我常感到滿足，很感謝上天賜我的一切，有個好丈夫，有個漂亮的兒子。爸爸，你一定要好好珍重，為了我和寶寶，好嗎？昨晚劭騏又到大床上來睡，我太睏了，忘了是何時將他抱過來，迷迷糊糊只覺得他一人在黑暗中玩，居然沒摔下床，真是萬幸。到六點他耐不住了硬把我吵起來。他穿上那白色的BVD衫很漂亮。到底是男孩，我在市場花一百元買兩套可愛的娃娃裝，有一小朵花，穿在他身上不倫不類，他雖瘦，胸圍很大，像健美先生穿上了秀氣的衣服，真不能看，反而白白的汗衫穿來帥氣。我會多買幾件汗衫以後穿。電費來收過，但我沒碰到，也沒見著通知單，油煙機已開始滴油了，以往好多事都由你包了，如今樣樣自己來，才發覺你做的事真不少。凱，我和寶寶都好愛你。你在時他不大叫，反而你走後第二天就不停的叫爸爸，獨自玩，或扶在小床邊開心時，不斷的叫，真希望你能聽見。很難想像一個小孩沒爸爸要長成大人有多困難。好想念你。

婉淑 8/24/79　10:30

8/25/79（六）#6

凱：

　　這幾天都沒有信來，不知今天會不會有。已是星期六了，上週六就收到你的信。若能接到你的信，感覺一天充實多了。昨晚真是午夜驚魂，劭騏從大床上掉到地上，大概是先碰到床頭櫃的尖角才掉地，額頭不僅一個大包，還稍微劃傷，有點血，他不但疼，可能也受了驚嚇，一張臉鐵青，哭了好一會才停，大妹都被他吵醒趕過來看。你兒子我實在帶不來，他一張臉到處掛彩，現在額頭剛好對

41

稱，一邊一個疤，哭完他照樣又在床上玩，半夜只好開著燈讓他玩。從你走後每夜我至少起來兩次，白天要上課，不上課時要洗衣打掃房子，兩個星期來沒睡過午覺，精神一直不大好，上課也無法集中注意。晚上一睡，就迷迷糊糊的，劭騏摔下，我只知在地上找，趕緊將他抱起，還要努力想他何時睡到大床上來的。半夜他會哭，我只好放在身邊抱著他，如此他便安穩的睡去，小床空間小，他隨便一翻身，不是碰頭就是手腳伸到車外，他越來越不愛睡小床。我不知道他是因為玩掉下去，還是睡熟了翻身掉下的。他睡覺並不規矩，有時直得睡醒來是橫的，有時頭腳換了方向。半夜看他好可憐，天天磕頭碰腦，不知是否變笨了。今早一定要設法將床靠邊，那床頭櫃最討厭，他偏最喜歡玩，不是碰頭就是碰嘴巴。早上六點就不肯睡了，抱他到陽台，他又抓冷氣機，有三隻指頭刮破皮，流出血來，我的手被沾到血才發現，而他居然不覺得痛還不斷地玩。坐妹妹的沙發他便爬上玻璃桌或推那小沙發椅，沙發一離開他又差點栽下來。不知是否這種年紀的小孩都如此，還是你兒子特別，我實在沒法帶。今早抱出門經過小蜜蜂他便指著要坐。黃婆婆說我該拜拜「床母」。黃太太說只要順劭騏的意他從來不哭（若不順他，那可哭得兇。）好動愛玩「慢皮」，碰傷了都不大哭。真不知這樣的一個兒子將來如何帶。早上黃太太買菜和我一道出來就站在門口和我聊了好久。我寫信到一半，鍾帶著娃娃和一個同學來，打聽我何時走，那同學台北縣甄試第二名尚未分發，大概是想我走的話來補缺，聽楊華說今年師大畢業的也還沒分發。我在想一旦出去，總得學點什麼，否則再回來搶這飯碗恐怕不容易了。

　　這週來你一定很忙吧？Orientation（新生訓練）還沒結束嗎？新學期開始總會有些新氣象，像我們這小學校都貼滿標語，福利社大減價等，新生一個個愣頭愣腦，很好玩。何況你們大學一定熱鬧非凡。新學期我不當導師想來真愉快，至少早晨尤其冬天不必趕著將寶寶送出門。說到寶寶我心裡還是很愉快的，雖然累人，但寶寶就是我最大的成就，看他額頭腫兩個包實在過意不去。昨天我騎車去台大，第二題修改後上機仍有錯誤，我怕太晚只好作罷回來，目前仍無結果，心中頗著急。回來時風好大，在橋上幾乎騎不動了。凱，好想你。我一人實在無法帶寶寶。

婉淑8/25/79　12:45 pm

42

Hermann Park 看芭蕾舞

婉淑，dear：

每天都是半夜寫信，夜深人靜或許好一點，可以多點思維。

昨天上午去繳學雜費，先到系辦公室拿張「Certification of Employment」（受僱證書）證明我是Faculty（教職員），可以減免大部分，原來外州，外國學生要付的$648變成$180元而已。這張證明不僅我個人可以用，就是連妳來唸UH也可以減免，因妳是Faculty的家人有優待。我在想，將來在我未畢業之前，妳也唸書，而且我又有係內的employment（工作）那妳的學雜費，可省不少錢。

繳費需大量的人手來幫忙，發表、蓋張、收錢……，大約有上百人在上學期就登記打工，一共四天，可以賺到$120元，超過一個月的伙食費（大概一個半月）。說不定下學期，我會去登記。今天我又聽說我們物理系的獎學金是$500沒錯，（第一張支票要到九月初），依一般人每月大約花$200～$250，所以每月我至少可以存$250以上，等妳來也有$1,500了，可以增加存款證明。電機系的TA是$425/mo，電機系的$恆在物理系之後（去年是$400），若獎學金提高到$500/mo，那麼UH就是我申請五家Ship最高的學校了。

休士頓的天氣最近兩週都是Thunder Shower午後雷陣雨，來去很快，今天終於用上雨傘了，還是帶來較方便。下午與Eric去China Town中國城（其實是五、六家商店、戲院）買東西，買了一個凹炒鍋及爐座（共$10，比台灣貴一點，鍋很重，不小），另外是買些香菇、魚罐、豆腐、豆油（味全）、維力麵、魚丸、香腸、香油、醋等等，在這兒東西都是東南北亞各國聚集的產品。不要擔心我僅是買些這類東西，較新鮮的生菜、水果、肉我都在超市買了，目前可以支持很久。這兒買菜是遠一些，但比起台灣還算方便，進超市車子一推（那車子很大，還可以放小孩在上面好照顧）需要什麼，抓完了算帳，然後推出去到停車場，實在很方便。

昨晚到Hermann Park的Miller Outdoor Theatre露天劇院去觀賞休士頓芭蕾，跳得很不錯，有Jazz及Symphony伴奏的，那些男女必是體育健將，身體要特別訓練才行，力與美配合旋律也是一大藝術。這個劇院每月有好幾次各項演出都free免費，因休士頓市有錢，而且這些演出有帶些呼籲Donation捐款性質

Herman Park 動物園

故可以連續不斷。這個公園很大，車子在裡面鑽來鑽去，都搞不清方向。裡面還有一個很大的動物園，聽說與圓山相當，但種類數較多，參觀不要錢，以後有機會，帶妳及劭騏去看看，尤其是對劭騏最好了。動物認識這門課都具有深厚的啟發性。

　　我內心都有一股對妳及劭騏的歉疚感，本來可以好好地三個人快樂生活在一起，爸爸卻偏偏遠離你們兩個。婉淑，妳原諒我，好嗎？將來在一起，我們補償過來，更加愛妳及劭騏，OK？雖然無可否認的，在美國生活或許不如台灣舒適，尤其是帶小孩，但我們都捨不得忍心丟下兒子在他方，我相信妳一定會哭哭啼啼，我也會時常想念自己的骨肉，無心做事。做人子兒的應該有被愛的權利，我們不要讓劭騏感到欠缺父母的愛心，再怎苦也要撐下來，OK？我有獎學金，再加上休士頓工作易找如反掌，學校那也很多工作，我們不會餓死的，我祇要太太及兒子，什麼都是其次。婉淑，好想妳呢。

　　I love you very much. Je t'aime.

凱8/23/79　01:45 am

P.S. UH有個托兒所照顧3月～6歲的小孩，所以將來妳不用擔心。
Faculty教職員又有好處，買書、東西（在校內）9折，停車免費又近，但也有缺點，Game Rm.遊戲間的保齡球、乒乓球都比學生貴，但誰那麼傻，到Game Rm.拿出學生ID就好了。

8/24（五）#12

婉淑，darling：

　　今天上午沒排活動（其實是有，到市區辦社安卡及參觀移民局，社安卡我已申請了，六週後下來）所以昨晚早些睡，現在起來寫寫信給妳。目前我已寄一封回家給爸媽，及阿炳，阿英，大姐各一封。我的室友已於20日晚上抵達，他姓高，因他是碩士，職位老是升不上去，一火大，就來攻Ph.D.。台灣重文憑過於美國，老美很多都是修part-time，才不稀罕degree（學位），當然有Ph.D.更好。

　　目前我們兩間臥室分開開火，我與高並不一起，因他是化工，時間或許不配合，所以各做各的，而且他不吃米（Fat，怕太多carb碳水化合物），所以更不用說，他來美很適應，因他去年3～9月在愛荷華州大做研究。另外一間臥室他倆是一起開火。東西分開買，三組食物塞滿了大冰箱，炊具有個人用也有共用的。通常我煮兩杯米吃三餐，後兩餐都是炒飯，湯也是必有的，罐頭湯、米僧湯等等。

　　昨晚作夢，夢見我回家兩次，見到妳及劭騏，心裡好高興，一心想抱著劭騏，可是我一抱起來，發覺他已很胖、很大，約有一歲半、兩歲的樣子，也會說話叫爸爸了，心裡就覺得奇怪，爸爸才離開十來天，就一下子長到我的腰際，不過他長大的樣仍然是很可愛，也有大孩子的英俊「稍傻」。

　　昨天一整天的活動是去一個牧場叫Hunt Ranch Retreat，那兒有球類、場地、小湖、木舟、鋼琴、電子琴、撞球，是一個Baptist（浸信會）捐給休士頓的First Baptist Church作為度假用。到那兒分組活動，老美的團體活動與台灣差不多，看來也是很孩子氣。中午吃BBQ，有牛肉、雞肉，當然沙拉、茶是一定有的，老美對於出外吃的工具，餐具倒是講究，非常方便，刀叉、匙用完即丟，剛來的外國人一定會說浪費，所以不少人把未用過一包包的餐具帶回自己用，反

正本來就是要丟棄的。

　　我忘了帶「留學生報到卡」來了，妳幫我在書架上有包留學講習資料袋找找看，把那張寄往東岸的寄來給我（大概是紅字的，上面或許有寫Tx於東岸報到）。萬一真的找不到也沒關係，我寫信去那兒要一張。

　　昨天因外出，沒去看信箱，今天再去，應該有了吧，再不接到妳的信，真的會發狂呢！婉淑，離開妳才覺得妳在身邊的可貴與愉快，我會永遠愛著妳及劭騏的。我也大概問了一下依親的手續：到國際學生服務處，拿一份I-20，然後到北美辦事處休士頓分支去申請依親證明，再加上財力證明（我這兒的存款及系裡獎學金信函），寄回給妳就可以辦了。我大概在十一月左右開始辦，太早的話，依親證明六個月失效，太晚會拖延時間。不到明年2月10日是不能辦出境護照的，但師大償還公費是可以先辦妥。

永遠想念，愛妳的

凱8/24/79　10:30 a.m.

46

加維斯頓抓螃蟹

婉淑，吾愛：

昨天告訴妳幫我寄報到卡來，可以免了，因為我問有些老生根本都沒有報到，他們說那毫無牽連，將來要辦什麼加簽延長，祇要到休士頓的辦事處去辦就可以了。

昨天上午到系館辦理一些有關薪水支票的事，說是要扣所得稅及社安稅的，可是我在此之前，已辦了減免所得稅，兩者相悖，我問秘書，她說其實是會退稅的，到明年元月報稅時全部或幾乎大部分的錢都會退回來。她說Just like savings就像儲蓄一樣，我說：Ya, but without interest.（但沒利息啊！）後來我問她，我每月是多少，她查了一下說是$500，還不賴，可是每個月，大約要先扣$50實在太多了，存在銀行還是有利息比較好。目前沒有車，開支比較省，$200是絕對夠一個月生活，有了車以後，就難說，或許$200夠，或許車子來個拋錨什麼的，要$30、$50的。油錢因人車而異，大車、老車的mileage（里程/1加侖）較差，當然要常常加油，還有加油站的地點，廠牌也有不同的價格，平均大約83¢～95¢一加侖，去年還是60¢不到，今初夏是75¢，現在已是飛漲了，不過仍還算是比外州稍便宜，有些州要排隊（前個月德州也有二週）甚至超過$1/加侖。

昨天下午，CSA（老中同學會）辦個去海邊活動，來了六部車，共有30個人去Galveston Beach，有Ferry渡輪，載汽車過去，不要錢，是州政府義務運輸交通之一部分，過了是個小島，風景很美，有seagulls海鷗，丟餅乾上天空一隻隻銜得很準。另外，可以抓螃蟹，他們的週末，尤其是對於老中及老墨，沒闊到可以吃海鮮店的人，就花這種最便宜又可吃海鮮的方法：週五或週六下午開車來（休士頓到Galveston大約1小時多一點點，晚上好抓，美國螃蟹很笨，蒼蠅、蚊亦是），晚上抓二、三個小時，用線綁一隻雞脖子（海邊賣），丟下水，一會兒就一大堆夾住，重複這動作，不一會兒就滿載而歸，十幾家老中，每家可分二、三十隻以上。昨天我們很早就回來，祇有四、五人留在那兒抓到十點回來，沒籃子裝，只抓了四十幾隻而已。味道不錯，在台灣，這種大概叫「鱘仔」，一斤也要30元左右，若是抓滿一車也有百斤以上。NASA附近有海邊、有大蝦，味道不

錯，價錢也比台灣便宜。

　　CSA的老生對新生都很照顧，安排住宿、迎新、Shopping、辦理證件、開帳戶等等，老中到海外還是很親切，尤其大家都來自台灣，更是如同親友一般（當然香港仔就少接觸，主要是彼此語言關係，交談還得用英文，我是例外，搞得兩邊人都不知我來自那裡，再加我一說我是台灣來的香港仔或香港來的台灣人，更是丈二金剛）。老男生很多都未結婚，偶而也會有一、二個特別對女生殷勤，誰都看得出他們的用意。女生下機，電話一來，車子就去接，男生就得等懶洋洋的老生來接了，除非誰有特別交情。沒有結婚的男人，好可憐喔，幸好我已經脫離苦海，娶一個賢妻，也有一個有良母的男孩子，真的，我把照片給室友看（好讓大家知道我已有老婆、孩子，不要給人家機會可趁），他們都說妳是賢慧淑女型，劭騏也很可愛－Cute！我真好樂，想起妳來也減少一些痛苦。

　　我看中央報，說台北有過什麼歐敏颱風的，又是淹水，又是清潭堰破了鬧水荒，心裡很著急，沒有水，小孩怎受得了。到目前仍未接到妳的信，心裡更不安。

愛妳

凱 8/25/79　　10:50 am

婉淑，My darling：

　　今天是星期日，郵筒不收信，所以就沒寫，等到晚上來寫，明天上午寄，或許妳這週四收不到信了（沒信），對不起，妳要怪我，也同時要怪老美禮拜天不工作，幸好週末仍收信。到了週末或週日，休士頓市區靜悄悄的，大部分的人都不知到哪度假去了，沒車、沒TV的人較難過。昨天下午我與一個高雄來的（攻EE）去校內游泳，然後去打乒乓。學校UC有個Game Rm.內有電動玩具、保齡球、乒乓球、Billiards（撞球）等等，學生最便宜，教職員次之，校外人最貴（大約學生2倍），電動玩具老美最喜歡，我只是看看，不想花錢，乒乓球可運動，又便宜，每小時才25¢。

　　今天中午去Eric他那邊（東邊，我與他隔一條Calhoun Rd.）洗衣服，上週我自己洗（因為我這邊，西邊的洗衣房，洗衣機壞了）很累，而且烘乾機又吃我一個Quarter不轉，這星期天去他那邊的洗衣房洗，很多機器都被搞壞了，公司修好，又被搞壞，都把投錢幣處扳開，有的變成免費，有的全壞，所以我與Eric今天洗，烘都免費，扳回上週損失仍有餘。

　　明天開學，我的課每週有13小時，研究所的課程13學分。其他空閒，系內會安插二班六時的Lab.實驗課，其他Paper Grading改考卷，出題，改作業等等，自己利用時間。所以拿人家錢，唸起書來較辛苦，但較不有顧慮，也有這點好處。沒有獎學金的人，就在校內作書店收銀員或Hilton Waiter或成績好的去作Tutor輔導（學校付錢，受輔者免費），還有其他工作我不太清楚，Pay都是最低的$2.95一小時，Hilton可能高些$3.50～$5.00一小時，看資歷而定。一般人不願意在校內寧願在外，因價錢高，至少有$3.50一小時以上。像我有TA就不可能打校內工，擋掉人家機會，當然你要賺太多錢，學校不給人機會。

　　這學期來的新生，有不少人娶了太太的，大概明年春天個個人老婆都要來，最遲夏天，到時候就會更熱鬧起來，老中在此都市還是蠻多的，休士頓怪面怪腔很多，英語、西班牙語、粵語、國語、台語、越語……多的不得了。

　　Jenny在9月2號離開休士頓到加州然後回台北，到時我會託她一封信及一樣小禮物給妳，我現在仍未想出要買什麼好，化妝品或身上戴的，再過三週的9月17日就是咱們結婚兩週年，寄的郵費太貴，又怕破損，所以我正好可以託她幫我帶回一件小禮物給妳，或許，我也該給劭騏買一件玩具。大概下週二她就到台

北，幾天之內她會去咱們家找妳（晚上）。

在這兒已有人申請到電話，大概也打回台灣給家人了，我這間Apt，或許本週內就可拿到，那天星期三打去電話公司，第一次與老美講電話，兩個人pardon來pardon（對不起）去的。等確定電話之後，我可以打到汀州路娘家給妳，我會在十天前通知，好讓妳知道。

婉淑，好渴望見到妳及劭騏，寂寞時，我就拿照片一張張詳細地看，妳很美麗、漂亮，劭騏也很可愛、惹人喜歡，我不願意長久離開你們，半年並不算太久，很快就過去，明年2月10日滿，妳就開始辦，大概三月初或中旬就可以來的，注意妳的行李一定要在桃園機場的華航櫃檯就說要掛到休士頓，否則到時人手不夠，要轉機很麻煩，有個男人陪女兒來UH，然後回到SFO要轉機回台，一轉身行李被人摸走了。若是掛到直接目的地，就會有下班飛機的代理接待來照料行李，方便得很。下到休士頓的機場我就來接妳，一切都會很順利的，婉淑，我好想念妳，我會乖乖地努力用功，愛妳及劭騏。

Je t'aime！

凱8/26/79　22:55

P.S. 剛到系館mailbox收到妳信，好高興，也放心、安心很多。
8/27/79　9:05am

凱收到第一封信

婉淑：

　　今天終於接到妳的信，共看了三次，心裡好興奮，同時也心酸了一陣，我知道劻騏好一點，也比較心安。我很感激也很愛妳，妳把咱們的兒子照顧得好好地，也花了不少精神。

　　來此之前抄了不少的某某人親友姓名地址，一個也沒拜訪，沒有車走不動，公車不方便（非常不方便，不似舊金山），也沒有自己的電話可聯絡。魏大概就如我所聽到的，他在一家digital公司做事，月薪不錯，上千，老闆大概也幫他申請了PR。其他則不知，等以後有電話，再打去問他，不過我看，陌生人也談不了許多，何況他又會知道是他媽媽要刺探的。

　　上機的卡片，應該在側面畫記號，我忘了告訴妳這一點。希望妳能順利做出這三題，考試也會順利過關。騎腳踏車要特別小心，尤其是通過十字路或穿越街道。去台大上課走側門倒是比我騎摩托車路線要近得多。

　　下學期妳未當導師，那是最好了，多點時間辦事，照顧劻騏。飲食要注意，尤其妳有時不小心，胃就會不舒服、噁心。我來美才體會到，在台灣吃是多麼享受（並不體會到在台灣吃有多困難），在美國，要吃則自己動手，否則吃漢堡、一杯冷Coke，大約$1.50～$2.50。前幾天我自己做，從來未有如此難吃過，自己不小心買了牛肝，差點吐出來，未煮的送給別人。今晚上課回來，自己滷了一些牛肉（碎）、海帶、魷魚、味全花瓜（38¢不貴），味道很好，跟妳學的。如此一小鍋可吃數天，明天中午也準備吃便當，在微波爐熱90秒即可吃。這兒有些菜吃不到，常見的是青椒、洋蔥、蔥、洋芋、地瓜、花菜（綠、白）、芹菜（有玉米粗）、大白菜、高麗菜、四季豆。空心菜去中國城可以買到。水果有蘋果（大紅的69¢/磅，台灣數十元一個，現在吃膩了）、李子（很大）、桃子、檸檬、柳丁、西瓜、葡萄、香蕉，在此吃水果比台灣方便，買菜也很方便，祇要有車就行。不過要買未處理過的食物較不可能（蔬菜、水果例外），飲料中含有Artificial人工甘味的很多，不過外面標示，一目了然。買Welch牌純汁的較貴，一罐concentrate濃縮像蘆筍汁罐般大就要97¢，要是On Sale特價，半打特大的7-UP那邊才99¢，可見純汁多貴。

今天第一次上課，這兒從上午8點到晚上8、9點，隨時有人在上課，甚至12點到下午1、2點。我的Lab.實驗課，排在星期二11:30～2:30，星期五2點～5點，上的是大一物理下學期的課，不過學生（15人+15人共30人）有大一至大四都有，各科系都有，明天第一次上台，應該不緊張，本週沒進度，僅開場白。不過明天很累，課最多，加起來有七個半小時。

今天上課，老中都有書，老美連教授都嘆不如，台灣書便宜，有些台灣來唸商的，每本都在UC書店買，超過一百元，嚇人！兩個教授說話很快，還得花一段時間來適應，電動力學較難，古典力學還可以，教過高中有差別。每週都會有Homework家庭作業，本週第一週先教，第二週就開始自己作、上台解……等等。我不知自己會有多少時間來分配，信我盡量寫，可能沒辦法天天有。

那些拿回家的行李，熨斗、皮鞋就不要了，熨斗這兒不貴又好，皮鞋不太實用，倒是布鞋、運動鞋、涼鞋、拖鞋最常用，何況我已有一雙「雨鞋」了。這兒買不到台灣那種像家裡漂亮的碗倒是真的。

夜深，再談，好愛妳及劭騏，我會保重。

凱8/27/79　23:40

8/26/79（日）　#7

凱：

不知何事令你至清晨三點多尙未入睡，或許是美式生活我無法了解吧。在台灣你從來不曾三點還未睡的，若爲寶寶半夜多起來兩次，第二天便一副不得了的樣子。你到美後似乎經常深夜未睡，若人人如此，自無話可說，否則還是應以

身體爲重，獨自在外要自己保重。對我言，若能一覺到天亮就感激不盡了，那敢如此揮霍。昨天趁下午上課之前，將床推至牆邊，床頭櫃移到衣櫥這邊來，看起來安全多了，似乎早該如此做，劭騏也不至摔那麼多次。床底下比想像中要髒好幾倍，掃掃擦擦之後趕去上課，人在課堂，心不知在哪兒，下課後急著

52

趕回來抱娃娃，他看來實在漂亮，連向我問路的人都忍不住露出笑容，向他打招呼，他愛笑、貪玩，不大哭。才回家我和妹妹講話，他一高興撞過來，臉頰撞到我的大門牙，我牙都痛了，他居然沒哭，臉頰發紫陷下一個洞，現在他是滿臉疤痕。最近我都買二十世紀梨，磨給他吃，他一把搶掉，汁都倒在他的小啾啾上了，洗澡更是爬上爬下，現在都站著洗，他扶著浴缸玩，好幾次被我提起一隻腳，否則就跌進澡盆。新換上的床單，他不知為何竟吧剛喝的牛奶全部吐出，他全身、我一身、床單、地上全是，真把我氣瘋了。剛好我爸媽來，我爸聽說他常摔到頭很著急，直說怎麼辦，三人看著他在小床上跳、表演，他又突然碰的摔下去，後腦一個包，連我老爹都火了，直說這怎麼行。不行也得撐下去啊，劭騏的爸不管他，自顧玩瑪莉團團轉去了，我這老媽再不把日子過下去跟著他團團轉，他只有進孤兒院挨揍的份。

　　昨天一整天都不對勁，他從早開始不斷受傷，今天就幸運多了。一早將我叫起，剛好看少棒冠軍賽，看那些可愛的孩子們，要花去父母多少心血，我們的劭騏，也能像他們那樣活潑、靈巧和幸運嗎？相信花在他身上的精神絕不會白費，帶孩子真是一份耕耘一份收穫，孩子的成長，使我體會到生命真正的意義和生存的神聖使命。看完棒球賽抱著劭騏上市場（德和路）想看看有沒有上次我們一起買的白色汗衫，一路上好多主婦們都出來買，黃太太、江太太和馮太太（住40號，先生出國的那位學校老師）都碰頭了。馮問我近況，心有戚戚焉。她先生本來早就要出去（公費），但她要求等孩子們（二女兒）稍大可以作伴再走。她說

孩子們大了也麻煩，已經懂事了，常說她們好像沒爸爸。我們劭騏則是不斷叫爸爸，抱著他撒尿，他也滿嘴爸爸，真是啼笑皆非。他看得懂大人的臉色，昨天我氣壞了，沒心情跟他笑，他獨自坐小床裡，不斷抬眼望我，不敢鬧了。平常他都像馬戲班小丑樣，在小床裡耍寶，每換一花樣都望我一下，我高興的拍手叫好，他會很得意的大笑，繼續表演。

　　昨晚冷氣壞了，今午弟弟來修還換掉插座，一下午他都陪劭騏玩，好開心。現大床靠牆，劭騏會自己扶著窗台站起來，他的兩隻小手到處亂摸，經常都是兩隻黑手。現在好了，他自己扶著窗看外頭風景，還不斷摸窗台和紗窗，髒的不得了，但他玩得很高興。凱，好想念你，剛走那陣子，上電腦課時聽著聽著就莫名流下淚來，如今習慣了，偶爾傷心不免怪你，覺得你好狠心，把我們母子丟下。二樓的許太太常看我吃飯時間還捧著兒子在門口玩，問我怎麼不去巷口麵店吃，知道的人都很同情我們，也很幫忙。對未來我不敢想太多，只能過一天算一天，只要兒子不生病，健康活潑，你能平安愉快就好。劭騏情況很好，大便成形一條條，我打算逐漸換嬰兒美。

　　凱，好愛你。

婉淑8/26/79　23:30

8/28/79（二）　#9

凱：

　　你從21日便開始等接信未免早了，所以你就得失望好幾天，我在18日才接到信，整整八天未見才收到信，眼淚已不知流掉多少，等信之苦我們彼此都能了解，不過你比我辛苦，要晚一星期才能知道我們平安無事，事實上你是在離開我們兩週後才知道我們在做些啥。有時想你想得難過心裡不免罵你，寫信時語氣就重了。看到你的信又忍不住掉眼淚，愛你愛得好苦。也不知為什麼當初見了你就愛上你，那次你生了病，我們其實尚未認識很深，但我卻守在你身邊，內心焦慮不已，晚上不得不回家好心酸。我本來是很顧家的，我爸媽還天天罵我要我出去找朋友玩。可是碰到你我自己家也不要了，放學後都在你那兒，萬一你不要我了，那真不知道該怎麼辦。我自認為愛你很深，只不知你能感覺多少就是了。從去年知道你有意要走我便忍不住傷心，肚裡懷著劭騏還常暗自流淚，常會無端悲

54

從中來，總覺得你並不珍惜我對你的這份愛。後來既成事實，分離已成必然，只有希望早些離開早些重聚，擦乾眼淚自己設法排遣生活。畢竟出國是件好事，多走走多看是對的，小倆口守在自己的天地做井底蛙實在落伍了。只要你健康愉快，不要感冒生病，害得小姐照顧你，又愛上你就好了。（恐怕你很渴望有此奇遇吧？好幾封來信都抱怨生活單調呢！）而且還說是因為單調才想念我們，愛我們。開學後多采多姿的生活，大概就會把流鼻涕的娃兒和黃臉婆踢到西班牙去。

文苑這幾天來台北辦護照，只覺她好快，屈指算算也有八個月了。但換到自己身上就覺度日如年，想像不出何時才能重見曙光。她說學校寄來薄薄的那張副本，就是服務期滿證明，真奇怪，我還差點將它扔掉，我以為該有張證明書。

本月電費僅二十元，二樓許太太代付了，忘記來要錢。大概是電表根本沒走，壞了，抄表和收費的居然都沒注意。昨天下午我拜了「床母」希望我們劭騏不要再摔跤碰頭了。他現在都睡大床，大床較油垢多，劭騏趴睡時碰到臉頰，不知是否這原因，劭騏臉頰長了一些紅痘子。我感覺他很能和大人溝通，很可愛。

最近他大便都很正常。昨晚寫到此直打瞌睡，劭騏又睡得不安穩，待我去睡才知怎麼一回事，一隻蚊子不斷叮人，打不到，他被咬了三個包，我被咬五個包。小燈插頭壞了，用吊燈的小燈仍很亮，睡不舒服，索性起來打蚊子，連插頭也修一修。半夜一點鐘，拉把小椅子坐在牆邊修，居然被我修好，才躺下，劭騏又翻來翻去，兩點、三點、五點各起來一次，五點以後根本不睡了。好幾次我眼睛閉上都被嚇醒，以為他摔下床了。台大週日（9月2日）下午七點到十點考試，我還不知劭騏該怎麼辦，也沒有多少時間唸書。昨，今兩天，均不能上機，我得趕去改卡，看明天能否做出兩題。我得趕去學校了（心裡對劭騏很抱歉），不知今天有沒有你的信，中午不回來，便有牽掛，一旦回來，空空的信箱又令人失望。凱，好想你。希望日子能過快點。

1981, 7/16韓國

婉淑 8/28/79　8:50am

55

婉淑，So glad to receive your love：

今午又在系的信箱收到妳的信（8/21），妳說星期日，星期二早上均寄信來，可是我並未收到，反而這封星期三上午投寄的先到，或許明天中午會有。Eric給我建議每封信寄出之前先編號，我想很有道理，算了算，沒錯的話，這應該是第15封，我寫在信封的右下角，錯了妳再告訴我，應該是沒錯，從8/11到今8/28有17天，除去兩星期日，該是15封。

今天課最多，但因第一週，全不上課。11:30～2:30是我的Lab.實驗課，我並不會太緊張。本週不實驗，先列好講稿，有關實驗規則，計分方法，考試次數等等。老美很重成績，看他們每個人必恭必敬的，久了大概也皮起來。我這門課算是一學分，生死都操在Lab Assistant助理手裡。星期五還有一次新生，其實他們年紀或許也不小，至少塊頭都很大。我帶的課相當於大一下冊（Volume II）及物理後半部光學、電學部分。但程度不高，相當於咱們台灣初高中的物理實驗。有些老美上了大學連二元一次方程式都解半天，可是有些老美覺得受辱，不願考這麼容易的問題，就是帶Volume I的TA第一堂測驗學生的。

我走前兩天才買腳踏車，所以無法知車胎，若麻煩乾脆換掉，否則到偏遠處漏氣就麻煩了。本來我想貼紅色反光帶在車上，匆匆忙忙就忘了，晚上有反光較安全。我是曾在福和橋頭那家機車材料行問過一尺要15元，覺得太貴而未買，其實差5元也就算了。

孩子長大越來越「番」是一定的，今天下午我抽空買了五樣東西，四樣給妳，一樣給劭騏的玩具是一隻鴨子，化妝品就隨便買一下，也不內行，不過美國化妝品便宜，一瓶Lotion、一盒擦猴屁股的扁盒子、一隻口紅、一隻很像強力膠水亮唇劑，前三者是Revlon，後者是Max Factor，五樣東西花了$17.59（連稅）。這兒有一家玩具廠商，據說很大，而且小孩進去都不想出來，以後帶劭騏去看看。有些東西On Sale，大家就搶購。幾家漢堡出噱頭，像麥當勞和漢堡王都登一陣報紙印出折價券，剪下來可以買一條送一條。

Jenny 9/2回去，我星期六晚上之前會把東西，寫好信託付她帶回去。我系內也有一個Ph.D.候選人，太太及六歲的小孩都在這兒，太太在幼稚園上班，小孩就上那個小學，太太收入還比先生的獎學金要高。

奶媽不耐煩就忍一下，的確是很不好找到奶媽，何況再不了幾個月他們就要

搬，妳也要來了。處處不妨爲劭騏著想，我們盡可能給孩子多一點愛心。咱們這小子貪玩，也許是活潑樂觀才是，婉淑，妳有凱、劭騏有爸爸愛，怎能說是孤兒寡母呢，堅強振作點，爸爸永遠愛你們。信仍舊寄系裡，很方便。電話因大家都忙沒空去拿，所以仍不知情況如何，有著落時，妳可以打過來（星期日晚上，這兒是上午）Call Collect叫人，也比台灣付便宜，到時再說。

　　我愛妳及劭騏

8/28/79　17:50

8/29/79（三）#16

婉淑，I love you：

　　今天沒接到信，有點失望，不過沒關係，隔這麼遠，不似在台灣當兵時，今天寄明天一定收到，明天應該有吧。

　　開始上課三天了，我選的三門課最多八人，最少六人，算是寥寥無幾了，去年人數還超過十個。台灣來的就是在台北碰到的，連我共三個，一是淡江畢業，沒服役（今年來的不少人未服役，至少我就知五個，其中兩個跛腳）、結婚，太太明年申請學校來，另一個是師大畢，來時無獎學金，現在也有了，因有人走了就有缺，由她來頂，其實還有一個大概是台灣的，沒露面，太不給面子，不來UH也不通知，害得系裡TA都不知要如何安排。另外有些老美，我知有一個是全職的學生，也帶TA看他似乎也窮，滿口說日子不好過，念物理才有$。其他老美是不是物理主修就不知了。

　　我被分配給一位教授幫他改考卷，每週4小時，他是Assistant Prof. & Dean（助理教授）。實驗6小時加上4時共10時，然後老美大概還要算上你要花8～10小時來改報告，準備解作業習題，所以也就是Half-Time Employment：（5天x8時/天）/2=20時/週。

　　今天接到一封Dean（院長）的信，說我英文Oral Exam口試沒過，16分Pass而我得15.5，眞是氣炸。今年眞是上了賊船，以前都沒這個規定：凡是外國新生當TA都要由英語系來口試，不通過則在春季開學前要再覆試，再不過則取消TA資格。我系內另外兩個及去年沒有獎學金今年當TA共三個，成績分別是12.5、13.5及14.5，每次都是我最倒楣，偏偏在及格邊緣，15.9還不是等於零

57

分！Dean還說最好趕緊去修6335（Grad. English），以便再去口試。今年英文系真是亂搞，幾乎全校外國新生都被收$去修他們的課。說真的，UH的物理系大部分（大約一半）是台灣來的，而TA更占約十之七、八是咱們的，若我們四個下學期不能當TA那麼UH的物理系就倒店啦！我已修了13學分，再加三學分英文，要去掉一學分的Seminar才是Max.最多15學分。可是我搞丟了繳費單據，在明天加選最後一天期限，不知有否困難，還得跑去註冊組或國際學生服務處去問看看。不行的話，就不管英文了，修15學分是夠累的，再加英文，不敢想像。

昨天先預習一科，今天上課覺得很管用，我下定決心每科每課都先看過，聽力不及老美，就祇有先看一遍再來聽才是辦法。我晚上不喜歡外出，去圖書館也不近（約10分），不外出可減少麻煩。我室友喜歡去圖書館，晚上也樂得我獨自一人在家看書。週末，週日更要好好利用，下星期一是Labor Day放一天假，該把Homework作業做做，免得被點上台，掛在黑板。

我喜歡拿起相片來看，每次我都給妳及劭騏各一kiss！（接到沒？）聽聽錄音帶也覺得劭騏好可愛，聽到他的哭聲就心疼，更想念他。我這兒同學卽是去年來，今年新當TA的那位，他連自己五月大的女兒都未見過呢！他太太當國中化學老師，暑假來美國玩一陣剛回去，大概明春離職，也要帶小孩來。

劭騏牙齒大概長出了吧？有了牙齒更可愛了，不是嗎？劭騏，爸爸跟你說，你要乖乖聽媽媽的話，不要頑皮。媽媽帶你來美國，爸爸會買很多玩具給你，好嗎？媽媽，妳也要疼他才行，OK？爸爸很愛你們倆個。

凱8/29/79　22:45

P.S. 9/1若台北改正常時刻，則減1小時為休士頓時刻，畫夜顛倒。

婉淑：

　　昨天沒接到妳信，今早接一封，下午兩封，真高興！大概信太多了，今天還有銀行寄一疊六本空白支票及加州呂寄信來，學校的郵局貼上一張紙條說「請將私人信件寄到住家地址，學校信箱僅供公事信件使用。」所以我看信還是寄到我住處的公寓好了，只不過每天到公寓辦公室去拿就好了，反而這樣也不必覺得假公濟私，當然偶而很久一、二封學校大概還不會抗議。

　　加州天氣很不錯，據呂說，那兒東西漲得比德州厲害，連他那小鎮的房租都比休士頓還貴，我目前住的公寓因近校又有傢俱所以貴，離校五分、十分車程的地方，很多出租的公寓較便宜，只不過是沒供傢俱的，少了床、沙發、檯燈、餐桌椅。廚具、冰箱仍有。呂的太太九月中生產，他有點緊張，有機會以後我們去加州玩再去找他們。他還問我電話號碼，只可惜我們電話是要用一室友的名義申請，要親自去，偏偏我們沒車，他又忙，別人有車也忙，所以一直沒電話。倒是教職員辦公室有具電話，若妳有急事可以打那兒，前三碼713是休士頓，749是UH，後四碼是我們一堆老中的辦公室，打進來講中文可以通，但我覺得或許要我有空才可能在那兒，而這時白天，台北又是半夜，大概除了有課的空堂都在辦公室內，不過我的辦公室還是在更上一樓（五樓）我還未去過，是個小室（三人），這四樓大辦公室有五、六人。有急事妳就打這電話，叫Operator接通，Call：person-to-person，找不到人不要$，平時就不要打那電話，因週日可便宜，而我會在家，等看什麼時候有電話時再告訴妳打來。

　　今天去加一科英文，被搞得昏頭，從上午11點一直到四點半才弄好，從系館到Gym體育館，走路也要5～10分，早上去聽說客滿Closed就回來，秘書一聽就說Dean推薦一定可以修，所以我怕她打電話去吵，只好再去，然後選未滿但衝突的下午課（英文系教授及我系主任都說先選英文再想辦法）。然後要證明TA繳費，又回來簽名又去，辦好了，我在想反正電腦會通知衝突把我加的課取消，暗自高興時，又被那英文教授好歹在圖書館碰到說上午班的有二人退選，我可以修了，大呼倒霉，只好又走去退課及加課，共來回走了五次，累死了。每天都要走好幾千公尺，我住處到系約家裡到永和市公所，然後Gym體育館大約在中信那兒。

目前我有$1800的儲蓄存款、$1000的支票存款，另外身邊大約有$80，準備週日去買菜及有人要補註冊借錢（室友）。來到此，算一算大約花的是：雜費$192（今天$12）、保險$8、新生訓練$30、半月房租$40、Deposit預付半數$25、剩下大約$260是花在吃、添購用具之類的，從9/1起我準備記帳，盡可能知道每一分去哪兒了。今天拿到國際學生服務處核辦下來的減免社安稅。凡是外國人不享受這個福利，可以不交此稅，我把證明交給秘書，她很驚訝，不知有此東西，她說：That can solve a lot of problems.（這可以解決很多麻煩。）其他人連老TA都不知呢！如此一來我可以每月少扣$29多，然後Allowance免稅額可報2 dependents（扶養2人），少扣一些所得稅。美國這個國家比台灣厲害，有些人薪水被扣個10%、20%先說，到時你不報稅自己倒霉。

我知道妳與劭騏都安好，心裡很放心。我也要告訴妳，我在此一切O.K.，不要擔心，目前修16學分，很多人說太重，看看到時就把主科退一科，免得焦頭爛額就慘。

很想妳及劭騏

凱8/30/79　22:15

P.S. 若打電話說休士頓大學，要說明Central Campus（中央校區），寫信有郵遞區號Zip 77004，一看便知是UHCC。UH可能有四個分部：Central Campus, Clear Lake Campus, Downton College, Victoria Center。第二者很郊外，後兩者大概都在鬧區，或許很小。英文在週一、三、五11:00～12:00。

8/31/79（五）　#18

婉淑：

今早寄一封信給妳，說信寄到Apt公寓住處。今天問別人，他們都說他們寄信到系裡已一年了，都沒事，包裹一包包還是有。我又去問系辦公室職員，她們說是不應該有私人信件寄到系的信箱，我說但很多人都有信來，她們說，那就不知了，有此規定，遵守是另一回事。反正妳還是寄到系內，不管它，等以後學校有什麼通知再說。寄到學校還是較方便，搬家，去Apt Office拿信都不方便。

今天沒妳信，大概昨天收到太多了，要等到下週二才會再有（因9/3週一

60

Labor Day勞工節放假）。後天Eric的太太回台灣，我會交代她東西及信，我還想明天把底片照完（其實才照了2張，還有35張至少），就在Apt及校園內照完，然後託她帶回給妳去沖洗，最好在海關處不會被X-ray曝光掉。

我選了英文（3學分），共16學分，別人一聽都說太重，我也覺得受不了，今天去跟Chairman抱怨說太重了，大概是週末他心浮，說：「OK, I know it's too heavy. Perhaps we will work on that next week.」他說下週再單獨和我們討論修課的事。我看我是必要退掉一科主科的，不想第一年就被當回去，沒頭路，雖然人家說要當回去都還不太可能，但是就是不想過「非人」的生活。

我本來今天下午2～5點的Lab.實驗，因有7人退課，剩8人低於10人不能開課，所以那一session被取消而我就改教星期四下午2:30～5:30。大概是週五下午近週末，學生都退掉空出來。有些老美也是摸魚王，到了週五下午3、4點就由公司溜了去度假。剛我由學校回來，路上都是車，平常一至四要到4點半後5點多才是Rush Hour尖峰時刻，週五下午3點半就是Rush Hour了，直升機也出來的特別早，監視交通。

連續三天不上課，我得好好利用一下時間，我也會利用時間來想妳及劭騏。我現在也捨不得把劭騏丟下，而讓妳一人獨自來，我認為那對他太不公平了，他有資格被爸爸媽媽愛的，目前他爸爸就不在身邊已是個缺憾，我不想再繼續下去。孩子頑皮，我得好好管教才行，孩子都是可愛，活潑又調皮的。自己人才會孜孜不倦去管教，愛護他，所以我們都不願意離開劭騏，Right？

今上午第一次去上英文，教授很和藹大約35歲，課程是每週作paper（作文），不長，本週作業是Resume（履歷表），上課就是要我們胡扯，今天還是我第一個interrupt（打岔），打開話題，他的用意就是要大家無所不談，我覺得這課蠻有意思的，可以增加會話能力及了解老美文化，生活背景。

妳何時開學？大概9/4？收到信也已開學了吧？當專任較輕鬆就多點時間照顧劭騏及自己。來美國健康很重要，雖有保險，不住院也是無用，小毛病還是花錢。凱會一直想念妳及劭騏。

凱8／31／79　16:45

瘋某vs.死會

婉淑：爸爸非常愛妳及劭騏

　　今早在家裡以及戶外學校照了一些相片，下午也照了一些，穿紅色是上午，黃色是下午，茲說明如後（等妳沖洗出來，妳可以一一用底片按序對照），對了，附帶說明一件事，相片內另外有二個是我Apt（公寓）的Roommates（室友）不同Bedroom（臥室）的，與我同室那個整天去K書不見人影。妳把他們個人的「獨照」分別寄往下列住址：（他們已經案件付我酬）。其他除去他們兩個的照片，我的照片大概有20張，9/1上午，到校內照，自己借腳踏車騎去，用三腳架照。接下來是下午與二位室友出去輪流照，如此我可以幫他們一點忙，亦可以節省一點錢，本來我是準備今天自己36張劈哩啪啦全用完的。下午的相片是Moody Tower（學生宿舍）後面樹林有個小屋關了二隻Cougar，似乎是UH的Spirits（代表學校運動精神的吉祥物）。有二張噴水池，這噴水池又叫UH Lake，背景有旗桿，平日中央是升州旗，兩旁才是山姆大叔旗及校旗，可見德州佬多麼自大。首府（Capital）Austin據說City Hall（市政廳）前有塊寫著Republic of Texas。諾曼第登陸，德州兵一上岸先插州旗（Lone Star），再插國旗。接著是UH教堂一張，裡面有各種教會的活動，要結婚的人也可去利用，「幸好」我不必再走這一遭（I'm very glad that I married you, you are a unique woman I really love！）（很高興和妳結了婚，妳是一個我所愛的特殊的女人。）SR Bdg系館（Science Research）1張。我在四樓、五樓上課辦公室，或二樓的實驗室。

　　早上照完UC的怪物（因騎車不方便下去照自己），正好Eric來找遍學校未找到我。中午他把東西拿了，下午他會再來拿信、底片。底片可以拿去市公所前公教福利站內有洗柯達相紙的，便宜又不褪色。我交代Jenny的東西共有七樣你可以清點一下。1.此信2.底片3.玩具4.護膚乳液5.唇膏6.亮唇劑7.畫猴屁股的粉餅盒。她會先打電話到公館的家裡。

　　休士頓天氣很古怪，每天都會有一陣陰雨，然後就是大太陽，很多北方的人來都說休士頓濕度大受不了，其實我覺得比台北好多了。此刻外面正在下大雨，最近幾日Gulf of Mexico（墨西哥灣）有個hurricane（颱風）不知叫David還

是Elena的，向東德州逼近，可能會把墨西哥灣的浮油吹上岸來。這兒人不叫typhoon而叫hurricane，至於在陸地上的龍捲風就叫做tornado。

每次信上，都是時間少或是紙短情長，無法暢言，我可以在此說說在休士頓所見的老美一般，我覺得德州是比加州保守，可能全美最保守了，僅從SFO（舊金山機場）男男女女見面「熱烈」的場面就可知道，休士頓是德州人口最多的大城，要看到男女親熱真是不容易。這兒的人開車很有耐心，守規矩，見到八角形的Stop sign一定停，看了再走，在台灣巷口車禍不是新聞，在這兒車出巷口沒人衝著出來的，所以在大馬路上可以儘管開，不怕別人衝出來，但是有Stop sign不停，就可能發生車禍了。

目前沒車，買菜都是問題，辦事更不用說。女孩子來此，是男孩子爭取的對象，接機、安排住宿、買東西、出遊等等，一些「瘋某」的男孩子，開車來服務到家，今天還有兩部來滿載女孩新生去墨西哥玩去了，而我們這些「死了會」的男孩子，只要有人載去shopping買菜，就謝天謝地了。這三天假日，祇敢好好在家做習題，什麼也甭想！理工科的學生還是累死人的，大學部的（在台灣）好像開學一個月仍很閒似地，而我們開學一週就如「下地獄」，K書、K書、寫作業、paper，什麼也不敢多想，尤其是第一學期，第一年一定得打穩。所以我為了「安全」起見，四科16學分，勢必要退掉一科，才是正常。以後暑假再修些科目，因暑假可以不修，但若要TA就得修些科目才行。除非想周遊全美國，否則有獎學金，為何不要，那些沒辦法拿到獎學金的人才不修課，暑假去賺滿一年的費用，倒是可能的。我現在不敢想放假，寒假或暑假的到何處去玩的問題，一則時間，再則金錢，來美之後覺得不能多開源也要節流，等將來做事，經濟穩定，那時我就可以帶妳及劭騏，假如再有小弟弟或小妹妹也一起帶去周遊一番，目前想到的，祇是把緊要的事辦好。等妳來之後，有什麼假期，再帶妳及劭騏在休士頓附近或德州州內玩玩，OK？

昨天上了第一次英文課，Dr Acton是從密西根來的，英文標準，不似德州佬，聲音低沉，說話較慢，但也不至於聽不懂。我們老中最怕的是跟那些老外（老美除外）說英文，怪腔怪調不易懂就好像美國人與日本人用中國話交談，怎能溝通？當然也有些發音較準的例外，教授人很隨和（其實我的Oral Exam口試也是他「宰」的），上課大夥兒聊，或說些要做paper的規矩，據說以後規定用打字機，不知要借還是得買，我到此買過最貴的大概是炒鍋了，$9.50。打字機

63

就要$70左右，買也買不下。教授說他太太俄亥俄州來的，他們有兩個小孩三歲及七歲，來德州兩個月。他說密西根人認為俄亥俄人不說「英文」，我們都丈二和尚，原來俄亥俄州人說話比較含蓄不直接說人缺點或指責，加州人就不同了，他們會較常用directness直接說：「我不喜歡你的襯衫」等等，他太太就不會如此說，而可能說：「我不認為這兩個顏色相配」，暗示別人換襯衫。德州人打招呼習慣用土語（informal）：「Howdy!」（大概是How are you today?的懶語）而鮮用How are you?的，這些也等於人家的Hello，回答用「Fine」、「Pretty good」，若是問「Howdy?」就回答他「Howdy!」就可以了。英文對於廁所不知有數百種說法（教授說的），但就我所知，可能大家都用Restroom（But actually we don't rest inside there）（可是我們並不在裡面休息）。

此刻仍是雷雨，我幸好挑到這不漏雨的房間，其實也是他們兩個先挑那間的，窗沿滴水不停，床單危險，一下子就會泡水。休士頓據聞沒地震，房子用木頭蓋得很普通，大概便宜，水泥在山區才有較貴，所以颱風一來，房子倒了不少，保險公司就倒霉。休士頓還是北方的達拉斯，去年還是最近，不是淹水就是乾旱，都是極端。我在化工的辦公室見到一張老美的留念照：「一夥人在車頂上，水淹到方向盤看不見」，不知是否就是休士頓的災害。

目前我有了德州駕駛人手冊，要考駕照的人都必須看此手冊，以後我找個時間看看，看完了就去考考學習執照，然後有機會練了車（這兒的人都是先買車，開到學校來回而已）約二、三週，去路考該沒問題，路考僅是開一圈在住宅區而已，再加上路邊停車，比起台灣考駕照那幾個電動不知要容易幾倍。當然我知道無照不能保險，我會很小心，我也不會很早買，大概要到10月以後才可能。保險費對我而言應該比別人便宜：（1）超過25歲（2）有太太（3）有小孩，三項優待。老美很講信用，填表自己填，不看你證件是否真的結婚或有沒小孩，反正將來出事自己負責。老美都很相信人的，一旦自己說謊信用掃地時，那時倒霉是自己，所以Credit（信用）在美國很重要，空頭支票大概很少，老美的支票都是見票即付，無法轉讓交換，每張都有寫Title（受款人名）。信用卡很普遍，如Visa是世界性的，但申請人的收入是申請條件。加油站就有信用卡，Shopping Center（超市）也有自己的，因那些都是小數額。

老美的Labor（人工）都很貴，撞凹的車若沒保險來陪，很少人去修，那要花上數百元，曾有一老中買$1,200舊車，馬上撞一凹爛，未保險自己花了$800板

64

金、噴漆，可見人力多麼昂貴。通常買舊車都是保Liability的，祇保對方被自己撞壞，撞傷的責任險。雖說老美的Tip（小費）很流行，我到現在仍未付過，機場Porter、旅館、餐廳才要給，平時吃的麥當勞漢堡包或熱狗攤都不必給，若是買機器的飲料、麵包、糖、香菸，都比在店內買要便宜5¢～15¢左右。加油站有Self Serve（自己服務）和Full Serve（全套服務），自己加油的站較便宜，因他們不必請工人，很少看到Full Serve的加油站，老美也少闊到不下車來，要人幫他加油的。一般說來老美也是又節儉，又奢侈的，有些東西很破舊還在用，如汽車、破爛衣褲，可是週末開燈，空氣調節照舊（教室內），餐具一用就丟（野餐用，塑膠的）紙杯、鋁罐滿地。老美穿著很隨便，尤其德州的休士頓最隨便，UH學生穿拖板，木屐的比比皆是，教授也有牛仔褲（大概很便宜的），老美穿好穿壞，沒人去注意，戴金飾也是不可思議的，大概祇有好萊塢的富公肥婆影星才有，大家帶戴的都是假的，一看便知，但他們很樂，知足。排隊買吃的、玩樂的，沒人插隊，很有秩序，我看中央日報說有人投廢紙當公車票，真痛心。老美做生意據說賣你東西不會逃稅。台北公車已是夠方便的，人不知足，貪小便宜，如此一來國家怎能富強？我還聽說加州有個老老頭，每天撿垃圾內的報紙（尤其到了假日一大堆廣告），堆滿一噸可賣$25，節儉的還是有，大概不如老中節儉就是了，美國人庭院種花，老中後院種菜，老美的後院都不是像前院整整齊齊的，而是雜草叢生。

　　再談我的室友他們三個都是唸化工的，與我同住的高，長得娃娃臉很可愛，我們這間Apt四個已死了三個半，共有小孩兩個半。曹也已訂婚，我們三個結了婚，所以我們四個不是那些「瘋某」的敵手，他們都很客氣～We are excluded！（我們被赦免了！）高有一個女兒大約三歲，研究所畢業，他常一坐不動唸書整日，真欽佩他。另外兩個：曹是化工研畢，梁是化工畢業，助教兩年，其實他們三個有無M.S. degree碩士學位，都一樣不承認學分，修相同的課，UH各系不同規定，化工系較嚴。有個物理系的阿爾及利亞來的，已有碩士他就不必與我們一起修同樣的課。目前理工系的TA不是剛好額滿，就是不夠人，如E.E.就不夠，我們系本來少一個（沒來），後來有一個E.E.的研究生，因他B.S.是物理，所以係老闆就給他TA在物理系帶實驗課，這也算是自我推薦的employment（錄用）。這兒找工作都是毛遂自薦的多，所以interview（面試）很重要，當然寫Resume（履歷表）也很重要，每個人可以自由發揮，或隱

私，如老闆可以問應徵者的性別、婚姻狀態，但對方可以拒絕回答，老闆不可以強迫回答，否則犯法，真是個怪法律！男女難道分不出嗎？已未婚就當然不知了，根據英文教授的說法，女人不喜歡說已婚，怕被人笑說不夠獨立，不足以勝任而怕不錄取，而男人卻大大相反，因為婚姻對男人是一大利多，已婚的男人有老婆孩子，有個家就比較穩定，不會東跑跑西搬搬，可以長期為公司工作。上了這英文課，真可懂得一點American Culture（美國文化）。

國慶日，這兒休士頓可能有個團體辦晚會在ＵＨ舉行，據聞台灣歌星張俐敏要來，崔苔青就不知了，不過入門票要$3.00，可能有人捨不得花錢來聽歌愛國。Eric說協辦人找他要去上台伴奏，他又要來找我去彈Bass Guitar，熟人配起來較習慣，十月十日正好是期中考期，又是碩士資格考，真不知怎應付呢？還不敢想那麼多。

此信寫了近3小時，也該停了（手很痠呢！妳知道麼？婉淑，妳該Kiss它一下，疼疼），難得有時間暢言，也好使妳多知道一些美國及我的事情，我每天都很好，不要擔心，為了自己、妳及劭騏，我會多多保重。照片洗出來後，挑幾張

好的加洗，寄回高雄給爸媽看，謝謝媽媽！我每天都有想妳及愛妳，昨晚花了數十分鐘把數百張照片重看一次，好懷念當初情投意合，感情進展神速的時候，應該在一起的人，就應該有如此的愛情吧！

　　凱永遠愛妳及劭騏！

凱9/1/79　18:20

9/1（六）　#10

凱：

　　實在很抱歉，已好多天沒寫信了。這週來都是在台大度過，原以為週三可以將三題報表印出，結果修修改改，今天總算出來二題，尚有第三題僅印出一半，請教別人，說是我定位不夠大，第三題是Table表格形式印出，所以我看不出定位不夠，經人指點稍微開通。其實我本不必拖到今天，都是小地方害慘我，真是命不好。我姐夫的程式老練簡潔，做法與老師說的稍有不同，所以有錯誤時請教別人較麻煩，一般人照老師的做，程式大致相同，很容易看出。加以IBM與UNIVAC出入很大，如定字，「GRAND-TOTAL=IBM用MOVE '0 GRAND-TOTAL= 'TO P-R WRITE P-R，UNIVAC全看不懂，IBM可用GR, LS代GREATER及LESS THAN, UNIVAC要全部寫出，我在這上面吃了不少虧。昨天第三題報表已印出，今早與人一對答案均不對，錯在TAX稅的算法不同，你替我寫流程圖上的算法與我姐夫同。實際上累進稅算法為三千以下二千五以上，超過五百x0.05，四千以下則超過三千部分x0.12另2500～3000部分仍x0.05而非直接4000×0.12如此抽稅不得了。本以為今早去上第三題馬上可回來，結果第二題有誤計算TAX部分重新打卡，又弄到二點。這週來中午都在台大吃兩個茶葉蛋一瓶牛奶。打卡房、電腦房擠滿人，暑假，中、高級班加起來6、7百人，打卡小姐不幫打全部自己來，總共七部打卡機，大家都帶了汽水麵包來，耗在打卡房等機器打，你走後那週我本想開始打，但每次去都一大票人，我掉頭就走，心想總有空下來的時候，但後來情況不妙，人是越來越多，只好發狠找了一天，將劭騏送走，一大早買兩個漢堡在卡房蹲一天，一口氣打三題。現想來還算聰明，目前要想打一整題很困難，每個人都虎視眈眈，倒是改卡還好，找女生，好兇，我只要Dupe複製一張，她說半天理由不借，若借我早改好了。倒是男生好說話，抄完

還問滿意不滿意。其實不說別人我自己也很兇，那次連打三題火氣好大，有個小子要借改卡，居然說看到我在rest（休息）才向我借，其實我在研究我姐夫為何那麼寫，是否該照打，我硬是不借，他死賴不走，害我氣得連打七八張錯，只好借他，他卻又不好意思了，替我將色帶修好，給我莫大方便，否則如同瞎子般，只有等上機才知是否錯了。上電腦房，人之多真不知該怎麼說，只能在門外等，由中心的職員撕下報表後一一唱名發，一次RUN（跑程式）下來大約一個鐘頭，時間都是在等之中耗掉。明天再去上機，但願第三題有結果。想起星期日考試書都沒看，真想哭。你要的報到卡已寄去，來不及看到你信。兩張一起寄，因我不清楚。台北雖鬧水荒，怪的是我們家一直有水，奶媽他們就有幾天沒水。小額匯款已核准寄來，但一直沒時間去辦，房子你走後一直沒空去看，尚未打電話問代書，不等台大結束，什麼事都別想辦。劭騏最近睡覺不安穩，睡眠時間很少，只肯睡大床，被蚊子咬一腳紅豆冰。昨夜兩點半醒來自己玩，趴在床邊看路燈和停放的汽車，滿口叫「巴巴」你要是看了，一定會很心酸，這幾天感冒流鼻水臉色不大好。凱，好愛你

婉淑9/1/79　01:30am

9/3/79（一）#11

凱：

　　剛考完台大試回來，沒有輕鬆的感覺，一路上直想流淚，我根本不會，尤其Introduction，其實不難，也很有趣，但我沒有時間唸書，DATA全是問答題，課本裡全有，只要有時間我都會，考前我已知道考不好的，有點想打退堂鼓，但臨陣退縮，有始無終，心裡也不安。今天整天陪著劭騏，對他我常感到歉疚，他抓著窗子玩，我在床上做功課，若他感到寂寞會爬過來抓我的書，亂撕。不然就一手抱他，一手看書。其實我早該唸好，但前幾天為著報表已累得很，直到現在因第三題編排不好，數字全一串連下來，空白處布滿0，我還以為答案沒出來，明天得再上機修改一下，相信明天可以印好了。不斷上機浪費不少時間，但也多讓我了解不同做法印出來的情況有何差別，只是唸書時間少了。以致今天如此淒慘，還從來不曾如此考試交白卷過。以往看師範生唸書非常辛苦，總以為是「時過而學之則勤苦而難成」。如今輪到自己才知是要牽掛的事多，無法專心。唸書

絕不能分心，像我這電腦班，因為暑假，絕大多數是在學學生，才大三、大二，他們無憂無慮，衣食有人照顧，可以整天待在學校。你剛走那陣，我常心神不寧，人在課堂聽著會突然一陣心酸，想到劭騏有種衝動想去抱他回來，我已少了一個，不能再少另一個。對我而言唸書預習比複習重要，否則課堂迷糊就無法集中注意力，如此惡性循環，上課成了苦差事，反之上課能和老師起共鳴，即使回家不看考試也不會太離譜。楊華屬後者，她和老師對答，我常像墜在五里霧中，你未出國時她已開始上機，早就三題報表出來，努力唸書了。一方面她辭職又不輔導，較多時間，再方面她說很怕令她先生失望，我看得出，剛考完她一隻手緊緊抓著我。他和先生太久沒見面了，任何能使先生高興的事她都願意做。她先生目前沒有繼續唸書，寫出五、六十封求職信，尚未有回音。她先生說希望她們到美後他已找到工作了。相信他們彼此心裡都很不安，我說若他們生活在一起，她先生會更有成就，思念之情使他分心，楊華嘴上不承認，眼眶還是紅了。

　　凱，但願我們不必分離那麼久，我真不能想像那樣的日子要怎麼過。電腦班結束了，我有較多時間給你寫信，我能了解讀書的辛苦和寂寞的心情，尤其未達

到自己預期的目標更痛苦。現在只是開始，願你在求學的道路上一切順利。我會好好照顧劭騏，免得你有後顧之憂。劭騏是我的一切，我會全心愛他，即使令我生氣，我也捨不得罵他，都罵他爸爸，因為爸爸聽不見。劭騏實在很可愛，今晚因考試託妹妹和妹夫照顧，阿財（妹妹他們朋友）來，見了都忍不住說一句「好漂亮」。見我這媽媽天都黑了，外頭還下雨，居然丟下兒子往外頭跑，頗不以為然。劭騏要不是腳被臭蚊子釘得起大包包，稱得上完美。白白嫩嫩，幾根黃毛，兩顆小牙，嘴巴一張一合「爸爸」不停的叫，煞是可愛。他獨自玩時常回頭，見我笑，他也開懷的笑，很能跟媽媽溝通。他能站能坐，扶著東西可以到處走，變換好多姿勢。我教他走時，扶著的手要兩隻輪流才不致雙手落空，他仔細聽很快就學會。還自己不停練習由坐變站由站變坐，看他聚精會神不斷修正，好有趣，頗具有他老爹的耐性。我好愛你們倆。明天再談。

婉淑9/3/79　01:00

9/4/79（二）　#12

凱：

　　不知你第一天上台情況如何？相信一定順利過關的。你的課似乎很分散是否大部分的人都如此？一旦開學，日子就會過得飛快，我常覺得每學期開始都很新鮮，經過幾次月考，一晃就是半年。今天我原以為到台大上一次機，印出一份報表，抄抄你的流程圖即可交差。事實不然，受上機的時間限制，一天時間都被分割。上午到11:30，下午15:30～17:00，18:00～19:00。通常早上我送走劭騏後，回來先研究報表錯處，再考慮如何修改，然後趕去打卡房，等著借打卡，然後再上機。如此折騰，常常趕在11:30以前上機，但報表拿回有錯又待到下午3:30再上機，下午頂多上二次機（每次等少至半小時多至1小時）又到5:00該回家抱娃娃了。一路上見到別人的娃娃，覺得劭騏好可憐，暑假都不能多花些時間在他身上。這幾天晚飯都是買自助餐，但仍沒時間吃，總要到九點以後劭騏睡了才吃。今天從台大回來，買了自助餐菜提著，碰見珠珠全家福，來看房子，好幸福令人羨慕。他們對我的處境深表同情，大部分人都同情我，目前我已習慣了別人的眼神和說安慰的話，我都是無所謂的樣子，只有受委屈時才痛哭流涕。星期五急著上機，又逢月底需要領錢付會錢，衣服尿布一堆。送走娃娃，一面洗衣服

70

一面研究錯處，晾好衣服趕到台大只能上一次，出來的答案仍不對，再回卡房修改，外頭突然下大雨，等雨停趕緊騎車回永和想領錢，才下橋又傾盆大雨，騎到家全身滴水，放好車就開始傷心的哭，錢沒領成，午飯沒吃，全身濕透，已經兩點、三點半得回去上機，又想起傘不知何時丟了，根本沒傘可出門。現在一切靠自己，凡事自己解決，淌眼淚沒用處。只好先洗個澡，插上電鍋，餓著肚子到隔壁洗頭，洗完頭漂亮多了，情緒又好轉，吃兩口飯，趕回台大，雨稍停跑至車站搭車，到公館又傾盆大雨，只好花75元買一把黑傘。結果上機兩題均有答案，好高興，誰知第二天與人一對，第二題出毛病，計算公式不對，只好再來一遍。早知如此，我自己寫程式也不致如此麻煩。至今我仍為此而受苦。由於我頭痛醫頭，一份程式改得四不像，三題均出來答案，但仍有瑕疵，第三題編排不好，第二題11個Warning（警告，不算錯，但不好）。

　　星期六又是騎著車到處跑，為了上機，又領了錢，拿錢回來放，看到你的信，又高興起來。只要我知道你還愛著我們，什麼苦都可以忍受。到台大我是走側門，卡片我學你一貫作風，畫滿紅黑的數字，很明顯，別人都認得拿來給我。今天打電話到朝代，謂房屋權狀要九月底才能下來（可惡！）上月還說八月底。再電啟安，謂朝代至今未將契稅繳給啟安辦理，稅都還沒繳，要拿權狀差多了。只好再耐心等下去吧，房屋我一次也沒去看過，沒時間。至於小額匯款，我會先匯$1,500給你，另$1,500我就不知怎麼辦了。明天我會寄幾張打好地址的郵簡回家。明天再談　好愛你。

婉淑 9/4/79　01:05

9/5（三）#13

凱：

　　昨天上午到台大後，上機好久才說報表下午才能拿，沒辦法只好回家，原以為不會有信的，你不是開學後就忙了嗎？可是老遠我就看到信箱的蓋子是開的，信都滿出來了。若那張校園明信片算的話，你的來信要多加一封。連續三週來，星期二信都是四封。似乎一週中有某一天的信來的最快，僅要四天，星期六的似乎來得最慢，所以擠在一起了。我還不能十分確定那一天慢，這幾天沒空仔細研究。你的來信我總是看了又看，睡覺前一定再看一遍才能安心入睡，睡得香甜。

昨晚沒空寫信，今天第一天開學，第一堂沒課，打算寫信，寫好一封給二姊的，寄回五張郵簡，再寫一封給你。本學期我辦公室在三樓，以前被稱為男人的天堂，現在進了四位女老師，邱和我一起，周和趙都到別辦公室。一間14人的小辦公室，擠滿男人，大家都喜歡回老窩，有個人還為了位子生氣，這臭男人心眼比女人小，一早一大堆人聊天，吵死。害我寫信都不方便，臭男人說話不遮攔，聽來怪不習慣。

昨晚四、五點劼騏醒來自己扶著窗邊玩，我睏得無法睜眼，忍不住睡去，有一次差點摔下床，我睜眼剛好及時拉住他，早上起來害我精神不好，他五點吃了奶就一直不睡。只要我在旁邊，他自己會玩得很愉快，一邊玩一邊叫爸爸，聲音稚嫩，下巴圓圓的很像你，露著兩顆小牙，可愛極了，我忍不住親他，他還會害羞的低下頭。他自己一直玩不吵我，只不過我擔心他摔下，等天亮，太陽出來，他就纏著我，在我身上爬，笑鬧不停。帶著他雖累也愉快。今早由於昨晚停電，鐘慢了15分鐘，我出門時看錶才想起，急的要命，到校八點十分，好多專任這時才到，學生們已在升旗，第一天我體會到專任的好處。不知你目前修的課是否減了幾個學分，讀書其實還是最愉快的事，當有所成績表現時更高興。雖然我常抱怨分離難過，但多學習，多增長見識還是值得的。

昨傍晚開完會我又趕到台大去領報表，一題可用一題更糟只好用舊的。我三題答案都出來，只不過有1 Warning，就在教室將流程圖抄上，你的流程圖真漂亮，有人老遠看到還跑來請教我，真不好意思。教室裡仍有好多人，一堆堆擠在一起討論，在冷氣裡做功課真愉快，看到大家那麼認真，我也很希望自己能不斷上進，好像我還不是最差的，有人還「難產」呢！最後一張報表，我僅剩18元，你可知我多認真了吧。要不是筆試太壞，拿張證書該無問題，現在好了，心中還為筆試傷心。

剛上完一班三年級的課，今年全排B班，兩班三年級，三班二年級。三年級還好，說話懂得要聽不至亂吵，我說些你告訴我的趣事，他們聽得好有趣。很少有人先生如此耐心，仔細描繪生活細節，所以我對於你的起居並不覺得有陌生的感覺。我想去銀行匯款給你好嗎？你來信說OK，我馬上去辦（如此較放心）。等你有電話號碼，我會設法打給你。凱，好好保重，放心唸書，我和寶寶都很好。想念你也好愛你。

婉淑9/5/79　12:00

台大電腦課結束

9/6/79（四）#14

凱：

　　早上我忙著準備上學，劭騏纏著我要我抱，我急起來沒法管他，只能將他放入小床中，他現在自己站或扶著走都很穩，前後摔了兩天就把這技巧練得很好了，他的學習精神很像爸爸。他看我忙進忙出不理他，哇哇哭個不停，一面哭一面叫爸爸，阿爸，哭得好慘，好像說我欺負他，他要告爸爸。匆匆抱去奶媽那兒，騎車趕來學校，還好有車5分鐘就到了，走路的話還不知要多久呢。今天是中元節大拜拜，晚上我媽請我們回去吃飯，可是Jenny還沒來過，我恐怕會錯過，或許晚上就不回家了。上週七夕－台灣的情人節，奶媽也請我吃飯，吃完嘴巴一擦就走也不錯，不必洗碗。最近節日多，打游擊的機會不少。腳踏車還算好騎，反正只騎半年，車胎能用不破的話，我就不想換，反光帶我想也不必，晚上我都抱劭騏，不會騎出來，且沒有燈我也不大敢騎。

　　台大的課一結束，心情輕鬆不少，平日總忙著功課倒也忘了寂寞。昨天下午回到家忽然覺得好孤獨，從上星期五淋雨回來的衣服還泡著都快臭了，一大堆的衣服還有床單和浴巾，都被劭騏尿濕待洗，現在我不替他穿尿褲，（去奶媽那兒仍穿）尿濕換洗就是。一下午洗洗刷刷，地板好髒，冷氣濾網都要洗，一直忙到四點半。三點多開始下大雨下得好急，直下到五點半不停，我只好先洗澡，吃晚飯，五點半去抱劭騏回來。每天下午都會下一陣雨，最近早晚好涼不蓋被手腳都有點冷，你們還吹冷氣嗎？真想快點拿到你的底片好沖洗出來看看你是否變了樣？今早有三堂課，下午我會去存錢，順便到福利站買東西，但看天色似乎又要下雨了。劭騏的奶嘴，尿褲都需要買，或許我也得到中信一趟。美國是否有一些寶寶吃的食物，我很想讓劭騏多吃些其他食物，不要只吃奶，但不知該買些什麼。早上我打電話去嬰兒美公司訂購奶粉，或許明天會送來。又電沈先生，他前幾天打去家裡問電話的事。據說那兒電話要74年才能下來，我告訴他房屋權狀要九月底才能下來，他說等土地權狀下來會先給我們二十九萬，這下語氣又改了。本來還說要照對你的承諾給三十九萬呢！真是！朝代拖拖拉拉，我懷疑九月底真能辦好。那房子我都還一直沒空去看。最近剛開學，午飯我還無法帶便當，事實上除了星期一下午兩堂外，平日下午全無課，吃不吃便當無所謂，晚上沒空做

荣，或許以後改下午做。日子過得雖然很快，但想起要到過年卻又像還很久。我跟寶寶和家人都說了爸爸買一隻鴨子給他，但至今尚未見到影子呢。我要去吃午飯了，順便買點東西再回家。好想念你，愛你。

婉淑9/6/79　13:30

9/3/79（一）#20

婉淑：

　　在妳接到此信之前二、三天必定沒有信吧，前天星期六我寫了三個小時的信，託Jenny帶回台北了，昨天星期日，今天Labor Day（勞工節）都放假不收信，所以未寫信，故妳可能會等上二、三天未有信，真是對不起。平時只有週末未收信，連續假日，真是苦了妳！本月份大概還有一次假日，9/17 Jewish New Year猶太新年，也是週一。

　　在這三天，我都在家（除昨天下午Eric載我去買荣外），三天都在K Classical Mechanics古典力學及作習題，五題就作了一整天。來此唸書不似大學中某些人不讀書鬼混也可畢業的。在這兒不花功夫作每星期的Home Assignment家庭作業，到課堂上交不出來或上台答不出來就差不多了。這學期有一、二科有兩次期中考，在10月初及11月初。上課到12月初，12月中旬考期末完就寒假，1月中旬開始春季班，5月初放暑假。然後三個月的Seminar Session，我們的TA是從9月到5月，雖8月他們占我們便宜，但寒假整整及五月後半都是我們白拿薪。

　　我幸好教過高中，某些觀念都較清楚些，唸起來較能適應，唯一缺憾的是微積分（高等的）微分方程，一些數學不常用到而不太記得，必須多花些功夫在數學上，很多理工科的東西，唸到高深，都是在討論數學式子。十月中還有一個Master Qualifying Exam碩士資格考試，考些大學的科目，雖不難但範圍廣。去年Eric他們除了一個清華的都pass，今年那個人必須與我們一起考，再不過他就會被fire。Ph.D.的Diagnostic Exam博士的甄試考，也是兩次為限。

　　我從9/1開始記帳，每一分錢去那兒我都寫下來，如此可以多多節流。其實在這兒，根本要找機會花錢還不太容易呢，至少「沒腳」就動彈不得。上個月，汽油又漲了幾分錢（每加侖），原來78¢左右，現在到83¢了。美國東西上漲好

像比台灣快些，但沒有那麼恐怖，人家薪水還是會調的。有些東西比台灣便宜的很，如一罐裝原汁檸檬水才29¢，台灣可能花三、五十元才擠得出那麼多汁。電打字機才一百多元，普通的約70元，比Brother兄弟牌的好。腳踏車貴得要死，$79.99是On Sale減價，平常要$99.99，鞋子、差勁的衣服都很不便宜，或許是台灣來的也說不定（檯燈都是）。

　　夜深了，仍有些事未辦完，熬夜據說是很普遍的，但我就是沒有這克制的習慣。我要把這第一學期好好的拼一下，寧可讀三科輕鬆把成績弄好，也不要修四門弄得焦頭爛額，好幾個C，就慘了。我的目標當然是每門都拿A。

　　這兩天都在想妳及寶寶，我相信劭騏又長高長大些了，可能又不知頑皮哪花樣了呢！真希望你們快點來，陪伴在我身邊。

愛你們的爸爸

凱9/3/79　23:50

P.S. 今晚作習題做到10點才吃晚飯，（做好飯及明天兩餐便當）我該不算不用功吧？也甭擔心我的伙食，美國若饑荒，我可以乾糧，罐頭維持一個月！
看完了明天的Lab該教的課，已是午夜過。9/4/79　01:20

9/4/79（二）　#21

婉淑：

　　我的系館旁不遠有個郵筒，我看星期日及假日下午各收一次，真好，我可以在假日借腳踏車去那兒投郵，平日沒什麼空，反而假日較有空，投了信不收也沒用，如今有地方收信，我會較勤快寫。

　　今天上了八個小時的課，五小時學生，三小時當教師。實驗課從11:30直到2:30三小時足在實驗室裡面，先Lecture（講解）約20～30分（我大致擬好講稿，如此般，句子才會通順，老美學生聽來才順耳），剩下時間他們分組做，我每一組都得個別指導，講解。老美似乎程度不高，但很好學，今天做的是光的折射與反射，台灣的好國中生也會做。有些老美學生年紀似乎不小，有一個西裝筆挺，好似教授，指導他有點「歹勢」。據說去年來的老中，英文不好，搞得學生頭大，我相信我的英文足夠使學生了解物理知識。

另外今天情緒是非常不凡的極端，早上去找個電動力學教授要Drop（退課）他一下子就拒絕，說：「你主修物理，你又是研究所TA，你不能退選。」他說要退只有去找系主任，明天再去看看系主任與他談談，其他二個新TA也是與我同情況，他們也在叫苦，四科總得想法退掉一科，否則日子就不是常人過的，每週四樣作業累死人。下午的「古力」Problem Session（解題課），第一個就叫我上台，因我坐第一個位子，我也想做第一題，上台演算講解，教授在下發問，與之對答如流——OK！上下午不同的心情，眞是無法形容。唸書的確在美國不是一件樂差事，還未聽到一個說讀得很「舒服」的。明天又有物理數學的習題課16題，所以今晚又得熬一下，並非我每晚都到二，三點才睡，是那陣子未開學才有，而且是寫信，現在大概是12點1點睡，有時像二，四上午8點半有課就不敢太晚睡。明天還好十點的課。

那床我該早想到可以推到窗邊的，眞是該挨罵！對劭騏考慮不夠周到，我知道妳帶他很辛苦。我有時也想自己很狠心，妳一定一直在家罵我，說不定明年春一下飛機，就給我當頭棒喝，會嗎？婉淑，我很感激妳如此大的犧牲及堅忍的毅力，劭騏還很小，小孩子都是會跌跌撞撞的。那床邊、窗緣、紗窗很髒，有機會就洗洗，劭騏靠窗要注意他的安全。劭騏健康，妳心情愉快我也才能安心，你們倆是我唯一精神所寄託，我不願失去。

今天收到兩封信8/25，8/26的，明天應該還會有吧？今年師大的未分發，眞是不可思議，台北縣眞是擠滿了人。妳此番一抽身，別人就要塞進去。妳來此，我會讓妳來讀點書的，至少唸個part-time妳我都不會負擔太重在精神及金錢上。通常來此的夫婦如果都是學生，很少有兩個都是F-1（full-time）的。

開學了，妳也會忙碌起來，不知妳的COBOL如何了？等妳這學期過完了，我也要迎接妳以及劭騏來此了。妳差不多11月再把照片寄來，待我問明是合照或獨照的，我會告訴妳。

婉淑，原諒我好嗎？我有時都一直想妳在罵我呢！將來更愛妳，OK？現在當然也很想妳，很愛妳及劭騏。

凱9/4/79　21:20

婉淑：

How I miss you & love you！

今天接到妳寄來的報到表，謝謝妳！我還是該寄去報到的，聽人家說資料總是齊全較不會不方便辦事。妳很會應用頭腦，我發覺，那信封我還以爲是買的呢！我猜妳是去郵局秤過重量再寄的，對嗎？

除了報到表，沒有信來，明天看看。我收到信，有時一天都擠在一起，好像老美懶，一起送來似的。今晚就把表格填好，另外也買了一張校區明信片（與寄給你相同的），寫好準備寄回家給爸媽家人看。

現在我上課都從不遲到，而且是早到，每週一、三、五上午十點課，我在八點前起床，二、四有八點半的課，我就七點起來（很自動的），然後半個、一個小時前到辦公室去坐，看看書，時間快到了就上五樓，絕不可遲到。美國教授都很準時，上課不敲鐘，師生自己看鐘錶。中午12點～1點也有人在上課，甚至有19:00～24:00的研究課在上。學校職員辦公是8am～5pm中午不休息，似乎老美的機關都是午餐時間不休止辦公，吃飯輪流去吃（自己帶或買機器的）。

理工科愈高深愈偏重數學，所以數學基礎很重要，尤其是相量，座標，微積分之類的，所以尤其是理科教授，數學非棒不可，但數學系的教授卻不可能來教物理、化學等等，因除了數學之外的說明，如物理概念，意義都不知。我們物理系外國學生I-20註明，必須至少修12學分（電機係TA較輕鬆，所以必須修15學分），目前修16是重了些，今天的約談沒成，秘書說改明下午1:00去與系頭（Head）商量，Dr. Wood人很好，若我們三人說修這麼多很可能每科拿C（不及格，至少B及格），他或許會緊張，怕物理系垮了，沒人帶實驗課，明天便知。

這兒來的新生，男的分住五、六家，幾乎每家都有人顯示烹飪功夫，雖是男人，不乏大廚師，我們這梁，丈人是「大總舖」，但他做的菜不敢領教。他與曹兩人合作，常常炒高麗菜、青椒。高不吃米，吐司夾肉排、蛋、沙拉，很快的餐。我自己炊，一次做三餐，吃一餐，兩餐裝塑膠便當，中午帶一個去，晚上若未在校吃，就回來蒸熱吃。菜還很豐富我唸給你聽：蛋、青椒牛肉、洋蔥、魷魚、蝦、蕃茄、紅蘿蔔、洋芋、魚、香腸、滷菜、海帶……很多，水果是不缺的，不比在台灣吃得少，在這兒，吃現成的水果，果汁很方便，有全汁濃縮的（完全不含人工），有加色素的，任憑個人選擇。我擔心妳飲食不正常（反而我很正常），會引起不適，婉淑，要乖乖聽爸爸的話，好嗎？把身子弄壞了，很糟糕的，劭騏目前完全依妳照顧呢！

　　每天我都要看看你們倆的照片，才能安心做事。我很渴望擁抱妳入懷！

　　Darling, come let me love you and let me lie beside you. Oh, how I miss you and eager to see you！Without you or our child the world would be in the dark. Honey, I just can't live without you. I miss you and I want to write you every day as possible as I can. Take good care of 劭騏。

　　Je t'aime

9/6/79　00:55

P.S. 已過半夜零時，台北已是下午一時多。

9/6/79週四 #23

婉淑：

　　此信我要大呼：「冤枉啊！太太！」今天收到妳8/28上午的信，內容有一點我很得意的是驗證我對妳說而妳一直否認的話：「當初見了妳就愛上妳」，但我了解妳對我的愛情深厚，並非說我不珍惜之，說實在，我很想現在回到妳身邊呢！但此條路是只有走下去的份兒了，為了我們的將來，我是必須奮鬥到底的。生活單調是事實，開了學仍就是如此，並非因為單調才想妳，而是因為妳不在我身邊才令我覺得單調，要是妳在我身邊，我可以一整天不出門，陪妳在家，甚至……。婉淑，請妳要相信我非常愛妳（自開始認識妳起迄今），我也了解妳

78

給我的情愛，否則我們就不會如此維持感情，更不用說會一輩子彼此奉獻而生活在一起了。若郭蓋一腳把妳及劭騏踢到西班牙去，我馬上拼命去接你們來這兒，OK？看我比郭蓋好多了，還是愛我較好。

大床油垢多，若用藤蓆要常擦，不用則床單常換，要不就墊乾淨的手帕或毛巾之類的東西給劭騏。星期日（9/2）不知妳晚上如何考的？如何？劭騏託誰呢？我知道妳對他下很大苦心。

阿英，阿炳今天都來信。阿英說「過幾天」要寫信要表格，火王下學期要結婚，大顆呆及阿基仍是老態，不提也罷。今天下午是另一班的Lab，這班人數較少約14人。今天我把實驗稍說明清楚些，提示步驟，所以大家做的很快，今天在指導也較進步，至少我的英文能力覺得有進步，很多方面都是要用數學名詞術語來說明。今年台灣來連我三個，只有我帶下冊物理，其他二個及幾個舊老中還帶上冊物理，不知是否我的英文較好的緣故，至少老闆會覺得我的英文比他們都強。我發覺不少老中的accent（口音）及intonation（陰陽頓挫）很差（甚至托福600分以上的也是），雖說女孩子語言較強，但也有講得不好的，有的就是沒有陰平上去的發音。不過老美還是多少聽得懂各怪腔怪調的英文，我們自己是懂咱們同胞的怪英文，但就是不太懂那些講西班牙文人的英語，他們好像發不出長音。

今天下午1:00準時去見老闆，他了解狀況，但他不能一人作決定，必須與一些在研究生研習委員會裡的教授商談，應如何處理我們三人的學科問題。不知是系或校規定，研究生僅最多可修15學分，所以老闆要我今天趕緊退掉一學分的Seminar（研討會）。至於主科，要等到下週初商議結果再告訴我們。我已經去向他投訴說：「我們都覺得我們會被當，而我們都沒有其他選擇如果我們失敗了。」不是我們能力不到，而是功課太多。要是硬要我們修三科主科及英文，那就要大慈大悲，要教授放寬了。

今天還發生一件趣事，因為英文與中文的「是」，「不」表達不同，所以鬧出笑話。實驗報告他們做圖：Sin i對Sin r，學生問我「是Sin i在縱軸而Sin r在橫軸？」我答「Yes」，他又問「那就不是Sin i在橫軸而Sin r在縱軸了？」我很本能地答「Yes」，學生丈二金剛說：兩次都答Yes到底怎麼回事。我才發覺很好笑，連忙解釋中英文的表達方式不同，如何，如何等等。我發現回答一個字就可解決－「Right！」我上課盡量說得很清晰，所以速度不快，等熟了，再由準確進求速度。個別問題好解決，若是大堂上的問題，有時聽不清或他說太快就頭痛，解決辦法是：「Pardon me。」重複一次，大概可以OK。

婉淑，放心，我身體很好，健康。我的防衛工作做得很好，不會讓其他女人侵犯到我，也不會讓別人來愛。我只愛妳及劭騏。

凱9/6/79　20:10

P.S. Only when you're by my side is my proud.
昨天上物理數學，全班只有我一人自願上台演算第一題，其他題目大家都不會或解不出，教授自己上台亦祇解一題。我這是在搶分數，在此就必須如此。

9/7/79（五）#15

凱：

昨晚我還是和妹妹，妹夫回家去了。還好回家，弟弟告訴我早上Jenny來過電話，昨晚是中元普渡她不在家。所以我今天上完四堂後，打電話給她約好去拿東西並看看娃娃。爸爸，謝謝你送我禮物，這還是第一次有人送我化妝品（包括爸爸在內）營養乳液不算，我會好好修飾自己的，不過除了重大集會外，我還是捨不得用，因為爸爸看不見，那我就不要化妝，整齊就好，等和爸爸團聚再變漂亮一點好不好？劭騏抓了玩具，第一個動作仍是先吃，沒人教他，自己一面揚起玩具，一面叫爸爸，阿爸。好像告訴人家說是他爸爸買給他的。劭騏實在很可愛，可惜瘦點，尤其鄰居太太若聽說他九個月還那麼瘦，很詫異的樣子，我便很不安，若他能胖點多好。看了你寫這麼多信，又高興又心疼。讓媽媽疼一疼好不好，吻吻你手、眼睛、鼻子和嘴還有……OK？乖寶寶你要好好用功，晚上最好留在家，不要出門。白天可能的話結伴而行（最好不是女伴），好不好？不然媽

媽會擔心的。底片我已拿去福利中心，星期二會好，真希望快點看到你。你送的化妝品，我試用了一下，效果非常好，很自然不脫落又不著痕跡，畢竟是名牌，多點錢還是好的。爸爸，讓你破費了，真不好意思。晚上劭騏一直抓著玩具不放，連爬牆都抓著，他現在坐在娃娃車上，奶媽說還會沿著靠背爬。

　　台北天氣大概和休士頓差不多，每天中午必有一陣雷雨，大小時間長短不同而已。週日（9月2日）我忙唸書準備考試，外頭又是閃電又是打雷，怕劭騏害怕，趕緊要摟著他，但他繼續玩他的，並不害怕。昨天大拜拜我們這巷子好熱鬧，到處放鞭炮，我抱緊劭騏他也不怕。可是把他一人丟在小床裡我去泡奶，他就被嚇得嚎啕大哭。我發覺只要有人在，他什麼都不怕，只是看不見人時，任何小事都會驚動他。他反應很好，很能察言觀色，我罵他，他會哭。我一路滴滴咕咕他太瘦了，浪費媽媽的錢，他也一臉不高興。

　　昨天訂嬰兒美奶粉，說好今天送來，結果不知是錯過了，還是沒來，下午我又跑到福利中心，不知是否那時來過，只好到小店先買兩罐。這學期當專任真輕鬆，早上課上一上就沒事了。我若還待在辦公室，就有人會問我結婚沒，有孩子沒？為什麼不回家。在他們眼中，我該急匆匆趕回去抱孩子。但我通常利用下午去辦事，無法立即抱劭騏回來，星期一下午有兩堂，此外每天下午都free，我便在下午洗尿布，衣服及床單浴巾，他很會尿。不知你收到我多少信，能的話我都盡量寫。我表弟生了個女兒，董不來永和到一女中去啦！我很希望讀書，免得將來與人比，太落伍，只不知讀啥好？爸爸！好想念你。希望你平安一切順利

婉淑9/7/79　22:30

轉係的迷思

婉淑：

　　昨天（現在已過午夜）下午接到兩封信，都是妳在午夜一點多寫的，眞心疼，妳要帶劭騏，等他睡了，才有空來寫信。劭騏會站立扶東西走路，眞替他高興，孩子總是在成長，發育茁壯，怎不叫老爹高興！只可惜他一直叫著遙遠的爸爸，而我卻聽不見。我現在都是在想像他的模樣，根據妳信上所描述的，兩顆白牙，扶著東西走來走去，聽著媽媽的話學事情，與媽媽在遊戲……。也在想像明年春妳帶他下飛機，走出大廳，牽著他手的神情，爸爸會飛奔過去將你們倆抱起來猛親親……。

　　昨天另外接到高雄爸爸來信，信封大概是鄰居寫的，內容卻是爸爸寫的，長了「半輩子」，離家到台北求學做事，雖寫信回家都是給爸爸，但回信都是兄姐。這是爸爸第一次親筆寫信給我！他說媽媽很想念妳及劭騏，擔心妳可能帶劭騏有什麼困難，說有空的話，媽要北上來看妳及劭騏。

　　這二天把二班Lab實驗報告都改完，以後事情都不堆積，以免趕改報告，作業，又要應付學科。三個主科有兩科有兩次期中考，所以在十月初會接連考試，大概研究所的資格考試也是在十月。要攻Ph.D.的人，還得通過Ph.D的資格考。目前對於明年是否轉系仍不能決定。E.E.電機及Computer電腦，出路都不錯，不過UH的電腦似乎不強，教授都被外面商業界高薪勾走了。轉E.E.需要好成績，大學成績不太好，數學還可以，託福、GRE稍可彌補。若第一年成績好，還有希望，他們會收我。獎學金依我看來，還是可能有，因爲Eric轉過去也有，況且他們E.E.系的助教還不夠人，他們做Paper Grading（改考卷）而已，比物理系TA好當多了，每個月也不過少賺我們75元而已。

　　目前我們物理可以攻的有理論與實驗方面的，理論的較冷門，唸起來除非興趣否則單調，出路是學術界。實驗方面是有Space Physics太空物理、Solar Energy及Solid State Physics。可能太陽能及固態物理較吃香些，太陽能將來是走研究路線，固態是研究或設計材料路線，據他們說，物理的出路是較電機電腦差多了，但也沒說找不到工作的，不見得外國人就進不去研究機構。妳那COBOL考好壞，不要去想它，學到能用的才是實在的，文憑不見得有效。

UH有個Computing Center，CPU在裡面大概是一個什麼不知名的廠商做的（Honeywell），台灣未聽過的。然後各學院有Terminal、Card-Reader、Key-Puncher、Line Printer，祇要有修電腦的學生或作研究的教授都有帳號可以操作。老美也有手上的Programmable Computer，像弟弟那架大，真不知那是怎操作FORTRAN。（對了，弟弟去服兵役了嗎？何時？）

　　目前該做的就是把第一年的科目成績弄好，才能往下做下去，好好安心讀書才是正途，我會盡力而為。我們電話已繳了押金\$66，安裝費要等帳單才知，電話機今下午已去拿回來，等路線一查好、接通，自己往插座上一插就通了。星期一（9/10）上午查線，大概最慢星期二可通。妳可以在台灣時間9/16（星期日半價）晚上9點左右回娘家打來，這兒正好是當日上午八點（若改為正常時間為上午七點）。妳就打長途台說接美國，我給妳的電話號碼、我的名字，聽電話（person-to-person，叫人不要叫號）這兒大概平日\$10/初3分，週日半價，不知台灣如何。妳可以打Collect Call省得麻煩，由我來付，這兒帳單都記得清清楚楚多少錢的。好想妳也渴望聽到妳的聲音。

凱9/8/79　01:30

P.S. 1.平常若要打來，我晚上（星期一、二、三約7點半以後，四、五應該5、6點後）均在家，每天早上八點以前未上學在家。此時台北減去一小時，晝夜相反即是休士頓時刻（慢半天多）。
2.「叫人」雖稍貴些但「叫號」找不到人亦要付錢，平白損失。
3.我付帳很方便不要擔心，只要我們不講太久，3分鐘應該足夠，超過是每分加一次。
4.高雄家裡，我會打回去。

9/9/79（日）#16

凱：

　　星期二接到你四封信後，至今都沒信來，除了看你九月一日那封託Jenny帶來的信，我只有反覆再看往日來的信，聊以安慰。這兩天我右眼皮跳個不停，不知道會有什麼事發生，其實這只是迷信，但跳個不停令人難過，上課時我一面講

話，眼皮一面跳，真怕被學生看見。你的信來多了，固然高興，卻也擔心你時間不夠支配。若很久不來又怕你發生意外，而且我望著空空的信箱好寂寞。整個暑假來都幾乎忘了週末，今天總算又開始還我週末了，大白天抱著劭騏回來，好久以來這是第一次。一路從學校回來，看到別人的娃娃，忍不住腳踏車騎快點，想馬上看到劭騏。劭騏乖乖坐在娃娃車上，雙手扶著把手和黃公公黃婆婆一起在看電視，還聚精會神的，那個神情好可愛，看到我來，就急著想找我。一路上不斷親他，每親一下他就斯文的笑一下，不會亂蹦亂跳，不親他時，他就東張西望不斷轉頭。他白嫩的皮膚和我的手臂差了一個顏色，現在我都是中午騎車回來，頂著大太陽來來去去，不黑是不可能的，希望冬天來時能夠養白點，好讓你能看到漂亮的我。你似乎到處跟人宣傳說我很胖，Jenny見著我直說我不胖，不像你說的那樣。我十分相信若我再胖下去，你就不會要我了。不過沒關係有劭騏要我就好。劭騏真的跟我很好，從他生出來，我不停的捧著他，我常感覺背都駝了。兩條腿從學校站回來，抱著他繼續站。他現在喜歡在陽台看下面的小孩或小狗，最近甚至會指著門要出去，若靠近門他還會拍打著門表示要出去。對面樓下有位太太經常在早晨傍晚帶著孩子出來散步，她先生是船員，沒先生在旁固然可憐，但習慣了也無所謂。像我和劭騏相依為命，習慣了有時甚至覺得長此下去也無不可。他每天睜開眼睛坐在床上玩，不停叫爸爸，拿著玩具一面爬一面叫爸爸，你根本聽不見，事實上他也不知爸爸為何，他現在也會叫媽媽，我並未教他，玩的時候他叫爸爸，要吃奶或摔痛了就叫媽媽。

房子我還一直沒空去看，不知欠我們的幾樣是否好了。一個月來，我發覺光靠薪水不夠支付開銷。我的薪水八千五百元，奶媽及會錢房租要六千元。劭騏的花費也不少，奶粉、胃腸藥（每瓶一百粒，120元，每次吃奶加一粒，他吃了那藥，大便一直很正常）偶爾看醫生，我一個人並不比兩個人省。一直都沒開伙，有時自助餐（買菜回來）有時罐頭或麵線一碗。最近早餐都來不及，帶兩個白煮蛋（媽給我的）、一盒牛奶（味全紙盒，每盒7元，福利中心賣，來不及沖牛奶）。凱，我們已分別一個月了，只記得你在出境室背個背包的模樣，有點往事不堪回首的感覺。雖然想念你又奈何。

婉淑9/9/79　00:30

84

凱：

中午接到你的信，安心不少。其實我明知你會好好的，但不看信就是不放心，尤其劭騏又連連摔跤時，情緒就不好。他每嘗試新花樣，開始總難免摔，現在他可扶著牆走，牆是平的，只好用手掌貼著牆壁，一不小心手滑下就會摔跤，昨天下午抱回來是漂漂亮亮的，到傍晚頭長兩個包，真沒辦法。

今早五、六點時下大雷雨，還好八、九點雨過天青，我抱著劭騏一面散步，一面去寄信，他總是多事，喜歡幫我做事，給奶媽錢或收到你信，若有他在，總是由他拿著，所以寄給你的信，若非郵差弄壞，鐵是劭騏弄皺的。昨晚快十二點才有空寫信，結果寫了幾行，頭都快垂到床上了，每寫一個字大約睡2分鐘，心中想的和寫出來的不一樣，只好作罷上床。昨晚劭騏七點多喝完奶就睡了，我看他睡得很熟，安心去吃晚飯（在客廳吃自助餐）沒一會兒，王（妹夫）大叫娃娃在哭，趕去一看他已躺在地上臉朝下。每次把它從地上撿起，一顆心惶惶然不知又闖了什麼禍，我真怕他真的智商只剩五十，那往後的日子也不要過了。陪他睡一會兒，再去完成我的晚餐，託妹妹看一下，我去洗頭（已經九天沒洗了），洗完回來劭騏被妹妹抱著在哭，見到我放聲大哭，我先沖奶再泡蜜水，才接他過來抱，他哭得好兇，氣都喘不過來，餵他奶，他吃一口，抽一下氣，好可憐。沒見過他這麼哭過。逗他好久才平息下來，我親他取笑他好哭，他才微微一笑。

昨下午他睡了好久，醒來時看到我立刻露出笑臉，睡意未消，雙眼一眨一眨的，真像卡通影片裡的娃娃。也許白天睡多了，今天清晨四點他就爬起來玩。平時都是自己玩，今天可不了。睡前我將椅子排在床尾，以防他滾下，前天晚上我睡夢中踢到一柔軟的東西，驚醒來一看原來劭騏在床尾，再一點就滾下來，所以我很得意想出將椅子排在那兒絕對安全，可道高一尺魔高一丈，你兒子滾到床邊，摸摸有椅子，居然爬到椅子上扶著把手站起來，剛好手可及梳妝台上的許多小東西，他可樂了，把東西碰得東倒西歪，有的掉到地上，我怕的是他會再從椅邊滾下，拉他回床，一眨眼他又爬過去了，只好將椅子搬開，他氣得大哭，哭了好久，我妹妹也起來抱他，我又睏又火，大罵，他嚇一跳，尿都嚇出來，我一身，床單都是。不理他，他一邊哭一邊在我身上揉，我累得躺在床上起不來，直哭到快七點，抱他到客廳坐在玻璃桌上，他才自己玩得好樂。抱到奶媽那兒，他一路像小鳥一樣快樂笑咪咪，我火氣又消了。本來想寫信罵你的，看他那麼可

愛，不罵了，倒很想你。劭騏需要爸爸修理，他常一邊哭一邊叫爸爸。

婉淑9/10/79　9:15

9/9/79（日）#25

婉淑：凱很愛妳！

今天是星期日，通常星期五下午，他們都叫weekend。昨天、今天不上課，昨天中午與Eric去買菜。買個電子鬧鐘$35，是清倉（clearance），原價是$49.95，On Sale減價的東西也不會減那麼多，大概減$10而已。有8點半的課，沒有鬧鐘太危險，可能睡過頭。這鐘附有AM/FM，又是GE（通用）出廠，所以貴（但音質好），普通雜牌，一般價$30～$40。這架是新加坡製的，大概像是加工出口區之類的，老美人工貴，運材料在外國加工，再送回來賣。昨天上午因為要打作業，交英文課作文，去學校書店買紙，順便狠心買了一本物理數學的書Modern Analysis這是教科書，本來想在圖書館借就算了，但他們找，說要好幾天，我想不等了，教科書還是自己買，大約三公分厚，$13.95算是很便宜，很便宜的書了，有些教科書貴到$30、$40一本，何況我又打八五折。學校圖書館叫M.D. Anderson Library，我想跟那人有關係（學校的建築物大都是人名），藏書上十萬或百萬卷，採自由開放式，自己可以帶書包進去，研究生可以申請「小閣」（約半坪大）看書做paper。若想偷藏書出來，則在出口有儀器可以偵測出來，所以老美還是有辦法。

昨天上午把Resume（履歷表，英文作業）重打一遍（教授改過），中午買菜回來（不該去買，東西太多了，擠得冰箱都是，週末大家都採買）做過午飯，滷了一「小」碗碎肉、一「大」鍋菜，有三層肉、雞腿、墨魚丸、蛋、魷魚、海帶、香菇、紅蘿蔔，大概足夠吃二、三週，通常是帶飯用。下午就打文章，雖然要求僅兩頁，但題目不大好做：「Marijuana should not be legalized.」（大麻不應該合法化）幸好，他不要求我們有任何真正的科學數據，資料做依憑。我室友的題目較易，他教授給的是「The Paper Clip」（迴紋針）英文課逼人很厲害，每一、三、五各一堂，幾乎每次都有作業做，我現在想這週若老闆說主科不能退，我就不管如何，要把英文退掉，修四科不可能把成績弄好，何況很危險。

下星期日（9/16）上午我會等妳的電話，妳大約當日晚上（這兒還是早上）

86

九點打來，先播108長途台，對接線生說你要打美國，Collect Call對方付帳（叫人，由叫到人接聽開始計費，叫不到人一毛也不花），妳有特別事要講可以先寫下來，通話時間才可以省。電話機上週五拿回來，明天電話公司來查線，最慢該後天就可以通。我要你打過來的原因是：我不確定電話是否能通，妳打過來可以確知，但我怕信在星期日（9/16）前妳未接到。（Guess:What date is 9/17?）美國申請電話很方便，去電話公司付Deposit押金，他們給收據叫申請人去住家附近的服務處取電話機，查過線，一插就通了，裝線費以後會寄帳單來，大約是$25～$45不等，視區域原有線沒。我們這兒早已有線所以大約$25。前後約三個工作天即通話。裝線費不退，每月市內$8無限次使用（加州不是，他們由申請人自己申報要使用的次數，如50次、80次）押金是怕人不繳費先扣壓的，大約由申請人自報長途，越洋次數而預估先收（要加上$8）我們老梁付了$66（有利息的），以後若每月都逼近$66或有個月超$66，他們會再追加抵押款，有些人已被追加到兩、三百元之多。抵押款是在退機時退還。台灣是沒有保留，沒有利息的退還一萬六，七千元，有時還可以賣高價，所以各有長短。

今天仍是該「勉強」在書本、功課上，想轉系之前什麼也不要想，先把成績弄好再說。有了電話，我再與魏聯絡看看，陌生人要探聽消息也不容易，我對他不太有印象，據說他在E.E.成績不錯，唸Digital出路很好，所以工作易，薪水高，可能老闆已幫他申請P.R.（如此就算已拿到了），我問說交女友方面呢，回說：像一般來美讀書的老中，拙拙的朴仔面，可能很難交到女友。他有P.R.之後大概機會一定大增，所以他媽媽顧慮是多餘的。兒子有P.R.娶了台灣人，還是不回去住的，至少薪水方面就會吸引著他在此工作。

開學了，不同的職務，感覺如何？希望是能適應較多的課堂。我深信劭騏一定被妳照顧得很好，因為妳照顧我也很好，何況妳也很疼愛劭騏，他應該高興有這麼好的媽媽。好想念你們倆。

凱9/9/79　09:30

9/9/79（日）#26

婉淑：

How I miss you and love you both！

　　今早去系館那兒投郵，學校像死城見不到幾個人，大概要到UC開了，圖書館開了（分別是10:45，10:00）才陸續有人。騎著腳踏車去回，一路上都好想妳，好想妳在我懷中，多麼好！似乎有點後悔來之前應該多多與妳「相好」一下。

　　來美已屆一個月，也卽是離開妳一個月，每天都思念著妳，所以是想念妳60x60×24×31秒了！（我上課很用心聽課，don't worry！）星期六、日不上課，仍覺得時間不夠，所以盡可放心郭蓋無暇去pia！（歪哥也）。今天就是K了整天仍覺未K完，功課忙，所以要應付後天的Problem Session（解題課），明晚可能無法寫信，先向妳報備及請罪，好嗎？我在底下付個圖賠妳，OK？星期日上午我會早起等妳晚上打來的電話。好渴望聽到妳的聲音。

愛妳及劭騏的爸爸

凱9/9/79　23:12

P.S. 妳不會說我小氣吧？省了一張卡片。

9/11/79（二）　#18

凱：

　　今天星期二我又一連收到兩封你的信9/4、9/5還有二姐來信，及教育部寄來

留學講習通知。你每次看信一定會覺得我都在告劭騏的狀，今天我不說他壞話了，昨晚九點多一點劭騏睡了，我原想等著看連體嬰分割的電視實況，但妹妹消息錯誤竟說不轉播了，所以沒看成陪著劭騏睡了。半夜劭騏醒來一次，但因為我睡得早精神好，陪他玩一會兒喝過奶，一夜睡到天亮，早晨醒來，看他可愛的樣子，愛都來不及所以不說他的壞話了。

今天報紙全天都報導連體嬰分割的詳細情況，目前手術成功，情況很好，看來令人振奮，但也忍不住心酸。學校老師說她們昨晚一面看電視，一面忍不住摟緊自己的兒女，看得好傷心，小孩子就像切豬肉一般被醫生切著。大家都覺連體嬰好可憐，善心人士還是不少，大家都慷慨捐款令人感動。我看報上兩個娃娃，睜著大眼睛好可愛，也忍不住想到自己的娃娃，稀疏的黃毛，兩隻眼滴溜溜轉，白嫩皮膚，紅紅的唇，不斷吐口水，不斷叫爸爸，每叫一句爸就跑出好多泡沫，惹人愛憐。

二姐來信說將在教師節與以前大姐介紹的一位劉先生訂婚，媽媽會去台中參加他們的訂婚儀式，再和阿英一起來台北看看劭騏，很感激爸媽關心，我會好好招待他們，也很高興二姐終於有了歸宿。這幾天，我生活漸趨正常，若非自助餐就煮麵，剛才還從福利站買回幾個罐頭（放心，不多，我並不很喜歡罐頭，只為偶而斷炊時用）、幾盒牛奶，在市場買了一塊90元的豬肉，現已滷好。牛奶是早餐喝的，我發現最簡便的早餐：兩個水煮蛋、一盒牛奶。我都是帶到學校吃，一早劭騏便黏著我，連換衣服都得穿一隻袖子抓他一把，因為他抱著我不放，隨時會從我身邊滾下。那大罐克寧奶粉我會找時間先泡好一點，裝瓶放冰箱，有空倒來喝，三餐吃不多，牛奶倒喝不少，現在沒空，不求好吃，只求營養。每週僅週一帶便當，還好當專任，昨午沒回來，上了兩堂才回家，家裡亂成一團，我的，劭騏的，衣服乾淨的待收，換下的待洗，尿布沒摺，奶瓶沒洗，劭騏在玻璃桌上的尿沒擦，玩具亂丟。

平日下午回來，我平心靜氣地收拾，先放好水，四點半接大少爺回來，一切為他，時間都給他，如此這般日子也過得很快。劭騏很喜歡在窗邊玩，我洗過但無法十分乾淨，前陣常下雨，每下一次，窗邊就會堆上一些泥沙。只好採治本的方法，劭騏每次低頭吃，我就大聲叫，他會立刻回頭，我再和顏悅色地告訴他，髒不能吃，他現在已經不吃窗子了，只是兩手經常黑黑的，想睡時揉眼睛，哭時往嘴裡塞，真麻煩。

今天我本來很愉快的，看到你們的照片，又收到你的兩封信，但是我在市場時，為讓一個老女人騎小天使過路，用力把腳踏車拉到一邊，手扭了。這下可不好，抱娃娃、寫信都要用手，現在寫字只能固定的一個方向，稍微偏一下都痛。待會去寄信，我會順便到圓環附近那家店去拉一拉，不知那家好不好。

照片洗出34張，臥室合照那張似乎沒出來（重看照片，你和梁合照那張在沙發上的有，很清楚）現我無法一一核對，急著去寄信、修手、抱娃娃。明早第一堂沒課，我會分別將照片寄給梁和曹的家屬，沒洗出的我會再去加洗，寄幾張給高雄爸媽看。你的嘴唇是否太乾流血，不乖，好好照顧我爸爸，穿運動衫肚子要凹一下。愛你。

婉淑9/11/79　16:30

9/11/79（二）　#27

婉淑：How I miss you & our kid！

昨天沒寫信真抱歉，不過我想先告訴妳，可能會好一點，期待的心情很不好受，就像昨天及今天都沒有妳的信，我就有點失望，或許忙碌之心會令我好過些。以後我可以預知何時功課忙碌，趕作業，報告或考試準備時，我會先告訴妳。

今天又是7小時半的課，實驗室足足由11:30～下午2:30，因為上午10～11時有課，所以到2:30下課來渾身發軟，餓得不得了，趕緊花了二分鐘把便當熱了來吃。每天幾乎吃蘋果，都快吃膩了，很想吃拔仔，還未看過美國有（雖聽別人說有），其他水果不是想吃就有，除非超級市場（這兒都是超級市場）有貨，且要購買很多樣回來，擠滿冰箱對別人不好意思。

昨天裝好電話已通了，真想立刻打給妳，祇可惜家裡無電話，很後悔我當初單獨住入時未申請。羅直到現在才寫信給他，因為想等有電話再告訴他，或許他有「機會」，可以打電話給我。呂也來信要電話號碼，我也會寄給他。因為星期日（9/16）是你第一次打來，本是可以不必叫人（因較貴，大概加數成），但為保險見，所以才要妳打「叫人」。其實我們以後約好，星期日晚上妳在家等我電話，我打過去直接叫號就好。或者妳臨時星期六或日晚上（或傍晚）打過來，我這兒正好是清晨或剛起床（亦不趕上課），我應該在，不叫人就是稍便宜一

點，星期日0～24點，又便宜一半（以發話地日期）。我盼望星期日快來，上次忘了告訴妳，順便帶劭騏回家，我要他聽聽爸爸在想念他，我也渴望聽到他那呵呵……的可愛聲，小孩會知道要吃東西，眞是好玩。我想妳是會帶劭騏回家的。

今天下午又是解題，下午古典力學教授人很好，溫和體貼，約五、六十老頭說課條條有理，上去解題不會的人，都被暗示鼓勵到會下來。另外電動力學教授大家討厭而畏懼，要是每一位都像古力教授，日子就好過。讀書會發覺知識的巧妙，誠如古力說的這些數學方程式應用到各方面知識，不論是力學、電學、相對論、光學、熱學等等，均可簡化，眞是佩服那些研究出學問的人，因而自己也會感到不如，而恐吸收不到知識。

此信大概9/17收到妳手中，我一直懷念咱們相處的日子，與妳結婚是我畢生一大心願，今晚又拿結婚照起來欣賞，還是妳非娶不可，再讓我100次選擇老婆，我還是都要挑妳。照顧劭騏的重任暫時委屈了妳，明年春你們來，凱會特別更愛妳及劭騏，因爲爸爸欠你們太多了。

永遠在你們心中的

凱9/11/79　21:26

9/12（三）#19

凱：

昨花100元給人拉，更糟好痛，無法寫字，今下午到公保骨科，在骨頭間打

一針，現右手是麻的。簡列幾項如下：

1.給曹，梁家人的信已寄。

2.電啟安居然土地權狀尚未過，其中有詐，她說要等房屋權狀下來一起辦，想吞我們43萬吧？我會堅持，未給23萬不交房屋權狀給代書辦過戶。

3.朝代尚未將契稅給代書，房屋權狀尚未辦。

4.若小額匯款給你，銀行只剩一萬元，我每月透支近5千，兩個月後就完了。匯款截止日10月18日。

5.劭騏和我愛你。

婉淑9/12/79 23:30

9/13-9/14（五）#28

婉淑：好愛你及劭騏！

又過了午夜所以是兩天未寫信了，現在漸漸感到功課的壓力，積壓的功課令人有透不過氣的感覺，似乎每個人都有吧？！本來上兩週還可以幾乎天天寫信，這週才寫三、四次，以後可能漸減，說不定剩二、三次，我會盡可能寫，但功課忙就沒辦法，每週習題、複習，將來還要準備Qualifying Exam（資格考）十月初、十一月初期中考、十二月初期末考，真要學習熬夜功夫。

昨天心情很壞，因為系老闆不讓我們退課，要我們撐下去，我昨晚跟魏通過電話才知道TA修越多學分，系的經費有幫助，上了他們的當。今早去退英文也碰壁，系主任是個老女人，說什麼也不行，不公平，別人不修，我卻不能退，她說英語系已列出名單，那些人will be in big trouble（會有大麻煩）。可能Chairman及Dean都要in trouble，來美國唸書的人似乎沒有人對環境，學校規定是全滿意的。後來英文教授問我與系主任爭論得如何，我說無效，他說唯一能幫我的就是把最重的Term-Paper（學期論文）挪到寒假寫（一個月），那是他能幫的最大忙了，平常課仍要上Weekly Paper（每週作文）仍是要交，遲交要先打招呼，同時次數越多，Term-Paper就占越重。若是Term-Paper要期末考前趕完，那真會完全垮掉。看來我也祇有硬撐四科，把重點放在主科上面。英文拿B就好了，拿C是不太可能，我們沒有考試，他也不致那麼殘忍，拿A是天才，至少英文還沒那麼好。在此與教授老板見面都是Hi!一聲，不必恭恭敬敬的。一起

走過門，誰靠門誰就幫開門禮讓，我就見老教授（古力）下課與學生下樓開門，老美學生也不客氣地走過去。這兒沒有「尊師重道」這句話，時間到了，教授不下課，老美書一抱就走。昨天電動教授曾要喊住一位學生不受理，覺得很沒面子。反正那學生自認攻PH.D.（E.E.系）程度好，你教授亦當我不到。今天見面上課也好像沒事一樣，在他們心中，大概老師與要幫助自己的朋友一般而已。

　　昨天冷氣調溫太高，所以睡得很不舒服，老美的空調是定溫的，隨人定到華氏幾度，通常我們定70°～75°F是最舒服，毛巾被即夠暖，昨晚80°F熱死了，又操心功課更煩，現在好多了，英文不太理它，全心放在本科撐。不要為我操心，我可以manage（處理）過來的。

　　寶寶食物，我不太清楚，我知道有嬰兒美濃縮奶（汁）、蒸餾水（老美講究）、嬰兒果汁……等等都是瓶、罐裝的，至於詳細，可能要問Eric或妳可請教Jenny才清楚。不知妳拿到東西沒？已經過十天了，劭騏還未見到爸爸給他的鴨子。

　　小額匯款就匯過來，沒關係，剩$1,500就等以後有錢再匯，祇要在兩個月內不超時效就好。信匯大約要半～一個月才能入帳，是由銀行轉這兒（好像是達拉斯）銀行，你寄收據給我，他們轉匯票給我。所以要折騰一陣子，因此才便宜，才30元台幣，電匯大概兩天可以入帳，收費按實際字數計。大概不必電匯太花錢了，可能要台幣數百元。

　　今天來三封信，星期一、二、三均無，所以有點失望，不知是何故9/4、9/5、9/6均擠到現在，將近十天。明天不知有否。明天我上午二堂，下午呆在辦公室改報告，不想留到下週。我的課表很不好，的確，通常我都得整日耗在系裡，走來走去浪費時間，平常一至四我都得七點多或六點半才能回家，雖說週四到五點半，笨學生可以耗到六點多才寫完實驗報告，又不能趕他，以後或許不會拖了。星期日快來了，我會提早起床等電話，等待心情很興奮，或許我會很激動呢，好想你們倆。我也很好，不要擔心。我會努力上進。

愛你們的

凱9/14/79　00:53

P.S. 1.注意飲食，不要弄壞身體！
2.信內說昨天就是前天9/12，今天就是昨天9/13。

3.昨天電動上去解題，得到最高分（9分），其他解過的三人是5分、4分、4分。
4.本科教授計分是：2 mid-term 30%, final 30%, homework 30%, problem 10%。

婉淑：

好難得又到週末寫信給妳，昨天下午未接到妳信，我想妳可能是學校忙，家裡劭騏要照顧，不可能專心寫信，寫信也是要有心情才寫得出來。像Eric被同學罵，Eric說來美就懶，沒心情寫給他們。說實在我也是，我祇寫給阿炳、阿塘、阿英、家裡、大姐、呂而已，其他人就只有抱歉了，生活緊湊得一週下來，到週末也不想做，心裡祇想我的太太及小孩，我知道他們很思念我，我也很愛他們。

昨天下午，花了兩個多小時，把兩班的40份實驗報告改完，我不想留到下週，因二、四就得在上課時還他們，課多又趕批改，實在不妥。離開辦公室，走過學校的樹林，大群老黑在開露天的party，大揚聲器、台上的Disco窮叫，台下老美，黑白手舞足蹈。我喝了一杯免費啤酒與幾個外國新生聊了一下就趕回來。堆了兩週的衣服該洗了，新內褲陸續抽出來用，已上打了，平常縱使有空時來洗也無地曬衣，何況在這無「台灣時間」洗衣。我是捧一籃的衣服到男宿舍17樓去洗的。那兒較便宜又洗得久、烘得久，但我投錯一台壞洗衣機35¢不動，後來才想通為何裡面那麼多肥皂粉而是乾的，似乎很多人上當。在這兒常有的事，要自己小心。幸好有這個陷阱，因為我恰忘了帶肥皂粉，從左白塔回來也要5分鐘，等一下電梯也要很久。公寓的烘乾機是15分鐘，宿舍是30分鐘，通常住宿的人丟下衣服洗或烘就回去，外來的就得帶書去看，大概要花一個小時。一個讀Optometry（驗光）的老美與我搭訕，他是北卡（North Carolina）來的，似乎對休士頓不滿（大的不像話，他大概是小鎮來的）。我們談物理、驗光、美國、台灣、社會。因為他爸在越戰四年，又調到西德（全家，他媽是歐洲人）很多朋友是東德溜來的。他今年23，一女友在北卡上班求學自給，無法一起來，因學費。他問我何時要結婚，有沒有女朋友，我說你錯了，他以為我沒女友，我說我已婚且有一個小孩。他說在北卡有個教授姓郭（台灣的），我說我也姓郭。

與老美聊都是泛泛之交，老美不會與人深交，我老早就知，他不會問你住在

那家而去拜訪，不過我們互相說到台灣或北卡，Stay free（免費住宿）。他勸我多看看華盛頓州、俄勒岡州，到處比較，不要僅看休士頓就說美國不好。我以後會的，我要帶著太太，兒子四處玩玩，祇要有時間，經濟許可。

婉淑，很想妳呢，結婚兩週年快到了，不能在身邊感到很遺憾。不要想太久日子會過得很快。把我給妳的愛再加到劭騏身上，他最需要愛、教導。妳相信嗎？我此刻淚水滴下來了，簡直無法再下筆。好好保重，不要亂吃，三餐不正常，我會很擔心妳的，劭騏完全依妳。我太想念你倆了，明天希望聽到你們的聲音。I love you both forever — from Daddy.

凱9/15　11:20

P.S. 此信我將用淚水黏住。

9/15（六）　#20

凱：

真抱歉昨天沒寫信，因為劭騏從十點半醒來一直不睡，那是我通常寫信的時間，直到十二點他還好有精神，我躺在旁邊陪他聊天，他就哼哈的跟我對答。今天下午本想回來寫信，順便去看一趟房子，結果周約我去獅子林看一場《天涯赤子心》The Champ流了不少眼淚。電影是不錯，但我回來直後悔，我每天想你已流了不少淚，何苦再花那麼多錢去傷感情，況且我有更重要的事待做。我希望能每天都寫封信給你，多少給你一點安慰。昨夜沒寫，今早連著四堂，心裡著急無法寫信，下午又經不起邀約而沒寫信，房子也沒去看，留在那兒的一隻鑰匙沒拿回來，頗不放心。劭騏的尿布待摺，他吃奶抱著的布娃娃（大鼻子小丑）破了，待補，我的手痛未復原待醫，所以回來直後悔不該去看電影。

我的手現勉強可寫信，但無法寫黑板，變動的幅度太大會痛，上課我都用左手寫，尚可以看，學生都好驚訝，有人還說老師快去美國了，所以要練習左手寫字。我平日有點左撇，所以左手寫字並無多大困難，但左手在紙上寫就不好看了，因為字太小。晚上睡覺手不斷抽痛睡不著，想到往日，躺在爸爸懷裡有說不完的情話，時常情不自禁摟著爸爸吻個不停。午夜醒來抱著一隻痛手，不禁傷心淚下。一隻手做事十分不便，連劭騏尿濕的尿布都無法沖洗，奶瓶蓋要扭開都無

95

法使上力，急起來眼淚又不停的流。一早打電話回家，原是要和媽媽商量送陳禮物的事，媽不在由爸接，一句話未講完就哭不停，因為在校門口打的，回辦公室還哭不停，所有委屈全湧上心頭，最後拿出你的照片來看才漸漸忘了傷心事。今年我五班全是男生，都很能體諒老師手痛頗表關心，心裡也舒服多了。學校老師建議我去公保看骨科，結果醫生在我腫痛的地方打一針，並不覺好，但覺一隻手都麻了。今天稍好一點，可以拿筆寫字，但不能偏一偏就痛。昨天我又去問啟安，她說要有完稅證明才能辦過戶，至於稅她已去申請，不久會核下來，不管交不交稅都得這麼辦。她說大約十月初會下來，但願能趕得及在十月十八日之前，小額匯款到期。二姐的來信我已回了，並附上四張你的照片：1.教堂2.Moody Tower 3.Hunt Ranch 4.Apt室外，這4張比較好看，有些人物太小，有些模糊，大概別人替你照技術不佳之故。有幾張你肚子好凸，運動衫沒拉好。三個人中你那位長髮室友的表情佳（像Actor），替他照相的人技術取景均好。他的八張，張張都好，真替你叫屈。你的嘴唇怎麼啦？媽媽和劭騏的親吻能不能治好？

婉淑9/15/79　0:30

9/16/79（日）#21

凱：

　　現在已是午夜12點了，但我還是想寫信，劭騏睡得好熟，我剛才晾好衣服，洗好奶瓶，燒了一壺開水，如此才能安心入睡，否則半夜起來，髒奶瓶又沒開

水，急的都要哭起來。這些事以往都是爸爸在不知不覺中完成的，我不太需要費心。明天星期日不必早起，可以抱劭騏去散步，順便寄信。不寫信令我心裡難過，好像一整天都沒跟爸爸講話，我也盼望明晚能聽到你的聲音，已經一個多月了，我沒有讓爸爸抱過，也沒有讓爸爸親過，好長的一個月呀！但它終於也過了。往前看覺得歲月漫長，往後望卻又心悸時光飛逝。希望明天我不至哭起來，能好好跟爸爸說些話。爸爸，希望你一切順利，你的成功就是我們的安慰。

開學了，當專任實在太輕鬆，好多老師都很嫉妒我們這群：周、邱和我，有人還說我們這去年進來的都好厲害，別的老師碰面也都問我如何能脫離苦海。我從來沒想到會有當專任的一天，當導師雖排16堂課，實際上，班會、週會、生活輔導已多出三堂。其他繁瑣的工作如：出壁報、開學布置教室、每週的週記、每天的早自習，這些都是不能免的，另外偶發事件不說。現在我呢，每週19堂，絕不會再有其他事，筆記本愛不愛改我家的事。除星期一帶便當外，每天早上課上完便騎車回家，比暑期輔導輕鬆多了。除星期五，四節較累，週二、三、四均為三堂，週六僅兩堂，早上八點十五以前到校即可，常常有人替我簽好名，空堂我常去市場晃，買寶寶和我的便宜衣服，所以我在學校的時間很少，真正做到教書是副業。事實上我不當專任也不行，中午一回家，不煮麵，便吃飯，一個罐頭或一碗滷肉即可解決，然後洗衣服、尿布奶瓶，有信則看信、回信，一忙便到四點半，先放好水，準備東西，劭騏一回家立刻洗澡，洗完便將所有時間花在陪他玩，八點半或九點劭騏睡，我便吃晚飯（現成的，好久以來都不做了）。洗碗、洗澡、寫信、睡覺，半夜起來陪劭騏玩，第二天早上七點起床陪劭騏到7:30，然後先抱他去奶媽那兒，再回來收拾一下，準備東西，八點出門，騎車5分鐘夠了。有腳踏車太方便了，騎著它到處辦事，可惜還未騎去新家那兒。

謝謝你送我一輛車。不知你獎學金領了沒？領月初還是月底？嘴唇有沒有好一點，媽媽好心疼，好好照顧我爸爸，是否氣候太乾不能適應？德州有沒有受暴風侵襲？電視新聞有，佛羅里達被吹得東倒西歪。爸爸，好想讓你抱一抱，今天（週六）一連收到兩封你上星期日9/9上午及下午寫的，昨天沒信。謝謝你的卡片（圖畫）很漂亮。劭騏長得很好放心。

婉淑9/16/79　1:05

婉淑：

　　剛剛聽到妳及劭騏的聲音，好興奮，本以爲妳九點要打，所以把鬧鐘定到 6:50起床，洗把臉正好可接到。6:40室友接到來叫醒我，所以仍有點睡意，不過一下子就好了。我說去拿一張紙是記了一些要講的話在上面，怕遺忘掉。與妳通完話，我又打回高雄家裡，是媽媽接的（講3分鐘）她說家裡已接到妳寄的相片，及我寄的一張（別人相機，在UC怪物前照的）。二姐大約農曆八日（今天問媽，是兩週後，這兒無法找到「農曆」）要訂婚，男方住台中（不是上次那個，已談二、三年）。媽要去台中大姐家，大槪九日（農曆）會來台北看妳及劭騏，媽擔心妳及劭騏的近況，我在電話中說你們很好。我約一個月會打一次回家，兩週打一次給妳，都將在星期日上午打（妳是晚上接到），詳細正確時刻就是妳晚上九點左右。所以下次是9月30日，我將打Station-to-Station，這較便宜，而且若叫人，必須接聽者聽懂老美Operator（接線生）的英語。反正妳到時候是可以確定在家裡就是了。我是很想每週打，但省錢起見，還是兩週一次差不多。剛打約5分鐘大槪$10左右。打家裡是叫號（3分鐘）大約$5，等帳單寄來就知道。這兒收錢，都是寄帳單，然後付者寄支票去。我這747字頭的，無法直播台灣，有些（很多）區號可以，就便宜些，因爲不需要人力服務。以後妳來，我們一起住遠離校些，就可以直撥回娘家。剛才不敢太大聲，怕吵醒別人，所以妳以爲我變音了（很低沉？），不過那句最重要的「I love you」有聽到（沒變質吧？），就安心了。昨晚看書看到一點半，以後週六早睡。

　　我想起我嘴唇是怎麼一回事了，有次太乾，要撕掉一小塊乾皮，弄不好把它弄傷了，所以可能有點傷口，現在差點都忘了這回事。兩地遠，事情都易記不住經過。香港腳好了，有對門老中帶悠悠藥膏來，不時敷上去，已OK了。這公寓的空調很破，若不維淨，蟑螂就定居移民，打不勝打（以前Eric那家就是，他們不理蟑螂）濕度稍大，不像家裡那窗型可「乾燥」東西，加上休士頓海邊潮氣，穿鞋易濕。所以現在我二、四有實驗課穿鞋，一、三、五就穿涼鞋（Eric都穿拖鞋！）所以穿「皮鞋」看起來像是要赴宴會，西褲也是。牛仔褲較實用，老少均穿，妳也可以去老松國小對面的「舊」衣店（以前我們去買過），買兩件不同牌帶來更換，順便幫再買一件給我（Texwood、Big John或其他牌，妳選顏色，好看的）腰32吋，若明春仍未「變形」的話，順便一條短牛仔褲（地攤）。明春

妳來之前，再幫我買。老美的牛仔褲一般很菜，像台幣30、50元一條的，好的也有，貴死了，$20、$30以上，所以Eric還是由台買寄來。

剛忘了問妳室友相片，不過現在已經知道他們家已接到，梁太太說那來的短褲。梁與曹都是在Common Market買了地攤兩件人家穿舊的褲子。短褲很普遍，去買菜，穿拖板、短褲開車去，不穿鞋赤腳亦可。星期日是打電話熱，現在梁在「打太太」，講了約10分鐘仍未完，這月deposit抵押款可能要加他一、二百元，待會兒曹要「打太太」（未婚妻）。

信封妳寫上編號，好使我知未有遺漏接的，妳可以用鉛筆編，暫時由1開始，等我接到第一封，再告訴妳調整號碼。目前9/6是第14封。小額匯款先匯$1,500來，10/18前若無法拿到沈先生的錢，先周轉一下，以免失時效，無法再申請。反正馬上就可以還。獎學金是領月底之後的月初錢，（十月初領九月薪），目前我這個月買吃的花了$75.61（9/1～9/15），並非我會吃，其中有些是囤積物，罐頭啦、乾料啦。一個月也差不多是$70左右，吃在美國（自己來）並不貴，尤其肉也比台北便宜多。Eric固定週末來載我去Shopping採買，昨天買了20個衣架$2（Sale）（平常$5，是像筆粗塑膠），香水$2.75（Regular $4.55）不要誤會，不是歪哥，這香水是我要送給我太太的。這個月開支仍不會準確，不過不會超過$250，所以至少可剩$250，下個月應該可以$200以下，因我沒車。磁碟昨也買6塊，Sale $0.89平常要$2、$3一塊，是日貨。這兒塑膠品、瓷器較貴，玻璃、銀器便宜（比台灣）所以Sale就要趕緊買下來，我知道妳不喜歡塑膠品，這兒可滿足妳。梁打完電話約20分鐘（要破產了！），曹打了約4分鐘，他們太太都接到相片，都驚訝說「變了樣」。妳有空也可與她們聯絡了解我們近況，高現在要打，一陣熱潮。這封信該用信紙寫，都快滿出來了。我會寄另一封給妳，另把香水放入。

昨天不知怎的，寫到這頁，淚水就盈眶，太想妳及劭騏了。我會堅強克服一切，不使自己失敗，不令家人失望。很盼你們趕緊來，在我身邊。好愛，好愛你倆！

凱9/16/79　8:40

P.S. 剛才高要打電話，三、四次果然都接不通線路占滿，妳是先見之明。
裡面日期寫錯了，9/16才對，台灣是9/17，我看電子鐘顯示，才知自己寫錯。不

99

該把重要日子都忘了，不是嗎？我願意與妳共度一輩子，這兩年僅是一小部分而已，我要永遠延續，永遠延續咱們的「AMOR」。真想妳在我身邊讓妳體會到我對妳的愛。

錢方面放心，我「小氣」得要死，錢匯來我會存銀行，不花掉。

對妳及劻騏「愛」不是「小氣」。（對別人，是！）

9/16/79（日）#31

婉淑：

今早打電話給妳，內心就感到像是妳在我身邊一樣聲音很清楚。或許妳未聽清楚我聲音，可能我睡意未失或冷氣機在旁吵，下次我記得早起且把冷氣關掉。我這兒日光時間仍未改，台灣大概與美國同，或許到十月份才會改回來，一起改，時差仍同。

聽妳說手扭了，愈想愈不對，梁說她太太也知道，是否很嚴重地包紮起來了？剩一隻手如何抱劻騏及上課？很想確知，就是可惜家裡沒電話。那腳踏車座椅太高，該降些下來。窗戶有金屬物，劻騏抓危險，尤其是靠東邊紗窗是在外，用力壓會掉出去，要小心。不知劻騏手割得如何？嚴重嗎？聽到聲音，很高興。下次妳給他聽爸爸講話，要記得逗他笑，今早我還不知妳有給他聽過了呢！不知劻騏喜不喜歡爸爸買給他的鴨子？還有妳喜歡我給妳的化妝品嗎？我不太會買，內附的香水是在Target上週六（昨天）減價買的$2.75。明天是結婚兩年，就作為小禮物，明年之後我們可以每個週年紀念日都在一起慶祝。

我們這兒沒來Hurricane（颱風），David, Elena, Fechic三個都向路易斯安那，佛羅里達及南卡羅來納那兒去了，有些舢船及陋屋都吹垮，老美的木造房子多，禁不住颱風。

房屋權狀真是會拖。土地權狀給沈先生是收23萬，不是20萬（查看契約），電話申請是永元路的，若想移去仁愛街可以，也該給咱們方便，咱們已夠意思的了。43萬放在他們那兒已夠久了，利息算算也有四、五千元（銀行利）。

我星期二、三有Problem Session，所以日、一、二都較忙，很可能無法寫信，明後天或許是如此，先告訴妳。到九月底更是忙，要準備古力及頭大的電動第一次期中考。花時間唸書多少不是問題，吸收與否才是問題，我吸收不了很痛

苦，祇好問別人，問一個電機的，或問Eric，開了竅唸起來舒服多了。在此唸書是真功夫，法商學院不知，至少理工是硬功夫。

帶來的泡生力麵碗公在飛行中碎了，剩碗蓋而已。妳也不必再寄或帶來，重又麻煩，這兒中國店有售。牛仔褲不要寄來，我並不迫切要，又費郵又慢。祇是妳來順便帶我一件。妳自己也可買一二件（若二件，就不同牌），老松對面很多（賣破電視那兒）新牛仔褲，多問幾家比較品質及價格，不要怕殺價。太差的便宜又縮水不保險。

很想多寫，但功課緊，不得不停筆。連筆都捨不得丟下來。有時想到妳以及劭騏不在身邊就很難過，好好照顧他。爸爸近來很好，不要擔心。我是不該離開你們的，原諒我，好嗎？

愛你倆，想念你倆的

凱9/16/79　21:25

台北9/17/79　11:25

同床異夢，會嗎？

凱：

　　又是午夜十二點了，每天幾乎都要到這時候才能空下來寫信。剛才通完電話，九點多劭騏已睡得軟塌塌的，我只好回家了。跟你通電話好高興，但也有一絲惆悵，我仍是老樣（或許漂亮點，大家都這麼說），而你似乎已不是我的爸爸了。可能是你剛從夢中驚醒，還未清醒，但無可否認我們之間有那麼一點隔閡，隨著時間的逝去，這種陌生感將會日漸加劇。你所遭遇的、所感覺的，我全然不知，同樣的我所提到的事，你也有點茫然，我們不再那麼息息相關、不再那麼有默契。我的右手受傷了，同事們的關切是那麼實在，而你或許兩星期之後會捎來一些關懷的話語，但你不會想到，我是如何用一隻手在半夜四、五點時，倒熱水瓶的水替劭騏洗屁股，既怕他摔倒又怕他被熱水燙，還得防他搞得到處都是大便。爸爸，我怕的是半年或一年後，當我們再度相處時，我們仍同在一屋簷下，同在一張床上，但我們的兩顆心卻那樣陌生，會嗎？我原想等到九點再打，但妹妹說越晚打線路忙不易接通，我以為接線要接好久，所以就打了，原來這麼快一分鐘左右就通了，擾你好夢真不好意思，你睡覺向來很專心的，這點劭騏比較像我，他精力充沛也不大睡覺。有人見了劭騏說他不像我一定像先生，我媽和妹也不認為像我，我也搞不清像誰，不過希望他像你。你要的牛仔褲是幾腰的？在那兒買比較好，悠悠藥膏我會買好，或許Jenny回美時我可託她（問問Eric捨不捨得他太太辛苦）。我原想錄一捲錄音帶，但每次想跟你講話就先哭。倒是聽電話居然不哭，實在聲音太不像你，我能想見你一臉茫然，全是？的樣子。只有那句「我愛妳」像是你說的，還有約好兩週後再打電話，很像你當年追女朋友的作風。否則我真要懷疑線的那端是個什麼樣的傢伙。爸爸，我們這一講，花掉你不少錢吧？無論如何，還是躺在你懷裡聽你的心跳實際些，絕不會懷疑眼前的爸爸是假的。除了那兩樣東西，還有其他要買的嗎？內衣褲？鞋襪？週四（20日）我會去匯款，你密切注意，務必收到這筆款項才好。

　　電視新聞常有美國的消息，看到佛羅里達災情慘重，直慶幸不是德州，否則我爸爸全部家當都泡水（水淹好高），恐怕現在都沒內褲可穿了。前次還看到越南難民在德州海邊暫居與當地居民因捕魚起衝突，美國人似乎頗為憤怒。

劼騏這兩天似乎長上牙，不大叫爸爸了。常常將嘴張得圓圓的，像個小傻瓜。他對什麼都有興趣，蠻力很大，風鈴已被他扯下來。鑰匙在鎖孔中，他會拼命搶著要拉出來。喜歡到外頭玩，昨見兩男童玩球，他居然看得哈哈大笑。凱，打了電話安心不少，但更希望能抱著你多好。

　　劼騏和媽媽都愛你。

婉淑9/17/97　01:15

9/18/79（二）　#23

凱：

　　不知我寫去的信，你是否每封都收到了。好像封面地址用打字機打的，你都尚未收到，我也寄了五張回家（早就寄了），以後不夠我會再寄去。今天星期一，是最忙的日子，早上兩堂下午兩堂，從今起每週一下午第八堂又多加一堂。我講了好久都沒用，還是得上，第八堂上來怪不是味道的，大家都放學走了，我一面上心裡一面惦著劼騏，到八點半下課，趕快回家抱娃娃，我每次將他摟在懷裡才安心。黃太太已幫他洗好澡，我輕鬆多了。陪他站在門口玩，劼騏和你一樣很友善，喜歡和陌生人搭訕，只要有小孩經過他都看個不停，還對人家笑，有時也對著大人笑，他笑起來天真可愛，不像我，老板著臉。他最近喜歡爬人家的轎車，在車窗上爬來爬去，兩隻小手不停的在車頂上打，替人家擦車，對面那啞巴小孩的父親有部吉普車，那小孩坐在車內煞有介事，又換檔又轉方向盤，劼騏看了拼命往人家那裡去，身體直往那方向傾，我若不向前，他就會跌倒。他雙手不停揮舞，恨不能也鑽進人家車內玩，我將他抱開，他大吼大叫、雙腳亂踢，嘴裡不斷叫爸爸，大概他認為他老爹會替他撐腰吧。還好妹夫開著喜美車回來，讓劼騏玩了一會兒，他才肯跟我上樓。劼騏對任何事都有興趣，開關（壓的在牆上）他知道如何壓，只是力量還不夠，將來劼騏可以替你洗車，他很雞婆，什麼都要插一手。劼騏奶粉已全部換為嬰兒美，剩四罐S26我拿去賣給學校老師，他吃嬰兒美似乎很適合，上週我叫了12罐嬰兒美，105元一罐，比外頭食品店貴2元。明天我將去教育部參加講習，學校的課都已請假，下次補課會累死，共有六堂沒上。昨天今天都沒信，現在你的信都是兩封一起來，似乎郵差也偷懶了。沒信時，我就很想寫信跟你聊聊，剛才一面寫一面打瞌睡，跑去為劼騏泡瓶蜜水，

103

現在精神又來了。劭騏晚上醒來口渴會喝一點蜜水，他今早很早便起來，自己玩不知玩了多久，甚至是坐在床邊玩的，他逐漸知道會摔下去，靠床邊後就不再下去了。今天電視又報導墨西哥受颶風侵襲，德州沒有受損吧？今天是我們結婚兩週年紀念，雖然你不在身邊，但有劭騏在我也很滿足了。謝謝爸爸給我這麼好的禮物，此刻我正想收筆，劭騏卻醒來了，兩腳不停在床上踢，有時翻滾，有時趴著，牙牙學語叫爸爸，老遠望著我在書桌上寫信，不時對我微笑，這下我可苦了，不知你兒子要玩到幾時我才能睡。剛我餵完奶才又繼續寫這一段。爸爸，早安，祝你有個愉快的早晨。愛你！不知你課調成沒有？

婉淑9/18/79　1:30am

新屋主要裝瓦斯

凱：

今天，明天我已請好假，到教育部來參加講習，早上還好妹夫開了喜美車送妹妹到工專，我搭便車，送我至教育部門口，到此才八點十五分真好，在教育部門外寄了信，然後至福利社吃個蛋、喝味全蘋果奶，再上至五樓報到時間還早，待會兒出去得看看明天搭什麼車來。早上我怕妹他們等，所以醒來立刻去刷牙，劭騏原本睡的好好，我才刷沒兩下，就聽到碰一聲，接著哭聲，衝進一看，他已坐在地上，沒有哭，只哭一聲，大概沒碰痛，但我還是手腳發軟，趕緊檢查受傷沒有，他若醒著還不致摔，大概睡夢中翻滾翻下來的。夜裡我經常似睡非睡將他拉回原位，他睡覺不規矩，很會打滾，現在根本無法睡小床，恐怕以後得加張單人床給他睡，小床空間小，他會很難過。劭騏經常摔，有時對他異常的表現，我會很緊張，比如：看到兩小子打球他居然大笑，笑得好大聲，我會懷疑他是否神經有問題（我的神經質又來了），不過我又想可能是我曾和他玩丟球，他不會玩，看到別人玩後恍然大悟吧。其實他很正常，當球漏接或跑到很遠時，他就笑，並不是亂笑。因為我怕他會摔傷腦部，所以對他的行為表現過分在意。早上怕來不及，我沖好奶只好抱著他出去，他原本站在小床上，蹦蹦跳跳，笑嘻嘻，真捨不得就這樣把他送走。他穿上白色BVD衫，和BVD小褲子非常可愛，白嫩皮膚，眼珠不停轉，一副鬼靈精樣，有時歪斜站在小床邊，或坐在玻璃桌上看電視，那調皮的神情連我妹都說像個小流氓。他愛看廣告片及歌唱節目，有音樂時，若我跟著哼他會高興地手舞足蹈。廣告片完了他會把頭轉開不看了。最近他愛到外頭玩，爬人家的汽車，若不依他就扭動身子，兩腿亂踢，根本抱不住。現在正在講匪情分析，趁機寫點東西，帶本筆記本墊在下面還可寫。昨，前天都沒收到你的信，不知今天會不會有。很想知道你課是否調成？我爸媽知道你近況，但還是忍不住常問，不知你住得習慣否？語言能通嗎？我手已好多了，只是仍無法太用力，會痛，不大使得出力氣。前幾天沈先生打電話來說房子要裝天然瓦斯，我答應先開好門，晚上再去鎖（我不會給他鑰匙），還有一支仍在工地主任那兒，週四我會去看房子一趟，我弟仍未去服役，似乎該帶他去我們新房那兒認一認，有事他可替我跑一趟。照片我又拿去加洗了，前次有幾張未洗出，希望這

次能洗辦公室你那張，楓林，還有Hunt Ranch少一張（第一張0號）不知是誰替你照的，有點模糊，探光亦不佳，倒是你照的那Good Evil很清楚。還有你的肚子太凸了，照相要凹一下，當然也有照得很瀟灑的（I love him）。曹和另那位室友的照片已分別寄給他家人，他們都還未回信說謝。明天我會再來這兒寫信給你。好想念你。

婉淑9/18/79　11:45

9/19/79（三）#25

凱：

　　昨9/18收到你9/11的信，非你所想的9/17收到。信時快時慢並不一定，但你的來信我每一封都能收到，反而我去的信，似乎很不規則，不知你收到多少封，我總是盡可能每天寫，一天不寫終日惶惶不安，偶有一兩次實在抽不出時間，前後加起來不會超過五天沒寫，但你似乎收到的很少，難怪16日打電話時，我感覺你對我們的情況很陌生，倒是我對你的生活起居十分清楚。每次看到你未收到信，感到失望，心裡好難過，真有點生美國人的氣，週末不送信，必定信件堆積如山，難免出錯，或許學校的信箱太擁擠，會被人拿走信件嗎？還是我信封打錯？我一口氣打二十多張，深怕出錯，地址對了又對應該沒有錯，想不通為什麼你會無法收到信。我能了解你連續好幾天未收到信的寂寞心情，希望第二天你就能同時收到好多信。昨天早上寄了一封，在教育部寫了一封，中午吃飯時拿去寄了。現在仍是在上課，一邊聽一邊寫（在教育部），原是不想來的，因為請六堂補課很麻煩，但我還是慶幸自己來了，雖我並不需要這證書，但有些話還是值得聽。晚上帶劭騏，寫信不方便，反而現在可以一氣呵成。今早我自己搭車來，太久不嚐這種等車擠車的苦滋味，每站要花不少時間，再加紅綠燈，從永和到成功中學花了近一個鐘頭，然後走路過來，還好及時趕到，休息一下才開始演講。今早還沒吃飯，昨午仍吃一盒奶一個蛋外加一個麵包，吃起來清爽，簡單乾脆。若吃麵的話，熱呼呼汗流全身就不舒服了。

　　看你真可憐到兩點半才吃午飯，你是否週四可在11～11:30之間吃午飯，若嫌匆促，是否可先吃個煮蛋。我發覺一次煮一鍋蛋，冰在冰箱裡，出門時隨手抓一兩個，餓了三口兩口下肚，若有牛奶更好，既營養又方便，等做完實驗再吃便

當就不至餓得手腳發軟了。昨沈先生打電話來，今天瓦斯公司要裝管線，我人在教育部無法去開門。弟昨晚來拿鑰匙，爸今天會載他去開門，我一個人實在分身乏術。不知你到底收到我那幾封信，告訴你的事，你是否都知道了？下次有空你可否將沒有信的日期（我信上的日期，非你收信的日期）寫下，我記得那幾天沒寫信，現在寫起信來不大有信心，不知能否到你手中。信會丟失不如不寫，害我們雙方都空期待還會造成誤會。還好我們是老夫老妻，彼此有信心信得過。以前我同學就因為美國那陣子郵件大罷工，彼此空等待而不了了之吹掉的。昨晚夢見和你重聚了，真高興。可以抱著你，到處親吻你，相信不久這夢就會實現的。不知你的課選得如何，是否退掉那一科了？劭騏和我都很好，他只停了一天又開始不停叫爸爸、阿爸，每天五點就醒來自己玩，嘴裡咿咿呀呀不知說什麼，看到我睜眼就對我一笑，好可愛。妹妹和妹夫也很喜歡他，王常抱著他看電視。他喜歡男生，喜歡我爸爸抱，不喜歡我媽抱，真希望你能看到他的樣子。好愛你。

婉淑9/19/79　10:15

婉淑：

　　昨天沒寫信，因趕交作業，週末兩天都在搞同一科，到星期一晚上寫到清晨（今早）一點半才寫完4題，剩一題下週再繳，反正題目未解出之前都可以繳上去。就是這科電動力學最累人，內容深、又得寫、上台，其他兩科僅上台即可。今天下午去見Dean，我是幫他改作業的，他每週一下午要我去拿（25人份），每週四上午給他。這週有10題，每人在背後寫上每題自己該得幾分：2分全對，1分半對，零分全錯或未做。我只要抽數題抽查即可，然後平均分數給他。他說祇要兩小時即完工，問題是我還得必須解出答案才有辦法改，內容是大學部的電學部分。

　　昨天下午一直下雨到現在，昨晚我的床頭被窗外雨滲得都濕透，老美這破木板房子就是如此，前一陣子，我還慶幸呢！今天下了一天又卻好好地。昨晚只好把床抽離角落換頭睡，清晨被老梁他老婆台灣來電話吵醒，弄不清方向，把電子鐘都踢掉了，還得重定時刻。每次別人的鬧鐘鬧，我都慌慌張張，以為自己的或是電話，所以動作都很奇怪，不是抓自己的鐘按鈕，就是迷迷糊糊。我這鐘還不錯，可以定二個起床時刻，我定二、四早上用7:15，一、三、五早上用8:00。

　　昨天接到三封信（妳的），共有17封了，好像妳的信，也都是積聚在某一天來的，今天也收到二姐一封妳打地址的信，她說教師節要訂婚，然後與媽媽上台北去看妳及劭騏，自我走後，家人常為妳及劭騏擔心。看來劭騏好像常常掉到床下來，地板硬真是糟糕，老美破房子大概都有地毯。以後我可能去租one bedroom（一臥室）供咱們住，雖然貴些，但自己住舒服，不與人共用廚浴，大約$180～$250/1個月。Eric明天向我借款存入他帳戶，以供Jenny簽證財力證明用，將來我也要財力證明給妳，到時也可向他借款存入一個月，彼此幫忙。妳薪水不夠用真是擔心，那房子擋著也無可奈何，主要是他看準我們不會去住，而吃定我們。自己有人用多好。

　　目前時間不太夠，所以做飯也有點懶，尤其在星期一、二、三晚上下課回來，若不是已有便當，便是沖維力麵（這兒賣）、通心粉吃吃。平常未帶便當就吃機器或漢堡餅，不過帶便當較常。分伙把冰箱都擠滿了，上層門壞了，所以滴水，有時臭污水把蔬菜弄爛了。他們三個化工祇知K書，環境衛生很差，垃圾一堆堆，幾乎都是我在督促，一個多月的地板仍未吸過塵。每週末上午，想抓他們

清掃都跑光。所以還是自己住較好。他們不清，我也懶得動手。到處是報紙，頭髮，紙屑。妳一定會說很髒。似乎到寒假他們才會動手，若不賣命督促的話。吸塵器是在公寓辦公室，很重必須用車載或數人去抬回來。

這兒已有新生去餐廳打工了，買了一部$500的車。每時約1～2元工資，小費自己的，約$3、$5不等。我也想寒假一個月賺點錢，否則白費了，現在是不會想玩，花錢太心疼了。能多存錢還是好，$500咱們倆是夠用，加上劭騏可能短少一點，大約要$600～$650（估計），財路是有的，只是我還沒有時間去弄清楚。

代我向陳賀喜一下。學校校長一定生氣董未來，董去一女中可能是她先生之福。我想妳上班也忙，何況要照顧小孩，三兩天一封信，我就很感激，我深信妳是一直愛我的，身體要緊。凱也很愛妳及劭騏，希望他快長大。

凱9/18/79　21:35

P.S. 現在是9/19下午2:30，信仍未寄出，因上午放在系信箱，今天下午停課。高速公路很多處淹水（雨仍未停，窗續滴水），休士頓地勢低，似乎常淹水。剛去轉$1,200，那家不是銀行，作業差，存了錢要10天才入「股」。以後考慮換大銀行，如First City Bank我現在去寄信了—Je t'aime！

退電動力學

婉淑：

又是兩天過才寫信給妳，內心有點歉疚，昨晚趕改作業，有23人份，每個人10題，我只要check其中幾題核對答案及他們自己的給分。因為我自己要知道答案，另一方面也想藉此複習（我發覺很有效！）所以我每一題都做，每一題都核對，到午夜12:30才完工，今早還給Dean的秘書，我發覺那些Chairman, Dean的大頭都是九點十點才上班的，職員八點正得辦公。以後我就是固定星期一下午去拿作業，星期四上午送還。Dean似乎很忙，要見他還不太方便呢！有時進去得坐一會兒，待他結束電話。

今天真好！我已把最要命的電動力學Electrodynamics退掉了！UH很多行政真是搞不懂，有人說他是High School高中作業，在Late Registration至上課第12天（即9/14）需要系的簽可才能退課，9/15～9/24，13天內就不需要任何簽名即可退任何一科。9/24以後需教授者簽名，且給F（Failure）或W（Withdrawl）。我今才發現有這個好處，趕緊去退掉一科（四學分），而且是without receiving any grade不會有任何分數，教授也無可奈何。同班的郝也退同科，所以我倆是同修11學分而已，另一個女的就不知了，不過她似乎不太高興，我們沒通知她。事實上，我倆一退剩5人是開課的最低標準，少於五人就得變為Special Topic，不考試不列入成績，學生只有S（Satisfied）、U（否）或I（不全）。她大可去退物理數學或力學。那兩門都還有6、7人。反正現在可能遭遇的難關先去掉，免得課太重當掉。可能惹到的麻煩是：（1）TA在化學，物理必須修12學分（2）老板會不悅（3）教授在資格考會刁難。對上述問題我們也考慮過：（1）TA要修12學分，在開學註冊我們都超過12學分，現在退掉頂多挨唸而已，物理系少了台灣來的TA就垮了，一大堆理工學院大學部的必修是物理實驗，何去何從？（2）老闆人還算好，很有風度，像學者型但年輕的。（3）資格考刁難，今年要考的也沒幾個，一起刁難好了，我努力K，考不差，看他奈何。再者我會拼好另兩科主科，拿個A，把平均GPA拉上來，以便明春申請轉電機系，物理系就搖頭興嘆了，目前當然不能讓他們知道。平常時間，多花在電動上，沒有休息，假日也看不完，作不完，其他兩科會拖垮，現在可以好好用功

了，英文不去管它，拿A不容易，似乎台灣的英文教學要改進，考托福高分，來這兒比不上人，都是老中（2/3）在修英文，少數是法國、阿拉伯、墨西哥、南洋的。我們oral, composition口語，作文能力不如人。測驗題是頂呱呱沒錯，但老外發音不好，嘰哩呱啦，老美都聽得懂。連我這自認英文很棒的人，給他搞幾次，信心幾乎失去，總是要看到他人說的很差，才會重建自己的信心。

今天實驗很簡單，「電學概論」，老美真糟糕。我一問才知他們在高中物理是選修（初中亦同），只有數學及一些文科才是必修，所以一上大學的必修物理把他們搞得頭大，難怪有些實驗比台灣國中物理還簡單，當然也有深一點的，有更難的另外一門給工學院的，或物理系的修。下週準備給他們Quize小考，已出好四題，明天拿去印。他們大叫，下週擠了一堆，我說認真做實驗者不要怕，每人都說自己確實認真。

昨、今天都沒信來，明天該會有一兩封吧。昨天因豪雨停課，看報說有hurricane（颱風）把一些區域（休士頓市郊）都吹垮，也不少房淹至腰。比台灣嚴重吧？我公寓地高放心。學校是怕人回不去才停課。這據說是三年來最慘一次，紅十字及軍隊都去救那些人，安頓。下週日（9/30）晚上，別忘了回娘家等我電話（約8點半～9點）。

很想你倆，快來給爸爸愛。

凱9/20/79　21:15

P.S. 今晚得用睡袋。秋天了現改穿長袖襯衫。聽說冬天很寒冷（室外），但用不著厚毛衣，尤其是套頭會熱死（室內）。外套較適用，妳拿到沈先生他們給錢之後也該去看看衣服。冬天，我會告訴妳，這兒人穿些什麼。若買牛仔褲，不要台灣的藍哥、Bang Bang、007，那些不好。買日本Big Stone、Big John、Textwood，其他大概沒有了。這兒僅Levi's可以看，但貴。其他的跟台灣土褲子差不多，我若穿妳會笑掉牙的，但很多老美就是土土的。明天該交英文作文，我得忙了。（21:30）
（我翻譯9/15中央報「用紙量統計」作為報告）上次拿8分（B）。剛接到妳電話好高興！9/30我就打2樓。晚九點正）

凱：

現在已是凌晨一時半了，但我明天想寄收據給妳，順便寫封信，昨天太忙沒寫，今天再不寫，你又會好幾天沒信。由於我18、19日去教育部參加講習，回來後，報應立刻來到，20日馬上下午補了兩堂，21日下午一堂，22日下午三堂。通常我週五課最多，連上四堂，明天下午，週六還得補課，學生不高興，我老師更不高興，補課是學校排的。明天下午我不敢再勞駕黃太太，由於我忙，經常下午六點過後才去抱娃娃，她們似乎頗為不悅，語氣都不對，有時會罵劭騏，劭騏像個小可憐莫名其妙被罵。只好找弟弟先來看，大妹搭車回來總要兩點過後。少了你一人，有許多人都得跟著動員。週三（19日）沈先生要裝瓦斯管，我人在教育部，只好由爸爸帶弟弟去開門，結果久不用鎖壞了，鑰匙毫無用處，打不開。沈先生去工地見不到人，又電公館，弟只好再跑一趟，那天他來回跑了好多趟，晚上我從教育部回來，好著急，只好花40元請鎖匠用鐵絲勾開了。工地負責人火大，打電話去我媽那兒罵，說東西丟了，他們不負責。昨週四（20日）趁第二堂沒課騎著車到工地，看到鎖匠來修了（工地找來的）換給我兩把新鑰匙，我開正門等他們來裝瓦斯，人先回永和上課，早飯都沒吃才衝上樓，辦公室老師說弟弟來電。原來是工地電我媽，叫我拿鑰匙去配，鎖匠在等，我弟很急，因我媽要他來永和一趟，直罵他不負責。週三晚我爸也載著弟弟去工地，怕門開了被人偷，然後又拿鑰匙來給我，他們都餓著肚子。昨傍晚電啟安，謂契稅已收齊拿去辦，大約五週後可下來。晚上趁劭騏睡了，趕快電沈先生，他說瓦斯已裝好，我可以去關門了。晚上10點（我每晚9點吃飯，寶寶9點才睡）騎著車去工地鎖門，一路跌跌撞撞，工地沒路燈，搬進來住的人不多，所以大家盡可能開著樓梯燈，燈光吐不出來，一路上烏壓壓的一片。我妹一直說這麼晚了不要去，但今天整天課不去鎖不行。好在台灣治安好，單身女子12點走夜路都不會有危險。回家已是十點半，我那腳踏車前輪沒氣了，從一早起來趕來趕去都是這麼騎的，找不到車店，唯一一家關門，一點氣都沒，後輪卻好好的，我打氣一天，前輪全消光，就靠著後輪撐了一天。今早連上四堂，下午第二堂才有課，便利用時間去銀行領錢，再到台銀匯款，等辦好已是兩點半，再趕計程車回去，32元救我一命。今天不辦的話，得拖到下週二，下週又不知還有什麼事。下午上完一堂補課，拖著腳踏車去車店，乾脆將車胎換掉70元，破財消災，腳踏車對我太重要了，沒有它，啥事也

別做。晚上看電視新聞，休士頓大洪水，看完坐立不安，等到九點打電話給你才安心。又要你花錢了，對不起。打完電話，我睏得睡著了。睡睡醒醒不知幾點，只知妹和妹夫還未回來。肚子也餓得難受，就是睜不開眼。到十一點半，妹回來，我還沒吃晚飯，煮了一鍋白飯卻沒菜吃，只好出去吃，外頭還好熱鬧，吃了一碗擔仔麵和一盤蚵仔煎，回來立刻拉肚子。寫完信我還有一堆尿布要折，明天下午弟要來帶劭騏，沒尿布他不會帶。劭騏很可愛並不煩人，主要是事情太多，我一個人時間有限，常感力不從心，有時急火攻心，真想去跳河，過馬路時也有個衝動想一頭撞過去一了百了。不過你放心，劭騏不能沒有媽媽，我不會這麼狠心的。知道你書唸得順利是一大安慰，至少我們如此受苦還算有點代價。愛你。

婉淑9/22/79　凌晨2:10

9/21/79（五）　#34

婉淑：

今早接到妳電話好興奮，下午又收到二封妳的信（星期一，三封），上週是星期二、四各三封，現在收信都是幾天來二、三封。忘了在電話問妳手臂的情況（放下電話才想起），又接到妳9/12晚歪斜字體的信（是否用左手？）心裡更不安，很想抓起電話打給妳。妳又說啟安在拖延，心裡更不是滋味，都沒心情做事了。反正人不能面談就是容易擔心，不了解狀況就容易胡思亂想。就如同妳會認為這兒亂得不得了一樣。我不知這星期日能否與妳通上電話，我想打二樓，但怕妳不在或是叫妳費時太久。早上也忘了問妳，剩下不多的銀行存款怎辦，萬不得已，就得再匯回給妳，房地辦得慢，真是氣煞！

台北似乎報導休士頓事不少，也許是姐妹市之故。這兒下了三天雨，大概某些區域很多雨（休士頓很大，簡直是台北－新竹廣），有些地方淹了水，有些房子被颱風吹倒了。據聞去年一次豪雨，把UH夜間學生困住不少，很多人回不去就窩在宿舍，公寓借住一晚，因路都淹水了，UH的電腦中心據說也在水下。附近都是平原還會淹水，下水道不良，比台北差勁。唯一是不怕有水庫破裂的洪水恐懼而已。我們這兒地勢高，尚未聽說淹過水。在美國也少聽說停電，水，瓦斯的。每個水龍頭，一開就是萬馬奔騰。

現在退掉電動，一、三、五變成11:00上英文課，也不必在大樓間奔跑趕課了，今天仍去上他一堂，下週就不去了。有多的時間得好好把那兩科主科搞好，英文的paper（作文）找資料也煩，英文教授會教我們利用圖書館。上次weekly paper每週作文給我8分（B），這次改正之後得了9.5（A）。有個老美最受不了，我們研究所新生僅三老中，大概他一個全職老美，所以每到解題目課前，就來辦公室纏，一副可憐的樣，問我又聽不清楚，況且大半天被他耗掉，所以以後，我會「溜酸」給他一纏真受不了，別想看書了。

1984第二個傢伙

呂生了一女兒，他今天寄張小卡給我，似乎我聽到的在美國都生女兒。將來我們第二個傢伙還不知在那兒呢！目前是真的不敢想。劭駬很頑皮，不知是頑皮到作弄媽媽了嗎？不知是像我頑皮還是像妳頑皮？喜歡男孩子就得忍受他要東搞西搞的，翻天覆地。爸爸不在，以後加倍修理。我相信目前很能與他溝通，看他欣賞葉女兒跳舞的笑呵呵聲，或逗他、拋他上天空，證明他是很聰明伶俐的小伙子，以後我要好好教他。

1980奧斯汀，德州

我現在暫時不會想花錢，甚至是買車，妳沒有錢在身邊，我怎能花錢？等以後房子清楚了，我才會考慮買車，那可能要到年底寒假了，不是麼？反正住校邊，Shopping購物託人一下就OK。

小額匯款收據似乎該寄給我，以便將來我未收到銀行轉寄來匯票，我可以去查。那土地權狀未送出去，怎麼搞的，啟安是何居心？該是與房狀無關，拖延我們的時間與金錢，若是如此，咱們與沈商量，換一家代書，重訂契約。有問題妳可多問大姐及爸、黃媽媽。不要讓他們拖延，以免延誤妳明年來的時間。

時間快到收信了（17:15），我得趕緊出去寄。我很擔心妳的手臂，就可恨家裡無電話。很想念妳及劭駬。乖乖喔，爸爸很愛妳倆。

凱9/21/79　17:11

婉淑：

今天上午去考駕車筆試。昨晚花了一、二小時把從DMV（汽車管理處）免費取回的交通規則手冊看了一遍，今早去考三部分：視力、駕駛規則及路標圖示，剩下路考等以後熟了再去考。我已通過前三關，拿到了臨時的Learning Permit（學習執照），45天有效，正式的，2年有效，等六週後會寄來。視力測驗是看光學儀器讀數字，看視力如何。規則及路標是筆試（有人是電視幻燈考的）各20題，不得答錯七題或更多，我規則錯了3、4題，路標錯1、2題。現在的學習執照是有個限制「必須有成年者在前座（有照）」。

本想明天上午打電話給妳，但想想反正下星期日（9/30）是要打給妳的。下星期日我會準時在上午七點（台北晚上九時）打給妳，到時候妳就到2樓來等電話，假如劭騏未睡覺，就抱他來聽聽爸爸對他說話。實在很想念他，到底他是我的親生骨肉，我怎能不會懷著濃厚的思意！當然對妳更是想告訴妳，我一直是很愛妳的，不想永遠離開妳及劭騏。我一直煩惱妳的右手臂，要是星期一或二接到信又是歪斜的字，更是擔心，妳星期五打電話來，怎不告訴我好了沒？我昨天打開信還以為是劭騏寫的呢！以為是媽媽抓著他的手寫給爸爸一封信。看看老美抱著小孩買東西，我都一直在想劭騏及媽媽，要是在我身邊多好！

在美國考照很簡單，手冊看一看，大概二、三小時，然後開車出去逛一圈，路邊停車，就OK了，然後再開回來，沒有什麼電動計分的，沒聽說這兒有什麼駕訓班的。將來妳來時，我也會有駕照及車子，我會教妳看看手冊，先取個學習執照，然後駕熟再去考。美國車子大多是Auto Shift自動換檔，雖費油，但對老人及女人來說很方便，不熄火、不換檔、煞車易、轉彎方便，因此暢銷，所以妳不必擔心學不會，況且妳聰明又有一個好好先生，妳看當初妳「讓」他追的時候，打乒乓球，不是很好嗎？相信學車也是很容易的，來這兒開車是必要學的。或許什麼時候以後，我們有必要一人一部車。

現在有點懷念台灣的吃，有機會回台灣，應該把每一攤子都吃一遍。台灣說來真是寶島，食衣住行都不差，尤其是食衣方面，這老美可能還趕不上呢！有個Mall裡面有很多東西，很像大百貨公司及崛江市場，加上中山北路的晴光市場，再加上師大的龍泉街，圓山動物園前的地下商場。那而有許多中國人及越南人開的店（小店），若是台北的自助餐叫的話大約50元，可是這兒是美金$6。Leivs

115

牛仔褲差的$24，好的$36。不過皮衣算起來不貴，我看到有一件女皮大衣Sale（特價）才$129.99（像風衣那種），很想買一件給妳，就是不知能否合穿，還是等妳來再買？在台灣到晴光可能要6000元以上。那副要命的Ray Ban眼鏡掉到中興橋下去，到這兒一看$35.95貴死了，以前在台灣（6年前）才買700元，現在或許1,000元一副，老美出廠的居然不便宜，據說，台灣的是香港製的。我想算了，不騎機車，大可不帶，以後開車，還有一副變色的勉強可用。妳若嫌自己too old to wear jeans（其實我是覺得自己太太是全世界最漂亮，最愛我及我最愛最想念的女人），買一件就好。老美手提包很多是皮的，有的很貴，有的不會，塑膠的一定比台灣貴。等妳來帶妳去開眼界，任妳選購，作為爸爸愛妳的補償。還有一大玩具店給劭騏進去選購，OK？

凱9/22/79　23:40

9/22/79（六）　#27

凱：

　　今天一連收到三封信，有信的日子就是我快樂的時候，沒信時我便翻閱前幾天的也一樣可以得到安慰。謝謝你送我的香水還有上一次的化妝品，我都很喜歡，要不是爸爸送的，我是捨不得買的。試用後覺得很不錯，但爸爸不在家，我不想打扮，以後我會盡量利用這些小東西，使自己漂亮，讓爸爸高興，OK？劭騏也喜歡那隻小鴨子，雖他還不知怎麼玩，剛給他的幾次，他每次拿著就叫爸爸，我就順口說爸爸買給劭騏的，現在小鴨子已變成他的一部分，小鴨子總是放在床頭櫃上，劭騏一放到大床上就會扶著床頭櫃拿小鴨，然後爬到床邊，一手拿鴨子，一手扶著窗，努力站起來，他不是拿著吃，便是拿著鴨子打紗窗，嘴巴唸爸爸，大家會接著說「爸爸不在家」。今天週六，下午得補三堂三年級的課，弟弟老早就來，我還沒下課，後來在巷口碰到，他要來看顧劭騏，因為大妹沒那麼早回來，我忙著燙奶瓶，收拾東西，燒開水，然後抱劭騏回來，若我準時去抱，奶媽就很高興，晚點去他們臉色就很不好。一點半出門時，丟下劭騏在家，心裡好難過，還好弟弟會照顧，劭騏喜歡跟他玩，看我出門他並不以為意，繼續玩他的。你的三封信帶到學校看。週六下午老師學生都無心上課，發下測驗卷給他們做，我看我的信，學生們卻廢話連篇，有人大叫老師擦香水，我也感覺教室充滿

香味。但我否認擦香水，學生便互相指名指姓說是某某人擦的，鬧成一團。其實香水我已拿出放在家裡，僅帶信封和信紙來，但那香味已足夠彌漫一室。上完一堂，碰到個老老師，他說補什麼課，叫學生教室日誌填填就好，沒人查堂，這麼一說，我便後兩堂併成一堂，草草了事，師生皆大歡喜，高興回家。回到家弟弟和劭騏在冷氣裡睡大覺。劭騏會認我的聲音，聽見我和妹妹在談話，便一翻身不睡了。弟說劭騏很愛笑很好帶，他一定如此回去告訴我媽，而我媽每次來，我都抱怨劭騏多難帶。對門幾家娃娃常聽到在哭，比較起來劭騏真是不大哭。只有他站在小床裡要我抱，我忙自己的硬是不抱他時，他才會哭得很傷心。

　　我的手已好了，公保打一針，四、五天後自己漸漸好起來。受傷第一天給圓環那家跌打損傷拉壞了，又用藥膏繃帶硬綁著，藥膏好涼，繃帶好緊，血都不能通，整隻手又硬又痛，像殘廢一般。其實不看也沒那麼嚴重，第二天打電話給我爸忍不住痛哭，中午拉掉繃帶就舒服多了。現每經過那家都想把他們的玻璃打破。因為怕誤事，急著寄出照片，只好用痛手草草寫幾個字，給梁太太的信，我稍自我介紹並說因手扭傷不便多寫，若有空歡迎她來信聊。爸爸，不要傷心好嗎？媽媽會難過的。媽媽最愛劭騏和爸爸，不久我們就可見面了。讓我們暫時在夢中相見，OK？

婉淑9/23/79　01:15

9/23/79（日）#28

凱：

　　每晚劭騏總在八點半左右入睡，他會不斷揉眼睛，哼哼哈哈抱不住，不是扭來扭去哈欠連連，便是將頭垂下，放到床上塞個奶嘴他就睡著了。想叫醒他，任你怎麼拍他，抱他都沒用，他照睡。週五晚上，我一看完電視新聞報導休士頓淹大水，便坐立不安，希望九點快到可以打電話問清楚，劭騏已睡了，妹妹尚未回來，我不放心留他一個人在家，把他抱起來好幾次，他都不理繼續睡，原想抱他到2樓，可以跟你講幾句話。上次16日回家打電話給你，爸媽怕我聽不清，電視電風扇都關掉，媽還把劭騏抱出去玩（她很喜歡抱劭騏出去，告訴人家是她的孫），我一面打電話一面想糟了，還好媽又抱他進來，要劭騏和爸爸講話，其實那時劭騏也已哈欠連連，眼皮垂下一半了。他向來是抓著聽筒微笑，不吭氣。

我以為你已跟他講過話，他在我懷裡頗不舒服，又踢又叫，我媽立刻把他抱走，你大概就聽到他叫那幾句，到晚上九點很難逗他笑，若不讓他睡，他會火大哭起來。週五我說要你下次打到2樓來，那時只想到回家要花兩趟計程車錢，劭騏又想睡，若在2樓打完上來很方便。但掛完電話我立刻發覺也不方便，不知30日他們晚上是否在家，且打電話時許太太在罵兒子有點吵，還是打回家好了。這次已來不及改，30日我會在這2樓等你電話，以後還是打回家好。不過太常打爸媽會說浪費，他們一直擔心我們錢會不夠用。

　　今天星期日，昨天連收三封信，到今天心情仍很愉快，有了爸爸的愛，感覺是世上最富有的人，擁有了一切似的。劭騏扶著窗邊玩，我就躺在旁邊，心中想念著爸爸。想以前剛結婚，每早醒來睜開眼，最高興看到身旁睡著你，我們總是互相親吻著，嘻嘻哈哈鬧一陣才起床，想更早以前談戀愛時，一切多美好，晚上分手令我難過，早上見到你就高興。有了你生命才有希望。我喜歡看著你那雙大手，肥肥胖胖，柔和而充滿感情。看你拿著筆寫字，拿著鉗子修理東西，套著手套騎車載著我到處跑。看著你不時修剪指甲，整齊乾淨，忍不住要想到make love時那雙手多麼溫柔。第一次讓你那雙大手握著好溫暖好安全。你的照片中有一張在書桌前照的，就有一雙大手，我看了又看，每天我都要把照片拿出來研究一遍。爸爸，我需要這麼一雙大手來幫忙，劭騏也需要這雙大手來帶領他長大成人。你將要走那一陣，我常常覺得你好狠心，忍心拋棄那些美好的回憶。現在不這麼想了。爸爸追求更美好的未來才是對的。畢竟分離是短暫的，每過一天我們重聚的日子就更近一天。你安心唸書，我會善待劭騏的。雖然我有時會說氣話，但我很清楚的知道，爸爸是我的一切，劭騏是我們的寶貝。願我們一家三口永遠平安幸福。最愛爸爸。

婉淑9/24/79　01:15

118

國慶節目和歌星表演

婉淑：

　　今天好高興呀！收到了4封信15～18，現在加起來共有23封，從12封開始都是打字信封，你標「1」的是第22封，所以收到此信時，你該把編號加「21」才對。小額匯款大概在月底我會收到銀行轉來，掉不了的，放心。剩下的款未匯來，我想是否可向沈先生他們先拿，我在想若到十月上旬未下土地權狀，就對他們說，因要匯款期限到，所以先向他們調十萬元，不必告訴他們說只要$1,500，那他們若答應很可能只給6萬元，若他們問就說要匯$3,000，說我在美需錢，我或許會在十月初的星期日晚上（台北週一下午）打給沈先生，我忘了帶他們電話來了，妳寫信來告訴我。若他們不肯幫忙，也不用強求，先湊一下五萬四，反正權狀下來，不必客氣，要他們23萬元，超過契約指定的日數，就不要軟弱，互相幫忙是應該的。

　　今天似乎很愉快，第一次不去上電動力學，11:00才上英文，今早聽說僅三人去上電動，平常還有至少七人，大概一人缺課，班上女同學也是退了電動，現剩4人在修，三個E.E.系，一個物理的老美，這下子這老美緊張了，似乎有落單的感覺，一時無依不知所措。他今天知道後找老闆談說要退課，老闆也不讓他退（與我們相同）他又不敢獨自去退，怕把TA丟了。目前他修13學分。看來他也是窮鬼一個，才會來唸物理拿TA。他叫Jerry在非洲兩年（空軍4年）娶阿爾及利亞老婆，孩子不少個，僅一個是他的，所以他要raise a big family養一大家子，大概是窮才去當空軍的（不是飛行員，近視深得很）。上次我說煩的，也是Jerry。今天下午他拿大一物理來問我，這倒沒啥問題。一下子就解出來了，可是他卻要用很複雜的錯誤方法來解。上週三下午停課，所以古力慢了一次，於是明天的problem解題沒辦法趕上進度（沒題目作）就停上一次。這倒新鮮，停課進度慢又可停problem-session解題課。下週二就要考古力的第一次期中考，非得好好拼個A不可。這是我轉系最好的機會，良機不可失，把成績搞好才是先決條件，尤其是退掉一科最大頭的，更是無理由不把功課弄好。星期三（9/26）晚7點有個中華民國青年友好訪問團來表演，大概是大專學生甄選出來的，我正好七點下課，或許會陪古力教授去看一下子，因為我星期三晚都得趕grading改作

業（星期四上午交），且八點教授與人有約。這教授人很好（約50,60）很愛上中餐館，我們四個老中（一個去年來，先修英文，現補修古力的）邀他去看，他問是不是有Chinese Food中餐，我說有Spiritual Food精神食糧，他笑說那填不飽肚皮。下下週日（10/7）晚有國慶晚會，是休士頓支持中華民國委員會辦的，在

Music Hall（據說去年還是今年Bee Gees在此大爆滿，黃牛賣到$70、$80，1張賺$40、$50），可能張俐敏等那些歌星要來唱歌，票$3，學生$2，UH老中$1。我不必票，因要上台伴奏Bass。昨天與Eric去與他們樂隊4人練習（他們也是UH學生，或是畢業在做事的），因無譜，成效不好，Eric灰心不想去了，變成我卡死非去不可，因為他們沒有人會彈Bass。下週二考試，我會要求週三至週六才去練習，反正那些歌星週六才會來綵排合作伴奏配樂。休士頓是商業城，文化不高，所以演出水準要求不得而知。

　　婉淑，讓我解釋：妳會認為電話中我聲音不對，兩次都是醒來仍未十分清醒，冷氣機又在旁忘了去關它，寫好要說的忘了帶在身邊，又怕想不出要說什麼，所以你就以為我不一樣了，真是冤枉！爸爸還是很愛妳呀！半年後相聚不會有什麼陌生感的，我們仍是相同地……。我也很想把妳擁在懷中呢！這個coming Sunday（即將來的週日）我會6:45起床清醒，打電話給妳，到時妳就不會說我是另外一個人了！手臂我當然是擔心的，妳未說明，我就搞不清楚了，像那封歪字信把我嚇壞了，一直想抓電話打，祇可惜家無電話。這兒似乎有人打上百元的電話費了，他們都是平日又說上半小時以上。這兒最便宜是direct-dial直播（直播我們區號不行撥出去），再來是station-to-station經過接線生，最貴的「叫人」。我們家無電話，偶爾有事，妳撥collect過來也沒關係，總不會比花兩三萬買一句電話貴。

　　今天收到四封信，就不好意思不寫了，其實也是很急著要寫（昨天沒寫）明天就沒辦法寫了，最近要考試，先跟妳報備，未寫信不是去歪哥，郭蓋很乖，放心，他深恐老婆及孩子不要他了，那麼他會很痛苦，妳不忍見他痛苦吧？！好心的女人！以後妳若是聽電話懷疑郭蓋不愛妳，我仍是會愛妳的，不要緊，而且是永遠、永遠的，我看妳的信，都會給我信心：愛的信心、上進的信心及對家裡一

切安心。

　　牛仔褲要託Jenny，妳可問Jenny看看她是否可幫忙順便帶一件，她大概12月回美。我的原來那件尺寸是：腰32吋、長79吋，這尺寸你可以作爲參考，就到老松對面去買件Big John、Texwood或Big Stone，大概六、七百元。（老美要$30以上，祇不過他們服務佳，鞋子穿3個月壞了，原價退還，或換一雙新的，這點台灣未見過），另外要一件32腰的短牛仔褲，地攤買即可，約90元，穿短褲買菜方便。劭騏又長大了，妳要照些照片來給我看，向王或大姐借相機，買少張（24或更少）底片照一照，然後洗了寄來給爸爸看，順便妳也要給劭騏常常看爸爸的照片，免得明年在休斯頓機場一抱他就哭起來，以爲是陌生人。

　　好愛，好愛妳，沒有變而且更……更想與你……

凱9/24/79　23:35

P.S. 飲食要重營養調配，牛奶、水果、蔬菜、魚肉要平均攝取，眞怕你天天吃同樣造成某種營養素缺乏。Je t'aime。
妳若託入有個好處是我若不合就賣掉，可以叫妳再帶來，有緩衝餘地（短褲則不急。）

9/25（二）　#29

凱：

　　今天是星期二，下午我可以回來休息，不過我先去中信替劭騏買了兩瓶Baby Food：一瓶是蔬菜牛肉泥、一瓶是蘋果泥還有保衛爾（英國的）。奶媽說加到稀飯很有營養，還買了小BVD汗衫，40元一件，上次我們一起在得和市場地攤上買一件20元，我還捨不得多買呢，後來去過三、四趟，再也沒看見過，我忽然想起福利站或許有賣，所以先只買一件，BVD式的內褲每件20元，市場上倒賣很多。我發覺劭騏只要穿上白汗衫就很漂亮了，白色尤其易看得出髒，稍髒就換掉，我捨不得劭騏穿髒

衣服。每天早上醒來，只要看見我在他都不哭，會很甜的笑一下要我抱，好久以來台北都是艷陽天，早上抱著劭騏迎著朝陽走過草地，微風吹來舒服極了。

劭騏白嫩唇紅，瞪著兩隻大眼睛，東張西望，黑黑長長的睫毛一眨一眨的，好可愛。他對什麼都有興趣，不僅是頭轉來轉去，連身子都轉過去，抱在懷裡不停的跳動，他實在是個活潑的孩子。看到別的孩子騎三輪車，他也要坐，奶媽說曾讓他坐別人的三輪車給別人載，後來抱不起來了，硬抱起來他就是哭不停。他也喜歡大汽車，門口停了不少輛汽車，他就像隻松鼠爬人家的窗，我怕主人出來不好意思，抱著他就又哭又踢，最好是將他放在車頭，他可以玩好久，踩著雨刷爬玻璃想爬上車頂。一個星期日帶下來，我的手好痠，昨天揮了一下發覺手又痠又痛，不過我還是很樂意帶他，你要是看到他，一定會很驕傲有這麼漂亮的一個兒子。不過他的手臂腿常被蚊子叮個大包，冬天來大概會好點，他什麼都好就是瘦，昨天秤了一下才7.5公斤標準應是8.4公斤，沒量身高但用眼睛看似乎身長應該夠標準。

昨天我吃妹妹的麵線，劭騏在旁邊大呼小叫他也要吃，給他他還吃的很像樣，他也會吃餅乾，自己拿著磨牙齒。我似乎該趁現在天氣好照照相，前一星期因為忙，事情好像都是擠在一起，而且都有時間性非做不可，我一急脾氣就來，這週又鬆下來，下午沒課可以回來做自己的事，現在我學會安慰自己，忙時不要急，並非一輩子都這麼忙。下午買東西回來已快兩點，收到你的信，9/18的被水濕透了，但我收到的是乾的，信上的字卻都是水的痕跡，還好看來還很清楚。

凱，你真可憐，那麼愛乾淨卻又和懶惰蟲在一起，四個臭男生在一起可想像得出那情況，照片中可見到地上堆著紙袋，大家忙你也就算了。反正再住沒多久，也不必為清掃而花時間，還是趁著單身多讀點書，等劭騏和我去了，你可能會分心在我們身上，讀書的時間就會減少了。至於三餐我們分開兩地開火較易浪費，比如我也常有菜爛掉的事，你走前留下的洋蔥、香腸都還在冰箱裡，所以我根本不買菜了，前後共買過三次菜。我盡可能研究簡便的吃法，煮麵、滷菜、煮蛋，超級市場有包子冰得硬硬的一蒸可吃或吃玉米。用電鍋最方便，是蒸是燉，蓋子蓋上插上電，一會兒自然會有東西吃，你一人又唸書又做三餐是累一點。

今天教務處通知我出第一月考試題，真快，已是第四週，月考一開始日子會過得更快，放幾個假，考三次試，再忙辦一下手續，我們就可見面了。雖然我們都渴望日子過快點，但盼望之中還是該多努力學點什麼，劭騏將來才會以他的父

母為榮，對嗎？晚上睡前我總是在思念你之中入睡，好愛你。

婉淑9/25/79　16:10

9/26/79（三）　#30

凱：

　　昨天在信上告訴你最近天氣很好，好久沒下雨了，結果我下樓去想抱寶寶回來，順便抱著他去散步，還可寄信。出門時好好的，從奶媽那兒回來卻下起雨來了。只好抱著寶寶趕快跑，他還是第一次淋雨呢，用信替他擋雨，一點都不管用，稀疏的兩三根毛都濕了，他還覺得好玩東張西望，回家洗個澡又玩得好開心了。大約六點多雨停了，抱著劭騏去散步他好高興。

　　今天星期三，我想最近有空了可以再繼續去看婦科，上午上完課，便到公保來，此刻在公保候診室寫信，我16號還有得等。有時看到年輕太太抱著娃娃，旁邊有男人陪伴總是一陣心酸，不知自己像什麼。媽媽嗎？清早將娃娃送出，上課或辦事，總是馬不停蹄，直到黃昏才抱回娃娃，就這樣一天度過一天。

　　最近可能蘋果開放進口，市場到處可見到紅紅的大蘋果，比起以前每個八、九十或一百多元，現在的價錢合理多了，但每個30元似乎仍不划算。倒是盼了好久柳丁終於上市了，價錢仍不便宜，而且有點酸，劭騏不喜歡酸，反而超級市場買的，牛肉蔬菜泥和蘋果泥他喜歡吃，還有餅乾麵線他都喜歡，看到大人吃他就會叫，似乎要長上牙了，他常會磨牙齒，像虎姑婆一樣居然悉索有聲。半夜他都會起來再喝一次奶，躺在我身邊睜著眼看我，他不像我，也不像你，很有男孩樣，或許像你小時候吧。

　　說到買車我想你是知道的，小東西買便宜的沒關係壞了再換，大東西寧可買好的，或許將來不要也容易脫手，開起車來自己舒服也安全得多。我很希望將來到美國能又讀書又做點事，經濟上不致太困難，精神上也不會苦悶，原則上我仍希望晚上和假日能自己帶寶寶。剛去那陣或許無法上學，沒關係，我可設法多賺點錢，但暑假過後希望能上學。你以為如何？成天打工我會很痛苦，整天抱娃娃沒有建設性也很難過。

　　我弟大約10月11日入伍，在台中。10月18日以前，我會設法將另外$1,500匯給你，最好能將23萬拿到，否則只好借錢了。昨晚夢見你，雖見不到你人，做

123

做夢也是好的，醒來餵劭騏奶後再睡又夢見你，但兩次都是你忙著打工賺錢，沒跟我講幾句話，似乎有點生份了。相信半年後見到你，真會有這種感覺，畢竟在不同環境生活，久了就有隔閡了。

昨天電視新聞報導將有颱風來，今早下雨天氣也涼了點，不知你們那兒如何，屋子會漏雨實在糟糕，東西易腐不說還常有霉味，你那兒是否常下雨，學校附近有沒有淹水，或以前是否淹過水？你就那麼一點家當泡水就糟了。除了牛仔褲和短褲、藥膏還要其他的嗎？汗衫、內褲、運動衫、布鞋？想到就隨時寫來，我會記起來，買好下次帶給你。真希望日子過快點，快點過年，過完年我們相聚的日子就近了。教師節每人送自動黑傘一把、碗10個、保溫杯一個，美國沒有教師節吧？報上登明年取消婦女節放假，真是不夠尊重婦女，我該去領藥了。我們很好，放心，好愛你。

婉淑9/26/79　15:30

9/26/79（三）　#37

婉淑：

今天收到妳信封寫「4」的第25封信，妳在講習第一天寄的第24封信，未收到，系的信箱很安全，信不會丟失。最近的信除9/18在教育部寫，中午寄的，還未收到外，其餘均收到了。我下週二古典力學第一次期中考，所以可能到下週二（10/2）之前，祇寫一、二封給妳，電話我還是照打。今天另收到Social Security Card社安卡，上附一號碼，要做事、養老、領救濟金均需要此號碼。Credit Union（信用合作社）寄來了信用卡，但是供提機器款項用的號碼（密碼）尚未寄來，免得丟失一併被人盜用。利用電腦提款，24小時全天服務，很方便，祇是可能提不多，約$25提兩次，共$50。今天我未帶飯，都吃機器，午晚各花了一元，中午，炸雞80¢，熱咖啡20¢，晚上，魚三明治80¢加20¢咖啡。今晚有台灣大專院校選出來的青年友好訪問團來表演（14人），節目很精彩，都是與中華文化有關。首先是休士頓兒童合唱團，都是在此長大的，從4、5歲到12、13歲，國語英語都流利。再來就是他們表演，有平劇、功夫、山地舞、國畫（現場）、舞劍、西遊記（古裝現代舞）……在台灣還難得見到的好節目，尤其他們都是院校學生。最後他們唱兩首英文美國民謠，一首中文歌來謝幕，大家都捨不

得走，老美大呼飽眼福。繪畫是一匹馬，當場送給不知是UH校長，還是什麼大頭的。

今天又是低潮的後半天，終於結束了一場「爭丈」——我們敗了，原來電動有7人，我們三人退，另一E.E.退，剩3人，低於5人變Special Problem（不考試，不評分）系裡為維持這門課（可能又是經費），特別為了這件事，四、五個Graduate Committee（研究所委員會）開會，結論是要我們把電動課加回去，我們已經說明了，基礎不夠、時間不夠……等等理由，研究所住任說TA的工作時數要減，我看少個改作業而已，也不過多出3、4小時，仍是補救不足，那科是要命的電動，人人都怕，要有好的深奧數學基礎（現在修）不是時間問題，讀那科會拖死另外兩科。我們若堅持不加課回去上，或許不利的是我們，丟TA啦，當其他兩科啦或什麼的，反正搞翻臉，待在系裡也很難受，看來勢必再回去上課了，系裡若要人加課，雖不在加課時效內，還是有辦法的。反正這要命的一科，就隨他去了，當了也不管，穩住其他兩科及英文，不能保住一科而死掉兩科。今年物理人少，所以我們就倒大霉了。像是要「倒店」似地。目前祇想趕快過完這學期，我好轉系，呆在這兒似乎有點苦悶。目前的打算似乎被這要命的科目害死，成績不可能好到那去，要拿A是奇蹟了，所以轉E.E.希望減少了，祇有退而求其次，轉Computer Science電腦系了，獎學金（C.S.系）可能不多，申請不到就出去打工，要為以後著想，現在錢多的，將來的錢就少，甚至有問題，寧可現在花點錢，將來一定有事做。C.S.畢業的頭路多得很，有的未畢業就出去做part-time programmer（半工的電腦程式員），晚上修課。有的人歷史系，也改攻C.S.，我看妳也可以去讀，倒不一定要有學位，只要懂用即可，當然有M.S.碩士學位更好。這兒也有些老中沒有P.R.綠卡也買房子，在郊區（約30分鐘車程），down payment（頭款）約萬餘，每月付$500左右，等於付多點房租，房子數年後完全所有，不愧是保值的方法。休士頓的房地也漲快，要是老美買房子就快，數千元Down Pay即有一棟房子（Town House：兩樓，地小的小房子），每月分期$200左右，大約付20年。老中不是公民又無綠卡，信用就差，故頭款多，分期短。我在想將來若情況許可，或許咱們也可去買他一棟town house，反正也未聽說移民局在趕人出境的，有必要賣掉並非不可能，如此也可保點值，當然要看咱們以後的經濟狀況了。這兒part-time的pay不一定，有的每小時$3、$4、$5都有，full time全職約$800、$1,000以上，若有綠卡更高，公民最高。報紙

每天都有廣告要typist part-time打字員……很多，通常打字員要求50 wpm算高級的，30 wpm算是差的，我不知妳每分可打若干字？也有一些是Key Puncher（電腦卡打孔）。還有一些，沒時間詳記。

上次那篇英文Paper Consumption（紙張的用量）才得8分，搞得自己很沒信心，有人9分、8.5分，不過也有6分、7分的（很少），自己英文沒辦法去下功夫了，任它去。台灣來的都是修研究所，難怪都碰在一起，占（10/13人），其他外國人大概都去修大一，二英文去了。這週又要去圖書館查書，麻煩透了。週五（9/28）下午又來個英文的Seminar討論會一小時，英文教授的Project（研究方案）就是拿我們來實驗他的論文。今晚就是煩心才去看兩小時的晚會，心情放開點，日子會過得愉快些，還不至於會要人命吧！這樣想就好了。我太太，孩子仍需要我的，我也迫切需要他們。

婉淑，好愛妳及婉淑及劭騏。

因一直想妳，所以又多寫一次（不小心故意的）

凱9/27/79　00:32

P.S. 1.昨天第一次給老美Quiz小考，大部分都考0.5到2分，笨死了，偶而一、二個考6分，有一個不錯考9.5分（10分滿）。

2.物理系TA是最累的，化工系每週才4小時duty，就拿$500/mo，電機（E.E.）約10小時，拿$425/mo別人的安慰都是一樣的：「我以前第一學期也是很痛苦。」誰知道咱們以後是否也如此對新生說。昔日老友不常去信這就是「藉口」了。

3.我發覺牛仔褲大腿內側磨破了，可能窄了，32腰不行，該換33吋腰的。長41吋足夠，我現穿這件是39吋長。你不必急著去買有空才去。

9/27/79（四）#31

凱：

昨天沒有信，今天倒一連收兩封。你所擔心的事，目前都改善了。我的手一週後就好了，不知是自己好的，還是公保打一針發揮效用。身體沒有病痛心情才能愉快，帶個孩子尤其需要兩隻手，少一隻手簡直沒辦法，連沖尿布都不行。

還好現已很好了。至於土地權狀，我去看公保時在公保大樓打給啟安，她說權狀尚未送出，要和房屋一起送，我說我們要分兩次拿錢，最好土地先送出，我又說等朝代我那張房屋權狀下來，想考慮沈先生乾脆和我清算了。照一般規矩都是剩五萬才辦過戶，我的權狀下來表示屋子所有權沒有問題了。啟安小姐說她不能這麼做，她不能保證我的房屋絕無問題。我回家自己越想越不安，感覺啟安是站在沈先生那一方。或許我的神經質又來了，但我不得不把各種可能發生的情況想出來，現在是我一個人對付三個人，我太善良的個性吃了不少虧，小事尚可，房子的事關係太大，只好將每個人都當壞人看。我爸媽雖關心，但他們自始未插手，根本不清楚詳情，我爸說若不放心可自己到地政事務所去查一趟，問過辦公室老師他們說我權狀未下來當然對方不敢相信，這是我們理虧的地方。但啟安拖下土地權狀和房屋權狀一起辦，一來她們省事，二來沈先生不必先付23萬，三來若他們彼此勾結，名字已過了沈先生，一毛不給我，我一個人除了告到法院去毫無辦法。當然這點是我多想了，但我不得不多做自衛，現時下的人有機可乘是不會放過的，尤其不可相信面貌堂堂，談吐不俗的人，要如此提防對方令我痛苦。第二天我再問啟安，她說是在過戶之前必須先繳稅，有完稅證明方可辦過戶，我們雖不繳增值稅仍要辦手續，此手續她已辦了，既然我們要先辦土地過戶，她就先替我們辦吧。再電沈太太，她語氣似乎也希望快點辦，如此我才安心。現在只有等十月初看是否土地權狀下來，是否沈先生如約給錢（若他要拖延，我除了扣住房屋權狀也別無他法。）畢竟對方是生意人，算得精。目前他們占上風，才付40萬已有房子，不怕這房價會上漲，而我們被拖著，錢拿不到，損失利息不說，房子不住還要付保管之責。上次他們要裝瓦斯，勞師動眾，門打不開，我從教育部趕回來氣急敗壞，趕到工地找不到弟弟，打電話家裡沒人，打去沈太太那兒，她沒事人樣，只說門打不開，語氣還頗有誰教我們要保管鑰匙，本來他還以為是我們故意不開，找工地負責人已下班，太久沒去工地已人事全非，幾個嚼檳榔的工人推說不知，我耗了好久，才要他拿存在那兒的一隻鑰匙給我，但也沒用打不開，只好跑出去找鎖匠來，弄到六點多回奶媽那兒，我經常晚去抱，她們臉色也不好，第二天總算一切都好了，晚上十點我去鎖門一切都沒事了。只有急起來時我會覺得什麼事都推到我身上，外人只知冷眼旁觀找我出氣，關心我的人又愛莫能助，好在這種事並非常常，提起房子，我的心就打起結，就像打一場大仗，不拿到錢，心上的石頭無法落地。每月水費都是我付，本月電費沒有我們的單子表示

已付，我問二樓並未代我們付，今天收到一張通知，限今明二日交，否則停電，只有45元，真是何苦，我待辦的事一多，人就糊塗，等會兒去寄信，我會順便付電費並看看房子。銀行尚有五千元，年底有晉級的錢或許稍可補不足，真不夠我會向媽借的，另外$1,500小額匯款十月十號前再做決定。好想你。

婉淑9/27/79　15:30

9/28/79（五）#32

凱：

　　昨天下午我去寄信，順便交電費又去工地，到那兒才想起沒帶鑰匙出來，只好在外頭看看，改天再去或許媽媽來再陪他們去看一遍。我就是糊塗所以才會老覺得事情多，沒頭緒，你在時，什麼事幾號要做一清二楚，也沒看你忙亂過。有時候會突然好想你，你在身邊我會抱緊你或想親吻你，現在只有等寶寶睡去，躺在床上想你，也算是一件快樂的事。上週日9/23我本來也好想打電話給你，想想又覺得不要太孩子氣了，只要你平安，能安心唸書就好，多打一次就多浪費好多錢，省下來給寶寶買雙鞋，買件衣服或想遠點當寶寶的教育費用，不很好嗎？我不知道你也急著想打回來，我想你大概是沒打，因為我未接到任何消息。

　　凱，你是知道的我和劭騏都很愛你，沒有你，我和劭騏真不知該怎麼辦。和別人談起自己的先生或男友還是覺得你最好，當男友時你是最體貼的，當先生你是最負責的。學校有女老師向我抱怨她男友常和她有爭執，在我印象中我們一直很愉快，除了我去火車站接你等太久生氣外。和別人比較起來，我老覺得還是我爸爸最像個男人，疼太太兒子，勤快負責又不發脾氣而且肯上進。

　　目前我辦公室經常有10個左右的男老師進出，有一半是流動戶口，位子不在此，但卻在此上班，畢竟男人多好說話，我下午除星期一外都不在學校，所以另有位男老師下午用我的桌子，抽屜分兩個給他，這麼多男人（有時不止10個）僅有兩三人未婚，都是有家眷的，我們四個女老師都是老女人，所以他們談話也不拘束，無所不談，大家相處還算融洽，男老師們不外跑跑補習班，我想你若不出國，遲早會走上這條路，吃點苦，多見識還是對的。

　　上一段是早上寫的，天氣涼了，早上很好睡，今早劭騏睡到八點半，我七點就起來，睡足了就不想再睡，將尿布丟下洗，煮點稀飯還有時間，便在床上寫

信，劭騏一醒來我就忙了。餵他吃稀飯，只吃一口，倒是滷蛋吃不停，不給吃就哭，然後晾尿布，將劭騏放在洗衣機裡，他好高興，看媽媽做事好有興趣。

中午董請吃喜酒，我和周約好十一點半在義美等，原不想帶劭騏，但放假日奶媽似乎不大樂意帶，想劭騏好可憐沒人要，還是帶他去外頭玩玩好了，結果劭騏在那兒胡鬧，差點沒將桌子給翻了。周本來直要我帶寶寶去，她說可以幫我看，連她都嘆口氣，我說他沒有1分鐘休息，周說那裡簡直沒有1秒休息，不停扭動，或靠著椅背搖，椅子都要翻了，放到地上他會自己玩，鑽到人家椅子底下，或吃牆壁玻璃（整面牆是玻璃嵌成的），或和鄭（以前國中老師）四歲兒子玩，兩手烏黑，我一抱他就像蛇一樣扭來扭去，洪也說他很活潑，我發覺他比一般的孩子還不安分。

洪的老公也想出國，正積極準備，洪問了我不少有關出國的事，席上遇見不少以前學校的老師，郭帶另一半來，郭好漂亮。散席之後，翁夫婦約我們同搭計程車回他們新家（我和小文一起），很不錯，劭騏在那又玩一陣，整天沒睡覺。今天沒有信，但仍好愛你

婉淑9/28/79　23:30

9/28/79（五）　#38

婉淑：

今天是教師節，相信妳放假在家陪劭騏玩一天，一定很累的。我真感激妳對他的愛心。我們這些teaching fellow（教員）並未放假，反而今天起每週五下午3:00～3:50有一節「免費」的Seminar（研討會）是英文教授為TA而設的，其實他是拿了學校的Offer（學校提供的經費）不少$，而以我們作實驗，來作為他的research project（研究企劃）。

今天上午去上那一堂電動，教授笑咪咪說你們又回來了，可是他下週二又要Problem Session（解題集會），週三很可能第一次期中考，目前我把主力放在古力（物數在十月中才會考）至於電動尚未加課回來，現在仍在觀望，能夠不上最好，不過希望不大。

今天是九月最後一個工作天，所以領了支票，是Tx. State（德州州政府）給的，原是$500扣了income及Social Security Tax（所得及社安稅）$40.72

129

剩下$459.28；S.S. Tax（社安稅）本是可以不扣的，但免稅證明遲交，所以未核辦先扣，所得稅及社安稅都要到年底拿到扣繳憑單，明年元月可以報稅來退全部或大部分，算是無息的存款。化工系的$500，同室的高扣$32左右，曹扣$50，化學系領$450扣$70（老生領$500，我們新老生都領$500，當然更老的Ph.D. candidate例外，可能$550～$600），生物也是$425，至於扣多少是依allowance（各人免稅額）報而扣的，如有太太、小孩等等。

因為下週忙，所以可能到星期三才會再寫信給妳，希望妳忍耐。後天9/30星期日，我會打電話到二樓給妳，再下週日（10/7）我也要再打給妳，時間可能相同，地點我就不知你要到二樓或回娘家去接電話了，待我們後天商量看妳到那兒接電話合適。我昨天收到妳在教育部寫的第24封信，相信妳已熬過那兩天，不知妳補課了沒有。妳小額匯款收據或許下週一可收到，其實我問別人說，那不太重要，約兩星期就可以收到從銀行轉來的匯票。

雖然我現在有Learning Permit（學習執照）但到現在未曾去練車，主要是沒時間，也沒有人有時間又那麼好心給人車子去練，來此我才開過一次，是去假裝要買車，在一校內停車場內開幾圈而已。我想我不會在寒假之前買，主要因有了車會花些時間，一會兒加油，東修西保養，一會兒人家求你去採買。所以妳盡可放心，郭蓋無「腳」car，乖得很，不會到處亂跑去pia（撩妹）。寒假內就會買了，因為我太太明年就要來了，我會很高興地開車到機場去接她及寶貝兒子來此，我要更愛他們倆。機場離此約20 miles（哩），開車大概半小時可達。妳及劭騏大約在十月底或十一月初去照相（假若需要的話，我會打電話去求證，看辦依親證明，需要什麼證件手續）。手臂完全好了嗎？真不知妳一隻手如何抱劭騏走路？害我心疼緊張。

這兒蔬菜不多，吃來吃去青椒、洋蔥、高麗菜、四季豆、洋芋、紅蘿蔔等等，都膩了，只好多吃水果，說真的，蘋果也吃厭了，反而想吃橘子、拔仔之類的，幸好果汁類很多，可以調劑一下。有時懶得做飯，就下麵，很快，再加些料，如木耳、紫菜（比台灣便宜），肉、蝦米之類的。每週五天，大約一、二天未帶便當而已。後天是月底我會把帳結一下，看這月花多少錢，這九月有五個週日，所以多一次採買可能多花點錢。

我古典力學準備起來該沒問題，四章已看完三章及做過習題，剩一章在這兩天內趕完。除了唸書以外，什麼也不敢想。學校幾乎每天放映電影，才$1.00，

我都不曾去看過，片子都很不錯的，如《教父》、《上錯天堂》、*Midnight Express*、《英雄不流淚》（*3 days of Condor*，我們去東南亞看過，記得嗎？）等等，據說去年還有演「Ｘ」級的電影，而且大爆滿，連女生都不少人去看。老美電影分級是「Ｇ」一般老少，「ＰＧ」由大人或家長推薦，「Ｒ」17歲以下必須有大人帶，大概是小暴露或劇情怪異的怕影響心理。「Ｘ」（Sex）就是鬼打架，千篇一律的片子，非18歲不准入場。

期待的心情是不好受，但我們一直聯繫著，信件，電話會不斷的溝通，我們是永遠相屬相愛的，Darling, I love you both forever！

凱9/28/79　20:35

10/1/79（一）　#33

凱：

這兩天較忙，所以未寫信，週五接到小琴台中來信，說爸媽搭10:08火車約一點到我們家，我搞不清是什麼火車，到台北站時刻，不去接深恐他們迷路內心不安，週六午正是下班時刻，第四堂班會專任不必上，我立刻搭車趕去，一路走走停停到火車站已12:40剛有一班莒光號進站，人群中找不到人，繞了一會兒，只好吃盤炒米粉回去抱娃娃，走到家門口，不見爸媽，上樓換衣服後，抱劭騏到巷口麵店，果然爸媽，阿英都在那兒。週六晚我買自助餐回來，媽沒帶習慣，劭騏很皮，在門把兒上撞了一個大包，又紅又腫，不過現在已消了。

妹夫（王）前一天知道這消息，立刻將木板床搬進來，我刷好後，由他釘起來，做這事他挺勤快的。剛好三張床，一人一張。週日帶他們去新屋那兒看看，中午在中信吃花了四百多元，晚上媽做了一菜一湯其他是剩菜，晚上便等你的電話，通過話後安心多了，不過仍擔心你退課的問題，會不會有大麻煩呢？今早送他們到車站，給媽媽五百元，然後就趕著回來上第二堂。

早上黃太太說明天他要去台大醫院替哥哥辦手續，他公婆都到高雄去，家中無人，只好將劭騏寄放別人那兒，（江太太那兒），明天週二，我會一下午都陪劭騏玩。好在明天只有三節，第四節即可回來。由於週五，因為董結婚和周說好二人合包一千元，又逢月底，我也沒空去領，所以只給媽媽500元，由於銀行只剩五千元，我也不敢花太多錢。今早電啟安，她說雙十節過後會下來，我要她確定日期她說大約12日再去電問問看。房屋權狀則目前契稅仍未下來，尚未交出辦理。我電沈先生，他一向很忙，三兩句話便掛斷，加上路邊電話吵無法多講，不了了之。

　　劭騏現已有四顆牙，很調皮站在小床或椅上，總是不停的搖，或在地上爬，兩手見到東西就抓，在奶媽家一會兒掀米桶蓋，一會兒拔葉子，防不勝防。早上送爸媽出門，匆忙中將鑰匙插在房間門上未拿就出門，中午回來看不到信，才又發覺回不了家，傍晚只好在黃太太那兒聊，順便讓他們請一頓，在奶媽家才發覺劭騏已很會坐學步車，跑得真快，好像是自己在跑，沒有被學步車絆著。電視廣告時，他會自己過去看，就站在電視螢光幕前（不知長久如此，對娃娃是否有傷害？），廣告完他就走開，很好玩。爸媽也說他很好動，媽媽說你小時並沒那麼皮，我小時也很乖，不知道他到底像誰。

　　吃喜酒那天碰到好多以前學校的老師，他們都說好快呀！大部分人說娃娃不像你也不像我，又不知像誰了。今天又將「如何生個健康寶寶」拿出來看，書上說健康的娃娃是愉快不常哭的。我想劭騏是健康的。凱，想起以前談戀愛，你常拉我的手去摟著你的腰，真好笑，也很甜蜜，不知我們以後是否仍能像往日那樣甜蜜愉快。想念你。

婉淑10/2/79　00:30

10/2/79（二）#39

婉淑：

　　好幾天沒寫信了，算算也有三、四天了，心裡有說不出的難過。今天下午考完古典力學的第一次期中考，考4題，無法說出考得好與不好，大約是中等，但主要成績是與人比較，老美成績大概也是畫曲線分布的。說來題目並不難，這教授很和愛，還考前暗示，考不好就該打屁股了。這兩三天都在準備古力，其他東

西都丟在一旁，現在開始準備「物理數學」了，電動這一門課想來想去還是不願意加回去，心想太重的負擔了，一方面會把功課拖垮，另一方面若僥倖通過也真正學不到東西，主要是物理數學的基礎，現才在學，很多都要應用到。目前那門課有三人，若再加他們兩人回去共五人恰是開課（否則要變為不考試的Special Problem），原他們倆說好要加回去的，現就不知他們如何打算了。郝說今天老闆看到他，臉臭臭的，他火大不加課回去了，大不了，下學期轉校到北方去，他有拿到北伊利諾的I-20入學許可，不過退掉，目前要再去，應該去信說明即可。我原也向物數教授即Graduate Committee（研究所委員）的老闆說我畢業最久，數學較差，他也了解，反正他是Advisor顧問，不能逼迫人做任何事，萬一再差，我轉系、轉校（我書架上有一些I-20留著，妳可找找看），也不是無路可走，當然過得愉快最重要。目前我擬定要走的priority（優先順序）是：（1）轉E.E.（2）轉電腦（3）留在物理攻Solar Energy（太陽能）或Solide State（固態）。能轉E.E.最好，出路不錯，仍有獎學金。CS獎學金少，主要是讀的人太多了，僧多米少，讀物理的研究生都有$，除非自己不要，E.E.也是一樣，不要$都不行。

　　好像紙太短，寫不了多少。以下稍簡略一下：收據接到了（達拉斯銀行會轉來），台大電腦班可先打電話去問，再去拿，否則空跑一趟，我是預備若轉CS可少補學分，妳若通過也要帶來。我很贊成妳讀書，先打定主意要修什麼，大概就是電腦較實用也有好頭路。若需補修物理微積分的，有我老公郭蓋在，放心！UH的Childcare（托兒所）據說Waiting List（候補）名單很長，很多人都還在排隊。外頭也有私人托兒所，或教會也有。晚上及假日當然自己帶，很少人願意幫人帶週末的。我知道學校圖書館很缺人，學生及F-2（學生配偶）都在做part-time（半工）或full-time（全職）。每小時約$3.5以上，校內是合法的，但工資低，所以是「跳板」而已。字打多了，就到外面去，$4，$4.5何樂不為。目前讀書很苦，沒有人笑咪咪的說愉快的，尤其理工的，我絕非不愛妳或不念舊情，我也是為了將來而著想，能夠有更美好的為何不去追求？原諒我一時的狠心，我需要妳的諒解及愛心，現在功課最令人分心（放心，不是野女人令我分心），或許我每次寫信無法似服役時充滿感情，但相信我，沒有妳的愛，我可能也不想活在這世上，目前時常令我的感覺是，因為妳，我才覺得生命有意義，我們相愛之餘，也滋潤到咱們的愛兒——勁騏。我真的是想他想得「不得了」。再四個月妳

就可以開始辦理手續了，我想大約一個月內就可簽完証上機。

　　上個月共支出$292.06（月底9/30買菜未列入），因買了鬧鐘$37及囤積糧食約$30，所以實際支出在$240以下。電話公司來話警告要多繳抵押款，9/13裝到9/25已打了$89.74長途，大部分是梁自己的，我大概第二名，因Collect叫人較我從這兒叫號要貴很多，實際要等到10/13後帳來才知道，其實我從這兒叫號回台灣3分鐘不會多少錢的。

　　星期日（10/7）晚我會再打，或許我會早15分鐘打（8點半），我這兒時間未改，所以這兒將是10/7的上午7點半。妳上月為房子在跑，甚至全家動員，害我心疼，本來該都是我做的。妳的信昨天來三封：26、27、28今天收到第30，怪了，反而29未到，就是妳說天氣很好那封，不知裡面還寫些啥，一定有愛我的話，可能還有……。很久未與妳相好，心裡有時都有一股衝動，很想與妳……。（放心，不能轉移到其他……）我很幸運有人如此深愛我，我怎能不珍惜此一生的愛情？！世上再也找不到第二個婉淑，能令我如此覺得彼此相屬。劭騏長了牙很想見到，拍了照片寄來給我看看頑皮蛋。

　　前天下午跑校園外圍半周，很累久未運動，腳酸痛兩天，等好了再去跑，非能跑完一周不罷休（約3公里，從永和到台大）。我很好（祇有冷氣不好），放心，爸媽來台北多虧妳照顧，我更愛妳。

凱10/2/79　23:28

P.S. 內衣褲祇缺衛生衣（內衣褲，短，目前有各一打未用）你屆時買一打衛生衣，若不方便帶可寄「陸空聯運」輕便者便宜，約3、4周即達。布鞋不用了，妳倒是要自己買買衣服（1打～打半）、鞋（這兒很貴）、日常衣服、看牙齒……等。

10/3/79（三）#34

凱：

　　已開學四、五週了，而你選課的問題仍未解決，真替你著急，總要定下心來，做個決定才能好好念書。Eric去年怎麼選的？是否少上英文而已。你不是打算拿B就好嗎？文學的東西比較主觀，有時我們很用心寫，自以為有獨到的見

解，卻不得教授青睞。能了解教授的興趣對你的分數或許有些幫助。雖是英文課訓練英文能力的，但有些老師重思想內容，文法錯誤倒不十分在乎。有些則內容其次，文法錯一處扣一點分數，有人喜歡冗長深奧的句子，有人喜歡簡潔有力而毫無文法錯誤的句子，有時你選的文章或你的見解不對教授胃口，分數也會打折扣，你可以你目前拿到的兩篇稍做比較，第一篇較第二篇高，是文法錯誤少？是內容精彩？兩篇所用句型相同嗎？較口語化或較文氣？有時從字典找出的句子並不受歡迎，因為他們不這麼說。平時你多注意教授言談的趨向，找對他的胃口，或許比抱著書本猛K有效，畢竟拿9分的人未必英文能力比你強，你也不要因此失去信心，當學生就是有心理壓力，易患得患失，保持愉快和平靜的心情，將能提高你的讀書效率，以上只是我粗淺的看法，你身在說英文的環境中，體會當比我深刻才是。我們不是看過一本書提到作者唸書的情形嗎？

　　文科的東西真的很主觀，與自己本身能力無多大關係。比較起來理科的東西理性多了。是對的東西沒人敢說錯。凱，我和寶寶都愛你，也相信你的能力，只恨我英文能力太差，實在該多找點時間自修，既為我自己好，也能幫你一點忙。英打我速度不夠平均，時快時慢，但我相信可以勝任打字的工作，key puncher（電腦打卡）其實比typist（打字員）容易。不過我上次打剛開始易錯，看大寫本能的會壓大寫鍵，一壓就糟了，變成numeric（數字），打完一題後就很熟了，沒問題。上次我三題都是自己打的，後來又不斷改卡，說得上善加利用那些機器了。電腦我是很有興趣，但若要扯上數學我就頭大了。對數學我太久沒唸，內心有點恐懼感，反應不夠快，不過為了實際需要我願意試試。若我能找到full-time job，待遇不差，工作穩定，劭騏也有很好的安排，我願意做一陣或許一年，再考慮讀書，書是一定要讀的，但要在劭騏不受影響的情況下。我不願劭騏受傷害，一定要劭騏愉快健康，我才能放開手做我的事。或許在我快到美國前，大約三，四月你可替我留意是否有合適的工作，我到美後，休息一兩週，寶寶安頓好即可去工作，我相信出去混混會比待在家裡收穫多點。

　　啟安說土地權狀大約十月十二日再電問是否下來，應該會下來，若沒有下來，我再電告你，我會向沈先生要求先給十萬，你若要親自電沈先生也可，但在十二日我有個決定之後如何？劭騏和我都很好，放心。好愛你。祝你考試順利。

婉淑10/3/79　12:20

凱：

　　前天我到台大去過，電機系剛開學似乎很忙，問他們72期電腦成績，他們問我急什麼，成績下來會通知的。我想是沒那麼快，上次我上課時，老師還說他根本懶得改，考卷還丟在一邊，我們著急的事，他們並不在乎。只有過一陣再說了。不知你週二古力考得如何，但願能順利，電動是否仍去上課？台北最近天氣涼了，穿上長袖仍有點涼意，但都是晴天，陽光普照，好舒服的氣候，走在路上或騎著單車覺得好愉快，真捨不得離開這美麗的地方。因為撥慢一小時，晚上五點就天黑了。週一我忘了帶鑰匙只好留在黃太太家吃晚飯，快六點半，心想妹妹該回來了，抱著劭騏回家，外頭居然像八九點的樣，漆黑一片，劭騏一路發出「哼，哼」的聲音，把我抱得好緊，他有點害怕，到家門口妹妹仍未回來，真有點淒涼的感覺，還好早上出門給劭騏多穿了件衣服，傍晚很涼，只好抱著他往外走，心想這下不知往那兒走才好，劭騏和我沒有一個溫暖的家。還好走到巷口妹夫回來了，真想念那溫暖的床，寶寶回家一定先到床上，爬到窗邊站在那兒看風景，即使天黑也有街燈很明亮。晚上是我最愉快的時光，替劭騏洗澡，喝奶，變得乾乾淨淨，面頰紅潤，喝完奶他會很滿足躺在床上，抱著玩具，兩腳輪流有一下沒一下的踢著牆壁，他常玩你送的玩具和我送的一個布娃娃（小丑樣），你那玩具他常常會拿來敲自己的頭，又怕那翅膀會戳到眼睛，我的布娃娃，他常將娃娃的手或頭髮放進嘴裡吃，睡覺或吃奶他會抓著娃娃的手，很好玩。奶媽常說他很精，放在學步車裡，若用腳踢他，他會氣得站起來跳，若用手推他就很高興，他自己會坐在車裡走到電視前看廣告（黃家電視放地上剛好夠他的高度），我想拉開他，黃太太說，廣告完他自己會走開，果然他很專心看完廣告，便離開電視跑過來（在學步車上）和大家玩。晚上我常常躺在他旁邊和他聊天，用一隻手繞著他，他會好開心，一邊吃奶嘴一邊微笑，有一搭沒一搭地唱喝著，像個小情人樣，不過頂多十分鐘，他不是睡著，就是翻身去玩他自己的。昨天抱著他去買自助餐，碰到珠珠帶著兒子要回家，他兒子胖胖大大很守規矩，看見車子老是不停便罵：「討厭，壞掉了」。你兒子則像一隻泥鰍，抓不住，兩腿一蹬就幾乎滑到地上。他很有意見，想去他要去的地方，不喜歡我站著聊天，人家要握手，他則出手抓人，自助餐門口最近放了三架電動玩具，有摩托車，有汽車，還有天鵝。他一坐上汽車，自己就抓著方向盤左右轉，很像個樣的在開車，看他高興的那

樣，我感到好安慰，想抱他走抱不動，只好玩到他盡興不玩為止，不花錢，車子不必開動他就很愉快了。我發覺他對汽車特別有興趣，機械的東西他也喜歡，並不一定要色彩鮮艷的東西。還不知他以後要做啥呢。他的脾氣也不小，他要吃的東西若硬搶掉，會哭得呼天搶地，在床上摔，似乎得順著他，以後可別當小太保才好。昨天下午去看公保，做了冷凍，兩週後再去檢查，希望快點好，就不必每週去了。街上好熱鬧，週五中秋節，下週三雙十節，節日接在一起，大家好高興像在辦年貨，大包小包提回家，中秋越來越有氣氛了。這週六黃太太要去醫院看哥哥，黃婆婆要回新竹，劭騏又得送到江家去，可憐的娃娃又沒有人要了。上課了，我在學校寫的，該停筆了。愛你。

婉淑10/4/79　11:20

中秋節10/5/79（五）#40

婉淑：

　　今天是中秋節，你該是放假在家辛勤地照顧劭騏吧？原本我星期五有第四節英文及新增下午一節英文Seminar（研討會，專為TA開的）因為教授開會去了，所以不上，今天一整日都沒課，現在家一直想妳。下午三點以前必須把Term Paper（學期論文）的詳細大綱，交到教授的信箱裡，三點一過他太太就取走了。他是密西根來的，我覺得較有時間觀念，可是也較多心機，德州南佬較沒時間觀念，往往下課都超過五分、十分，甚至有20分到1小時的。幸好是我們沒下一堂或別人要來用教室。那一門電動力學，我已決定不選了，（另兩人要加入了，他們說我有家眷，顧慮多，少讓我負擔些）。本來這週三，那科要考試，大家要求延期到下週一（10/8），恰好（10/7）是國慶晚會要演出，所以根本不可能準備考試。雖然我的作業拿不算低分（22/30），另二人拿在（18/30）以下，但太重了，無法顧及。尤其是自己畢業最久，郝之前是助教，所以大學的東西都沒丟，另一個則程度與我相當。週二考的古典力學發下來了，我很慚愧地，不是自己程度太差，把四題中兩題誤解，被扣去大把分數（至少也有20分），別人對了，我就降下來了，雖不是最後墊底，（7人選，6人考，我第4）心裡總不是味道，下次該重拾信心才行。婉淑，來此唸書真害怕讀差了，妳就不要我了呢！會不會？心裡總是有此壓力。

國慶晚會有不少節目，其中最多的大概是由電視歌星組的「梅花訪問團」一共九人來唱27首歌。他們由西岸大市一直唱到華盛頓恰好是雙十國慶。現在我們問題是他們套譜未寄來，人到表演前一小時才要到場，不知到時如何上場，他們找不到Bass吉他手，我也不好意思退卻，祇好硬著頭皮上場，到時候歌星唱，我們跟，錯不在我們，他們不重視我們，不早先寄譜來，以後再也不幹這種差事了。

　　達拉斯銀行寄來匯票了（昨天收到），循例被扣$3.5（每人都是這樣）所以剩$1496.5我待會去寄信會去存入Credit Union銀行，目前存款共約有$4,500（加那$1,500），買車妳放心，我不會亂買便宜貨，寧可多花些買好車，不必費神，費錢修修補補，雖說有三、五百元之車，但常修、耗油也不是辦法，最重要的一件事是要上班上課發不動，車到郊外回不來了，就慘了。有朋友去年買$1,000是1973年車，今年就有點老邁無力了，他勸我買新一點的，約75年車，價錢約$1,500～$2,000左右，還可多開個五、六年，較划算。這種車我看在台灣約要20、30萬才能買到的舊車。我目前打算是並不認真地偶爾有機會才去看車，若是真的好車合理價錢才買，最遲是寒假就會買，因我想整個寒假拼命賺些錢。

　　昨天ETS派人來interview（面談）我們TA，每人約花20分鐘（這兒面談都是先排時間，自己填），問些一般生活問題。他們在研究外國學生的Oral Ability（口語能力）與TOEFL成績的比較，若順利，明年秋天開始，全世界的TOEFL考試，將加一項20分鐘的TSE測驗（Test of Spoken English），在實驗室內考然後錄音（全班一起考，與錄音帶對答），寄回ETS評分。這事我們是首先接觸，所以跟國內人士先說一聲，若要考就得趕緊，否則加一項Spoken English對台灣的很吃虧。不久後會有一次正式的Sample Test（抽樣考），通知我們去考。老美有些很天真，諸如：台灣有沒有保齡球？（他們以為全世界只有美國有保齡球，我說我可能打得比他好）或台灣是不是全島都充滿了樹？（他們被南太平洋的景色搞亂了。）

　　待會兒，要去寄信、存款、寫英文作業大綱、批改實驗報告（我下週起不必改作業，變更為幫物數教授可能監考普物）、洗二週來的衣服。以後你倆來，非得一週洗一次不可了，尤其是劭騏每天都會搞髒衣服，不勤換洗不行。後天上午我會打電話給妳，心裡很想妳及劭騏，你們的welfare、health（福祉、健康）就是my concern（我所關心的），我唯一的寄託。婉淑，謝謝妳的辛勞，我

愛，愛與妳……。我一切很好起居正常，放心。

凱10/5/79　09:56

10/6/79（六）　#36

凱：

　　從十月一日起郵簡漲成9元，而我不知還寄出兩三封，今天因為上郵局買郵簡才知，小姐說郵資不足會退回。福利站的東西也漲了，買不到BVD，給劭騏買宜而爽汗衫，漲1.5元，床單等大東西漲得更多，大約每樣漲5%，味全紙盒奶漲五角。夏天已近尾聲，涼風一吹地攤上的衣服全變成冬天的了，不知給劭騏買的夏天衣服夠不夠，像白色汗衫，只有上店裡買，地攤早收回去不賣這種的了。我恐怕店裡很快也會變成衛生衣褲，希望沈先生早點給錢，我才能早點買些必要的東西，物價不斷漲，早點買占便宜。今天另兩件床單洗了，尚未晾好，第三件鋪在床上的床單又被尿濕了，在中間一大塊，真後悔沒有多買一條床單，我是否有必要買幾條床單將來帶去美國？將會有好長一段時間，劭騏會尿尿或晚上尿床。

　　週四下午我出門想去買牛仔褲，但公車到小南門便不走了，由於總統府前在預演國慶當天的節目，車輛一律改道，只好下車走到愛國戲院，一路上滿街都是車，一輛接一輛，公車上下來的人則焦急地走上人行道，各自朝目的走，街上真是有過節的氣氛，大都在為週五中秋節準備加菜。好久不買牛仔褲，我已十分外行，先在第一家看到兩種Big Stone，他說一種是香港，一種是日本。香港（即我買給你這種，各家店都賣，想是進口布，台灣裁製）550元，日本的是幾年前一直留下來的。看來還不錯（日本的）價$650，可惜最大30腰。有一件Brittania做得不錯，很好看，我穿來合身（好不好看不知），開價700我出650居然賣了，只好買下30腰，沒有更大的尺寸。一路上想那老闆那麼乾脆減價，可見那褲子原價比650少得多。從巷口直看到巷尾，都是新牛仔褲，各種牌都有，但僅Big Stone有33吋腰的，好幾家都說現已無日本的。好幾家超過33吋要另外加錢，我找了一家看來較實在的，不加錢，而且布料看來較好，雖同為Big Stone掛相同紙牌，但眼睛都看得出布料不大一樣，你這件看來還不錯，老闆說下水之後，你那件會比我的好看。

　　週五中秋在家陪劭騏，放假日我反而比較不能寫信，每時每刻都得陪在他身

139

邊，好在妹夫和妹妹都喜歡他，他很喜歡和妹夫玩，趁他們玩，我才能做點事。上週日我帶著劭騏去照相，本想約爸媽同去就在我們屋旁那一塊草地上，但天色已暗，爸在睡覺不便打擾所以帶著劭騏去，後來週二（10/2）放學回來帶劭騏去照，時間稍早點，光線還強，結果洗出來卻黃色較多，不如第一天照的。王的相機像玩具，不必調任何東西只調距離。明天週日我無法去郵局寄照片，週一我會寄給你，希望你喜歡。明晚10/7我會回去聽你的電話。此刻我一邊瞌睡一邊寫，劭騏早就睡了。好愛你。

婉淑10/6/79　23:55

10/7/79（日）#37

凱：

　　剛才打給Jenny和她聊一陣才接到你的電話。她說在我和寶寶到之前，你可先去學校的Childcare Center（托兒所）報個名，學校較便宜，但經常額滿，去晚了恐怕進不了。剛才我本來要問你，美國有沒有小娃娃騎的三輪車，劭騏看到別人騎，哭著也要簡直抱不住，身子一扭就到地上，不管那小車是否有人，他就是要坐。有一次坐完電動玩具，旁邊停著一輛小三輪車，他把人家拉來騎，原來是自助餐店老闆兒子的，硬把他推下來，不准他坐。昨天看見雜貨店老闆女兒和別的小朋友各騎一輛，他都快發狂了。還好那女兒很乖喜歡劭騏，准他坐在後面，他一坐就知道兩手抓著把手，乖乖讓人家載。今天福和橋風箏大賽還是國際性的，早上妹妹和我抱著劭騏去看，人擠人真熱鬧，劭騏還看不懂風箏，但喜歡湊熱鬧，太陽好大我要替他戴上帽子，他硬是不肯，把帽子扯掉往地上摔，脾氣好大。回來經過一家店賣娃娃車，小三輪車。劭騏又不肯走了，我心想360元，就買輛給他吧！以後妹妹的小孩也可騎。我每週一，多加第八節，恨死了那堂，就拿那鐘點費來買輛給劭騏也夠了。不過妹妹和我身上的錢湊起來才200元而已，改天再考慮好了。在橋邊花80元買個風箏，下午帶著劭騏在屋旁空地上玩，很容易飛，只可惜有點壞了，心想自己真有點瘋狂，何苦花80元買個無用的東西，不過那是雨傘布做的，可以收成一條，我設法將它修好，還可帶去美國玩。

　　和歌星一起登台表演令我感覺自己的先生不大實在，和歌星一樣花。說真的我還是欣賞不求表現，不說大話，苦幹型的實力派。我總是對你不大有信心，當

初自己三腳兩腳把那些男朋友都踢光，如今算起帳來，還不知自己是否做對了。有個先生就是安全些，別人看來也安心，認為有個幸福美滿的家。辦公室男同事看我經常寫信，頗為羨慕，我說家家有本難念的經。我不斷告訴自己我得設法養活自己，將來去美國，不是去投靠先生，是要打自己的仗，我失敗了沒人能幫助我，還會連累劭騏。你雖說愛劭騏，但很少認真的照顧他、陪他玩，每次回高雄幾乎都是我從頭抱到底，我忙做菜，你就放著，任他哇哇大哭。我抱著劭騏忍不住要親吻他，現在不做飯了，更是無時無刻不陪他，捧著他走到鎮公所拿照片再走回來，雖累但很高興我們母子做了一次長途旅行。我忍不住要寵他，只要媽媽能力辦得到。我心想你雖不是不負責任的先生，但也不是十分負責任的。我年紀比你大些看事情不免嚴肅點，當初自己捨嚴肅的不要，選了風趣、友善、外向的你，那時愛你愛得要死，什麼都願意給你，就像現在愛劭騏愛得要命。我也仍愛你，除了你和劭騏還能愛誰呢？只是我心裡一直很不安，你準備去美那專心的樣子，義無反顧的姿態，教我對你的愛冷掉一大半。如今開學了，課還沒選好，試沒考好，卻忙著和歌星表演。我一直不知自己到底要做什麼，晚上夢到的全是找職業，我只會教書，而人家不要教書的。當初心滿意足嫁給你，毫不後悔，一切都是自己願意的，沒話說。還是祝你一切順利為我也為劭騏。

婉淑10/8/79　01:30

P.S. 你的牛仔褲長40吋，要不要換長一點的？我是用你抽屜上所刻的，不知準不準？我沒有吋的尺。

婉淑：

　　剛打完電話，心情好愉快，就是少說了一句「I love you and miss you very much.」不是我故意不說，有室友在旁，不好意思愛妳。今天祇有我一人打。梁在中秋節已打回去與老婆賞月了。他的電話費最多，每次都約20分鐘，9/13～今天已打了四、五通，可能要上百元大鈔，上次未裝前的一個星期日，他在公用電話打Collect（對方付費）回台灣20分，花他老婆2400元。我這兒的電話費率，我剛打完後我問接線生，她說週日，前3分$5.45，每加一分$1.85，若Collect則前三分鐘$6.25，其他相同。

　　婉淑，謝謝妳幫我買了一條牛褲，我並不急著穿。我量一下長度，全長40吋是夠了。（我原是穿32腰），若是33腰，長可能多一吋（41吋），卽足夠，超過41吋部分可以剪去。鞋子我是穿80號（有綁鞋帶的）或81號（無鞋帶），球鞋41號。那一雙平面底的鞋底，全長28.5公分，這些數據給妳作為參考，鞋子並未很需要，祇是這一雙穿起來最舒服，你或許也可買雙來試試。老美也很多這種平底鞋，我還看到我們系的一個不知是職員或教授，穿麵包鞋，還是男的呢！美國的普通鞋很貴，塑膠的也要$20左右，倒不如台灣買，可是皮鞋就差不多（還是貴），約$30～$50，但人家有保證，不滿意或穿壞了退貨（眞退）。

　　這兒中秋並未二樣，週末rush hour（尖峰時刻）人車馬龍（祇有車），直升機在巡視公路。我與Eric去練歌去了，（不是「歪歌」）。沒吃到月餅，

所以更想妳，（其實吃到了，也是很想妳），中國店有月餅，並未想到非吃不可。天氣漸涼，早晚涼，中午仍悶熱，這兒不比台北會下雨，大太陽常見，像高雄，或許也是南加州，It never rains，一旦rains就淹水，兩三個倒霉鬼就會被淹死，或電死。

　　我在牆上貼一張白紙，每寄一封就畫一劃，如此就不致搞混寄到那一封。這週是輕鬆的，但練了兩晚（四、五）所以少寫了。原諒我，以後加多一點愛給你，OK？沈先生那裡，妳若12日未拿到土地權狀，妳就先與他說，我星期日晚上8:30（台北）打給你，看看情況如何，先跟他拿一部分錢應該不算過分，你就說情況特殊。你銀行僅剩5000元，月中奶媽又要錢，那就沒了。可能的話，是否可跟沈說要10萬元？

　　朋友說暫時不帶小孩來，說是小孩小不好帶，暑假才帶小孩來。我們不要丟掉兒子，劭騏是咱倆的命根，雖然頑皮（我聽到他的「呵呵」聲很激動）但總是骨肉，我們都捨不得，還是要自己帶，況且明年他也大了，有一歲半。我們系一個，他太太在托兒所做事，孩子也放在該處，月入$600。總之，在任何困苦的情況，父母都可犧牲（尤其是我這個老爸）也要為下一代幸福著想。昨晚把數百張相片看了又看，心裡難過極了，太想、太愛妳及劭騏了，心想不透為何要離開你們，自討苦吃。（每次星期日寫信，我很容易掉眼淚。）

凱10/7/79　10:05

10/8/79（一）#38

凱：

　　今早陽光從窗外透進來，劭騏像隻百靈鳥在我身上跳來跳去，我一睜開眼就看到他可愛的笑容，覺得這個世界真美妙，昨夜的煩惱全忘光了。什麼成績好不好、選課又如何，管他的，又不是我的事。我愁得睡不著，人家還在台上和歌星歡度良宵呢。罷了，還是自求多福，努力加餐飯。愁多了是會老的，留得青山在不怕沒材燒。今早已寄了一封連照片一起寄，今天月考趁現在沒監考再寫一封，下午我會去找媽給人看手，若敷上藥，恐怕又要幾天不能寫信了。昨晚好冷，我手拿東西（棉被），腳踢到盒子，一用力手又扭了。原來就沒有完全恢復，天氣一涼手仍酸痛，再一用力就又來了。我想給人看看會好的，只是包紮起來不大

143

方便。本來我想寄12張照片，郵局一秤要40元，我拿掉八張不大清楚的，一秤26元，十公克多一點，我火了又偷加兩張進去，不知會不會被查出，可別罰你才好。照片是我在兩天之內照的，所以背景都相同，第一次照不大習慣相機的特性，我發覺近一點照較清楚。

最近天氣涼，劭騏睡覺翻來翻去，常來個180度轉，昨夜居然滾到床尾，睡在棉被上，我醒來嚇壞了，找不到人，發現還在床上才鬆口氣，都快被凍成石頭了。再冷一點恐怕得用小被子綁在身上。劭騏才九個多月，有時我會驚訝一個小娃娃居然懂那麼多。他看到店裡的小拖車知道那是可以騎的，身子一直要坐上去，騎三輪車知道手要放在把手上，壁燈的旋鈕，他先是用力拉，幾次之後就知道要左右轉，開燈關燈，你學校拿回來的收音機快被他撞壞了，錄音機、電熱器他坐在地上玩好久，不知是否在研究，任何機械的東西他都有興趣，風箏他就沒興趣。宋曾問小孩子一整天在做什麼呀？寶寶現在就有這個困擾了。白天他只有少部分的時間睡覺，從一早八點起至晚上八點，他就得不停的動，從來不休息。在床上站在窗邊看外面頂多十分鐘，他就開始吵，現在不是我抱他去哪兒，是他指揮我到什麼地方，若在地上爬，則玩熱水瓶、玩插座。不然就去外頭爬汽車，把人家的雨刷抓起來，我真怕車主人出來罵。昨晚，不知你和兒子講了什麼，他靜靜的聽，嘴巴還在笑。我媽一直津津樂道，不斷告訴人她孫子多聰明，我爸也說到底男孩玩的不一樣。

凱，昨天那封信，和前面所寫的都是因為著急說的氣話，你可別生氣，當我沒說好了。劭騏和我都好愛你，真希望他能越來越可愛，明年你看到他才會感到驕傲。鞋子我會替你買等雙十節過後，最近街上好擠，出去一趟回來不易。牛仔褲40吋長如何？不滿意我再去換。33吋腰的長褲很有限，不是我偏心，能選的實在不多，只有Big Stone而那種牌的價錢只有一種550元。昨晚是妹夫開車載我們來回，其實他們前幾天已回家過一次，我省了計程車費又不必受氣，有些司機很討人厭。弟十月十一要入伍，週二晚媽要請大家吃一頓。我大姐搬家（昨），弟妹都去幫忙，三大卡車，運費花了三千八百元。有些娃娃鞋、背巾，她不要都由我接收。

凱，好想你。希望日子過快點。

婉淑10/8/79　13:30

144

婉淑：

今天星期一，收到妳第31封（9/27）。昨天打完電話心情就愉快，寫完信給妳，另外寫給阿英、呂，他們都很久未去信了。阿英信留後半頁給Eric寫，他來一年多，都未寫過給阿英，呂生女尚未去賀言，另外我寫封信去奧斯汀要德州的旅行指南，把德州介紹得很清楚，以後若有機會帶妳玩德州，那將會很有用。

今天下午去問電腦系轉系要什麼證件。需要成績單、TOEFL及GRE這三樣東西，UH都有，我可以到行政大樓的成績單辦公室去拷貝一份送去。目前我想知道的是，台大的FORTRAN講習班不知72期公布沒，我若幸運通過及格，就請妳去拿一下證書，有成績單就一併拿來，寄來給我，或許我在申請電腦系有用處。結果如何，都請妳告訴我一聲。如果可以轉成，春季就開始唸，所以大概在十月，十一月，我就會申請。

昨天忙一天，上午與Eric去Music Hall音樂廳（在市區，Bee Gees去年來過），到下午兩點半仍未有機會練習，祇好回家休息，Eric來改作業，五點再去，人家說歌星來過要配歌，找不到人。昨晚的演出根本我們就是氣煞，辛勞毫無代價，歌星不信任我們，他們放錄音配樂而唱，我們僅奏全場開頭之序和國歌而已，以後都坐下來看節目。前半部是本地的，有合唱、詩朗誦、民謠、山地舞，後半場都是歌星，就是那些人在耍寶，還不錯，老美一些工作人員都說「不錯」，節目結束後到一家中國餐館請吃飯（宵夜）中餐貴，有人請何樂不吃。吃完後，因停在隔壁一家中國店的車子五部都被洩氣，不得不換備胎，那家賣雜貨的中國店很討厭，我一火大，把他們不准停車或什麼的（當時未看）小牌子二個拔掉丟了，另有一人更火，把垃圾推倒了，三個小牌也砸了，那店有個兇女人，大叫「搗蛋，Shoot him！（射死他）」一男人帶槍出來，朝那個奔跑的車子開了兩槍，幸好是空氣槍而已。我想我好險，未讓他們看見，其實我們一大群人多，他們倆也不敢動手。我們本想用石頭砸碎玻璃，心裡想算了，不想惹麻煩。

145

房子及兒子兩件事，把妳搞得累死，不是嗎？這些事都是累人的，尤其是房子，未了一件心事，總是心不安。婉淑，對不起，增加妳麻煩，都是我不好。我現在還擔心到明春你走之前都辦不好呢！會不會？我不希望妳耽誤時間，早一天來，就早一天我們能相聚。單獨生活的日子，我很不慣（放心，我祇要妳），我渴望那日子快來，再苦我們也要生活在一起。好想妳及劭騏。爸爸很好，請放心，很愛你們。

凱 10/8/79　21:06

10/9/79（二）　#39

凱：

今天是月考第二天，中午回來同時接到兩封信，10/2和10/5。每次看完你的信，我總是很慚愧，你仍是那樣積極地、勤奮地在讀書做事，而我因為久未與你見面，又不大了解實際情況，自己想著不免心急，一急起來出口就沒好話。我知道你目前需要的是安慰和諒解，但生氣起來仍不免說些令你難過，自己傷心的話。早上監考時，想到前兩天寫了那些責備你的話，眼淚都要流下來了。我本來是很快樂的，辦公室的男老師都羨慕我，因為我有人愛每天都笑咪咪很愉快。可是自己這麼一寫後，後悔不已，也就快樂不起來了。有時想你想得難過總會獨自痛哭一場，或者就乾脆把你罵一頓，說你狠心，這樣就不哭了。凱，你能原諒我吧？我是死心塌地只愛你一人的。

昨天下午去我媽那兒，她帶我去給中醫看，但醫生說要每天去換藥而且不能碰水，我真怕敷藥膏，有味道不說，沾上衣服棉被很討厭，醫生說沒有別的方法，是筋受傷發炎很不易好，不能用力，少動最好，若給西醫打針也可。我想給公保打打針好了，不然自己買藥來貼貼，相信慢慢自己會好的。昨晚電視新聞報導梅花訪問團在休士頓演出空前成功，我原以為會有影片，說不定還可看見你，結果只有口頭唸唸新聞而已，你們伴奏也功不可沒吧！無論如何我還是為你多才多藝感到驕傲的。好快，我們分開已兩個月，有時我心裡也很急，書都沒唸，生字沒背幾個，就已兩個月了。再一晃農曆年也要來，過完年就差不多該辦手續，我若此刻多做準備將來到美，找工作也會容易些。我還是希望能先做點事，若在住家不遠找個全職的工作，晚上週末能兼顧家裡小孩，等錢存一些，英文能力好

146

點再讀書，就不至於壓力太大。錢不夠我心裡就著急，多點錢劭騏也會過得舒服點。像他要三輪車，我們還有能力買得起，目前我只是考慮危險，可是不買的話，他一天那麼長，什麼花樣都玩光了。現在那娃娃車不大有用，他會爬起來很危險，他實在不是安分的小孩。現在小錢就能滿足他的需要，將來若他真要讀哈佛，咱們頭髮都花白了還要工作賺錢付他學費，那就累了。趁年輕能多存點錢還是好的，何況近來美金也不斷貶值，能早點賺足錢，買個房子也好安心。

有時我會對劭騏感到抱歉，大家都這麼說，媽也提醒我他已快十個月了，光吃奶不夠，得加點稀飯紅蘿蔔蔬菜，但我實在不知該怎麼煮，他只吃一點點，且不是每次都肯吃，我也懶得做，好久想到了才做一次。倒是維他命不少，在奶裡加綜合維他命，胃腸藥，每天還吃滴補（滴劑），還有維他命C，剝一小片放他嘴裡，他喜歡吃（書上寫的）。現在天氣涼了，劭騏多天很會尿，不斷尿，換尿布。昨晚和我睡成直角，頭頂著我的腰，他睡覺常翻滾，我迷糊中弄不清是抓到他那一部分，有一次用力抓才發覺是他的臉。他剛睡醒最可愛，神志未清時眼睛眨呀眨的像卡通裡的小精靈，等清醒過來就嫣然一笑，他不愛哭和不認生使得人人都喜歡，這點大概像你吧。那照片有一張大頭的，我媽說好像你，我感覺他部分像我部分像你，並不全然像某一個人。

台北最近蔬菜好貴，紅蘿蔔18元1斤、白蘿蔔16元，其他一樣都很貴，雞蛋20元，妹說是賠本賣，今年畜牧業不景氣，雞豬生產過剩，連我妹他們公司都受影響。接到你信，我就可安心好幾天。劭騏和我都很好，妹和王（妹夫）很照顧我們，我常吃他們飯。愛你。

婉淑10/9/79　15:50

婉淑：

今天是雙十節，對我們而言，仍是無二樣，照常上學，妳在家看劭騏看了一天，有沒有一起想爸爸？爸爸一直想念你們倆。我每想到寶寶心裡就難過，總覺得他需要我，而我卻丟下他。當然妳是我最心愛的，我現在的感覺常有害怕妳不愛我的心理，因為我太愛太想念妳了。

今天收到兩封，9/28及10/3（32及33封），並未如妳所述被退回，以往也是漲郵費有十天寬限。海運包裹已收到兩包，毛衣、毯子、外套、彩鍋都收到了，就是那包書尚未到。這很正常，有人同時寄八包，分三次到達系裡。天氣漸涼了，今天在室外都比室內冷。報上說紐約及維吉尼亞東北部已第一次下雪了。休士頓似乎不下雪，大約五年才來一次薄薄的，但寒冷的氣流也是刺骨的。

我昨晚找了遍就是找不到GRE成績單，大概還在家裡的抽屜或是書架上，你幫我找找看，有無結果都來信告訴我，我可以寫信去ETS或是在學校的成績單辦公室申請一份。當然自己有就不必去麻煩別人。台大的電腦班有沒有及格也告訴我，不重要，但讓我知道總是好做準備。電腦系的TA很少，況且我的background（經歷）也不夠擔任TA，以後畢業前寫論文，與教授做論文的研究或許有R.A.，我的想法是，目前讀了雖多花些錢，但將來也不愁出路，況且也是短暫的二、三年而已。全職學生僅修九學分即足夠，其他時間多得很，不唸書溫書即可打工賺錢，這兒工作機會多，工錢好壞的問題而已。另一方面是我對物理失去興趣及信心（成績及出路），所以我視改系為一種投資，作為一個Stepping Stone（跳板）。婉淑，妳的看法如何？我還未聽過妳的意見。

今天已第三天沒瓦斯了，（熱水卻是停一週了），洗冷水澡無所謂，午晚餐都吃生力麵，電鍋發揮最大功用。我發覺蔬菜也可一起燉，經濟迅速。滷菜都吃膩了，（大概快一個月，吃不完，放心，中間曾再滷過一次，否則敗壞）。上次四季豆腐敗掉，這次又浪費不少個dimes（十分錢），爛了不少根，大黃瓜也易爛。一個老黑今晚來發電話號碼單，要大家一起明天打去瓦斯那兒抗議。

老美講課都是東跳西跳，這兒一點那兒一點，不像在台灣習慣的教學法講得清清楚楚。導公式他們都是用抄的，不懂要自己設法。對剛來的外國學生實在是一件吃力的事。

我星期六（10/7）打去領事館問辦依親證明的手續，答覆是僅要我護照即

可，照片在台灣辦手續時，妳及劻騏再加上去卽行。我會在十月底或十一月初寄回去給妳，如此妳就可先到師大本部的畢輔會去辦公費償還，約一個月可完成，然後就等出國手續。我算算，大約妳三月初可順利辦完出境、護照及簽證。我會在二月底三月初之前先租好一間一個房間的公寓，（自己住還是較舒服），然後就等著到機場去接妳以及劻騏了。很盼望你們來，好想念妳及頑皮的兒子。

凱10/10/79　21:50

10/12/79（五）　#44

婉淑：

　　今天是週末，我呆在家先寫完信後，就看書，雖下週沒考試，但古力智題也是要做，物數可能下下週就要考期中考。你的信昨天又到三封，10/2、10/4、10/6，應該是33、35、36，你少算了一封，卽號碼應該再加一。另外一個包裹今天也收到了，那是電鍋盒裝的，很碎，結果老美的郵局又加了一個硬紙盒外包裝。太重了未帶回來，明天Eric帶我去採買時，順道去辦公室載回來。

　　昨天很涼，今天卻悶熱，很難穿衣服。今天下午CSA有兩場免費電影，片名是《強度關山》，還不錯，雖然華語片多少有點不合情理，尤其是戰爭片帶了感情在內，子彈也留了些情，好像日本兵都聽導演的。片子是領事館那兒免費租來的，偶而都有這種免費電影看。平常學校演的，電影是$1，有些好片如Midnight Express都演過了，去年他們老生來看「Deep Throat」大叫過癮，連女生都來看，據說那是最xxx的片子了。後天星期日，上次樂隊召集人（一個TX A&M U.機械畢業的越南華僑，在台灣唸成大過）要再請我們吃飯，他說反正可以報開銷。這次不再去Lucky Inn了，看到那亞洲百貨就火大，真想投石頭砸他們的玻璃。（Lucky Inn叫「好運酒家」不是旅館，不是酒家，就是中國餐館，像飲茶的）。

　　昨晚，高把電話線拉動，電話不響以爲壞了，搞了一個小時，換插頭插座試都無效，今早打去要叫人來修，還未說，電話公司就說帳單超過押金（$258.11>$200），白天無人接，就被斷線了，所以今午約Eric跑一趟downtown，（上次梁付過押金）付了梁先墊出的押金$74及電話費$258.11。梁打最多無話說，每次都是20分鐘，甚至中秋不是週日也一樣，他大概得花$150。

今午付了，傍晚上完英文TA的研討會，改報告（我現在不改作業了，改幫物數教授監考，大約二、三週一次，1時半）看了電影回來七點鐘就通了（電話），老美最怕電話費，那deposit預付款是credit也是security，最怕人酸走了之。

劭騏會尿床，該訓練像爸爸小時候，不給媽媽添麻煩，一覺到天亮才去噓噓，現在他還小，沒辦法。每次看你信說些關於劭騏事，我都很關心，也很高興有如此一個好兒子，多謝媽媽給我生個好寶寶，也辛苦妳的照顧了。給人看照片，都說妳好漂亮喔，兒子也好古錐啊！（可惜瘦了些），還有一句委屈妳的話，就是：「郭蓋，妳太太好斯文唷！言下之意，妳嫁了一個粗魯郎了。人家看我就是那麼恐怖啦！幸好還有婉淑來愛我（否則不會讓我追的），不然如何渡過此生？！

我相信我們以後仍會像以往一樣甜蜜，祇要我們相愛到底，不會如別人說老夫老妻了就不理采，我們仍然是像剛認識一樣（但不是妳拒絕我邀請那時候），剛新婚一般地如膠似漆地，永遠相愛著，我保證。劭騏以後來此，我想買個大點的小床給他睡，大約$100左右，我們睡的大床（若住unfurnished，不附傢俱的，就得買）約200多元。床單是該買，這兒較貴，等要來時，我會再告訴妳，枕套也不要忘記買（像我們結婚那天用的那種成套的最適用，這兒兩個枕套，在台灣可以買加上床單）。星期天我會打電話給妳，這次講短一些，可以省點錢。沒有特別事情，就到兩週後（10月28日）再打給妳。好想妳及劭騏。尤其是weekend週末。

凱10/12/79　21:15

10/14/79（日）#45

婉淑：

剛通完電話，心裡感到無限欣慰，婉淑，妳真是勇敢的女人，獨立處理一堆事物，又要應付那麼多壞人。以後不必對他們客氣，房屋權狀也不時地去查證，（我不清楚到那兒去查）。給他們優待不必付增值稅，還在搞鬼，下次記得20萬不是台銀本票，絕對不收。我們善良，防人之心做得不夠。妳克服那麼多困難我真敬佩，很想把妳抱起來，給妳千萬個吻。剛才曹就在旁邊吃早餐（電話靠廚房），我也不管那麼多，反正我愛太太，我就要說非常愛她。他也不覺怎樣，他

正要等打給他未婚妻賀生日，可惜不在家。明年夏，他要回來娶某，然後太太做事可能在Medical Center醫療中心那兒，約5分鐘到校，以後說不定我也會去租那兒的房子，那兒治安較好，又近Rice University，古色古香的校園。

劭騏生病令我不安，今晚他不太作聲，大概與此有關，你照顧妥當，應該立刻會痊癒。謝謝二樓許太太，也謝謝周幫咱們的忙。玩具這兒是很多的，我上次也說過，離此不遠，就在Target隔壁有一家叫Funny City Toys，大約一個禮堂大，小孩進去都出不來，因為太多玩具，非得要買一些給他過癮，才肯罷休。這兒小三輪車，小汽車當然有，我未曾注意價錢，我知道那些飛機，戰車，拼裝火車（有軌）等等，都比台灣便宜，像台北文具店賣的一部法國製的坦克大概也要500元～1,000元，這兒才3元、5元，Eric到人家Garage Sale車庫拍賣，買兩部幾乎全新才$1.5。娃娃推車就不如台灣講究、便宜，大部分都是我們看到最便宜那種。玩具不用愁，劭騏來此，要什麼玩具，爸爸會帶他去挑。妳疼愛他，我就感到非常高興，畢竟他是我們的愛情結晶，咱們的骨肉。下次電話我會在兩週後的星期日（10月28）同樣晚上8:30（台北）打。星期五電話不通，害你跑一趟，真對不起。老美就是怕人逃電話費，說付了錢要八個工作小時才能通，我看好像一下子就通了。

這週末都沒瓦斯，昨天一大群人到公寓的辦公室前去抗議，老闆閉門不出來，電視記者都請來了，結果如何不得而知。瓦斯管壞了，不知要拖到何時，每天都靠電鍋，生力麵消耗量直線上升，吃得怕了。偶爾到宿舍去吃，貴死人，午餐$2.65，晚$2.86。要是包伙一學期才約$360，平均一餐約$1.30。我在考慮要去包伙了。這樣吃電鍋太辛苦了。包伙又可多出一些時間來讀書，又不shopping買菜。昨天等Eric載我去shopping（僅買水果、牛奶，不打算再吃爛菜，況且有庫存罐頭）他又修車，又要做菜，等到兩點半，圖書館5點45就關門了（星期日到23:45），終究是人家來幫忙，也不好意思說他，而且每週都得麻煩人。所以我想還是能儘快買到理想的車越好。主要是要有人懂引擎帶去看。Eric也同意這週五帶我去看車，可能不去看dealer汽車經銷商的，私人的較好。愈早買，愈快能認識這兒環境，對於以後要做事賺些外快也較方便。73年以前的車約一千元以下，便宜但開不久，要常花錢修補。我準備買新一點可以開久一點，至少也要開個六七年的。大約是75、76年的車，$1,800～$2,500左右。新一點的車以後要脫手也易。

台大的成績不太重要，GRE找不到也告訴我，我好在這兒另申請一份。婉淑，我真不知沒有妳該怎麼辦，因為妳是我最愛的人，我怎麼會如此幸運有妳為伴，真是郭蓋此生一大福氣，（幸福加口福加艷福加……，因為與妳相好很愉快），我只愛妳一人，不願意愛別人或給別人愛。我把妳老公保護得很好，還沒有給別人碰一下。二個多月也過了，日子快了，到機場接妳的日子也近了。好想妳及劭騏。

凱10/14/79　8:48

P.S. 剛看到報紙廣告，小三輪車減價有$20及$25的，電動小機車$60。

10/15/79（一）　#46

婉淑：

　　今天是星期一，收到妳10/8二封，一封是有6張劭騏的照片的，看了我好激動，雖然妳說我對他不如妳那麼用心，我還是很愛他。我不願意失去你們，不論如何，你們總是在我心坎裡。兒子終歸是自己的骨肉，我不愛他如何能忍心?!男人都是要挨太太罵的，尤其是有了小孩之後，總是認為先生不愛自己的孩子，我捨不得把自己兒子留在台灣，終年見不到他。婉淑，妳放心，我會為咱們這個家、為妳、為劭騏著想的。我來此讀書並非只為滿足個人，眼光放遠一些，難道每個留學生都是自私不顧家的嗎？我又何嘗不想把書唸好，不是自己不用功，要適應一段時期，又要讀一些抽象不實際的東西，難怪美國的物理系乏人問津。我不相信讓我讀些實用的東西，且再給我更長久的適應，會不順利的道理！我需要的是妳的鼓勵，不是責罵，當然我不該在信上說這些，好像我們夫妻在吵架。國慶晚會也不過是去幫一下忙，扯不上什麼舞台生活的，以後不理就是。（昨天才火大，說好要請晚飯，時間不說好，來接我提前兩小時來，我在圖書館看書，當然找不到我，還叫我自己去，難道走路走十哩路去？心想不去也罷，多看點書）。我做事做得不夠完美，妳嚴肅點或許有用，我們家就是要靠咱們倆一起來努力。我不知我在台灣能做什麼，除了教書之外，改行嘛，到哪去？不下功夫學點什麼的，人家也不要用我，重讀大學夜間部嘛，不見得輕鬆到哪去，白天上班，晚上去唸書，整天不見人，可能妳更要天天與我吵架，不要劭騏啦，錢賺得

少不夠用啦。嫁給一個窮教員，就是如此可憐，現在想翻身都得不到老婆的諒解，怎不叫人痛心！我就不信我們會落到乞憐地步！在妳心目中，好像我都未曾嚴謹看事情，結婚、出國、讀書、就業這些難道都是兒戲？我從未後悔過，我也要一直努力使自己不後悔。婉淑，我不是在生氣，我祇是想讓妳多瞭解我，我們夫婦之間多增進瞭解，才能過得更愉快些，不是麼？有妳能瞭解我，就夠了，我就可順利做決定做的事。我瞭解妳的脾氣，所以我很放心，不管妳生了氣發什麼牢騷，我都不以為怪，我仍覺得你是很愛我的。

今天系裡發下通知Master Degree的Qualifying Exam（碩士學位的資格考試）即起取消（其實只有物理化學系才有的）。Ph.D.的Comprehensive Exam（博士候選人的綜合考試）仍舊在春季開學前一週舉行，所以去年來的老生如願意攻Ph.D.的，明春一月初就得考，我們如願攻Ph.D.後年春就得考。今天下午提早上明天的Problem（古力解題課），本來要做四題，我第一個上台在黑板上解得不亦樂乎，幾乎無懈可擊，不需要defence（辯解）教授的attack（提問反擊）。縱使他問，因準備充分，一一答出，這下子這學分給我A是應該的吧！我現在課很正常，每晚週末除了寫信，就是看書，（偶爾看看照片）。我知道我的責任，我是一家之主，將來的成就都取決於目前的努力。剛才10分鐘前寫到一半，才接到CSA辦的晚會（大後天）又來邀去伴奏，我一口回絕了，當然我回絕得很客氣，沒練習根本無法上去，這二、三天我的課正好排滿滿的給我作為藉口。

最後一包裹是用電鍋盒包裝，很碎都摔爛了，還是郵局的牢，我想到還有一個郵箱在家裡，或許可以寄我的衣服，如衛生衣一打或半打，及一些妳及劭騏明年夏天才會穿到的衣服都可寄來，可寄海運或陸空聯運都比空運便宜得多。空運一週，陸空一個月，海運二月。牛仔褲長40吋恰好不必剪，亦夠長，抽屜那刻度很準。

劭騏長大了，我很高興，看他站立的樣子，我就想到，明春他要來的樣子，他蹦跑過來給我擁抱的神情，我希望他對我這個老爸仍認得，不會認為生人而大哭大叫。當然我也要禁不住擁抱妳。唉！日子怎不快過去呢！真盼望妳及劭騏來。明年春我會先去Childcare Center（托兒所）登記，我會先打聽Waiting List（候補名單）有多長，衡量時間提前去登記。好愛你倆。

凱10/15/79　22:30

賣新房拿到部分款

凱：

　　由於忙加上心情不好，一直提不起勁來寫信，算算也有一星期了。你要的GRE成績單抽屜和書架上都沒有，記得上次你帶走了。看看你那兩只皮箱的蓋子裡小口袋有沒有？我會抽空再仔細找找看。台大我也會找時間再去催。週二月考完忙著改考卷，接著是為代書的事，放假日多，我也比較沒時間寫信，整天陪寶寶玩。代書本來告訴我十月初，結果又叫我十月十二日電問，我十一日下午四點半打去，她說「還沒下來，下來會通知妳的，別急。」我說「為什麼？妳不是告訴我12日會下來嗎？」她說「對呀！和妳一起送去的都下來了，只有你那持分的土地寫錯了，得送去更改。」我說「我怎麼那麼倒霉，到底何時可辦好？可否告訴我一個確定的日期？」她說「誰教妳運氣特別好，大約十日可能更久，我無法告訴妳確定的日期，否則到時妳又要說，妳說會下來的怎麼沒下來。」聽完電話，我真是失望極了，從九月底就一直盼著，不斷地去催她，告訴他18日以前我要匯款，幾近懇求，不斷拜託，她說快了，12日會下來，我高興的直謝她，她該了解我焦急的心情，居然如此狠心，不斷騙我，你就沒聽她電話中那語氣，像法官在判我無知小學生的刑。我回家不斷陷入沉思，不可能一件事從八月十三日辦到十月十一日還沒辦好，我無法確定他們沈與代書是否勾結，我曾通知沈十二日權狀會下來，他哦一聲立刻掛斷電話令我懷疑，我在考慮要如何對付他們。

　　那兩天劭騏跟著我受苦，他吃奶或醒來玩都看到我一張仇恨的臉，兩眼恨恨盯著他，我在想著心事把他忽略了。他本來對我微笑，一看到我，笑容都失了，我努力注意他，一會兒又想心事去了。週五（十二日）草草上完課，問同事地政事務所如何走，周不放心，硬要陪我去，事先我還電沈先生向他借錢，他說據他所知小額沒期限，他可和太太商量就借我十萬

好了。等我查出十月二日土地權狀已領走，並未有誤，再電代書，她說「妳沒號碼查不到的」，我說「十月二日已領」，她說「妳等等，好像昨天下來了，我叫小妹查。啊！下來了，昨天晚領回，你是昨早上打來的，所以我說還沒下來。」於是再電沈先生，他太太接說「我知道了。」我們約好明日交錢，代書說她記錯了「是別人有誤，不是妳的。」我真痛心他們如此欺騙我，還一再怪我是我權狀的錯，我就在公共電話打給爸爸，眼淚直流半天說不出一句話，覺得自己好孤獨，人人都在欺騙我，我不去地政事務所，還不知何時才能拿到錢。

　　昨天將支票拿到南門分行換，一部分現金供小額用，其他換本票，再拿回華南來存，已辦妥，辦公室老師要我找人陪以免被搶，我自己騎車來回沒事。劭騏兩天發燒已好，昨忘了拿藥再騎車回去拿，在路上碰到黃婆婆和黃太太，劭騏被送到鄰居公太太家，不習慣嚎啕大哭，又被送到江太太家才不哭，週一我直上到第八節心裡好急，下課天已黑，抱著劭騏，在黑暗中他嗚嗚叫有點怕，我真想哭。回家就好了，他玩小汽車好愉快。最近早上抱去黃家他都哭，晚上看到我來他都被放在學步車，拼命朝我奔過來，只有跟我他才開心的笑，他知道誰最愛他。週日接你電話，好高興，重又感覺我們是一家人。好久我都忘了有個家。好愛你。

婉淑10/16/79　13:10

10/18/79（四）　#41

凱：

　　週二王（妹夫）出差之前替我去匯款，將收據拿給妹妹後走了，要到週六才回來。現寄上收據以防收不到款時可做憑證。由於黃太太先生的大姐子宮長瘤，他們全家忙成一團。昨（週三）早七點黃太太跑來說她大姑九點開刀無法帶劭騏，要我抱至江太太家，中午下課再抱回來。我第一堂沒課，心想晚點抱去，陪他玩，忽見他手臂、腿、背部不知被什麼蟲咬，細細一粒粒形成一團團，好多處都有，紅紅一片片的，看得我真心疼，臥室太久沒打掃了，加上床靠牆易滋生蚊蟲，有一次下大雨滲水進來，我沒力氣再搬床只有由它去乾了。看劭騏被蟲咬，我立刻搬開床、噴藥水、換床單，下午陪劭騏玩，心想著你，卻無法寫信。寶寶現在喜歡在地上爬，地不乾淨又被咬幾個包，今早看手仍被咬，看來下午我得再好好打掃一遍。

說到轉系的問題，因我不了解實際情況，你自己慎重考慮再決定。我的想法是像Eric這樣不是比較穩定？將來出入好，目前又有獎學金。黃先生說電腦太多人唸，誰都可唸，出路已不如以往好，等你兩三年畢業後，就業市場是否更激烈呢。況且沒獎學金生活勢必困難，很少聽說有人敢沒獎學金又攜家帶眷的。雖說你可打工，但就算每天工作6小時一週七天一個月不過四，五百元，還要唸書。精神上的壓力是很大的，扣掉房租和吃飯，若劭騏來個感冒怎麼辦？這兩天我一直煩惱你沒獎學金的話，我和劭騏最好還是留在台灣，至少經濟上沒有後顧之憂。可是想到以前我們在一起多愉快，早晨見你一雙眼睛清澈明亮，高高興興起床，晚上依偎在你寬闊的胸膛裡有述說不完的話，想到你那充滿感情的雙唇和一雙有力的大手，眼淚就要落下來。分離使我難過，對劭騏也不公平，雖然我不停的抱著他，而他嘴裡叫的卻是「爸爸」。昨下午他就不知叫了多少，一面爬桌子一面叫，他喜歡男人抱，到江太太家，兩手一伸要江先生，到我家他找我爸。我爸在沙發上聽電話他要搶，躺在我爸的臂彎裡看他好高興的樣子。我獨自陪他玩時常想，若我們一家玩在一起該多愉快。他實在很可愛活潑，長得也漂亮，不知你看到照片沒。凱，我想天無絕人之路，日子總歸能過的。我們分開兩邊，精神上很痛苦，經濟上也未必節省。我是一直很矛盾，既想念你，又不想劭騏和你受苦，你天天忙打工我也捨不得。總之，我人不在你那兒，不了解實際情形，還是你自己做決定，我可以吃得起苦，只要我們賺的錢夠維持起碼生活（不要動用儲蓄），劭騏不會受苦，我是很盼望能和你生活在一起。想起往日常令我落淚。

　　這兩天颱風要來沒來成，連著下了幾天雨，天氣也變冷了，想著若我們一家團聚在一起該多溫暖，真希望那日子能快點來。不知你這陣子書唸得如何？劭騏和我都很好，就是很想念你。希望你健康愉快，我們都需要你。好愛你。

婉淑10/18　12:30

10/18/79（四）#42

凱：

　　這週由於忙，寫信總是時斷時續，感覺已有好久未寫信了。今早在學校寫一封，附寄上匯款收據，中午下課拿到郵局貼12元郵票寄了。上次照片不知你收

到沒，我很怕超重你會被罰錢。下午仍是細雨綿綿，好冷我就不大想再去台大跑一趟問電腦的事，明後天天氣好點再去。下午回家先洗衣服尿布奶瓶，沒課的下午，大部分時間都是這麼過的，光這些事總要做個三、四鐘頭，然後搬開床總整理，床底下真是髒的嚇死人，上次搬動，大致清過，沒想到還那麼髒，有不少蟑螂蛋在那裡面，掃完再噴上殺蟲液，但願能發揮作用。

掃完地晾好衣服已是四點鐘，騎著單車到保平路那兒的福利站買衛生衣，似乎還沒出來，BVD大號內褲僅剩八條通通買，問小姐明天有沒有，她說「反正妳要的都買了，以後可能不進貨了。」再到鎮公所那兒的福利站，從很久以前就沒BVD了，只好買了六件劭騏的短袖汗衫「宜而爽」牌，然後到中信，看看BVD價格，衛生衣厚的每件120元，薄的較便宜，像夏天汗衫的料不過長袖。我買厚的一件及BVD內褲一條回來看看。心想薄衛生衣不過比汗衫多點袖子，那不穿汗衫就可了嗎？新出的BVD包裝改了，內褲鬆緊帶的地方也不一樣。今天已晚，明天下午我再到水晶看看，若真的福利站不進BVD，我只好到中信買衛生衣，先用郵寄給你好不好？至於汗衫內褲等我走時再帶去給你。

今天一整天都好想念你，想到你愛著我們就好愉快。有你劭騏和我才有幸福。替你買東西也使我快樂，最近我都是買劭騏的衣服，天涼了，他沒有長袖的衣服，我考慮也替他多買一些汗衫衛生衣，男生反正不管大小都是穿這些，要是女孩子衣服就不好買了，花樣太多，價錢也高。今天昨天都沒有信來，沒關係只要你平安就好，我知道你月中要考試，大概忙著唸書吧。倒是我由於放假日多黃太太家有事，抱劭騏的時間多，寫信的時間就少了。不寫信時心裡總是不斷念著你。我愛你的一切，再苦都願意和你在一起。傍晚抱劭騏回來，黃太太說他有些咳嗽，我恐怕他又扁桃腺發炎，帶去給福泰看，近一點可省40多元的計程車費。我一個人帶小孩最怕他生病，上次樓下許太太用摩托車載我們去中興醫院附近（在永和路）看病，她先走了，我一個人帶著劭騏掛號，看到別人都是父母一起抱來，即使工人模樣也都知道為小孩生病而著急，我看得眼淚差點掉下來。什麼事我都能忍受，只有劭騏生病和你不愛我會令我傷心。週日（10/14）我原不想回家，但我深信你一定會打電話來，即使電話壞，你也會想辦法，說八點半就是八點半，連我爸媽都很佩服我們這麼有默契。凱，我也很為你守信用而驕傲。好愛你。

婉淑10/18/79　23:50

凱：

　　週五收到你10/12、10/14（44、45）兩封信。我因為急著要去水晶，所以沒立刻回信，通常下午回來，洗奶瓶尿布衣服，有時還有床單浴巾或我外出的衣服，就花去一下午，常常到四點五點才辦完這些瑣事，而我又經常有事待辦得往外跑，所以每天總是過得很緊湊，也無法早些去抱娃娃，假日週日，最令我高興了，可以陪劭騏一整天，不過如此一來就沒有時間寫信給你了。我心裡一直惦著你，劭騏更是像唱歌一樣抑揚頓挫叫爸爸，每句的音調都不同，有時沒出聲，自己小聲的叫爸爸，還吐出不少口水，我笑他，他也笑了，還吐出更多來。這週和下週都會有假日，真好，陪兒子玩雖累但很安心。下次我會照幾張寶寶和小汽車的照片給你看，不知上回寄的你收到沒，若還沒可能是超重被扣住了。劭騏才快滿10個月，但鬼靈精的，很皮。他常開衣櫥門，（我抱著）將掛長褲的木條拿下，拿在手裡揮來揮去好得意，我妹看了都怕，掉了一條他會再拿一條。看電視總要跑到電視前，有次頭碰到玻璃桌，眼睛差點瞎掉，眼角的傷口這幾天才好，今天又掛彩了。他要開客廳門，又不知閃開，門的角剛好打到臉上，從眼角下來一道疤痕，他的皮膚實在太嫩，真像那刀疤老七之流，難看死了。洗澡要接水，

他就躲在浴缸裡，用澡盆蓋著自己，玩得好愉快。你一定會說我為什麼不抓著他，他只要一扭，身子就像泥鰍般滑到地上，有時我氣不過只好恐嚇他「你小心點，下次叫爸爸收拾你。」

　　妹妹和妹夫不是回板橋就是吃喜酒，晚上經常是我和劭騏看家，昨晚又是我們兩人，他到九點還不睡，居然乖乖的，小臉靠在沙發扶手看電視，週末又有很多歌唱節目他喜歡看。他一乖我就心疼了，覺得他很可憐，我常怕自己生病或有意外，劭騏目前只有我一個親人。沈先生打電話到家裡要和我聯絡已好幾天了。我一直懶得打過去。昨天放

學時連打三通還沒結果，懶得再丟錢就回家了。他們倆夫婦像機關槍對著我直轟，真受不了。他們想再給我十萬就搬進去。沈先生還說上回我要借錢，他一口答應幫我忙，為什麼現在他有求於我，我就不能幫。先是沈太太和我說，搞不過又找沈先生來，以為我沒先生就好欺負。沈先生來勢洶洶，三分鐘到我就掛斷不談了。被他們搞得情緒好壞，買的一包柳丁都忘了帶回家。跑過幾家福利站都說不賣BVD的東西了。下週和你通電話，我再徵求你意見，好的話下週一我會用包裹郵寄衛生衣（到中信買120元一件厚的）給你，若需要別的東西，只要不重可順便寄。我建議你去包伙算了，既省時又省事，我老早就不買菜了。買了兩三次全都爛掉，你走時買的香腸仍在，洋蔥還半個。凱，想你想的心都碎了。

婉淑10/21/79　11:30

10/17/79（三）　#47

婉淑：

　　今天是星期三，下午一節物數Problem Session（解題課）我上去解了一題。我課前算了二、三次，不會錯，所以教授問什麼都答得出來。我的室友是化工的，剛從學校出來不久，有的已在台灣修過碩士，所以請教他們一點提示，很有用，至少數學這一門是理工科必備的，尤其複變Complex Variables是工程數學中很重要一部分。今早聽到我室友高打電話回家告訴太太說受不了這兒的壓力，寒假可能要回家去，或許不回來唸了，看他樣子很當真，很可能真會如此。他還叫我一起回去，我說我決定做的事，中途不能改變，否則留美未成的歸國不知是啥身分，無一技之長，叫人丟臉教高中嗎？太沒面子了，況且我還可忍受這一切逆來順受，我相信我可以完成心中計劃的事。春季班，E.E.可能不招轉系生（每年慣例），秋季才有要外系轉入的，主要是看GRE及托福成績，我成績都不錯，明秋再打算，這個寒假也不妨一試。電腦也要試，至少這系較沒問題，有必要，電腦唸一學期再轉E.E.也很有幫助，否則電腦畢業出路和E.E.一樣好，至少在休士頓的電腦程式員需要量很大，一打開報紙，化工、電腦人才很缺。在加州是E.E.人才比電腦缺。今天與一位系學長（他來美五年，休士頓三年）聊天，他買了房子在西南區，六萬多，頭期款一萬元，每月付$600。他也沒PR（綠卡）但保值，買了房子才是聰明，房子40坪（實在）園很大，是新房子。算高級

住宅，一般看地點大小新舊，由三萬至十萬不等。老美是5%頭款，其他95%貸款，分30年付清。聽他說，真想自己也買一棟來保值，至少一個月的二、三百元房租添一些，就有自己的房子，為何不為？婉淑，妳認為如何？在這兒買房子是比台灣方便多了，只要每個月有定時的收入，是夠應付$400到$600的分期。

　　前天寫的信，愈想語氣愈重，妳看了說不定又生氣，又來一封或是不理我了，會不會？我向妳道歉，好不好？我還是很愛妳的，絲毫不變心。或許我們分開一陣子，不似以前服兵役，偶而見面還可溝通，現在完全以信件電話，真的是有點隔閡了，希望明春來之後，我們仍舊像剛認識，剛新婚一樣甜蜜，我深信這是我們所盼望也能夠做到的。看到玩具在大減價，都很想劼騏快來，買給他玩。我小時候家裡窮，沒玩過什麼玩具，我不怪家人。但我想劼騏有玩具作伴，會感到更滿足。

　　這兒人跑步風氣很盛，路上常見，尤其到下午。我對面有個高雄人，他也是唸E.E.，偶而星期日下午，我就與他一起跑校園外圍（大約3公里）跑第二次輕鬆多了，腳也不痠，上一次還痠了三天。以後有機會，多多利用這免費的健身術，否則肚子又要被妳說凸出來了。

　　婉淑，咱們兩地相隔，更需彼此的了解，愛情，我希望我此行是成功之行。我需要妳及劼騏，我盼望著妳帶著他來的日子。

　　I love you both very, very much.

　　Je t'aime !

凱10/17/79　22:00

P.S. 若可能將牛仔褲與其他東西衣服（輕的），用郵包寄來。由妳決定，並不急。若要寄，就馬上用陸空聯運寄來，否則太晚寄來，若轉系搬家就麻煩。陸空聯運僅需一個月。到年底十二月都在物理系是沒問題。下學期一月中旬開學。我的衣服用寄來的。妳的行李明年可多帶自己及劼騏的衣服。這是我的想法。看兒子長大了，心裡高興，是媽媽的大功勞。Thank you, darling.
我的牛仔褲，我補了一塊，仍可穿一陣。

婉淑：

　　昨天接到妳的信，心裡一直好愉快，本來很想立刻寫信給妳，但因今天要交英文作文（題目：Career Opportunity），所以拖到今天晚上才寫。我感覺還是最愛妳，雖然妳罵了我，但我知道那是妳一時的氣話。妳隔兩天就來信了，我看了都很高興，很感動，婉淑，沒有妳，我是活不下去的。劭騏需要妳，我更需要你們母子倆。

　　昨天晚上學校有個一小時的Asian Night，由中國同學會主辦，還有印、越、巴、伊朗演出各國民俗。我們是服裝，介紹唐、清及古箏。我遇到一位來十年的老中，請教他建立Credit（信用）的方法。目前不可能有一份職業，那只有向銀行貸款，按能力還清來建立自己的信用，對以後要買房子的down payment（頭期款）很有幫助。

　　一般人都是向銀行借個幾百元，然後存入別家銀行，存利6%，放利目前12%，每年損失6%利息來建立自己的信用（可以扣稅）。目前一棟房子，假設五、六萬元，5%的down（頭款）約$3000，其餘95%分30年，每月約$600。若無Credit則一下子拿出20%，一萬多元，那很吃力。我在想若我們倆每個月加起來有一千元收入，即足應付每月分期，說600元好了，剩400元，又不付房租，吃用足夠。付房租有去無回，很划不來。這兒工作七、八百元不難找，所以我很想趕快買一棟來保值，這兒東西這個月好像又漲，至少學校飲料每罐由30¢漲到35¢。腦子內一直在想買房子，或許明年妳來沒多久咱們就可帶劭騏去參觀。我每天都在看報紙，這兒沒有才挖地基就賣的，都是蓋好才售出。雖然我們可以買公寓（才兩萬多），但太雜不喜歡。我還是喜歡Town house，每人有自己的車庫，院子。每一平方呎約$30～$90不等（一坪=36呎²）。我並非有意要妳做苦工，當然妳唸書我出去做事亦可，況且做事，也不會想像中那麼低下，祇有那些immigrants（移民）才是無正當職業到處打工，留學生通常都是畢業後有正當職業。

　　這兒已二週無瓦斯，三週無熱水了，每天都是電鍋蒸麵吃，速食麵、麵條、肉、菜都放入，吃得厭極了。所以我上週未買菜，這週把存菜吃了，剩些罐頭、乾料可存的，準備到宿舍去搭伙。學校吃定人，當週（訂伙那天）都要全包，所以最划算是週一上午去訂，只損失星期日上午中午二餐（每週日晚不供應），下

161

週開始是$187。一直吃到學期結束（12月中）感恩節那週停火。因停瓦斯很多人上週六去抗議要減下月房租一半，明天下午很多房客又要聚在一起，請經理來，到底下月房租要減多少。

星期日（10月28日），我會打電話給妳（晚8點30分）。很可能下月要改時間了，到時又是相差14小時。心裡好想妳，沒有妳我就不知如何活下去，我們還是最互相了解的。最愛妳及劭騏。

凱 10/19/79　22:20

P.S. 牛仔褲雖破，補了一塊，看不大出來（在大腿內側）。我仍照穿，有實驗課例外。我向Eric借了圖書館內的Study Carrol，讀書很有用。

10/21/79（日）　#49

婉淑：

今天是星期日，我呆在家看書，中午趁電鍋在煮麵時，寫信給妳，另外我也寫一封給爸媽及一封給羅，很久未寫信回家了，上次大概是九月底，然後是十月初打電話與媽媽通話到現在。

這兩週都是吃電鍋煮的麵，在學校吃機器的漢堡，吃宿舍太貴了，一餐要近3元。我明天開始去搭宿舍的伙，損失今天一天（兩餐），費用大概$187，每週日晚及感恩節那週不供應。到12月中，學期結束，有人平均一餐約$1.30，一週約$25。其實自己吃也是便宜一點點而已，反正我現在去吃，不到二個月還不怕吃膩，有很多人一開學就去包伙了。

星期五、六（前、昨）二天，Eric都陪我去看車。dealer（車商）車子較貴一、二成，所以聰明的人都去住宅區看私人車。他去年10月1日就買了，因為急著買才買dealer的車，目前引擎會「吃」機油，即每二、三天都得加添，新車是不必的，數週才加一次，三、五個月才換一次機油。我現在跟老美用英文在電話講話不計其數，是可以應付。通常我先挑車廣告，才打過去問車子顏色（形式、年份，不必問，都登出的）、哩數、引擎大小、車胎、凹痕、鏽，是否original owner原始主人、自排／手排、音響……等等，然後問價錢、地址，挑好幾家順路的，Eric再載我去，我看外表，他看引擎、transmission、車底、fluid等。

昨天到下午已跑了140哩，真不好意思，仍未有個結果，有一部他與我都很中意，祇是價錢太高些（$2950），而且那老美又臭又硬，看了真火大。我目前的意見是，既然我們明年要買房子，就不可能在市區，一定是離市區有一陣，上班上學都靠寶貝車子，所以不買好一些不出毛病的車子不可，否則發不動真會急死人。當然新車五、六、七千元買不起，74年以前的便宜但舊，所以75～77年較新些，很可能是買76年的，另外一點是最重要的，mileage哩數，越低越好（以後才開得久），那就等於幾乎是一部剛上路不久的新車。今天有兩個不同車子都是76年的，而且是沙烏地阿拉伯人要急著回家求售的，Eric仍未聯絡上無法去，就只有要他們開過來了。婉淑，妳放心，我不會亂花錢買車子，妳也知我的個性，非買好的不可，但又小氣，我會看了中意才買，我相信妳會喜歡我挑的樣式。我想買Auto Shift（自排）對於妳以後學車比較方便，（有個笑話說有人搶了老中的手排檔車不會開），明年妳一來，我就會教妳開，而且很可能有必要再買一部給妳上班及送劭騏。

　　Eric犧牲唸書時間又開遠路，以後買到車真不知如何謝他，這兒不像台灣方便買個禮什麼的，去大吃一頓不大實際，等買到再說好了，假如我在此想不出法子，就由妳代我去謝Jenny，買點什麼給他們小孩也可以。我們倆在此都每天互相勉勵愛自己的太太呢！看我們倆多麼「古意」！

　　美國的國定例假日很少，開學到現在才一天，在九月的第一個星期一Labor Day（勞動節）是國定假日。二月的第三個星期一是Presidents' Day（總統節），有放假。Memorial Day（陣亡將士紀念日）在五月的最後一個星期一，是國定假日。一般做事的滿一年有2週有薪假，滿五年三週，十年四週，大約是如此。

　　今天星期日未打電話給妳，心裡很想妳而不是不愛妳呢！祇是想省點錢給妳及劭騏花用，下週星期日我們會在電話中相見不是嗎？好愛好愛你母子倆。

凱10/21/79　13:26

P.S. 昨晚做個夢說世人男人太多了，女人都有二個丈夫，醒來心裡直呼我是個Lucky Guy，因我太太只愛我一人。婉淑，I love you and can't live without you.

凱：

　　昨天收到你10/15的信，你大概生氣了，不過我想你可能是生了點小氣，沒有生大氣吧？好險！我一生氣就胡寫一通，第二天本想不寄的，想想我生氣沒人知，自己生悶氣，何況丟掉還得重寫，我又急著寄照片給你。凱，對不起！你沒有生氣吧？還好你有信心，我是愛你的，永遠愛你。後來我一想起自己那麼壞，心裡都好難過，騎車回家一路上流眼淚，要是你真的不要我，我就痛苦了。

　　你要的衛生衣我會寄給你，現在福利站不賣BVD，我會在中信買，雖貴點反正一分錢一分貨，相信質料會好一點。我下午會到街上看看能否再買些你需要的東西一起寄去，最近天氣涼了，我會盡早寄去給你，只不知你還需要什麼。我原想等週日問過你之後再買，什麼時候寄，我想視情況再決定。昨天我打電話給沈太太，她說不急了，等權狀下來，一切照契約好了。我本想說她先給十五萬，我們可以現在交屋，另五萬我的權狀下來就付清。但她先說不急，我也就不提了。照契約來，我擔心一件事，過他們名後，他們占上風，若他們一直拖延不住，我也拿不到錢，拿他們沒辦法，現在不知該如何來維護我們的權益。沈先生夫婦是厲害人物，重利輕義，我隨時都得提防他們，他們倆人嘴巴會說話，說半天好像我不講情義，我不對，真可惡！你用不著打電話說他們，上次妹夫陪我去，代書他們三人群起圍攻，編了不少理由，說我誤會，我根本沒有說話的餘地。提起他們我情緒就很壞，不明內情的人，會以為是我多心，自己在作怪。若我生活中只是單純的劻騏和想想你，我是過得很愉快。而事實上我一人要負擔好多事，心頭一直都打著結，傷心孤獨時沒人知道，難免要大嘆嫁錯人。沒有煩惱時我仍然覺得自己是最幸福的人，先生長得好，有才氣，又肯上進，對妻兒也很照顧，兒子活潑又可愛，工作上輕鬆又愉快。我並非經常痛苦，但也不是永遠愉快就是，外在的壓力，使得心情起伏不定。劻騏現在和我睡大床，他常滾來滾去，跟我擠在一邊睡。我不知大點的小床有多大，他恐怕得睡單人床才行，小床四周有護欄他一翻身就會碰頭。關於三餐，我想你不妨去包伙，以後等我們去了，你想到外頭打牙祭恐怕都沒機會了，吃吃人家的口味，看看人家長得高大健壯道理何在，很希望劻騏將來也能長得高大。這幾天劻騏開始學站立，他會偶爾偷偷放一下手，趕快蹲下或扶東西，連我妹看了都覺得有趣。她感嘆說連小娃娃都知道要不斷學習，怎麼長大了反而懶得學了。看著孩子成長真有趣，最近他白天睡多了，晚上

到十點還不睡，昨晚又趴在沙發扶手看電視，一動也不動不知他是否看懂了。他好像有近視總是跑到電視機前看。早上醒來睜開眼躺著，直到我醒過來他才爬起來玩。我正夢見你騎著摩托車，我摟著你的脖子吻了又吻還留下不少眼淚呢。抱著劭騏我會很安心，想到你、看你的信、接你的電話，都會令我高興好幾天。凱，好想你，真希望能快點見到你。愛你。

婉淑10/23/79　13:20

10/24/79（三）#45

凱：

　　昨天中午回家看了你10/17的信後，安心多了。我可以相信你沒有生我氣。都是我惹的禍。我爸爸最好了，對不？太太生氣了胡亂罵人，先生還要道歉，真好。知道你是有所打算的，我也放心了。我早知你的個性，做事是有原則的，但一不在你身邊，靠信聯絡又無法完全說清，我不了解就心急，總怕你是盲人騎瞎馬，走一步才算一步，沒有計劃和目標。現在放心多了，雖然我目前還要苦一陣，但可預知這種苦不會長久，有個目標在總能有結果。

　　提起買房子，精神都來了。有房子當然最好，不必像吉普賽人到處流浪。不過我們沒有固定職業，能買嗎？賣了房子所得的錢也會花掉一部分，償還會錢、公費、飛機票、治裝，算算應該剩一萬塊沒問題吧？還有你工作未固定，將來若不住休士頓，房子好不好賣？不買房子的話，我們那一點儲蓄很快就會散盡，身邊有錢手頭就鬆。像以前我們為了房子不得不省，努力賺錢，日子不也這樣過來了嗎？若我能夠有個固定的工作就好，經濟才能預算控制。可能的話，當然我們最好是買房子，不必太大，負擔不至於過重，或許還可分租給老中學生，就不致太苦了。有房子舒服不說，心靈上有個歸屬感，不必擔心錢貶值或被偷，同時也能提高社會地位。在國內只說從事什麼行業，則一個月賺幾個錢，社會地位高低一清二楚。在國外別人只有從我們各方面的表現來推敲了。有錢人大家歡迎，大家敬重，做事也較無往而不利，這中外古今皆然。

　　說到回台灣，以前你在早幾封信裡曾提到高很用功，可以一坐不動讀好久的書，那時我想他若不是超人，遲早會感到難過受不了。所以你偶而去彈吉他，我實在不該表示意見的，適度的調劑才能保持身心的平衡，提高讀書，工作的效

率，你樂觀和常跑校園做運動，相信可使你心情愉快不至過分緊張。

　　上星期邱因為打學生，被校長提出在導師會報時責備，她一直很難過，覺得家庭的不幸導致她事業的不順利。她先生揍她鼻青臉腫，全校皆知，校長也知。別的老師犯錯從不指名指姓，但校長卻一再強調二年二班的邱老師，並要她去報告。我亦十分相信家庭失和會使一切都不順利。充滿了愛，團結的家庭，任何人都不敢欺負。辦公室的男老師對我就很客氣，且表示羨慕。我常在辦公室寫完信，才回家辦事。他們總會問我為什麼還不吃午飯，看我寫信他們總是笑我又在寫作業了。我曾告訴他們以前先生服役天天寫信來，大家知道我有個疼愛我的丈夫。他們自己也都有家，人人希望有美滿的家庭。幸福的家庭令人敬重，不幸的家庭只有使人同情卻幫不上忙。邱常說先生的不是，並說想離婚，男老師並不欣賞這些。凱，我一直很慶幸有你為伴，使我感到幸福愉快，我經常都是笑口常開（生氣都是獨自在家，所以才亂寫信，還好你不會火上加油。）今天週三，我又是在公保寫信，醫生說做過冷凍還要來八週，反正免費就看到好為止。心裡一直想你。愛你。

婉淑10/24/79　14:20

買車

婉淑：

　　今天接到上週二（16日）的信，眞的如妳所說，很久未寫，我了解妳必須做的事情，尤其最近假多，更不可能寫信，劭騏需要媽媽。我現在平均兩天寫一封，下週二要考物理數學，我或許會少寫一兩封。那可惡的代書及沈家眞是令我氣憤極了，眞想寫信或打電話去罵一頓。下次交屋時千萬小心，要注意房狀不要又被拖延，收本票不要支票，若他們要到房子那兒驗收，是否可請妳爸爸陪妳一起去一趟，家裡沒有男人就是易受氣。婉淑，我眞佩服妳的能力，看來看去，妳是能幹的（漂亮不必再誇了，否則妳都不注重外貌了）。那些錢我看是否該放大部分在定期存款內，存在華銀，另開一個三個月的定期存款，如10萬、15萬等等，一來不怕遭竊，二來利息稍高一點點。妳認爲呢？手續我猜很簡單，只要填申請單，錢不必提，只要在那兒轉就夠了。三個月若從十一到一月底也差不多妳該來了，明年元月妳要匯款給我，到時應該也交屋拿到20萬尾款了。昨晨去信用合作社申請貸款$500，今晨回電說「reject」（拒收），因爲我是新來的，要准除非要有Security。反正要再去Loan Office（貸款部門）一趟，聽人說Security就是抵押，如權狀、車子的title等等的，我沒有real estate（不動產），大概能壓的就是cash（現金）了，明天上午再去談談看。借錢壓錢，It sounds strange，有點奇怪，不過爲了要建立信用，不妨試試。在美國建立信用，對於有固定收入正當職業的人不是難事，所以我希望妳做事能夠對咱們將來的credit（信用）有幫助。我在想買房子的down payment（頭款）對很合資格的老美，住很久的外國人來說都是5%，不然都要10%～20%，若一時湊不出20%付建設公司，似乎可利用目前陸續建立的credit，將來貸一些來加入付down。反正我的老美學生告訴我，這credit對他們而言也是要慢慢「養」出來的。

　　我昨天開始搭宿舍的伙，還吃得習慣，反正吃膩了也到寒假了。裡面東西多得很，除有時有主菜如牛排、雞之外，其他隨人吃，但不可一次拿很多，必須吃完再拿，另外還有生菜沙拉、湯、冰淇淋、冷熱茶、咖啡、巧克力、Coke、Sprite（汽水）、麵包、米飯……很多，早餐是蛋（兩個）、牛肉餅，其他如前所述，吃了會擔心發胖，所以不能常吃。

星期日下午這兒另一個化學系老中陪我去看車，看了四部都不合意，mileage（哩程數）不高但保養太差。看車實在好累，又花精神、時間。昨天卻有一部自己開來（星期日約好）是巴基斯坦人要去沙烏地阿拉伯工作要賣車。Eric幫我看看，檢查、試車，結果很不錯，雙方喊價殺價，殺得昏天黑地，很好玩，世界各國人都是一樣，尤其中東人更是可愛。他登$2975，我出$2300，然後他$2750，我慢慢加到$2500，他降到$2600（先前還說不願低於$2750成交），當然殺這一段就耗掉約1小時，最後我要求通通OK（如洗亮、吸塵，東西要補全）給他$2550，他還說不修$2550，要換修$2600，要我打電話給他，我說我一定不打，要他自己決定打給我，我就猜準他願意了，因爲他今晚打來還問我「Well, what do you think?」可是自己早就拿去修車了。禮拜五下午我與Eric去辦過戶、公証（銀行都有）。那是一部PONTIAC廠出的1976 VENTURA型，鮮黃（如王那部喜美車）。前觀似跑車，後觀似普通車，不像林肯那豪華型，像上次差點吵架那部CHEVY的MONTE CARLO卽是豪華型，又大缸，後門是Hatch back（像旅行車那樣全開）算小8缸，260立方吋（4250c.c.在美算省油的中車了，如林肯那些450、500會嚇人的），裡面有8-track、AM、A/C（冷氣），若星期五沒問題成交，我會拍些照片寄給妳。那麼一部值得買的好車，我看了七、八部，自己也懂一些，底哩數才29,000哩，他說是wife's car（太太開的車在此很容易脫手），上次那CHEVY已是59,000哩一比起又貴，壽命又少兩三年。有了車我會很小心的開。寒假我可以利用它賺些錢，這一部車子，我猜妳以後看了也會很喜歡，不是想像中的凹爛車，在台說不定要40萬以上。PONTIAC都是中上級車，不似FORD有最高級及最差的車，紙短情長，好想妳及劭騏，他漸漸懂事，知道媽媽愛他，也令爸爸心疼。

凱10/23/79　21:50

P.S. GRE成績單無所謂，我可以到註冊組去或ETF要。

現在天氣很怪，白天短袖，早晚夾克。

今天參加托福的TSE測驗，不好考，有個人事項機智問答、完成句子、看圖說故事。對於台灣的口試能力，令人擔憂。

若要寄包裹來，順便寄一兩雙鞋墊來，卽墊在鞋內的，那雙最便宜的鞋釘子會刺。

婉淑：

　　今天是光復節，放假在家照顧劭騏較周到，況且黃家忙於照顧他們的家人。這兒就如我向妳說過的每週五天上學、上班，平日很少國定假日，阿英來信說，蘇12月去日本（大概東京工業大學）修應用光學。阿基中秋去阿英家吃柚、餅，大顆未去因家教，他目前已入厝。雖然我們賣掉了永和的房子，但我深信我們明年可以在此買一棟townhouse的，別人可以，爲何咱們不行？咱們的儲蓄，我不想動用，現在起要靠收入過活之外，還要儲蓄買房子，妳寄來（託王）的10/16小額匯款也已於今天一併收到（妳的收據，達拉斯銀行支票）又是扣$3.50老美也眞會做生意，收音機有很多廣告，不少是銀行的廣告，又是存款，又是貸款。昨天我再去Credit Union（信用合作社），那張貸款申請單上寫：「OK, if use savings as security」（如果用儲蓄做抵押）意即Balance（戶頭餘額）不得低於貸款50元以上，我就借了$500，今天又存入他們銀行（其實那不是銀行，因他們聲稱Non-Profit非營利），通常放利12%（建設公司有的9%左右），因爲我用儲蓄抵押，除利息照付我之外，放利優待1%（年息11%，每月11/12%），我借6個月，從12月1日起付（超過每月10日罰$4.31）利息共是$17.26，平均每月付$86.21，當然我不會到6個月才付完，2、3個月我即付清，利息大約可收回$10多，也建立Credit，下次他們會看我的Credit Record（信用紀錄），以後要借大錢，如房子的down頭款不夠，就很管用。目前銀行balance餘額共約$4,100，原上個月是$4,500，這個月付了包伙錢$187.51、電話$92.09、房租$78.75，也差不多去了$300，若加上今天存入$500，明天存小額$1496.50，月底領薪$500，則共有$6,600。

　　剛才那巴基斯坦人打電話來約好明天交錢交車，公證過戶改title，那車我買回來會好好愛惜。明天下午一點他來載我（我今找Eric一起去，好要他載我回來），去銀行公證、汽車買賣，都是買方付手續（公證費好像$7），稅（大概6%，不過我們商量好寫低價），等買回來大概下週（11月初）的星期日，我拍二、三張照片給妳看。

　　上個月的電話費$258.11，我$92.09、梁$130、曹近$30、、高$15。我唸給妳聽，妳可了解爲何我不每週給妳一通（雖然我很想妳，我何嘗不想時時刻刻在妳身邊）。這個月10/13～11/13我們會比較少打，大概三通，錢會減少一半以

169

上。

　　GRE成績單我已拿到兩份，是去學校成績單辦公室影印的，每份才50¢，有個人自以為聰明跑到印刷室印兩張被收$4（普通成績單也是一張$2，比台灣的大學貴多了），系我看還是要轉的，唸這不實用又不懂的東西，實在痛苦妳無法體會。卽使我先轉去電腦系，第一學期無獎學金，我可設法留在物理系當助教（這很可能，因他們太缺人，再加上下學期不少人躍躍欲動，一定有人轉系，轉校走了），況且唸完一學期就可能會有獎學金，通常春季E.E.不收人，到明秋看狀況，我也可以轉過去，所以我自信可以在經濟狀況允許之下達成願望，這也是我買車的原因，寒假我不去哪兒玩，我要拼命賺些錢。休士頓是個快速擴張的城市，需要人才很多（有些公司有傭金給介紹人，如台灣補習班在拉學生給介紹老師傭金一般），電腦人才不會找不到事。老美電腦普遍，連宿舍餐廳看門都是電腦，每人卡片是否遺失、吃過餐？都一一顯示出來，圖書館查書，銀行進出帳都是電腦。連加油站怕人加了油不給$就跑，也是電腦，要人先付錢，加完，油就不滴。任何大公司、大工廠，更不用說了，新企劃的程式員就得絞腦汁去思考，不似工程的，不變地做再做。現在很多新車也是電腦控制，如速度顯示計、空氣污染控制器、水平平衡、省油控制等等

　　我不想你們一直留在台灣不來與我在一起，那對我將是多麼痛苦，我不會狠心讓你們如此對我，我要的是妳與劭騏。放心，不會有過不去的日子，儲蓄不動用我們靠以後的努力來過活，物理系的TA通常是給九個月，還未確定人一轉系就剝奪掉獎學金。果真如此，天仍未絕人，我在電腦系僅修三科，9學分卽可，輕鬆多了，很多時間可以用來做事，要是在圖書館做20hr/wk，也可減免外州學費，當然收入不如獎學金高，大約$3.5/hr。過幾天我會辦好I-20，獎學金證明，依親證明，寄給妳，存款證明等明年初再寄，反正目前又不能簽證，太早資料他們不相信人有那麼多錢。我很好，非常愛妳及咱們可愛的兒子。前天夢見與妳相好，好激動，令我更愛妳，日子快來了，這是51封，等寫到100封也差不多了。

　　LOVE YOU DEEPLY !!

凱10/25/79　21:20

凱：

　　昨天光復節，在家陪劭騏玩，他越來越皮，簡直跟他老爹一樣。他玩起來沒個完，有時瞇著眼不停眨著，有時頭不停左右擺動嘻嘻哈哈，陪他玩真有趣，你送的玩具他會玩了，小手一壓一鬆，咯吱咯吱，高興極了。有時翻過來，讓玩具左右擺動，他在研究為什麼會如此。這兩夜都有一隻大蚊子飛來飛去，開燈看劭騏已被咬了三個大包，又急又氣，趕緊塗藥，打蚊子，劭騏看我怒氣沖沖的樣子，覺得好玩，睜著大眼睛看，索性不睡了，所以我白天就好累，似乎該考慮買蚊帳，不知美國有沒有這種困擾，是否需要蚊帳。

　　週三下午到第一公司去，正舉辦買1000送200的活動，原想買BVD衛生衣一打，結果內衣不在贈送之列，火大了，不買，回中信來買。下午我會去中信買衛生衣，鞋子已買了，現只差牛仔短褲，最近天涼，街上不賣短褲了，前陣地攤有但我晚上沒空出來買，若買不到只好暫時不寄短褲，等週日和你通過電話，是否還有其他東西需要，週一或週二會到郵局寄給你，到時再列張清單。下週輪到我值週，早上得7:20到校，可有得忙了。最近黃婆婆都到醫院去看女兒，以後還要陪著回新竹照顧，黃太太一人照顧頗為不樂。我上街購物搭車不易，回來五點四十才去抱，黃太太說她抱我們一個兒子，什麼事都不能做，劭騏也不高興去她家，早上我都八點才抱去，劭騏一直要跟我走，以前高興他們人手多好照顧，現在真是三個和尚沒水喝。

　　早上信寫了一半，現在接著寫，我到第一公司買回衛生衣一打，加三條內褲如此你又有一打內褲了。小姐算我九折總共省了一百多元。又在外銷成衣店買一件劭騏的小風衣可當雨衣用90元，你的兩件運動衣，黃色的只有小號，深怕你不能穿，又買件藍色大號，每件一百元，不知你合不合意，想買你的衣服但找不到一件你的衣服可比，好在衣服便宜，不能穿送人做人情，貴的我就不敢亂買了，真怕買了不合你會說我浪費錢。最近不斷買東西，錢一直花心裡好害怕，不過不買也不行，現在不買將來買更花錢，我逛了好久就是不知你需要什麼樣的衣服。

　　昨天早上我帶劭騏去買豆花，有個娃娃在陽台上叫爸爸，他爸在買豆花立刻回頭，劭騏覺得很驚訝，看看小孩又看看我，回家自己坐在小床裡也大聲叫爸爸，真好笑。他的手指經常有指甲斷一半，到處亂抓。下週二（30日）我會到郵局去寄包裹，週一沒空且我想再看看有什麼可買的。知道你愉快我也高興，凱，

真愛你。能有房子當然最好，我們可以像以前一樣再努力賺錢，有目標要賺錢就起勁多了。劭騏好愛爸爸。媽媽也好愛爸爸。

婉淑10/26/79　23:30

10/28（日）after phone call #52

婉淑：

　　剛打完電話給妳，心情好愉快，妳說一個月打一次，我真的一個月打一次，會忍不住呢！這種錢省不得，因為我太愛妳了！電話中得知一切無恙，很放心。（定期存款妳就去辦三個月的），剛才我7:15起床（台北20:15），還在廁所，梁想打，我心想慘了，他一打就是半小時，幸好那時越洋線busy（占線）。我們打了13分鐘。梁又打，太太不在，曹也打，打不出去，原來是梁太太已打進來了，曹一放下，電話就響。

　　瓦斯已斷三週，還不知何時才復，冷水四週了，目前仍偶而熱天，仍可以洗冷水澡。要是到11月開始冷，仍未有瓦斯，我可以到馬路另一邊的公寓老中那兒去洗熱水（那邊是好的），或開車到Eric的公寓去，他那兒到這兒5分鐘。目前Cougar Apt很多老中受不了天天吃電鍋都去包伙了。祇有化工系的室友還在硬撐，我的剩菜，一大包麵，都給他們吃了（乾料除外）反正互惠，偶爾星期日晚上dorm（宿舍）不供晚餐，我也可打游擊，或是自己去學校另一頭，買個麥當勞的大麥克吃。

　　星期五買的那部車，是上週我說要開來給我看的那部，是個巴基斯坦人要去沙烏地阿拉伯做事，急著要賣才開來（反正他這麼說，姑且信之，主要還是要看車子可不可靠），星期一下午他開來，Eric與我看了，覺得很滿意（不論是車身或引擎），他開價2975，我殺2300，然後經過一降一升，我故意吊他胃口（他要賣2600，我說2550），說要賣就打電話來，否則拉倒，果然他隔天就打來，星期五下午去辦過戶公證（到銀行，免費），明天星期一，我會到Court House（法院）去繳稅，申請新Title擁有人（我的名字）。那價錢仍未填上去，我大概最多寫$1,000成交，那賣車的傢伙也留一張條子說證明他賣我$1,000（但我給他$2,550銀行的本票），抽稅是4%不是6%，另外還要什麼過戶手續費，什麼的，大概額外的三、五元。昨天下午我載Eric去Target購物，有他坐我旁邊就不違

規，我有學習執照，因為上週Target的Auto Care在減價，所以趁機買些工具、腳墊（防車內毯髒）、機油、電池用cable及一卷24張的底片，準備下週日或這週六拍些相片寄給妳看，我不會拍那麼多，太浪費了，另外那個高雄來的電機系的要與我分那底片，他也要拍一些寄回去。

那部車子是Pontiac76年出的Ventura型，那形式是流線型，但不像Firebird那麼流線型，那是典型的跑車，有錢人買的，後座很窄，要放東西很難，尤其是搬家。這車介於跑車及豪華型之間，中型尺寸，我描述如下：那人1976年8月買，哩數30,000哩（比平均低很多）、260引擎、V-8（即小8缸）、2dr（比四門好看）、PS/PB（Power Steering and Power Brake、好轉彎、好剎車）、Auto Transmission（自動排檔，雖耗一點油但妳學起來會很方便，如兒童樂園的電動車，但不那麼天真），車身沒有損傷、黃色（鮮黃，很漂亮）、Hatch-back（即後面的行李箱可以全開，連玻璃）、Black Interior（黑座、人造皮、黑地毯），我昨天買了暗紅的橡皮腳墊四塊。行李箱內附一個jack、換胎扳手、Spare tire一個，我已換過一個輪胎了（全新的），所以換胎對我是簡易。

剛忘了對妳多說幾句「I love you」，我擔心妳正好收到我那封罵妳的信，妳會不愛我呢！沒有吧？我一直是很愛妳的。二週後，我會同一時間（台北8:30）打電話給妳，因為太想妳及劭騏了。過幾天我會辦好I-20及依親證明寄給妳，我會問問看，是否可以提前一個月辦理護照，若是的話或許明年我們可以共渡春節。好想，好想，好愛，好愛妳及寶貝兒子劭騏。我會小心開車及照顧自己，放心（下週去考路考）。我去宿舍吃早餐了，順便去看書。

I love you both and can't live without you.

凱10/28/79　8:47

P.S. $2,550雖不少錢，但妳一定會很喜歡那車，大家都羨慕。

10/31/79（三）#47

凱：

從星期六寄了一封信給你後，一直沒空提筆，一轉眼又是好幾天了。接到

你信，心裡總是好著急，深怕你沒信會感到寂寞。這週因值週，早上必須7:20到校，對我是一件辛苦事，昨晨7:40才到校，我最後一個簽到（值週另簽）訓導處臉色不大好看，沒辦法，我早準備好出門，劭騏卻大便，他好久沒在早上大便，只要劭騏舒服，兒子第一，學校我也管不了那麼多。最近學校對簽到退管得嚴，中午我得等到一點多簽了才能回家。值週唯一好處是中午有一40元的便當，很好吃，如此我一天中至少有一餐可以吃到飯。但忙得不得了，一張信紙帶了好幾天，還是現在劭騏睡了才能寫信。

劭騏最近不大睡，昨晚還好我先陪他睡，到十二點起來洗澡後，劭騏也醒來不睡了，直到兩點半才睡，中間玩好久又大便搞半天，好在我精神好。抱他在漆黑的客廳玩，對面不知哪家的娃娃哭得好兇。劭騏沒有這樣過，只要有人陪，餓了給他奶，想睡給他奶嘴就沒事，他不一定要有人陪才能入睡，咬著奶嘴一會兒就睡，若他不想睡，而我還躺在床上，他會一直推我，在我身上揉來揉去，不准我睡。昨晚一面玩一面叫爸爸，今早好早就起來，又是不停叫爸爸。

昨下午我溜回來整理好衣服，在箱子上寫上收件人姓名地址，匆匆搭計程車到中興街郵局，結果打包機尚未啟用，箱子既已提出不想再拿回家，只好再搭計程車到台北郵局，共重11.42公斤郵費1122元，陸空似乎比海運貴一倍。你上次寄13.53公斤才660。我事先曾在家中秤過大約10公斤。裡面裝的東西如下：

1.劭騏衣服（暑假我們買那些及半打短袖汗衫）

2.你的衛生衣厚8件薄3件

3.你內褲一打

4.悠悠藥膏一支

5.鞋墊兩雙

6.床單三件

7.皮鞋一雙

8.你運動衣兩件

9.牛仔褲一條

你要的我能記得大致都買了，只有牛仔短褲一直沒看到賣，我沒有太多時間去找，下次看到買了我再帶去好了。若還有什麼需要再告訴我，可託Jenny或我帶去。送人的東西我有空會出去逛逛送去，買禮物送人頗傷腦筋，主要是我沒時間逛，都是先想好買什麼，出去買了立刻再搭車回來，如此就常要到五點半

才能去抱劼騏，假日我沒辦法，平日只有半天可用，週三固定到公保，週一下午有課，能自由運用的時間並不多。看你的信令我安心不少，我相信情況不會如我想像的那麼糟的。每次接你電話都會使我高興好幾天，我深愛你，也爲我們幸福的家感到驕傲，再不久我們分離的日子就要過去一半了。結婚後還分開住總不大好，相思令人難過，有時也有些無聊的困擾。辦公室有男老師常會問東問西，如：結婚沒？看來好小，沒小孩吧？和公婆住嗎？那下午何必回家？有人請吃喜餅，他說：「吃人餅要還的，林老師何時還？」聽說他暑假剛離婚，另一余老師居然離了兩次婚，想不到，我還以爲大家都有幸福的家。好在我僅上午有課，沒事都往周那裡跑，盼望日子過快點。想到你便流淚。愛你。

婉淑10/31/79　14:00

10/30/79（二）　#53

婉淑：

今天考了一科物理數學，之後不久，教授馬上發答案到信箱，拿來一核對，有部分是答對了，有些我是懷疑他的答案正確性。我每一題都寫了，甚至有的方法都對了，反正答案錯是不會全扣的，過一兩天大概可以揭曉排名。這二週來都在準備這科，車子買來了，都未好好整理擦拭內部一下。下午又宣布下週三（11/7）要考古典力學（原定日期就是11/7，本以爲他會延，因進度落後了），少考一章，上次考四章，這次考五、六、七章。

我已申請一張parking decal停車證，是Faculty-Staff教職員用的，可以停教職員或學生地方，但教授、殘障、賓客地方不准停，教授停車場有柵門，他們有卡片一放進去，門自動開，其他地方一停錯，就是罰單一張$10。殘障都是停在教室大樓旁，老美的建物都會爲殘障著想，每一棟不會只有階梯，一定會有斜坡，可供輪椅進入，不論幾樓，一定有升降機。殘障的看來不少，挺大肚皮的婦女就很少了，還是有。

明天上午我會與Eric去市區的北美事務協調辦事處辦依親證明，順便去Court House（法院大樓）辦繳稅，申請我名字的車title（擁有權）。另外我會去International Student Office（國際學生辦公室）申請I-20，連同依親證明寄給妳，妳就可先去師大本部的畢輔會（一進大門的大樓3樓左）去辦公費償還

（約時1個月），另外我會問問看護照是何時可以開始辦，以往滿一年始可，依探親是11個月開始辦，現在不知是否也能夠提早一個月開始辦，而出境證還是滿六個月始有效，始可出境，或許你也可打電話到「教育部國際文教處」問問看。

這幾天我都開車去上學，已經很熟練了，不論是倒車、parking停車、轉彎……等可以說沒人教我，無師自通，膽大但心細、鎮定，星期五想去考路考，早點拿到駕照，早點去保險比較好。我若駕車出校外，我就找一個有駕照的，坐我旁邊，如此我開車就是合法，因我有學習執照。我看很多女人開車都很兇悍，我在想妳也一定能學得很好，主要原因就是美國的車子就是故意設計得好開，幾乎都是自動的，要找幾部手排檔的車子，不容易，反正老美自認油多便宜，老美節儉習慣不好，如隨手關燈就是一例。系內原本有位難纏的老美，程度不好，最近找到Bell公司的電腦部門當操作員，所以課程都退掉了，少了個墊底的，大家都有點失望，他也是TA不知他的實驗課是否要繼續帶下去。

明天是Halloween萬聖節（老美節日特別多，就是放假少），小孩子到晚上據說會帶鬼面具去敲人家門，說：「Trick or Treat?」即要被他作弄或賞他糖果吃。不知到時會不會有人來敲門要糖。室友老高據聞寒假要搬出去，到時或許要再找一個室友來，否則就得分家，反正最遲我二月底前是要搬的。很盼望開車到機場接妳及劭騏的日子快來，擁抱你倆是我迫切渴望的，好想，好愛妳及劭騏。本星期六，我會拍些照片寄給妳看看我及車子。

凱10/30/79　22:20

爸爸幫忙設計打扮的。

婉淑：

昨天接到兩封10/21（43）及10/24（45）。今天接到10/23（44）的信，知道不少事情，我們也更加相愛，不是嗎？目前我們兩地相思，更需要的是彼此的關懷，尤其是我需要妳的愛。

昨天去領事館，才知道總統誕辰放假，在此都幾乎不知放假了。所以祇好改天，假若明天拿到駕照我就自己去辦，最遲下週四會去辦，因我週三考古典力學。I-20已去辦了，要一週才下來，上面會打上我的獎學金，妳及劻騏的名字，出生年月日，我還不知妳英文名字排列該如何才好，我會盡早去領事館請教他們，至少他們很懂留學生配偶的英文名是否該冠夫姓，若不冠會不會引起麻煩等等。反正依親證明、I-20、Passport護照，妳的名字要一致，尤其是後二者。今天我去系裡向秘書拿了獎學金證明，先寄給妳，以後簽證，可加入作Financial Statement（財力證明），注意去簽證時，除護照及I-20外，其餘都是不退回的，所以要送去的該都是副本。等明年元月，我會寄存款證明給妳，或許簽證interview（面試）會問妳，這些那些錢是誰的，在某月某日以前又是在何處，妳就可以答自己的或親友資助，或什麼的。妳身邊不知有否我家的戶籍膳本，沒有的話，年底或元月向我家要一份，準備簽證時給他們看，證明先生有父母兄弟在台灣，妳當然也準備妳家一份，咱們自己的更不用說是要了。

今天去問轉系，電腦系秘書說等學期結束，UH成績單下來再一起申請。昨天去辦汽車Title（權狀）改名，我自己報$600（價錢欄空白，我自己填），抽4%的稅所以是$24，另外加手續費$3.50共$27.50。大概六週後可以拿到正式的權狀。很奇怪，反正辦什麼東西，正式的都要六週才下來（寄來），如駕照、社安卡、銀行的信用卡……等等。明天上午我會去考照，應該沒問題可以通過。昨天我載室友去採買（很近），現在變成我在外面等人買菜了。拿到執照我會馬上去辦保險，如此我們都可安心。十月份薪昨領了，還是扣$40.72，馬上存入銀行$459.28。目前共有$3,463.46在儲蓄帳戶，有$386.45支票帳戶。明天下午5:00要去付房租（集體去辦公室）因為他們祇答應11、12月各減25%，我們房客們集體抗議（每週都說下週瓦斯來），只願付1/2，每月都如此，如果瓦斯仍不來的話，一些老美，老黑的房客很熱心，每家發傳單，要聯合集體行動，還成立Tenant Committee（租戶委員會），專門收集抱怨。

今天又請教系內買房子那人，他三月前買的，申請貸款，他不敢大意寫90%（95%更是不可能，他根本沒有任何Credit），所以寫80%，即頭款是20%，他怕不准被打回票麻煩，那房子$62,000，他付了$13,000。他說我有貸過款，而且陸陸續續建立信用的話，申請90%，85%應該是沒問題，當然我們不敢奢求95%的貸款，90%已經很充裕了。若是6萬的房子，10%頭款即6千元，15%即9千元。這兒利率隨建設公司，有的9%左右，有的11%，看地點、房價、市場。沒有職業當然可以買房子，有人做waiter（那不是正式職業）也買房子，當然有正式職業（固定的全職工作），那對於信用會有幫助。將來住不住休士頓那是另一回事，若當初在台灣咱們不買房子，20萬台幣至今仍是20萬台幣，說不定花光了。明年初妳匯3千給我，妳來之後，家人再匯3千給妳，另外妳及劭騏可帶$1,500+$750或（$1,200+600？）也差不多8千左右，買機票約1千不到，治裝等等，也差不多或許還剩一點，到時若有剩，就以劭騏名義匯好了，申請人當然要都不同。那沈家夫婦說答應借咱們錢，其實早就該給的不能說是借，已拖了10天，代書是違法的，現在他們不急也好，不必害怕會吃妳，注意契約上有寫照約定，權狀下來三天或五天之內不付錢即違約，可以訴之於法的，偶而妳去確定一下房狀下來沒有，問問內行人，看如何知道權狀的行蹤。堅持不剩一毛錢，才給他們進去。

　　劭騏長大了，好高興，有空就寄幾張照片給爸爸看看寶貝兒子，我後天也照幾張，給你們母子看看，將來爸爸要開這部車來機場接你們一起的。劭騏我想該是買單人床給他睡，反正他總要長大需要一張單人床的，也該學學獨立，不能老是依賴爸媽，當然是指長大，不是現在要他到客廳去睡。假如不放心，可以讓他睡Mattress（床墊）就好，很低，摔下來是地毯（老美屋內都是），不會痛或割傷。買床是一大問題，租房子也是要睡覺，買了房子搬床也是學問，能夠借到大車Wagon最好不過了。所以還是明年愈快有自己的房子愈好。

　　日光時間已改回來了（10/28星期日上午2:00，即我打電話給妳時早就改了，我那時不知），11月11星期日，我會打電話給妳（台北20:30），我目前都早起早睡，有時鬧鐘未響，我就先起床關掉了。昨天物數發下來了，還不錯第三名，是處在平均中間的，下週的古力必須雪恥一下上次的粗心大意。

　　好想妳及劭騏，天氣漸涼，小心照顧自己及劭騏，爸爸很好，放心，需要你們。I love & love & love you very…very…very much! Can't live without you!

凱11/1/79　20:27

P.S. 今晨Galveston外海二艘船撞了，報導知道有不少台灣船員在上，心裡有點難過。這兒大事仍是可知，看報卽知，雖沒看電視、收音機、報仍沒問題。

11/1/79（四）　#48

凱：

　　好久沒寫信，昨天寫了一封，心裡眞過意不去，今早有一空堂再寫一封，下午仍要到公保去，醫生說八週之後才會好，但聽說八週仍不會好，反正已變成一種習慣，週三一定得去公保，因昨放假所以改今天去。凱，買了車要小心開，剛開始不熟練不要到太遠的地方，OK？包裹我已寄去，陸空聯運如果一個月到的話，大槪十一月底，十二月初會到。希望鞋子、衣服都能合適。你可能會說床單太重何必現在寄，可是箱子若不裝滿，裡面的東西會亂七八糟，我的衣服尙未買，劭騏夏天的衣服就是那些。床單是上次去水晶要買你的內衣沒買成，看到不少床單順便買，常常特意要買某樣東西總買不到，現在只能看到就買，反正遲早都要的。

　　昨天寫了上面一段就一直沒時間再寫，昨午原想去公保，但值週任務在身，加上周告訴我週四有預掛，人多恐掛不到就作罷了，偷空回來擦地收衣服，洗尿布奶瓶，整個人累得要命，兩腳好痠，值週就是要不停跑來跑去打分數，想睡，事情沒做睡不下，劭騏將藥膏丟在床頭櫃後的縫裡，他又尿尿，就在剛把尿布換下的一刹那，尿在床墊與床頭櫃之間，很好玩，床單沒濕，表面看不出，若不將床挪開擦乾淨，恐怕生蟲會咬他，以後租房子最好找乾淨一點的，他細嫩的皮膚，被蟲咬很明顯，看了心疼。爲了值週趕7:20，早上總是匆匆抱走劭騏，稍早一點起來，精神就一直不好，昨晚他又是半夜起來不肯睡，玩了好久，趴在窗邊看窗外，看得好起勁，他現在模仿力很強，看電視泰山在叫「哦—」他也會一面搖頭一面叫「哦—」，他還喜歡躲在窗簾後和我捉迷藏，笑得好開心，玩累了，立刻睡著。我妹都很吃驚，前一刻還翻天覆地，後一刻竟睡了。他睡我才能收拾滿地的玩具，全是他故意扔的，床頭櫃上的衛生紙，面紙，所有東西全被他清到

地上，衣櫥掛長褲的棍子，五根全不見了，沙發上、床上、床後面，到處都有，只有他睡著，房間才稍微乾淨點。黃太太說他聽得懂跟他說的話，叫他乖乖躺一下不要動，他真的就不動，可是若太久了，他就會爬起來，若罵他他就大哭，若罵她兒子，他就無所謂，說他乖他就不哭，聽到電視廣告他就立刻跑過去看，叫他半天都不理人，看得很專心。若有音樂我跟著哼，他會笑起來很羨慕的樣子，和他玩或和他講話，都很能溝通，很難想像十個月大的娃娃會懂事。今早他又大便，我只好包好放在浴室，下午回來才沖。這週才寫兩封信，真對不起，我想你，躺在床上流淚，但仍對劭騏說話，他看得懂媽媽流淚就不笑了，一臉問號。現在他會吃柳丁橘子，自己拿著吃，不喜歡榨汁，我還餵他吃魚、菜湯。吃麵包或饅頭都是我們倆人一人一口。凱，這幾天我都一直想哭，說不出理由來，好想你。

婉淑11/2/79　15:30

11/3/79（六）　#56

婉淑：

　　今天是週末，昨天上午我與Eric去考駕照，很可惜沒考過，很倒楣的是碰到坐我旁邊警察發音含糊，我聽不清左右轉，以為是左，轉一半才說不對，又轉右說我轉彎太大，危險。考駕照一次不過的人多得是，幸好美國考駕照很方便登記一下，排號碼，快約半小時，慢約1小時就好了，而且不要錢，祇有考通過才要錢$7。我下週沒時間，星期三下午考古力，星期四上課、實驗，當中有空，但學生說要來問我問題（因為我要給他們第三次小考），所以祇有等下週五再去試。我會很小心在校園內開，平常上街（如去領事館及今天拿底片去洗，都有人坐我旁邊，而且Seat Belt安全帶都繫好，老美開車比台灣規矩多了，至少STOP、紅綠燈、Yield（讓）等號誌很具有權威，很少人犯規。因星期三考試，所以今天寫信，要等到下週三晚上再寫給妳，希望妳忍耐及諒解。

　　今早照了汽車及我的一些相片，我買了24張底片，另外一個高雄來的電機姓丁也照了十幾張，中午拿去沖洗，等洗出來我們各付各的算清楚。約一週才洗得出來，之後我會寄給妳看看汽車及我。那車大家都說又漂亮、又便宜，連我的老美學生都說便宜而且一聽PONTIAC都說好車。除音響差一些外，其他條

件還算不錯，低里程，Power stearing/Power brake（朋友的車，沒有power brake很費力剎車，女人開不合適）、冷暖氣……等等，等妳來，妳一定也會很喜歡。前天墨西哥摔了一架NW DC-10（我早先從收音機聽到），聽說大陸航空（Continental後與United合併）都是DC-10，以後妳來，避免接大陸航空的班機，我上次是接AA的，其實來此，拿到任何一家公司有班機都可搭，不一定要指定的公司或班機，當然費用不足是得再補足。

瓦斯昨來了，我還不知仍沖冷水。昨天下午一群房客去吵，要交僅半房租，不願意分十一、十二月各減¼，不然瓦斯會拖下去，若拖下去，每月要減它一半。老板昨天敵不過數十位房客，祇好答應。今天才想去付房租（每月前五天）的人不知會遭遇什麼情況。這兒都有空氣調節，所以不會有蚊子，我沒看過哪兒有蚊帳賣。

明天上午我會去拿依親證明，請教領事館的人，配偶的英文名排列該如何最恰當。I-20我拿到也會盡快寄給妳。下週日（11/11）晚（8:30）我會打電話給妳，順便告訴劭騏爸爸愛他，當然，爸爸更愛妳了，好久都未與妳溫存，很盼望妳來的那一天。騎腳踏車要當心，劭騏需要媽媽照顧，我可以想像他現在很需要你疼愛的樣子，他知道媽媽愛他，我擔心，他以後來不喜歡爸爸抱呢。我好想念你們母子倆，我很好，安心。

很愛你們。～噴！老美說「SMACK！」

「噴！」（漫畫都是如此寫的）

凱11/3/79　15:06

11/5/79（一）　#49

凱：

這週無官一身輕，舒服多了，早上起得早陪劭騏玩了一陣，好愛他，你見了一定更愛他，他該算是聰明的，早上又是黃家阿公接寶寶，每次沒見到黃太太我就不放心，黃婆婆已好久沒回這邊的家了。趁第一堂週會去新房子那兒看看，一切完好就是布滿灰塵，剛才打電話給朝代，十五日以前房屋權狀會全部下來，目前已有一部分下來，這是好消息，早點了去心頭一件大事早好，但我又不免擔心了，目前我們占上風，可扣住權狀，一旦交出去過戶，什麼也沒了，雖握著一把

181

鑰匙，若他們強行住進去，我也無可奈何，我姊夫說房子空著沒人住較危險，談起錢大家都愛，上回他們賣房子，這回搬家都和人家翻臉，老實人做不得。我最討厭啟安那位小姐，前次去拿23萬，我說屋權很快會下來，朝代說的，那小姐神氣活現說：「你看資料都在這兒，哪有那麼快，朝代都是亂說的，客戶就來找我們吵。」那人說謊都不臉紅，我幾次都想電羅他們，問問啟安為何如此神氣，心想還是算了，大事化小。只不過我擔心20萬又要一番爭執（我知要扣二千元）才能到手。

早上去華銀辦了定期存款三個月，月利79元/萬，每月領或到期一起領都可，存了十二萬，若房子如願，早早拿到錢，明年匯款沒問題，否則為錢奔波會急死人，定期三個月要到二月五號到期。你去年申請UCR（U. of California Riverside）寄來回信，10/28寄，昨天到。信中說他們經過非常慎重的審查之後，決定閣下條件不合，不能錄取，或許可轉向他校求發展。果然如信所說非常慎重，審查一年才來回音，若只等它不急死才怪。說來好笑，你這不合格的學生早已在美國混了。因為無關緊要，所以那信就不寄給你了。週六接你一封寄了兩輛汽車來的信，今天週一，再接一封。我很慚愧，信寫得沒你多，讓你寂寞，心裡很過意不去。上週一由於某種原因，跑回家洗尿布，下午兩堂沒上，週六得補課，本來很生氣，回家深怕沒看到你的信，我會哭出來，從縫裡看到白白的，以為又是廣告，心涼了半截，打開信箱一看高興死了，看完信去抱劭騏，我抱著娃娃去上課，兩班分開同時考試，從1:30到2:00補完，反正沒人查堂，三年級男生真像牛，大吼大叫，桌椅齊飛，不肯靜下來，真怕劭騏被嚇到，他對男生很有興趣，居然哈哈大笑，學生們都覺得好玩，有人說他亂白的，有人說他亂可愛的，他不斷抬頭看教室，很新奇，對文化走廊也很感興趣。課後男生大部分跑到操場打球，劭騏高興的躍躍欲試，也想加入，他才10個多月大呢！昨天弟弟回來，祖母也來看眼睛，我和大妹吃完早餐回家去，大姊也回來了，姊夫，兩女兒都來，好熱鬧。劭騏會放唱片，可是後來把唱片拿掉，唱針放橡皮墊上，刮得好響，弟心疼死了。昨晚又將妹的遙控器摔壞。王洗車時，他常坐車內，把方向盤，後視鏡，排擋晃來晃去，全換了方向，真沒辦法，好在他們沒有很生氣。凱，以後你說不定會氣得揍他呢。我們也盼望和你團聚的日子快來，好愛你。

婉淑11/5/79　16:30

凱：

今天週三，本打算下午去看公保，上週沒去，再不去醫生會罵人很兇，我很希望能完全根治，現在你不在身邊，是最好醫治的時候。可是早上抱劼騏去，黃太太說下午要回新竹，她公公在家，但他不會換尿布、餵奶，最好我能回來。兒子是自己的，兒子第一，學校值週都不管了，何況看病呢。只好另找時間去了。現在趁劼騏午睡趕緊寫信，他最近常會睡一半大哭，不知是否受驚。剛才我才寫一行，他就哭起來，只好陪他睡一會再起來。前幾天學校老師去台大看電腦成績，託她順便代看，仍沒結果，他們忙電機系都來不及無暇顧到電腦。過陣子再看看，不知你是否能轉系轉成，聽你分析之後，倒希望你能讀真正有興趣又實用的課程。知道你考個第三名也為你高興，因為你一定也鬆口氣，只要你愉快，我就高興。今早楊華打電話到學校，我以為她早走了。移民的手續真麻煩，護照辦好，要寄回美國，然後再寄回辦簽證，她已面試過了，大概不久就可去美，她先生已找到工作在堪薩斯州，月薪兩千，楊會告訴我地址，她很高興靠我們很近，我沒地圖沒概念，不過很為她高興，終於可以全家團圓了。關於護照姓名，上次去講習會發了一本「護照與你」的小冊，上寫得很清楚，已婚女性要冠夫姓，至於照片則未說明清楚，似乎大人，小孩（未成年）要合照（未說明），僅說護照得合用一本，我會打電話去問清楚。昨天開英語教學研究會，有位新來的老師專題報告，寫了近四、五十頁的報告，口頭擇要報告了近一堂課，害苦了我這位紀錄，學校都是亂抓人，老實人倒楣，專題本來只要付原文即可，但這次太厚了，教務主任要我擇要寫寫，真是額外負擔。這兩天天氣較差，我原也想替劼騏照相的，他實在很可愛，常一手抓玩具一手高舉勝利狀，在床上對著鏡子大笑。王的玩具相機，室內光線不夠，快門按不下去，真是全自動，所以很多室內可愛的鏡頭都無法上鏡，我只有用手做成相機的樣替劼騏照相，他高興的一直跳。今早我換衣服將他的推車放在客廳，他人在車上居然把那個盆景的葉子放在嘴裡吃，他上面又多長一顆牙，什麼東西都吃，稍不注意就見他嘴不停嚼著，牆上的娃娃被他一點一點挖掉了，保麗龍板也放嘴裡吃，月曆也撕得像狗啃的，滿地都是他撕的碎屑，你掛牆上的畫他用力推，把它推下來，衣櫥的木條以前拿一根亂揮，現在是一手一根拿起來亂打。

王的哥哥在永和做事，傍晚六點多都會來找他，常常我不是陪著劼騏玩，就

是在替他洗澡，我不能將他一人丟在床上或澡盆去開門，所以他玩一半就得抓起他去開門，若洗澡只好趕緊拿浴巾包著他，抱他去開門，他按鈴像趕鬼似的一聲接一聲，劭騏總是被嚇得哇哇哭，緊抓我不放，現在我聽到鈴聲都慢慢抱起他，可是鈴聲像催命似的，我只有一面罵一面去開門。劭騏好像喜歡用左手，給他柳丁，他會換到左手再放入嘴裡，拿玩具也常用左手。現在晚上我都煮稀飯加魚肉，他吃的不少可吃1/4碗，半夜睡的比較好，不會吵著喝奶。信是早上起來接著寫，昨晚沒吃晚飯，早飯也還沒吃，現餓得發昏，吃飯去了。好愛你。

婉淑11/8/79　9:30

11/7/79（三）#57

婉淑：

　　已經好多天未寫信給妳了。今天晚上剛考完古力，考完大家都覺得太難了，或是不知道題目在問些什麼，老美上課東講一些，西講一些，課本又沒有更是麻煩。現在僅剩五人在修，大概都考得不好。下功夫的時間跟分數不見得成比例。目前漸近期末考，下週實驗是最後一次，感恩節停一週實驗（但僅四，五放假）隔週實驗期末考。12月中是我們自己的期末考，英文下週一要交學期論文的草稿，今天該交一篇作文也拖下來到後天去遲交。改考卷沒了，改為監考，上次一次到現在，下下週教授又要給大學部考試，所以下週先作答與之核對，考試時去監考。實驗課沒了輕鬆些，我想利用時間找個part-time，先想做週末，然後寒假做整天的。

　　前天上午去領事館申請依親證明，因領事不在，所以改寄給我，今早已寄給妳，妳應該會收到。妳先到師大本部的畢輔會（正門第一棟3樓）去辦我的公費償還，該帶我的畢業證書、服務證明、離職證明及依親證明，那些東西都在書架上，可能償公費申請單（我已填好）也在內，你看著辦。I-20本來是一週可以下來，但他們看我寫明春2/10才要接太太（對老美都是要老實，所以別人急著聖誕節這一陣回國或接眷的優先打I-20。我的要到12月初才給我，反正師大的先去辦，也要一個月到12月中旬以後才會拿回依親證明，護照手續好像不能提早，妳可自己打電話去教育部國際文教處去查詢。萬一是如此，那妳就2月10日前三，四天辦離職，然後去辦職業變更，正好2/10滿半年，也可去辦護照了，我預計護

184

照一週至十天，簽證就不知了，一簽完就可以登機出境，你可斟酌簽證人數排到時間（問公義或許知）加上去，然後挑個日期，（最好是星期五上午或下午的直飛班機）訂機位，若臨時簽證不及趕上班次，可以改班次。當然星期六、星期日的班機亦可，祇是星期五的班機最好，到西岸也是星期五上午或中午。然後轉休士頓大約是下午或晚上，星期六、日我沒課，可以好好陪妳及劭騏，安頓一下。償公費那關是逃不掉的，領事館的人告訴我，展緩服務的護照以後要延期都得先賠錢，所以若還了我的公費記得保留證明。昨天是Election Day，休士頓老市長似乎又當選了。老中有公民權的大部分支持他，台北－休士頓姊妹市是就是他去台北的。有個台北亭在Herman Park內，離Rice University（萊斯大學）及Medical Center（醫學中心）都近。後天星期五上午我會再去考駕照，這次應該可以通過，我發覺女孩子去考，大多數都是第一次卽通過，考了數次的人一定男孩子，真是不公平。

上週日遇到Host Family（接待家庭），他還有一個學生也住Cougar公寓（來幫他修車），所以碰到了。他說一直想與我聯絡，問了UH打聽中國學生Jason的電話，打過去不是我（當然我的註冊名字是我的中文名），所以他現在有兩個Jason當他的Host Family了。星期日（11/11）他們全家邀我們幾個去聚餐，好像是誰生日，聽不清楚。

星期日（11/11）上午，我會打電話給妳，感覺好久未與妳通話了。前天電話公司又打來催Deposit押金，大概長途費快追到押金了，他們不放心，梁這兩天也未去繳，因他說沒錢，他寒假來回機票$1000（比台灣便宜多了，我來一趟就花約22,000元台幣）。

今天上英文課，有人問climax是什麼，教授很不好意思解釋說是關於sex的最美好的……，其他的要自己去揣摩。我想起咱們以往的美好回憶，內心不禁高興起來，我記得有一次你先醒來，一直吻著我，直到我被妳吻醒，那真是難忘。我常想妳是我唯一的愛人，怎如此幸運呢！在妳以前我沒被人愛過的經驗，所以我們的一切，一切都令我回味無窮。若是缺乏妳，我真不知如何度日呢！婉淑，妳相信我非常愛妳麼？天天盼望妳及劭騏快來，今晚又給別人看你倆的照片，人說比爸爸漂亮，因有個漂亮的媽媽。我就是愛那媽媽的爸爸，夜深已過午夜，妳大概正是中午忙著呢！想念妳！

凱11/7/79　0:24

185

凱：

　　你寄來的獎學金證明已收到了。這幾天都下雨，連綿不斷，想照幾張照片得等天晴才行，王的照相機靈敏度不夠，太強太弱的光線都不行。本來週日陪劭騏玩都是好愉快的。王的哥哥並非不知弟弟晚回來，他有事來找弟弟也無可厚非，但劭騏被他的鈴聲嚇壞，我眞生氣。昨妹回來按鈴才兩聲，他原站在小床裡，我餵他吃稀飯，聽到鈴聲嚇得臉發紫，驚駭得手腳亂舞，直往我這兒爬，把我抱得好緊，等妹進來他還抱著我不放，我只好緊摟著他，繼續餵他吃飯，看他那樣眞令我痛心。他哥哥六點多來按鈴都是天色已黑，我不得不匆匆抱起兒子去開門，進來的又是劭騏陌生的人，劭騏眞是被嚇夠了。妹妹他們平日說話就大聲，有時客人來，都是生意上的朋友，嗓門更大，上下四層樓都爲之震動，我關起房門，劭騏仍會爲那一陣陣的聲浪騷擾，好在不是常如此。但他實在被嚇破膽，昨天我輕碰他想替他翻身，他整個人都抖起來，還不斷哭，好可憐。明天我想該再拜一拜「床母」。

　　關於大衣，在台灣冷天並不多，最近劭騏穿薄長袖衫還滿頭汗，所以一般人不大捨得花七、八千元買大衣，我沒把握能賣出去，妹妹們我可以問問看，如需要再告訴你，美國人手長腿長，恐怕尺寸不大合，且式樣是否合意也不知。倒是她們很喜歡化妝品粉盒之類或漂亮別緻的胸針，壓克力做的漂亮胸針（很小）在台灣百貨公司居然賣到四、五百元，最便宜的也要一百多元，或許這些東西比較實際，大衣太貴不易賣掉。我也很希望能越快有自己的房子越好，搬來搬去太費事，多少又要損失一點，拖太久錢也不斷消耗掉。凱，我和劭騏都很好。他越來越可愛，不要會搖頭，長得很好。我們都很想念你，盼望日子過快點。你要好好照顧自己。好愛你。

婉淑11/9/79　14:10

婉淑：

　　這封信是在宿舍（Moody Tower）的18樓洗衣房寫的，洗衣服時很無聊，往往要花一小時以上在此等候，回家再來奔波也不划算，所以很多人不是在找

186

伴來洗衣服聊天，就是獨自寫信，讀書也可以，就是幾架機器（約20架）吵死人。這週接到你二封，星期四、五接到你上週一、三寫的，你目前很忙，又要公保、辦事，又要看劻騏，當然沒有多少時間寫信，一週內接一封、二封我已很滿足了。劻騏天天都在長大，我很高興，趕快來跟爸爸一起玩，我說給人聽他會看電視聽歌、看人眼神，別人都說劻騏必是個聰明的小孩。昨天下午去把照片拿回來了，別人照我的總是技術差，也不好意思說他，反正妳當做「事實報導」而不是看作藝術攝影就好了，光圈調稍大了一些，所以反光多，車體的鮮黃變蛋黃，甚至變白色，反正妳知道與王那輛喜美的顏色一樣就好了，大小比林肯的小，長度約與福特2.8的新千里馬差不多或長一點點。我剛開始寫郵簡才想到有照片要寄，沒關係我另外用信封寄好了，我可能分批寄，因今，明天是週末郵局關門，我不知道該有多少重，所以先寄一、二張，下週再全部寄一起。昨天下午我去買一些車子保養的工具、洗車的工具、清潔劑，偶而給人洗，自己也該洗個徹底，況且洗車（自動的）一次$1.75（洗$1.50打蠟$0.25）。這兒很難得聽到國語歌曲，妳若喜歡可以挑幾卷帶來，在家裡，在車子上都可以聽。

今天UH與UT（U of TX-Austin）對抗Football（橄欖球），老美對橄欖球簡直瘋狂，（北方再加上籃球），開學前買一本10張票，學校才賣$10。現在這一場在休士頓比賽的票，有人賣到$50一張，某些reserve box位子，可賣到$200一張，不可思議，Bee Gees的黃牛票還不到$100一張呢！老美學生在賽前數天都在自己（在對方太危險，會遭逮捕）的建物窗上寫白漆，這一次對方UT的動物是Cow我們是Cougar名字叫Shata,寫的是「COW MEAT ON SALE, 1/2¢ PER POUND, SHATA LIKE EAT COW MEAT; GO EAT'EM UP！」真是好玩。

差點忘了告訴妳，不過明天打電話，我也會告訴妳的，昨天上午我再去考駕照，其實是第三次，上週五我去兩次不同的地方，我不好意思說兩次都Flunk，前兩次的警察說話含糊，昨天去第一次的地方，他看我來過一次，知道缺點，態度好多了，這次的警察修養較好，轉彎前很遠就提醒，說話也清楚，所以表現幾乎每樣都good，祇有兩樣fair，考的是左轉、右轉、STOP sign、路邊停車、速度控制，都是在真的路上考的，這兒的License Office就是一小間房子，幾張桌子考筆試、打字、照相，路考不必花錢設考場，他們考的東西是實際在路上的情況，標誌，不過parking停車技術很高是真的，我的parallel parking（平行停車）就是Eric教我的，他在台北教練場學過。其他的技術我都是自己摸索，現在

已是駕「車」就熟了，放心，我開車會很注意。下週一我就去保險，我可能會保全險，包括撞人、人撞、盜、拖車等，水災就不知了。25歲，又結婚，又有小孩那是最便宜的，老美認為有家成熟者開車較小心，所以保費低。收好衣服之後回去，我再寄照片給妳，衣服都烘乾了，我也該下樓回去了，婉淑，好愛妳及劭騏。明天可以聽到妳聲音，好高興，好似當兵時接電話的興奮。Love you very much.

凱11/10/79　11:10

11/10/79（六）　#52

凱：

　　今天我要是不寫信的話，恐怕又要連著好幾天不能寫，下週一國父誕辰紀念，所以一連兩天半，陪劭騏玩好開心，就是沒有完整的時間可以寫信。現在我晚上常陪著劭騏睡，一睡就到天亮，晚上就無法寫信，連洗澡都是第二天醒來才洗。最近我中午都買便當每個40元，有蔬菜、有排骨肉和一小塊雞肉，商人會自己送來放在桌上，不要的話，說一聲，第二天就不會有便當，很方便也好吃，尤其天冷了，一下第四堂課馬上有便當，熱騰騰，真好。雖然貴點，但若不很餓，一個便當可吃兩餐。晚上我都弄稀飯加點魚肉，在電鍋裡煮很方便，加點保衛爾給劭騏吃，他還吃的不少，同時還蒸一個蛋，劭騏可吃三分之一。這週起我才比較勤快點做稀飯，上次回家，媽餵劭騏吃稀飯，他吃的好起勁，一個頭都快栽到飯碗裡，大家都說他光喝奶不夠，半夜睡不好是肚子餓的關係。我心想他也實在可憐，經常餓肚子怎麼

188

行，給他奶常常只喝一半。這週和上週中午我都吃便當，感覺正常多了，以往下課都騎著車到處跑，不知吃什麼好，連吃好久的排骨飯，牛肉麵，已經不想吃了。

　　休士頓外海兩船相撞的事，電視新聞有報導，還有影片，每次聽到休士頓心都會跳一下，深怕發生什麼意外。看到影片上的大海感覺距離我們很近，我聽到的只有四人獲救，以後是否陸續獲救就不知了。相信那些罹難的家屬一定很悲痛，聽到別人的不幸，不免也會為你擔心。凱，自從你走後，缺了一個修修補補的人，東西都逐漸在損壞，餐廳的燈已壞了一兩個月，不是燈管壞，好像是線路的問題，王修不好所以好久以來都是摸黑吃飯。昨天我們臥房的窗簾壞了，鋁條整個掉下來，劭騏捉迷藏拉來拉去，不過不完全是他，我常用力拉，以前你說過我，現在才知你有理，那鋁條實在很脆弱。昨晚沒窗簾，外頭路燈好亮，透過玻璃反射開來真像在夜總會，太亮睡不著，只好將毛巾被兩角綁上橡皮筋，兩頭掛在鋼釘上，倒也別有情調，很像壁上掛的一幅壁毯。我發覺暗紅條紋做窗簾很不錯。我們的房間淡雅但對孩子言，似乎太素了。劭騏喜歡我妹的房間，他們房間好紅，我並不喜歡，可是劭騏走到他們門口就笑，不讓他進就拳打腳踢大哭大叫，一放到床上立刻爬到床頭櫃，翻出所有錄音帶，書本搞得一塌糊塗，好在王雖有脾氣，對小孩倒很好，他不在乎。若他洗車，劭騏常躲在車裡亂搞。

　　信是我下午回來繼續寫的，劭騏睡了。我剛修好窗簾，用鉗子再把鋁條弄回去，那鋁條扭來扭去，雖拉直但已不太好拉窗簾，我得爬上窗慢慢請那個窗簾過來，現在只好一天拉兩次就好，早晨拉開，晚上關起，按時晨昏定省，誰教自己平時太不客氣，現在能掛上去已經不錯，不必每天對著床前明月，想念遠方心上人而不能入眠，已是三生有幸，那敢奢望它能來去自如。為了我修窗簾，劭騏在旁陪著流了不少眼淚，平時我做稀飯，他也是站在小床裡，大拇指塞在嘴裡哭，頗像他老爹當年追女孩，不好意思或想事情也把拇指送入嘴，只不過劭騏的小臉上塗滿淚水，汗水和口水。想到明天能接你的電話，真高興。我要是超過兩天沒接到你的信，就會哭不停。我忽然想起你是否可託梁帶點糖果，上次你同學請吃的美國糖，真好吃。凱，好想念你，我們都好愛你。

婉淑 11/10/79　17:10

婉淑：

　　早上寫了一封給妳，現在是晚上夜深人靜，我先寄兩張照片給妳，其他還有車子的及我在校園照的，我會陸續寄給妳，如此可以省點郵票錢，我未秤重，但如超重就麻煩了，先退回給我，耽誤時間。

　　前天下午，收到學校警察夾在雨刷上一張ticket（$10元罰單）說我停在reserve area（保留區），那警察還以為是學生的車子呢！我是Faculty（教職員）當然可以停在比教授遠些但比學生近些的停車區裡，那警察一定在打盹，不看清我車窗內貼的教職員停車卡，後來我去停車管理部門理論，又被說到市府法院去申訴，我去問系裡秘書，他說去找警察，我就去找，正好碰到開罰單那傢伙，他說到停車管理部門去消掉就可以，我又跑一趟，理論半天，說昨天才發生的，罰單還是在這兒。存根一定未送法院，那警察才說：「祇此一次，下次自己去法庭申訴。」老美也會打太極拳，「事在人為」我覺得不去抗辯，自己非得上法庭抗訴一番，否則啞巴吃黃蓮，賠$10元了事。反正沒錯，必須弄清楚是非。

　　明天打電話給妳後再寫一封給妳，晚安（妳那兒是正午），好想妳及劭騏，今晚又給人看相片，自己趁機又得意一次（因為你們母子倆）。Je t'aime.

　　　　　　　　　　　　　　　　　　　　　凱11/10/79　23:30

婉淑：

　　剛打完電話給妳，心情好愉快，每兩週與妳談話一次，聽到妳聲音會令我高興很久。劭騏長高了，又很可愛，我急著想看他。拿照片給人看，我都很神氣，有時人家會說還不是因為妳太太漂亮，兒子才可愛。這句話也令我高興，雖不是恭維我，但我承認我有個令我深愛的好太太。定期存款，不知妳放入多少，不過若是12萬三個月也有二千八百元了，多些利息收入。妳大妹生了男孩，真為他們高興，代我道賀，本想分二張信封轉寄相片，但我想四、五張一起寄，可以省掉分二次，多一張信封之重量。明天要交英文term paper（學期論文）的rough draft（草稿），今天必須趕出來。有了車子事情就多，目前我正學保養，今天要自己換機油，可省Labor（工錢）約四、五元，半小時就OK，Eric都說給人換

190

算了，他用錢是海派些。

　　有件事我一直不好意思說，這兒不知去那兒或向誰問那玩意兒，妳有空就去衛生所拿一點，明年帶來，妳曉得我在說什麼嗎？相信妳是知道的。二星期後（25日）我會在同一時間（晚上8點半）打電話給妳，祇要講不太久，通話還是我很渴望的，好想妳及劭騏，我想像中他都長很大了。婉淑，謝謝妳的辛苦照顧咱們的寶貝。

凱11/11/79　8:42

11/11（日）　#59C

婉淑：

　　今天上午寫了一封給妳，現在再寫一封，連同昨天在二天內共寫四封給妳我覺得好愉快，寫信給妳就像與妳交談一樣，我喜歡對妳傾訴，因我祇愛妳一人，妳一定要被我愛才行，雖是老夫老妻，我還是要一直愛妳，愛妳……愛到「深處」……，到永遠……。我把剩下6張相片裝入，明早到郵局（在UC怪物旁）去秤重，家裡郵票用完了，上週五要去買，連郵簡都售完，幸好我早有儲備的習慣。另外還有一張我與丁（住我對面，高雄來的電機系）合照的，等我加洗出來，再寄給妳。

　　昨晚UH和UT打橄欖球，21-13我們輸了八分，昨天學校內一定很洩氣，神氣少幾分，不過南區仍冠軍有望，因為UT輸阿肯色，而UH勝過阿肯色。昨天趁Target的Car Stereo在減價買了一個AM/FM/Cassette今天花了兩三小時把它換裝上去，音響很不錯，自己動過手，有經驗不必花$35去請人

裝。這個月房租省了半價$39.40，再添一些就購買一個Car Stereo，當然那些Pioneer那種名牌，是買不起的，都要上百，我花半價就心疼。今晨要換機油，oil filter就是拿不下來，要是買把oil filter wrench還是轉不下來，就得硬敲或請人換機油了。偶而請教人保養，自己漸漸懂。

　　室友高今天邂逅成大同學，在化工系做事、唸書，兩人居然現在才碰頭，那人我見過在宿舍餐廳吃飯，我看他神色很不得意，高說他結婚了，太太是在此結識的移民，有一個一歲小孩，去年剛買房子六萬五，買兩部新車。我說有太太的人在宿舍吃飯不是很奇怪嗎，而且他週末仍駕車來吃，高突然頓悟，難怪他同學一直打聽某某人與太太不合的原因，看來這人與太太合不來，一直想回台灣，太太不肯，有了小孩更是無法分離，那人講話很小聲，個性大概很不開朗。沒有深刻的瞭解結婚真痛苦。婉淑，我們不會像那樣，我們永遠相愛都來不及，連分開都很想見面了，在一起更是要天天～pia～了。台語有句可適用：「歹田一半冬，歹某一世人。」女人嫁丈夫也是下一輩子賭注，婉淑，妳會後悔嫁給我嗎？快30了，還在奔波忙碌的人。我可以給妳保證我給妳的目標，我一直是在朝這方向走，妳與劭騏是我優先奮鬥的目的。

　　好愛，好想你們。

凱11/11/79　20:10

P.S. 在此我深切體會我不能沒有妳及劭騏。Trust me, my love.

11/12/79（一）　#60

婉淑：

　　今天上午要去寄信，發覺郵局關門，原來是Veterans Day軍人節（11/11）補假，是federal holiday聯邦政府的假，大概銀行，郵局和聯邦政府員工休假。沒有郵票，所以再拿回來，明天再寄。心裡很想妳，所以再寫一封給妳，寫信給妳，令我感覺重溫舊夢，如似當初在追妳一般初戀的甜蜜，嗯～好喜歡妳喔，很怕給妳像泥鰍樣的溜跑掉了。現在我愛兩人，妳及劭騏，好懷念出國前，咱們三人相聚，一家大小玩在一起、睡在一起，這種日子很快就會拾回的。

　　今天下午我去保險，Eric介紹我去的，那家State Farm公司是全國性的，我

們開車走高速公路約12哩去那家公司，負責人很不錯，說話慢條斯理，價錢還算可以$203.20半年，包括撞人、車、Comprehensive（即盜、火、水等災變），自己被撞等，幾乎是全險，不過還是有點限制，例如拖車每次僅補助最多$25，超過自己付（收據為憑），被撞要超過$250部分才賠償，以下自己付，其他付額傷亡如一萬、二萬、住院二千五等等，Eric說：「我常帶朋友來買保險，你應該要給我優惠。」那負責人果真送我們一人一個塑膠皮夾。臨走前還對我說：「Good luck！」我說：「我寧可付你錢，而不要有意外發生。」那家算不錯了，我上週才拿到駕照，入美國亦不過三個月整，願讓我保全險，另外有家老中開的，用廣東話在電話中交談還沒優待，而且又不收我全險，只能保Liability，即撞別人的險，在填申請單時，均不用什麼證件。姓名、住址、結婚與否、車號、車子性能、外表如何、有否肇事、罰單、抵押，均是憑自己寫，他們都不管，全相信人，反正出了事，要查說謊很容易，除非不出事。我是保個險求心安，當然最好這錢是付出去，不要發生事情才是上策。美加不知有否寄「美加學訊」給妳，上個月有一篇「在美國車一定得保險才行……」否則出了事，一輩子做苦工也翻不了身。

最近冷氣常壞，廚房水槽下的garbage disposal（絞碎機）又壞了，都是我叫人來修理（免費），他們真是懶或是不關心，要不是我在跑腿，真是累，地髒了、垃圾堆積、電話斷、電器壞，都是我在操心，他們看準有人關心似的，是否我個性古怪，非為大眾謀福利不可。近來都是每週末載室友去採買、往返，他們化工系的系友大概知道咱們125室有人買車，馬上抽身而去，聽說他那部破車要免費送給我室友，反正賣也賣不到一二百元。

上次照片日期錯了，是11/3號才對，今午我又送去洗了，大約週末前可洗出來，剩下一張我會寄給妳。今晚古力發下來了，大家都差，教授垂頭喪氣的，說最後幾章少教，多做前面題目，要我們去買一本參考書來做。

婉淑，說不出到底有多麼愛妳，在此我的確體會一句話：「小別勝新婚」，何況這不是小別而已，明年春見妳面不知該多麼興奮呢！機場，多麼盼望的地方，趕快來，那日子。把我的愛分點給劭騏，嘖～！

凱11/12　20:17

P.S. 昨天並未去Host Family家，因有人不能去，而延至下週感恩節。

凱：

今早氣溫突然下降，穿了緊身衣和毛衣還直打抖，還好上週去買了幾件冬天的衣服、一件外套、一件毛衣（開襟）、一件套頭毛衣，買女孩的衣服真不好買，我不大清楚冬天美國都怎麼穿，比如上次生產時你買給我的那件睡袍，在這兒很舒服，就不知在美國需不需要，我讓王帶去給妹妹穿，她在醫院很需要，這幾天寒流來好冷。你若覺得那睡袍在美派得上用場，那我就帶去，雖然蓬鬆點，但料子蠻好的，否則我就送給妹妹。上次寄衛生衣給你時，剛好中信缺貨，大號的只剩八件，只好加幾件薄的給你。這兩天一冷，我不知你是否會感覺衛生衣不夠，若不夠我買了下次再帶去給你。

每到要接電話的星期日，我就好高興，雖然沒有信也沒關係。要不是家人在旁邊，真想告訴你，我也好愛你，而且好想你，不過若這麼說我就會哭了，要嘻嘻哈哈的才不會哭。回家來躺在床上，我會不斷反覆想你剛說過的話，很愉快，也有點傷心，很想讓你抱一抱。昨天放假在家，從週六起都只有我和劭騏在家，我有劭騏並不寂寞，但我怕劭騏缺少玩伴。還好昨早本來要抱劭騏去照相的，在路上碰到珠珠夫婦和小孩一起來看新房，他們的房子現在要貼外面馬賽克，五樓都蓋好了，陪著他們看房子，順便聊天。他們小孩很聰明才二歲四個月，會數到30，問他搭幾路車來，左還是右轉，此外還可搭幾路車來，靠牆走是靠右還是靠左？家裡電話幾號？他都對答如流，阿廖很得意，不停的表演，我說他兒子聰明，他也不客氣的說他兒子比同年的小孩智慧發展的快，珠珠說他兒子愛用頭腦，不愛玩具。他兒子看來似乎真的聰明，可是我看周的女兒也聰明，不知是否普遍孩子們智慧都開得早。但父母的啟發也很重要，阿廖很善於運用機智的題目啟發孩子用頭腦，看他們父子一路走一路唱喝，真羨慕。

下午劭騏睡了長長的午覺醒來大約三點，抱著他和小汽車到外頭照相，好久沒讓他坐了，他居然可以雙手握方向盤，兩腿向後划，車子走得好快，我想照相，他一會就走出鏡頭了，路人在旁看得好有趣，一直笑，叫我要用磚頭擋住車輪他才不會跑。外頭風大又冷，沒多久只好抱他回家，剛好薛和先生抱著女兒一道來。她女兒像媽媽，比咱們兒子小五個月居然和劭騏一般高，手腳被衣服蓋著，沒看見，頭臉都比劭騏大。劭騏很活潑在我腳上不停跳，薛也想讓女兒跳，她先生大喝「不可」，他說如此一跳以後就常常得抱她跳，孩子有好的父母來開

導是幸運的。傍晚看電視偉人傳記用卡通手法介紹人物，可惜開得太晚了，只看到蘇格拉底、米開朗基羅和裴斯塔洛奇，介紹他們兒時和長大後的成就，很可愛、很好笑，也給孩子們灌輸了知識。劭騏還看不懂，只會看廣告，像「卡利卡利送小汽車，買乖乖送乖乖帆船」等孩子看的廣告，有次我舉手拿東西擋住他的視線，他立刻把我的手打下來，我妹看了都笑。對劭騏我很少抑壓他，他拿棍棒亂揮我沒搶，只注意不讓他打到眼睛。我爸看他拿鉛筆怕鉛有毒，便將鉛筆拿掉，我只是隨他但注意不發生危險。帶孩子真是學問，我逐漸感覺需要買本書來看，相信你帶他會給他更多好處。想你。

婉淑11/13/79　12:50

婉淑：

　　昨天收到上週一的信（49封），妳很忙還抽空寫信，我真感動，我現在寫信給妳的心情就像當初一樣，一直要把妳追到手，深怕妳不愛我，婉淑，妳不會不愛我吧？我每天都在愛妳呢！

　　昨天沒時間去郵局，早上趕實驗課，郵局排長龍，不能等，下午又被教授叫去要做大一物理考題答案，做完郵局又不知何故提早關門，所以祇好向人借郵票寄了，大概不會超重，似乎是每四張相片需31¢，昨天下午送Eric去修車廠後就寄了，他多久寫一封不知，比我少是一定的，常對我說「怎麼又在寄信？」我說「沒人像我如此般愛太太，你無法體會」，我確實是深愛著妳，只有妳最了解我，我的外表似乎給人一種不可靠的感覺，是嗎？難怪別人看我都怪怪的，反正不熟的人，也無法暢談，君子之交真是淡如水，更不用說素昧平生的人了。回想以往，我們經歷的是多麼值得回味，我們彼此相愛，彼此接納、奉獻、擁有自己的天地，再也沒有人能夠體會妳對我的重要性，我要愛妳，愛妳的一切，愛妳為我生的孩子，永遠，永遠……，劭騏需要妳我來愛他，這麼嬌嫩的娃娃，我看了怎能不愛疼他。Target這週有Car Seat在減價，我會去買一把，將來劭騏坐在車內才能扣住安全帶，寫到此，我才想到今天領了I-20，應該用信封的，我另外再寫一封用信封寄給妳好了。

1981,12/19科羅拉多

　　古力教授對我們考試不好很失望，也決定改進他的進度內容，把後面某些章節刪除，

全力放在解題，要我們買本SCHAUM'S OUTLINE SERIES的書叫Lagrange Dynamics裡面全是解題。SCHAUM'S系列全是理工解題書，有數十種之多。我的實驗到明天全部結束，下週停一週，下下週給他們Final Exam期末考。星期二的學生要求提早一週到下週二考，如此他們星期四感恩節可愉快些，期末考也鬆些，一個學生想申請Medical School醫學院（其實很多學生都如此，所以這兒生物系很多學生）擔心成績不好（他是猶太人、古巴生，現是美籍）跑來找我，我算算成績說期末考用功該可拿A，不大可能拿C，他才安心離去。另外一個已開始申請醫校要求我寫類似Recommendation（推薦信）的信函。老美看我在黑板畫了一大堆公式，問我說：「你怎麼記得那麼多」，還在女生宿舍，對老中女生說她的Physics lab instructor很smart，公式一堆。（放心，那些女生不好看，而且都知道我已結婚，甚至知道我很愛太太及兒子）。

我同系同學郝住的公寓較角落，前天大概晚上沒人在時被人break in拿去音響、鬧鐘、夾克，那音響還是大前天去市區買的呢！賊怎麼那麼靈光？！損失數百元，郝都沒心聽課了，四個人住一起好像有一個和不大來，那人買了破車，送去修理，鑰匙也不給人，打電話來催，人不在，後來修車廠說車丟了，不管，說不定Garage火大，拖走賣破爛掉了，那人祇有自認倒霉，損失$500。上次我說$300沒買可惜的那車，現在停在Garage大修特修，所以減少一點精神，金錢困擾，買好一點的車，仍是划算。我買了三卷空白的錄音帶，老美真會做生意，一卷$3.29（C-90分，算很好品質的）三卷$6.58上面寫著，Buy two, take one free！（買二送一），真的是如此。我錄了金韻獎第1、2、3集（一卷90分正好夠）所以你若是要帶國語錄音帶，就可以去掉金韻獎1、2、3集。

12月中，學期末，系內舉辦一個聚餐，教授學生都參加，老中學生大概說好每人出一道菜，我想想或許我來炒個青椒沙茶牛肉或什麼的，老美及其他老外都愛中國菜，愛吃得要命，我猜世上每個人都會適應中國菜的，難怪中國食譜書如至寶。宿舍吃的不是正牌西餐，有種老墨的調味叫Chili難吃死了，其他的大致還好，當然沒有色香味俱全的中菜好吃。婉淑，想妳做的菜，想得很，趕快來。

　　好愛你及劭騏

凱11/14/79　20:04

婉淑：

　　剛去Target買了一把Car Seat，給劭騏將來坐汽車用，可以調整傾度，扣安全帶，向前或向後均可，一般價是$38.97，這週減價才$26.99加上6%稅共$28.61，這椅子實在不錯（我在別家看價錢約$40），有海綿墊劭騏坐了一定很舒服，五條帶子扣住包準他很安全又不會搖晃。我買東西幾乎都是買減價的東西，反正將來有用的，放著不壞，早買又省錢，一舉兩得。我附上一張廣告剪下來的給妳過目，這兒的超級市場，不管用的吃的，每週都有東西減價隨報附送，好讓大家去消費，美國的資本主義政策。另外一張郵票是上次郵簡未蓋到郵戳撕下來給妳再用。

　　信內的I-20是昨天拿到的，比我晚申請的郝已寄回給太太了。I-20是供簽證，在美國入境給移民局看的。申請護照要不要就不知了，可能是要，反正妳委託美加公義旅行社辦，他們會詳細告知，或許關於何時可以申請護照也問他們，是否一定要滿半年，或五個月等等。妳寒假不知何時開始？妳不辭職是無法辦護照的，所以相差時間就是放寒假一月底到將近2月10日那二週時間而已，當然能夠早辦好早來，我是最高興的。妳最遲在2月6日或7日辭職，然後去市公所更改職業欄需三天，若2月9日（星期六）去市公所拿回來，然後當天或2月10日（星期日）送去公義辦護照。妳看情形，若學校的離職證書會拖，妳就斟酌一下。很渴望見到妳及劭騏，妳說他常被嚇到，令我心裡真難過，稍忍一下我們就要團圓了。我覺得我們很配，很合得來，不會意氣用事，更不要說吵架了，我不願意自己的妻兒有任何不如意事。

　　明天要交英文的Weekly Paper（每週作文），我得停筆而動那邊的筆了。每當回想離開妳（在機場）及劭騏（在黃家），心裡都難過。甜蜜的往事會再來的，闔家三人再團聚的日子已近了，日子已去一半了，非常想妳及劭騏。我很好，放心，好愛你倆。

凱11/15/79　20:22

P.S. 財力證明大概就是$10,020 - $4,500 = $5,520我的或妳的均可。

凱：

今晚劭騏好勇敢，他兩天沒大便了。從早上起就一直用力，晚上抱回來趕快給他喝蜜水，他一口氣喝完半瓶，已經好久沒給他喝水了，除了牛奶和偶爾一小片柳丁，他幾乎沒有吸收到水分。一晚上他偶而哭叫，我以為是人少，他害怕，後來才發覺是用力疼痛的關係，抱他到床上替他出力，看他肛門開得好大，大便也看到了就是出不來，我用棉花棒都挖不出來，可見有多硬，他使勁用力，尿都出來了，肛門因為開太大流了一點血，而他還很努力居然沒哭，好像知道媽媽在幫忙，他不可放棄。看他肛門流血我就不敢再繼續了，雖然他沒哭，我還是嚇壞了。將他穿好找書來看，書中都不贊成用灌腸的方式（藥房有賣通屁股的），我只好再讓他喝水，心想他一定很難過，雖然已九點多鐘，我仍將他多穿幾件衣服，抱到巷口去買木瓜，外頭有點雨，很冷，劭騏沒有晚上出門過，不過我看別人還不是把娃娃抱來抱去，買了兩個小木瓜趕緊回來，從週六妹生孩子起，晚上都只有劭騏和我，我們兩個玩得很起勁，頗不寂寞。回來給劭騏吃兩口木瓜他就不吃了，只聽他忽然大哭起來，聞到一陣臭味，終於拉出大便，他一舒服就立刻睡著了。我感覺劭騏似乎營養不良，臉色不好，不像別的娃娃兩頰紅潤。我盡可能請教別人給他吃什麼，只要能辦得到也都努力去做，劭騏還是無法像別的娃娃那樣紅嘟嘟的。下午我因為MC來不舒服不想辦事，累得躺在床上，從你走後我一直沒睡過午覺，晚上我一向睡得好因為太累，下午卻不行，躺上床就想你，一想眼淚就來，覺也睡不好了，想去抱劭騏，兩眼紅紅的不好看，只好掃掃地，洗奶瓶尿布，沒接到信也有關係，雖然我知道信裡說的一定都是星期日打過電話以前的事，可是我還是盼望能有信，昨天才收到依親證明，也有爸爸寄來的愛，但我還是很貪心。住42號的秀雯她先生在美國（公費）讀quarter制的現正放假，有十天沒來信了，要是我也十沒接到信，還不知要哭成什麼樣。傍晚抱劭騏，只有黃公公一人在家，黃家現在是各忙各的，誰在就誰看劭騏，才出他們黃家門，劭騏就喊爸爸，看著他我又悲從中來，一路淌眼淚回來。珠珠說她聽劉說辦依親並不容易，我不知她們懂多少，真的不易嗎？我有點擔心一旦辭職又辦不成手續，坐吃山空怎麼辦？若我能確定沒問題，不會拖太久，寒假開始就不想再把劭騏送去黃家了，一則浪費錢，再則劭騏也怪可憐的，被人推來推去。明天妹會從醫院回來，看王忙得沒頭蒼蠅似的真好玩。他們沒人來坐月子，我多少得幫點

199

忙，最近下午我都會回來。下午電朝代，房屋權狀仍在代書那兒，朝代也氣代書那麼會拖。凱，好想念你。

婉淑11/14/79　23:50

11/16/79（五）　#55

凱：

　　我跳了一大級，昨天領考績獎金和補發四個月差額，共領6900元（尾數忘了），買了一套衣服，咖啡色的外套配窄裙，在中信買的，打八折2385元。昨天下午妹從醫院回來，他們開始為娃娃忙，沒有人手一切自己來，我也只好幫忙，不過這忙並不好幫，比如我忙煮腰花給妹吃，又忙燉雞，王說要燉，大概我煮太久太爛了吧，他一口也沒吃。我想除非他們要求，這忙我是少幫為妙，我說他們該找個洗衣服的，他不急，我替他去雜貨店問好了，他說他已找了，但今早看王在忙洗衣服似乎沒請人來洗，他一兩天可支持，久了一定受不了。我妹還不大會帶娃娃，昨晚娃娃哭鬧好久，妹餵奶餵不好，娃娃吸好久吸不到奶，她認為哭是運動，不大在乎娃娃哭，我這人就是神經質，雖隔兩道門仍聽到哭聲，娃娃哭在我認為是有毛病，不舒服，總要找出原因，不過我隨時提醒自己，娃娃是人家的，人家不問，我還是少廢話。她娃娃抓傷，我要給他藥膏，王說不要自己會好，昨忙到五點多才去抱劭騏，劭騏真可憐，爸爸不在身邊，媽媽又去多管閒事，我想還是袖手旁觀好了。（可是我一定又會忍不住去插手）。

　　天氣涼了，但蚊子並未減少，可惡的蚊子還很聰明，我躺在床上聽到蚊子叫，開燈找遍都找不到，後來燈一關，黑暗中看見蚊子停在劭騏額頭上，使勁一打，終於打死，我發覺這方法不錯，昨晚我黑暗中又在劭騏的小被上打死一隻，劭騏的臉被釘的到處一點一點紅紅的，昨晚沒睡好，我一累就沒多大精神照顧劭騏，他醒來笑咪咪，我只好迷迷糊糊隨便笑笑，起床後又忙給他給自己穿衣，趕上學，沒空多照顧他，對他我真是覺得虧欠，下午監考完一堂，我會趕緊去抱他，真是可憐的寶寶。

　　昨天看了你的信，真是好高興，我好愛你。邱抱怨她先生，我忍不住要說，她真可憐，從未體會過真愛的滋味。我因為愛你所以才忍不住要抱著你吻，只想把你抱在懷裡吻遍全身，我就是無法想像邱如何心中充滿恨意和先生在一起生

活，我告訴她好愛我先生，回憶起往事也總是充滿甜蜜，我願讓大家都知道，我愛我的先生。想起你伸手摟著我的腰，有時還會感動得落淚，我只是想和你在一起，不論你身在何處，好盼望我們一家能趕快團聚。昨天媽陪妹妹從醫院回來，聊了一陣，還說我爸常向人提及他女婿既會教書又會幫忙家務。你曾幫了他忙，他一直都記得。你打電話來，總是很準時在八點半，他常會抬頭看一下鐘，很佩服你守信用。凱，我愛你，因為你值得我毫無保留的愛你，將來劭騏一定也會為有個好爸爸感到光榮。依親證明我已收到，還不知是否要貼照片，我和劭騏都還沒去照，也不知是否要兩人合照，下午我會電美加問問，說不定就抱劭騏去照。今天天氣很好，下午我可能會繼續將底片照完，明天就可送去洗。王的相機無法照室內，但劭騏在室內活動較多，很多可愛的憨態都無法照，很可惜。你週六打工會不會影響期末考？不知你要找什麼工作，多小心，好好照顧自己，不會離家太遠吧？我很擔心呢。你的畢業證書，服務證明，和償公費申請單都在架子上紙袋內，你真細心，都預先準備好了。謝謝爸爸，我省了不少麻煩。好想念你。真想抱抱你。爸爸，give me a kiss，愛你。

婉淑11/16/79　14:05

11/17/79（六）#56

凱：

　　昨天一連收到二封信、一封郵簡、一封有照片。看得好高興，那車的確漂亮，非常graceful（優雅），雖大卻很淑女樣，你天天忙著照顧她，真令我嫉妒。看那車頭似乎很長，轉彎恐怕不好轉吧？那麼漂亮的車，初學的人開似乎有點可惜，萬一不小心撞東撞西的不是很心疼嗎？我敢說你一定很捨不得她讓我折磨。定期存款我存進十二萬，你這麼說，我就這麼做，通常我都喜歡照你說的做，比較安心。我愛我先生，希望他高興，更重要的是我相信先生做的決定。當然我並非盲目聽從。我自己想做的事也總要你說好才能放手去做。關於你要的那個東西，前幾天我到婦幼去，那小姐沒好氣的說早上才有，我會找個時間，婦幼和衛生所都去買。自從我剪了短髮，人人說我小，其實臉上，眼角都有好多軌道，辦公室一位女老師聽我說妹妹生孩子，她說妳妹妹這麼小就生，我起初搞不清楚，後來才恍然大悟，她以為我還年輕，告訴她我升一大級了，她還不信，所

以我去買保險套也不能怪人家瞪我，大概以為我不正經。

　　辦公室老師說那是穿雨衣，他們臭男人說話很露骨，反正大家都結過婚，雖有女老師他們也不避諱，所以女老師們都說只有習慣了。他們自己談，我們從不理會。有一次有人說要表揚好老師，當事人不好意思將全名寫出只好寫「陳x進」，大家笑說是陳差勁，有個老師歪頭歪腦居然說他弟弟叫陳拔出，臭男人都笑成一團，我們女的只當沒聽見，說到避孕，臭男人說穿雨衣，不然打野外。那離婚的男老師還告訴人晚上睡不著很難過，別人都頗為同情他，說是啊！會很難過。我只有早上在辦公室，而辦公室也只有早上最熱鬧，川流不息全是男人。

　　有空我會去買幾卷國語歌曲錄音帶，送朋友的禮物還沒買，不知買什麼好？你可否建議一下？我拿照片給劭騏看，你和車那一張，他看了一直笑，然後亂揉。他不喜歡的會搖頭，喜歡就笑。看妹的娃娃也笑，那娃娃頭髮好多，比劭騏多，又濃又黑，昨天替那娃娃洗澡還真不習慣，那娃娃好乾皮都皺起來，大家都說這樣的娃娃容易凸皮，比較會胖。劭騏現在和他比起來大好多，真是老娃娃了，他看娃娃在吸奶覺得有趣，就笑起來。我還沒抱劭騏去照護照的照片，電美加公義老是打不通，我想照相館該知道如何照吧，我不清楚是否要母子合照，還有依親證明貼上照片，會將蓋的章貼著一部分，我也不知道該如何貼。楊華排在11月27簽證，她買11月30的機票，好羨慕她終於可以全家團圓了。我也真希望能快點見到你。劭騏需要爸爸管教，他喜歡男人抱，昨晚我爸媽來，看他開小汽車好有趣，他要我爸爸抱，今早見黃婆婆他就不高興，嘟著一張嘴，黃婆婆說他喜歡他阿公抱。說到洗衣服，有些衣服會染色，有些質料好的，不知如何洗，全部都丟到機器裡嗎？這麼一洗衣服都不漂亮了。尤其你那些紅衣服，紅、綠、藍、黑、棉質的都會褪色，且易被染色，不知美國人如何解決這些問題？凱，盼望見到你的日子快來。好愛你。

婉淑11/17/79　10:50

11/17/79（六）#63

婉淑：

　　昨天收到第50、52封（11/8、11/10），妳忙又寫信，令我真感動。前天把相片（我們一起出遊的一百多張）裝入一本相簿內，這相本是Target減價買的，

可裝240張。我一張張看，往事的確很甜蜜啊！郭蓋第一次與女孩出遊就好大膽啊！手都不規矩了，不過我知道他很愛那女孩才會如此做的。看了又看，還是覺得我再結婚一百萬次，仍是要娶妳，平生無什麼成就，娶到好某就是我最大的興致。

今早終於把Oil Filter（機油濾網）卸下來了，前天買了一把wrench（扳手）很管用，以後換機油的工錢自己賺。這幾天都很熱，如炎夏一般，無法體會北方在酷寒一百多吋的積雪蓋住房子車子的情況。你吃飯要正常不要鬧胃病才好，身體健康是最大的本錢，我自己也很照顧，放心。妳說的什麼美國糖我不記得了，你稍描述一下，老美的甜物太多種了，我會託梁帶些糖的，另外妳說要什麼胸針是嗎？我注意看看。

下學期課程Schedule（時間表）出來了，Priority Registration是11/27～28，即選課有優先權，以防客滿，不願早選的人可在Regular Registration元月2、3日選課，1/8～11日交費，1/14正式上課，3/10～15（其實就變成8～16）放春假，4/4～5復活節，4/30～5/1 Reading Period，5/2～9期末考。這學期上課至12/4，12/5～6 Reading Period，12/7～14為Final Exam期末考。等這學期成績出來，我會去申請轉系，另外也利用寒假賺點錢。人家都說我的車子像新車，我說我討厭修車，很費精神、時間、金錢。我以前的摩托車幫我們賺些錢付房子，現在這部車明年要接我太太，小孩來，也要幫我們賺些錢來付房子。每週六都有Your Town Home（連棟屋）廣告，我相信我們可以買得起的，在郊區雖遠但交通仍方便，有很多條高速公路到市區。四臥房太貴了。有些房子沒有車庫，若是三房沒車庫或兩房有車庫，我會挑前者，車子可以晚上睡外面，人一定要住裡面，若是買兩房沒停車間，那我們根本毫無問題，約4萬出頭即有。當然人都是貪心，4房不談，最好是3房2½浴2停車（3-2½-2）。老美的Townhome通常是包括patio（小院子）、臥室、廚房（包括廚具：爐台、洗碗機、碎骨機等），客餐廳，另有個吃早餐的地方、櫥室等等。新房子什麼都得添，窗簾更不用說了，老美的窗戶都是標準尺寸，所以到處可以配窗簾，顏色隨人挑。

明天是星期日，再下一個星期日才要打電話給妳，仍是晚上8點半，能夠聽到妳聲音，是一件大樂事。目前愈來愈想，盼望你及劭騏快來，一家三口生活在一起多麼愜意！那麼多人愛咱們兒子也令我非常欣慰，劭騏的確需要我們的愛，我每天都在想像他長高的樣子，有一晚我夢見你們來了，很多信寄去台灣妳都沒

203

收到。在這兒某些光棍都談某某女生怎麼漂亮，我都不屑一看，比起我老婆來，簡直差多了，我還是最愛妳，因為妳的一切，不僅僅是妳的美而已。婉淑，相信我對妳的永恆的愛。

凱11/17/79　14:50

11/18/79（日）　#64

婉淑：

　　昨天早上寫封信，今天（其實剛過午夜）又忍不住再動筆，第63封還沒寄呢！這二封我會拿去系館那兒寄，星期日上午圖書館不開，我習慣到系館，我的辦公室去看書。本週二的實驗課，本是不上的，學生要求提早一週考期末，我前天把題目印好，就剩裝訂，幸好不多，二班才35人左右。

　　昨天拿報紙的Free Coupon（折價券）去換一把大的手電筒，賺了$1.59，我也送Eric一張，他還等不及就買了五個D號電池裝入，花了$1.80，老美的乾電池最差的也比台灣最好的要貴些，我的室友要回家都很想買東西回去，曹鼓吹他們倆（高、梁）帶什麼回去——鑽戒！說台灣沒有好鑽戒，一克拉可以賣到十萬左右，不知是否真的，這兒一克拉鑽戒普通價是$2,000左右或$2,500，減價時$1,000至$1,500。若如他們說的，鑽戒是很好的「貨品」。

　　昨天下午在UC打桌球，遇到一學生的姐姐姐夫，他們是今年初移民來，一個月就買了房子，在西北區離市區約15哩，建坪約1,200呎^2（33坪），空地不算在內，另有草坪、Fence（籬笆），3-2-2，才4萬出頭。他們當初買時申請Down墊6%，剛來此未建立任何Credit（信用）居然准了（那先生帶了一封在台灣工作上司的推薦信，作為Credit評量，這我倒未聽說過），目前每月付四百多元，車子兩部也是分期。每次聽人買房子心裡就好急，很想立刻買一棟。我在想我們可能寧願多開車5、10分鐘，住稍遠一點，但房子就會大一些也較便宜，總比住市區少開車，房子小來得舒服。假如按照我以前對你說的匯款方式，我覺得稍遲了一些，當初定期存款似乎是多餘的，我沒考慮清楚，不過存了就算了。我在想，若妳帶劼騏來了，還要由你家人麻煩去匯款似乎不太好，況且你早點把款匯過來，我們可以早買棟自己住的家，我考慮在妳來後二、三個月之內買成，最好妳一下飛機就住到咱們自己的房子，這也並非不可能，若1.我存款夠個

八、九千元。2.我仍有獎學金，就可以了。所以我想借Eric的名義，他也同意我收到支票時，他簽名存入我帳戶。目前問題是，妳把12萬存入華銀定期，可能活期所剩不多，湊不出來，是嗎？妳斟酌看看，可以的話，妳就以妳妹妹的名義去申請一千，一千五都可以，（三千恐怕不可能，除非虧本要華銀的貸款）明年元月元旦後，再借他的名義也就差不多了，不必再麻煩家人。我算給妳聽：若妳目前匯1千，加上明年元月二個共六千就七千，你可能可結匯（$1,500+$750）二千二百五，就是九千二百五了。我無法精確估計，咱們到底到明年二月應該有多少錢，有進有出，會錢剩幾個月該還清，冷氣機、冰箱、洗衣機的處理等等。我收到以後再通知他就可以了。這兒東西也是偶而小漲一下，前二週2個燈泡89¢，現在99¢，汽油快衝破$1大關了。只有大油公司EXXON還保持最末一名，普通Regular 84¢/gal，不含鉛（Unleaded）87.9¢/gal，我的車是76年的（及以後的）必須用不污染的Unleaded油，若是加一家SHELL 94.9¢/gal也不算貴，因每加侖貴7分，20加侖貴1元4角，他們還免費洗車，況且不必20加侖，加滿油箱即可（Free car wash per fill up）。通貨膨脹令人想保值，最主要的是我們需要一個安定的家。婉淑，相信我所做的一切都是為了愛妳以及劻騏，我願意犧牲自己來使你們獲得幸福，我不會在乎自己是否受苦。夜深了，很想念妳，一週後，又可通話了，真盼望。Je t'aime！

凱11/18/79　01:02

　　P.S. 我目前存款近$3,400，除去貸$500，還有近$2,900。那貸款12/1起償還。我很可能一次通通還掉少付利息，又信用好。

11/19/79（一）　#65

婉淑：

　　今天收到陸空聯運的包裹，見到劻騏的衣服，好高興呀！好似看到他在我身邊一樣，可愛的衣服，令我一直愛他。鞋子很合穿，運動夾克大號小號都可以穿，因為都是伸縮料，小號裡面少穿些，大號可加毛衣在內，有人要買，我捨不得賣，太太好不容易才弄來的，怎可以把它賣掉，牛仔褲穿起來很不好受，是我不好，我忘了告訴妳，買的時候要拿尺量一下，我穿很緊（腰），一量果真才76

公分（30吋），不到32吋，當然穿來不好受了，也不能怪妳，婉淑，是我不好，沒交代清楚。要是有32吋穿起來就舒服些，因爲我怕縮一點水，所以才要33腰。沒關係我可以賣給好友，做個人情，當然我也不會虧本賣，在此買這麼好的牛仔褲，也要二十多元以上。

照片我加洗出來了，現在把有我的一張寄給妳，另外我剛也寫了一封信附兩張相片（此張及在希爾頓前一張與車合照）回家給爸媽看。給人照的都技術差，過幾天Eric提議照相寄回家及給同學看，我相信他技術好些。現在我上學都不開車，走路也算運動，油也要花錢的。今天我查了Schedule（學校行事曆），期末考早在開學前全校都排定時間，英文是12/7中午，物數是12/11上午，古力是12/12晚。感恩節四～日有4天沒課，該整理一下，好好看個夠，免得臨時準備兩科來不及（英文是考作文，憑實力，可用字典）。我擔心感恩節一連數天放假，妳又得好多天沒信，對不起，我先對妳說明白。學校的圖書館大概關三天，UC打桌球也關三或四天，看書是看定了。

羅來信說托福及GRE已考過，仍是志忐不定主意，上月他回家，爸媽都安康，放心，他們也瞭解我在此的狀況。我已說要轉係，爸媽擔心錢的問題，我已說早已學會自立不需要家裡操心。來此也未曾去拜訪朋友抄下的親友，打工去拜託人總是不喜歡，有辦法還是自己去找。

妳買的運動上衣我一看商標很熟－JC Penney，Made in Taiwan，JC Penney是美國超級市場連鎖店。原來是委託台灣做的，其他五金工具，檯燈幾乎大多數Made in Taiwan。塑膠太空衣，在此價錢約台灣的一倍半至二倍錢。牛仔褲我不知妳有否空再去買，妳每天時間都不夠用，待我星期日打電話問妳看看，我在此買也非不可。若妳買妳就託Jenny帶來，她大約聖誕節過後一兩天來美。若我買，就不必妳去奔波，也不怕不合身，就是稍貴一些。

英文的Term Paper（學期論文）已發下來了（草稿），我又更改，加段，今天交上去，後天星期三發回來，感恩節就可以正式打字交去。今天ETS送來一些給TA的學生做的答卷，詢問對外籍TA的英文能力的評量，ETS目前要做此統計。這是隨人意願，任何人均可拒絕合作，包括英文教授，我，我的學生，不過我是不會拒絕的，看看他們對我的批評了解自己，我想是不壞才對。一個巴勒斯坦來的學生說學生都喜歡我，他很自立，週六日清晨二點就去送報，每月大概拿六百出頭，他雖拿約旦護照，但都說自己是巴勒斯坦人，整天笑嘻嘻的，很討人

喜歡，每次與我在宿舍餐廳共餐，就問我要不要喝茶，他的托盤技術很了得。

　　婉淑，好想念妳呢！還要等到明春才能見面，想妳想得「不得了」就看照片。明春最好妳與劭騏能在我春假前來（3月8號到16號），我們就可好好相聚，真正整週在一起，可以到處逛逛，去海邊教劭騏釣魚、抓蟹。也可利用那段時間教妳開車，考照，申請SS #社安號碼（沒有SS #是不能工作的）。祇要簽證不拖，應該是可以在8號左右來的，那段時間妳的機票也可隨便訂哪一天，我都有空，當然最好是8號之前來。非常愛妳及劭騏。

凱11/19/79　21:35

11/22/79（四）　#66

婉淑：

　　今天是感恩節，連明天二天都放假。我今天把餐卡給曹，另外有人去德州西部也把餐卡留下，我給梁，對面丁的Host Family（接待家庭）也邀，所以高也去宿舍吃，他們三人沒人說好吃的，吃飽營養是還可以。

　　我Host Family原僅有我及另一早先來唸電腦，香港來的，因打聽我下落而結識另一香港的Jason及他朋友台灣來的方，所以今天男主人來接我們四人去吃「dinner」，老美感恩節大概僅有早餐及過中飯時間一、二點吃的「dinner」，就像自助餐似的，自己挑火雞肉片、Ham、Pie、白煮蔬菜……等等。他們還邀了姪兒及女兒的朋友同學二人，一共13人。他們兩個女兒都胖，大女兒真能吃，尤其甜pie，一口又一口，吃完家裡的，又與朋友出去到她家去吃。他們女兒都叫男主人「Bob」，小兒子也要學姐姐叫「Bob」，被媽媽訓說要叫「Daddy」，美國真是個怪社會，婚姻狀況還是保持咱們中國傳統得好，二個女兒都上大學了，先生1972的照片還是高中生呢！不敢想像他們真的是差幾歲。吃過後在客廳照相，看看橄欖球轉播，4點，Bob又送我們回來，一路上很想睡，今天太早起來，送人去市區去坐灰狗。

　　這週都沒妳信，因才上學三天，下週該會有不少才對，聖誕節還不知學校要停辦公多久呢！我在考慮過完我的期末考（我最後一科是在12月12日（三）），妳就把信寄到公寓來好了。地址妳還記得吧？因為公寓是賺錢的地方，總是不會關太久。所以妳大約五日開始就把信改寄上述地址，況且他們星期六還開半天，

207

我因寒假很可能打full-time的事，現在正在找，機會不算少，當然我會全心放在期末考，等一考完，才去安心做事。英文學期論文也改得差不多了，我稍整理一下就可以打了。總算快把這英文告一段落。說件事讓你們英文老師安心，有些英文用詞句，連老美教授都常說「不知道」、「無法解釋」，所以當初唸中學時，同學們常說：啊！這英文老師又來了，又說「這不知」、「那可能不太好！」，當語文學的老師也是很不易的，是非標準不明。

這兩天轉冷，毛衣及妳剛寄來的運動夾克派上用場，婉淑，謝謝妳送我的「溫心」。真的，妳對我實在太體貼了，我應該是很滿足的，事實上，我也是很滿足，我永遠不會後悔與妳在一起，今天把照片帶去給Host Family看，他們都讚美我們家，尤其是劭騏及妳，「He's really cute,」「She's a darling.」讚語不絕。他們也為我高興，盼望妳及劭騏快來。婉淑，好想妳，這幾天不知會否耽誤郵件，好愛妳及劭騏。過午夜了，夢中見。

凱11/23/79　00:32

11/24/79（六）#67

婉淑：

這封信又是在洗衣服寫的，剛拿來先洗，我吃完早飯，回來已洗好，現在正在烘乾。這週信寫得少，很難過，別人問我，我都很得意的說我太太已經給我五十多封信了，昨晚做了個夢，夢見我放寒假回來了，一進門劭騏睡在妳旁邊，他一見我就知道，大叫「爸爸、爸爸、爸爸」我心裡很高興，然後他爬起來抱著我說：「你去那裡，為何不告訴我？」，言詞頗有責難之意，令我這為父的認為對不起他而在夢中流了不少淚。他實在是一個好男孩，他的個性據我看來及你信中描述的，我感覺比較像我，不哭、好動、好奇、不認生等等，我很驕傲妳為我生了一個如此可愛的兒子，我們三人雖然暫時不能團聚，但將來無論如何都要在一起。為了要建立credit（信用），我把貸款$500在星期三（21日）償還了，共$504.21，若到明年五月一日就要利息共約$18不到。另外我會去申請EXXON、SHELL兩大油公司的加油信用卡，及FOLEYS大超級市場的信用卡，這一些建立小信用，將來買房子貸款時，想貸越多在申請單上就必須要有越好的信用紀錄。

實驗課都結束了，一班已考Final，另一班接著下星期四也要考了。有些學

生依依不捨，我給他們的印象應該不錯吧。我的學生與我都談笑自如，在餐廳碰到也親切打招呼。我退掉的電動一科，他們已考完期末考了，因教授要去做實驗，所以提早考。聽說4人當中，一老美拿A，三人中，一老泰及班上兩老中拿C。原來有7人選的，我及歐及一老美退掉了，我去查過我的註冊資料，電腦顯示我已退掉無誤。那唯一拿A的老美，只修一科，又是他修過，存心拿A，當然沒問題。那一科又是人人害怕的科目。

據說立法院已三讀通過師範生以後不能暫緩服務，是嗎？我也是最後一批辦理暫緩服務的畢業生，不知妳去辦理我的公費償還沒有？明天打電話即知。

待會兒有室友高在中山研究院的某某長要來，必須去機場接他，現在有車，就得報答剛來時自己沒車，事事求人的恩情，這種恩是轉於後面來的人，在此都是如此。祇有自己沒車，才體會那種感激之情。高的同事大概由台灣來各州大學考察一下而已。今天才由愛荷華州來，下午或明天就去達拉斯。

這三天（五、六、日）幸好圖書館開了，還有地方唸書，在家實在唸不了多少，東摸西摸，高又不喜歡去外面（以前不同），所以我都到圖書館。婉淑，好想妳及劼騏，沒接到妳信，都認為你母子倆不要爸爸了，不會吧，好愛你倆呢！

凱11/24/79　09:48

11/20/79（二）　#57

凱：

告訴你一個好消息，你的電腦講習班成績過了，剛才我去替你領回了中英文結業證書，明天我會兩張一併寄給你，或許對你轉系小有幫助，至於我則Fail，這是意料中的事，不過仍覺得好委屈，我缺乏完整的時間看書，常常只有半小時或十多分鐘看書，一個概念還沒搞清又得去忙別的。考試當天甚至連孩子要找誰看都不知，外頭下著大雨，心急如焚，劼騏又在哇哇哭要人陪著玩，不提這些了。反正我們兩人總得有一個看孩子，何況你唸書確實比較行。從週六寄了一封信後，就一直無法再提筆，週五、六月考，一堆考卷待改，直到今天總算改完，昨天忙了一天真是昏天地暗，又得上第八堂最討厭的一堂課。星期日我妹的婆家人過來，有王的媽媽、兄、嫂、姐姐，大家七嘴八舌，看王忙著烘尿布（連下了兩三天雨），妹又沒人煮東西給她吃，不知怎麼商量的，說走就走，娃娃一抱，

209

東西一拿，就這樣冒著大雨，兩輛車子開回王的哥哥家。留下我和劭騏守著個大屋子。前一天晚熱水器壞了，廚房的水龍頭又直滴水，外頭又冷又下雨，雖然電視開了整天，節目卻不好看，劭騏好寂寞一臉不高興，只好將他包暖一點，打把傘，抱去外頭叫修瓦斯爐的來，結果店門關著，白走一趟。劭騏看到雨中小孩在跑，一副想要招人家過來玩的樣子，回到家又開始慢慢度時間，想到冷冰冰的屋子，又沒熱水，劭騏又沒有伴，他本來可以在溫暖的床上和爸爸玩的，越想越傷心，眼淚不停的流下來，想找點事做，去照相好了，兩眼哭紅了，怎麼照。還好我媽知道家中只剩我和劭騏，派小妹來作伴，劭騏見了我小妹，笑得好開心，家裡總算有了人氣，兩人不停做鬼臉，嘻嘻哈哈鬧到十一點多，劭騏還不睡覺。現在小妹放學就直接到我這邊來，東西也搬一部分來，早上就從我這邊去上班，王有時回板橋大哥那兒，有時回這邊睡。昨上完第八堂回來天又黑，外頭又冷，看到信箱裡有封信，感覺溫暖了許多，先去抱劭騏回來，雖然一個大屋子仍然只有我們倆人，但我已不覺得寂寞，感覺你就在身邊，劭騏現在喜歡趴在我背上要我背，我一面背著他，一面看，哇！好多啊！滿滿三張紙還有照片，我放在桌上，隨時可看到照片裡的爸爸，胖嘟嘟的。爸爸好像又變胖了一點？我心裡好愉快，好像什麼煩惱都沒了。叫修熱水器的來，他說換開關要三百多元，這熱水器已在漏水，該換新的了，若要勉強用直接用火柴點火就可，果真又有熱水可用了。浴室的燈泡突然壞了，趁劭騏睡覺溜出去買燈泡，回來自己換，原想從另一洗手間的燈泡換過來，但始終轉不下來，只有花錢買新的，買成100燭光太亮了，現在我總算知道100燭光有多亮。小妹大約十一點回來，現在早上都是她泡好牛奶給我喝。

　　美加並未寄給我《美加學訊》，他們大概比較喜歡寄給在國外的吧？台北這幾天很冷，前陣子冷了幾天又變熱，現又冷了，最低12°C，我不知你們那兒氣溫如何，冬天了，還用冷氣嗎？見你的日子似乎還很遙遠，但我可盼望下週日快來，可以聽聽你的聲音，至少可愉快好幾天。接到你的信，晚上上床閉起眼來都覺得好甜蜜。真想摟著你，親吻你的面頰、頸項和頭髮。爸爸，好愛你。

婉淑 11/20/79　16:50

210

凱：

　　昨天我已將你電腦的及格證書寄出，原想寄印刷品，給郵局經辦人看過後，說不能寄印刷，那人實在討厭，態度很壞，問他有沒有航空的標籤，櫃檯上已沒有了，他理都不理，我只好用筆寫上Airmail，否則怕他們會用海運，因為大了點無法丟進郵筒，只好交給他，他拿去後又一直看，我有點後悔沒寄掛號，不知會不會丟。中英文各一張都寄給你，放這兒沒用，雖然中文的寄去可能也沒用，但讓你過目一下，郵費47元比較起來，我們這兒郵費似乎較貴，你寄來的照片，兩次共11張都收到了。昨天下午我去領回房屋權狀，朝代小姐也對啟安不滿，認為我們的付款方式不妥，到時候他們不給錢我們也無可奈何，應該和沈先生說在代書那兒我們通通蓋好章，以後若要補，我們無條件補蓋，錢現在交清，省得日後麻煩。昨晚王回來，問他意見，他實在完全不懂，老覺得我這人過分小心眼，我原是指望若要去代書那兒，他可再陪我去一趟，但看他那漠不關心的樣也罷了。今早問學校老師，他的說法和朝代一樣，章蓋完交錢交屋不要拖，到時他們若要賴，權狀已是對方名義，他再轉賣別人，事情一複雜，你要告到法院，賣房子的那幾文錢還不夠付律師呢。我分析給王聽，他不信，只說沒有那麼黑心的人。今早問了有經驗的人，我想的果然沒錯，目前我扣住權狀，他們還怕我，一旦權狀出手什麼都沒了，所以朝代小姐說，要小心這兩張權狀（一張房屋，一張地下室）。今早電啟安，她說我得交68年下期的房屋稅，可能會寄到新屋那兒，我媽這兒的稅單我收到了，那新屋的稅，大約也要一兩千元（據說新屋附征另外一稅較貴），等會兒我會去新屋看看，想來想去這稅似乎是該我們付的，因為名字仍是我的，房子也還沒過好名，常常遇到大事，我很困擾，苦於沒人可商量，我會打電話和爸爸商量看。早上還和沈太太談過，我希望他們能辦交屋，一切全辦清，因為接下來全是他們的事，他們要去付清契稅才能辦過戶，他們理當可以放心我們沒問題。沈太太說要留尾款，一至五萬，我原要堅持全付清，結果心一軟，我說留八千，電話三分鐘到，我說他們商量好，晚上我再打過去，我跑回去問老師，老師說留一萬尾款勉強可以，我總算安心一點，辦這些事常令我感覺很孤單，一個人帶著孩子孤軍奮戰，只有眼淚往肚裡吞。

　　從早上起一直下雨不停，下雨對我辦事非常不便，只有騎著車，穿上雨衣到處跑，劭騏的尿布也得不停趕著洗，不易乾，常得花時間去烘乾，等我晾好尿

布，去看房子，會順便寄信，還要付水費。昨天才去付過電費，因爲忘了帶鑰匙所以無法順便看房子，昨晚沒瓦斯是我去叫的，浴室的燈特別亮，壞了，我又換新的了，沒人照顧的只有自己來。

　　剛回來收到你的信，I-20也收到了。有你的信，心裡就高興，知道你想我們心裡難過，眼淚忍不住要落下來。我也曾想過，不知小娃娃如何坐在車裡，原來是另有妙法。劭騏很可愛也漂亮，有時也可憐，我忙無法抱他，昨晚他站在車裡哭，一直哭到把奶都吐出來。很想你也很愛你。

婉淑11/22/79　15:00

日本餐館第一次打工

婉淑：

　　真對不起，剛才睡過頭，沒起來打電話給妳，幸好妳打來了，我在床上一聽糟了，我就知道是妳的電話，所以趕緊穿衣服，拿字條（寫好要說什麼的），剛才差不多講10分鐘～11分鐘，上次9/16 COLLECT 8分是$15.90。昨晚睡得晚（約一點半），本不想讓你知道我期末考前在打工，免得你為我操心。這幾天放假，所以才去看看而已，昨天、前天晚上共去二次，那是一家未開張的日本料理屋（12月15日正式），裡面裝潢都是日本式的，木匠從日本請來的，目前他們正在訓練新手，我去看看，他們偶而請人來吃，算是宣傳，有老美、日本人、中國人來吃。我去看看也算訓練，老闆說目前未開幕，每去那兒1小時給$3，以後開幕後$1.5（因為有小費了）。我會在期末考之後再去，反正他15日才開始，我12日考完，到14日都可再去見識。以後寒假我可能做Full time（全職）到開學，大約是每天11點～2點pm、5點pm～10點半pm，這兒也有幾個老中一起去，講好彼此分攤油費。

　　剛聽到劻騏笑聲，好高興啊！以往他聽電話都不作聲，這次倒給老爸樂了半天，那笑聲應該代表他健康，活潑，不是嗎？爸爸好想念他及媽媽。我車子已保險保全險，況且這兒車子很少，很少聽到被人偷走或搶走的，別人的車子無法脫手（老美一般都守法）。所以偷車子是很少聽到的。昨天載高的同事，中午去機場接回來吃午飯、聊聊，下午又送他去機場搭機去達拉斯，四趟共計一百哩，在妳來之前我是該去機場熟悉一下，像昨天中午差點找不到入口，（當初我Host Family也差點迷路，找不到回家路），進去後又找錯停車場，停得太遠，那兒有二棟Terminal大樓，我不知事先要看公路上的指示，看那家航空公司屬那棟大樓，像AA在B棟，Continental在A棟，現在我已知道該怎麼走，停那裡了，妳來我就不會找不到妳了。AA是由SFO飛來，沒有LA來的，從LA來的僅有大陸航空，他們都是DC-10，AA是波音737。你看看是否可以不要搭大陸航空，飛到SFO，轉AA那兒機場大樓內的領行李，送到海關（同一室內），然後出來就是AA服務台（不到10公尺）。在台灣買飛機票實在太貴，從西岸往返台北才$600～$700也是華航，才比在台北買華航單程貴一些而已，當然妳美國內陸票，

若來此買較便宜，不過，轉運行李是件煩事，所以還是在台北直掛休士頓了事。我不知妳要帶幾大箱？兩箱或三箱？唯一麻煩就是海關那兒要自己取出來，若帶劭騏無法提，看看是否可找Porter幫忙。祇要出海關即沒問題，一切由下一班公司負責運。

你匯來的款我會好好存在銀行裡，若直到明元月底有$6,000進來，我是可以去訂一棟房屋，申請到貸款核准約時一個月，一俟准，隔天即可搬入，我會衡量一下存款，大約付個$6,000～$8,000以下的down payment，另外我必須趕緊建立更多的Credit（信用），在這短短的兩三個月之內。一提到要房子，精神抖擻，相信妳也是相同感覺。這下子我轉系（春季班）就得好好考慮一下了，因為自己的employment也是Credit的一部分，沒有工作的收入，他們怎相信有錢按時分期付款？我會看情形而決定。你與劭騏來之前最好能夠我有了著落，如此一來，你倆下飛機，我就可以接你們去咱們新家住了。

婉淑，謝謝妳又要幫我買牛仔褲了，另外襪子幾雙隨便，二、三雙、四、五雙都可以，不必太貴的，小百貨店買的30、40元的即可，買多可以多殺價，每雙殺個五元、十元的。手套即毛線手套，買個兩三雙亦無妨，這兒只有看到女人的driving glove，冬天才需帶手套，平常並不需要。日文書我有兩冊，是灰色平裝的，不知在家還是在妳娘家了。那老闆會說日文英文國語，其他廚子英文都很差，比我日文好一些而已，有個小廚子20歲長得可愛，他說以前上英文課都在睡覺，所以英文不好。

婉淑，越來越想妳了，非常盼望妳及咱們寶寶來，每天看照片都好愛你們倆。是否有教小孩唱遊的錄音帶，沒有的話就由唱片錄過來，劭騏以後可不能不會講國語才行，給他一些兒歌聽聽。現在他該走的較穩了吧？不知牙齒又多了沒有？小搗蛋長幾顆小牙必定可愛極了。另一方面也因為妳「卡Sui」，所以兒子才漂亮，我覺得他長得像男孩子樣像我，可愛像妳，個性像我。星期一會接到妳很多封信。二週後（12月9日上午6:30，台北8:30晚上）我會再打給妳，這次不會睡過頭。I love you.

凱11/25/79　08:54

凱：

上週三（11/21）到朝代領回房屋權狀後，我便一直很著急，還好沈先生他們也願意此刻交屋，實在沒有理由不交，剩下來全是他們的工作。目前我拿回19萬，尾款八千被扣下，他們怕我們尚有帳目不清之處，主要是他們沒買過房子，不清楚情況，所以才東怕西怕，留八千也罷，反正遲早還是得給我們，錢早到手我們可早做運用。週五下著大雨，雙方約好先在新屋見面，看過房子後再到啟安去。我搭計程車（事先曾將權狀影印一份）過去，沈先生等在那兒，看過新屋後，他沒意見頗為滿意，要我穿上他太太的雨衣，他騎摩托車載我至他們公司，我在那兒打電話給王，王開車來接我們去啟安。因為沈先生他們沒時間換本票，支票我不要，他給現錢，為免得數費時，我和沈太太一起去台銀隔壁的郵局領錢，還好郵局可開台銀本票，不必領現款，王很好心開車來接我們去啟安，我想有人陪我比較放心。我爸說尾款八千要對方開一張長期支票好了，沈先生不肯只好作罷。水電基本費10～11月的共148元我去付了，還有房屋稅一千多元該我們付，稅單還沒寄來，反正八千多元扣在他們那兒，他們是不怕的。鑰匙已全交給他們，從今起不必再到新屋那兒了，了一樁大事，心情輕鬆不少。目前銀行定期存款有12萬，活期有19+4＝23萬。今早我去台銀拿四張小額匯款申請單，想請趙和杜倆位老師替我匯，明天我會去申請，並到師大去辦公費償還。若申請下來先匯三千美金給你，等元月再匯三千，然後二月定期才能領出，付完會錢，扣掉飛機票，和我隨身帶2250元，多餘的我會在走之前匯完，這樣好嗎？

說到胸針我只是說這兒很貴，但我不知那兒是否便宜，還是不要好了。若方便帶點隨便什麼甜點好吃易帶即可，還有化妝品Revelon的口紅，腮紅或粉底霜我姐姐妹妹都喜歡，你送我的，我捨不得給他們，這兒很貴。最近天冷我偶爾塗塗唇膏，是我用過許多牌子中最好的一種，附著力好且均勻，不易被吃掉，我塗上唇膏常忍不住又舔掉，沒有濃烈的香味（我很怕MxFactor的味道）。今天我值日要七點才能回家，趁著沒人時趕快寫信，偏人事主任見我寫信便來聊天，他女兒也在美國。六點半，值夜老師來了，我急著回去抱劼騏，不寫了。11/26

只剩最後幾句話卻又拖過一天。昨我偷空騎車去台銀拿申請單，結果趙老師並未很樂意的填表，杜老師填好，今天又說她身分證先生拿走，號碼又記錯，圖章也沒有，早說不就好了，她是不願意藉口一大堆，害我申請單又報銷，得

再跑一趟台銀，中正橋風大騎車好累，我好火。不找這些人了，有另外乾脆的老師要幫忙。中午和楊華約在師大見，請她吃飯，順便辦賠款。早上趕著領錢，白領了，要等合約下來才交錢，你要賠二萬三千元，非一萬七。今天忘了帶戶籍藤本，趕回來鎮公所，明天再到師大一趟，護照照片拿到，我會寄一張給你看。好愛你。接過電話後總是心情特別愉快。

婉淑11/27/79　16:30

11/28/79（三）　#69

婉淑：

　　這封信是在系辦公室寫的，從星期日接完電話寫一封到現在才寫，真對不起。今天是物數最後一次的Problem Session（解題研討會），所以我非趕出一些來上台不可，否則別人拿A，我拿B就失去機會，因此這幾天我都在看物數，作題目。剛才收到妳寄來的Fortran結業證書，我想對我轉系該很有幫助。妳實在很能幹，自我走之後，什麼大小事都由妳挑，一一幾乎都辦好了，我還不知妳房狀交出之前是如何交涉的，我覺得妳做得好極了，房狀交出之前先拿19萬，等沈他們的房狀下來，再去代書那兒拿8千元，這方法很好。另外朝代帳目妳也得去結清，真是夠妳累的。熱水器壞了，仍然用火柴嗎？我這兒全天有熱水，所以幾乎忘了熱水器這東西了。現在氣溫大約是50°到80°F，即10°C～25°C不定，大約中午是20°C～25°C，早晚偶爾15°C左右，上週感恩節是突降到10°C以下。

　　平常是不需睡袍的，但很冷我就不知道了，上週睡覺穿少，蓋少了，有點凍，在室內也穿點長袖，那睡袍或許妳來此仍得著，祇是不知妳如何帶來。現在妳跳一大級了，薪水是多少？每當我在申請信用卡時，有一欄配偶收入，我都寫$350/mo，老美表格有關於可支援個人付款的來源也算是審核條件之一，你寫多少，他們就相信有多少。我現在大概要核算一下咱們明春到妳來時約有多少錢，妳把該償還的，如公費會錢等等列一下，及咱們銀行餘額列出來，我到本月底領薪之後，銀行就共有$3200多一點。我如此作是為了要計算買房子，申請貸款百分比要寫多少，越少越易准，但吃力。我那五百元還了，我問職員，他們說我沒按時還，只能算是有了Good Credit不能算是建立Credit。通常建立Credit是要半年，一年，而且每月按時償還的，我準備再去借個$1500為期六個月，好

好慢慢還。

　　妳說寒假要自己帶劭騏，那當然最好，黃家何時要搬？房子如期交屋嗎？我現在正準備迎接期末考，英文原是12/7日，大家要求提前至12/2日，如此一來就省掉12/7日二、三小時考試時間，反正12/2原要上課的。在考完之前我都不會去打工，等考完後14日中午再去。寒假中能賺多少不知道，總得看那家生意而定，少一點三、四百元，多一點七、八百元吧。劭騏瘦大概像我（我小孩時也很瘦的），他應該是比阿廖他小孩聰明，因為我們倆總該比阿廖及珠珠聰明吧！我會把劭騏帶好，他是需要爸爸來愛他，很奇怪，他現在已經漸漸有自己的思想主張了，大概到了二歲就漸漸有記憶能力，我是說可以記到長大，例如我記得我家以前有煤油燈，我大哥、二哥去服兵役時有很多彩色布（那時人以為去了就不回來了）……等等。那時我應該才兩三歲而已，當然吃奶不大記得了，那時我太小了！（不要笑）。婉淑，好想以前剛認識妳的樣子，我也很盼望日子快來，趕緊擁抱妳入懷，給妳1000000000000個kiss～！我永遠愛妳及劭騏，記住，爸爸是你倆的，不會去給別人愛，他一直想你們。要去吃飯了，否則趕不及上5:30的古力。Je t'aime. I can't live without you, and I miss you a lot everyday.

凱11/28/79　16:44

11/30/79（五）#70

婉淑：

　　剛過午夜，這三天（星期一二三）共收到你六封信（包括電腦證書），好高興呀！感覺妳又好愛我了（其實我並沒有被妳「間斷」愛過，一直都是連續的，祇是我也太貪心了，恨不得每天都陪在妳及劭騏身邊。）劭騏這幾天有沒乖乖？媽媽帶他很辛苦，我好愛，愛你們兩個。那些光棍來的，看來有些都像是沒頭蒼蠅似的，一兩個可看的女孩，幾個男生追，結果套句我們新的術語～被「擊落」了，垂頭喪氣而回～「唉，這年頭……」「人生乏味……」等等自我解嘲的話都來了。凡是存有那份心意的男孩子，來了幾年的或是新生，大部分都會失意，當然也有來此認識而結婚的，如我們系一個去年來的，他太太是生物系的，在這一年內結婚，彼此喜歡就好。我幸好已結婚了，否則我也是可憐蟲一隻。婉淑，我真怕妳拋棄我呢！我以妳為傲，相信不管男或女都會很羨慕我們感情融洽，永遠

相愛。我深信我們的愛情十分穩固，連咱們自己都覺得，不管自初識迄今，都很甜蜜。我恨不得現在就能夠到機場把妳及劭騏接來，跟人介紹說：「這就是我每天都深愛的太太及兒子」。想當初你居然未把我「擊落」，才令我有了終身的幸福，也才有咱們的寶貝劭騏。他是我們相愛的結晶，我們倆都會好好照顧他。

　　昨天轉冷氣溫大約10℃，室內溫度大約保持20℃，夏天外面大約30℃裡面也大約20℃～25℃，在室內夏天穿短袖，冬天在室內穿長袖襯衫卽可，穿毛衣，外套，都太多了，所以果眞是帶開襟毛衣較合適，穿套頭就不能穿太多在裡面，在室外穿當然要多，收音機偶爾會預報溫度，有時低於32°F，（0℃），但不一定會下雪，32°F以下對下雪是必要條件並非充分條件。這兒大概好幾年才下一次薄雪吧！衛生衣夠了，並非我每天都穿，短內衣亦可穿。洗衣服的確是一大堆放入一起洗，襪衣褲等也無暇去分了，可能會褪色的就不要丟下去，用我的手洗就好了。妳說我胖了，我也不知，沒去磅，上週在Host Family磅一下是74～75公斤，原來就是這麼少的嘛！大概美國底片不好，洗出來使人變胖。

　　昨天上午又去申請貸款，這次好快，大概因爲有了上次的紀錄，不必像第一次還要一天審核。第二次電腦資料一查，我已還清第一次，及我的存款餘額，馬上就核准借我$1500。那人好像拉生意似的說：「六個月會很重哦！分十個月還好了」，所以我就多給他們賺些利息了，6個月，每個月付$258不到，若10個月則付$157.65，利息共$76.50（11%，據說明天12/1開始12%），我存入他們（已存入）銀行，利息是6%，所以這十個月大概損失$33利息，爲了買房子建立信用，不得不小犧牲一下，這一次我會慢慢還，顯示很守信用。

昨天把實驗課期末考結束了，成績也結算出來，有一班給2A，……1C，另一班給4A，……1D，明天得把成績送出去，規定72小時內要完成。學生不少個說：「I enjoyed your class very much, It's really interesting.」（我非常喜歡你的課，很有趣。）我聽了總算覺得沒有來美國誤美國子弟。

我買了四盒糖，我搞不清楚包什麼在內，有櫻桃，Assorted Chocolate（什錦巧克力）的，有一盒是在UH的書店買的（最小的），三盒是昨晚去K-mart買的，我今託梁帶回去，到時看他送去給妳，或是妳去拿。另外我想買些卡片要他交給妳（我會寫好），然後妳貼郵票把卡片寄了，可省一筆錢。那四盒糖加起來很大，梁一定累壞了，我幫他看家也不吃虧啊！有一盒很長，大約兩手攤開那麼長（騙妳的），是約有半張紙長，約¼報紙面積，兩吋厚，這些糖都是要給妳及劭騏的，爸爸永遠想到你們倆個。

辦依親應該不難，我還未聽到在此的留學生的太太出不來的，放心，我們不久就可以相聚，好高興的美好時光即將來臨。婉淑，夜深了，很愛，很想妳呢！渴望妳在我懷抱中，好想與妳「相好」……，我僅喜歡 make it with you. I love you so much that I can't live without you. I hunger for your kisses.

凱11/30/79　00:57

11/29（四）#60

凱：

昨天下午我去師大辦公費償還，前天因為少了戶籍謄本，昨天再去一趟，手續很簡單，大約兩週會下來，在會計那兒核算一下要賠兩萬三千元，等核下來再去付錢。前天我特地跑去領兩萬五千，當天不用又存進去了。小額匯款申請單因要改人名，下午會再去拿單子，當場申請交進去，省得多跑一趟。昨天下午去買

了牛仔褲，店員量給我看33吋沒錯，可是我回家用抽屜量似乎只有32吋，褲腰不大好量，從鈕扣洞量，稍有出入就幾乎差一吋，真擔心要是再不能穿就糟了。這次買的是較好的料，600元一條，以前我沒注意，原來分紅牌和籃牌，褲頭上有藍字Big Stone較貴。你要的毛線手套襪子都已買好，只是不知合不合你的意。好在這些都是地攤上買的並不很貴。11/29

　　這一週來一直好忙，下午都在外頭跑，忙也好我比較不會傷心，常常若一個人在家洗衣服，就一定會哭，一面做事一面哭。不過一忙就沒時間寫信，心裡也很急。週一值日，整天在學校到晚上6:30，我只偷空到台銀南門分行拿四張申請單。週二中午請楊華吃中飯，順便到師大，週三又去師大，再去老松國校買牛仔褲，週四，信只寫了一小段，下午又去台銀，當場填好交出，我填了趙和我小妹，然後回家（娘家）找出日文書，再到永和衛生所領了六打你要的東西，辦完事趕回家洗一大堆衣服，還沒洗好就已五點鐘，信是今天週五，學生考試我在課堂上寫的。下午我得去領錢，明天一號，王要我代墊4500元，他沒空去領，我忘了帶圖章出來，今早一連4堂課，上完課還得回家一趟再去領錢，晚上可能得回娘家送會錢。下午我會帶劭騏去照護照照片。楊替我去公義問了，小孩也要獨自一本護照。隨信，我會附上四張照片，一張我的、一張劭騏、兩張我們母子合照。楊說依親證明要貼上照片並蓋鋼印，公義這麼說的，她的也是這樣，公義說我那樣自己貼不行。你是否再打電話去確定一下，免得日後麻煩，不行的話還不知要拖多久。若要改等我去師大領回依親證明再寄給你，兩張合照片或許可用。

　　這週果真如你說的，都沒有信來，不過一忙就忘了這回事。現在我已比較習慣獨自住一個大房子，小妹都在十點半以後才回來，天氣冷，漫漫長夜只有我和劭騏關在屋裡，缺乏人氣，稍有風吹草動，他就害怕，容易受驚，變得好愛哭，晚上睡覺常爬起來哭一陣再睡，整晚被他鬧得不能好好睡。明天週末，下午得留下來改三年級模擬考試卷，上次我沒改，她們改到晚上九點半才回家。想到這事就生氣，要賺錢就得賣命，沒人會同情我沒先生還得帶個吃奶的娃娃，不知該氣誰，只怪自己命不好。不能在固定的時間去抱劭騏就令我生氣，此外沒有什麼事會真正令我難過。週六又有一二年級競試，才剛改完月考，又有試卷待改了。接下來幾天又有得忙。

　　星期日打完電話總是好愉快，睡覺前我努力回想你說的每一句話，幸福的感覺又會湧上心頭。楊華今天搭4:30飛機赴美，真羨慕她，很盼望我們團圓的日子

快點到來。好想念你，愛你。

婉淑 11/30/79　11:50

12/2（日）#71

婉淑：

　　今天是星期日，早上圖書館不開，我到辦公室來看書，順便寫信給妳。本週五開始考試，星期五（12/7）英文可以不必怎麼準備，下星期二（12/11）考物數，下星期三考古力，星期一（12/10）還有個全系教職員的聚餐，眞是不巧，那天全體老中，不管是研究生或教授都要做一道中菜給老美品嚐。本來我想炒一盤青椒牛肉的，不知誰又把我改成水餃了，也好，三人合作。

　　你收到此信時，應該已將住址改寄到我的公寓了，地址如信封上所示。學校寒假，辦公室取信或許不方便，尤其聖誕節不知道要休幾天，公寓辦公室通常放假少，星期六仍開半天，可拿信。不知妳去師大辦償公費了沒有？有人未辦過，到時候若要在此延長護照，又得煩人在台北幫忙辦理，拖延一、二個月時間。我牛仔褲不知你買了沒？我不知你若買了是買寬或窄褲管的？寬的似乎比較好穿，若已買了就不必計算。室友梁大概15日左右回台北，妳說要胸針，我考完試出去看看，其他若有什麼小東西需要的，星期日（12/9）打電話時告訴我。

　　去婦幼遭那些職員冷漠，的確是討厭，一般坐窗口的人都是如此不耐煩，在這兒老美不會如此，幾乎每個人都是「May I help you?」有問題均是很客氣地解說，所以不會令人感到不快。房屋稅單收到了沒？繳了沒有？我不知你那尾數是如何與沈他們交涉的，我眞佩服妳處理事情的能力，我應該加萬倍愛妳，給你 10^n 個心～～噴！OK？當然妳堅持全清是對的，爲了保護自己的權益，他們也要保護，留八千給他們似乎不爲過，祇是最後不知如何約定的，是否到代書那兒，我們拿八千，然後代書給他們權狀？東西壞了，大概很少人像我勤快修理，眞的，我的室友從來不管燈泡（老美住家都是燈泡，日光燈，他們叫shop light）壞了，地髒了，吸塵器都是我去借來的。所以我討厭別人（不是懶）沒有勤快的個性，自己住較舒服，雖然沒人幫忙，但少些人糟蹋省事些，電話出毛病，要繳費，都是我在催，電話被cut掉，他們也不管，反正有人會急著把它接回來。我拿了一本休士頓住家冊子，我撕下一些明信片寄去各建設公司要些他們自己的冊

子，我看看有那些合意的，現在我是愈想早點買早安心，美國各州的利率不同，一直都在漲，德州現在好像是12%，加州可以到15%所以德州很多銀行的錢都去加州放款給人了，因為那兒好賺。我英文教授由密西根全家搬來，現在住公寓，上月申請貸款沒有核准，因為他是VA（退伍軍人），可以不要頭款，現在利息突然提高，他的月薪不夠付（或是其他原因，他說因利息提高每月要多$200多），前面付得少，後面就累，我估計我們可以付到10%～15%的頭款，不能把全部錢都付掉，總得留一些添購家具或急用，或為妳另買一部車。

下學期我看我還是會轉系，因物理系很缺人，極有可能需要TA，我打聽到目前有個TA是外系的（他有物理B.S.學位），另一方面我不想唸乏味的東西，要是你們在此我天天唸這書，不理你們，怎可以？電腦好唸些，可以有更多時間陪妳及劭騏。婉淑，好想你們倆，天天看照片，不久就滿四個月了，相聚日子也快來了，非常愛妳及劭騏。

凱12/2/79　11:30

12/1/79（六）　#60

凱：

已經一整週沒接到你的信了，今天週末為了能早點回家抱劭騏，三年級第一堂考英文之後，我便拼命改，早餐也顧不得吃，每人改一大題，共有40班，直改到下午三點，總算改完了，匆匆跑回來，看到信箱是空的，抱著劭騏就哭起來，我想是因為假日的關係，信件堆太多了，其實你寫信也夠勤快了，正因為這樣，久沒收到信便擔心是否出事，或你不要我們了，要是爸爸不要我們，我和劭騏會很不幸的，沒有爸爸我活不下去，劭騏也很難長大成人。

昨晚劭騏因為咳嗽，喝了三次奶全都吐出來，吐了一地，前後換了三套衣服，冬天都是毛衣我仍然是穿一次就換洗，洗一次澡要換好多衣服，加上有時天氣不好衣服不易乾。你同事送的衣服幫了大忙，又漂亮又保暖。我媽，我姐姐，看到衣服也都替他買，所以他衣服很多，不怕穿不夠。昨晚看他吐成一團只好帶去給醫生看，順便領了會錢帶回家，在我媽那兒他玩得好高興，笑聲不斷，不似在這兒，只有我和劭騏相依為命，一定要我抱，否則就大哭尖叫不知那兒學來的。從媽那兒回來已是11點，等劭騏睡了，我小妹也睡，我才洗澡，結果劭騏醒

222

來，滾下床，一邊哭一邊爬到門邊，門關著，隔兩道門我聽不見，等洗完出來，開門碰到他又聽他哇哇大哭，眞是痛心，每次把他從地上撿起我都急得要發瘋。冬天來了，劭騏和去年一樣，天一冷，兩頰變紅紅的長出顆粒，變得好難看，想起去年他剛生出來的模樣，現在都還好懷念，那時有爸爸呵護多幸福，劭騏生日快到了，爸爸卻不在身邊，想起來都要落淚。我答應妹妹，劭騏生日要買個蛋糕回去，我想爸爸會打電話回來祝賀吧。劭騏現在很會爬高，從床上一跨就上了床頭櫃，自己坐在上面拍手，對著梳妝台笑，可愛極了，好像一個洋娃娃擺在櫥子上。雖然天氣很冷，劭騏還是天天洗澡，不以爲苦，從沒聽他爲洗澡哭過，這已變成每天例行公事，打從他出生，只有肚臍發炎那時曾一兩天沒洗，現在澡盆都要放一些杯子，蓋子，他玩得好起勁，我則替他洗。有時他會獨自安靜的玩，比如將藥瓶放入漱口杯，對我們是很輕易的，他卻不易對準，放不進便哇哇叫，我替他放一兩次後，他就不斷放入、拿出，光是練這個動作，他就可玩好久不出聲。他現在很會開開關，去奶媽家，都是由他按鈴。我媽說他的手大，指頭很靈活以後會像你一樣，雙手靈巧。這兩天不知是辦喜事還是什麼節日，鞭炮聲不斷，好像過年。眞盼望新年快來，年一過就是我們團圓的時候了。你要的手套、襪子、日文書、牛仔褲都準備好了，等我再買樣禮物，我會一起送去Jenny家。小額匯款已去申請，賠公費也已辦。我替劭騏照了卷照片，洗出來會寄給你看。凱，你不會不愛我們了吧？我們都需要你。

婉淑12/1/79　21:30

12/3/79（一）　#61

凱：

　　從週六沒接到信後，我就一直很難過，好著急。不知是出事，或是不要我們了。雖然我明知沒事，一定是放假郵件耽誤了，但總不放心。沒接到你的信就想哭，不想找別人談話，因爲一談就聲音發抖，再談恐怕就要落淚。因爲我愛我爸爸，不能忍受沒有他。本來和大姐約好週日一早要去她家，可是我想等信，從十一點直到兩點還沒送信來，只好準備東西，打算到大姊家，留到晚上九點，打電話給你之後再回來，後來走到巷口看到郵差來了，趕緊折回去，我看到郵差在我們家門口停了一下，只盼望能有一封信，居然一連三封，好高興。拿了信雖

然還沒看，心情卻完全不同，高高興興搭計程車去大姊家。有了信電話也不必打了，等下週再打，雖然想你，但想到一次電話要你做幾個鐘頭的工就不忍心打了。我能了解你沒接到信時，一定也感覺很寂寞，我會盡量利用時間寫信給你，希望你愉快。

　　昨天帶劭騏去大姊家，她家旁邊就是個小公園，對小孩真好，不但有玩的地方，又有好多小朋友聚在那兒。小公園裡有溜滑梯、鞦韆、單槓、溜冰場，和小朋友爬的鐵橋。因為天氣好出了太陽，小孩子都出來，公園充滿兒童的笑聲，對劭騏這真是新奇的經驗。溜滑梯很寬但不長所以並不危險，擠了好多小孩，正的溜、倒著溜，有的還連滾帶爬落下來，那溜滑梯設計的真好。雖然有太陽，風大也有點冷，劭騏穿了一身大姊送的短外套，有薄的一層棉花，還有帽子，很合適溜，大姊在上頭抓，我在下面接，他就躺著溜下來，他還不能坐著溜，太危險了。有時是文青抱著他溜下來，看他幾根頭髮不斷飛揚，兩頰紅嘟嘟，笑得好開心，真是可愛極了。感覺我大姊的孩子和劭騏真漂亮，穿得漂亮，臉型也漂亮，帶著幾分靈秀之氣。後來我又抱他盪鞦韆，一高一低他笑的合不攏嘴。我在想以後假日可以帶他去銘傳國小玩。晚上就在大姊家吃火鍋，好久沒吃，真好吃，結果還是弄到九點多才回家。一回家劭騏就睡了，他的兩頰遠看紅紅的，近看是兩團小顆聚在一起，擦遍了藥都無效，看那張小臉變得好醜真傷心，這兩天他又咳嗽、流鼻水、鼻涕一流就往臉上擦，一個鼻子擦得紅紅，好可憐。晚上趁他睡了，翻一下「怎樣生個健康的寶寶」那實在是一本好書，平日可能出現的問題裡面都有解答。我猜他面頰是濕疹或長膿包，書上說塗點花生油有效，昨晚我試著

塗塗，今早似乎好多了。書上還寫了好多週歲的娃娃要吃的好多東西，那些東西都列出來。我看了真慚愧，我不是個勤快的負責的媽媽。營養不好影響孩子的脾氣、個性；骨骼長得不好，影響長相。我們寶寶先天長得好，可不能因後天失調變難看，我這個媽媽真罪過了，

營養好也比較不易傷風感冒。從今起我一定要努力做點東西給他吃。早上我去買了豬肝和排骨，晚上只燉稀飯吃。你要的襪子我是地攤上看到買的，若不好來信說一聲，我另到百貨店買，下次帶去給你。這學期到元月26日結束，我看情形若年終獎金拿到，二月初便辭職。真希望日子過快點，好渴望見到你，也希望你能看看我們的寶寶。好愛你。

婉淑12/3/79　11:50

12/4/79（二）#72

婉淑：

　　今天這學期的課都結束了，接著而來的是期末考試，古力今天發下兩題Take-Home（家庭作業）規定下週三要交出來，當天另有closed-book（不能看書）的考試，古力及物數都是Comprehensive即包括全學期的範圍，今天古力解題僅我一人及一老美上台，抓住最後一次機會，就像上次物數一樣。

　　梁搭14日下午5點的飛機，SFO（舊金山機場代號）是下午10點（休士頓已午夜）飛機，我估計他到台灣大概是台北清晨（16日）。我可能託他的就是已買了的糖，及我將買的聖誕卡（我會一一寫好，到時妳幫我寄），另外寫一封厚厚的信給妳、一卷膠卷，我若有空就找Eric拍完然後交給妳去沖洗。我會告訴他咱們家怎麼走，由他送來應該較方便，妳還要照顧劭騏，不會不好意思的，我出些計程車錢給他，況且我還會送他去機場。另外就是原來要託Jenny的書，我想改託梁好了，不要託Jenny一人那麼多，牛仔褲、手套、襪子已不少了。日文書（二本上下冊）及電腦書，該可託梁沒問題。當他到永和咱們家送東西來時，妳就可交給他，他大概1月12日回美。高則不一定什麼決定，他猶豫不決，不知心裡在想什麼，最近常常整天躲在衣櫥內看書（老美衣櫥是走進去的）。

　　最近我都把妳那張福和橋下的照片（穿靴），及咱們植物園合照，另外二張劭騏的照片夾在書中，我好喜歡展示咱們的照片給人看。「哇！你太太好漂亮！」「哇！你也能娶到這麼好的太太」「你兒子好可愛呀！」「該會走路了吧？」「趕快來，我們等不及要見見你太太及兒子」，很多人給我關心，讚美語，令我感到非常驕傲。婉淑、劭騏，爸爸真以你們倆為榮。同學常問你們何時會來，他們都很希望見到妳及劭騏。無論如何，我都是愛你們的，我給你倆的愛沒有改變，唯一的例外是「與日俱增」，相思之情實在無法名狀，人家說妳身材

225

很好，穿靴子好好看喔，（我也覺得如此），有的人說妳好年輕，是否20出頭？老美冬天穿的衣服，大概與台灣差不多，唯一要注意的就是進室內要能減少的衣著才實際。劭騏的生日週歲快到了，爸爸不在身邊，感到十分愧疚，我原想買玩具給他，但買回去又要帶來也麻煩，所以就把糖果當作爸爸送他的禮物，生日正好是星期日，我也會打電話告訴劭騏「生日快樂！」另外我買了兩張生日卡，一張給他，一張給妳，給妳的那張，我很喜歡裡面的詩句，我買的不是「For wife」的，那些太不夠愛太太了，我挑的是「For the one I love」，婉淑，我始終將妳視爲心愛的人，而不僅僅是必須相處生活一起的太太而已。

　　另外妳提到的胸針，也沒時間去看看，所以還未買，買這種東西實在是外行，又不能請專家來幫我買（那是禁止的——by my wife），等我考完，我再花個時間好好地看看有沒有值得買的東西。

　　今昨兩天都沒有信，我知道妳星期六、日，都沒空寫，沒關係，衹要你愛我就好了，有時我都覺得自己幸運萬分，能夠有妳這麼愛我的人，萬事均不足以比擬。我考試近了，信或許會少些，請妳忍耐，待我考完，我寫個數頁之長來賠妳，好嗎？咱們劭騏現在發育到什麼地步了，很想知道。我記得有次去妳大姐

家，她小娃娃大概剛足歲不是爬沙發嗎？劭騏不知是否也要爬了？明年見到他時，他已會蹦蹦跳跳，甚至會奔跑了。婉淑，日子過得也很快，不是嗎，已經去了四個月，再二個月就可開始辦了，現在簽證是排號抑是隨到隨簽？希望早點見到你們，相聚在一起，將是非常愉快的，好愛，好愛妳及劭騏。I miss you very much & love you deeply.

凱12/4/79　22:18

12/4/79（二）　#62

凱：

　　昨天，今天都沒有信來，不過星期日一口氣來了三封66、67、68，收到信安心不少。我只擔心你沒收到我的信，會以為我們不愛你了。常常陪著劭騏睡，他睡我就看你的信和照片，感覺接近了許多。要打電話的那週我都過得特別愉快，盼望日子快來，因為錢都是你付的，所以我並不怎麼心疼，只有你告訴我電話費，算算折合台幣才覺得好貴，太浪費了。還好家裡沒電話，我動不動就想打給你，心中委屈就想向你哭訴，要是電話那麼方便一抓起電話筒就能和你談，那我會忍不住的，恐怕電話費都要上萬了。其實好多事，當時很難受，過後就沒什麼了。我若告訴你徒增你麻煩。我也覺得愈是接近重聚的日子，愈是想念你。平日你上學生活起居還很規律，一旦放假去打工，真擔心你太勞累，或有意外，開車上班要小心，尤其下班疲倦了，還要開那麼遠的路，若打瞌睡是很危險的。尤其冬天好冷，10點半下班，回到家也要11點半了，再弄一弄恐怕都要12點過才能上床，爸爸，你一定要好好保重，劭騏和我不能沒有你。

　　這兒有賣童謠和說故事的錄音帶，走之前我會買些帶去，順便帶點兒童讀物，否則劭騏很可能會不認中文字。有時我會有點擔心萬一走不成，譬如手續辦不成啦！只是偶爾想，畢竟還早，不去煩惱。今年農曆過年是二月十六日，過完年我們就可數日子了。劭騏仍然只有五顆牙，他偶而放手，但不敢放很久，自己會趕緊坐下。他現在很有意見，想玩的不讓他玩會大哭，兩腿直踢。他喜歡所有的開關，用轉的、用按的都會。去我姐姐家，他硬要在地上爬，原來是看中了電視開關，他一看圓的就知道要左右轉動。開燈、按鈴現在都是他的工作，黃太太家的鐘會噹噹響，她們問他噹噹在哪兒，他會指著鐘。他不怕貓狗，在路邊看到

227

都要停下來研究半天，回我家菲利大吼，他也不怕。

　　小孩模仿力真的很強。他現在會拍手，因為平時他會爬會站，我都拍手說好棒棒，我沒教他拍手，他自己領悟的，他會拿浴室鏡箱裡的漱口杯，取出又放進去，似乎在自我訓練如何對準。他還知道將插頭插進插座，小娃娃居然知道要用小手抓住那兩個小洞插，很準，但我怕危險，他手就抓著那個插頭的兩根鐵片，將他抱開，他會自己滑下來，又去研究。我想是平時看我在做，所以才會的。我有時做仰臥起坐運動，三、四下就起不來，劭騏看了直笑，還知道用手推我背，要幫我起身。鄰居都說他瘦，但很「色」，不是美色，是成熟的意識。看別人差兩個月的娃娃，還面無表情，很乖的讓人抱，劭騏老早就能和我溝通。他似乎也喜歡書，不過都拿來吃。說劭騏永遠不會沒話題。劭騏是我們的心肝，爸爸也是媽媽的寶貝。愛你。

婉淑12/5/79　00:30

12/5/79（三）#73

婉淑：

　　今天收到妳11/26第58封（不是57封，妳寫錯了，妳有些都跳來跳去）。知悉妳為匯款的事煩請人，真為妳抱屈。像那種申請單，可以多拿就多拿，省得又跑一趟，況且明年元月甚或二、三月仍需用到。

　　內附2張11月25日拍的照片，是別人的相機（那種很便宜的玩具相機）。背景一是Moody Tower（宿舍）另一是其後的公園。

　　妳要的化妝品，我會去看看，那些東西我還不大會找呢，看來每一項都一樣，英文名也不知道，腮紅——Red Face？似乎得請教人一下。

　　償公費怎要那麼多？似乎又加了什麼，乘上物價指數嗎？而戶籍謄本份數要計算一下（三個月內有效），辦護照要，簽證要，簽證最好附上妳家及我家的一

228

份，最遲應該元月就準備妥當了，很快，妳也要辦手續，帶劭騏來了。我急著見到妳及劭騏的照片，更渴望見到你倆。非常深愛妳及劭騏。

凱12/6/79晨00:25

P.S. 師大核辦下來，證明要存著，帶來，以後若延照需要用到。

12/6/79（四）#63

凱：

　　已經有三天沒收到信了，不知今天會不會有信來，很是擔心。早上在豆漿店吃早餐，看到報上登載一留美學生在華府被強盜射殺。那學生讀會計，在美國人家當門房，太太當管家，生有一女兒，最近買了房子準備搬出，居然碰到這種事，太太傷心欲絕。看了這個消息真是心驚膽戰。我至今仍無法了解為什麼那麼多人要去美國。有時我感覺嫁給你，就得隨時準備失去你。你還年輕，衝勁十足，不大相信什麼是危險的。我發覺有車也麻煩，得隨時撥出時間為別人服務，你技術還不純熟，經常東奔西跑，真擔心會出事。

　　這週來劭騏和我都感冒咳嗽。尤其劭騏流鼻涕擦了一臉都是，有時還吃進嘴裡，兩頰又濕疹兩個疤，變得好難看。大家都說他瘦，學校老師甚至說做我兒子真倒楣，沒得吃。他已快週歲，光喝奶不夠，書上寫六個月大就可開始吃固體物，如蔬菜肉蛋等。這兩天我都很勤快，買豬肝、排骨燉稀飯加菠菜、花椰菜，劭騏還肯吃一點，我也順便吃當晚餐，有時蒸魚他很愛吃魚。以前為了愛爸爸做飯，現在為了愛兒子也該努力做飯。我做菜他就站在小床裡哭成一團，鼻涕都塗到眼睛裡了。不過我想讓他哭一下，可以吃的營養一點。等我做完事抱他，他就把頭靠在我肩上，雙手緊緊摟著我，他實在太寂寞了，一個家這麼大就我們兩人。

　　我先回來看了一下，今天仍然沒有信，希望是因為功課忙你沒時間，或是郵件太多，聖誕節快到了。不知你有沒有收到我的信，心裡總有許多牽掛。附寄上八張劭騏的照片給你看，他實在很討人喜歡。好盼望星期日快來，總要聽到你聲音才能安心。好想念你。

婉淑12/6/79　14:30

婉淑：

　　今天星期六，我此刻正在洗衣服。明天星期日，我不會忘記打電話給妳，待會我回去，就把鬧鐘訂好時刻。昨天收到護照相片，每次接到相片，內心總是非常激動，劭騏已長這麼大了，頭髮也很長了，媽媽也更漂亮了，看過相片的人都是這麼說。我昨晚看過照片就夢見劭騏像相片的模樣，頭髮長，個子高，他很喜歡給我抱。依親證明是不需照片的，Eric也是幫Jenny如此辦理，大概美加的人怕麻煩就對每個人說如此。不過既然師大公費償還辦完還早，你不妨寄來，我貼上去再要他們補蓋鋼印，假如來得及妳就託Jenny帶來。

　　牛仔褲32腰已足夠，腰圍的確不好量，我僅是怕縮水才要妳買33吋的。婉淑，謝謝妳為我忙，買了手套、襪子及牛仔褲，我一定會好好愛惜。建築公司已開始回信寄些平面圖、價格、申請貸款辦法等等，昨天收到一家，下星期會陸陸續續收到好幾家。我打聽買房子人的經驗是東南區較便宜但易淹水，因近海邊地勢低，東北區離校太遠、老墨多，最好的是西北、西、西南區，其中較近的是西南區，那邊蓋新房子不少。申請貸款通常為一個月，偶而或許一個半月或二個月，我目前打算是明年元月，即下個月，就去申請貸款，等到了二月就知道核准沒，一俟核准，即可搬入。我估計一下，我申請時的頭款可能寫10%～15%，因為我若再加上收到妳$6,000，存款將近九千左右，若是六萬的房子，13%=$7,800，亦付得出，剩下一點購傢俱。就為了這件事，我對於轉系仍在審慎考慮中，因為我們極需一個安定的家，其他條件可以退後考慮。等我考完，我再寫封信詳細分析狀況給妳聽。我不會為自己而使全家受苦，尤其是妳及劭騏更是需要溫暖的家。我的一舉一動都牽涉太多，待我考完我會詳述。

　　梁14日的飛機，17日（台灣時間）上午到台北，大概兩三天內會帶東西去咱們家（他已答應），到時妳就把書給他，煩他帶來，他在開學前一天（13日）抵此，還是午夜12點正，我會去機場接他。後天的聚餐通知是如此寫的：「Chinese Food — by the experts.」我們原來做水餃，我不想花太多時間，大

後天考試哩，所以我改洋蔥炒蛋給他們嚐嚐，材料費是公家付。

　　衣服乾了，我也該看書去了，等我考完（星期三晚）再寫一封好多，好多頁的給妳，OK？底片可能沒時間照。好想妳及劭騏，很愛你倆。

凱12/8/97

12/10/79（一）　#64

凱：

　　昨天週日，大妹他們回來了，家裡又熱鬧起來，先是弟弟來，接著二妹來，帶了拿手菜來弄給弟弟吃，後來小妹也回來準備搬回家，她像螞蟻搬家，一天帶一點倒也帶了不少東西來。接著大姐姐夫全家都來，鬧成一團，劭騏在洗澡，看到文青開他的車在室內繞來繞去好著急，忙著也要去坐，衣服都顧不得穿，把他放在文青腿上他還不肯，不斷推文青的臉，他要獨自坐，只會開倒車，天氣好時，我一手抱他，一手抓車子，讓他到樓下去玩，我只要在旁邊跟就可以，倒也輕鬆。就是偶而有車子來，開得好快，我得趕緊抱他，抓起車子跑，推他太慢了，他不大會控制方向。就這樣來回在巷子裡開，倒也讓他樂半天。他還喜歡在雜貨店門口坐電動玩具，每次一元，現在都要五元才肯罷休，若只坐三元就抱起他，他會大哭又踢，再回去坐兩元後，雖不情願，總算跟我走了。有些小孩像蒼蠅，乘人家坐電動玩具就掛在旁邊趕不走，看了真討厭。劭騏會用手去推他們或抓他們，真是大快人心，我大人不好趕小孩，由劭騏去趕他們最好，看樣子劭騏將來是不會被人欺負的。上週因為一直沒接到你的信，尤其到星期五，真難過，不知是否你發生事情，抱著劭騏坐電動玩具心裡一直流淚，偶而看到巷口轉進一個身影像你的就好傷心，我永遠無法沒有你而生活，若有一天真的失去你，我時時刻刻想到的還是你。想到萬一要我一個人帶劭騏長大怎辦？每天都好想跑回家打電話給你，只要能聽到你的聲音，什麼煩惱也沒有了。昨晚家裡好熱鬧，大家都一起搭計程車回媽那兒，所以電話有時聽不大清楚，不過重要的話我都記住了，晚上睡前想想還覺得好感動，忍不住又落下淚。

　　目前的存款情形是這樣：定期12萬，活期22萬，朝代9千扣3萬六，大概我們剩餘的錢有31萬三千。年底前若申請匯款下來匯三千美金，明年元月再會三千，合台幣216,240，我的活期存款可能剛好夠付，也可能要再向妹妹暫時借點，剩

231

餘的定期買機票和我結匯大概剛好，若有餘，走前我會再匯，這是約略估計，不知有沒有錯。說起來我們的錢實在不多，換成美金更是不值錢。我雖升了一級，薪水不過9400元，折合美金三百五十元不到，說起來美國人可能要以為是在打零工吧？你人在美國吃麵包不吃米，所以沒配給了，但直到十一月都還領，上月全面清查過一次，人事說你不能領配給了，本月我才跳一級多一千出頭，而扣掉你四個月（8～11）的米錢，（本月還扣不完尚欠19公斤）不當導師沒導師費，如此加加減減，好像還是那幾個錢。過農曆年是2月16日，劭騏是15日抱去的，過年前可能黃家會忙，我頂多下月再付一次錢，由她們帶到過年前，她們大概過完年才搬家。謝謝你託人帶糖來，我姐夫和我爸爸一定最高興，他們愛吃糖，禮輕情意重，送他們一點也算謝謝他們對我們的幫忙。凱，每天都好想念你，好愛你。

婉淑12/10/79　16:30

12/14/79（五）#65

凱：

　　又是好幾天沒寫信了，心裡好著急，下午想寫，洗完一堆衣服已經四點半，晚上劭騏又一直玩到十一點才睡，他現在不給人抱，自己在地上爬，什麼東西都玩，怕他危險抱他就哭，和老爹一樣愛吃番石榴，削掉皮吃，大口大口咬，嚼不碎，哽在喉嚨癢癢的，連奶都吐出來，不給他吃又大哭大叫，抓不住，我媽也說難帶，奶媽三千元不好賺。我整理好的一箱衣服，他全部抓出來，散了一地像拍賣場，只有等他睡了才能收拾。雖然現在已午夜十二點半，但我還是趕快點寫幾個字，順便有兩張上回漏洗的照片，和一張劭騏護照用的，楊華說小娃娃也要一本。我去出入境管理局問了，依親證明不必貼照片，所以我不再寄回給你了。真希望日子能過快點，快點開始辦手續。

　　師大公費已賠，並非如上次一位老先生估計的，這回由一小姐估算，在算盤上打幾下，便得17,855元，我帶兩萬五千元，還好，不如預算時那般貴。有一副本交給我將來辦手續用。小額匯款仍未核下來，若下來我會儘早去匯。今早打電話給Jenny，約好明天拿託帶的東西去給她。過年我想該寄點壓歲錢回去給爸媽（高雄），不知你認為多少較合適，二姐訂於明年元月十二日結婚，來信請我

232

和劭騏去，還說若我們不去，她會很失望。我很樂意去，目前也決定要去，只是獨自帶劭騏出遠門有點害怕，也有點傷感。夜深了，明天再多寫一點給你。好愛你，希望能夢中見。

婉淑12/14/79　01:00

P.S. 不知是否遺失，或你算錯，我未收到第70封，已收11/28（69）、12/2（71）、12/4（72）、12/5（73）

12/14/79（五）#75

婉淑：

　　今天已是14號星期五，前天晚上就考完古力，因為一直忙到現在所以目前在「補交」作業，不會扣我分吧？前天晚考完，到一位學長家去錄音，他新買了一套音響，約五、六百元。昨天上午去買些化妝品，下午去監考站了3小時，晚上載室友去探買，就逛了兩個小時，腳累死了。回到家來開始整理要託梁的東西，寫卡片，寫到兩點半，不想亂了生活習慣，就呼呼大睡，今天趕緊起床（現在是9點正）趕作業。待會要與Eric去照相，還剩15張照完底片交妳洗。8張在12/9照的（3張系館內，2張系館外停車場，一張與Eric在工學院合照，二張獨照），第9張昨天在「家」裡照的。我盡量趕拍完，交妳沖洗出來之後，第6張與Eric在工學院合照，背景為我車子那張，寄一張給阿英，其他託付梁的東西項目，我先列一下，最後我會列一張給他，一張放入信封內。糖5盒大小均有、底片一卷、化妝品、卡片一疊、房屋廣告供妳參考看。卡片妳就貼郵票寄出即可，房屋廣告可能大部分是如北屋那型，仲介代銷，目前已有6、7家寄來，有一家還打電話來，緊迫盯人，似乎要抓住每位顧客，問盡人要的條件，然後幫人找。還寄張賀卡來說元月再聯絡，而且是：We'll find the new house you need，託妳寄的卡片，原是25張一盒，但被人搶購，所以我才買三張長的來補，一張寄呂，給劭騏及妳的卡片是我花些時間精選細挑的，生日卡片等劭騏生日那天，幫他打開念給他聽，寫到此，像上次一樣，眼淚都要衝出來了。因為我虧欠妳及劭騏太多了，以後相聚在一起時，一定要多愛你們一些。我想你們不久就來了，所以沒什麼特別的生日或聖誕禮物，就是一些糖、化妝品。等劭騏生日那天，帶些爸爸買

233

給他的糖與大家一起慶賀他。化妝品花不多錢，才三十多元，我實在不懂，所以不敢亂買，以後等妳來了，他們要的妳也可以寄給他們。像Elizabeth Arden據說不錯，是嗎？我沒買是我昨晚在Foleys百貨公司看到的，一瓶香水、一瓶什麼After Bath、一個粉撲盒、一塊香皂，一共$18，台灣有沒這牌的？胸針找不到，大部分都是項鍊、戒指。

　　前天在系內收到第60封（12/1），昨天在公寓辦公室收到二封（12/4）（12/6），相片也收到了，劭騏真是好可愛呀！好喜歡他，他表情多，看到的人也讚他，說他像妳，幸好，有人說他一定也很會說話，嘴型像老爸。他應該是聰穎型的頭腦，因妳我都不錯。物數題目不易，考三小時，前一小時，筆聲不斷，後二小時，靜悄悄。古力出題有6題，二題事先發下來Take Home（家庭作業），考試時交，我答得很完全，其他考題4題，我也都答了，這次題目很實用，不必死記書，我考得還不錯。週一的系教職員的Chinese Food Party — by the experts，我做了洋蔥炒蛋，老美吃個精光，味道還不錯，我雖在電話中說隨便做，但也是做了一小時。其他學生及老中教授，有炒米粉、螞蟻上樹、水餃、油飯、烤鴨、醃翅，那個大陸來的女post-doctor（博士後）做廣東叉燒（她是廣東人）我向她請教叉燒做法，下次我會自己做了。一老美阿婆做春捲很好吃，另一個不知是誰，叫Bob的，Sweet-Sour Pork難吃死了，連老美自己都不吃，又甜又酸，太過猶不及。老中的菜都生意好。當天大家交$3.00（菜是公費出），一些少數剩菜，隔天$1.00，隨人吃（真好笑），可是我親見秘書及古力教授買了，拿去蒸吃，古力教授愛吃中菜愛得不得了。

　　妳牛仔褲不合身不好看，可以拿到中華商場第一棟或第二棟後面有修改牛仔褲的，不貴。以後來此，要改褲子不是易事，尤其是牛仔布厚。寫到此，我得去辦些事，如吃早飯、加油、照相、去打工地方（明天開幕），待中午回來，再繼續寫給妳，OK？（9點38分）

　　早上去加了油，排了20分鐘，因為那家油最便宜，大家都來，尤其每天開五個小時而已，星期三，四又停營業。上午順便還了第一次的貸款月付$157.65，這$7.65是每個月平攤的利息，有一半是該付的，因為一半利息他們付我。中午去那家日本餐廳，那老闆說因為4個廚師，撞車脖子頭受傷住院中，明天不能開業，改在下週五（21日）開業，要我們下週五中午再去，以前他說$1.50/hr，今天問他，他又說$1.70/hr，每天晚上5～11點，因為中午12～2工作，但2～5沒

事，不好意思叫我們中午去，而2～5時空著。下週五是去講解一下該做的事。剛才一點回來，到家已是一點四十五分，因為週五街上到處都是車，Rush Hour（尖峰時刻）大部分都在週五，尤其聖誕節快到了，shopping氣氛很濃。

　　這兩天突變冷，或者說前幾天不該這麼熱，妳看我照片即知，前後不同衣著，室內外也不同。早上Eric修車所以沒來照，待會再去照。（14點20分）

　　照片拍好了，最後幾張是在公寓室外，內照的。其他事項因時間不夠（梁要走了），我只好另外寫信與妳談，如轉系，仍是在考慮中，因為物理系人少，老板採緊迫盯人，今天來找我去談話不著，星期一再去。

　　我英文拿A-，他該高興了吧？下學期說不定要「押」我們三人去修電動。不知如何處理。非常想妳，也很愛妳及劭騏！Merry Xmas！

凱12/14/79　16:14

P.S. 60封收到了（剛才）。原來信內的60～62該是61～63。
FOLEYS及EXXON（油）均寄信用卡來了。

12/15/79（六）#66

凱：

　　最近劭騏很不好帶，他不要人家抱，自己在地上爬，地板好久沒擦，地上堆的東西也多，又有桌椅怕他碰傷，他又愛玩電線，不斷試著將插頭插進洞裡，怕他電到隨時要跟在旁邊，然後他爬得全身髒兮兮，我什麼事都不能做，他前天還鬧到十一點才睡。

　　本來我是決定1月12日要去參加二姐的婚禮，作為一個好媳婦也真該趁這個機會帶劭騏去給爸爸媽媽看看，相信大家都會高興。可是今天又冷又下雨，我怕到時若也是這種天氣，大人樂，小孩受苦，他一感冒咳嗽就會吐，流鼻涕擦得滿臉又會引起皮膚過敏，搭車也很辛苦，我在考慮還是不去算了，冬天出門得帶好多衣服，行動也不方便，我會寄賀禮去給二姐，希望她不會怪我才好，凱，你以為如何，我衡量輕重，只有自私點，為了劭騏好，只有令二姐失望了。

　　或許你看到報紙，或許你也聽到消息，可能你得到的不是十分正確的消息，別國的慘痛教訓居然不能作為警惕，不知珍惜這種得來不易的安定和富足，那些

暴亂份子眞教人痛心，覆巢之下無完卵，想到這些就覺兒女私情算得了什麼。盲目的人不知自己是盲的，無知的人被人利用眞是可悲。有時看報上電影廣告，什麼感人肺腑，情愛至深，我會很感動，我們自己就是這樣的一個故事，我深刻了解愛與被愛的幸福，有一個伶俐可愛的兒子，一個幸福美滿的家，我只有感恩沒有不滿和偏激，願天下能充滿平和安詳而不是這樣亂紛紛一片。

　　牛仔褲你穿穿看，若合適來信，我會再爲你買一條，如此兩條或許可穿到當祖父了吧，（除非你發胖）。看照片你吃了一個月的餐廳似乎胖了，臉都圓起來了。打工或許會瘦吧？但我很替你擔心，不在身邊總是牽掛。

　　信都是像接力賽，一會家，一會學校，無法安心寫，故常忘記是第幾封，你說我都是跳來跳去，眞不好意思。謝謝你要送我們生日卡，希望你生日時，我們能全家團聚在一起慶祝。週末我得回去抱兒子了。好想念你。愛你。

婉淑12/15/79　11:30

12/15/79（六）#76

婉淑：

　　昨天寫到四點，梁就得走，趕六點的飛機，這兒到機場24哩（約40公里，台北－中壢）平常約30～40分可到，昨天是週五，Rush Hour走了1小時才到。另外又送同學搬家（宿舍關門了），他親戚家由機場回來順路。他們家有1600平方呎多（45坪，不包括車庫）3房-2浴-2車，我請教了一些買房子的細節（每次看到買過房子的人，我都喜歡問），最近貸款較困難，因外州利率高到15%，16%，此地才11¾%，所以很多銀行把錢弄出去借人。貸款難，頭款就高，愈來愈近20%了，他們建議我新來者若要買就買舊房子，住過一、二年的最好，以前的房子才付5%，加上房主付過的貸款及增值總共叫Equity，買方付了Equity就可以住進去，剩下的貸款（未付部分）由新房主去付，那種貸款叫做assume loan，銀行不能干涉買賣雙方的交易，必須接受新買主貸款（當然三個月不付即拍賣），這種付equity assume loan的很快，一、二週即可成交。問題就是數目的多少而已，假設住過一年的房子，equity是一萬，咱們還勉強可撐。買舊房子有不少好處，如利率低，可能才7%、8%。傢俱較多，如床、桌椅、窗簾，老美搬家不喜歡帶傢俱走。住過一、二年的房子，不會看得出來，昨天我去看他們

236

家，仍很新，簡直像樣品屋一樣。Equity數目不一定，有六、七千元至二、三萬元的，我會利用寒假多多看看，直接跟房主買房，不必被仲介賺6%，所以我會挑些房主自賣的來打聽，至少咱們在無法購三房的，也要購二房的一間來安居，看地點而定價錢。

　　昨天另外收到的Foleys Dept Store的信用卡有二張，以後妳來一張可以給妳用，當然妳不可以亂買喔，否則就像漫畫裡一樣，月底桌子上一堆帳單。剛去公寓辦公室，今天沒有信，下週一再去，我也很貪心，是嗎？妳忙碌，老美也忙聖誕，當然不可能天天有信。此封信我是要託人帶回台北寄的，那人今天下午的8點飛機，星期一到台北，若萬一碰不到他，就只有自己寄了。可能這一週妳都無信接，因為我考試，考完寫的都託人帶了。

　　古力成績貼出來了，我第三名，我拿B及B-，我是Take Home Exam認真做了，期末考也考得不錯，才能拿到B（Good）。古力第一名是來了一年又有碩士學位的學長（老中），另外第二名是老美part-time學生，才修這麼一科，我覺得作業給我B-，太不公平了，他憑什麼如此打成績，我上台的次數不比他們少，甚至可能多，那教授又不收作業，又不登記次數，全憑主觀分數，Lecture降一級就是你作業分數。我期末幸好考好了，否則也不會有好成績。只是那一學分的B-（Lecture 3學分）實在令我不平。下學期開不少課，學生少，教授都擔心課開不成，所以Graduate Advisor（研究生顧問）及Department Chairman（系老闆）採釘人態勢，前者這學期教我們物術，下學期改教Hydrodynamics流體力學（物數換老中，胡教授），流力不是必修課，他要我們修，系老闆的口氣大概要我們修電動，因據說電動教授與他不錯，不知該聽誰的，這兩門課，一門我不想修，一門我無法修第二部分，不知他們要搞什麼鬼令我修。星期一去見老闆即知。我英文拿A-，原本要補考的口試也不必了，他該高興了。轉系這事一直在我腦海盤旋，從考前到考後均是如此，誰都是考慮到$的問題，雖物理系缺人當助教，現在又缺人修課，我一走說不定一怒不給我TA，怪我不合作。明年春妳剛來，我又轉系，兩人同時變動，愈想愈不妥當，目前我們最迫切期待的是安定，能夠趕緊買個房子安住下來最好。我的想法是：我仍待在物理系苦讀一學期，如此到五月初學期結束，五月仍有錢，六、七、八月不開研究所課程，可以到大學部的電機或電腦去修課，有修課即可申請TA，仍可領三個月物理系的薪水。況且暑假並非整整三個月在做事。如此一來可以保證八個月的收入，到那時妳有職

業，咱們也很穩，要做什麼都較可以衡量，如夠不夠支付貸款、每月開銷什麼等等，再看看要不要轉，秋季班電機也較有機會要轉系生，電機系轉成是一定有錢的，少一點就是。

打工的日本料理店，因四個廚子不熟，開車不知怎的撞了車，頭脖子臉受傷住院，下週五才開幕。那些人一定未綁安全帶才會這樣。那老闆原先說$1.50/hr，昨天問他又說$1.70/hr，每週發一次。學校書店需人去擺書在書架上，那些是下學期的新書，有很多，要分類，可能急需人手，爲時四、五天。我昨天下午去問，經理叫我週一上午再去談，若可以我就週一做到週五上午，大約可賺個$100。錢要賺，書還是要唸，我會利用時間把一些下學期的功課讀一讀。我要妳及劭騏來此過得愉快，我要盡可能做到一切可能使咱們家更美滿的每一步驟，我吃些苦沒什麼關係，前途慢半年一年無打緊，我老婆孩子，可不能有半年一年受折磨。

劭騏的門牙好可愛呀！第一次看到他的小門牙，他在車上的表情也好多，眞令人喜歡。很奇怪，小孩也知道高興也要笑出呵呵聲。我會在12月23日及30日台北晚上8點半打電話給妳，主要是要知道小額匯款及向妳及劭騏說聲「Merry X'mas！」還有劭騏生日我不在身邊，怎能不打電話來賀他，到時要他聽爸爸從美國來的賀語，巧克力糖開些給他做老爸送他的生日禮物，卡片唸給他聽，不要忘了拍張照片，劭騏週歲生日一輩子才祇有那麼一天，不能錯過。

很多老中都搬走了，住宿舍的到親友家去，有的住到Cougar Apt來，原住這兒的很多都要搬到較遠，乾淨的地方去，有些圖方便，不會開車的人還是留下來住另一學期，我二月搬走，他們三個會去再找一個室友，如此我可以向那位新住入者拿抵押款$25，要是我們四人一起走，向辦公室說要抵押款，一定說這兒髒，那兒壞，要扣錢，幸好我們只交$100，有些人被收$200（我們較聰明，先說繳半，他們也忘了），到時說地毯髒了、壞了，$200不夠換，不追加已是不錯了，一毛也甭說要回來，反正公寓辦公室都很詐，尤其是UH學校旁的。

婉淑，我很好，放心。開車也技術好得很（眞的），也守規矩，常檢查保養。好好照顧劭騏（我知道妳已很愛他，盡心去照顧他了，但是仍忍不住說），我實在好愛妳倆，偶而信被拖延，不要胡妄想，凱永遠愛妳，永遠永遠不會變心，妳可以擁有，不准他人侵占。給我一百萬個熱吻吧！我實在很需要妳的愛。

凱 12/15/79　3:05

凱：

好幾天沒接你的信了，不知你近況如何，期末考該已考完了吧？是否去打工了，自己要多小心，你人不在學校我就不放心。小額匯款已核准下來，這兩天就會去匯，兩張共三千元。電視報導油價還會上漲，聽得真教人緊張，錢用出去的多，賺進來的少，實在有點不安。目前我都買些魚、肉、豬肝、排骨等較營

養的東西給劭騏吃，煮飯若不為爸爸，就是為兒子，若為我自己，是懶得動手的。劭騏已不咳嗽、不流鼻涕了。他的個性真像爸爸，愛湊熱鬧。前晚我媽和二妹來，大家在客廳聊，我在臥室陪他睡，他本來睡的好好的，聽到笑聲硬要起來，只好抱他出去，兩頰紅嘟嘟，我媽忍不住讚美他真漂亮，二妹也說他真像女生，好秀氣。他皮膚細嫩營養好，小孩吃得好立刻看得出，他側面看來，頭型很漂亮，看他健康真愉快，以後一定不敢偷懶，寧可花點錢讓他吃好點，抱起他來到外面都神氣。這兩天他突然開始要走路，偶而還可放手走一小段路，大約從餐廳走到小房間，我不敢大意隨時跟在後面，若牽著他走，他會走好快，而且還惦著腳起步，很像你走路，或許你不自覺，你偶而走走也會惦一下腳，像打桌球發球時也會。他似乎也蠻會跳舞的，我拉著他的手在沙發上跳，他還會扭擺幾下。有時替他換尿布，親他大腿他會咯咯大笑，四肢攤開並不躲閃，也很像你。我感覺他會越長大越像你，不知是否因為我太愛你，太想你了，所以不斷從他身上找尋你的影子。劭騏好動，精力充沛，對什麼都好奇，挖土機挖土，洗衣機轉動，電風扇電線可收，他都會用手指指著，嘴巴張得好大，發出「哦？」的聲音，一定要站著看半天，不會的一定要學到會為止。前一陣學開關電燈，現在會了，努力在學插插頭，我無論如何引開他的注意力，他還是爬回有插座的地方，因為他還插不進，但已差不多了。我怕危險所以不准他玩，他快學會了，所以硬是要玩，最近常和他搏鬥。昨天還把我臉抓一個洞，可能發炎了，早上學校老師問我是否給兒子抓傷，學生卻說我是被先生親的，真冤枉，不但沒被親到，恐怕變醜，爸爸都不愛我了。我自己感覺有點發熱腫痛，要是變醜了怎麼辦？劭騏已逐漸顯露他頑皮不馴服的個性。

星期五拿東西去Jenny家和她聊了一個鐘頭，現在看嫩娃娃仍覺得好心動，帶小孩太累了，要不然小孩實在很可愛。我妹的娃娃看來也很可愛，胖胖的但靈巧，像王那樣機靈的樣子，劭騏和嫩娃娃比起來變成老娃娃了。我似乎該買些積木和畫冊給他，他自己常拿一些藥罐、盒子、杯子之類的東西，發明一些遊戲玩得好起勁。新的日曆上有猴子、馬、羊、老虎、天鵝等動物，他要我一遍又一遍翻給他看，每種動物都發聲音給他聽。現在他有時會突然爸爸媽媽一起叫，不過最近叫媽媽的時候比較多。我已和學校老師約好明或後天去匯款，好想見你，想得不得了。好愛你。

婉淑12/17/79　12:10

12/17/79（一）#77

婉淑：

　　今天星期一，我去學校書店申請工作，原是沒有缺的，我正要走，一個人走來說他不幹了，才做一天就不做，那經理對我說「OK, You got a job.」所以就做了一天直到4:30才下班，工作很簡單，就是整理舊書、分類、標價，老美最近都在賣舊書過新年。書店買進是半價，然後以七五折賣出，若用過的人再賣進書店又是半價，所以書店廣告說花1/4就可以擁有一本書。這週可以做到星期五，下週關一週，元旦後他們也需要我去做兩週（直到開學前）正好白天去書店，晚上去日本料理店。我問經理說我有TA有沒有關係，他說開學後我不做就可以了。通常有TA的人（或RA）是不准再找臨時工的，否則有些人要抗議了。

　　昨天未寫信，今天下班趕回來寫信，看能否在下午收信之前投郵，縱使片紙隻字也是要寄給妳，我知道沒信的痛苦。這一陣子一定很少信，期末加上二封信被帶回去，我寒假儘可能每天寫一封，因為到元旦後白天晚上做事，所以我才說儘可能，當然現在白天而已，下週書店關，晚上打工而已，可以每天寫。

　　很想念妳及劭騏，Jenny快來了，我可以有妳買給我的牛仔褲、手套、襪子，一定加倍溫暖。非常愛妳及寶寶。

Je t'aime !

I need you both for all my life.

凱12/17/79　17:05

P.S. 今天我叫曹去拿信，他不在，所以不知有沒信。

期末考成績

婉淑：

　　現已是過了午夜，昨天整天未寫信，心裡不安。上次寫的是77封，不是76，我投郵前發覺，又沒筆改。昨天仍是做了一天八小時，不過從三點半到四點半，我們凡是全校受僱有空者均可以到Game Room去參加party，即吃餅乾、喝果汁、Cocktail之類，打桌球、保齡球、彈子免費。這個小時應該也算工作，因為是他們要我們去的。兩天加起來共工作了15小時半，目前是每小時$2.9，這週我做到星期五上午11點，然後去日本店，下週書店關一週，然後開學前兩週，若每週做五天（可能六天）加起來也有110～120小時，三百多元，日本店那兒每晚（除週一外，他們休假）去5、6小時，小費不算，每時老闆付$1.70，每天算$9，每週$54，三週也有$160，加上已去過的十幾小時約$200，小費多少不知，但二、三百元該沒問題，所以這個寒假該不算白費掉，賺個七、八百來彌補。這是賺錢的部分。

　　再說我花錢的部分，不能對妳隱瞞否則妳一來，看到會說我浪費。我買了一架Reference的Receiver（Amplifier + tuner）音響（原價$379，減價賣$249）、一架TEAC的Cassette Deck磁帶錄放音機（原價$200，減價為$129）及一對日本Realistic Nova-6音箱（原價$80一個，減價$80一對）。祇有Speaker（喇叭）品質較差，無法像有些人買一對$500左右的，其他二樣（Receiver及錄音座）均是高級，我估計這一套在台灣一定要五萬元以上，我才花了$486（連稅），唱盤我不大想買，唱片太貴了，從台灣帶來不方便，錄音座即可，需要什麼好音樂，借Eric的唱盤來錄。剛去Pacific Stereo，買一整套音響可以免費送一架耳機。我沒買一整套，要求送我一架耳機，那店員就與我討價還價起來，說可以把$45的耳機減為$15賣我，我說：「You're really putting me on the spot.」他也說：「You're putting me on the spot, too.」這句是來這兒學的，令人很難取捨或我很難回答問題之類的話，不過那家店員蠻有耐性，被我唬說我兩個朋友都買了一整套了，心都軟了，才有免費的耳機（現在是戴在我頭上，但我腦海中仍想妳及寶寶，老高睡了，不能用音箱）。那放大器後可以再接另一對喇叭，以後有錢不滿意這對2-way的，再加一對3-way的，婉淑，妳

會不會說我花錢？我想劭騏需要聽兒歌，咱們「那個」的時候也要調情音樂，況且那些又是減價的價錢，衹要我向妳「認罪」，妳都會原諒我的，不是麼？劭騏喜歡看電視，以後來會買一個給他，彩色可能對小孩較好，最便宜的一百多，大概二百元就不錯，當然偌大一架近千元的也有，老美黑白電視到處可見，一架約七、八十元，奇怪在台灣送人都不見得要的。

　　今天又接一家建設公司寄來的說明書，我都沒時間看，我想我可能看住過一年左右的房子。宿舍伙食吃到上週五中午，現在又重操舊業，開始掌廚了。不過仍是懶得動手，放心，仍吃的很營養，大家都說我胖，可能太太來，下飛機後不認識我，非得看ID簽名無誤才肯讓我接，會嗎？成績均公布了，英文A-古力B（習題B-，可惡！）物數B（習題未公布，可能相同B），所以總平均是3.15。這幾天我都帶劭騏及妳的照片在身上隨時拿出來看，也給別人看（尤其是女生，好讓她們死了心。哈！郭蓋又在臭美了！）好想妳及劭騏呢！永遠愛妳，OK？BESAME MUCHO！（KISS A LOT！）老美要放聖誕節了，沒有信，不要胡思，郭蓋永遠是妳的人。

　　恆屬於妳的

凱12/19/79清晨01:30

P.S. 今天收到上週一（64）劭騏會坐車，真好，爸爸會買給他車！Good night！

P.S. 電話週一（12/17）又斷了，被退票（因沒錢，存入太慢），又是我忙，每個月都給來這麼一次，charge $7，奔波又累，與他們這些不關心的人住一起真倒楣，連付錢都要我先墊，他們也不吭聲，實在是小氣又自私，像我月初替人代墊房租，昨天才還我，不是電話斷了我要付錢，還不知何時才還，就是懶性，借任何東西，都拖很久很久。昨天付了帳，上月份$195.15（還得付房租及本月電話費呢！要8小時（工作）才接回來，所以明天才會通，真怕妳有急事打不進來。（01:39）

凱：

　　我現在外頭信封上的號碼有點亂了，不知66對不對？暫時依這順序寫。昨天我已將$3,000匯去你那兒，收款人Eric，寄款人趙和我妹妹，希望你能早點收到。昨晚梁將你送的禮物帶來了，他把東西一放回頭就走搭計程車來的，太太在遠處等，我抱著劭騏送他到樓下，天黑看不見他太太，不知他太太是否很內向。我事先已將書整理好，所以書一交給他就走了，無法多問一點關於你的事，雖然我很想知道，到底是男人，要是Jenny就有得聊了。我不知你是否還需要毛衣（開禁的）或外套之類的衣服，牛仔褲若合身，我可再買一條給你帶去。謝謝你送的禮物，堆滿一桌給我們帶來聖誕節的氣氛，我真有被寵壞的感覺，你好捨得為我們花錢，我原是說說，一點糖意思意思就好，那大盒的上面標$621，我不知那是多少錢，因為我不敢相信，一盒糖比一件皮衣貴（你說皮夾克$50一件）。看你那麼細心為我們準備那麼多禮物，我一直覺得鼻酸想流淚。謝謝你送我們的賀卡，我會永遠保存著，永遠記著爸爸愛我們，劭騏長大也會了解爸爸多麼愛他。我一直不斷親著劭騏，因為他也是爸爸的一部分，我感覺好好照顧他長大是我最大的責任，他是爸爸的寶貝。

　　昨晚匆匆核對一下，每樣東西都有了，沒有缺。底片今早已送去沖洗，我會按照你的吩咐寄去Eric家，幾張賀卡也已貼上郵票寄出，倒是我寄給爸爸的聖誕卡恐怕無法及時到達了。房子的藍圖我也大致過目，都很漂亮令人心動，甚至懷疑我們有能力買得起。我們買過一次，我想你多少有點經驗，會淹水的當然絕對不要，太偏僻易遭人搶也不好，兩層的就怕劭騏成長的這段時間易跌下來，能有1½衛生設備比較方便，我們一直都習慣如此，前兩天那另一水箱壞了，有兩三天沒修不能用，一早醒來趕上班真不方便，到底是不方便所以王又修好了。有兩臥房我就很滿足，劭騏需要一間，否則我們有時若……，總是不方便。暫時我們不能再有baby吧？所以今早我又去婦幼領那東西，婦幼較麻煩，且只肯給4打不能多，沒關係，我現在合起來有11或12打。今天月考早上都沒監考所以趁機去婦幼，又去逛街買了幾條長褲，Jenny告訴我無袖衣服或高領毛衣都不需要，襯衫可多買。現在趁監考時寫信。不知你是否去打工了，身體要保重，注意開車安全，你十二點接梁回來，（一月十三日從機場）不會打瞌睡吧？可別像餐廳廚師那樣才好。凱，好想念你。我也很為你感到驕傲，和別人比起來，你總是勝人一

籌，盼望重聚的日子快來，劭騏很需要爸爸管教。好愛你。

婉淑12/19/79　14:20

12/20/79（四）　#79

婉淑：

　　又是過了午夜，不寫信，無法安心上床。昨天仍是整天，由八點到下午四點半，工作就是整理舊書，老美賣舊的人不少，有些簡直就是新新的。工作不算辛苦，午餐一小時，上下午各15分休息是足夠了。我午餐都帶飯，現又開始做菜了，今晚燉了一隻蹄膀，很香，老美的豬腿部分便宜，才86¢/磅。美國油公司多，油價

不一，普通汽油由89¢到96¢一加侖，我加的Unleaded（不含鉛）由94¢～$1/加侖，上週還是88¢，前天漲到94¢，其他公司貴，不怎樣，最大公司最便宜的Exxon一漲6%，大家就很注意。東西貴了，連買房子也難了，5%的頭款幾乎很少，都漲到10%、15%、20%，頭款少，貸款就多，也不易獲准，最主要的Credit還是在於月入，年薪的數目決定能否付貸款。所以買Assume Loan（承接賣家貸款）的房子還是較好，問題就是Equity的數目大小了。

　　聖誕節前，書店所有顧員均可優待，每樣東西均售與僱員進價加一成而已，所以比標價便宜約 ，我也是在那兒工作者，所以可以獲優待，我明天去看看有什麼可以買，說不定買些化妝品及玩具給妳及劭騏，明天趁休息進到書店及它的禮物店去好好看一看。那家日本店是星期五要再去的，又聽說下週五才正式開業（12/28），本週仍是先訓練我們而已，不管如何，仍是有錢拿。如下週才開，那麼就可輕鬆一下。由星期一至四均沒事。UH由12/22停到元旦，元月二、三日註冊，大概元月八至十一日付學費，梁可能託曹選課，付費。不知他去過咱們家沒？星期日上午電話即知。

　　昨天那封信都是在說音響，好像把妳冷落了，是嗎？婉淑，對不起，凱仍是非常愛你的呢！我實在很想念妳，今晨聽到Peter, Paul & Mary的Leaving on a jet plane中那一句I'll wear your wedding ring，心裡難過極了，眼淚欲滴，因為心愛的人不在身邊。昨夜夢見劭騏小時的樣子，仍包的緊緊的，可是噗噗了，必須換尿布。夜深了，我八點又得再去做事，七點二十起床，所以無法寫多，對不起，明天賠妳，OK？很愛，很愛你兩寶寶。

凱12/20/79　00:50

12/20/79（四）　#69

凱：

　　昨天，今天月考，趁監考時有時間，多寫一點，讓你知道我是非常愛你的。今早天快亮時，劭騏從床上滾下去，滾到梳妝台那邊，他的頭敲到地面，好清脆的一聲，我從睡夢中驚醒，愣在那兒不知怎會如此，劭騏睡覺不規矩，到處亂翻，我精神好時，常邊睡邊將他拖回原位，有兩次我醒來時，發覺他已在床邊稍一動就滾下了，看那情形眞會叫人手腳發軟。而踢掉被子，光著睡那是常有的事，每次拉他回來，摸他手是冰冷的，不知凍了多久心裡總是很難過，一個人照顧小孩，無論如何總是不周到。回想你剛走那一兩個月，眞是心有餘悸，只要有東西敲到地板的聲音，八成是劭騏滾下來，眞擔心他的腦袋會被摔成白癡。

　　今早他在熟睡中跌下來，嚇壞了，一口氣喘不過來，只哇了一聲，一張嘴張得好大，哭不出，臉都青了，大約有三分鐘，我抱他不是，放床上也不是，他只是全身扭動，叫不出聲來，只有這個時候我會感到幾分怨恨，若劭騏死了，我也沒辦法，我還能怎麼帶他。從昨晚就沒吃飯沒洗澡，我弄了排骨豬肝燉稀飯，他從來不肯好好吃，一路爬，一路吃，才吃兩口，全部吐出來不吃。若地面是地毯比較不易摔，但他無論吃什麼，常會掉了一地。王也算夠忍耐了，劭騏愛去他們那間，可能人多熱鬧的關係，飯粒掉了一地，踩在拖鞋上印得到處都是，我拿著衛生紙跟在後頭擦，但有些沾在衣服上，他一路爬又會一路掉，那我就看不見了。他雖然自己會爬，愛去浴室或廚房，不然就玩插頭，隨時要人看著，有時他爬去妹的房間，我趁機做點事，若妹的娃娃大便，或吃奶，她忙著也沒辦法，劭騏就在那兒玩電線或檯燈。前天我沒看見但聽到聲音，他頭撞到娃娃鐵床，後來睡著才發覺他面頰青紫一塊。昨晚我做稀飯，他硬要爬來廚房，我手拿刀，他站到瓦斯爐邊，爐上火好大，他就在那兒轉開關，我不做飯，大家罵我要餓死兒

子，我做飯，這種危險事就常發生。我抱怨一大堆，你心裡一定很難過，其實只要劭騏健康沒事就好，每個孩子都是這麼長大的，大家都說頑皮的孩子才是正常。他經常在地上爬了一身髒，上床喝奶前一定要換掉衣服，不然床單都黑了。你可想像那美國烘乾機的廣告，一個全身髒一臉髒的娃娃，光著身子在烘乾機旁等衣服穿的模樣，既可愛又叫人頭疼。再多的衣服也不夠他們換，沒有烘乾機還

得了。你的寶貝兒子馬上就要變成那樣的一個髒娃娃，再不是那包在小被子裡，穿著雪白衣服，任人抱來抱去的嫩娃娃了。見面的日子近了，越是不能等，迫切的希望能全家團聚，尤其劭騏調皮時，更希望爸爸來修理他。他一腳踢翻我要吃的麵，把未吃完奶的瓶子摔到地上，把錢包，襪子全塞到床頭櫃後面，順便在上面灑一泡尿。每晚回家，就忙著收拾這些殘局，可是只要他摟著我撒嬌，親我的面頰，一切過失都可原諒了。很想念你，不知你在做啥？愛你。

婉淑12/20/79　00:20

12/21/79（五）　#80

婉淑：

　　今天週五，昨天晚上與郝聊天太晚了所以今晚才寫信，對不起。今天去學校書店打工到中午11點半，中午12點的party我沒參加，因為我到日本店去了，其實他們的party就是大家帶東西來一起吃。那日本店又白跑一趟，明天、後天晚上有party約百人以上，慶祝28日開幕，所以明後天都是下午4點到11點，等28日開張後也都是下午去（大概是五點到11點），老闆說28日下午去就給錢，他怕我拿了錢不去。白跑二趟來回加起來也快80哩，領錢時看他怎算，我懷疑他怎知道我個人去幾小時，大概也是信用制度。學校書店今天雖做到中午，但平常週五是該到4點半的，有人說pay到兩點，也有人說到4點半。這二天我買了很多東西，我在那兒做事，可以優待（到今天為止），每樣東西均是進價加一成賣給我們，

例如Revelon的口紅，標$2.35，成本$1.50，賣價即$1.65，當然6%的稅仍是要的，比起我去Target買的要便宜多了。所以我昨天買了一些東西，如二副眼鏡，我騎車飛掉那Ray Ban，外面百貨公司賣$35，這兒$29，我買$18左右，台灣目前大概1000元，另外也一副給妳，我覺得很漂亮，是好的，不是老美地攤$5一副的（台灣大概20元台幣），標$14，我買$8，到時妳來妳一定喜歡，妳臉型蛋臉很好配眼鏡。我另外買了一隻河馬給劭騏。

今天花的最多，買了$72的東西給妳，使妳更漂亮的東西，要不要？這兩樣我都自己包裝及貼花，反正東西店裡自己有，包裝紙各色各樣，上面那種叫什麼帶（緞？）也有，自己亂折一通也是阿花一朵貼上去，不花錢的。等妳及劭騏來我就送給你們做見面禮，OK？想吊妳胃口不告訴妳我買了什麼，你一定又好奇要問，我也會忍不住告訴你：我買了裝置在大盒子內的有：一副眼鏡、口紅、香水、眼皮用的很多東西、塗紅屁股的、擦指甲的、塗唇潤濕的、什麼洗澡後用的、乾性、油性的什麼drop，又是spray，每一樣可能是單數，亦可能是複數。東西你若覺得太多亦無所謂，反正以後妳姐妹或許也會託妳寄這種那種化妝品的，那時買價更划不來。看報說石油上漲33%，不知台灣有否大幅度波動？錢貶了就是擔心。

休士頓上週偶爾氣溫降到32°F（0°C）上下，但乾燥並未下雪，有天早上走路，刺骨死了，但今天熱死了，像夏天。平均說來這兒冬天是比台北暖和，天天出太陽如高雄夏天。本來我昨天也想買把自動傘（紅色）給妳，但收銀員說不要買，$8一把（我買$4），是台灣做的，從台灣帶來也不過才$2左右而已。

書店裡的收銀員，大部分是老中，僅一、二位是印尼或南洋的。我今天買$72的化妝品，那收銀員好像會回去罵她老公從不買給她似的（郭蓋又在臭美了是嗎？）。嚴寄賀卡來也訴物理系苦。明天上午不做工可以睡晚些，但很久未吸塵，想去借來吸吸，他們反正也不會做的，我吸我房間就好。又得幫人搬家，路來回50哩要去掉$3～$4油錢，別人都不知我的錢花在他們身上，也不能對他們收錢，只有苦笑了。他們都一副可憐相，算了，我也不是每天當車伕，除非重要，否則我不用車，要看電影、玩，免談。婉淑，妳趕快來，好拖我出苦海，不必煩這些事（大概有車者皆同感）。每天看桌前的照片，好想念你們喔！二月趕快來，你也就可以辦手續了，非常愛妳及劭騏。Merry X'mas!

凱 12/22/79 0:06

婉淑：

　　早上打完電話又睡回頭覺，因為沒事做，倒不是愛睏，現在已近11點，準備好好寫封信給妳。最近老美休假多，也不知信會拖多久，學校是休息一週，Cougar辦公室休息24、25，其他外面郵局，銀行不知休息二天或四、五天。所以小額匯款最快我猜要到元月二、三日才到，接到之後，我會請Eric簽名存入我戶頭內。

　　前天物數的Problem Session（解題課）分數出來了，全班五人二B、三C，我覺得他給我C很氣憤，我平均3.06（幸好還在B以上）雖然是一學分的C，但我還是氣憤不已，那教授還想要我們下學期修他的新課程流體力學呢！才不理他。物數是由別人來教第二學期，老中教授姓胡。我打算下學期修物數（4）、量子力學（4）、一門電腦課（3）加上Seminar（1）（研討會）就12學分了，電腦課尚未定，可能修數值分析之類的，在台大那老師亂教一通，這門課也是用Fortran來寫的，以後做研究亦需用到Fortran。元月二、三日註冊，8-11付學費。12月31月底據說學校辦公，屆時可以領薪水。

　　學校書店上週打了五天的工，日本店昨晚去了（4點到10點15分），他們28日下午六點開幕，這二天邀些日本人來參加雞尾酒會，那地方實在遠，有18哩，若是全部走高速公路很快，大約25分鐘即到，但有一半路在街上，走走停停，要40分鐘。除非那兒生意非常好，否則開學後我不會去做，縱使生意好，我開學後亦最多去週末兩晚，星期五、六晚上生意都較好。書店27、28、31需要人手，因老美回家度聖誕不願來，但新書一直進來，所以徵求自願加班者，原來我$2.95/hr（2.90/hr？）加班三個半天（8點～12點）可以拿一倍半到兩倍薪（可能一倍半，二倍不太可能，全職者或許）。

　　上週油價上漲，原來Regular（普通）由83¢～93¢/gallon不等的，分別漲到89¢～99¢/gallon，無鉛（76年以後的新車用，我的也是）由87¢～99¢漲至93¢～1元多/gallon，我昨天就加了Exxon，16.3加侖的100.8¢/gallon，通常那家公司（最大）是最便宜的，普通汽油目前89¢，無鉛93¢，但這些站通常營業時間很短，每天5小時，若營業長一點的，油價就貴，所以同一公司油價不見得到處相同。其實昨天可以加較便宜一、二分錢的站，但我身上錢不多，這三天銀行又關門，連UC也鎖起來，機器無法用，所以怕沒錢用，必須用Exxon的信用

卡。油價上漲就令人心急躁，房子不買心不安下來。目前我的打算是等妳明年元月再匯三千過來，也共有八千、九千左右，到時去買一棟assume loan（承擔貸款）的房子，三房或二房尚無法決定，需看地點，房價而定。妳若辦手續也需要財力證明，我大概在元月底二月初（買房子前）去銀行開一張存款證明寄給妳，另外我會向人借一些存入湊多一點，這兒的老中要接眷屬都如此借來借去。另外妳身邊的存款，爸媽的也可以用，影印證明給AIT簽證的人員看，錢愈多愈易獲準，不會東問西問的，獎學金當然不要忘了，妳大姐的也可以，大概寫一張同意書即可，或許不必，因I-20上有大姐夫的名字。

　　二姐結婚我的意見是該去一趟的，因妳及劭騏即將遠行來美，親友不知多久以後才能相見，尤其是爸媽，一定會很想念妳及劭騏。當然妳斟酌情形，我並未一定要妳如此做，僅表示我的意見而已。若劭騏不方便帶，也就寫信向二姐致歉意，我原本以為會在高雄，要去我就要妳搭飛機，不必受車苦，若在台中，妳看情形，要去是否搭飛機快去快回，不必在外面逗留太久，一切由妳做決定，若要去就問清楚時間地點，寫信或打電話去問。

　　梁18日送東西去給妳了，真好，化妝品好嗎？照片拿去洗沒？都忘了問妳。賀卡也寄了吧？給妳及劭騏的賀卡好不好？（給妳的「份量」最重，等妳來，給妳的及劭騏的，也是給妳的禮物「份量」較重，大概有好幾磅重，我笑著對人說我給老婆及兒子的禮物是以他們的體重而定的。

　　劭騏又長大了真高興，每次妳都報導他漸漸長大的事，好高興，沒想週歲前也會爬高了，更會說單字了，妳真是好媽媽，婉淑，我好愛妳喔！讓我吻妳，深深的熱吻，好嗎～噴！一百萬個吻，OK？……也很想與妳……，不好意思說，太久沒練那個，幾乎忘光光了。不過我想等見到妳，我們會「溫故知新」的，不是嗎？妳以後還得教劭騏說更多的話呢！說不定他比老爸還行，女孩子都被他花言巧語迷了，就擔心他不會挑，像老爸一樣有眼光才行，否則「歹田一半冬，歹某一世人」就苦了，妳一定又說，這老爸怎麼這麼早就擔心起來。劭騏結婚時，我還要穿媽媽買給我的牛仔褲，以證明可以穿那麼久到當祖父，可以嗎？妳又會說我是老青春了。現在我不會長痘子了，因為上週一晚上，我吃了很多花生並未長痘子，不騙妳，妳可以愛對人了。

　　劭騏生日，我會打電話慶賀他，時間就同妳說的晚上9點，實在很想念妳及劭騏，都忍不住想擁抱你倆，下飛機看到你倆我會的。Darling, I need you both for all my life.

凱12/23/79　12:30

（寫了很久，是嗎？）
P.S. 我並未「花言巧語」，did I？
You can trust my faithful love forever.

12/24/79（一）　#70

凱：

昨晚接了你電話好高興，但也有點不安，我感覺你好像不大愉快，不知是否因為太早起精神不好，還是電話聲音令我有此錯覺，聖誕節大家團圓，沒人請你吃飯嗎？公寓人搬的搬，回台的回，變得寂寞不少吧？不知你如何度過聖誕？小額匯款18日已匯，你送的禮物18日晚上收到，我一直捨不得開，前天才打開，發覺有少數糖有點融化，沒關係，很好吃，就是好甜，美國巧克力比台灣甜得多，怪不得他們容易胖。照片也洗出來了，照得很好，但Eric的獨照僅一張，加和你合照共兩張，我還沒時間對底片，說不定有漏洗，等加洗完再一起寄去Eric家。糖果都還沒吃，打算下星期日再帶回去大家吃，化妝品昨晚已分給大家，每人分到兩樣給我媽及四個姐妹。大家都好高興。劭騏又多長了一顆牙，現在上面有四顆，下面兩顆，上牙外側兩顆有點像我那樣是斜長的，兩顆有重疊的傾向，我想幫他矯正，用手壓，他每次都大哭大叫，前天洗澡，他一面玩，澡盆滑，不小心碰到浴缸，大概是上牙碰到下唇，馬上流出血來，只哭了一聲，我看了好害怕，他卻把血吞下，又繼續玩，我甚至不必替他擦。他手玩奶粉罐割傷，大拇指和食指處流血，擦藥止血後，第二天晚上回來又流了，他抓東西，手撐太開所以傷口又裂了，替他貼上OK繃，他拼命抓不停哭，拿掉就不哭了。他現在喜歡自己爬，常爬進浴室，出來一身濕，昨天一早就換了三條長褲，抱他離開，他就像泥鰍扭來扭去，若硬抓他，不是頭撞到牆，就是手腳發出聲音，好像扭到，我拼命搖他手，見他沒哭或看他哭不停踢著兩腳才放心，好幾次都擔心他扭傷了。他不怕痛，又不大哭，所以我搞不清他是否受傷。昨天黃太太（奶媽）送來一套衣服，劭騏週歲的禮物，又坐著聊了一下午，劭騏看到有人熱鬧（她小孩也來）根本不喝奶，玩得高興，一不小心頭撞個大包，晚上我換衣服要回家，他又在床頭

櫃上撞個包，大概很痛，哭得好慘，我有時心疼又無可奈何，就會怒火上升，真想揍他，結果是不理他，由他去哭，常常要出門換衣服，都要花半小時，在他哭聲中換，然後他一哭就得換尿布、擦臉，搞半天才能出門。所以我考慮去不去台中，帶個孩子真麻煩，有時我真羨慕你沒有包袱拖累，你無法了解我的苦況。其實我也覺得我該抱劭騏回去給爸媽看看。我小妹答應若她停課會陪我去台中（我想應該是在台中），我待會兒會寫封信告訴二姐會去參加婚禮，並問她地點和時間，我會就近找家飯店住，因為同時這麼多人去，恐怕沒地方住。下週我會買個蛋糕並帶巧克力回家，大姐答應要回家，大妹也要抱娃娃回去，盼望週日快來，又可聽到你的聲音。好想你，我們都需要爸爸。愛你。

婉淑12/24/79　17:10

12/27/79（四）　#82

婉淑：

　　我現在是在學校的書店裡，今天、明天及下週一（27、28、31）是自願加班，三個半天，老美多半不願來工作，寧願在家過聖誕假期。這三天半大概可拿一倍半薪。今早八點來，只看到一人在此，我們一共有四人，另外兩人不見人影，大概都不是老美。臨時來，也不知可以寫信，所以隨手找了一本Fortran的紙來寫，不介意吧？今早的工作就是等卡車運書來，貨卸下來，用輪帶傳到地下室，我們在地下室接了，堆好就沒事。現在靜靜的，什麼也沒來。這二、三天都沒寫信，心很不安，婉淑，妳一定很久未接信了。

　　原來12/23星期日那天，我在電話中對妳說聖誕節我什麼地方都不去。星期一那天有個老生（舊生）對我說San Antonio可以去玩玩，又借我地圖，告訴我怎走，那些地方可以去等等，說得我心動，我邀Eric去，他25日要打工，太太又要來，剛找到房子搬入，忙得很，所以無法成行，既然這樣，我就邀三個同學一起去San

1986, San Antonio

Antonio，應該是坐五個人大家分油錢才省，但臨時前一天才決定，根本很難找到人，找到三人已不錯了。我24、25、26三天是寒假中僅僅有空的三天，24號決定，25、26二天不去玩，寒假就在打工中過了，所以就狠下心來花錢～二天跑了550哩，每人花油錢$15、住、吃$15。前天上午出發，走I-10（Interstate Freeway 10）公路，這公路是洛杉磯到佛羅里達經休士頓，新奧爾良的高速公路，沿途休息了一個州立公園，（似乎叫Stephen F. Austin State Park）及在一個休息區（高速公路旁）吃午餐，下午到了Natural Bridge Cavern不巧遇聖誕節關門，那是一個石灰岩地形的洞穴。以後有機會一定帶妳及劭騏一起去玩。洞關著只好到San Antonio去，此地距休士頓200哩，我們走走停停，從上午11點到下午4點到市區，實際上不停的話，55哩/時的速限，4小時即達。在市區內亂逛誤入一個公園，動物園的遊樂地方，也呆了一陣。那兒有小火車、腳踏船（休士頓也有小火車），劭騏一定很喜歡。（寫到此，剛才下來一批書，大約有五十包，停筆一陣子，現在是9點半）。晚上住Motel，4個人$38.50（連稅），覺妥住宿，晚上逛了Alamo紀念碑，那是一座城堡及廣場在市區內，想像必是以往的戰場吧？有182位美國年青人戰死在那兒，德州很多城鎮的街名都是人名，

一定是紀念那些戰死者，或德州的先驅，如Austin、Houston、Travis……等等。San Antonio在休士頓西邊，近墨西哥，所以西班牙味很重，在街道上很像歐洲，不整齊的街道排列，高高低低的建築，很像巴黎，又像羅馬，因路邊店的擺設及噴泉。休士頓是大城，沒什麼特色，或許要給外地來的人下評語才對。隔天（26）我們去Mission San Jose，入門券50¢，那也是一座城堡，裡面有當初他們起居、教堂，西部片的墨西哥城堡都是白牆、天主教堂、外面沙塵、仙人掌，遠遠有丘陵，就是這麼一種地方。另外還有三個Mission，大概類似，又要趕路，所以沒去看。在車上吃過午餐（三餐大概都是吐司、果醬、水果等等，簡單解決，經濟方便。礦泉水、牛奶也解渴容易），下午到San Antonio南方150哩的海邊叫「Corpus Christi」的，那兒很像白沙灣，但很長很長的海灘，婉淑，記得以前我們在海邊都很愉快的，金山、白沙灣……都留下深刻的印象，尤其是白沙灣的碉堡裡，我們度過一個愉快的下午，還有福隆、還有頭城、還有西子灣……好多海邊呀！婉淑，我就是愛妳，直到永遠永遠，生活的樂趣都要靠自己去take fun out of everything（從每樣事中去尋求樂趣），不論住那兒我們只要相愛，生活一定很有情趣，況且現在又多了一個爸爸的小情敵，所以爸爸一定要更愛媽媽，免得媽媽偏心不愛爸爸，只愛小郭蓋。我相信妳是愛我的，因為我很愛妳的緣故。

海邊餵海鷗也是很好玩，花生米一丟上天，海鷗就銜走，很準。五點五十分離開海邊上路，我們是在一個狹長的島上，大約有15哩長，島上沒什麼，幾家別墅，一條公路，我們從南端過橋到島上，然後從北端坐渡輪過岸，但仍舊有一段更長的橋，因為是晚上，看不清有多長，至少好幾哩長的海上橋，從海邊的Corpus Christi回到Houston也是十點，分別送人回去，回到家也十一點了，今早又要打工，所以昨晚未寫信。去玩一趟，獲得不少常識，都是與開車有關，如出外旅行非得帶一本地圖不可，否則摸不著目的地，我一定要買一本。有了地圖，按公路編號，路標，一定可以到任何地方。

1984, 12/24 Corpus Christi

還有認識了美國公路的編號，如橫貫的由西岸起算里程，由南向北依次平行命名為I-10、I-20、I-30……，縱貫的由南起算里程，由西向東依次平行編號為5、15、25……，所以I-10在南部如加州、新墨州、德州、路州、密州、佛州等，I-90在北部，如Washington State, Mich., Illinois，5號在加州向上到Oregon, Washington, 35, 45在Texas等等。還有美國公路若單向的就畫白線，雙向的就畫黃線，免得走了左線不知是與右線同向或反向。二天都是我開車，別人沒駕照我不放心，我自己深信自己，開車也不累，倒是一大享受。

　　剛才來了一個警察，是假日巡邏的，進了地下室，看我ID後就走了，在美國不隨身攜帶ID是很麻煩的，可以以此逮捕，台灣並未如此不講情理。所以我剛剛來此，沒帶ID在身上，人家會覺得很大膽。我的正式駕照已寄來了，就是汽車的Title（權狀）還未寄來，80年的汽車稅也無法繳，下午大概去問問看，兩個月前去Court House（法院）辦過戶，他們說六週即可到，今已兩個月了仍無消息。下午Jenny來我會去他們家拿牛仔褲，另外還得去Southwestern Bell繳電話費，下週可沒時間去繳。二天來的底片照了三十多張也拿去沖洗，到時我會寄給妳看。

　　聖誕夜我是在Eric那兒過的，他請我吃火鍋，說是「入厝」，準備得很豐富。他平日笑我吃太多，當晚變成他猛吃，賬得像氣球一樣的凸肚。師大公費妳去辦了，但我忘了妳告訴我賠了沒有及拿到證明沒。另外69年度的小額匯款，元

旦三天休息後，應該元月4日就可以去申請，那天是週五，看要不要帶身分證，印章去銀行較方便，不要忘了！信封、郵票。這幾天人不在，今天又還沒下班，所以不知有否妳的信，我中午回家就把此信寄了，順便看看。

去玩兩天，心裡都在想妳及劭騏，想到妳帶小孩那麼辛苦，我卻跑去玩，真不應該，將來我們三個在一起時，一定要好好地「從此過著快樂幸福的日子」，OK？對了，有家旅行社，叫什麼天洋的，我回去再接著寫，妳可去打電話打聽，機票便宜很多，才美金三百多元，祇是不知那台北分公司的票價是如何算的，在這兒買是絕對便宜。（10:45）

我也會打電話到加州去問（不要錢的，對方付），若便宜又方便，不妨在這家買票。台北～加州是$349，嬰兒$40，比美加的華航18,000元便宜多了，這家票也是搭華航。

好愛妳倆，我去寄信了。I miss you both very much!

凱12/27/79　12:05

12/27/79（四）#71

凱：

聖誕節我不敢奢望有信，心中不期待自然沒信也不難過了。昨天卻意外收到你12/17的信，這兒除行憲紀念放一天假，碰巧天冷大家都關在屋裡，倒沒有什麼氣氛，但我可以想像你們那兒年節的氣氛濃厚，大家都在團圓，只有你在打工，或不知你去哪兒度假了，想起你來都要落淚了。我將你和學生們寄來的賀卡貼在牆上，禮物放在客廳，也頗有一點節日的氣氛。楊華也寄了張賀卡來，她說搭機很順利，他們暫住的公寓非常安靜。昨天下午抱劭騏去婦幼，心想週歲做個健康檢查，比較安心。從昨天起油價上漲由15元漲到21元，計程車也漲由16元起跳，每半公里由3元加至4元，但我也不能為了漲價便不帶劭騏去檢查。昨天來回車錢就花了146元，順便讓劭騏打了麻疹預防針，預防針15元，其他不知什麼名堂共花170元。元月十二日，我打算搭自強號去台中，小妹若有空會陪我去，當晚會找家飯店住。有時感覺錢花得好凶，想到美國一家三口就你那$500，真是快樂不起來。我對能否辦妥手續沒有信心，想到要辭職不免緊張，萬一兩頭落空還不知誰要來養劭騏，我又要靠什麼活下去。不知你最近如何？打工不要太累了，

開車要小心，好想念你。愛你。

婉淑12/27/79　13:10

12/28/79（五）#72

凱：

　　昨天下午，我要出門去朝代領結算後的餘款，見信箱中有兩封信，真是意外，這兩天都收到信77、78、79、12/20（四），特別高興。朝代退回2,299元，本月份因爲年底，提早領薪，我先存進銀行5,000元，才發覺結算利息了，有3,018元，真不錯，意外之財，爸爸，這些錢可以讓我買新衣服吧？銀行活期原只剩92,817元，現在有100,835元，元旦過後再匯款給你時就不必向大妹借太多。定期十二萬至明年二月五日才到期，利息我都沒提出來。

　　你倒很聰明，先說賺錢再說花錢。本來是想說你的，因爲再領一次年終獎金後，我就沒錢領了。最近一直傷腦筋，不辭職無法辦手續，辭了又怕萬一走不成。即使走成了，我希望能很快再找到工作，我的個性大概像我爸「死要錢」，不賺錢心裡很惶恐，每天在家裡蹲，脾氣都變壞了。不知那兒的托兒所照顧小孩周到否？只要能得到妥善的照顧，白天劭騏和小朋友在一起會比和媽媽在一起有益得多，我相信把我和劭騏關在家裡對我們雙方都沒有好處。話說回來，你買音響用的是私房錢（寒假賺的），況且這一直是你的心願，從結婚前你就一直念著要換一套新的音響，出國前也想著到美國要買一套，我想這只是遲早的問題。畢竟這個嗜好還不算壞，比抽菸，打牌好多了。不過爸爸以前騙女友到他家聽音響，得到一個太太，這次可不能再利用音響另娶一個了，你現在已經有一個小老婆了，若再來一個會倒店的。到時候養不活，每個人都對你呱呱叫，你就有得受了。說起這個，就想起劭騏，以前你在，還替他洗小鳥鳥，你走後他不肯讓我碰，長了不少污垢，洗澡從來沒洗過，我們倆一起生活，很多地方還是需要爸爸幫忙，總算過了四個半月了，回想起來，真不知這些日子是怎麼過的。我每天無時無刻不想你，想你在做啥，信上說些啥，要我辦些什麼事，想以前甜蜜的時光，就是不敢想未來，偶而想到那見面的一刻，真想痛哭流涕。

　　不知Jenny是否已經到了？她曾經告訴我便宜的襪子烘乾了會縮小，但我已買了只好將就帶去，手套顏色，男人用的都不新鮮，一雙20元左右，不貴，你有

時修車也可戴著，若合適我再到地攤去多找幾雙，牛仔褲希望能合身，週日打電話再問你，好的話我會再去買一條，下次帶去給你。最近油價上漲，沒去購物，還不知是否物價也飛漲了。前天曾電啟安，房屋權狀尚未下來，地政事務所搬家故拖延（不知是否真的？）沈先生欠我們的八千（要扣掉房屋稅），最遲農曆過年前會給要回來，早拿錢還是對的，該買該辦的都差不多了，若現在才買，那錢就太不經花了。凱，想你想得好苦，劭騏也需要爸爸。他會放手走一小段路。

婉淑12/28/79　14:05

P.S. 你好可憐真像個管家婆。

12/28/79（五）#83

婉淑：

　　今天星期五，我現在仍是在書店的地下室，昨天上午搬了一次郵包而已，今天或許會多些，那些東西大概都是書。昨天中午去公寓辦公室拿信，有一封，好高興呀！好幾天沒收到妳的信，太想念妳了。每次妳都描述劭騏長大成長的過程，我都好愛他。他現在牙齒才五顆就會吃麵嗎？還有其他魚肉豬肝的。

　　我昨天晚上去找Eric不著，大概下午接到太太，晚上一起出去了。今天中午再去看看。下午四點必須到日本餐館去，他們六點開幕，大概會發薪，還有講解一下要做什麼。那兒實在不近，再加上語言不通，若以後不是生意很好，我實在不願意去。一個電機系的週日偶而在炸雞店，每小時$3.50，週末在機場附近的中餐館，每時$1.00。那炸雞店老闆回台灣了，把全權都交給我們系的一個學生，因老闆看他忠厚可靠。另外還有一電機系的也在那兒打工。

　　昨天下午付了上月的長途電話費及下月的基本電話費，我11/13～12/12的長途電話費大約$60不到，一通14分你打來的Collect（對方付費）是$31，另一通15分鐘是$26。上月二通，這個月應該有三通，聖誕節前一通、劭騏生日一通、再加上二週後再一通。前二天去玩，平均每人花$30，其中$10住、$12油錢、吃玩用掉$8，算是很省了。底片也拿去沖洗了，三週前幫人拿二卷去洗到現在仍未拿到，似乎出了問題，可不要這二卷底片出問題才好。我去了Court House問汽車Title（權狀）怎未收到，他們說是6至8週才收到，所以最遲元月初該會收

到，否則就報遺失，重新公證（另外一張表格），再申請。牌照稅昨天就繳了，$22.30，那是一張小貼紙，在大牌的右上方貼著，每年顏色不同，今年是藍的，明年是紅的。

　　真的再四天就是明年了，再二週也就是滿五個月了，滿六個月，妳也就可以開始申請了。婉淑，我也想妳想得不得了，很盼望妳及劭騏來，團圓的日子愈來愈迫近，我的心情也愈來愈高興。我們本來就應該在一起的，從剛結識妳，我相信我們都有這種共同的感覺，才會有如此成熟的感情及穩固的愛情，也唯有我們彼此深愛才會使自己，使對方幸福、快樂，尤其是對劭騏而言，在滋愛中孕育成長，對他一生的影響很大，心理健全、滿足，他的人生觀也是進取向上的。我們對劭騏，應該有百分之百的責任義務，現在如果說要讓妳自己來美，我也會不答應的，我們倆都需要他，尤其劭騏更不能離開我們，有爸爸媽媽，他以後才會覺得自己是正常的小孩，想到此，我就覺得自己對不起妳及劭騏，立誓要更愛妳倆才行。我元月份收到另外的三千美元之後，我會去注意房子，能夠買到一棟是最好的，三房的，再不然就二房的，迫不得已，我才會去租一房的公寓，我一切會在二月安置妥當，不至在妳下飛機之前太匆促。縱使租公寓也不希望太久，在通貨膨脹的日子裡，錢不趕緊換成實物，是一件可惜的事。

　　婉淑，分離的日子將近過了一百五十天，相會的日子漸漸屈指可數，我渴望著驅車到機場接妳及劭騏的那天趕快來到，懷念著以往咱們熱戀的情景，我渴望能夠擁抱妳，吻妳千百次，妳的熱唇。Darling, how I love to make it with you！

凱12/28/79　10:10

12/29/79（六）#84

婉淑：

　　星期四、五兩天上午去書店才搬了一次包裹，其他什麼事也沒做（倒是寫了二封信），老闆說，沒事做，真抱歉，比有事還辛苦（還是照算錢），下週一不必去了，沒錢賺，休息一天。元月二日再開始開門，此刻UC全部關住，什麼電玩、遊戲間、信用銀行、書店都在裡面。Cougar公寓也蕭條多了，很多人搬走，很多人到外州去玩，要到元旦才會回來，因元月二日註冊，我書店頂多做到

258

元月十一日或十二日，十四日就開學了。

　　昨晚日本店開幕，那老闆是外行，一團糟，要是我當老闆不至如此。帶位又當女侍，女侍又少，有些人拿了菜單，很久沒人去接order（點菜），我去接了一張，被老闆說不可以去接，原來他所謂的Waiter（侍應生）降到了Bus Boy，好吧，心裡又好笑又好氣，就不管客人，只管擺桌子、弄些水、餐具好了，廚師出菜又慢，日本菜好看，好不好吃是另一回事，花時間太久，量又不多，有些人吃得愉快，有些人等一小時沒吃到或沒吃飽，氣沖沖走了。那老闆急沖沖也是「頭雞兼薪佬」，自己賺小費當Waiter，接菜單、端菜起來了，平常是很神氣的。昨晚到十二點才吃晚餐，餓死了。今天中午十二點又要我去，昨天沒給錢說今天一定給我，因為要加昨天分到的小費。他說我是Waiter，我說不是，我又沒take order，所以我不是拿$1.70/hr，而是3.00/hr，另外分Waitress大約小費的一成。本來昨天若拿到錢，就不想做了，想換家近點的中國餐館，昨晚老闆又一副可憐相，要求我一定要再去，好吧，幫人忙算了，等開學我一定不去了，要找一家近點的。反正現在閒著也是痛苦，又損失機會。昨晚打到十二點，又下大雨，回到家開得慢都快一點了，今晚不知到幾點，我會打電話給劭騏向他賀生日。劭騏實在可愛，另外三張照片收到了，還有一張小照片，好可愛呀！他現在還小，我們暫時不會要baby我們養不起，劭騏也無法照顧，我真不知一年生一個的人如何應付。人家有人手吧。師大公費賠償證明記得帶來，延照有用。信已收到69封了，妳放照片的那封是65不是63，12/17是68不是66，12/20是69不是67，妳可以在郵簡上先用鉛筆編號，若有用信封時再改一下即可。我不知70封妳有否收到，若沒有，我亦不記得是編錯或丟了。梁一向很內向，去曹家送牛仔褲亦是如此，丟了就跑，妳那些化妝品禮物可以送姐妹媽媽或二姐，自己可以不必多留，因為我已買了一大盒$80準備妳來此時給妳。那糖是$6.21不是$621，反正老美最後兩位一定是分，除非是買電視、冰箱、汽車的標價。Jenny的行李未到，所以她未能給我牛仔褲，若合穿也不見得要再買一件，人家會以為我沒換，這兒也有得買，貴一點點而已，款式很多。毛衣、衛生衣很少用，衛生褲沒有用過。反正現在我的衣著是內著長或短袖襯衫，外著夾克。我得準備去打工了，明天打完電話再寫給妳。I miss you both & can't live without you both.

凱 12/29/79　11:15

聖誕節和女同學出遊沒歪哥

12/30/79（日）#85

婉淑：

　　昨天工作12小時，前天8小時，前天4點去整理餐具之類的，六點正式開幕，顯得有點凌亂。昨天十二點去餐館，馬上就先給我們吃午餐，真不好意思，但這下子可累了，因為昨晚到十一點才吃晚飯，幸好偶而「偷」吃。昨天來了兩個新的waitress（女侍）都是日本「老女人」，較有經驗，客人也沒像第一天一樣坐滿滿的，所以秩序好多了。我明白老闆的意思了，原來serve（服務）的人都是穿和服的，才不要我們臭男人，沒有氣氛，根本就沒有waiter。前天晚上吃飯我說不是要付薪嗎，老闆說明天一定算，因帳太亂了，一定算。果然昨天就算了$180給我。前晚載了五個日本醉鬼（其實才一個醉，並不算很醉）回市區的旅館（因老美計程車不是一揮即來的，叫電話要很久），他們給我$15小費，算是額外收入，老闆也覺得額外要我送人去市區，另外給我$20，走一趟市區賺$35，不錯。本來我昨晚拿到錢，即不願做下去，$180中包括送客$20，$150是算以往做了四十多小時（每小時$3）加上小費（第一天開幕無法計），他說大約$150，好不好？$10是無零錢先付我昨天的一部分。那老闆似乎錢多多，若非如此，不賺錢的話怎能維持。另外一個waitress，老闆說她來四次，每次算4小時，16小時好了3×16等於48，算$50，另外加上昨天工作了8小時，因客人都用信用卡簽帳（連小費）所以老闆說算每小時兩倍$6給她6×8等於48也算$50，所以老闆馬上掏$100給她，通常一般餐館是付支票的，而且斤斤計較，沒看過如此大方的老闆。另外老闆說有客人時（每晚6～12或11點）可以分一成waitress拿到的小費，他自己又想一想，假若我嫌算小費麻煩的話，每小時淨拿$5怎麼樣，我說我要後者，即營業時間$5/時，非營業時較輕鬆$3/時像昨天中午12～6及6～12午夜，即是$3×6+$5×6＝$48，今天2點要我去卻是$3x4+$5×6=$42，明天星期一本是休假日，但因是除夕所以營業，元旦、二日休息。我是覺得不管生意好壞，我都拿$5也不必去應付客人、記菜名、服務等等，倒也乾脆僅協助waitress一些餐具、茶水、桌巾之類的。在機場的那家中國餐館無Bus Boy，waiter兼職，每小時$1.50，小費靠運氣，加起來若平均每小時$5已是很不錯了，所以我就繼續幹下去到開學，以後週末來做就好。昨天老闆也採我的意見，三個Bus

260

Boy的職責區分好，桌子要編號等等，不致三個和尚沒水喝。另外兩個Bus Boy大概仍是$3，然後分小費，這兒很多工作場所都是如此，彼此不願告訴別人賺多少，所以我們不問，不說。那家日本店的廚師都很有禮貌，縱使我大部分聽不懂，但我知道他們向我問安、道別、謝謝之類的。個個看來有修養，聽說有些日本餐館，甚至中國餐館大部分廚師都兇巴巴，我在那兒並未見過。我估計這寒假，連同書店大約$200收入，及晚上日本店的收入，大概$700左右吧！就是要撐過下週及下下週的整天8～12午夜那一陣子。

今早打過電話，好愉快，聽到妳的甜蜜的聲音，我元月13日晚上九點會再打電話給妳。我真擔心妳懷疑我聖誕節去歪哥了呢！婉淑，原來我在電話中（12/23）還不知要去玩的，我相信妳也收到我12/27的信了。我信上祇說與同學去，既然妳問是男是女，我老實說也沒什麼，我覺得我從未對妳說過謊，反正祇是同學而已。原來找Eric及他同學去的，可是他前一晚說不能去，臨時找了郝（他去NY及芝加哥玩去了）的室友余及我班上女同學劉及她室友巫一起去，可以再坐一人來多付油錢，但臨時再也找不到人了，我的室友曹一聽到要花錢不去玩，只想去當天來回他才去。高每天做什麼事都不知，他亦不會與我們去玩。我們四人去San Antonio的古蹟看看，十幾年前John Wayn演一片《邊城英烈傳》描述在十九世紀美墨之戰，San Antonio的Alamo，182位勇士戰死的情節。如今那些地方都在市區街上了，猶如赤崁樓一樣在台南市區。我們住的motel也是盡量節省，我覺得我們兩個男的也沒什麼，所以我敢對妳說（說實在，這兒的老中女生比台灣的還保守）我們是住一間，但兩個雙人床，出外就省點錢。別緊張，那兩個女生睡一床，余睡覺不願旁邊有人，寧願用我的睡袋在地上睡，所以我也樂得一人獨自用大床。婉淑，我是覺得自己從離開妳到今，都沒有對不起妳做出壞事來，所以我敢對妳如此描述細節，我相信妳是了解的。我自己生活是很單純，從未有一絲苟念，每天想到的就是妳及劭騏，或許妳本來就不覺得我去玩有什麼不對，會說我怎麼自己緊張起來了，本來就是嘛！我怕妳不愛我了，又怕妳對我生氣說帶小孩累死了，我卻跑去玩。婉淑，對不起，我實在感激妳對劭騏的辛勞及愛心，妳實在比誰都體貼。

二姐婚禮妳去參加就快去快回，又要趕回來家裡接電話，真辛苦，婉淑，我真感激妳，爸媽及二姐一定很高興。壓歲錢妳就等快到春節前匯回去，錢並非一定要如我所言，妳自己斟酌。小額匯款已收到休士頓的第一銀行的通知要Eric帶

證件去領，以前都是達拉斯直接寄支票來的。我明天會與他去領出來，然後存入銀行。這些錢都是要買房子用的，我當然不會花掉，否則我目前辛苦打工何為？目前辛苦點就早一點脫離苦境，我不能使一家三口因我受苦。

　　昨天買了Target一個減價的枕頭，一般價$6.50，我買$4.50，準備給妳睡，大小與我目前用的一樣的標準尺寸。我眞等不及見到你們母子倆。婉淑，相信我的愛永遠是祇有給妳一人。I need you and our lovely son.（淚水不住）

凱12/30/79　13:14

12/31/1979（一）Last Day of 70's　#86

婉淑：

　　今天是七十年代的最後一天，我們都將帶著劭騏迎接新的80年代。記得去年我還幫他照相，護士隔著玻璃給我照，那也是劭騏呱呱落地以來第一次照相，看看那時，再看看目前的照片，眞是長大許多，也變漂亮可愛多了，剛剛朋友夫婦來看過說愈大愈像妳，眼睛大，眞好看。（我眞以妳為傲，婉淑），他們要去買電視，來我這兒剪下報紙10% off的折價券，他們剛搬家沒報紙，我這兒也停了，正好昨天星期日去買一份。

　　今早去銀行，是在休士頓的花旗銀行，Eric幫我把支票領了出來，也背書寫上for deposit only（只限存款不能兌現款）如此遺失亦不打緊。十二月薪今天也發了，各系均不上班，所以到辦公大樓去領。今天信用銀行不開，所以元月二日再存入戶頭。昨天生意不好，這是意料中之事，星期日大家少出門，準備星期一上班，因為生意不好，剩很多菜，昨晚吃的算是大餐，眞希望有兩個胃，今天是大除夕，生意應該會很好，老美大概會狂歡一番。我該上班去了，等下班回來或明早再寫給你，OK？明天、後天餐廳休息。（12/31/79　13:15）

　　（元旦）昨天二點上班，到十二點午夜，昨天生意果然不錯，幾乎每張桌子都坐過一、二次。生意一好，我們吃的也就不怎麼好了，因為剩下的不是什麼好菜，幸好不像大前天晚上吃烤飯糰。那老闆後天要我五點去，原來都是要我們兩點去的，現在大概知道要省點支出，其實我們五點去時間是很夠的。另外兩個老Bus Boy，老闆要他們兩點去，其實我看他們四點去也可以了，那老闆眞是緊張大師。昨晚回到家已是深夜，今早睡到十一點，除夕最後一刻是步出日本料理

店，踏入車子那一刻，由70年代進入80年代，心想著，我們年紀也多了，劭騏也跟著我們來到新的年代。

今天是1980年元旦，日本店休息二天、三日再開，目前中午，他們還不敢營業，老板說怕太忙，做不來。書店明天開始上班，明天晚上沒打工所以仍可支持，後天、大後天就不知了，不行的話我們書店三點先下班回家休息一、二小時再去上班日本店，否則由八點（a.m.）到午夜是受不了的。今天樂得整天休息，我想待會兒把車子洗洗，洗車在有時間的情況下，也是一種消遣，由髒兮兮變成亮光光的一看就喜歡（但不是愛），每個人都說這是一輛好車，連老美都如此說，否則真能支持兩天跑550哩路，等於台灣繞一周之程。昨天去上班，路上才想到信未拿，打電話回來請曹幫忙，他說想睡覺，有空一定去拿，今天放假也就無法自己去了。有時好心載人去辦事，小事卻得不到幫忙就好火。

婉淑，不要以為我一直不愉快，就是小事一件而已，我每天想到妳及劭騏都是愉快的，過了新的一年，相聚的日子也就快了，希望你倆就在我懷裡。我這兒沒什麼中文書，多看點小兒疾症書，告訴我有關的知識，我實在很愛劭騏。

I love you constantly, you're always in my heart.

凱1/1/80　12:50

1/1/80（二）　#87

婉淑：

今天是元旦，下午寫完昨天未完的部分，就寄出了，希望今天假日仍有郵車來收信，寄完信就回來洗車，我住的隔巷有條橡皮水管，一開水喉，十分鐘洗刷的清潔溜溜，平常我都是用水桶提數次，很麻煩，要花半個小時以上，把車開回來，等它乾，打上臘，用布拭就很光亮了，有人說「等你太太來，看你如此待車子，太太一定氣死了」，他們都認為我二、三天就洗它澡。今天沒吃早餐，因睡晚了，午晚二餐都未花錢，別人大宴客，也拉我一份，午餐是在樓上一列的#114，大約有15人，吃春捲、火鍋等，晚餐是曹及高請一位化工學長，為他及太太健行，先生大約有半年或一年就拿到Ph.D.，但加州LA南邊有家石油公司聘請他去工作（大概是做研究），年薪約3萬，公司負責機票、運一輛汽車、搬家、售屋（他們有一家一房約17.18坪）先生面臨高薪也決定quit school不上學了，

263

反正公司會為他申請居留，（訂約上說明的），不必擔心F-1 Visa（學生簽證）失效。太太在此做會計也辭職，準備後天一起去加州。她月薪說是$800起薪，我請教她，她原是外文系畢業也沒有什麼經驗，考考打字、用計算機加減帳目就錄用了，她說老美不及老中會算數，況且找事容易，報紙很多，自己去面談，很快即有。他們夫婦去加州，太太也不必做事了，反正多做幾乎都被抽稅抽光了。三萬算是高薪，美國所得稅率很高，像月薪一千五百的光棍，若不買房子汽車的話大概每月抽四百元左右的稅（會不會退一部分稅就不知了），若是有家者，那扣得就少，可能一百、二百元，若再買屋，車等可能僅扣數十元。

　　明天是選課日，我排了一下，發覺電腦的課，想選的排不下（衝突），其他課又不想選，FORTRAN學過了，不想再花冤枉錢。這學期的課也排得沒有很好，會到晚上才回家，有一門課堵住實驗課，不知會否把晚上的課給我帶。明天選課二門我必選的是量子力學，物理數學，另一科Graduate Advisor（研究生導師）開的流力想要我們三個選，實在很不想選，或許明天先選他的課，我猜人少（才3人）不到五人課是會被取消掉的。屆時我們可以藉口選別的課。明天下午選完課我再繼續寫完此信，也好告訴妳我的課表。妳接到此信後，可以改寄到係裡給我信了。Darling, I love you and miss you every day.（1/1/80　23:43）

　　現在已是1/2下午4:50剛下完班（書店），去辦公室拿信，還在分，所以拿不到叫我們五點以前去拿看看（五點關門）我趕緊寫完此信，去寄順便看看。今天上午將薪水及小額兩張支票存入了（共$2,996+$459.28），手續費被扣了$4。下午也註了冊，我只好選了量子力學、物理數學、流體力學及研討會。希望流力因人數不足而取消。時間是量力：一、三、五11～12點，量力習題二、四11～12點，物數一、三14:00～15:30，物數習題五14～15點，流力一、三17:30～19:00（沒習題，三學分），討論會二16:00～17:00。實驗課以後會排下去，以上課程大致是如此，或許到第一週加退選又會有變動，我不想又被召去訓一頓說不按吩咐選課，又恐嚇我什麼的，他們二個成績單亦是11學分，電動並未顯示出來，白白唸了一學期。

　　快五點了，我去公寓辦公室看看，好希望看到信。很想念妳及劭騏。

Darling, I love you very much.

凱1/2/80　16:59

婉淑：

　　下午去把信寄了，慢了一分鐘，門已關起來，但我相信他們仍未把信分好，明天中午回來吃午飯時再去看一次。我想明天，後天書店工作到三點就好，回來可以看信、寫信、睡午覺、洗澡，然後四點半出門，赴五點日本店的班。再不行的話，我書店做半天就好，否則精神支持不住是不行的，老美工作隨人便，按時計酬，所以自己有權利任何時刻上下班，除非是按月計酬。

　　今天下午去係裡拿成績單，也拿到阿炳寄來聖誕卡，大概已有一、二週了。成績是如我算的3.06沒錯，系裡的普物實驗是如此分配時間的：星期一至五8:30～11:30，11:30～2:30也有11～2點，2～5點的，另外夜間有星期一、二7點～10點的，目前按我課表能排的僅是星期四下午2:30～5:30一節，另外不知是否會排晚上班給我，或給我兩個Grading（改試卷），晚上班上學期似乎未開成或是老美助教帶，我們不知而已。以前Eric第一學期曾帶過夜間一節。希望夜間的不是歸我，因為我要回家與太太及兒子共度。

　　星期一對面一位老中開車載五人，（含室友高及曹）去參加駕照的筆試，去了一家我早勸告週一關門的License Office，然後又通通回來了，那老中是順路去拿東西，我覺得沒誠意，幫人忙應該幫到底，另外一家是正常上班的應該載去那兒考。今天載七人去，通通考過拿了學習執照了。高很火那警察不給他正式駕照，那警官說他的愛荷華州執照已經失時效。各州不同時效，德州是四年換新一次，愛荷華是一年，以後每二年一次。我去打工，車伕差事就落別人身上，很久我都沒載人去買東西了，去年Eric不知送多少人去考駕照及看車過。

　　我在二月中以前會把住處安排妥當，我會盡力看能否買一棟房子，現在大概非買Assumption的不可了（承擔貸款的舊屋），舊屋亦好，可省去一大堆添置的東西。我已向室友聲明，到時要分家或拉一位新室友來是他們的決定，若拉一位新室友，我就向他要$25抵押款，分家的話，以往付公寓辦公室$100抵押款很難拿回來，他們也是「生意虎」，能吃人就吃，東說這兒髒那兒壞，西扣一點錢都沒了。還沒問客戶要追加呢！我看他們是會拉一位來的，我量他們沒「腳」（car）走不了，最近他們才要練車。今天走的化工學長留下一部車給學弟，幾個人爭著學車用，保養就是另一回事了，說實在，那六九年的老牙車，開起來阿彌陀佛，上帝保佑，可不要引擎掉在半路上，人回到家才發覺。夜深了，我明

265

天下午再補寫完OK？好愛妳及劭騏。（今天下午我打電話去加州問機票，沒有用，台灣不能買此地票）（1/2/80　23:58）

　　我今天由八點做到二點半，又累又餓，趕緊回來拿信，果然收到妳聖誕卡片精神爲之大振，內容最令我感動，Darling, I love you all my life, too。另外也做了四件事，洗、吃、睡、寫信，準備再出門工作，婉淑，這雖然累，但也僅是短暫而已，我心甘情願Keep myself busy to make more money（讓自己忙點，多賺點錢。）目前辛苦點，就可早點快樂些。牛仔褲、襪、手套早已收到，我都忘了說都很合穿，婉淑，謝謝妳送我的東西，好溫暖，今天降溫及除夕那天都正好用到。我很會照顧自己一切都很好，請放心。

　　劭騏的困難，我們也一定會克服。見了二姐及爸媽，家人代我請安及告訴他們我一切近況（我今早也寄了一封回家）。

How I miss you & love you both！

凱1/3/80　16:25

　　我的賀卡
Your love makes me feel that all my dreams come true.
Thank you, darling, from the bottom of my heart I love you for all my life.

凱：

　　祝你聖誕快樂，萬事如意。

　　你第70封信11/30在昨天12/18收到，還好沒寄丟，你寫得眞精彩，看你的信是一大享受，又高興又心酸。化妝品我會分送給媽，姐和妹妹，她們幫我不少忙，以後還會幫我們忙。糖我會送一點給黃太太，一點學校老師（女的），大部分給家人吃。這些我都要等劭騏生日才分送，目前仍收好捨不得開。生日那晚我會回娘家，也請大姐全家人來。卡片我會帶去給大家看。

婉淑12/19

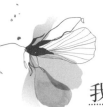

我不回來開燈，家永遠是漆黑的

1/2/80（三）#73

凱：

週日早上陪劭騏去坐電動玩具，他已大到會注意上頭掛的許多玩具，吵著要一隻有輪子的唐老鴨（$12），我買了一個望遠鏡（$15），回家他不會玩，也不要玩，買東西還是得買他們要的，否則仍是白買。下午劭騏自己開車到工地沙堆上玩，沙堆附近的地坎坷不平，他很費了一番力氣才把車倒上去，他看別的孩子玩沙，也非要玩不可，幾乎整個人都貼在沙堆上，把沙撥到別的孩子的腳上，他們很生氣的回頭，一看是個嫩娃娃都沒脾氣了。我不知是否該讓他玩沙，他喜歡加入大孩子的玩耍，人家玩躲避球，他一搖一擺也加入，害得大孩子都不敢丟球。

晚上帶了蛋糕和巧克力回家，王開車，他們的娃娃是第一次回我媽家。大姐、姐夫也都來了，媽媽、姐妹們都得到你送的化妝品，每個人都樂得笑呵呵，

267

直道謝不已，這麼多人來慶賀劭騏生日，我想你一定也很高興。王爲劭騏照兩張照片，他去借閃光燈來的。我本來很高興接你電話的，但是一聽你載著女同學出遊就生氣了，心裡好酸。所以才說只愛爸爸一點點。劭騏調皮，活潑是正常，我怎會爲此而罵爸爸呢！其實劭騏現在好帶多了，給他一抽屜的東西，他可以玩好久，光是扭開藥罐的蓋子或電鍋蓋的把手，他就可在地上坐好久，很安靜，讓我吃完一碗飯。現在我從廁所衝進臥室看到的，常是他的屁股掛在床邊搖搖晃晃快滑下來，那樣一點都不危險，不像以前常摔在地上。剛開始他總是兩手扶著床邊頭朝外，危險極了。我努力教他，把他不斷抓上床再讓他下來，幾次以後他就會了。他是很能教的，而且似乎開始在運用思考，常常開著小車在巷子裡走，會側著身子看輪胎如何動，又不時下車去摸人家大車的輪胎。想到爸爸的車，劭騏和媽媽都沒份，劭騏只能在地上爬，玩人家的車胎，爸爸卻開車用來載女同學去郊遊，真不是滋味。爸爸寂寞有女同學作陪，女同學孤單有爸爸的關懷和照顧，只有媽媽和劭騏沒人要。碰到大假是我們最苦的日子，有家的人都度假去了，整條巷子像死巷，妹妹他們31日晚九點突然想回家，娃娃一抱，車一開走了。劭騏和他們揮揮手，繼續玩他的，他已習慣了只有媽媽，從他漸懂事起，身邊就只有媽媽，兩個月前他就不再叫爸爸了，怎麼努力教他，不叫就是不叫。倒是常常兩片嘴唇合起來「滿滿」，孫看了都覺得那樣子可愛極了，他說劭騏有件不好的事，拿起東西就往嘴裡送，這話不假，他已先後吃過：樟腦丸、錢幣、藥膏管子、肥皂……數不清，都是我覺不對，從嘴裡挖出來的。

元旦一整天就是我和劭騏在巷口和家門來回走著，沒有人和我們講半句話，沒人關心我們，下午陪著劭騏睡午覺，想到我們兩人就這樣安息也算死得其所，爸爸不愛我們了，也不需要我們了，就算我們去了，也要兩天之後才有人發現。傍晚我總算想起一個偉大的節目，帶著劭騏去秀朗國小溜滑梯，那兒有一些人，大部分是爸爸帶著小孩在玩或跑步，也有幾個全家福，媽媽一個人帶著孩子的只有我，秀朗國小很大，可以和國中相比，空地多，建物少，光是溜滑梯就有七八個，跑道是紅沙子，我背著

劭騏跑一段，他笑得好大聲。他現在已經很會溜滑梯，從頂上一放自己就會滑下來，雖脫了兩件衣服，仍出了一身汗，連尿布濕了也只好抓出來，不用尿布了。薄暮時分，大家漸散了，我抱著劭騏往回走，想到爸爸或許和同學在古蹟前淺笑低語，或許在卸下行李住進旅館，或許在準備參加聖誕夜party，心裡難過極了，真想抱著劭騏痛哭。可是我含著眼淚，抱著他一步步往回走，空洞的一個家，我不回來開燈，永遠是漆黑的。心想接下來的一天還不知要如何度過。我知道爸爸愛我們，就有生活下去的勇氣，可是這幾天我一直被嫉妒啃噬著心，我開始後悔了，我似乎該聰明一點，我該丟下兒子和先生去的，我沒有必要接受這種現實的摧殘，我也可以去開創我的未來，去大學裡重溫做學生的舊夢，去郊遊去參加party，或甚至接受辦公室同事的邀請騎車去北濱公路玩一趟。可是我想到劭騏那雙稚嫩的手在沙地上扒著，搖擺不定的雙腳在地上時走時跌，他需要媽媽的攙扶，我怎忍心捨下他，使他受傷害？我能因為嫉妒便做出使先生難堪的事嗎？若他知道我抱著別人的腰在濱海公路上奔馳將作何感想？我愛先生和兒子，永遠如此，我絕做不出這種事。

我固然捨不下先生，但也捨不下兒子。捫心自問，我既沒有照顧爸爸的生活起居，也沒有在爸爸寂寞時適時陪伴，我不該過問爸爸邀女同學出遊的事。其實不知道也就沒事，但我偏愛問，這一問就令我痛苦了好多天，那陰影隨時籠罩著我的心，郊遊是最易增進感情的，尤其夜幕低垂，人約黃昏後，成雙成對的人怎不觸景生情。有時我會覺得這種想法可笑，但我確實被這種想法占據，爸爸結過婚，具有一層保護，聰明風趣又善體人意，很容易使女孩動心，不自覺用上了真情而無法自拔。尤其隻身在外，遇事不如意，感情無所寄，身心俱疲的時候，是很容易導致這種惡果的。未婚的男人，不穩定，好像豺狼虎豹，虎視眈眈，令女人討厭，已婚的男人穩重溫柔，再加多金，是很容易釣上女孩的，報上太多這種純情少女愛上有婦之夫的悲劇故事，我以為爸爸不該在有意無意之間製造這種機會。爸爸一定會說：「唉呀！妳想到哪兒？不過是同學，她們很醜，而且才這一次，我還不是為了要彼此省油錢。」但願是如此。我打了電話，約雅芬來家裡玩，總算她在家，我真怕這些可怕的想法又會占據我另一個24小時。

　　今早十點半，我高高興興抱著劭騏去車站接雅芬，車子一班過了又一班，還看不到人影，劭騏都不耐煩了。看著別人一雙雙一對對出遊，心想自己條件也不差，怎竟落到這副悲慘田地。總算見到她倩影，她目前住內湖哥哥家，光搭車來就花掉一個多鐘頭，仍是老樣，我倒有點羨慕她無伴一身輕，見了面她劈頭就說一句：「好年輕的媽媽！真像姐姐抱弟弟。」說來好笑，上次抱劭騏去補照一張護照照片，相館老闆娘也說：「教你姐姐幫你穿好衣服。」我以為耳朵不靈光，聽錯，沒想到雅芬似乎近視加深，該換眼鏡了。和她聊聊不免提起我的憂慮，忍不住說起你待我們如何好，給她看了照片和你寄給我們的卡片。她說你看起來好年輕，一副悠閒自得的樣子，難怪我會嫉妒。台灣男孩很少能像你這樣既溫柔勤快，善體人意，又很肯對太太表示愛意，這種人易使女孩動心，我憂慮不是沒有道理。她抱著劭騏說：「你真是個幸福的孩子，快去和爸爸團聚吧，我都替你們著急了。」她看了卡片，所以才說劭騏幸福。她說婚後幸不幸福都可從臉上看出，從同學同事身上，看太多了。她能看出我們是幸福的，臉上開朗洋溢著笑容。我一向是快樂的，只有這兩天，自己給自己出了個謎，卻一直解不開，老在迷陣裡打轉，比起雅芬，我真自嘆不如，她那麼開朗，豁達。若換了我是她又將如何呢？我該學的還真多。下午送她出門，收到你12月21的信，我以為要下週才能開始收到信。雖然是在聖誕節前寫的，但我又收到爸爸的愛心，我有信心

爸爸不會因為一次聖誕郊遊就不愛我們了。謝謝爸爸為我們買的禮物，我知道爸爸隨時都念著我們，想藉禮物來表達對我們的愛。不過我卻羨慕那位收銀員，我寧可不要化妝品而希望能天天陪伴在爸爸身邊。我忽然想到來日，我是否也可以找個收銀員的工作那似乎比打卡輕鬆，眼睛比較不累，一定要學生才能在那兒工作嗎？很希望我去之後能很快找到工作。不過我還常擔心去不成，對了，何時需要存款證明？最近這兒物價飛漲，漲價後一兩天福利站擠滿人潮，東西被搶購一空，只有一事反常，百貨公司惡性競爭，大打折扣，我在福利站始終沒買到女用衛生衣，在中信買一打省了280元，算算和福利站同價。這種折扣戰還不知道何時終止，愛美的人，趁現在多添購衣服。我40元的便當，荣少一大半，吃不下去，不訂了，中午都回來自理。我現在也很盼望二月趕快來，真希望日子過得飛快，好擔心爸爸在我們到達之前就被別人搶走，劼騏和媽媽一定要把爸爸看好，不准別人搶走，劼騏現在最需要爸爸了。我們天天都想念爸爸，最愛爸爸，願爸爸也天天愛我們。

婉淑1/3/80凌晨3:30

凱：

今早出門，見信箱有兩封信及一喜帖。一封二姐的、一封你的，喜帖是二姐的。二姐元月十三日中午在台中四川飯店觀禮及宴客，對我言，時間上非常充裕，我會樂於前往。你的信是12/23，厚厚好幾張，代表你愛我們的份量，也那麼重。我為自己愛吃醋感到好笑，難道我要爸爸做個清教徒，苦行僧，不准與女人談話嗎？不知爸爸會不會生氣我那麼酸溜溜，可是我是因為太愛爸爸才那麼酸，以後在一起就不會了。糖並未受多大損傷，我老爹和姐夫愛吃的要命，他們都愛甜。爸爸，好愛你。Kiss you！

婉淑1/3/80　10:40

1/3/80（四）#74

凱：

我們永和的電話出來了（王的名字，我們的尚未）一月十日會來裝，或許

271

十三日你可直接打來這邊。二姐請客是十三日中午，所以可能回台北會稍晚點，若你直接打永和，我就不必抱劭騏回去一趟，要是隔三週才聽到你的聲音，心裡會好難過，接你的電話是我平淡生活中的一項大節目，每天我見到的只有劭騏、奶媽和妹她們，公式化的生活。每隔一週我就會活得更快活一點，因為多一個希望，要聽爸爸的電話。在永和接電話可以自在點，在我媽家，我爸一定都會注意聽，他怕我們有不愉快，所以我也不好意思說愛你。我想就這麼決定你13日晚上九點打永和，若萬一你未能及時收到信，我會告訴家人轉告你，再打過來，或者若這週電話尚未接通，你打不進來，我會回娘家等。要是沒你電話，心裡會很痛苦。

師大償公費，錢已付了17,850元，我也拿回證明上面註明給入出境管理局。今早收到你12/23的信，下午又兩封12/27（82）、12/28（83），同時收這麼多信，真覺得好奢侈。看你寫遊玩的經過真像看遊記好過癮，即使沒跟去也算臥遊了一番。不過心裡還是有點酸酸的，畢竟劭騏和媽媽還是沒有跟去玩到。爸爸無法想像我們有多可憐，每到放假我若能碰到熟人，就很希望能和他們多談一點，但真的就是這麼一句話「入門各自媚，誰肯相與言」，想到接著來的寒假，年假（妹他們會回婆家）我真是怕了。尤其除夕夜、大年初一，家家團圓，我不知我和劭騏要如何度過，五個月來的日子，使我深刻體會一個船員妻子有多辛苦。對一個少女而言，寂寞尚可用其他來填補，對已婚的女人言，寂寞就只有無奈了。辦公室同事期末要去大霸尖山，約我同行，行裝替我準備好，爸爸，你說我能去嗎？我能嗎？爸爸說「我們」是在一狹長島上，指的是爸爸和女同學，將來女同學說我們去那裡玩，指的是爸爸和她們，全沒有媽媽和劭騏的份，說真的，我都不大在乎爸爸工作是否辛苦了，反正全沒我們的份。爸爸從沒想到這150多個日子，我們是怎麼過來的，每晚只有我們兩個人關在斗室裡，劭騏玩他的，媽媽坐著看他，沒人來關心我們。更早以前劭騏隨時會跌下床，媽媽每時每刻每根神經都是緊的，看著劭騏瘦得像跟豆芽菜，心裡好難過。說說又開始生氣起來，實在我們相隔那麼遠，彼此已夠痛苦，我不該再說這些互相傷害的話。我其實很高興爸爸假期能有活動，但我不高興爸爸載女同學出去，爸爸不知道那令我多痛苦，所有寂寞感都襲上心來，突然覺得一切都不能忍受。

一切都是我小心眼所致，爸爸，對不起，真的，我不該生這麼大氣的。想到爸爸每天不停的寫信，不停的念著媽媽和劭騏，不斷為著媽媽和劭騏的到來而準

備，想起以前爸爸無微不至的照顧劭騏，淚水就不停的流下。對不起，爸爸，你知道我是善妒的。此刻多希望能在爸爸的身邊，抱著爸爸說「原諒我！我不該那樣傷爸爸的心。」Kiss me, will you

婉淑1/3/80　22:00

1/5/80（六）　#89

婉淑：

今天是星期六，已經二天沒寫信了，真抱歉，心裡一直不安。前天收到妳的卡片，昨天、今天都沒信（今天公寓辦公室到中午12點關門時，信尚未來）。昨天下午我書店做到三點半，然後六點趕到日本店去，本是5:30該到的，碰到Rush Hour（尖峰時間）在路上走走停停，花了1小時才到，反正打工到多久算多少錢，並不似上辦公室的班。今天書店仍去上半天（8～12時），中午吃午飯後，載曹，高去購物，我自己也買了一些菜，好久好久未買菜了，大約二週了，買起菜來一下子就花了四十多元，這也是要吃好久的，有些可能等妳來，都還未吃完，要妳幫忙。我現在早午在家吃，晚上都在日本店吃，大概是十點多，生意好十一點左右吃。日本料理幾乎都是放著涼了再吃，只有湯是熱的。雖晚吃，但廚師會偶而「偷」點東西給我們吃，最好不要給老闆看到，所以肚子仍不太餓。

昨日清晨（過了十二點午夜）接到妳電話就興奮得睡不著。因為來美後，第一次聽到妳親口對我說「I love you」。多麼渴望的話呀！婉淑，我一直都是很愛你的。小額僅$1,500沒關係，室友高已同意，他較大方，滿口答應。我不知你身邊是否還有可以動用的錢，我是想多點對買房子機會大一點，也方便，因為最困難的就是買新房子的頭期款或是舊房子給房主的貸款，這些都是第一筆款，是否可以先周轉，然後定期的到了，還清。然後妳上飛機前的個人結匯稍少一點並無所謂，婉淑，妳覺得如何？我實在很不想再租公寓，然後以後再搬一次，那對咱們是一項損失。若妳同意，我今晚可以再找一人幫忙，會把姓名告訴妳。今晚過午夜（卽星期日清晨，台北下午兩點多）我會打電話給妳，雖然花錢但值得，一方面可以向妳說I love you，另一方面辦事快，我想多$2的快信並不省時。

待會又要上班了，有人說我是機器人（昨夜的確exhausted累壞了），但想到要買房子，要為妻兒「打拼」，我心甘情願也高興，婉淑，我實在很想念你倆

273

呢！

　　好愛妳及劭騏。

凱1/5/80　16:32

P.S. 高的住址就寄Apt #125

1/6/80（日）#75

凱：

　　昨晚陪劭騏九點半就睡了，太早睡到半夜精神就很好，早上六點半再也睡不下，骨頭好酸，趁劭騏還在睡，起來寫封信給你。上月底帶劭騏去健康檢查，順便打麻疹預防針（衛生所都在早上，早上我都有課），6～10天會有一點症狀，但有些人不會有。第七天劭騏就開始長紅紅的痘子，長在臉上，到昨天從身上到腳上都有大顆大顆像青春痘一樣的東西。前天（週五）他還發了點燒，醫生說多喝開水和果汁，若溫度超過38°C要抱去檢查，我量了一下，他扭來扭去不肯量，大約是37.8°C，每天早上我泡好蜜水和柳丁汁帶去，我雖說要給他多喝水，但恐怕他們忘記，還是自己勤快點，他們尿布換得也不勤，劭騏屁股紅紅的，給他擦藥都痛得大叫。昨天早上黃太太帶劭騏去市場用推車，前天黃太太去銀行，劭騏託談太太，她也推他到市場，大人顧著買菜，小孩被丟在一邊擠來擠去，有時還會接上頭滴下來的菜湯魚湯，不知是否吹風，或在市場受傳染，劭騏麻疹似乎出得不輕，不像醫院發的說明那樣，只有一點症狀，放寒假我會帶他去台大檢查一趟。

　　昨天下午，我帶劭騏去麵包店隔壁那家書店買集郵冊，我想起我們好久前撕了不少郵票在信封裡，可以送給劭騏，現在我們替他收集，以後他可以多一種嗜好。我把郵票丟在水桶裡，等有空時再去看，有的已自動脫落，有的用手一撕就開了，貼在浴室磁磚上晾乾。劭騏看我手一碰就黏一張在牆上覺得好笑，笑個不停。我本來想集郵冊可以過去再買，可是郵票乾了以後都捲起來皺皺的，看來真像一堆廢紙，夾在書裡好多了，但久了會忘記夾在那一本書，所幸買本集郵冊。原想小本，便宜就好，小的也要五、六十元，粗製濫造，郵票容易掉出來，太鬆了。結果花了180元買了一本較好的，又挑了幾張書籤，很好玩的，我考慮再替

274

劭騏買本放書簽的。那書簽可教劭騏認字，認成語，還可學畫圖。比如一張「書到用時方恨少」畫一個小孩要拿糖吃，墊腳用的書太少了，不夠高拿不到。還有一張「道高一尺，魔高一丈」畫一隻貓抓老鼠的尾巴但老鼠帶了尾巴套，貓只抓到尾巴套，老鼠溜了。以後劭騏看了就會用成語，我想潛移默化，培養興趣，可以省去我們日後用棍子打用嘴巴罵。郵票都是台灣的，放在集郵冊變得好漂亮，我盡可能成套放在一起，但缺太多了，仔細看郵票也是一大門學問。下次回家，我會去翻家裡的集郵冊（有三、四本），若有相同的就沒收一張來，還有我們以前寫信，信封上也有不少郵票，我是否可以剪下來，收進集郵冊？大妹看我弄郵票，也拿出一大堆，原想送我，結果也留下打算給自己兒子，她的都是泰國的，好漂亮，挑了半天，只有三張有重複，送我三張，真羨慕她那包郵票。我想等你二月住址固定以後，我會先用海運寄些東西去，像睡袍、大衣、集郵冊、書簽、食譜等，這些有的占空間，有的太重，早點寄將來可以早點收到。我似乎該開始收拾東西了。目前我共有存款220,000元，若匯款108,000元，會錢13,000、壓歲錢5,000（你）3,000（我）、機票大約25,000，再加二月生活費，我能有的收入僅存大約7,000，年終獎金不知多少，所以可能我到時候結匯不到五萬元。花錢很兇，所以很希望去美能快點找到工作，週五打電話給你後，一直好愉快，感覺爸爸還是屬於我的。好愛你。不知該如何表達我對你愛之深之切。

婉淑1/6/80晨7:30

1/7/80（一）#76

凱：

　　元月二、三日連著收到四封信後，就沒信來了，不知你近來工作如何？不要做得太累了，若餐廳太遠太辛苦就不要去算了。星期五下午我趕去銀行用我及趙的名匯了$1,500，從元旦起改了方法，每半年只能匯$1,500，我原想用Eric名字再填，心想還是不要太隨便，一路騎回家（走汀州路），因為中正橋從永和來時尚好騎，回永和改道要經過一下坡和一上坡都陡，騎腳踏車有點可怕，走汀州路時我突然想起還沒超過下午兩點，可以打電話給你，十二點以前你一定還沒睡。我就知道一定會是你接電話，你到那兒都像個家長。我媽家沒人在，但大門虛掩，我原以為遭小偷，後來和你講到一半，我媽在外頭敲門，她去買醬油被我

275

關在外頭，我捨不得放下電話，最後只好急急結束，趕去開門，我媽去找了把椅子，請個小孩來爬門。因為著急所以忘了告訴你電話要元月十日才通，我沒想到你會這麼快就打來。聽你電話高興不已，我常是自己一人騎車來來去去，若不辦事就留在家洗衣服，也常是自己一人安靜的做事，若心中想著爸爸就很愉快，前一陣想到爸爸和女同學去郊遊，突然感覺自己好寂寞。別的男人我常是不理不睬，有時人家純粹是出於好意，客氣，我也很冷漠，我實在應該改變一下態度，才不致常要求爸爸太多，無端吃醋。有一次我並不覺冷，但進辦公室同事大叫「小姑娘，不冷啊！」我左看右看總共只有我一個老太婆，抬眼一望，果然大家都穿了大毛衣，皮夾克。

　　你送來的糖，我混起來，書店買的比最小的大一點那盒送辦公室程老師，她和先生分居，獨自帶著一讀小學的女兒，對我很關心，很羨慕我們感情好，她不曾提過先生，我是聽人說才知他們夫婦分居。她是韓國僑生，從小失父，吃過不少苦頭，不曾說過先生一句不是，算是夫婦失和當中最有風度的一個。我同情她，也更珍惜我們之間的感情，我感謝上天讓我這麼幸運。所以我送她一盒糖，她好高興，說她女兒要謝謝阿姨送她一盒美國糖。另一盒稍大點送奶媽，還留一點給王，他哥哥有一次來和王聊天，眼看漂亮糖，鼻聞香味，忍不住偷吃兩塊，所以送他們一點。其他拿回家，原要分一點給大姐帶回去，但那晚王開車來，急著回去，在外頭按喇叭，劭騏生日那晚才十點就被王催回去了。結果大姐沒拿後來打電話，她還一直覺得可惜沒吃到。我老爹每早到店裡都會問我媽有沒有帶糖來，我媽每天只帶三顆，他一口氣吃光。那糖的確很香、好吃，就是甜一點，但正合我爸的胃口。我媽本來還要我拿去送主管，他們怕我手續辦不成，工作也辭了，危險。要我先送份禮去說說。我爸好捨不得，說開都開了，買別的禮送好了。本來我還要談劭騏的，但紙太短了，明天再寫一張專輯，專談劭騏，相信你會愛看。他最近比較有問題，調皮、搗蛋、出麻疹，晚上翻來覆去睡不好。凱，迫切的想見到你，劭騏需要爸爸幫忙。愛你。

婉淑1/7/80 17:00

276

婉淑：

今天是星期一，我昨天清晨過零時，大概一點左右及上午八點打了電話到永和新號碼，都接不通，我猜想未裝機，所以打到汀州路娘家去，二妹接了，把姓名抄了下來，不知她是否當晚打到二樓告訴了妳，我原想打二樓但又怕耽誤太多時間，後來我想一下，自己真笨，要是接person-to-person就不怕有此麻煩了。上週想寄快信，心想打電話較快，沒想到電話是繳了費未裝機。目前不知接了沒？是否我們與大妹各自一具？我記得當初是申請兩支的。若是放電話在房間，擔心半夜來的鈴聲把劭騏驚嚇到。

我怕妳未拿到姓名，也恐怕二妹傳錯，我再重複一次巫的英文名拼法。地址仍寫我公寓的地址，我接到再請他們簽名存款。我是希望能在妳來之前能順利買到房子，不想再租房子，所以最好能周轉一下先匯過來。妳認為呢？另外財力證明的存款證明，應該沒問題，我找到不少人願意借我錢存入帳戶內的，他們知道我是用來接太太兒子的，都很高興借我，也很盼望你倆快來。我大概會在元月底或二月初寄存款證明回去，然後等VISA（簽證）過後再提出還他們。

星期日晚上10點（台北），我試著打永和看看，咱們很快講一下子，OK？不要超過5分鐘，好嗎？若尚未接通，或妳由台中尚未返家，也無所謂，我會在元月20日台北時間下午3點打給妳，OK？我到時此地是午夜過一點。妳生日不能與妳共度，真是遺憾。Darling, I really love you very, very, very much! How I wish to hold you in my arms now!

現在應該是在書店上班的，今天不想去，休息一整天，我要做點事才行，車子要去加油、要寫信、銀行轉帳（Savings -> Checking付學費用）、洗兩週衣服，拿照片（去San Antonio的）婉淑，將來我會帶妳及劭騏去，也會玩更多地方，OK？打工雖累，但值得，這週又要領錢了，這兒打工的人很多，但我們都自覺很獨立，不是我家我爸媽要負責支援等等的話，做事沒什麼高低之分，大家都是白天上班，晚上到餐館part-time的，（所以那家不供應午餐），我覺得這兒很多人，都是像咱們以前家教，一下排滿晚上拼命賺錢，反正白天上班的沒有功課壓力。

我該去寄此信及加油了，最便宜的Exxon祇營業到上午11時，而且排隊（貴

的不會）。婉淑，剩一個月，妳就準備啟程來了，好高興。Darling, I miss you two.

凱1/7/80　10:26

1/8/80（二）　#91

婉淑：

　　今天收到三封信（12/24、27、28），好高興啊！還以為妳不愛我了呢！因為從元旦到昨一週就是一張賀卡而已，我覺我們倆都很相愛的，否則不會久接不到信就有相同之感受，婉淑，我實在好愛妳呢！帶劭騏很苦，我知道，因此，我更感激，更愛妳。

　　照片洗出來了，現在寄給妳，我們都拍獨照，各自使用拿來寄給親友。這幾張都是12月26日中午及下午照的（還有12月25晚San Antonio街上）。照相機是雙眼的，所以可能效果差。

　　劭騏牙齒若不整齊，現在用手扳也沒用，以後再看看是否要帶齒套。房屋權狀早晚會下來，反正現在才剩六千多元，若到三月仍未拿到，就託妳家人就好了，早拿到十多萬元的利息也不少了。朝代退的加上利息，妳可以拿去買新衣，這兒買衣服我不內行，所以能買幾件就算幾件，我鼓勵妳穿漂亮些，劭騏當然也要可愛的衣服。工作應該很易找，妳放心，不出一、二週，保證有事做，劭騏也會有好的照顧，縱使學校托兒所客滿，很多教會有附設，隨時可加入，系內學長太太就在那兒做事，一個小孩約花$100/月，依年齡而定（愈小愈貴）。

　　手續沒問題，妳放心，未聞辦F-2不准的，我們即將相聚了，婉淑，好愛妳及劭騏。 I miss you everyday.

凱1/8/80　16:40

P.S. 書店我已說工作半天（本週）。

278

凱：

　　不知你牛仔褲是否拿到了？是否合身？這幾天天氣一冷，又見人出來賣手套，還不知道上次買的手套，你滿不滿意？因為不常見便宜手套，心想反正是要用，就又買了四雙給你，兩雙給我自己，兩雙給劭騏。說真的，心裡常想著要買什麼給你，卻不知買什麼好。這幾天情緒一直不好，心神不寧，笑不起來，劭騏也跟著苦了，他常獨自玩玩就會跑來親我一下，或遠遠對我笑一下，再繼續安心的玩。把我皮包的東西抓出來，有些名片，電話號碼要用時就找不到，抽屜的東西全倒出來，藥膏或鑰匙又從縫裡塞進抽屜，有一次找不到藥膏，原來插在抽屜把手上。他實在是個獨立活潑的孩子，活動量大，可是我一分心就照顧不周，前天我在浴室洗完手，慢吞吞想著心事，才突然發覺劭騏沒動靜，他一安靜就沒好事，看到他在那盆萬年青之前，大嚼特嚼，吃葉子已經稀鬆平常，近看才發覺滿嘴烏黑，手裡還拿著吃了一半的泥土，我又氣又火先狠狠打他一巴掌，痛得他大哭，氣不過又打他小手臂，到睡覺時小手還紅紅的，自己都覺得心疼，他第一次為做錯事挨打。

　　他現在哭已不是為了尿濕或肚子餓，有一次聽到他哭，我沒立刻放下手上的工作，等做完再去抱，發覺他手指被抽屜夾著，都快扁掉了。昨晚坐得好好的突然往前倒，嘴巴流不少血，我不知該怎辦，上唇馬上腫起，翹得好難看，還有血塊，我只能問王怎辦，他也不知道該如何，自從他們自己有了小孩，對劭騏就不聞問了，尤其他一天比一天頑皮，惹人嫌惡，加上這兩天出疹子，我怕小弟弟會

傳染，所以他們也樂得見劭騏就把門關上，任他在外頭拍門。有時王坐在沙發看報，劭騏便在沙發邊自言自語，他喜歡和男人在一起，王修廁所他也跟著去，劭騏長大了，需要男人給他做榜樣，他喜歡玩機器，開關，插頭，兩隻小手不停的在扭這些東西，扭王的電視，

一會兒開一會兒關，不斷換台，把電鍋蓋把手拆開，下面那個小鈕丟入馬桶，扭電鐘，我妹會不停說：「姨丈會打人哦，他花很多時間才修好的哦」。儲藏室不准他入，太亂他會亂吃，最小那間成了王的書房，有書劭騏會亂搞，不准入，廚房浴室不准入，小弟弟房間不准入，客廳有電視不准動，有桌角會碰到不准靠近，他能活動的空間太有限了，我只有大部分時間和他關在臥室玩。媽媽只能照顧吃、穿，卻無法引導他的行為，媽媽只能親他愛他讓他撒嬌，卻不能影響他，使他成為堅強的男孩。劭騏越長大，越討人嫌，就更迫切需要爸爸的呵護，唯有爸爸能容忍他的過錯，引導他走向正途。他實在是個可愛的孩子，很有方向的概念，只要有人在附近，他可以獨自玩好久，他會自己發明遊戲，自得其樂。聽懂大人的話，鬼靈精。我常想我們現在吃苦，以後當我們帶著劭騏跑步，看他可愛的小腿擺動時，就該是我們得意的時候了。愛你。

婉淑 1/9/80　23:10

280

婉淑：

　　現在已是過午夜了，但想到媽媽沒有信一定很著急，天天打工不寫信也不應該。我這週打工打得少，想休息，寫一下信，都被煩事煩得無法休息或定下來寫信。星期一下午郝搬家去距學校約五哩的公寓，星期二去修補輪胎，星期三下午繳學費，星期四又送郝去他公寓，再去拿照片回來，現在寄上五張，相機都是很差，所以效果不良（我不喜歡帶自己的相機去）。今晚日本店老板終於給我薪了，把去年12月29～31日三天付給我，我一共那三天做了29小時給我$122。他要我的社安號碼我不給他，我騙他說在申請中，還要數個星期才下來（通常是6～8週），反正我不一定做很久。我早先就說14日開學以後，週日不去做了，他今晚又問我，我說確實如此，縱使他一再懇求也沒辦法，因爲我總得留些時間讀書。看來他是很不易找到人。原來我是想週五、六晚上去做就好。最近幾天我都是去5:30p.m.的班，老是陷在Rush Hour車陣中，高速路還比外面小路慢很多，平常30分可到的，在Rush Hour就走走停停1小時才到。若星期五上班打工不就花冤枉時間在路上嗎？耗油又兇，引擎要比正常行駛熱很多。所以我告訴老闆說以後星期六，日才來做。他只好央求我代找朋友，有誰能夠來做，時間與我錯開，pay與我相同，目前那些廚師我不清楚，我的pay應該是那店最高的吧。

　　9日接到妳1/3寫來厚厚五張的信，而且是寫了三、四個小時到快天亮的，心裡好感動呀！雖然內容開始充滿了CHZCOOH意，但我知道我媽媽是最愛我的，才會如此，其實我若在電話中騙妳，撒個謊說沒去玩或通通是男生就不會令妳生氣了，不是嗎？可是我不會對妳撒謊的，妳也知道，我在此發生的每一件小事，我都寫的清清楚楚，目的就是要妳了解我在此的一切，也好讓妳來此能夠更快適應。我不怪妳吃醋，也是我不好，若是換了我是女人，先生在遙遠的地方約女生去玩，心裡也一定不高興，又看不見就會胡思亂想了。其實我一路上都一直想妳跟劭騏呢！真的，我僅僅愛妳及劭騏，OK？讓我緊緊地抱住妳，給妳一百萬個熱吻，嗯，噗，噗，噗，噗，噗，噗……夠不夠？以後還會有更多的。我答應妳，妳放心，我一定會把妳老公看緊一點，這工作對我來說一點也不困難，不過妳給我的Pay要高點才行。因爲這任務重大，非得重新「議價」不可，這樣子好了，他每乖一秒鐘，妳就得給我一個「噗」，OK？若他不乖，我就不給他好日子過。最近冬天，我手指，掌都有點乾裂，去年我以爲是粉筆，今冬又有了，妳

281

不妨帶本營養學來，不知是缺啥維他命，還是什麼，有時還會出血，但不多，就是痛而已。

　　前天繳了學費$178，花了一個多小時，只怪自己把電腦卡塗錯一個數目字，就少了一科，必須重新加選，多花半小時，有些人去年未給醫生簽Medical History Form，就得排一小時隊，花$2挨一針，大罵不已。我料到時刻表會改，果然不錯，否則TA排不下去了，我們的量子力學Problem Session（解題課）原是Tue，Thu 11:00～12:00已改成Thu 2:30～3:30而已，如此一來，二、四上午或中午就可排實驗給我們了，我在調查表上寫上我的Preference（優先選擇）說要二、四上午，General PHYS Lab II應該會依我的意願排給我，否則排晚上，以後就少時間與妳及劭騏相聚了。Part II也是我帶過，不必多花時間。另外一、三下午的流力改到二、四下午5:30～7:00。

　　星期一晚上輪胎被鐵片刺破，星期二上午在書店打工時，問問老美那些地方有補胎的。下午去一家要$7.50，太貴，另外去一家Eric修過引擎的修車行，那是港仔開的，沒想到老中更不老實，想欺負我這個善良老中，說是內胎壞了要換一條$10，我的輪胎那兒有內胎，真是見他大頭鬼，我再找一家GULF的加油站附設修車補胎服務，才$4.50，多走幾步，就省了三、五元，比打工快多了，何樂不為。另外我拿了GULF的加油信用卡，申請看看，SHELL已回信拒絕，意料中之事，那家公司很難申請，GULF也不好申請，沒有就算了。車胎補好，昨天開，一快車子就抖動（要快到超速才會），Eric說大概是Balance不好，明天再去Target Auto Center用電腦測試一下，矯正也很快，通常補胎後易不平衡。

　　存款證明，目前我正在奔走，昨天已「弄」到四千元存入，向同學借很快，祇要人家有，就很樂意幫忙，反正我開遠期支票加上銀行利給他，彼此均不吃虧。今天中午另有一人再借我一千轉入我帳戶，下週還有二、三千不等，一萬多元的存款證明就有了，我都說會借兩個月，屆時等簽證完，我再還他們比較保險，若老美AIT的領事問我那兒來的那麼多錢，就說親友支援的，。

　　我在書店看到一位據說是F-2的巴基斯坦女人在做Cashier（收銀員）那兒工作是馬馬虎虎，祇是鐘點費不高，以前是$2.95，目前若漲也是$3.10，一星期若做40～48小時，每個月約五百多元，圖書館也大概如此，Part Time是依時計，全職就不知了，外面的Pay較高，都有七、八百元以上，工作性質很多，大部分老美工作都是一學就會，不必太多腦筋。在學校內是方便，校外就是時間問題，

我若有課不能接妳下班，劭騏就會孤單也很麻煩，總是要找個時間、地點、交通方便的工作地點，我相信不會有問題的。

　　我的春假是三月8日～16日，妳給美加公義辦護照手續時，問他們大概要多久，出境證，護照大概十天（前者七工作天，後者24小時），簽證不知是否要排號（據Jenny說不要，隨到隨簽），然後妳估計一下大概何時可登機，就訂那時的飛機。依照我目前的排課，妳最好是在星期六抵達休士頓，平常白天上課，不好缺席，而且實驗更不能缺席，若星期五下午到亦是可以，但就是怕塞車，出市區的路都擠滿了車，怕被陷在車陣中，不能在妳下機前到機場，而且星期五下午2:00～3:00有課，若是星期五晚上到，那就沒關係，塞車時間也過了，我去接妳倆回家，又有兩天休息，可以相聚。所以最好的抵達時刻是星期五晚（七、八點後），星期六整天、星期日整天（但星期日才一天，隔天就上課了）。或許妳可以訂3/1、2日（週六）（或2/29晚上）到達休士頓的班次，若趕辦不及，就延到3/7晚上～3/16中任何一個時間，我是希望愈早來愈好，春假可以與妳及劭騏好好玩。太平洋上看是否要直飛或停一站的，問一問別人，有人說早點到早好，有人說帶小孩最好能下來走走。夜深了，再向妳說聲：「好愛妳，婉淑！」除妳之外，我誰不愛，再也找不著像妳一般的賢妻良母，令我終身陶醉著迷的好伴侶了。Darling, I really love you still, still, and still ......（forever），constantly.

凱1/11/80晨02:30

1/12/80（六）#93

婉淑：

　　很快地寒假又快過完了，後天即開學。書店昨天做完最後一天，我一共做了83小時，平均若每小時$3，加上聖誕後加班7小時，扣除可能的稅，大約可拿到$230吧。日本店已領過$320，我算算到明天晚屬元月份，我大約做了$250，所以這個寒假我說打工賺個七、八百元並未吹牛，祇要我肯努力去做件事，不要太離譜，該沒什麼問題才對。那日本店生意實在不錯，雖然生意好壞對我薪無差別，但生意好老闆給我們錢也爽快些而不是皺眉頭。那些廚師英文都很差，大概只有初中程度，有的根本不會，幸好我會幾句簡單的日語，他們卻以為我很會，

283

時時講日文給我聽，我就說「不懂」，我知道他們問我肚子餓了，一會兒就弄好菜吃飯，我就說「大丈夫」。那些廚師都很不錯，一個個斯斯文文的，而不是拿刀兇巴巴樣。

昨晚回到家已是今晨零點半，今早睡到九點，好久沒有好好補睡一番，看看上週的房屋分類，不少是要$11,000～$13,000的equity然後每月承擔$400左右的貸款，而且我也發覺西南區最貴，東南區較便宜，不知是否近墨西哥灣易淹水之故。我在想找棟$9,000 equity的，然後每月付$400的房子，努力找找看，應該可以找得到。目前不能買新房子了，申請抵押貸款要一個多月，除非頭款付很多，否則很難獲准。近來德州貸款不好申請，錢都到外州去了。以我的收入除非頭期款放很多，每個月祇付兩三百元的貸款才能獲准。所以目前唯一可能做的就是assume loan（承接貸款），那些都是一兩週即可住入。萬萬不得已，無法如願，我才會去租公寓，租也不要太久就要買房子才行。昨天我找丁借了$1,000轉入我帳戶，我給他兩個月期票$1010，因錢在我戶頭內生利息說不過去，每個月是0.5%，所以二個月一分共$10。前天借$4,000的兩個月期票是$4,040。到時我轉我的錢入支票帳戶再告訴他們可以存入支票了，他們才存，否則現在錢都在我儲蓄帳戶內，支票帳戶不多，存入的話對我Credit不好，銀行又要收手續費，（戶頭錢不夠時，銀行會由儲蓄轉入支票，但收費）我想再借個$3,000就夠了，存款就有一萬三千多，足足有餘證明財力，何況還有獎學金信函，妳那兒仍有一些，要的話再給AIT領事館看妳爸媽的存摺（影印，另外帶正本）去簽證該沒問題，婉淑，一切都會很順利的。我還有個想法是在沒接到妳匯款前，（目前我的僅有$5,500多一點）若找到合適的房子，就動用借款，反正妳匯來加上帶來一點就該有了，錢在妳那兒動用不到實在也不經濟，若能如此轉用，為了保值快些妳會不會說我大意？我所做一切都是為咱們著想。

快十二點了，我去寄信順便看看有沒有妳的信，今天又想把前後輪alignment（前輪定位，即前後對正，兩輪平行），alignment不好，吃油多，又不平衡。算來我這車情況是很好的，大家都如此說。好愛你倆，趕快來，好讓我炫耀一下我有著多麼好的太太及可愛的兒子。

凱 1/12/80 11:45

凱：

　　連著好幾天，從上週三寫一封之後一直沒空，一張郵簡帶來帶去，都是零碎的時間無法寫上幾個字。上週四來裝電話，上週五去啟安拿錢，原想順便去訂車票，自己帶小孩搭週六的車走，到車站才想起拿到的是支票，不是現款，皮包只有$100，只好又折回，我爸媽打電話來不准我獨自帶小孩夜住旅館，二妹有美國客人來，小妹週六期末考，只好週日，當天來回。週六下課我立刻跑去買票，來回兩人，自強號共806元，火車站至永和計程車去72元，回77元，光計程車就花掉不少錢。週五晚帶劭騏去看病，媽看我可憐邀我回去吃火鍋，看完醫生回汀州路來回又是計程車，一個人帶孩子天氣又冷我就不願吃苦搭公車，所以我雖獨自帶孩子，又不大開伙，生活費並不低。昨晨和小妹抱著劭騏直跑，差點趕不上車，八點的車，7:59:30才衝進車站，剛踏上火車，就開了。十點零五分到台中，我們直接到四川飯店等，十一點多時，爸媽、姑、大姐夫、大哥及四個孩子（老三、四、六、七）都來了，好熱鬧，看到親人真高興，媽媽抱著劭騏哭，說看到孫子像見到兒子般，還跑去廁所哭，出來還不斷擦眼淚，我看到媽就想起去年她來照顧劭騏，提起你要出國就流淚。她說想到我一個人要帶著孩子搭那麼久的飛機就難過，要我走前一定要告訴媽，她會再來看我和劭騏。家人對我們都很關心，我小妹說她感覺你家人很友善，很尊重我。老實說我不是個好媳婦，但和家人相處一直很自在，不像別人說的要小心翼翼。二姐夫長得一表人才，很有風度和氣質，二姐打扮起來好漂亮，像十七、八的少女，很為他們高興，相信他們會很幸福，你一定也感到很安慰。宴後爸媽回大姐家，大姐夫託我一件事，元月二十七日會來永和家一趟，我和小妹劭騏又直接到火車站候車，下午三點十四分的車，星期日台中街上擠滿人，想起以前我們也常到台中來，往事真不敢多想，想了眼淚又要落下來。我們不敢多耽擱匆匆走到火車站去候車，劭騏很活潑來回兩趟都不睡覺，在車站都是他的笑聲，好甜好滿足的樣子，在車上替他換尿布，現在常站著換他可以一面玩，他就從椅背縫向後排的人微笑打招呼，後面的人也高興得直對他做鬼臉。他現在會很多小把戲，說拍手，再見他就照做，還會把手摀著嘴發出嗚嗚的聲音，或兩手掌一開一合表示沒有了。他不認生，任何人都可以和他玩得好起勁，小琴、偉偉都和他玩得好高興，大哥也喜歡抱他，我去休息室和二姐夫、二姐道喜，二姐第一句話也是說「怎麼不把劭騏抱來我看看，

好久不見了。」大家都喜歡他，因爲他是你的兒子，可能也因爲他個性像你，樂觀、愛笑很友善。我很以我們這個兒子爲傲。他不斷從車這頭走到那頭，我小妹還要不時抱他去玩開水，還好有小妹陪伴，她不停的在幫劭騏做事，一會脫衣、穿衣，一會泡奶拿尿布，一會兒倒翻水又要全換衣服。我很少大聲斥責他，同車廂有個和劭騏同大的娃娃，從上車哭鬧到下車，他媽媽不時尖聲怪叫罵小孩，比較起來劭騏安定多了，我感到安慰，平時的努力沒白費，營養夠、睡得夠、心理發展平衡，小孩應該沒理由哭鬧。昨晚接你電話眞高興，只怕又要花掉你不少錢。我已四天沒接你信，不知今天有否？小額匯款共申請你一千五，高七百五，巫還沒，連日來一直有事，今又趕回曬尿布，天冷不易乾，昨天沒法洗，堆了一大堆，想到要騎車過中正橋，好苦，明天我會去，可能巫匯一千五，再多沒辦法了。目前有存款220,000，本月生活費得去領，下月生活費、會錢13,000、機票25,000（大約）、壓歲錢8,000，我要燙髮，部分行李用海運運費，劭騏出門計程車，我帶孩子遠行不能沒有零用錢。你那兒目前有多少錢？想你，好愛你。

婉淑1/14/80　16:20

1/13/80（日）#94

婉淑：

　　早上八點整打電話給你，知道妳已經睡，眞對不起，因太想妳了，忍不住就要打，況且我已寫限時信說我要打，大概妳沒收到，花了$2還是快不了多少。我一出國，造成爸媽難過，我知道媽抱著劭騏哭，心裡難過極了。劭騏的確很可愛，我也很需要你倆，非常愛你倆。婉淑，不要傷心，好嗎？再幾個星期就來了，不是嗎？

　　願二姐及二姐夫幸福美滿，沒能親自參加，眞是遺憾！所以我說你無論如何是該去一趟的，對大家都好，婉淑，謝謝妳如此辛苦當天往返跋涉，我眞心疼。聽到劭騏的哭聲，感覺他已經長大，聲音都不同，我也實在好想見到他，尤其是妳。這個寒假才去玩那麼二天，每天都工作，賺了八百元，該不差吧？少寫信，懶了也是原因之一，累也是主要理由，每天事情都排滿，沒事就被別人插入節目，像個焦點一樣，媽媽，趕快來救救我！（我該上工了，晚上還得去接梁，他11:23到休士頓，我提早收工去接他）（16:30）

286

昨晚10:40離開日本店（已經有一個化學系的，我介紹他去，他將做星期四，五）到機場正好準時到（旅客大概還要5分鐘才會出來到gate出入境室），可是電視顯示梁班機誤86分鐘，祇好回到停車場坐在車內等，聽聽音樂。回來的時候我一直想下次來接的就是妳與劭騏了，好高興。再四週就可以開始辦手續了。我到今天上午為止借四人款共$9,000，存款共約$14,600在儲蓄帳戶內（支票較少大概二，三百元），這些款我都是開二個月支票給他們，等你簽證完我才再提出，免得出差錯，我先存到月底，然後再開存款證明寄給妳。

　　今天是開學第一天，很多人去宿舍包伙了，我是無法再去了，反正也吃膩了。上午上了一節Quantum Mechanics這本教科書，教授（院長）自己編撰，才$7而已，另外物理數學的教科書$22.95上課就要用非買不可，教授（老中）列了六本參考書，在書店一看加起來有$200之多，嚇死人了。我列一下，若台大或重慶南路有，妳就寄陸空聯運來。妳僅要問問店員就好，不必自己找，不太好找的，問不到就算了，沒關係。我的實驗才排一班（週二8:30～11:30），大概作業就派兩班給我，希望遇到好教授（不出作業給學生的）。婉淑，昨天打電話時，我知道妳很激動地哭泣，我也非常想念你們，所以才渴望著日子快點來。我實在不該離開你們倆。

　　Darling, I love you forever.

凱1/14/80　12:56

和女同學同住一臥房

1/15/80（二）#79

凱：

　　昨天仍然沒有收到信，最近信件來的也並不快，以往五天可收到，現在幾乎都要一週。你的快遞也未收到。我們本學期課將在這週結束，下週考試，27日正式放寒假，現在大部分課已結束，所以我利用學生小考時來寫信。下午我會去申請巫的匯款$1,500，如此我身邊也沒什麼錢了，你可替我算算。目前銀行220,000，我身邊生活費已用光，必須動用銀行的錢，從今天起到離開台灣，會錢11,000、機票、雜支、壓歲錢，所以到美後的生活費必須考慮，我匯給你之後，已沒有剩錢。若萬一我走不成，你能不能再把錢匯回來？老實說若辦不成要我再回學校教，真是沒有心情了。巫的匯款我會找妹夫和辦公室老師夏，但有個麻煩，等審核下來學期已結束，只好請那位老師跑來一趟，我會留下他的電話。明天下午我會去汽車駕駛補習班看看，有個計程司機介紹我去找一個教練，我想買零的鐘點，這對一個完全不會開的人很不方便，教練只坐旁邊，不會開還是不會開，若有熟人加以指導就好多了，至少心理上不那麼緊張。若倒車時撞一下，要花那麼多錢去修車，不如少花點錢在這兒先學一下，一個鐘頭160元，我還不知實際情形如何，明天去了再說。最近我在替劭騏集郵，主要是台灣的郵票。我向學生要，他們好熱心，給了不少，集郵簿已經很豐富了，封面我本來要寫「劭騏週歲生日快樂。」後來想想還是留給爸爸寫，做兒子的會比較喜歡父親送的，有紀念性的東西。

　　自從知道你和巫同睡一臥房之後，心裡一直很不自在，我也是現在才知道自己心眼真小，老覺沒辦法再像以前一樣狂熱的愛你，我也不知該如何來克服這種心理上的障礙，或許時間可以沖淡這些記憶，或許等我們再見面，一切都會恢復正常，回想從前我們那麼愉快純潔，我願意努力來維繫我們這份感情，我很珍惜我們以往的那段情，也希望將來還能永遠如此。辦公室同事看我寫信就會大笑，「看那位姑娘又在那裡甜甜蜜蜜了，我有時偷看兩眼（假的）都飄飄然，何況她那位老公。」凱，我真的好愛你，可是想到抱著你親吻時，馬上會見到你穿著睡衣和女同學在同一臥室，心就像被針尖砸進去一般，好痛。

　　劭騏有個壞毛病，天氣冷或下雨下太久就容易濕疹，我以為出麻疹，週五抱

他去給醫生看，說是濕疹，臉上好多顆粒、紅紅的，眞不好看，不知美國大陸性氣候較乾燥，是否會對他好點。連著整天打工，你一定累得不得了。凱，很心疼你如此勞累，就是不知你是否珍惜我的這份關懷。我們已分開太久了，整整五個月，沒見過一次面，都有點生分了，只有接你電話時，才感覺你還是沒變，你仍是屬於我和劭騏的。很迫切的希望日子過快點，讓我們早點見面，親口告訴你我們愛你，需要你。

婉淑 1/15/80　11:40

1/15/80（三）　#80

凱：

　　昨天收到你1/5的信，今早才收到你1/7的快信，錯不在台北，台北1/15下午3點收到，當晚9點到永和，今早我開信箱拿到。來得太晚了，浪費你$2，也害我得再跑一趟銀行，昨天下午我去辦了巫的匯款申請$1,500，今早對了一下果然名字拼錯，四張都得改，還不知銀行的人怎麼說，眞是有點生氣，我早知用電話傳那麼多次一定會有誤，不知是我聽錯，還是妹聽錯，她當晚打電話到2樓，我要她先選一個人名到公司附近去匯，第二天我再打電話給她，她念，我帶了紙筆抄下，結果居然還是錯，原想找大妹，她問了幾天還不知公司附近銀行可否外匯，他們公司都找盤古銀行，她太忙了，只好找妹夫，找王就得我自己去申請，連下了一週的雨，又冷又濕加上我又忙，所以拖到昨天才去申請，現在只好再去改一趟，我會先帶兩個掛號信封去，若不能改，只好重新申請一次，不知可否？二妹第二天就去申請了，不知道她那張會不會寫錯，她的好像沒有寫「─」，有人名有，有人沒有，眞搞不淸。接到快信我們早已打過電話了，而且不止5分鐘，拿起電話簡直就無法控制自己。你才隔兩天沒寫信，但我卻從上週三收一封之後直到昨天才又收到一封，美國郵件之慢眞有點敎人受不了。二妹告訴我兩個人名最好都用，用一人也可以，所以我一直以爲你的意思是每人匯$750，根本不知你的意思是每人匯$1,500，電話中搞半天才懂。事實上我們也眞沒那麼多錢，你只記得銀行的存款，卻忽略了我們要生活費、交際應酬，雖然少了你，開銷並不見得少。目前是共匯$3,750（已申請尚未匯），我若用省點或許臨走結匯可結兩三萬，我無法很精確估計，因爲錢進進出出不到最後不知，我不敢再匯$750是怕

有萬一，帶著孩子身邊不能沒有錢。你可根據這個情形斟酌，若差一點先借，我到時帶去再還（兩三萬左右）。昨晚劭騏本來玩得很愉快，他常要我背著跑，玩夠了，我就把他往床上丟，他太開心了，連翻兩個滾，等我一回頭他面朝下滾到地上，我手伸出來只在空中揮一下沒抓到，抱起來時滿嘴都是血，還有血絲滴到衣服上，我抓把衛生紙往他嘴裡塞不知那裡出問題，他嚎啕大哭，一張臉鐵青，我都不敢看了。想想原來那麼愉快，怎麼突然樂極生悲。他哭累了就睡著，看著那張小臉，一張小嘴青紫像豬嘴，真心疼。趁他睡覺把學生送我的郵票整理好，收進集郵冊，已快滿滿一本了。收到你的信，感覺你又愛我們了，我知道你因為打工忙，也很高興今天已是15日，那表示你不必再日夜不停的打工，表示你已在午夜接回梁，很擔心你半夜還在公路上開車。昨天我、周、鍾去董的家，新婚的人蕩漾著幸福和滿足，看他們的結婚照和蜜月照，這些好像離我很遠了，但是不久，快點或許不要兩個月，我們又將重拾快樂的回憶，當我們重逢時，又將輪到別人羨慕我們了，因我們有個可愛活潑的寶貝兒子，盼望這日子快來，好愛你。

婉淑1/16/80　12:00

1/16/80（三）　#81

凱：

　　今早出門時收到你的快信，一對照發覺名字（小額匯款）寫錯，心裡真是有點火，其實也沒什麼，我這人就是窮緊張。中午先趕回家洗一堆衣服，從週六起就沒洗，再不洗沒衣服穿了，洗衣機仍未修好，約好時間不來，來了我們當然不在，已約過兩次，都沒碰著，僅留下一張字條，只有等放寒假再修。匆匆洗好已是快三點，怕銀行關門，騎車飛奔南門分行，現在我騎車技術不錯，趕去跟小姐說收款人名字錯了，小姐說已送出沒法改，沒關係等匯款時再改，審核不看英文名，還好不致耽誤時間，現在申請恐怕你要二月中才能收到了，我們就那麼點錢，恐怕很難買房子吧？有點遺憾我不能多賺點錢。辦公室男老師很多在補習班，有位老師本來要介紹我去，但我考慮劭騏需要媽媽，不願晚上還出門，他少了爸爸已經很可憐了。我十分相信給予小孩充分的愛，可以使小孩人格發展正常，來日我們也可不必為他的行為操心。像你家人對你真是愛護備至，我感覺你的個性發展很完美。從銀行出來，趕緊拆開你的信來看，出門時才看到信來了，

有兩封88（1/2）和91（1/8），照片也收到了。89封是昨天收到，90是快信，今早收到，信都集在一起來，且不按順序，我晚上合起來重看一遍，就像接故事一樣，終於又把你每天的生活情況接起來了。凱，好愛你，沒有人像你這樣勤快天天給太太寫信的，正因為你好，所以我很怕失去你。我說沒法像以前一樣狂熱的愛你，那是騙你的，因為我吃醋了。爸爸，我很高興你是我的先生，如此我可以坦白告訴你我有多愛你，多麼想擁抱你，和你……。要是你只是我男朋友，那我只好把這些話藏起來，埋在心裡。從以前認識你，我自己就覺得自己變得好大膽，我原是很古板的人，居然和爸爸做了許多crazy的事，現在想起來還好心動，當初真是冒了大險，結婚以後更快樂了，和爸爸做的任何快樂事都是合法的，真是如魚得水，有好幾次我都幾乎要大叫「凱，you're killing me.」但是沒多久，爸爸去了美國，媽媽又變成灰姑娘了，每天平平淡淡老老實實過日子，一則帶劭騏累，他睡，我也睡得人事不知，再則常看公保，我也樂得多眠一陣。現在爸爸的來信，常可聞到我們即將見面的氣息了，我的心思又開始活動了，爸爸，好想你呢！嫁給你真好，我可以告訴你好愛你，好想和你……。我要吻你的眼睛、鼻子、嘴唇、頭髮、脖子、胸膛還有那個（不可以給別人用喔！）

　　本來下午我要去大順駕駛補習班，找一個教練的，但找不到大順，也實在懶得和陌生人拉關係，看到橋頭底有一家駕訓班，進去問問，結果買零的每小時150元，比福和橋頭那家便宜，先給200元訂金，暫定十小時，即1,500元，明天下午開始，2點半至3點半，另外開的駕駛常識課，有空隨時可去聽。希望我能學會，就不必等來日見面，把大好時光耗在學車上。我希望自己精神上要先武裝起來，到美後，能很快適應自己獨立，否則你會很累被我拖垮。照片看了，不錯。不過比起我們談戀愛那時，真令我想笑：「爸爸！你胖了。」比較起來，那時真「寒酸」（handsome）。很渴望星期日快來，可以聽到你的聲音，也渴望你的雙唇。愛你，大寶寶。

P.S. 小額共申請$3750，OK？

婉淑1/16/80　23:30

婉淑：

　　今晨寄了一張生日賀卡給妳，希望能夠準時到達妳手中。老美處理信不似台灣很有效率，所以必須提早些寄，我沒稱重，貼兩張較保險，有同學寄生日賀卡給太太，31¢不夠被退回已過時，氣死了。通常我寄回去的信都較快，尤其是週初寄的，妳的來信昨天週一我就收到三封，高興極了，看好幾次，祇是媽媽還有點醋意，叫我不知如何說（不要再提了，OK？完全都是我不好）。三封是1/3、1/6、1/7（該是74、75、76而非72、73、74），你3日寫的，我昨天14日才接到，所以妳說1/13晚上九點打電話，我就不知道了，我是想十點較晚，可確定妳已返家，沒想到妳卻已睡著，當天必很辛苦。我去的快信好像浪費2元。今天上午我們電話又壞了，打去問是否又被斷線，說沒有，要派人來修，迄目前尚未來。不管如何星期日下午三點，我仍照常打。妳若要寄包裹來（海運），可以寄到我系裡，該沒問題，反正我沒轉系，到八月底都無所謂。至於你擔心沒工作，這是多餘的，這兒工作多得很，祇要自己親自去問一下，都沒問題，多問幾處還可比較待遇。

　　劭騏是否真的出麻疹？目前如何？我真擔心他有什麼意外，他需要爸爸，也需要媽媽，當你在電話中向我說需要爸爸時，我體會到妳對他的愛是多麼偉大！我相信他滋潤在母愛中，一定是幸福的。奶媽她們實在不該把小孩推到市場內，又髒又亂。那推車是否用得著？劭騏目前不知發育到什麼地步了？走得很快嗎？不久該會跑步了。老美這兒娃娃推車都是最便宜的那種，妳看看要不要帶來，反正免費。對了，最好妳有個像公義那種小推車，推起行李很方便，因為妳可能抱劭騏不大好背行李。我很高興你為劭騏準備集郵簿，他長大以後一定會很喜歡，就是希望他有著高尚的嗜好，而不要天天去惹事，像阿丹一樣頑皮。你說要寫專輯，我等不及看看你怎麼描述咱們這個頑皮鬼，又不知他如何整妳，過年妳妹他們三口回婆家去，妳是否可以回娘家一起與家人共度？婉淑，對不起，出來半年中，四個好日子，尤其是你倆的生日都無法團聚。

　　我買了個護手霜來塗手掌、手指，沒用幾次，好像天氣炎熱自己就好了，這幾天熱死了。輪胎昨晚送去Target的Auto Center來矯正（Balance），每個輪胎平衡工錢是$5，我就矯正那補過的，花了$5，目前好開多了，感覺就是不同。有一家SAGE他們的吸塵器在減價，我一直想買一個，反正汽車內，室內都需

要，將來我們買了房子，那更是需要，每家都是地毯的。今天是減價最後一天，原價$190，減價$128，Hoover牌算高級的，馬力不小，Target也有，我看了價錢是$142，從來不減價。吸塵器也有三、四十元的，那種不敢買。

Darling, it's been over five months and I miss you very much every day. My love for you just remains unchanged except that it grows more and more as time goes by. You're the only woman I love. Nothing in this world is so important as you are to me. We had and will surely have very good time when we are together. Please keep in mind that I miss you so while you're not by my side. It wouldn't be long to wait. I love you both. I'm sure our baby is the luckiest boy in the world cause he's got the best mom.

凱 1/15/80　15:20

1/17/80（四）#96

婉淑：

　　昨天未寫信心裡很愧對妳。祇因剛開學，事情多。昨天向秘書買了量子力學的講義，厚厚300頁，$7，比一般書便宜多了。自己再買個書夾70¢就很方便。物數我買了教科書$22.95，劉較聰明，向別人借，然後要家裡由台灣寄。郝早就由台灣自己帶來。到書店買書夾時，看見朋友太太在那兒工作，幫收銀員裝書入袋，因她還不會打收銀機，前天我跟朋友說這二、三週，學校的書店很需要人手，不管是否學生一律錄用，隨到隨做，自己每天時間隨意，打卡計時。她昨天做了一下午，今天要去試圖書館的工作，另外也有人事仲介要與她聯絡，介紹她工作。婉淑，妳有空不妨自己練練打字，也順便測驗自己每分鐘的速度，這兒要人若是精通的要50～60wpm（每分鐘50～60字），至少非精通的也要40wpm的速度。打字工作很好找，就是怕你覺得乏味，反正做一行學一行，不合意可以再換，先取得經驗對以後有幫助。

　　圖書館我以往用的carrel（圖書館兩邊靠牆有窗的小房間，供個人讀書用）被要回去了，那是Eric與另一位學長合的。沒關係，圖書館也給我一個了，上學期中我申請，終於下來了，我付了$10押金（退出時還）拿了鑰匙，我與梁合。

293

Carrel每學期第二週之內必須更新否則取消。郝前天買了一部車，價錢可以買三、四本書～$100，69年Buick Special，還會走，不錯啦，他昨天還在說很羨慕人有新車，他老車吃油很兇，油針可以感覺由F向E一直動。他開車技術還是沒我行，大概剛開始之故，沒駕照、保險，真怕他有一天會上法庭。朋友太太現在也在學車，一天到晚挨老公罵說要罵到上高速公路為止才放心。婉淑，妳不要擔心，妳老公不會罵妳，會好好地教妳，妳記得妳還是小女孩時有個臭男生追妳，還說要教妳打乒乓球嗎？我會教得比他好，比他有耐心，OK？對了，有空幫我去書店找本汽車原理、修護的書，最好有手排檔及自動排檔的內容，買到了妳來時再一起帶來。我那部車還是越看越不錯，開起來感覺就是不一樣，就如你用電動打字機用慣了，再去打一架50年代的老打字機感覺不同。連住隔壁 #123的老黑都向他朋友說 #125的黃車好漂亮。

13晚去接梁，在機場看到Gate（機門）出入口，來接的人不少都好親熱，下次我太太及兒子就要來了，我也可以對他們給予熱情的擁抱。我等不及這時刻的來臨，婉淑，我好想念妳與劭騏，很愛你們。我的課目前是量力11～12 MWF，習題2:30～3:30 TH，物數2:00～3:30 MW，習題2～3F，實驗8:30～11:30 T，研討會4～5 T，流力5:3～7 T TH，所以妳若搭不是週六、日到的班次，可以在一、三、五下午六點到午夜，或二、四下午八點到午夜之間的班機，我都可以去接你們。我現在實在很盼望你們在我身邊。來時另外幫我帶一兩罐VIP白色髮乳（圓錐藍色瓶不是很黏的那一種，那種大概是綠色）。

熱了好幾天，今天涼一些，大概太陽累了，換些雨來調味，雨尚小。我問人說東南區房便宜，怕水災有水險即OK，任何損壞均換新，而且水險非常便宜。並非SE均淹，也並非SW均不淹，SE好處是便宜，近校。我月底會開始注意。好愛你倆，渴望hold you in my arms and kiss you and kiss you a lot.

凱1/17/80　10:25

294

心痛兒子，渴望一個家

1/18/80（五）晨00:07 #97

婉淑：

　　現在已過午夜，趁大家熟睡之際，好好寫封信。昨天下午在系裡接到妳1/9（77，不是75）寄來的劭騏專輯，心裡痛心極了，整個下午都無心上課。我不在他身邊，竟然自己的兒子遭受到如此般的待遇，妳一定爲他付出極大的愛心，我們自己都受到父母疼愛到大，自己的兒子卻無法對他妥善照顧，自己慚愧極了。小孩子活潑可愛才能惹人憐愛，比起笨呆「死酸」的小孩好多了，活潑才是健康正常的小孩。他小不懂事，什麼都往口送，是該教他的，或許「嘗試錯誤」說在此行得通，亂吃就挨打手，痛了就不敢再試，以後次數多了也會學乖了。

　　婉淑，妳實在辛苦，什麼大小事都要做，又當家長、又當媽媽、洗衣燒飯，四處忙碌，累了，妳難免心情不佳、脾氣不好。我不在你倆身邊，劭騏完全依賴妳，我相信妳給他的愛是天下最偉大的愛，儘管人難免疏忽什麼，我仍相信妳對他的無微不至，就像以前妳對我一般地愛著，妳愛我也才會深愛著咱們的兒子，

這就是愛的偉大。同樣地，我也深愛著妳，沒有人能令我如此癡情，使我感激。勁騏是我的一部分，亦是我們的一部分，我們一定會好好地愛他的。縱使目前辛苦，來此一起吃苦，我們還是要在一起，將來才會有正常心理發展。要是任何人說把小孩留著，讓太太一人獨自來，我會截鐵地說「不！」，我為我以前當初向妳提出的蠢意見而感到羞恥，怎忍心拋下孩子而兩人在遠處，聽不到兒呼爹娘，說不定他的恨會由愛而產生出來，太可怕了，自己的小孩將來不認親，是一件多麼不幸的事。我想勁騏會東抓西抓也是正常的，呱呱落地才一年，什麼都好奇，正需要開導教他。我受不了自己的小孩遭受別人歧視，當然別人沒有義務付出對他的關心，更用不著說愛心了。目前唯一能做的仍是忍一口氣，我也祇有在此每天想念著你們，勁騏多賴妳愛護照顧，再過一個多月就來了。婉淑，忍一下子，OK？我實在很愛妳倆，目前也唯有等妳帶勁騏來了，咱們才能獨立、不受氣。我早早買車、寒假打工、籌款、看房子等等，一切都是為了咱們能夠趕緊有個像樣的家。我十分願意，絲毫無怨言，祇要妳倆來美，能夠更舒適些。目前我僅能常常寫寫信、打電話，真希望妳就在我懷中，我好親自對妳再多說幾句：「婉淑，我時時刻刻需要妳，需要妳的愛。」這些甜蜜的事實，再過不久即將實現，我現在的心情即有著，你們快來到的感覺。愈是不如意，愈是渴望有個自己的天地，與人合住總是不好，以後我們有了家，非不得已，不要出租一部分給人，私生活太重要了，終歸不是自己人，就是有差別。我要咱們家不是媽媽，就是勁騏及他將來的弟妹。我上飛機前離開他，抱他那一刻，淚水都快流出來，但我忍住了。勁騏是否知道爸爸在美國偶而會為了想念他而落淚？再說一聲，我很愛你母子倆，我要為你倆奮鬥！剪下休士頓Chronical報紙的漫畫給你一笑，第一次看到老美漫畫寫中文，大概他們多少懂。

　　昨天下午突暴風雨，像在電影中看到的一樣，大約半小時，我正好被困在系館旁一棟建物要去上課，等了十分鐘，拿傘衝了過去，全身濕透，上完課，體溫已烘乾。這冬天暖和，手套才用過三、四次，襪子夠用，故未完全拆開，那些是地攤的，稍短些，吸汗性差，不過仍可用。我以前在橋頭那家百貨店（五金行隔壁）買35元一雙的還不錯，妳若買亦無不可。老美這兒不少「塑膠」襪子，但也有毛襪。

　　妳打聽一下（公義）簽證要多久，我知道出入境管理局的出境證是一週，護照24小時，然後就是VISA（簽證）了，目前是隨到隨簽呢？還是拿排號的呢？

我去年暑假去排號，排了三週，那時是旺季，現在留學生不多，春季班大部分都已開學，剩下的是Spring Quarter，三月開學的，還有一些去年八月來的留學生眷屬，會與妳同時簽證，但我不認為會很多。據我所知，UH新生就有好多太太尚不來，要到暑假才來，或甚至不來。妳把簽證所需時間估計一下，告訴我，妳自己也要安排一下行程，整理行裝，可以寄的，現在就寄海運了，郵局的箱子很牢靠，又打包免費。飛機到東京的是停一小時，其他的我並不知，妳看是要直飛（12小時），或是要過境東京（3+1+9小時），Jenny說抱小孩坐久了也不舒服，要下來走走。到SFO舊金山機場或LA（我覺得可能到SFO行李轉運較方便，因海關出口就是AA），停留兩小時即足夠，入境驗關手續大概半小時就OK，留點時間充裕，出去到國內線（如AA）Check-in訂位，妳祇要驗過關，行李就有Porter送到下班國內的服務處運到飛機貨艙去，很方便，Porter會向該公司算帳。到該公司打長途亦不用花錢，他們有義務為乘客服務此項。我在SFO打過一下休士頓就不花錢，否則要$2.25的。我現在向妳說，不論妳何時到，我都要去接妳，不限於以往幾封信所述的時間（星期四早上亦不錯）。妳看看我的課表就知大概。妳若要人去送妳，當然是星期日最好了，但別忘了，台北的假日很塞車，與此相反。星期五似乎還不錯。妳到了SFO，加上二小時即是休士頓時間，算算我在那裡，打通電話過來，告訴我妳已抵加州。我會儘早搬家，儘早裝電話好辦一些要緊的事。我在月底前一定開始找房子。

　　妳用不著在元月底即辭職，妳可以待到二月初再辭，不管是否可以領半月薪，至少也有數天薪，不少百了，假定二月四日辭職，辦職變三天也不過才七號而已。妳看情形而定。另外一些事我想妳都很清楚了，如匯款還清，傢俱電器的著落，都煩妳去處理，不知如何了？電話給曾是對的，否則也浪費，也算個人情。我想等我搬家裝定電話時，一定會常常與妳通話的，因為忍不住，而且想知道妳的手續辦到何種地步。妳到機場，有否ride（送機）？我可以寫信請阿炳幫忙，該沒問題，他非常熱心。我瞭解妳將懷著又喜又憂的心情搭上飛機，遠離父母姐弟妹，帶著孩子來美國與先生團聚，任何人都會有錯綜的心情的。生活競爭的人生充滿了奔波，在動盪中去追求安定，努力求生存。

　　我忘了結匯，大概是妳去簽證過後，拿護照與出境證到台銀（或華僑，中國等）去辦結匯，列一表把任何大小事都寫下來，不致於到上飛機仍未辦妥，OK？我知道妳獨自一人時也很行，辦事效率亦高。劭騏個性也當然受妳影響部

分，獨立、活潑、可愛、聰敏是咱們的綜合體。我深信妳是外在，內在美兼備的。百六十個天都熬過了，再三週就開始辦手續了，我攤開雙手，迎接擁抱妳倆。期考，妳一定忙壞了，請記住，凱一直想念著妳，愛著妳。渴望得到妳的吻～。

凱1/18/80　01:42

1/18/80（五）#82

凱：

　　今天已是本學期最後一天上課，若我能順利成行赴美，這也可能是我教書生涯最後一天，早上連著四堂課全部自習，我可用來看信和寫信。昨天下午本來約好要去練車，結果下午一點我正要吃麵時，我媽打電話來，我老弟在桃園住進軍醫院，急性盲腸炎要開刀，他有氣無力打電話給我媽，把我媽急死了，桃園她也不熟，要我陪她去，只好打電話到駕訓班改到今天下午兩點半再去。昨天從早就滴滴答答下雨不停，我和媽搭公路局走高速公路到那兒已三點半，原定兩點要開刀，結果我們到時剛好看到他要被送走，天好冷就穿一件醫院的制服，自己抱著肚子，光著頭淋著雨走去，旁邊兩個阿兵哥推著病床嘻嘻哈哈開玩笑的去，看來真有點好笑，好在是盲腸，大概沒什麼關係，我弟也病得不是時候，他們人都調走，他被留下受班長訓才第一天，人生地不熟沒人可照顧他，我和媽直等到六點十分才見他出來，天黑又冷媽留下照顧也不方便，只好託鄰床的弟兄照顧，今下午媽會去看他，明早我停課會去桃園一趟，想起以前去桃園看你，陪你過新年不免有點心酸酸，好在目前我們相聚的日子已屈指可數，下次你若再要離開我們，我說什麼也不會答應了。回到永和已是八點，劭騏在黃婆婆的懷裡睡著了，黃太太跑去我們家看個究竟，她們怕我騎車出事，或搭計程車被載到荒郊野外去，他們還商量好若劭騏沒人要，他們留下來也不錯，星期日沒有劭騏他們有時也很寂寞。劭騏實在很可愛，我一抱他回家他又開始胡鬧，不睡覺了。今早和他說再見他還不斷對我眨眼睛，他很會做鬼臉，雖不會講話但會聽，懂得大人的意思。昨收到你1/11的信和另外四張照片，趁著劭騏自己玩時看完，今早再抽空看一遍，讀你的信是一種享受，而不只是了解你的生活點滴而已。不知目前屬於你的存款有多少，我也不清楚我們到底能有多少錢買房子，很多都是我臨走前才會有的

進帳，我也無法預估，不過你可列入考慮。若有合適不太貴的房子，你是否可以先借用VISA的錢，欠多少我走前帶去或匯去（但不要欠太多，以免日後太辛苦）。目前我希望能快點學會開車，你是否可將考駕照的手冊寄來借我先看看，若我能很快取得駕照，找工作就不必受太多限制，我可自己接送劼騏，不至於把你拖住。學校有位老師要我託你替她拿一份教育系的表格，不知你是否方便，若不方便就不要麻煩，她託我，我說說就是了，我是不忍心給自己先生增加負擔的。

　　昨早上我急著要出門，劼騏悄悄溜進浴室玩馬桶，手就在水裡撈，他經常如此，因為高度剛好，天又冷又下雨，袖子都濕了一大半，我氣得真想揍他屁股，沒時間替他換衣服，只好抱一堆衣服去，請黃太太替他換。後天就20日了，我會等你的電話，看了你的信好安心，爸爸還是屬於我們的。好愛你。

婉淑1/18/80　11:20

1/21/80（一）　#83

凱：

　　今天是期考第一天，週一三五每天各考兩科，英文在星期三，考完我得忙著改卷子，週四中午，以前辦公室老師（送我們奶粉的原班人馬）要請我，說是給我餞行，下午開校務會議，週五下午結業式，所以這週仍有很多事待做，上週五，我在下午去開了兩小時車，實際上不到兩小時，教人的都很會摸魚，先講解如何使用機件，再說如何發動、如何停車，步驟一一記下來，然後練習開車、上坡下坡、打圈圈、練習手交替使用方向盤，講解很清楚，了解後主要還是練習，下午人多、車多，常擔心撞車，我看到側面來車就大叫「怎辦？叫他慢點，還是我慢點？」我還沒叫完教練已踩了煞車，教練車有兩個煞車，比較不會出危險。王雖表示願意教，但缺乏場地，我們時間也不易配合。我不會去學太久，我打算學四到六個鐘頭就夠了，稍懂得運用，將來你教我比較不費力，也不致把漂亮的車撞傷，就算你不生氣，我自己也捨不得。我不想去教練場學太久，主要是單獨去不太好，我小妹雖願意陪我去，但她白天沒空，花錢也是原因之一。我急於做一個獨立的人，不希望因為不會開車被困在家裡，對我們三個人都不好，我也不希望拖累你。上週六放溫書假，上午我提著魚湯去桃園給我弟弟（魚湯我媽做

的，我有五個月不動鍋鏟了。）再趕回永和已是兩點，趕緊抱劭騏回來，只要他在家，就天下大亂，他會自己開抽屜，把東西全部抓出來，皮包裡的文件全抓出來，散了滿地都是，不知道的人會以為遭小偷，他把我的鑰匙丟到垃圾桶，把吃魚肝油的湯匙塞到抽屜裡，他會學王坐在沙發看報，兩手攤開抓著報紙看，很好笑，但過一下不注意他會把報紙撕碎，把碎片放到嘴裡吃，若太著急挖他嘴，他會吧剛吃進的牛奶，柳丁和麵包全吐出來，吐得全身都是，然後我得替他全部換衣服，我妹得擦地板。他還經常打破我的碗，他自己會去我的碗盒子裡拿碗，他的高度剛好夠。要不然就在冰箱旁玩玻璃瓶，好像打保齡球，一手掃過去，我妹還來不及抓他，瓶子已破了兩根，當然還是我妹收拾，若我收拾他會來幫倒忙，我只能抓著他。他愛去我妹房間，只要門一不小心沒關，他就溜進去，抓起娃娃奶嘴就往他嘴裡塞，不然就自己吃，然後用力搖娃娃床，若我妹他們看到他趕緊關門，他就轉移陣地進浴室玩馬桶，手在水裡面撈。說起他就沒個完，他實在是個十分好動的小孩，只有閉起眼睛睡覺才安靜。現在是監考時，學生快交卷了，下午再寫。

1／21　10:10

　　今天是星期二，早上劭騏睡到九點才起來，我本來答應媽早上送東西去給弟弟吃，只好改下午送去，我快把信寫完，還有一堆衣服待洗，天氣不好又冷又濕，衣服不易乾，劭騏皮膚也不好。週日接你電話好開心，爸爸還是我們的沒有被搶走。昨天下午在歐亞買到兩本書，兩本共370元，還有一本再20天會印出來，你能等嗎？重慶南路找遍了沒有，但漏了新月書局，今天我會再去看一遍，若沒有就先寄已買的兩本給你。我自己買本遠東袖珍字典類似你帶去那本大陸書局的，還買了給劭騏的書共880元，我初三輔導的錢都給劭騏用掉了。昨晚收到你的賀卡及95/1/15的信，謝謝你，很感動，爸爸，真的，我很在乎，不希望別人來share our happy hours & private jokes。我了解你對我們的愛心，我們也很愛你，好想你。

婉淑1／22／80　11:30

凱：

　　昨天下午又去桃園一趟，我老弟上週四住院開刀已快一週了，說是一週出院，我前後跑了三趟，主要是搭車太花時間，實際拿東西給他吃不過一下子的功夫。他太胖了，肚子脂肪多（你可能也是），醫生一刀切下去找不到盲腸，花了不少時間，縫合的時候麻藥已退，一針針痛得他肌肉很本能的縮起來，醫生根本沒辦法縫，只好叫護士補打5cc的麻藥，結果藥還殘留在血液內，已快一週他下床頭還是暈的，看他平日好健壯生起病來好隆重，反而人家瘦子三天就下床蹦蹦跳跳。我弟告訴我儒林書局可以找到很多海盜本，因為店面一半中文書，所以我前天漏看了，昨晚在火車站下車趕過去看，發覺他們洋文書真多，規模比台大的書店還大，店員說你要的那一本書有，但書店沒有，她負責替我到虹橋要，明天可以去拿，我在書架上找到你要的 #4共有六冊，獨缺第一冊，小姐說這幾天才賣走，是新竹一家書店印的，看來舊舊的，大概出版很久了，還有 #5她說曾見過，連 #6一併替我寫信去問，第 #6，我倒不急，20天後歐亞一定有，希望這7本都能買齊，最遲下週我能買到幾本就會先寄幾本。你要的汽車修護書和髮乳我會買好下次帶去，你的手指乾裂，不知是否也是濕疹的一種，我有空會找本醫藥的書，下次帶，或許書我會先用海運寄，期考完交出成績我會開始整理東西，能寄的先寄。昨天我也從家裡拿打字機回來，有空我會練一下。我急著想學好開車，主要是我們一家三口，到那兒都得帶著劭騏，我學開車東撞西撞，劭騏也得像貨物在車內被我倒來倒去，不過我這週一直抽不出空去練，希望下週能有空。但我不會練太久，因那教練有點那個，我說給我妹和王聽，他們都在笑。那人不斷說我不像結過婚有孩子的人。我常感覺單身女人處事不易，板張臭臉辦事就不順利，稍和顏悅色又容易讓人覺得很好接近。總算再一個多月我們就可以見面了，不知你胖了多少？沒有變心，沒有變樣吧？我也等不及要看你送的那盒禮物。劭騏現在逐漸會走路，有點像螃蟹走斜的，而且要看準一個目標，走一段後可以扶，有時自己會在原地打轉。凱，我真希望你能看到他，他真可愛。我有時叫他騏，有時叫郭，他若聽到，會一面玩一面抬頭「哼？」，早晨醒來他自己一面踢牆，一面咿咿呀呀不知說什麼，聲音清脆好可愛。當然他也有令人很煩的時候，他會把你的東西亂搞亂丟讓你找不到，還會拿著筆亂塗，床單和梳妝台的抽屜都被他亂畫。

凱，最近晚上都會好想你，想在你懷裡，想抱著你親吻，好久沒有撫摸你的頭髮，一定有不少頭皮屑，還有身上一定有不少「仙」。想你睡覺時的可愛神態，以前我常會忍不住在你睡時偷吻你，想你早晨起來清澈明亮的雙眼和甜蜜愉快的聲音，這些都是屬於我的private secret，我不希望別人來分享，那會令我很傷心。勁騏具有你這種開朗的個性，早晨總是嘻嘻哈哈的起床。我真高興嫁給你，可以不顧忌的告訴你好愛你，否則想到這些事我會有罪惡感。我對別的男人一點都沒興趣，只愛你一人。爸爸，你要永遠屬於我們，不可以給別人愛，OK？Love you with all my heart.

婉淑1/23/80　10:20

1/21/80（日）#98

婉淑：

昨晚（應該是今晨）打電話給你，聽到聲音真高興，只可惜有人在旁邊，要不然可以聽到你說「I love you」。勁騏一切正常，非常高興，很久沒看到他，他又長大很多，會走路，會東玩西惹，會聽懂大人說的話，就怕他一下飛機不認識他老爸了，他正努力叫爸爸，下個月底來了就可以聽到了。

昨天上午看了報紙的分類房屋廣告，勾了數家，打電話問，有些equity頭款要達到兩萬元或1萬五，太高了，其中去看兩家，一家在SE區，近20年，3-2-2，索$9,000，但無地毯，可能要降價大約一千元，loan貸款每月$383/mo（9½％），這一家缺點就是太舊，冰箱、爐子都舊，沒有抽油煙機、沒有Central Air/Heat冷暖氣，每個房間再加冷氣機太麻煩又吵。門窗看來都不牢，若買下來，不花一大番功夫才怪。唯一好處是庭院（後）很大，車庫外又有停車處，近學校。今早那仲介又打電話來問要不要，我推辭掉了。看完那家，我又到SW西南區去看另一家1½年的新房子，那房子一看就喜歡，祇可惜那人說我不是VA（退伍軍人）不肯賣給我，因為我若接他的VA loan，他就不能再以VA名義去申請以後的低利貸款買新房子了。為了保留他的eligibility（資格）他說除非我自己申請新的貸款或總價給他，這兩項都困難，這家貸款是$8,000，每月付$458，老美房子都是30年貸款。我會再多留意一些，今天要洗兩週來的衣服，傍晚又要去打工，大概沒時間去看房子，頂多我可以打電話探聽一下行情，我們若

買了可以省卻搬一次家的麻煩。目前我的錢有$5,500～$5,600，若加上日本店這個半月我賺的、書店的及月底系內的，就會超過6,000以上。日本店今晚會給我13日以前的，我算算大概有$240，不知他怎麼算就是。書店明天去拿支票，我算算應該有$230～$250。買了房子，我們必須還得有一千或一千五以上作為生活費、繳貸款、買傢俱等等。

我的實驗由星期二改到星期四（8:30～11:30），我星期五才知道所以星期四上午大概沒人去上，因為有一人去加州（沒打招呼），那人太太還留在UH，現住入宿舍，下學期去加州。所以現在我的課稍好一些。星期二、四點才有課，星期四是8:30～11:30，2:30～3:30，5:30～7:00，實驗在星期四較好一點，你若挑早上到，別挑星期四，要挑星期二。我原來星期二實驗課就改給一個新生（奈及利亞人，鼻子很大，連老美都這麼說）。妳去練車，不知練得如何了，妳能夠如此考慮周全，我實在很心動，妳知道到美之後，盡可能在最快之時間內安定，適應下來，這點很對，我平常芝麻事也對你說，就是要你多了解此地。我會把考駕照的駕駛人手冊寄給你，此書有124頁，在88頁以後我會撕去省點郵費，那些是卡車牽引車之類用的。書上重要處我會畫出來。考照很簡單，只要帶護照，檢查視力OK，先考筆試（兩部分：規則、標誌），每部分20題至少要對14題。路考繼續考依人自願，不願考可以先拿學習執照（$2），若直接考路考通過，即可拿正式執照（$7），省去$2，所以妳能夠一來就駕熟去考，我是最高興了。的確，可以運用車，就較好找事。若需要車去做事，說不定有了收入，可以付得起一部新車的分期（四年的，每月約$200以下，視車價及頭款）。婉淑，妳實在是一位賢妻良母，我的好太太，我真以妳為傲，我從未想到會娶到一位令我終身值得慶幸的好女人。日子近了，我心情愈來愈高興，等不及去機場接妳及劭騏來與我相聚。

今早我滷了一鍋肉蛋，又開始上學期的帶飯生活了，就是不帶飯也可以省事。這次滷得香極了，很希望妳及劭騏也在身邊品嚐。我準備在妳下飛機請你母子倆吃頓豐富爸爸做的中國菜（當你倆在機上吃膩了西餐時，什麼中餐都好吃）。快來了，我都很驕傲地對人說：「下個月就要來了。」婉淑，我實在很愛妳和劭騏。非常想念你倆。

凱 1/21/80　12:43

婉淑：

今晨寫的信中書目不知有否列入Fluid Mechanics？（加此一書）另外Goldstein二冊不要買了，那二本是Text教科書，平裝，每本$5.95二本加稅再打八五折也不過才$9多。我想還是自己買此兩冊，其他的妳幫我找看看。今早我原來是沒課的，昨天下午臨時改實驗課，我不知道，等我中午去才知道，秘書說沒關係，下週去就好了，反正不是我的錯。目前的實驗課是週二8:30～11:30（第二冊，與上學期同），週四8:30～11:30（第一冊），系主任中午對我說若我有兩班實驗，兩班改作業就是不對，要我去查，現在實驗改來改去終於定下來，改作業還要重排，可能就是去掉我一班改作業。我現在又重新開始帶便當，滷一鍋肉蛋，很管用。每晚只要做一道炒青菜，今晚加一樣蒸蛋即可，最近柳丁多，又便宜，每天吃，上課到七點的，在五點半前就吃個大apple果腹，像今天就是。前三天一直下雨，直到今天中午終於停了，天氣突轉冷，這是熱空氣遇冷鋒凝結下雨之後的冷鋒了。雖冷但放晴了較好，明天下午要去看房子，下雨就不方便。系內那買房子的學長，他姐姐有棟4-2-2的房子在休士頓西北區，他說很可能要賣但我覺得太貴了，equity頭款可能會要到萬四、五，每月付$480。若真買下來，欠債數千元可不是好過活的。他還勸我說暑假再買，我說多租房子半年，千把元的美金泡湯的事我做不來，才不是笨人，不是學經濟的，但也知道這點小學問。我是覺得休士頓的房價漲的並未如台北那般可怕，咱們永和的房子一年之間就漲50%，這兒還不致於。所以那學長的姐姐，姐夫才回台灣投資蓋國宅大賺$。這個星期六，日有人找我去打零工，有個人在一家warehouse（倉庫）搬貨品請假要人代，不知每小時付多少，明天答覆我，我看看時間及工錢再決定是否要去。若去做，那東南區的房子就不去看了，反正那是仲介的。有些問題是必須與買方談清楚的，如電話、utility（水電瓦斯）是否轉移就可或重新申請、warranty（保固）的轉移（老美房子多數是10年warranty）、closing cost（交屋的費用）的數目（不知是啥，像手續費之類的，由買方出，除非新屋由建商付）。

劭騏目前很好，我很高興，今天又收到妳1/14（78，這次對了），他實在很可愛，我想一定是。對了，我聽Jenny說飛機上有供應紙尿布免費，妳可以打電話到華航詢問清楚，我想應該沒錯，我也會打聽國內線看看，再告訴妳。帶大包尿布似乎不太方便，縱使是他們有，自己要準備一點預防萬一，娃娃旅客太多，

或是過境，轉機時用。小文三月結婚，或許妳都已來了，妳先代我祝福她。好久都沒寫信給同學，不知他們近況如何，對門的伍想買車，老想要我載他去看，問題是我不懂引擎，不敢大意，也樂得藉故推卻。他為人古意、木訥，人家說有車較pia得起來就聽信，一天到晚看著Green Sheet的Auto廣告，單身的人就是會如此胡思亂想，不像我一心一意想的都是太太及孩子。我系的那位學長他半年前買的房子在西南區，頭款一萬出頭，每月付六百多，目前他太太月薪還不少，有一千以上，他太太數月前才換公司，反正有了經驗更好找高薪。他們小孩也在這兒，才八個月大，也是如此熬，我相信我們也可以熬的。婉淑，祇要我們努力，同心協力合作，想做的事一定可以如願達成，為了買房子，很可能妳想讀書的時間都要往後延了，婉淑，這一點是我最歉疚的。不過我覺得去做事亦可學到一些商業的事。

元月快過去了，接下來妳就是辭職，辦手續，真希望你二月底前就能夠來，愈早愈好，我等不及見到妳及劭騏，二月三日下午三點我會打電話給你。這個月電話費過兩三天會寄來，我一定是第一名的，我估計約$100左右。每次打電話我都捨不得放下聽筒，聽到妳聲音是多麼高興，劭騏愈大愈聰明、會拍手、揮手，真是開始學習了。他是咱們的寶。好愛妳及他，也很想，想得要命。

永遠是你的

凱1/23/1980　00:12

買新房

婉淑：

　　今天我做了一件相信會讓妳高興得跳起來的事，妳猜是什麼？記得兩年前在國中教書也是快到妳生日時，咱們也做了一件事，很可惜半途而廢，但也不能說是半途而廢，假如當初未把錢投資入房子的話，今天也是光溜溜一個。我剛才一小時前終於在電話筒中說「OK! It's a deal.」就答應為我婉淑買一棟房子了，做為她的生日禮物，妳說好不好？今天下午去看兩家，我都對妳說過了，未去之前，光看廣告內容及打電話詢問的，就可知道大概是如何的房屋。我三點半下課，四點半到西南市外的Missouri City（就像永和、中和、三重、板橋一般在台北市外），並非開一個小時，大概30分鐘，首先看的是半年的新房子，by owner、3-2-2、1678ft²（/36ft²=46.6坪）、lot（地）有105x60=6300ft²（=175坪）。這房子實在新，一看就喜歡，比上次那家還喜歡，主臥室不小，有walk-in closet（可以走進去的衣櫥）一、二坪大、浴室，另兩個臥室也不小，大概有四坪，也有大衣櫥，大約半坪～一坪，客廳很大（老美的客廳）有大壁爐，廚房有電爐、微波爐、洗碗機、絞碎機、上下兩排櫃子，女主人說「妳太太一定會很愛這廚房」，後院有前院二倍，木籬笆大約二、三吋厚，窗簾將留下，冰箱及其他傢俱他們要帶回密西西比去。另一家較舊也髒些，客廳窄、沒有微波爐，不過有吸煙機，後院是鐵網，沒有木牆好，車庫停兩部車有問題，這房子好處是近2哩，有16哩，前者18哩，月付$442，固定利率9.5%，equity（頭款+屋主已付款）雖說$11,600但看仲介意思似乎可殺到九千多。不過先前看了新房子，心理作祟，怎麼也看不喜歡，這房子總價$48,400，前者比後者大了228ft²（6.3坪），又新、木樁（有這較好、隱私較佳，劭騏可以在家裡安全地玩）、車庫大、窗簾新，每個月就是多付一些，$552/月，而且是escalating mo. pay就是頭五年，每年漲$28，今年九月一日起付$580，明年九月付$608，到第五年以後就固定在$700，這是美國政府為照顧年輕夫婦所設的FHA Loan，若是他們買正式一般的Conventional Loan，現在應該每月付$650而非$552，他們去年十月開始付貸款，到目前已付四次$552，加上頭款及手續，共支出$6,800，依照一般行情休士頓每月房值漲總價1%，他去年買大概$60,000，目前有人估$67,000，

他自己估$64,000，貸款餘額是$54,153，他雖然算已付$6800，加上每月大概漲$600，五個月$3000，所以要求equity $9800。我料這家升值較快，一定是大的緣故。若他給仲介去賣，要抽他6%的佣金約$4,000，他不幹，自己賣，低價好賣些。台灣房子增值幅度比美國大，但算差額就是美國多了。

今晚在電話中「戰」了一番，終於由9800－>9300<－8800，如此談合攏，他很乾脆地降兩次9500，9300就停了，我加到九千硬是不肯，我想算了，三百元可能會誤事，全家沒地方住更慘，才一個月房租，就說OK。我不知妳看到那房子會如何反應，我猜是跳躍不停，不敢相信咱們會住在那房子裡。我想咱們該可以付得起的，就算妳每月賺七百已算很少了（婉淑，對不起，提到買房子，我就會提到要妳工作，我很慚愧無法使妳及劭騏一來就舒服些，假若我們不買房子，租，一定過得還不錯，但每月多$300就擁有自己的房子，何不為呢？婉淑，妳說是不？）加上我五百元共一千二百，扣除五百五，還有六百五應該夠付生活了。況且買屋還有另一好處（租不行），可以扣除所得，稅可能都不必付。現在我到月底有六千二、三百，加上3,750，也有一萬了。明晚去簽約，先給500訂金，然後送去Title Company（代書）去轉換權狀上持有人姓名，約二、三週完成手續（closing），然後雙方交換，買方給cashier check（銀行本票），賣方給房子，都是由代書做中間人，賣方約付四、五百元closing cost，買方約$40，如要inspection買方自己叫人來自己付，約$60，不過那是新房子，我看結構該沒問題。我要求他們若成交，在2月15日以前必須搬出，我可以安頓，下個月的月付款還是由他們去付，砍了價，再由他們付一個月相去千元矣。他們的傢俱不肯留下來，所以必須花點錢買最急需的床、桌椅及冰箱，這四樣東西，燈或需要，他們不會留下來，電話他們答應留下來，如此可省數十元安裝費。那廚房有個breakfast早餐區，dinning room餐廳很大，大約1/3，客廳1/3、房間1/3，車庫是不算房子面積內的。目前我所想的是妳帶劭騏剛開始這幾天，應該照理說很容易找到工作及托兒所（他們說附近就有），當然就是怕萬一，總是預防的好。因為：（一）買了房子雖剩錢，但畢竟幾乎少數，要應付每月的貸款。（二）預防萬一，生活急需。（三）韓幣貶值。（四）添置少數必要傢俱。看劭騏還尿尿，似乎非買洗衣機、烘乾機不可，還不知該買什麼床給他，是否要大一點的圍起來那種？妳覺得呢？我真希望我有很多錢，但那就不覺得血汗錢之可貴了，我們的確是在奮鬥，不是嗎？有種Condo（公寓）2-2才$3,000，月付不到$300，但我

不喜歡那種，太侷促了、增值慢、停車不便、沒有劭騏可以打滾的草地。咱們目前辛苦些就可以將來舒服點，不會後悔。我會盡量找找看，週末有否工打，當然功課也不能荒廢，否則房子有何用。

　　打了半小時電話，第二家仲介的，打不進來，我後來打去對他說對不起，我已決定買另一家，他們風度都很好。在萬物膨漲的今天裡，還是房地產最好，不賺錢嘛，也是最有用的東西，至少他象徵著幸福、安定、成長。我為了買房子，各式各樣的問題我都請教的清清楚楚，數個月來都有心理準備，所以與屋主或仲介談還不至於像笨瓜。到郊區去看房子，天下商人一般見解，所有電桿都是建築公司的小木牌指示新社區，一些名字都熟了如US Homes、General Homes、Fox & Jacob……等等。等我有最新進一步的消息，若明天順利簽約，我會打電話告訴妳，可能的話，我還會寄照片給妳及家人看。

　　婉淑，妳願意與我吃苦，我將無盡感激，何況妳還要照顧劭騏，我以妳為傲，我也希望妳會以咱們的奮鬥歷程為榮，我們倆必須通力合作，無間地協調，才有不停的發展，我們倆的互相體貼諒解也是一家三口幸福的泉源，不是麼？我實在很愛你們，並非只以物質表示而已，我的心僅有你倆，永遠是你們母子倆的爸爸。夜深了，明天實驗得看，在過午夜之前再說聲「婉淑，我愛妳及劭騏！」

凱1/23/80　23:40

P.S. 信中附一張聖誕夜在Eric的公寓照的照片。

1/26/80（六）　#85

凱：

　　從週三監考完寄了封信，至今才又提筆，心裡好急，深怕你會以為我們不愛你了呢。今早送出成績，學生們舉行修業式，這學期就告一段落了。從下週起比較有空我得趁機整理東西，有個條理東西整批寄才不至有所遺漏。週四早上我先去中興街郵局領回兩封掛號（小額匯款），然後趕去書店，儒林書店小姐說前一天要替我去虹橋轉兩本書來（我看她也不太懂），結果還是我人去了，她才趕緊叫小弟去，害我在書店等半天，回來說沒有那書。辦公室老師約好11點在中華路清真館聚餐（馬老師信奉回教），我12點才到，她們（周馬杜宋張翁太太邱

308

趙，都是女的）早已吃完，又另外叫幾樣菜給我吃，因爲下午學校開校務會議，吃完店門口就有公車可直接回學校，所以我才不願吃完又回書店一趟，而寧可遲到在書店等，等的時候順便翻了一下汽車修護的書，汽車原理和修護通常是分開的，汽車原理大多是大專用書，徐氏基金會有出版，修護的書很多大同小異，反正天下文章一大抄，沒看到有分手排檔，自動排檔的。我買了兩本一是汽車駕駛與保養，（譯自日本）一是汽車的故障、診斷、修護（編譯自英文）我不知這兩本是否合適，下週有空到別家書店比較看看，再買一本汽車原理的書。你要髮乳我買了三罐，福利站有賣，襪子我會到那家百貨店看看，買了下次帶去。週三考完英文，下午我一個人在家拼命改，順便用我妹的洗衣機洗一堆衣服，想著你可能正要上床睡覺，好想抓起電話來向你道聲晚安，告訴你好愛你，只說一句話應該不會浪費很多錢，可是再想想又覺得這樣做不是太孩子氣了嗎？何況人家身邊有的是女同學，說不定心裡想著的也是女同學呢。（我偶而還是會覺得很不是滋味）其實我知道不會的，爸爸愛劭騏就會令我很放心了。若你不愛劭騏會比不愛我更令我痛苦。劭騏稚嫩需要爸媽的扶持和教養，需要大人的呵護才能長大。媽媽年紀大了，縱使沒人愛，自己也懂得安排生活。整個下午我一人改了三班算了三班成績，昨天週五，一早先去銀行領錢，拖著趙到南門分行匯款，還好能及時辦妥，要是晚一兩天放寒假了，也不好意思要趙老遠由中和趕來。目前共匯了$1,500+$750，還有巫的$1,500申請單尚未核下來。下午去汽車教練場開兩小時車，他們前一天打電話來要我週五下午兩點去，買零的鐘點就是填人家的空，昨天複習一下先教練場開幾圈，然後練習方向盤打轉不斷左轉和右轉，再開成正方形，不停在正方形裡繞，複習完學一樣新的——「倒車」。我感覺四個鐘已經夠了，不想再去了。我真正需要的是實際經驗，譬如在窄路上錯車，在擁擠的車堆裡如何停車，這些就有待你來教了。教練場只是供我練習使用離合器，煞車和油門，方向盤。這些我都使用的不錯，我可以很平穩的起步和停車，當初我就是害怕自己會亂踩油門撞傷人，現在只要小心我有信心不會出意外，將來你教我一定會說我「很聰明」比打桌球還行。昨天練倒車，腳一直踩離合器，痠得要死，不知你那輛好不好踩。前天收到你1/18凌晨寫的信，好感動，不斷流淚，劭騏是個幸福的孩子有個好爸爸疼愛，我也相信我們將永遠是個幸福的家庭。盼望日子快來，渴望爸爸的擁抱，給爸爸無數個親吻。

婉淑1/26/80　11:30

凱：

今早學校舉行自強年自強大會，請了位教授來演講，妙舌生花，大家聽得興高采烈，我尚未辭職，所以仍去參加，劭騏只好暫時放黃家。晚上或假日不帶他，都會令我感到很歉疚。比起別的小孩他算是好帶的，他是調皮惹人煩而不是隨便哭鬧。昨天下午徐回家時，看到我在巷口陪劭騏坐電

動玩具，覺得很有趣，他女兒從不肯坐，很可愛會講話（一點點），但是怕生人，晚上愛哭。劭騏晚上說睡倒頭就睡了，徐抱著劭騏走回來，劭騏一路咿咿呀呀，指指點點不知在講什麼。我每次見到別人爸爸抱著兒子就打從心底酸起，劭騏何時能在爸爸的懷裡撒嬌，盼望著那日子快來，我常想著爸爸唸書，劭騏在一旁玩耍的情景，他現在會翻書，也會看報，但看完就把報紙揉掉，把書撕下一頁。我丟了一本英文的教科書（舊書攤買的，很厚有圖片）在地上，他高興時就會坐在地上翻半天，我便可趁機去做點事，但不能太久，過一會兒他會偷偷摸摸去浴室玩馬桶，整個人趴在馬桶上，手在水裡撈，不然就是找任何有螺絲或開關的東西玩，桌曆底下有兩個螺絲用來固定那本日曆，他五個手指輕輕碰著，扭一下再扭一下，就像一個熟練的大人一樣，他不是緊抓著螺絲跟著扭，洗衣機的自動開關他也給扭下來，被他這麼一鬧，我才知原來那個東西本來就可轉下來，動作之快之敏捷，真叫人懷疑他才一歲。我媽說的不錯，他像他老爹手很靈巧。但他這雙手也有誤用的時候，他把客廳一塊塑膠地板挖起來，還把它撕成兩片，底下的沙子都露出來，我還不知道該如何來修理呢。他現在已經會走路了，走得還很穩。

昨天下午我妹抱娃娃回來忘了關門，他自己推開紗門，走到門口打算下樓梯，好在我常看著他，趕緊抓著他，他會自己下樓梯，會走路了，喜歡自己在巷子裡來回走。

中午大姐夫來，帶著小琴一起來，大家就在樓下麵店吃炒飯（巷口那家，現搬到我們隔壁樓下），姐夫託我一封信，還給劭騏一個紅包200元，給了我幾個1分、5分、兩角5分的零錢。下午我有預感你會打電話來，雖僅隔一週，我卻覺得好久，本來一面洗衣服一面等，結果劭騏醒來大哭，只好陪他睡，才一會兒自己也睡著了，聽你電話總是好高興，好渴望就在你身邊。真高興我們又有了房子，只是不知每月要負擔多少錢？我們能付得起嗎？你還是應該以讀書為重，不要為了付房子而打工，荒廢學業才好。你要的襪子我到橋頭百貨店買了，書兩本明天我先寄。學校明天開始正式放寒假，我在過年前要把一切整理好，過年後自己帶孩子就沒辦法做了。你剛離開時，第一個月過得最慢，現在快見面了也覺得日子過得慢。你臨走時去看他，我不敢看那幕，含著淚悄悄走下樓，我不希望因我落淚而使大家悲傷。我沒流淚給你看，但我卻獨自流著淚走那條小徑來回接送劭騏，已快走完六個月了。願上天保佑我們一家早日重聚，讓分離的日子快點結束。好愛你，渴望在你身旁。

婉淑1/27/80

1/25/80（五）　#102

婉淑：

　　我昨晚去那屋主的家簽了約，先給$500訂金，不是給他，而是給Title Co.（代書）。那夫婦人很好，男約30，女約25，密西西比人，說話慢慢的，南佬都是如此，簽完約我再問他們吊燈要不要留下，他們說留下，因為當初建設公司建此新屋即裝上，所以按理也是給我們，我覺得他們很誠實，那兩個吊燈都不錯，在廚房，尤其餐廳的很漂亮。另外他還要漆Gutter（屋簷水槽）和後門，前者是他自己裝在屋簷四周，後者是被牧羊犬抓的，我把配置大概畫一下。

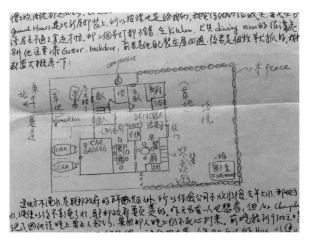

這地方不淹水，是聯邦政府的百年洪區之外，所以保險公司不收水險，去年大水，那地方沒淹水，縱使以後不幸淹了水，聯邦政府要負責的。昨天另有一人也想看，但屋主謝絕了，因他說晚上要與人簽約，果然那人晚上仍不死心打來。前晚殺到$9,300時，他說他不能再降了，他太太會宰了他。我今早去買一條75呎的水管，以便以後澆水用，Sears公司正好這週減價$15.88，原價$30.88，草大約幾天澆一次水，兩週割一次草，一年施一兩次肥，割草機大約$70～$250一部，若買不起，向人借好了，我知道那兒有一家人我稍認識，他們應該有mower（割草機）。水管可澆水亦可洗車。我買房子的事僅有那學長知道，待會我拿契約給他看。昨晚簽約前，屋主和我兩人一條條看，先用鉛筆寫，同意了才用原子筆，再簽名。雙方都很融洽，本來我想找人去當證人的，但學長說用不著，反正騙不了的，此地title company（代書）就是專門做此生意的，檢查房主有否債權人，或其他不法的事，我都不必付過戶費，完全由賣方付，約$600，契約都寫的清楚，我會影印寄回給妳看。星期日（1/27）後天我會在晚上約九點半打電話給妳，告訴妳這消息，我相信妳會很高興。我新買給妳的生日禮物～金屋一棟～OK？假若星期日（1/27）跟妳接通了，我再下週就不打了（2/3），就等到再下下週（2/10）再打，OK？

　　昨天收到二封（1/16）80，81浪費$2反而慢，真不知是什麼快信。劭騏到二月中就是給黃太太帶了一年了，不久你們就來了。屋主夫婦已寫下同意在2/25以前催辦妥，好搬出，我想可以趕上妳倆來。我接到妳非常「……」的信都好激動喔，我也很想與妳「……」，郭蓋的……還是完好如初，未曾給他人使用過，因為有專利權在，非法使用將導致太太的不再惠顧，所以信用良好。婉淑，好愛你們倆，趕快來。

凱1/25/80　15:00

P.S. 取消掉了週末與仲介的約，本週末不打工，下週可能有兩天的工可打。

1/26/80（六）　#103

婉淑：

　　今天上午Eric的同學突由達拉斯來，因他也認識我，所以照理他打電話來問

候，我也過去Eric那兒看看他，中午帶他去NASA看火箭、太空船，順便買海鮮回來煮，我也買了魚蝦，以後我們也可開車去買，往返約40哩。晚上帶賴去日本店接我的班，他有PR可以給老闆社安號碼，老闆也同意給他$5/時，老闆又對我說要給$4.5/時，我又搞不清楚他什麼意思了，他又說不要社安號碼就

NASA

$4.50/時，若我給他社安號碼，他就給我$5/時。我說我目前很忙，等三月初賴回台灣，可能的話我再來接班。如此就保留一下，將來搬到Missouri City去，再到附近看有否工打，否則三月後再去那兒做，從M市去那兒約16哩，比UH去，近一、二哩。今晚也拿了上週兩天的的工資，上週共十小時應該是9x5+1x3=48元老闆又智商低了，算$50，我說上次少算一小時應該加入，他共給我$55現款（該加$3而已），看他有時占我便宜，有時我占他便宜，真是好玩。另外$130的支票他說沒關係，要我直接去存入帳戶。我星期一再去存。

回到家來，高說Steve（屋主）打過電話來，要我打去，我打去M市沒人在，他們留了Jackson（Mississippi）的電話，要我有事可以call collect（對方付費），我試了一下，對方說Wrong No，過了半分鐘，Steve就打來了，原來他還在休士頓，那Jackson的電話是岳父家的，太太已先於昨天回娘家去找新房子了，所以他太太打電話來休士頓告訴他，那位說Wrong No.的一定是他岳父。Steve昨天辭職被老闆挽留一週，所以要太太先回去看些中意的房子，他下週六再回去。他在電話中告訴我說，他昨天送文件去代書那兒，那兒的人對他說大約2/15可以Close，不然就是2/15過後沒幾天之內一定Close，即可以交錢交屋了。聽他如此一說，心裡安心不少。買房子已是第二次了，也難怪沈先生他們會緊張，我目前都還有點緊張，但我祇付出$500，下次就是$8,800，交屋。這$500支票，不是開給賣家而是給代書，絕對錯不了的，那公司不可能吃掉錢。我對Steve說，有空或許我會去房子外面拍照片，但不會打擾他，他說很歡迎，

敲門他會請我進去多看看房子內。我說因為我答應給太太寄照片回去，給家人過目，到底是要住什麼樣的房子。我信內附的是契約，及一房屋廣告，外型很像那家，所以我剪下來了。外型像但不完全一樣，如左右相反（車庫是在右）、屋頂比較漂亮些等等，但都是磚，所以看起來很像。老美目前的屋頂，門縫都要求絕緣（熱），叫Energy Check，節省熱、冷空氣與外界對流，那廚房我忘了說是Wall paper，可以洗的那種，Steve太太說我們劭騏弄髒了沒關係。客廳房間的壁是有花紋的那種漆（凹凹凸凸）白色的，客廳的天花板很高，所以很氣派。另外他們說若要送劭騏去托兒所，就必須有注射證明，否則需去重打，取得證明才行。妳看看去衛生所或婦幼能否取得到英文的注射證明書，劭騏已經挨過不少預防針了。托兒所的費用還看父母是否送（帶）午餐去，每天放幾小時等等。今早看到房屋商廣告說1950年60、70、80年的房價是15,900、22,000、29,000、57,950，看來70年代中房屋漲得最可怕，台灣亦是相同的情形，但比起來70年代，永和那房子漲了就不只二倍。剛想到春節是二月中旬，不知會否影響到妳出境證的辦理手續速度，真擔心會耽擱三、五天。（剛過午夜，待會想打電話給妳，忍不住想告訴妳「買了房子了」，另一方面也太想念妳了。）

　　昨晚（該是今晨）打電話給妳，感到好愉快。我知道妳會很高興的，就差點沒有跳起來，是嗎？那房子不知該說便宜或貴，我大致說給妳聽，目前要找一家一萬元以下的assumption（承擔貸款）很少了，縱使有也是沒有那麼中意的，我沒想到看了三、四家即如此中意。月付貸款不算低，我忘了對妳說每月要$552，以後每年加$28，不過說回來，薪水也是會漲的，記得初中看「小英雄」TV，Bever他爸爸週薪才$50而已，目前老美每天賺$50的人太多了。那房子是由General Homes承造，仍在售出中，標價50's（即每ft^2，$50～$60之間）算$50好了，咱們1678$ft^2$的房子也值$83,900而不是屋主賣咱們的$64,000了，大家都知道無市場有行情而已，最近新屋銷售率少約1/3，主要是頭款提高，credit check查信用嚴格，貸款利率高，大家裹足。屋商又在搞新花樣，先租以後租售隨便，雙方高興。否則建商付稅，利息吃不消。所以很難說那房子是便宜還是貴，目前房子看地點、大小、建材，有4萬到十五萬不等的，新房子是要六、七、八萬以上的，而且愈來愈遠，近的有，甭想，非常貴的。咱們那地方，不算太遠，新社區，算高級不上，也算中上級住宅區了，但初來的妳，一定會覺得是高級，陽明山的別墅不見得比咱們家漂亮，當然裡面的傢俱，咱們是沒有啦。那

地方四周大部分仍是草原、一些新社區，數百棟或上千棟不等，社區的屋頂、草坪、籬笆都相同，大概有規定，我知道屋頂棕色的，類似款式，不可隨便亂改樣式、材料或顏色，否則會遭非議，有違社區觀瞻。

　　我現在準備是：冰箱非買不可，就買新的好了，並不便宜，有四百多五百多的，三百多的很小，老美冰箱不便宜，還有上千元的。洗衣機、烘乾機再看，或許劭騏天天弄髒、弄濕，非要不可。桌椅、床，我去Garage Sale或露天的Common Market找看看，較便宜，不得已就買減價的傢俱。我忘了問妳，劭騏該睡什麼床，是圍起來的那種娃娃床或小孩床，我都一直認為他很大了，若怕娃娃床太小，小孩床太高，先給他睡mattress就好，很低摔下來都是地毯，不痛。咱們家也買不起什麼床頭櫃、化妝台之類的，那些東西也對劭騏危險，反正咱們新家很多鏡子、箱子、衣櫃，放都放不完。那些地毯、窗簾仍很新，他們告訴我不要洗，除非一年以後髒了，常常吸塵無所謂。若洗了，非勤洗不可，地毯是用Steamer洗的，一邊噴蒸氣一邊吸。超市有出租，一天$12。我上次說要買的吸塵器都還未買呢。

　　這週我該可收到高的$750，下週該可以收到我的$1,500，大概在二月中以前可收到巫的$1,500。我向人借的$9,000，是到三月中旬。到住入房子後，我就要把銀行的$1,200借貸餘額還清，反正浪費利息，況且付房子的貸款已是有信用紀錄了。以後妳來了工作後，再申請其他信用卡比較方便，像Gulf油卡，我就不敢申請，沒有工作他們不願意給。

　　達拉斯來的朋友說袁結婚了，她老公以前是週末三、四十哩往返才追上的，他還對我說你看多可惜。老高說我天天寫信還在追太太呢！我只愛我太太一人，其他女人都是毫無意義。我最近信紙用的特別多，因為非常愛太太兒子的緣故。我真是等不及要見到你們倆了。好想念你倆。

永遠是妳的

凱1/27/80　11:08

P.S. 2月10日是週日，妳若9日送證件去公義，浪費一天，是否在2月7、8日送去，或許提早一、二天送去無所謂，因為春節放數天假，真怕拖延。
注意不要搭經夏威夷的，入境很煩，SFO較方便。

婉淑：

今天好高興收到三信，1/15（79）、1/18（82）、1/22（83），80、81在上週四就收到了，因為上週五及週一都未送信，所以今早二封（79、83），今下午一封，看了下午的信，才知道妳弟弟住院，還以為他調住桃園，怎麼需要送魚湯，感到奇怪。目前他怎麼了，是否已經出院？希望他早日康復，盲腸炎是小事，很多人都有過，妳同事要的表格我怕拿不齊全，最好是自己寫信到教育系去詢問索取，他們很樂意給。若是要教育學院的，那就很多系了，太多了，什麼跳舞系、特殊教育系……十幾個，妳有本目錄可借她看。今天向朋友借「拍立得」（Instant Camera）（他在Target買的，減價時$8），準備明天下午去M市照幾張房子照片，我已與房主聯絡好，如此可以照他的室內，他很歡迎。今天中午先試了一張，效果很不錯，約5分鐘顯像，這種相片並不便宜，只是快、好玩。我不想再送去洗怕拖太久。朋友一再追問借這個做什麼？拍裸照嗎？（據說很多人都如此）他說我每個名堂一定有後幕，一定要追問出來是什麼事，我祇好照實說要照房子。他早就聽說我想買，但沒想到那麼快，還要幫我留意他那鄰居公寓呢！他目前最努力的還是打工及K書。據說常教老婆開車，吵得不歡而散。我真擔心我們會如此，我想妳有學過四小時會比較得心應手吧？今天收到我寄給妳的「交通規則手冊」，花了$1.5居然有由UH寄到UH，心裡不免火大，跑到書店的郵局服務處理論，有一個女人說郵票已經蓋章了，不能用，要再買才可以寄，我說又非我錯是郵局錯，為何不可以再寄，我又跑到上面去理論，職員也說不行，祇有到正式的郵局去抱怨才行。我就去main office（約5分鐘），不多說就收去再寄了，$1.50小事，浪費時間討厭，真怕又收到一次。祇怪我寫的字太大了，「From」又被郵票遮半（不是我貼）。我後來寫個大字To: TAIPEI, TAIWAN。說到那房子，我都忍不住多說一些好處：那些臥室很隱密（老美均是如此），有個24加侖的電熱水器（汽油桶是53加侖，妳可知）、有吸油煙機，是隱藏式的可以收起來。我估計一下需要買的東西依急緩及大概$如下：床$150、書桌椅$50、桌椅$150（早餐的，非正式宴客的）、冰箱$400～$450、吸塵器$80、割草機$120、洗衣烘乾機$600，算起來也不少，真是心痛極了，有Garage Sale（車庫大拍賣）就好了，否則一定都要買減價的，這些東西每週都有店在減價。郝被我一勾引，也想買了，最近一直東問西問，他懷疑我為何懂得那麼多，我還是數月

來累積的知識而已。明天我會帶他去，因他要求我多供應他常識。他說大約八月想買，又不知道他用啥付，還說想與人合買，不妥。謝謝妳幫我買了書，一定累了妳，有買到就不錯了，不管幾本都好，恐怕六本全買才一本價而已。看了妳描述劭騏的頑皮，真是好笑，我想多寫一兩次馬桶，當然會惹妳生氣，他真是淘氣極了，像阿丹一樣給Mr. Wilson添麻煩。搖娃娃床、吃奶嘴，一定很討人厭，是嗎？咱們兒子變成了trouble maker（麻煩製造者），以後咱們漂亮的家呀：白色的牆、乳黃色的地毯、廚房一排排的抽屜櫃子、前院的小樹叢、後院的盆景、室內的窗簾都是他的目標，可不要惹得爸爸打他噗噗。真不知他像我一樣乖，還是似妳頑皮。我記得我小時候很乖的嘛！他若像我一樣對老婆的承諾都實行就好了，他老婆也會很愛他的。我說買房子、寒假打工、買車，均按部就班來，什麼事都計劃周詳妥當才敢去做。就我所知，大概咱們可算第一名了，我還未聽到來此半年就買房子的留學生，也未聽到三個月就買到便宜的好車。我還未決定要買給妳的是什麼車，舊車或新車，大或小都是問題，舊車可能買不起，因車主要一大筆款，太便宜不好，新車才可能分期，通常是四年每月$200不到，到三、四百元不等，視車價及頭款，想買省油的Standard（手排檔），又怕妳不適應，給妳開目前這部，又怕妳嫌大。等妳來了，再做決定。昨天去Target正好看到一些壁爐用的火鏟在清倉，原來$11賣$6一付，樣子很好看，別的店還賣$17。星期六、日我與余要去倉庫搬貨（手工藝品）每時$3.50，只做二天而已。等2月15日搬入後，我會趕緊準備迎接你倆。一下飛機回來，我做個好菜請你母子倆，OK？很想擁抱妳親吻～！好想……好愛你倆。

凱1/29/80　23:30

1/30/80（三）#105

婉淑：

今天星期三，下午去照房子，陰雨，又是拍立得相機，所以效果很差。本來照片還有兩包藥品在旁邊，我剪掉了，減輕重量。我按照拍照次序解說如下：（省略）。那房子咱們住入，還有半年的Warranty（保固期），目前很多新屋有10年的有limited warranty，大概是某些項目，如結構等，像冷氣、洗碗機、電爐不可能保十年，女主人曾經告訴我說，她爸爸是仲介，教她一秘訣，當保期

317

將屆時，要保險公司？（建設公司）來檢查，反正不要錢。

　　再過半個月就是春節了，台北春節氣氛一定很濃。希望不要拖延妳的手續才好。希望你們快來，我好想念妳及劼駬。最近他也是頑皮嗎？愛你倆。

凱1/30/80　1:25

P.S. 剛才終於一口氣寫三封信，分別給阿英、阿塘、阿炳。（22:30）

1/29/80（二）#87

凱：

　　昨天下午收到你98（1/21）、99（1/22）、100（1/22）三封信和一封楊華的來信。今天下午又收到101（1/23）信，真的如你說用掉不少信紙，但我看得好開心，一遍又一遍，劼駬都被冷落在一旁，獨自在地上玩耍，怪可憐的。昨天上午洗了一堆衣服，直到一點鐘才算完畢，原想下午去寄書，看完信後因為有流力的參考書要買，我決定還是先去買齊了再寄。騎著單車到台大去買，台大附近有不少洋文書店，若這兒買不到，重慶南路也大概沒有，還是在歐亞買到一本Schlichting的Boundary Layer Theory台幣$280，另外幾本有的正在印刷，有的再找該有，能確定的是Batchelor, Intro to Fluid Dynamics沒有了買不到，物數的書，我找到Generalized Functions，一共六冊，可惜那老闆一定要全套才賣。另Carrier的Partial Differential Equations尚在裝訂中，一定可買到。

替你辦事我總是很驕傲，感覺自己還很有用，因為我不知該如何用實際的行動來表示對你的愛。你若想到還有什麼事，儘管吩咐，我很樂意去做。原想今天下午要去寄書，但雨下好大，一方面怕淋濕，還想順便買紙箱（永和只賣最小的，又不打包），一方面想寫信給你，明天一大早我一定會去寄。

1980, 7/6新奧爾良 市郊

昨天看了你厚厚五張的信，既為你如此生氣而著急，也自覺慚愧。你平常都只寫樂觀的一面，我很容易忽略了你和大多數留學生一樣辛苦流汗，勞累受氣在打工。你很少那麼生氣，語氣那麼重過，讓媽媽安慰一下好嗎？本來是為老闆付錢乾脆才那麼做的，既然不爽快就算了，有機會找個近一點的地方做，開車那麼遠，令我擔心，以後你要是晚回來，我會一直坐立不安。我的脾氣就是心裡容不下一點不快，稍不如意一定說出來不會悶在心裡，說完自己就高興了，沒事了。卻沒考慮到對方難過，讓你受委屈，真對不起，其實我並不像信上寫的那樣小心眼和看不開。

　　八個月大的孩子的確不好帶，劻騏現在已經週歲又快多一個月了。真高興已經有人開始對我說：「越來越好帶了。」從前盼著他能吃和我吃一樣的東西，現在都是他一口、我一口了。又盼他能獨自走路，可以牽著不必抱。昨天天氣很好，他自己一路走、一路玩去。看到車輪摸一摸玩一玩，看到工地在挖土，站著看半天，工人釘版模他也聚精會神地看，有小娃娃要走去上托兒班，他也上前咿咿呀呀打招呼，那女娃娃高興的笑開了嘴，和他就在那兒你儂我儂一番，走時還頻頻回頭，牽著女娃娃的小姊姊也忍不住說了一句：「好可愛的小弟弟。」劻騏的個性像爸爸，媽媽就比較冷漠怕生。從前跟著爸爸去市場買菜，人家都和爸爸打招呼。現在帶劻騏走過巷子，許多太太們看他可愛和他搭訕，也會順便問我幾句話：「幾個月啦？聽說要去美國啦？」其實我都不認識他們。爸爸不必擔心劻騏不認得爸，他喜歡男生，像我爸、我弟弟和黃公公，或許男人肩膀寬，他本能會把頭依在他們肩上。更何況父子連心，劻騏很會察言觀色，感覺很敏銳，以前爸爸餵奶、換尿布、餵魚肝油，在他稚嫩的記憶中，應當還會留有印象。我相信他會張開雙手摟著爸爸，咿咿呀呀說他如何想念爸爸。很懷疑爸爸見到我們時不知會先抱劻騏還是媽媽。等爸爸見到我們時，可以牽著劻騏的手一步一步的走了，想起來都高興，盼望那日子快來。

　　昨早上打電話問了婦幼，可以開英文證明，但衛生所打了三次混合疫苗，只能開中文的證明，即在衛生所給我們的卡片上蓋章證明，明天下午我會去婦幼拿麻疹預防注射的英文證明，衛生所的我另外再想辦法。劻騏的床，不知有沒有像大人睡的一般大而四周可圍起來的。娃娃床他睡不好，太侷促了。他睡覺喜歡翻來覆去，空間小，一碰到頭就叫。至於洗衣機、烘乾機有錢能買當然好，但並不十分迫切，劻騏的衣服裡面穿的乾淨可和大人的一起洗，外衣和褲子最髒，得先

319

用手刷。天氣冷一穿四、五件，有時搗蛋，曾有半個鐘頭內連換三套裡裡外外的紀錄。洗完澡，好不容易打扮妥當，他都是連滾帶爬不讓我穿，天氣再冷他都光著身子讓我抓，還沒穿好就急著爬下床，溜出臥室，外頭我妹放了兩盆給小娃娃洗澡的水，他人就栽在水裡玩起來全身濕透，再一番追逐更換後，我還沒走出臥室，他人已趴在馬桶上玩起來，整隻袖子都濕掉了，又得重換。也曾在半個鐘頭內換三次床單，因為抓不到他，不肯穿尿布，尿在床上。昨晚才穿好衣服，我好不容易直起身來，一轉身，馬上看到他向前一耀，整個人倒栽蔥，頭朝下碰到地板上，只大哭一句，兩腳不斷踢，喝過奶後昏昏睡去，把我嚇得直哭，推他打他都不醒，硬抱起他，他就趴在我肩上睡，半天睜開眼也是一付呆相。他很少八點就睡，只要睜著眼，滿臉表情，動個不停。過了一陣才像恢復神智笑起來。大概暫時昏迷了一下，一整晚心痛如絞，後悔不已，他的動作實在太快，防不勝防。有點後悔平常抱著他蹦蹦跳跳，丟上丟下，練就他一副敏捷的身手。希望他沒事才好，今早好像很正常像往日一樣調皮。

　　看你寫了四大張談房屋，我也開心的不得了，真不敢相信會是真的，謝謝爸爸為我們家辛勞，媽媽感激的不得了。我也了解往後的日子將會很辛苦，但和爸爸一起，有個目標，相信一切苦頭都可以熬得過去。謝謝爸爸給我的生日禮物，太好了。我們也好愛爸爸。

婉淑1/29/80　17:10

開始辦依親手續

婉淑：

　　今天是二月了，再過幾天你就開始辦手續，真希望快點見到你與劭騏！好愛妳及寶寶。今天上午我去存款的Teachers Credit Union（教師信用合作社）拿了Balance Statement（存款明細表），經理還問做什麼用的。拿到之後我出來到郵局就寄了，那上面寫的middle 3、middle 4是指近三個月的平均存款數是三位數字$500及$5000左右，所以我支票帳戶的九百多元是一時的不能算High 3，一萬五千多元也是近半個月才有的，所以還是原來六千多元的middle 4。妳應該還可以到華南銀行拿到存款證明，或許你的存摺即是，影印帶去，正本也帶去，通常可能收走一份副本。簽證時，除護照及I-20外均不發回。另外我的獎學金信函，你爸媽、姐姐的存款亦可證明，愈多是愈易准。結匯時，匯票僅收20或30元台幣，現金不知，旅行支票會收1%，我覺得現金約$200～$300，旅行支票也是一、二百元，其餘的可以拿匯票，較安全、省錢，甚至現金，旅支都不必要那麼多，是為了萬一偶然事故要用錢而準備的，否則50美金足足有餘應付，順利的話，$10亦可抵此。當然就是怕要用，如在SFO有Porter運到轉機的航空公司應該不要錢，若要給個一元也不錯了，沒有零錢可向航空小姐換好，不然就在桃園機場買點東西。寫到此原子筆沒水了，隨地拾到一隻鉛筆，我現在是在宿舍洗衣服。在飛機上會介紹填報關及I-94的表分別給海關及移民局的，空中小姐也會解釋。

　　早上在郵局也順便拿了1040表，是報稅用的，兩種表一長一短，隨人用，通常低收入者是用短。我昨天收到W-2 Form（扣繳憑單），今下午我填了就寄出去，按理我可以退$157.28，秘書說大約在四月可以收到，但我想期間可能會再退回來或來信催，因為我報了妳的寬減額，需要妳的Social Security Number（社安號碼）及簽名，我都空著，可能會寫信來要，可能不會，因單身收入也是不到需付稅的額度，單身去年收入要$3,300，有配偶要$5,400才扣稅，IRS（Internal Revenue Service）（國稅局）若來要妳的社安號碼和簽名，那時妳也來了，妳也可簽名及申請SS＃。我的收入仍被扣SS Tax我去詢問為何申請了Exemption（豁免）仍被扣，Pay Roll Office（會計處）說未收到豁免申請表，

原來是自己去國際學生辦公處申請之後，還得親自送去人事處他們才會轉到會計處。我們去年送到秘書那兒都不對。今天下午我再申請一次，下週五下來可送去。在國際學生辦公處遇見去年夏天在台北舉行新生講習的主持人，她講得一口流利的國語，居然不會說西班牙語，因她父母都是墨西哥人，但久居德州，小孩都不會說了。她說有天與人去墨西哥餐館，侍者老是用西班牙話與她談，同伴都懂，唯有她懂一點，但不會講，她說當時她所知道的Thank you就是「謝謝」，大概忘了「GRACIAS」。

明天上午九點去一家猶太人的手工藝倉庫搬東西，每小時$3.50，才兩天而已，別擔心，功課要緊才是正途。買了房子一方面保值心安，一方面也要為月付$552操點心，人必須不停地努力，不是嗎？那房子我每想到一點就想告訴妳，那裡面浴室是妳以前一直想要而朝代沒有實踐諾言的平台式洗手盆，很漂亮。我準備強制客人脫鞋，因為地毯很大、又乾淨，不想污損、弄髒它。

今天下午去第六趟書店仍是未拿到支票，真是慢極了，臨時工的$都很慢，同樣是會計處作業之慢。下週再去催，有二百多元的收入，不能失去。很希望妳辦手續能順利，有個過年擋著，真討厭，普通是放五天假，是嗎？你也該收拾行李了，雜事列張單子才不致頭亂了。下週日下午三點打電話給妳，告訴我照片，契約，存款證明收到沒有。小額目前尚未收到，大概下週會吧。這週是離開妳第25週，26週也就是半年了，婉淑，好想念妳及劭騏，我一切很好，別擔心。好愛你們，不能失去你們母子倆。

凱2/1/80　22:10

幫猶太人搬家

2/3/80（日）22:00 #107

婉淑：

　　昨天，今天二天都去西南區打工，由九點到六點（下午）兩天賺了$63，但也辛苦，骨瘦如柴的人是做不起的。余介紹，與我同去。他同班有個新來的以色列人，他朋友需人手，請了三個，（加一瑞典的，結果沒去）。工作二天，真正令我體會到猶太人真是猶太人，難怪世界上大部分鈔票都在他們手中。我本來以為是搬倉庫的貨，而且還原來說是手工藝品而已，到那兒先去幫老闆搬家，原來的4-2½-2房子要賣，未賣掉就已買了新的4-2½-2的房子，大很多，貴二倍，他們住在人家名為耶路撒冷的休士頓西南區高級住宅區，舊房子要賣8.7萬（31,000 equity），新房子是去年五月訂約（二千元），今年元月蓋好的，共二萬五頭款，總價是十五萬。有2400 ft^{2}以上但沒有籬笆、庭園。我發覺凡是General Homes蓋的一定有不少東西，住進去不費神，他們一定不是G.H.蓋的。這猶太人算盤精，去年五月的利率仍然是9.5%，就訂約保證，價格也不會動，才付2千元，這週才要付2萬3，目前利率是12.5%，差太多了。搬家，就搬重的，先叫我們搬冰箱、洗衣機、桌、床、櫃等。中午吃飯到餐廳去，我本想叫個大蝦，余說他同學在看三明治那頁，害得我不好意思要猶太人請大蝦，三明治炸雞一客了事。今天中午，四個人吃與昨天三人吃都是$10。搬倉庫東西也是裝載滿滿的，卡車是自己租的，不似老美由他人去包辦。猶太人雖猶太但也乾脆，做完就依約定當天拿錢，昨天到五點半，仍算九小時給$31.50，今天到六點給$32，都是現款，拿到錢心情愉快，不似日本拖延給付。昨天說要送我們一人一瓶酒，今天不爽約果然送，真是道地的「猶太酒」，說不定以色列菸酒公賣局出廠的「太白酒」。這老闆才29歲，UH畢業兩年，進口生意就做得不錯，舊倉庫太小換租了一個兩倍大的新倉庫。他問我要不要工作，我說做什麼？多少錢？他說不是搬家了，僅是剪些刺繡網，$3.50/hr。我說不願意，別的地方$5我稍嫌遠，若$4我就做，他說考慮，今天又來籠絡，我知道他很缺人，但仍是老猶太問我要不要$3.50/hr。我不理他，必須比他更猶太些，他說願意的話打電話給他，我說你改變主意就打電話給我，我不相信他找人那麼容易，反正目前我不急，讓他去急好了，我相信我會贏的。做二天工幸好有手套，婉淑，謝謝妳送的手套，

又冷又粗重，沒手套一定更辛苦，余介紹我去，我看他沒手套，今天送他一雙。我勸他該買車了，否則以後我搬走了，無法幫忙。這二天都是我做完工，送他去日本店，他更累，連做十三、四個小時。年紀與我相同（小我不到一月），卻還在唸英文，真為他叫屈。他知道我自從十一月打工以來，收入已過$900，很後悔寒假未好好利用。若那猶太人願意付$4/hr，我以後就週末去做二天，每天做個5小時一個月大約有$160收入。那地方離M市很近，約3哩，開車10分鐘～15分鐘該沒問題，若是到日本店雖$4.50/hr，但15哩開車要30～40分鐘，浪費時間、油。昨天上午休士頓某些地方下了雪，我這兒下雨，但車玻璃積了冰，據梁說九點多還下了雪，休士頓所在的Harris County北方都下了雪，如機場就是，是二年來第一次下的，但我們在Downtown市區看不見。氣溫低工作不累，某些北方下來的人都說休士頓是個好地方，見仁見智，有的人會討厭，對我們需要錢的年輕人來說，我是來對了地方，但若去了L.A.就很難說了。那兒也是好，但房子就買不起了，普通是此地房價之一倍半，總價大約在十萬以上，這兒還有四、五萬的，通常是六、七萬以上。咱們是運氣，那猶太人說要找萬元頭款以下，太難了，他還不知道半年到二年的房子仍有可能，新一點的就不可能了，因為20%頭款的人太多了。咱們新家的水龍頭不是轉的呢，是向上搖有水，向左熱，向右冷。二週前與仲介在電話中談半天話，一問我名字很好奇說Your accent doesn't sound like a Chinese.（你的口音不像老中。）令我信心十足，發音大概有了德州佬腔。Sears百貨公司大概從Title Co.（代書）那查出我買房子，寄來信推銷傢俱、毯及申請信用卡，令我吃驚，因據人說所有百貨公司的信用卡以Sears極難之至，擁有一張，勝過數張其他的，表示有辦法（當然VISA那是更高級的），我就試一試申請，也寫了你的名字，若准了會寄兩張來，你也可用。我猜想說不定會好申請些，因買房子之故，他自己寄表格來，而且是特別表格，還打上我的名字、住址。另外Exxon也寄免費抽獎單來，有28個名額由數百元至八萬元不等，我寄去了，也加入他們每月$3.50的駕車意外人險（配偶，子女均有）。今天沒打電話，10日下午三點會打，以後也會每週日打，確知你行程。愛你倆！！

凱2/3/80　22:55

324

凱：

　　你隨信附上的一張照片看了，不錯嘛！仍像當年一樣瀟灑，該不會是底片不真，變瘦了吧？臉上也很有菜色，那火鍋一定不錯，可惜沒吃到。氣象預報說今天有個大寒流會來，從昨天就開始下著大雨，昨晨穿著雨衣到周家拿二本書，我託她買的晚安故事365，讀給小孩聽的，以後劭騏會用得著，害她感動不已。她一人和女兒在家怪寂寞的，硬留我吃了午飯才走，下雨天色暗，留在家裡的人就會希望有客人來。以前我們常在雨中趕家教或去辦事，我被你訓練的已不會視下雨為畏途，和你在一起就是下雨也很有趣，現在雖然獨自騎腳踏車在雨中來去，也不覺得難過。事情太多，訂好的計劃不想拖下來。

　　今天整天在外跑，忙了一天被冷風吹得頭都痛了。早上先去博士書店買書套，因其中有本封面外頭印有東南，我怕被查出沒收，先用紙包後再套上，感覺比較安心，這種想法似乎可笑。在台大郵局寄了封信給你，用牛皮紙將書包好，不能打包，只好帶去博愛路總局，原想在那兒買紙箱，只有小的和一個2號的，但小姐說寄美國不能用2號紙箱太大，只能用3號，沒賣3號紙箱。我背著書先到AIT，窗口寫明備齊證件即可面談，不必掛號，但只有早上是非移民簽證，三天至兩週可領回護照。要了一份申請單，回來看看才發覺劭騏也要一份，我會再去拿一趟，事先填較妥當，當場填難免有誤，其中載明所需證件，有一條要I-94的影印本，不知是否適用於我，如果方便你可否印一份來給我。反正資料越齊全越好，省得被打回票。（若Jenny當初不用那就不要好了。）接著到婦幼，等了40分鐘的車，結果辦證明的小姐沒來，改天再去，真教人火大。然後去總局寄書，郵費362元。順便買兩個3號紙箱，打包的先生告訴我書籍若用海運可以印刷品寄。然後到新東陽看看，想買點禮物送人，都好貴也不見得好，看車子來了，乾脆打道回府，回家再做打算。（1/30）

　　（2/1）前天從外頭回來，接到你畫了平面配置圖的郵簡，我們真的又買房子了，好高興，趕緊再寫封信，才寫一半看天色已晚，急著去抱劭騏，可能天氣太冷5°C～9°C，劭騏發燒高到39度半，隨便在樓下吃點東西，抱他去中興街口看醫生（那醫生較好），不巧醫生出國，只好再抱回福泰來，我以為來回都搭計程車所以沒帶傘，從福泰出來，把劭騏裹好拼命跑回家，劭騏在裡頭亂動硬要把頭露出來，跑到家都快斷氣了，還好只有斗篷濕，劭騏沒事。打了兩針晚上燒退

325

了，沒洗澡就睡，但睡不安穩，過不多久就抖一下，不知白天在黃家是否受了驚嚇。昨天還下著雨，一樣冷，決定不送他去黃家，我忙著整理書和衣物，放進一件，他就拿出一件，我忙他也忙，就這樣過一天倒也不寂寞。今早送他去黃家我得燙頭髮，下午再去婦幼拿證明。今天已是二月一日，如果趕得快，二月底能動身，我們這個月就可見面了。好愛你，希望你能早點見到劭騏，他會教你又氣又愛他。

婉淑2/1/80　10:20

2/2/80（六）　#89

凱：

　　昨（週五）上午去燙頭髮，就在家附近，剪太短了像個男生，真是醜人多作怪，頂著一頭亂髮真不自在，只好希望長快點會好看些。下午去婦幼申請英文注射證明，下雨天，車子阻塞，去一趟婦幼真難過，一週後才能拿到證明，手續費50元。然後到公義去打聽一下，到舊金山機票華航16,219元，每週三、日下午17:30直飛SFO，週二、五下午16:45過境東京飛舊金山，每週五下午16:30直飛LA，週一四六下午16:45過境東京，夏威夷飛LA。美加很聰明，一月十五日發行的《美加學訊》，針對辦理依親人的需要，細節刊登很清楚，查詢的人只要拿份美加學訊，不需多問，小姐說辦手續前後要三週，依親護照較慢要兩週，簽證三天留點伸縮的時間故大約三週，我碰上過年可能又要拖上一週，算算恐怕三月初才能成行。機票在一週前要OK，所以我想我會預定三月七日，在未OK之前，若簽證下來，再決定是否更改日期。

　　昨晚劭騏玩電風扇（立扇），他常站在底座上，上上下下玩開關，結果風扇倒下，他人先倒在地上，電風扇剛好撞到他頭上，我原以為他頭要開花了，結果額頭上舊創又加新傷，好幾處青紫。後來王回來，妹說給他聽，他說天天都是如此，他早就習慣了。劭騏的頭像個爛西瓜，每天都在摔，我有點擔心他的智力會受損。今天又是從早下雨不停，已連下一週雨，一直很冷，週末黃家只帶半天，我索性不送劭騏去了。劭騏留在我身邊，雖然會受傷，但看得出來他跟我比較快樂，我會不停的說：「來，劭騏，媽媽惜一下。」他會很高興跑來，抱著我貼一下面頰，他親人家都是用面頰貼一下。不送他出門，沒有寒風吹，皮膚就很好，

不看他額頭的傷口，兩頰紅嘟嘟，走路一擺一擺忙進忙出，我忙著整理衣物，他忙著搗亂，外頭雖然下雨，但有兒子在身邊也感覺好溫暖，劭騏是我唯一的成就。今天是尾牙，樓下店不開，只好抱劭騏到巷口另一家新開的，吃午飯。眞不好吃，但沒辦法，我常爲了做一道菜而使劭騏跌出傷口，買來的東西，只吃一點，大半都在冰箱裡壞掉，乾脆到店裡吃。

今晚和妹妹抱著孩子回家。我媽給我做生日（她都做農曆的），我姐姐姐夫也帶著孩子回來，又是一屋子鬧成一團，劭騏都玩瘋了。他快比佩佩高，拿著錄音帶捶她，還用力推她，才兩三下佩佩就被推倒，劭騏看似可愛，但越大越蠻，以後一定很不好教，昨天他連摔兩次，又被電風扇壓到，我好火，狠狠揍一下屁股，他被嚇了一大跳，兩眼瞪好大，然後放聲大哭。我姐姐說，小孩不能從背後打，要正面牽著手打，或關在亮的房間一分鐘，他才知道是在受罰，孩子越大，越需要教導的方法，別人的經驗對我們很有幫助。劭騏越大越需要爸爸的愛和指導。好愛你。

婉淑2/2/80　23:20

2/4/80（一）　#90

凱：

已經連續一個多星期了，雨下不停，冷沒關係，又加上濕，連大人都受不了了，好多人傷風感冒流鼻涕。劭騏上週打兩針好了，今天又不對勁了。週六日都在家，沒去黃家便好好的，他跟我都好快樂，一張小臉像朶盛開的花，蹦蹦跳跳，跟著我進進出出，一抱去黃家回來就有問題，我不知毛病出在那裡，可能黃家不像以前那麼關心，加上天氣冷，睡醒若不立刻添衣服，換尿布不勤，手腳不快都會導致感冒，每次抱回來就感覺劭騏很「死酸」，面無表情很不快樂。當然任何人都不可能像自己母親那樣疼他，他在我身邊，我總是不停叫他，抱他親他，陪他換花樣玩，他會高興的仰頭大笑，在床上滾，偶而他就是這樣滾到地上，結果樂極生悲變成大哭。黃家只是給他吃，照顧他不摔跤，但他並不快樂，越長大他越懂。今早我抱他去，他居然看到我走就大哭。外頭下著雨、又冷，我也希望能留在家陪他，但要辦的事那麼多，行事曆上每天都塡得滿滿的，倒不見得事情眞有那麼多，主要我辦事效率差，就光是拿底片去洗（二吋的，護照要十

327

張，簽證兩張，不夠用），整天下雨，若不將劭騏送去黃家，我連這小事也辦不了。出門都是公車，下雨到處塞車，一個下午能辦兩件事就不錯。整理好的一箱書、一箱鞋、毛巾都因下雨一直無法提出去寄。今早本來是沒事，但要辭職，我爸媽一直要我買點禮物，我小妹替我報資生堂美容講座三天不要錢，我想爸爸既然替我買了那麼多禮物，我該學學如何利用，何況黃家再帶也沒幾天，我下午還得洗一堆衣服，劭騏在無法洗，上午劭騏想和我玩，我急著要趕9:15的美容班，看他在黃家哭心裡好難過。

中午上完課，在中外地下樓（拍賣洋洋存貨）買了一件給你的外套不貴，讓你猜多少？不知你會不會喜歡。回到家剛好兩點，樓下男孩正在看信，我以為郵差來過，空空的信箱真難過，忍不住抓起電話就打，我知道會給你添麻煩，又要你破費，但我實在想你。每天都是我獨自一人和劭騏，有爸爸的信我們就快樂，否則我們簡直像被遺棄似的。打完電話就開心，洗一堆衣服，買米買菜，每天我要考慮給劭騏吃什麼，下樓時才看到你的信來，有契約影印和剪報那封，我早知有信，就不會浪費錢打給你了，真對不起。傍晚抱劭騏回來一路吐奶回來，回家吃飯喝水都吐，大概感冒喉嚨發炎，不停哭。外頭雨大沒法去校長家，只好打電話，結果校長不在家要八號才回來，這下可好，我九號才能辭，可能十一號都還沒法去公義辦。真心急，不過算了，能趕就趕，我們急，旅行社未必替我們急呀！我會盡量趕趕看，心裡也急著要見你，劭騏也急需爸爸管教。好愛你。

婉淑2/4　23:20

2/5/80（二）#91

爸爸：你好！

凱：剛才我在摺信紙，劭騏就在椅子底下玩，頭一抬，撞痛了就大哭。把他抱在腿上哄一下就好了，他拿著筆亂畫，牽他手寫，他還很沒耐心，寫兩畫就不寫，要他寫上面那四個字還真不容易呢！現在他自己拿著奶瓶玩，一面吸一面對我笑，就坐在地上床邊。昨早去參加美容班，原訂今明兩天還有，一連三天，我不去了。今早十點半才送劭騏出門，到學校去辭職，雖然校長不在，還是去學校一趟，能辦的手續先辦，人事助理替我重寫一份辭呈，寫得真好，很圓滿，他還教我如何跟校長說，畢竟上年紀了，做事周詳，面面俱到。有些組長沒來，能蓋

328

章先蓋。中午捨不得劭騏又去把他抱回來，黃太太本來和他躺在被窩裡，劭騏一聽鈴聲又聽說劭騏的媽媽來，就馬上爬起來叫「媽媽」。他越大越懂事，我才多陪幾天就黏我，過了年自己帶，以後再給別人帶恐怕要哭上好幾天。我摟著他常會想無論天涯海角都要帶著他，以前人逃難都要帶著自己骨肉，何況現在太平無事，劭騏只會給我們快樂，不會增加很多麻煩。整個下午他一直笑嘻嘻，跟進跟出，他跟我就好愉快，一屋子都是他的笑聲，越是這樣，我越是捨不得將他送到黃家。下午收到你的信，知道你因為收到三封信而高興，我也很安慰，劭騏和爸爸就是我的一切，只要能使爸爸和劭騏快樂的事我都願意做。2/5

昨晚實在太冷，又冷又濕，不過我和劭騏在臥室裡玩，躲棉被仍很溫暖，他一睡我也忍不住跟著睡。今早拖到十點半才去黃家，劭騏仍然一臉不高興。我繼續到學校辦，幾乎都蓋好了，只差校長回來，八號下午我會到學校走一趟，若巧遇校長，最好不過，否則只有等九號，校長批准立刻到鎮公所。本月份的薪水全部退回，教員不似公務人員，不按日計薪，非但如此，還扣了保險費154元因為已經付了，每半年一付。既然扣了，就多多利用公保，拿了公保單，等會兒去吃午飯，下午看眼睛，很癢，可能結膜炎，劭騏好像也有，常用力眨眼睛。你辦事一向先小心求證然後大膽去做，你的辦事能力的確無懈可擊，我本來還很懷疑我們能買得起，但常看你來信描述，也逐漸感覺我們又有房子了。真高興，為我們一家三口又一次的勝利高興。不過我有點擔心銀行會因為你沒有固定工作而拒絕接受，或怕將來我找不到工作，或劭騏若生病。但我相信這一切都不會有問題，該能順利的。

你寄來的交通規則，週日就收到了，稍翻了一下，很為自己的英文能力汗顏，我得多看幾遍，加上你的說明才行。希望我去能馬上通過筆試，不要在練車上花掉太多精力和時間。凱，真渴望能趕快吃到你為我們準備的好菜。好想好想見到你。好愛你。

婉淑2/6/80　12:30

329

凱：

寄上一張你兒子的照片，表情姿勢像不像他老子？一歲一個月大活潑可愛又惹人厭的傢伙，給爸爸拜年，恭喜發財，紅包拿來。

他現在正睡得好熟，丑娃娃緊抱在脖子上，那樣子真好玩。那手上的娃娃是你上飛機後第二天在地攤上買的，共買三樣，他只看中這娃娃，有一度常抓著摔，有一隻手破了，棉花掉了不少，上回媽和爸從高雄來，媽替我縫了太空被和娃娃的手，使那娃娃免於被丟進垃圾桶，令我好感動，看到娃娃的手就想起媽媽來。娃娃鼻子是圓的，劭騏張嘴吃剛好一口，他也常吃娃娃的兩隻手，有一回睡在劭騏邊老聞到臭抹布的味道，原來是娃娃的手，被劭騏吃了六個月，一會兒濕一會兒乾，真像抹布，好髒。有一天我找不到娃娃，怕他等會兒哭，就大叫娃娃不見了，找來找去，過一下卻見劭騏從外頭一搖一擺抱娃娃進臥室，我看了大笑，顯然知道我在找什麼，也知道他自己把娃娃放在哪兒。他常爬上床頭櫃，自己面對鏡子拍手叫好，這照片就是在床頭櫃上照的。

今早劭騏一醒來又掛彩了。他眼睛一睜開，立刻抓住昨晚放掉的鉛筆（他常抓著鉛筆或原子筆走來走去），那鉛筆他在地上亂畫，畫斷了（地面一團黑我還沒去擦掉），剩下尖銳的木削刺到他臉上，免不了大哭一場，現在白淨的臉上一道很深的傷口，有人告訴我不要讓他臉受傷，破相會影響他一生，雖不信邪，但

臉部傷痕會影響他心裡是一定的。他學我刷牙學得很像，但每用一次牙刷就丟一次，牙刷被他丟光，我只好用公義送的旅行用牙刷。抽屜每天都得被他清一次，越清越少，大部分都被丟進垃圾桶。吃飯邊玩邊走邊吃，吃飽了不會說，再餵他，就全部吐出來，搞得一地都是飯粒，我擔心以後地毯會遭殃，他吃飯時或許該買一塊塑膠布來鋪在地上，有他在，漂亮的房子會變得像狗窩，劭騏一定會天天挨爸爸打屁股，他只好替爸爸提水洗車贖罪了。

　　下午去公保看眼科，順便寄了信。碰到老太婆醫生動作之慢，不是看人慢，是看一個休息一下，拖到三點半才下樓領藥，打電話到婦幼問那辦事小姐注射證明好了沒，居然毫無印象查半天三分鐘都過了，（在公保打的）再打一通，居然說那小姐不在了，真想破口大罵王八蛋。申請時我們必恭必敬交上五十大元，清楚朗誦英文字母唯恐被打錯，對方大罵為何不早上來，我火了還以眼色，早兩天來貴小姐請假，叫我下午來，到底要我何時來，我發覺在台灣要兒才能辦事。我只好明天再打電話問，確定有了才去領，走一趟婦幼非常不方便，沒有直接到的車，連綿雨天，碰到萬華那地方，車子擠成一堆。

　　早上在學校繼續辦手續，幾位組長有兒女在美的，不免七嘴八舌，半瓶醋響叮噹。紛紛說我太冒險，依親行嗎？恐怕會拖很久，辦不成丟了差事太可惜了。被說得我也有點緊張，只有把心一橫，丟差就丟吧，辦不成讓先生去煩惱。不然那麼辛苦做女人幹嘛！女人就有這種好處，解決不了的事，讓老公去處理，女人不會開車，大概是這個心理作祟，我就是不會開，你能拿我怎樣，其實放手讓她們自己去一定很快就會。我學四個鐘頭，一直很愉快，我喜歡開車，可能是還沒學到難的吧，譬如路邊停車，狹路錯車，但那些都要真正上路，教練場一方面花錢，另方面是我不喜歡的原因。那教練教得很好，他一面聊天，我一面開，一點不緊張，他雖聊天還能適時叫我左轉右轉倒車，上坡。他扯他的，我努力摸索機器，本來是可以繼續的，我也真希望我能開。教練說開車因人而異，看個人對機器的適應而定，我想我很能適應機器。（不過真的上路又是另一回事。）可是你知道他全說些make love的事，他和三個女人做過，從高中就開始，我實在無法叫他不說，反正我開我的車，上過四個鐘頭我想差不多了，再下去就沒意思了。本來有公路駕駛，開北海一周，我覺得那很有益，但心想算了，不要節外生枝。我走時教練還說下次公路駕駛記得背個背包、帶條毛巾，帶妳去洗溫泉浴。我好幾次忍不住想再去開車，不是為那教練，純是想開車，但想到那個教練罷了。他

331

還打過電話來（當初報名都得留電話，買零的時間無法預知，前一天才聯絡），我騙他要去花蓮，回來後辦手續就要走了沒空再去。雖然我也曾想到別家去，但算了，好不了多少，相信去美，該很快就能學會。我說這些只是想讓你知道做女人有好處，也有不便的地方。婚前我有不便可求助男同學，婚後只有求自己了（當然先生在身邊就求助先生。）我很少去麻煩別的男人，一切自己來，最多找王或我弟弟。對別的男人真是一點不感興趣，有時我也想，只愛你一人將來被你踢掉怎麼辦？我想好久，只有一個結論，獨自活下去。有何不可？當初若沒遇見你，可能至今仍是小姑獨處。我不願草率嫁人，很慶幸能愛上一個我願愛且值得愛的人。這不是一件容易事，有好多人婚姻並不幸福美滿。但我即使看著照片，都有想把爸爸摟在懷裡的衝動，我不怕說這些不好意思，因為愛他，當然就要他知道。我在辦公室也常對人說，我好愛我先生。這是事實也很正當，不怕別人知道。雖然生氣時會亂說，但平時我很感恩，有個幸福的家。爸爸，要謝謝你，這是你賜給我的。

　　雖然我一心想把車學好，希望到美國能馬上獨立，不要拖累爸爸。但我受到某些限制，想爸爸可以原諒，願意耐心教我吧？我也不希望我們因為學車而鬧得不愉快。晚上回家（看完公保）收到財力證明和你寄來的照片。很少有人像你那麼細心，那房子的確教人心動，那廚房更令我喜歡，真像做夢一般，我們真能擁有它嗎？我知道往後還有辛苦的日子要過，但只要我們一家三口在一起，再苦也

332

是快樂的。

　　米糠油事件說來是家醜也不好外揚所以信上沒提，餘波還在蕩漾，又爆發假酒案，現在熱門的話題是假酒，你說的米糠油落伍啦（大家淡忘了，大概再吃沒關係了。）那陣子我都買便當吃，周每天恐嚇我，因為生畸形兒，得病的不少是工廠搭伙的，最近報載河流污染嚴重，很多魚類死亡，損失不小。你不要看了這些就認為美麗寶島不美麗了，我想類似的事件別國也有吧？而且也是少數人，我不是好好的嗎？不過大話不能說，我忽然呼吸不暢，咳了一下，不知受了那種毒害了。說真的，我們的習慣不見到有人伸腿瞪眼，不覺得事態嚴重，還老笑話老美「驚死」。

　　晚上寫信，常一寫就不能停，一方面想和爸爸聊，一方面想湊篇幅用來包相片，紙厚點，照片不易折，一張通常都會折壞。真高興不久就可當面交談了（不會有意外吧？我還很擔心，財力證明收到，很高興信封上冠了夫姓，我喜歡人家叫我郭太太）或甚至不必談，做功課就好。盼望吃爸爸做大菜的日子快來，盼望在屋前草坪照全家福的日子快來。

　　Kiss you 100 times. Love you till I'm old.

Yours,

婉淑2/7/80　01:30

P.S. 五日已將定存轉入活存，利息2565。王從週一出差，明天才回，我會託他去銀行匯款，同事夏要週五才回來，他去環島旅行，週六會託他去匯款，諸事均擠在週六。週六還要給校長辭呈，去市公所辦職變，恐怕無法立刻拿戶本，週一拿了再去旅行社辦，只好慢一天了，沒辦法。

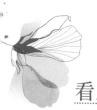

看馬龍白蘭度電影

婉淑：

　　昨晨接到你的電話，好高興呀，忘了告訴妳存款證明已寄出去了，希望妳早日收到。《美加學訊》還說出境需要，沒搞錯吧？！該是VISA才是。劭騏受傷真痛心，那麼重的電扇都扯倒，真是頑皮，不知他知道受教訓以後敢不敢。傷勢嚴重嗎？非常擔心。到今天收到第86（1/27）封（不是85），昨天收到1/23及1/26的兩封。姐夫給的零錢可留著，若下飛機在SFO（舊金山機場）要打電話很有用。照理可到轉接班機的航空公司打只要出示機票，不花錢，不管是否長途，他們有此服務，甚至在飛機上寫信，亦供應明信片。若自己打公用電話就投一個規定零錢（可能dime 10¢ 或quarter 25¢）撥「0」，告訴接線生接休士頓xxx號，他會說投多少錢，大概$1.50即足夠，否則就說call collect，找某某人。我希望妳在舊金山下機時能告訴我已抵達了，或是有否延誤國內飛機的起飛時間，我不是在新家，就是在辦公室，否則時間不配合怕妳call collect就到Eric家去等。再告訴你一次電話號碼：系辦公室是xxx，Eric家是xxx，新家不知，可能過戶後號碼會改。家裡也來信，是阿娟先生寫的，爸媽都很好，他們要妳告訴他們何時赴美，走前好再來看妳及劭騏。

　　小額仍未收到，我相信這週可以收到，老美的郵件很慢，妳亦知道，同是德州內信件，有時都是四、五天才到，今天又收到General Homes寄來的免費休士頓地圖，目前我大大小小的休士頓地圖有近五、六張，有Exxon加油站標示的，不同用途。妳來後，我們再買部車，那車上也需要地圖，車內沒地圖是大膽的事。最近我有機會就買些廚房用品，如洗潔液、塑膠紙、刮皮刀、刷子等等，因為媽媽快來了。謝謝妳，婉淑，為我買髮乳、襪子及書本。我目前已開始改作業，說是一班的作業，但那教授又給我兩班，幸好才兩題，大約共五、六十人，連解題改完大概4小時足夠。昨晚解了兩章四題，改了一班半，今早實驗簡單，趁機都批改完了。這週五要交量力習題，不先完成其他工作不可。

　　今天中午趁空堂在學校看了Last Tango in Paris（馬龍白蘭度主演，台灣禁演）情節由東方人來看是有點離譜，也有……的鏡頭，但對結過婚的人來說，動作也未免不合邏輯，說來法國人演戲是很敢的，全片半是法語，男主角也講

法語，男女主角就英語對談，有英文字幕時較懂，說英文時，講粗話、簡單對白都懂，若憶童年很長一句，就懂半句而已，祇見老美大笑不已。全片有一些那個⋯⋯鏡頭，加上對話有時粗野，難怪台灣禁演，不過在此看來好像也不是什麼一回事。因爲比起咱們自己來，遜色太多了，我是愛與我的婉淑相好⋯⋯，很想擁抱妳給妳愛一百萬下。我背後不知是否成「仙」，要等妳來後用刮刀在我背後清除一下，因爲荒廢半年，也是可觀的。我大概除了邋遢些外，均未改變，我仍舊非常愛妳，絲毫未動搖過。眞的，我每次說到自己的太太都得意十足，我還未說，人家就說我又要臭彈了，等太太來一睹芳容，眞的是當年學校的校花。我說我太太來了，就是美南第一美人。人家說可惜郭蓋不是休士頓第一美男子，委屈了郭太太，小孩的分數也被拉下來了，我要負責。其實劭騏大部分像妳很好看的哩！我們就是會幸福的，祇要我們相愛，努力不懈，「I love you」這句話是百聽不厭，不是嗎？日子近了，再幾天咱們就相聚了。很快的，我估計大概在妳搭機前十天就停止寫信，前一天或當天打一通電話確定班機。

我相信妳開車會學得很快的，我的車不要踏離合器僅有油門及刹車而已，都很好踩，因性能好之故。我想買部新的Standard手排檔較省油的，讓我們倆較常開的人開。新的Pontiac的Sunbird（1980）像台灣計程車大，樣子也像目前這一部介於跑車及豪華車之間，每部$4,688，加上稅及牌照大概約$5,000，若付$1,000頭款每個月大約付$140元吧。學開車就是要膽大心細，像我從不花一毛錢，目前技術純熟，也從未要人坐在旁座指點的，完全是自己領悟、臨陣不慌，測距角度憑經驗就不怕了。快過年了，無法在你們身邊就是心裡很歉疚。我可想像劭騏長大了，眞想聽到他在電話中咿咿呀呀對爸爸說話。別忘了要一張劭騏的英文的注射證明，否則他還得挨痛一次。這兒打字及電腦打卡的工作很易找就是對眼睛或許不怎麼好，我想你若有$700以上，咱們就可過得去，或許你邊打字，可以學到會計之類的事，然後升級或跳槽，那時錢也多了，通常打字約七、八百元，電腦打卡約八、九百元，若會計都在仟元以上的，並非一定該系畢業的才能做，有經驗才是優先。婉淑，只要咱們苦心就不成問題。我一切安好，放心，房子大概2/15～2/20會交屋，到時付$8,800就可搬入了，好想妳及劭騏。非常愛你倆。

凱2/5/80　22:55

335

陳香梅女士的演講

2/9/80（六）　#109

婉淑：

　　昨天要交量子力學作業，到星期三晚前寫了二題，星期三晚想了一晚寫不出來，星期四晚七點上完流力，幾個老中，我、郝、劉、葉就留在辦公室寫，大家互相討論，一直寫到昨天八點（上午），整晚十三個小時把剩下的11題寫完，回來睡兩個小時，又上十一點的量力，下午睡兩個小時，又到系裡拿信，這週信才來一封。昨天中午，下午分別接到高及我的小額匯款，高的是交通銀行匯到紐約的Wall St.的中國國際商銀，由紐約轉來所以慢些，我的是First National Bank in Dallas。高的已存入，說要6～8週才能入帳，外州的交換支票都很慢。另外書店也已付我支票了，原是$251.10被扣了$10的income tax所得稅，實領$240.53，截至目前打工已累積有$920之多。昨天整日頭昏昏（四個人均是）忘了去拿減免社安稅的申請表，下週一再拿。等搬了家還得報新地址，填社安號碼。

　　昨晚陳香梅女士應CSA（老中同學會）之邀來演講題目是「八十年代的挑戰」，我在六點多時遇見她要去吃晚飯，握手寒暄幾句，知道她是廣東人，北平出生，我看她大約六十歲左右。昨晚的內容是先講陳納德將軍成立飛虎的經過，二次大戰前，她才三年級呢！當年志願軍需羅斯福總統之特別批准，因1937年美國未參戰。當年幫陳力勸總統批准的一位叫Tom的，昨晚也到場，大概七八十歲有了。說了二次大戰，再談最近越戰、高棉、朗、阿富汗、中美斷交。台灣經濟發展快速，目前是美第八大貿易夥伴，比所有共產國家加起來之總貿易額還多。戰略地位也重要，需要穩定。留學生80年代的挑戰「不要讀死書」（這是唯一的一句中文，由8:30～9:20均是英文）在經濟、科學、工業、商業、文化上，咱們華人在美國扮演重要角色，她駁斥西部鐵路全由Irish愛爾蘭人建造，當年華人犧牲無數功不可沒。陳香梅女士是個忠心耿耿於國家的人，說話也不誇大，實在是咱們華人應該有更多像她一樣俱有熱忱的人。有些很喜歡與老中在一起的老美都自動參加聽演講，想多了解一下。有一個叫James的老黑（22歲大二）很有教養氣質的老黑（我覺得勝過於大部分白人）也跑來，凡是由CSA辦的活動他都參加，因他很喜歡老中女孩，不欣賞老美女孩子。我一直力勸他去台北讀書，可

以使他學到很多文化、歷史、語言，交女孩更是機會很大，他很想去，但問題不少，家人想他快點拿學位。說去台灣，頭腦昏啦，德、法、瑞還玩不夠。他很想立刻去，存款不夠，不想伸手向家人要，想自己存夠數千元再去。我告訴他，課餘自己可兼差教英文，生活不是問題。他今夏很想先去玩二、三週。

這三天一直下雨，通常都是下雨後就冷起來，還未下雪就是。室友梁與曹終於拆夥，可能吃不慣，時間不合或什麼的，四個人四樣大菜塞滿了冰箱，我都不敢與他們三個人同時買菜，他們三個每週末都由同系的載去買菜，羅寫信來說取消出國念頭，畢竟他要考慮的太多了，不似妳全力成全我，婉淑，我真感激妳，要不是妳如此，我也無法達願。房子該在20日前可以交屋，屆時我就搬入然後慢慢添些亟需的東西。托兒所的年齡區別，據打聽是3月～14月是嬰兒，較貴又不易有空缺。14月～3歲叫toddler，約每週$30（前者$45左右）。我是想寶寶要放在妳做事附近的地方較好，妳做事也最好近家，所以我遲遲未去學校的托兒所登記，除非以後真的在校內做事了。我是想在外面作點事學些會計方面的比較活用，他們常考用桌上型計算機加減乘除的。明天星期日我會打電話給妳，過年我也會打電話給妳，明天再與妳約時間。妳看到月底能否成行？算一算，學校春假是3月8號～15號，我希望妳越早來越好，我們就是不能多等一刻很想立刻見面，明天就滿六個月了，想妳及劭騏想得要命，有時上課也想，睡覺、開車都想。

好愛妳，快來！

凱2/9/80　11:55

2/10（日）23:45 #110

婉淑：

今晨與妳通話，感到十分高興。祇是希望妳快點來，我還一直以為二月底可以完成的，祇是我們不敢大意肯定就是了。我實在很想去加州接妳，但有些問題是必須考慮的，我要上課，若是在假日不上課，往返機票也要二百多元，不算是小數目，因為咱們要付房子每月分期付款，可以省下來付半個月了，賺錢不易，婉淑，希望妳了解我的用意，我知道一個女人獨自帶小孩不易，但SFO舊金山機場還算不太大，移民局過了就是海關，然後一出門就是各航空公司。最好妳能有個小輪子那種行李攜帶用推車，很有用，尤其妳又要帶劭騏。這三天都很冷，我

穿起衛生褲，還是來美以後第一次穿呢！氣溫大概都在0～5度之間。

　　房子手續尚未辦完，最快要到2/15，或許到2/20也不一定，但不會超過2/25，因契約上註明的。我不知你申請到劭騏的英文注射證明沒有？還有若需要的話，到齒科看看牙、洗洗牙，這兒是很貴的，說不定是台幣與美金的數目字大約相同。我不知妳是要帶幾只皮箱？二只或三只？我實在是該到加州去幫你提的，但是想到若不幸咱們沒碰頭，豈不誤了大事？到時會急死人的。過年快到了，在此先向妳及劭騏拜年，願你倆新春愉快！爸爸永遠，永遠愛你們兩個小寶寶。這兒並沒什麼過年的氣氛，只有CSA本週要辦一個Cultural Week展出中華文物及週末夜是中華之夜在大禮堂有節目，大概是服裝表演、歌舞之類，表現中華文化的節目，不知由誰演出，可能是學生。

　　這週四要交流力習題，有四題，被這教授教過的人都說倒楣，他實在不懂教學法，我們叫他「Blur, Blur, Blur」，因為他上課都不知含糊說些什麼，語音不清，內容雜無系統，上學期被他教的物數，大部分還是自己看的。反觀其他兩位教授，都教得很好，量力是院長，用自己編的教材、說理清楚，新名詞一定解釋，另一位物數是胡教授，也不錯，層次分明。老中教授說來都比老美認真，其他兩位老中教授都大約年近40。

　　K-mart星期一、二有吸塵器在減價，那兒東西算便宜了，又減價，我看到一部不錯的，或許會去買一台來，平常$80就比別家便宜，現在減價大約是$69，桌椅我看能否買到舊的。接我在日本店打工那人三月初要回台灣，我或許還會再去做，星期六、日二晚，每個月也有個百六、七十元，對經濟狀況緩和一些。人家問我為何要如此逼迫自己？為何不把小孩放台灣？實在無法令人體會到咱們的苦心，別人沒有結婚，沒有小孩，不明白我的處境，不了解我們的經濟算盤是怎打得。冒險也要值得一試啊！家庭幸福是由努力而得來的，我不想讓咱們辛辛苦苦掙來的血汗錢因通貨膨脹而泡湯，也不想讓妻兒挨餓受凍，更不想拋棄咱們可愛的兒子，讓他獨自一人在遠方喚爹叫娘，造成他心理之不平衡。是的，我們會很辛苦，但有代價，我們並未求安逸度日，祇要努力不白費就安心了。我們亦未求發財，祇要過得起生活基本需要就可以了。日子越來越近就覺得愈不能等待，時間過得好慢喔！還有二十幾天就可看到妳與劭騏了，好想念，也好愛你倆。婉淑，趕快來，爸爸需要你們。

凱2/11/80　00:40

338

凱：

　　從週四起又沒寫信了，雖然很想天天寫，但帶個孩子，很多事都不能如願。週四下午去郵局寄了兩箱東西，一箱書、一箱彩鍋和毛巾被、鞋等，楊華說能帶的東西多帶，我想也是。原以為海運書可半價，所以裝了不少書，結果說是5公斤以內才半價，且限重不能超過20公斤，我裝了25公斤，只好當場另外買個4號紙箱，換過來。覺得自己有點蠢，下雨計程車很不好叫，到處阻塞，黃太太知我放寒假，常常有事情，我上午十點抱去，她說下午要去買鞋，我有一堆事要做，還是抱劭騏去了，劭騏就像沒人要的垃圾被推來推去，剛才他還被我妹罵出房間，跑到浴室去玩馬桶，我在臥室掃他打破的化妝瓶。他常摔破我的碗，聲音驚天動地，王忍不住大聲嘆氣，我臉皮裝厚點，日子也很好過。其實也不能怪誰，劭騏有時真的惹人討厭。剛才信是一手抱他一手寫的，他一直吵著要出去，我原想寫完信可以抱他去散步，順便寄信。今天終於雨停了，但還是很冷陰濕。他不停哭鬧，只好換衣服，換尿布，連這時間他都不願等，故意哭得吐出奶來，我火了不理他，他哭得更兇，嘴唇發紫，全身都在抖，把他關在房裡去哭個夠，他呼天搶地，我妹看不過去，進去哄他，他才不理照哭。等我氣消了，替他擦擦臉抱出門。他一面還在抽搐，一面指指點點跟我講話，不生我的氣了。他脾氣好大，一切都要順著他，在家待不住，老愛往外跑，一到外頭就高興。摸摸公用電話、玩郵箱、抓瓦斯錶、電錶、看看工地，咿咿呀呀不停跟我講話。他倒不是壞，就是貪玩、有自己的意見。你說怕客人弄髒地毯，要人脫鞋，其實最先弄髒的一定是你兒子，而且是一塌糊塗。你若有空上市場，買買看是否有塑膠布或油布之類的東西，劭騏吃飯時墊在地上，他一面爬一面吃，不吃就隨地吐。還有預先買兩罐嬰兒美黃罐的奶粉，他現在仍吃這牌，否則嬰兒美的鮮奶也可，若有衛生棉順便買兩包好嗎？我若7號成行，碰巧是不便的時候。上月六日這月七日，我不便帶一堆，臨時到你那兒可能不好買吧？剛打完電話好高興，又花了不少錢，但我喜歡聽你的聲音。我不太清楚你的意思是希望我們何時到？春假前到是否增加你的不便？不知你春假是否另有節目？你希望我們何時到？我可以到旅行社更改日期，無所謂的。我會另外寫一張信，附上劭騏的生日照六張。好想你

婉淑 2/10/80　17:10

敬告即將脫單的老子

凱：

　　早上去美加辦手續，我這人就是小氣，戶本才申請四份，劭騏沒身分證，他一人就要三張戶本加我兩張還不夠一張，還好並不影響手續，依親要先送教育部，暫時還不要戶本。現在我在市公所，一點半才上班趁機寫信，順便寄照片給你。快過年，街上好擁擠都是人潮，公車大排長龍，出門一趟很不容易。劭騏的照片背後有椅子，恐怕不行，真擔心萬一不成，還得重照耽誤時間。公義小姐說先試試看，劭騏還小不會坐沒有靠背不行。我剛才申請戶本才發現身分證已交去辦，只好回家拿戶口名簿，順便看劭騏身高，一歲該是73公分，好久沒給他量，申請護照需要身高。昨天聽你說信寫到103，心想要好久才會有信，今天居然就來了兩封，107 2/3和108 2/5，接你的信真高興。想到你買個房子居然好處不少，儼然是有身分地位的人了。在台灣若不靠自己嘴巴告訴人，大概沒有人會知道我們是有產階級吧。過年我考慮回我媽那兒住，一方面有得吃，再方面不寂寞。我獨自抱著劭騏守電視很可憐，劭騏容易受驚，常常看著窗子會嚇得大哭要我抱，若我妹他們在就不會了。

　　照片是生日那天晚上照的，蛋糕是我買了帶去的。劭騏一靠近蛋糕就伸手抓、在桌上亂抹，他不吃蛋糕，但像玩泥巴一樣亂抓。昨晚電同事，他不在家無法和他約去匯款，今晚我會再打一次，可能的話，明天去匯錢，我已領好放在家。四點才能拿到戶本，今天無法再去公義，明天再走一趟。

公義小姐說辦護照要15個工作天，星期例假除外，我想三月七日走可能比較趕。優惠票到美國16,200（價格三月會變），可改變日期的一般票價19,000。SFO到休士頓美金212.40若LA起飛則美金195.20。SFO的國內線AA起飛時間都很早，華航到達時刻為下午1:45恐怕接不上，只能接Continantal下午4:45有一班到休士頓11:45PM，你認為如何？優惠票不能搭直飛，只能搭週二，五東京過境到SFO。我想先不訂位，原則上三月七日（週五），不行的話，改三月十一日（週二），我會做決定，你看如何？那小姐聽我說話的語氣直笑，顯然我有個細心且深愛我們的好丈夫（好爸爸），因為爸爸都把情形考慮得很清楚，我很容易做決定。我說話常說我先生希望我們這樣，或我先生希望我們那樣，一切都由爸爸遙控安排得很好。

　　和你同學的太太作伴走的希望不大，我想自己走該沒問題，只要劼騏肯合作。他搭車有個大缺點，坐不住愛動。上回搭自強號不斷去拉開水，浪費人家開水，不然就跑去和別人搭訕，他和他老爹一樣閒不住，喜歡同伴。最近他有點顯出不吃虧的個性，別的小朋友來坐他汽車，他就用力推人家，他打人很乾脆俐落，一巴掌打下去，好痛。他老爹小時候一定也是個令人頭疼的傢伙，怪不得沒當過班長。劼騏將來一定常被罰面壁，他的「噗噗」一定常挨爸爸揍，可能他到五歲還要求穿尿布，以免爸爸打起來會痛。

　　很高興你開始添購日用品了，不過你最大的措施還是該防備你兒子的破壞。他的罪行如下：會拿著筆在牆上亂塗，會開瓦斯有時點著，有時沒點著（不能怪我妹大聲斥責，太危險了），玩牆角的插座曾出過火花，把衣櫥的東西抓出來，把牙刷放在抽屜或背包，把你的香港腳藥膏放在嘴裡舔，然後丟進垃圾桶，把鑰匙藏到廚房，把你心愛的地毯吐上奶或飯粒，或從馬桶掏水出來淋到地毯上。這些都是他曾做過的，媽媽一點沒有冤枉他。一切東西盡可能墊高，餐桌上的東西他拿得到，不要有菱角的東西，還有勒緊你的荷包，他會哭著要玩具，你若買給他，還沒到家他就不要了。你過了半年單身生活，可能會不習慣，現在起要有心理準備，家裡會像個戰場，你的兒子並不好伺候，希望你能像阿丹的爸一樣愉快。（我正拭目以待，看你如何應付那個臭小子。）好愛你（輪到你要吃苦頭了，更加愛你一點。）

婉淑 2/11/80　15:50

婉淑：

　　再過幾分鐘就是午夜了，不知妳現在做什麼？劭騏該是帶到2月14日就不再送去了吧？情人節，我送妳一個吻，噴～！今天我已把I-94影印一份以備需要，我問別人都說簽證不要。有個人說入關時可能對簽妳的I－94 Form有用，可以當場簽D/S（Duration of Study）而不必自己重新申

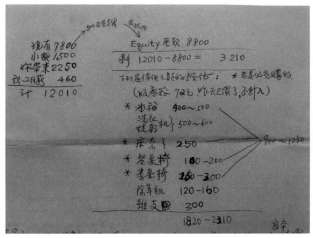

請或是祇簽一、二年的，反正你留著或許有用。英文的注射證明是否包括全部的疫苗？設法有全部的注射紀錄。妳在舊金山機場打電話來時記住我的課表，一、三、五下午是2:00～3:30，二是4～5:00，5:30～7:00，四是2:30～3:30，5:30～7:00（有課）。舊金山時間比休斯頓少兩小時，如舊金山是正午，此地是下午二點了。飛機起飛，到達均是指該機場當地時刻。我想妳會抱著劭騏走出機場大廈的門，我就把你倆一起抱起來，這樣就不會偏心了，不是嗎？我是準備買單人床給他睡，設法買到有圍四周的，否則就睡床墊就好。他現在我猜想都很大了，會躲媽媽，會推小姐姐都是淘氣小孩的表現。我不知機票要幾天以前OK，出境證據說是最遲在出境前24小時旅行社要送去，故他們要催旅客早些OK。流力那本Batchelor著的，我已知絕版了，沒關係，室友曹已借我，反正這門課讀過就算了，以後用不著，那教授也是滿足私心，爭取點數（對退休有用）。妳辛苦幫我買書，真感激，其實不必幫我什麼，我也知你已很愛我了，不是麼？我也很需要你倆。讓爸爸也親親妳的面頰，不夠嘛？我還可以親……。我覺得妳有權利及義務知道最近咱們的經濟狀況，我稍述如下：支票帳戶裡的，大部份是已開出的支票，而人家尚未存入帳的，如$500過戶、房租、Exxon、Foleys等等。預期的餘額及支出列表如圖。

　　雜支是我二月份生活費、油錢等等，還有一些小東西，如濾水器、衛生紙、窗簾、清潔劑、刀板、碗匙、掃帚等等用品，洗衣機我看是非買不可，因常要

洗，去外面洗麻煩又不衛生，尤其對劭騏，用手洗費事，可能我倆都沒時間，不烘乾晒衣架上還可以，但晾衣服也不少時間。咱們經濟狀況並不充裕，先向妳說一聲，剛開始要買車實在很困難，但不買又不行。我想妳還記得我們以前剛結婚，每晚家教的情形，是辛苦極了。當然妳來此不會晚上又出去奔波，白天就辛苦夠了，晚上還得服侍少爺。我要妳知道咱們起步會有一陣辛苦的日子，但相信我，婉淑，是有代價的。我們還是會快樂的，幸福的。妳應該也同意此點，爲了家、爲了你母子倆，我一直在想著，想著，無時無刻做什麼都在爲妳及劭騏著想，總要好日子快點來。明天（星期四）要交流力5題，後天物數4題，所以到星期五下午再寫信給妳，OK？好愛，好愛妳及劭騏寶寶，讓我疼惜一下，噴！等不及見面呢！

凱2/13/80　00:52

P.S. 前天三封信1/29、1/31、2/2（89，非88），好高興。

2/14 Valentine, Je t'aime.　#112

婉淑：

　　今天是Valentine，不衹是今天，今年366天每天都愛妳，以後也每天是愛妳，最愛妳。隨信附上照片一張，是到辦公室借Instant Camera時先試拍的，光圈不夠大。另外一張吸塵器是K-mart的，原價是$80，打開有個紙袋裝垃圾的，用滿換掉，紙袋可不便宜，說明書附有訂購單，三個$3.50，來美半年了，都嚇一跳，前天寄去訂購三個，今晚在FED Mart看到三個才$1.86，氣死了，以後我都用塑膠袋裝垃圾，看看能否用橡皮筋綁在裡面用，撈點本回來。M市收垃圾大概是每週一、四或二、五，每人把垃圾綁好放在Mail Box旁（信箱是靠路旁一隻桿子，上有一小箱子，箱子旁有支紅桿，豎起來表示有信要寄，郵差會收走，郵局太遠太少了。郵車方向盤是在右邊，收發很方便。）不綁好的垃圾大概會拒收或警告，所以住宅區很乾淨整潔美觀，但要$的，總比不要$髒亂好多了。休士頓市區較髒亂，現在回想台北市區街道是漂亮多了，尤其是人行道。加州來的會說德州較髒，或許加州是高級；紐約來的，會說休士頓好地方、人和氣、氣候好，比紐約好多了。

343

我忘了說，家裡沒有沙發，那是給客人的，不急，化妝台也沒，不介意吧，老美的家具是「妖壽」貴，前者有數百至數千的，後者也要二、三百，四、五百吧。反正主臥浴室，大鏡子下，一大堆抽屜（好像有？）。以後要宴客，客人自帶桌椅來，碗筷也自備較保險，否則主人要宣布塑膠布一舖，地板上吃啦。劭騏吃飯會搞一地，是該買塑膠布，我忘了廚房是地毯或塑膠地板。牆壁白的呀！少爺，拜託不要拿筆亂畫，他寫四個字給爸爸，爸爸好高興，今天看到照片，好大了喔！難怪會推倒小姐姐。爸爸好高興看到他長大，更愛他。所以今天就寄張照片給妳來愛爸爸。他會主動叫「媽媽」了嗎？希望他也會主動地叫「爸爸」。他不喜歡寫字，將來不知會不會逃學。你若來此找到全職的工作後，不擔心醫藥費，全職的都要保險，小孩也包括在內。系內學長太太郎是如此，他小孩看病才兩塊錢，否則要十倍。他太太不是做會計，我記錯了，原是電腦打卡，目前改做電腦操作員，月薪上千。

我希望妳能來在春假就考過駕照，否則我上課沒空載你去，週末只有一遠處有考，但排很久。考試簡單得很，放心，春假一週五天，不可能五次都不過，警察對女人都較有耐心，尤其有不及格紀錄警察會更有耐心，這兒辦事員是較有耐心，無論是辦事員、推銷員或接待員，會覺得他們很有耐心幫助人，不是像區公所大吼大叫，雙方不愉快，這兒很少有人吼來吼去的。開車不規矩，別人「叭」一聲，自己就慚愧。說到假酒，那兩瓶猶太酒我就害怕了（同去做工那位送我一瓶，因為我那晚送他去日本店打工），老美好好的，也會暴斃的。TV的「The Fugitive」主角前兩天心臟不對，一命去了，才50不到。平常還好好的哩。

今天收到相片，昨天收到三本書，忍不住又寫信給妳。今晚交作業全班八人才一人（老美）寫完交上去，這鬼流體力學從來未在物理系學過，別人亦是。加上那Dr. Blur Blur Blur不知所云，大家都不太會寫。他自己一看，笑著說「反正我本週沒空改」，下週二再交，這一門及上學期物數都是他教的，幸好都不是Ph.D.的Comprehensive Exam（Quaeifying）博士資格考範圍之內。後者是工具而已。Ph.D.考量力（二學期）、電動（二）、古力（一）、統計力學（一）四門而已，明春舉行。電動沒選，是個麻煩，他們二人目前也沒有，下學期（秋）恐怕也開不成，祇能開第一部份，屆時就（1）自己看後半部，參加考試（2）電動不考放棄，後年春再考（3）要求一致改為明夏考。Ph.D.的資格考，可考二年，通過郎是Candidate（博士候選人）可以不選課Lecture

Courses，衹選Research（做研究），當然自己有空修一門或二門外系的實用科亦可，只要Advisor（學生顧問）同意即可。我說這些是今天想到我最近一直在想這些，誤以爲咱們心相通妳會知道我在想什麼。我不寫出來妳是難了解的，相處時妳可察言觀色，遠隔就用寫的了。

　　我想目前買了房子（今天打電話去Title Co.（代書），他們說順利的話2/22下午可以交屋），每月要付房貸。轉外系，若電腦，根本度不過去，學費相去四、五百元，收入相去亦不少。若電機僥倖轉入，獎學金是穩有，但補修及程度上差異，可能要三年才拿到碩士學位，那不就四年了嗎？我若待在物理系，好好拼過了資格考，最慢共五年也該可拿到博士學位吧？差一年何不拿博士呢？而且收入較穩，較多一些。下學期很可能調學費，當然月薪也調，或許$600吧。走實驗路線的固態物理出路還不算太差，包括有X-Ray測試Surface Energy，低溫高壓，材料科學的。我不太敢拿物理的碩士就出去做事，可能找一年仍未合適，若Ph.D.畢業出路應該是不錯，這兒的Solid State Physics很強，比名校的Rice U.強多了。朱教授的一位學生今夏要畢業了，前一陣子，油價貴的要死的Amoco公司來面談，（校內常有些公司來擺攤面談要人），那人認識朱教授，大概加上學生做的內容符合，修過一些電腦，嗯，可以，先預約起來，或許畢業可以去了。通過資格考的生活又是另一種了，是忙於找資料、研究、做實驗，準備寫二、三年的論文，看自己的速度，要求自己早日畢業。不知妳的意見如何？明天要交的物數有5題，雖然不算很容易，但有系統、有教材，相信一定可以解出來。下週四要交量力第三章習題有九題，這週日先趕一些，我可不能星期三晚上不睡覺的，星期四有8:30的實驗課。Eric說不睡覺寫功課？經驗多了！

　　妳來此希望眞的能趕在春假3/8之前，我可以有很多時間教妳開車，我會很有耐性的（因爲我很愛妳）。那教練眞是討厭，色迷迷的，盡說些那種話，男人就是想說些甚麼看有沒有女人附和幾句來上鉤的，想占點甜頭。但我例外，因爲我很愛我太太，始終對她忠貞無二心，我也深信妳愛劭騏及我，我怎會踢掉你呢！眞是多心的笑話，愛都來不及了，還怕妳不愛我呢！看妳及劭騏照片，都覺得驕傲，我夾在新書裡，可以逢人「展」一下。劭騏眞的是越大越好看，也有點帥氣了。將來會迷死一些角逐咱們家媳婦頭銜的女生，這都要歸功於媽媽。夜深了，很想念妳及劭騏，此刻台北已是衆人皆返鄉的除夕，大概妳也準備帶劭騏回娘家。今年沒有給妳及劭騏紅包很不好意思，來的時候，每人一個熱吻抵償，

OK？希望早些見到你倆。

凱2/15/80　00:25

P.S. 幫我買幾個書套，這兒好像沒有賣。另外買一個方便的鉛筆盒，不要太大，可放四、五隻筆就可以啦。Thank you！

2/16/80（六）　#95

凱：

　　今天是大年初一，早上我小妹帶劭騏去銘傳國小玩，我趕快洗尿布，我爸去練他的新車，中午吃飽飯要去拜拜，劭騏卻睡著了。我媽說等他睡醒再出門，我總算可偷空寫信了。好久沒提筆心裡真難過，前天收到109封，知道你整週只收一封信，真抱歉，我一忙加上劭騏纏著我自己也忘了是否有一週只寫一封的紀錄。劭騏近半個月來很不正常，除了睡覺，每一分鐘都要我抱，稍一放到地上就大哭，兩腳縮起來，不肯站，不知受了什麼刺激。我心想要回家住，一堆衣服總得洗，前天晚上趁他睡，趕緊洗，在後陽台聽不見，他哭了好久，爬下床不斷敲門，後來王叫我，跑進來看，看他一副受驚的樣滿臉淚痕，好傷心，也跟著哭了一場，陪他睡著，昨天我小妹來陪他，我才繼續洗，將濕衣服帶回來晾。

　　才寫幾個字劭騏醒來，大家準備好搭計程車到恩主宮去拜拜，雖已下午兩點多還是人擠人，費了一番功夫才進廟，新春大家都來祈求平安，我也希望我們一家三口能平安早日團圓，順便讓劭騏看看拜拜的盛況，以後他恐怕沒機會見了。拜完又到大姐家，大姐說書上寫小孩有一陣會有恐懼感很不安定過了就好，我真是需要一本小孩心理的書，有時被他黏得煩的要死，連從飯桌將碗送到廚房都不行，他擋著我的路，抱著我的腳，整天什麼事也不能做。從週三（13日）起我就抱回自己帶，週一我去公義結果少了一份戶本，劭騏的護照照片也不行。週二和同事約好十點半在台銀門口見面辦小額匯款，他順路載我去公義交戶本和告訴劭騏身高，我順便去修改牛仔褲，只有改短，寬點不管它了。以前我們初識時，你曾陪我買過一條牛仔褲，現在拿出來又可以穿了，然後買個旅行袋，再到婦幼拿注射證明，下午一點該上班，到兩點小姐才來，又推說校長開會去，還沒蓋章，從一號辦到十二號一張破證明還拿不到，電話打過好多次，不是通話中就是小姐不在，我火了破口大罵，護士小姐來勸我隔日再來，隔日就不一樣了，我得

抱劭騏搭計程車來。黃家近年關根本不理會劭騏,忙他們自己的事,週一就叫我把車推回家,我知道她們的意思,所以說週二再帶一天,週三我就自己帶,我實在有事要辦不得已,我不知最後幾天他們如何待他,是否將它關著任他去哭,否則為何劭騏完全變了樣。只要我一動身體,他就大哭死抓著我不放,深恐我會跑走。從婦幼出來再到AIT拿一份表格劭騏也要一份,順便買了兩件格子襯衫給你的,不知你是否會喜歡。再到師大去裱一副對子,學校一位老師送的,不裱不好意思,回公館已不早,原想洗牙只好改天再抱劭騏來了。從週三抱回劭騏我就不能做任何事了。整天在家劭騏寂寞害怕,說來可憐,我只有想辦法陪他到外頭走動,到雜貨店坐電動玩具,玩郵筒或玩公用電話,凱,你知道嗎?我們迫切需要你,好愛你,好想你。

婉淑2/16/80　11:50

老師送的對聯。

我的將來被妳左右著

婉淑：

　　今天收到2月4號（90）的信，整整過了半個月，連美國本土可能都要花一星期才會收到，老美自己都嫌USPS不好。目前已收到了92封信。告訴妳好消息，妳也已知道了，因為我星期日晚上就要打電話告訴妳（台北星期一2/25中午），我急於告訴妳，今午原屋主打電話來說明天任何時刻都可交屋，我們約好一點鐘去簽字，我要付給Title Co.（代書）$9,352，因為他們要求三月份的月付貸款也要先付，所以共付出了$9,300+$552。然後代書會付賣方$9,300支票。水電沒問題，打電話去改名即可，電話可能要重新申請，我不知星期日能否有電話打，否則就得又到郝家。明天中午12:45先去他們家，然後再去簽字，回來以後，他們會教我如何用一些電器，如洗碗機等等。行李他們早已打包，明早卡車來載走。我或許會再用大照相機照幾張清楚的照片給妳及爸媽看。我知道Fox Photo沖一天即可拿，那小亭子店全市多得很。我一些通訊處都要改，很多地方都得通知改：如銀行、保險公司，但最重要的還是郵局，我會把我的通訊處由Cougar Apt 125改到新屋去，他們看到舊址就會轉，不是看到人名就轉。我也留了一張字條，一個貼在牆上的紙袋，要老室友有信保留且通知，而且我會時常回來看Cougar Office有否信，我大概在明天搬些過去，然後去Woolco買減價的冰箱及洗衣機（烘乾機暫時不買）沒冰箱住不進去的，不似台灣可以吃攤子。在週六前會搬光。頂替我位子的人要3月1日才搬入，所以我仍可慢慢行動，本來他是15日要搬來，因我未交屋，他又延半

無論上山或滑雪，他都穿著這件外套。背景是太浩湖。

月。小額該在本週及下週會收到各一，我會很注意。兩瓶猶太酒，一瓶送給朋友了，因我說要送他，而且他來，我打開一瓶請他喝，他說很不錯的葡萄酒。目前就剩半瓶來為妳洗塵了，恐怕不夠洗，咱們到浴室痛快地洗一下，OK？想起以前……？嗯，又快重溫舊夢了！我會在妳起飛前4小時打電話給妳，若是下午四點多（台北）此地是清晨兩點，所以提早4小時約晚上10點。4小時妳也該可由永和抵達桃園機場了。有沒有車送妳及劼騏去機場？別忘了到休士頓國際機場出來Gate時在所搭的航空公司櫃檯前等妳（就在Gate旁邊）。我會在你倆抵達前到機場，Gate門口等候妳，就是怕萬一什麼情況遇不到，才約好在所搭的航空公司櫃檯前等候。我不知你又買了外套給我，婉淑，妳真好，好愛妳喔！不是因為外套，本來就好愛妳的，我猜（妳說很便宜）200元，太貴？太便宜？電話費這二個月可能會高些，無所謂，反正妳不久就來了，以後也花不了多少電話費了。時間愈迫近，愈是覺得日子難挨，好想念你們的緣故。今天中午同學帶實驗，手指被輪帶夾到都扁了黑青，掉了不少眼淚，學生都嚇呆了，系主任也知道器材危險要改進，有七、八台危險的、二台安全的，該全都改為安全的。明天她還得去照X光看手指骨有否破裂。我後天要做同一實驗，非得要自己及學生小心不可。星期日曹遺失了麵包，把三人全挖起來問，討厭死了，至今仍未找到。今晨梁說收音機掉了，可能有小賊入過，我趕緊把音響照相機全打包藏好，免得遺失。明天或星期五趕緊運走。上次一個住對面的跛者老中被搶，昨天他又在學校宿舍下被搶（目前他住宿舍）看人弱住那兒都被人欺負，真是可憐。我想妳現在是忙於打包，向親友道別，妳的一切也就是我的，我的將來被妳左右著，所以妳對我的鼓勵與成全，我衷心感激。算算大概兩週妳就來了，等不及要見到妳及劼騏，讓我們一同追求幸福美滿的人生，雖然辛苦但終究有值得的美果期待著。好愛妳及劼騏。

永遠屬於你們的

凱2/19/80　21:50

P.S. 妳信址仍是寄系不必改。包裹寄系也較好，有人代收。若無人還得親去郵局，得付$$。

準備搬家接老婆兒子

2/21/80（四）22:30 #115

婉淑：

　　我終於開始搬東西去新屋了，昨天中午一點去代書那簽字、交錢交鑰匙，連我ID都不看，辦事真是快。回到屋子，他們教我如何用洗碗機、微波爐等等，臨走還把地毯吸得乾淨，還不錯，祇是後院狗糞及車庫的地面髒，還要自己去撿。他們留了一些如窗簾帶子、微波爐食譜、一些電器用法手冊。我昨天上午就裝滿一車先運過去，今天中午打電話給水公司及電力公司說明天開始換名字，電錶在後院，他們要求有人在家明天抄表，我說開籬笆門給人進去好了，所以今晚仍跑一趟，又運一些過去，兩車才運掉一半家當。昨晚去Woolco買冰箱、洗烘衣機，我要求3月分期（不必利息），今午打電話問被拒絕了，信用不夠，三樣大約$1,035，每月$345，他們怕我付不起。我在考慮，因為那冰箱在減價實在便宜僅$400，有17.6ft^3，比咱們原來的大許多，若不得已就只買冰箱（用現款），其他兩樣再說。今下午去申請電話，付了$233，我說長途每月$100（估計），市內$16.50，兩倍正好是$233，另外安裝什麼一些的（不必派人去），就要$41。那兒有兩具電話，是按鍵式的，一在廚房一在臥室，因為兩具所以才貴，而且按鍵又比撥號貴，一具撥號才每月$8.50而已，以後若受不了要省錢，可以退掉，換撥號的。另外說不刊電話簿還要每月$1.05，只好說登出來吧，省一塊錢，真是怪事。今天交量力作業，昨天趕回來，又到辦公室去寫到晨兩點回來睡，不然8:30有課。我昨天已照了約20張房子照片，今午去沖，下週一可拿，我會寄給妳看，那些照片就不必帶來了。另外妳買幾雙地板拖鞋來，這兒買不便宜。廚房是地板（好像是羅馬磁磚）不是地毯所以不必塑膠布。那兒的鑰匙共有2隻車房的、6隻房門的（均相同），車房門一匙孔塞死了，另一孔很緊，不太好開，由內倒是好開。房門、通車庫門、後院門三個鎖均同，臥室門均沒有鎖，看來若租人還得買鎖來。Woolco的雙層床在減價，但想到萬一劭騏頑皮爬上梯子摔下來太危險了，還是買一層的，附近有一家非常便宜明天去看看。

　　小額今天收到第一張，扣$3.50，所以就是損失$3.50了。劭騏體重多少？我得買一些尿布，他們老美的紙尿布是看體重的，我得先買一些，棉及奶粉我也會先買一些。我在上次電話或許妳我遠隔無法溝通，我的意思是要你們儘早來，不

管任何時刻抵達休士頓，我都會去接的。我春假也沒什麼節目，就是恐怕你們無法趕來，獨自一人守空房子。我去年由舊金山來休士頓才$110而已，目前LA至休士頓價也才$130左右，不是公義所述的二百多元，那是正常價，可以要求優待價。倘若非趕時刻而需加價，那麼妳就搭直飛LA較快，行李有Porter運跟著走，LA到休士頓也較快半小時或四十五分鐘，若過境就不要到LA到舊金山好了。如果每月按時付費，電話抵押款會在12個月後退回（連利息），號碼可以直播台灣，祇要撥妳的號碼就可與你談話了，但要到26日才通，所以這週日仍得到郝那兒去打。今天收到兩封信，六張相片也到了，也看到妳抱著劭騏，這幾張劭騏有哭有笑的，好可愛，但有點像我一樣土土的。好久未看到妳了，所以很高興見到相片。他實在很頑皮，蛋糕都搞得一桌，很可惜我沒吃到蛋糕，很希望你們快點來。

　　我3月1日重新週六、日去日本店打工，二天共10小時，四週每月40小時也有$180的收入，我算了又算，不增加財源是不行的。轉系，更不敢想了。妳老公就是怪樣，可以輕鬆付的小舊房子不要，偏偏要累人的大新房子，大概他愛「海派」，害得妻兒都得拖累。我大概26日以後會搬入，或許25日就搬入，沒有冰箱就暫時吃乾糧或到路口小店（叫7-Eleven）去買東西吃。要添購的太多了，窗簾及桿子（不便宜）、浴簾、打掃用具、濾水器、桌椅、床……真是不少。夜深了，我還得改作業，那夭壽的教授仍罔顧主任交待給我二班批改，累死了。

　　好愛妳及劭騏，來讓我打他的小噗噗，希望他不會把我的書、筆記通通丟掉才好。非常想念妳呢！

凱2/21/80　23:25

爲房事操心

婉淑：

今天週末，我花了八百元，痛心極了，昨天晚上去Shopping，花了八十元買些嬰兒美黃色罐裝的奶水，美國沒有奶粉，僅有奶水及奶汁之類，我買的是濃縮的，加開水卽可喝，買了一打，每罐79¢，像煉乳大。你要的pad也買了二大包，一大號一小號，共七八十片，不便宜呢！昨天還買了掛窗簾的橫桿，一根$17，是在FED Mart買的，Woolco還賣$26呢！而且還短兩吋，我要的是54～86可伸縮，咱們家主臥窗是6'寬，86該夠了，那桿子可以伸縮使用。窗簾未買，浴簾也未買，要確定那兒最便宜，或減價及尺寸才買。另外濾水器、吸塵袋、掃把、畚斗、拖把等也花了錢，美國水也是要濾才保險。今天花的錢是買了一個Queen Set及Twin set，前者與台灣雙人床同大，後者是單人床，另外底下各有一個box spring我想兩床擺在一起同高，讓劼騏睡角落如此他跌下的機會就很少了。像圖示這般（省略），本來底下還要有鐵架的，但另要加錢，心想不買了，算算也要$50的，反正一樣可以睡。雙人床連稅是$238，單人床$147，老美傢俱是貴多了。另外冰箱也去Woolco訂了，要他們星期六（3月1日）送去，因爲平常不在家，若徒勞往返，第二次送他們要加收$25的。所以星期六我必須整天在家（新家）恭候，他們是全市到處送，不定時的。我大概會在星期五下午正式全部搬入，因爲星期五要交量子力學第四章習題，另方面也省點油錢。

昨夜躺了8小時，大概才睡了5小時，荷包漸少，另外不能開源也要節流，電話又申請個貴東西，不但沒拿到電話機，又還收費比別人貴，想了一夜，擬定構想，今早他們仍上班，我九點就去說要更改申請項目，改二具爲一具，如此每月少付$4.10（$16.50-$12.50），裝設費也由$41降到$36，他們還說要我退一具，我說（騙他們）電話機都不在了，所以又給我一具，事實上我申請電話本來就有權利拿一具，那兩具人家留下來是原來房東與公司的事，押金未拿回。如此一來咱們有三具，至少有兩具可用，一在廚房一在主臥。老美也是笨，自己加分機他們也不知道。洗衣機是要買的，烘乾機決定不買了，反正休士頓太陽老公常常來，熱得很，今天買床墊，繩子綁得好好的（Foley's員工綁的，在車頂很牢，他們送要$14）有了繩子不怕沒法晒。餐桌我會先買，書桌等以後了，先用餐桌代

替。

　　不知你拿到護照沒有？以前公義也說要二週，其實10天就拿到了。若能趕上3月7日，當天下午我會在辦公室等妳電話（妳該是抵加州了），若是在春假中，我會在家中等妳電話，電話雖變更項目，但仍是同號，且星期二接通。為錢煩惱實在是一件不值得的痛苦，朋友問我哪裡有$200的房租，目前到處是$250左右的單房公寓我說不可能的$200，洗澡時乎然想到，何不把一房間租給他，就算他$200好了，我本來是打算租單身，$120/月。他也很想來住，先問太太看看。想到朋友可能租，增加點收入，心就寬舒不少，咱們三房不租，實在太可惜，也苦。三月一日要重新上工，週六6～11點，週日6～10點，外加半時吃飯也付$，每週$45，每月$180，添點收入。我想咱們大概第一年會辛苦些，以後劭騏大些，薪水隨通貨膨脹增加，就不至於捉襟見肘了。婉淑，再怎苦，我都是很愛妳的，我不希望因為窮就情緒不好，甚至吵架，那就失去了愛的意義了，三、五年後就會認為目前狠下心買房子是值得的，雖然有人對我說很辛苦。你入境的I－94通訊處就寫咱們新家的地址。很盼望妳及劭騏快來，我實在覺得近來日子過得好慢。不知妳有否同感。每天看妳及劭騏的照片，都好想念。我不能沒有你們倆，不管如何都需要你們母子。

凱2/23/80　22:05

P.S. 目前存款若收到750則共有7920，但我向別人借9000所以是赤字了，其中3000，3月10日到，另外6000借到四月中旬。買新車要分期，沒有信用不太容易，當然頭款付多就易。目前對自己被Reject（拒絕）過數次，有點灰心。美國，真是Credit信用的天下，否則Cash Cash現款才辦事。

凱寫的最後一封信

婉淑：

　　剛回到家來，打完電話，心情特別愉快，尤其知道妳明天可以拿到護照真是高興。希望妳快點來，早點來可以適應時差，免得我的春假妳都在過適應時差，多麼可惜。來此我當初大約花三天把日夜顛倒過來，不知劭騏會如何適應，他不能適應，妳就累了。我剛才把預防注射病名查一下，我記不清楚共有那些大概就這麼多吧：天花（Small Pox）、麻疹（The Measles）、小兒麻痺Polio（short for Poliomyelitis）、白喉（Diphtheria）、百日咳（Pertussis）、破傷風（Tetanus）。老美對證明格式並未有何統一規定，最重要是簽名、地址、Title（出示證明的機構）。

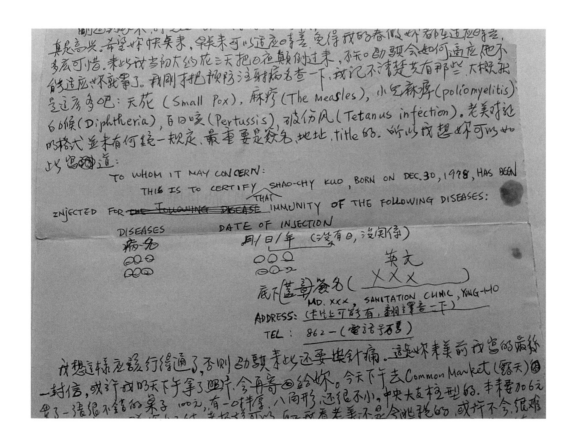

我想這樣應該行得通了，否則劭騏來此還要挨打針痛。這是妳來美前我寫的最後一封信，或許我明天下午拿了照片，會再寄回給妳。今天下午去Common Market（露天市場）買了一張很不錯的桌子$100，有一吋半厚、八角形，還很不小，中央大支柱型的。本來要加$6的稅，我說$100稅你自己付，老闆說可以，反正我看老美還是會逃稅的，或許不會，很難說。椅子我公寓多兩隻，帶過去，另外買一隻高腳椅給劭騏用，這就夠了，暫時用餐桌當書桌。我忘了對妳說呢，離咱們家一哩之內還有不少小油井，很多小長頸鹿似的機器一上一下地在汲油，說不定咱們家後院就有油氣。我星期五下午就全部搬過去，然後星期六大整理，掛窗簾等等，所以在星期五下午以前（台北星期六清晨）我都在公寓，星期五下午之後就在M市新屋那兒了。我在星期日下午2:30（台北）正好打工回來，會打電話給妳。媽媽不知道妳何時要來，所以妳若提前的話，最好能夠打電話告訴他們，或許他們可以趕來看妳，我想是會的。劭騏脾氣愈來愈大，好像愈顯出他的個性了，不知像誰？我們兩個都很乖的嘛！他真是不乖，該打屁股。

　　還有兩週不到妳就來了，好高興啊！我一直是很愛妳的，還有劭騏。我每天都在想去機場，停車，見到你們，要表示很愛你們，然後回來經過Downtown要走哪條路較快到家，今天研究出來是哪條路最快了。我會把劭騏的座椅放在車上，好給他使用。夜深了，我該上床了，明天（今天才是）一早又得送作業（改好的）給教授，他九點有課要發下去。好想念，也好愛你倆（雖然劭騏很調皮，還是愛他）。

凱 2/25/80　00:45

即將離開溫馨的娘家

2/22/80（五）#96

凱：

　　自從劭騏帶回來後，就很難有屬於我的時間了。心裡雖記掛著你，總抽不出時間，我知道你沒有信收，一定很失望，好在我們也快見面了。還是在一起的好，只要見到你，不說話都高興。只要你在家隨時可以抱抱你、親吻你。你剛走時，我每次在廚房做事心裡就難過，因為我不會再聽到你開門的聲音，看到你從外頭回來，是多麼愉快的事。相信不久之後，我們將可重拾往日的歡樂，甚至更愉快。孩子所帶給我們的快樂，遠超過我們對他所付出的辛勞，一個家沒有孩子就缺乏生氣、死氣沉沉，我們的努力和成就也沒有什麼意義。再過不久你就會體會到，當你跨進家門，聽到稚嫩的笑聲，開朗而甜蜜，見到他一搖一擺迎向你叫爸爸時，你會感覺世界上再沒有比這更幸福的事。（12:20）

　　早上帶著劭騏去洗頭，過個年好幾天沒洗人好多，11點才洗完回來，晾完尿布，喝點奶才12點劭騏就睡了，從醒來到中午喝不到150CC的奶，也沒吃其他任何東西，我趁他睡趕快寫信，就寫了上面那幾行，他就哇哇哭了，只好陪他睡直睡到三點多，我弟弟打電話來，問我要不要回去吃他從彰化帶來的水餃。我本來也打算到台大買你需要的書，還有兩本最近可以印出來，你要的共可買六本，其他的都沒有，順便可買書套和鉛筆盒。可能是劭騏剛睡醒就抱他去吹風，到台大買到一本Fluid Mechanics 270元，另外Carrier & Pearson的Partial…一週之後會有，我想三本隨身帶快一點。買書回來後直接回娘家，只要回我媽那兒，劭騏一張嘴就不停，吃餅乾糖果，吃飯淋上雞湯。九點多快十點，抱劭騏回家，進門才發覺他有點燒，心想已經十點先洗澡再說，或許馬上退了。洗完澡仍燒，量一下有38°8，給他塞退燒藥、擦酒精，一面心不在焉寫信，太久沒寫了，心裡好難過。還好我沒睡著，剛才寫沒幾行，發覺劭騏不對勁，兩眼發直、嘴唇紫的、嘴巴歪一邊吐白沫，趕緊捶妹妹的門，叫王載我們去福泰，你知道現在幾點？半夜兩點半。剛才一點多去敲醫生的門，還好我曾聽學校老師說燒過度會抽筋，否則看劭騏的樣會嚇死。現在他已睡了，打了兩針吃一包藥，燒還沒退，我心裡仍很不安，希望劭騏沒事。凱，說真的，我真不敢再要第二個孩子，老早就想告訴你，一個兒子也夠了。只要劭騏朋友多，他的表弟妹、堂姐妹也不少，將來我們

老了他不會寂寞的。帶孩子似乎都是我的責任，將來去美國也將是如此，你得忙你的功課。我真是酸甜苦辣備嘗，但並不後悔，是我自己願意擔起這個責任的，他是我的孩子，我願意全心愛他，撫養他長大，不想假手他人。我生就這脾氣，為孩子吃苦受罪絕不怨天尤人，只是一次就夠了，不想再重複這些辛苦的工作。除了生病外，劭騏是個惹人愛的孩子，不會給我們很多麻煩的，他會給我們帶來快樂和喜悅，等你和他一起生活，你將會發覺生活更踏實。

過年從除夕直住到初五才從娘家回永和來，還是王用電話把我召回來的，大姐夫在家等，他早先曾寫封信來說初五會來，我回家太愉快了，居然忘了已是初五，還好王在家，否則就對不起大姐夫了。在家人人喜歡劭騏，劭騏不停吃東西，我媽三餐都記得準備一份劭騏的食物，文青也回來住，兩人有得搶，小孩子就是要搶才覺得好玩，睡午覺，文青也擠在小弟弟旁，劭騏就抓她頭髮或臉，大年初一我們去廟裡拜拜，順路去大姐家，劭騏硬擠在文青旁邊，學她的樣彈琴，很像個樣。以後他老子有錢，也買個什麼樂器給他學學，他若像他爸爸，應該會喜歡的。

　　回家住覺得日子過得好快，每天早劭騏醒來，我媽就趕緊弄開水泡奶和煮稀飯，我爸會抱著他去外頭看新車，劭騏會抓方向盤和變速桿，一早大家都來問候他。在家人多熱鬧，半夜十二點都還有聊天的笑聲，劭騏都十一點才睡。文青和劭騏一走我爸寂寞的很，我媽天天叫我回家住，他們兩老好疼劭騏，他乖巧調皮不愛哭。我姐夫的媽回我大姐家過年，和爸媽的說法相同，他們上年紀都認為沒有孩子不像過年。你沒看到文青、佩佩加上劭騏，三個孩子在一起，會令你頭疼好幾天，感到耳朵失靈。佩佩抱一杯水，劭騏搶著要，兩人死命抓著杯子，水撥了一地，大哭大叫，另外給一杯沒人要，結果文青解決，她拿杯子，佩佩一口劭騏一口，天下太平。昨天我大姐約我去歷史博物館看民俗展，順便照相，文青靠在欄杆邊，騷首弄姿，佩佩也學，劭騏也要學沒位置了，被佩佩推一把差點滾到地上。然後一起回我媽家吃晚飯，倆老好高興，我們也樂得不洗碗，打電話叫大妹來，姐夫也來，又鬧成一團。搭計程車一起回汀州路時，兩個小的在車上為了搶車後的雞毛撢大打出手，大人忙著拉孩子，司機亂開一通，好不容易才開回家門口，然後又是為了拔插頭，開關電視，推來拉去，劭騏最小，一點不認輸，文青要看卡通，被這兩個小的整得沒法看。劭騏獨自在家變得很神經質，所以我盡量帶他到外頭，他自己會找小朋友玩，文青佩佩看到劭騏也高興的大叫，因為有伴可吵架了。為了省錢，最近帶劭騏都搭公車，有時路線長空氣不好，可能又吹了風，劭騏今晚就發燒了。明早我得送劭騏重照的照片去旅行社，衛生所的證明還得設法，洗衣機還沒修，衣服還沒整理好，許多事等著我做，駕駛手冊還沒看。

　　說到轉系的問題，我沒什麼意見，只是有點詫異，你不是覺得物理難讀，出路也不好嗎？如果是為了房子，這倒有點捨本逐末了。有房子固然好，沒有或小

一點的公寓也都無所謂，只看將來不看眼前，將來有固定收入，有好的職業不怕買不起房子，否則你犧牲學業我為付貸款辛苦工作也很累。若是為了我和劭騏而犧牲，我會過意不去的。你千萬不要為了我們而委屈自己，那樣我會難過的。若我能找個工作，加上你的打零工，起碼生活該不成問題。選系的問題還是依你的興趣需要而定，不要為了房子或我們。因為你問我，所以我表示一點意見，我非深入其境，無法知你的實際情況，只要你覺得好就決定好了。

　　我問過我姐姐，姐夫他們說會計的工作並不好做，要先懂得稅法，且順應民情各地小有不同，他們說我去做恐怕不易。我不知工作是否真如你說的那麼好找，電腦打卡或打字我都願意做，希望是全職的工作。我不知別人如何對你說，但我無論如何希望我們一家三口能在一起，即使吃苦也快樂。以前家教我也並不覺得辛苦，只要有目標，辛苦是暫時的。好希望見面的日子快來，不過還有一堆事沒做，心裡也好急。都快四點鐘了，我也該睡了，希望劭騏沒事才好。

婉淑2/23/80　03:50

旅遊篇

1980 - 2022

旅居美國　初來乍到

　　我在1980年三月中，從台灣飛抵休士頓。記憶中，在他離開台灣時，看起來像個年輕的爸爸。七個月後，他在休士頓機場接我們的那晚，充滿複雜的感情，熱情卻又帶著些許的陌生。他的肢體語言和形象年輕很多，額頭一撮長長的瀏海，每講幾句話就甩一下，很像又回到大學裡在談戀愛的小男生。

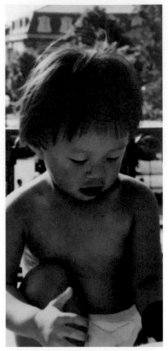

　　他看我一手拖著隨身行李，一手空空的晃著，一顆心往下沉，孩子呢？

　　等他看到小小的身影，努力在行李背後推著，才破涕為笑。

　　他無法想像，他離開時，那個包在小被子裡的小娃娃，已經會走路，幫忙推行李了。

　　我曾問他看到我們時要先抱誰，他說要兩個一起抱。他在機場真的張開雙臂把我們兩個緊緊摟在一起，臉埋在我的頭髮裡哭泣。他經常在給我的信裡寫著：我們一定不可以分開，我們一家要永遠永遠的在一起。

　　從機場回家，已近午夜，很難相信窮留學生也能擁有一個漂亮的家，而且完全屬於我們一家三口，兩人熟悉了彼此的身體，找回熱戀時的感覺。第二天一早，一家子神清氣爽的去女生宿舍見巫。他抱著兒子，自信、滿足，額前長長的一撮瀏海，前一晚被我剪了，那個穩重的爸爸又回來了。這七個月的磨練，使我成為一個成熟的少婦。見那女人，我毫無妒忌的感覺，說是初來乍到，說聲哈囉。老公抱著我們的兒子，站在我身邊，我心滿意足。潛意識裡相信他是我的，而且會永遠屬於我，

1980 Summer, Galveston休士頓

屬於我們這個家。忘卻那七個月的淚水汗水和雨水交織的日子，終於換來完美的團圓。

當時老公還在放春假，由於他事先妥善的安排，我們兩人一起合作，打了一個全壘打。他陪著我練車、考照，一試就過。到事先找好的幾家托兒所參觀，敲定一家，白天孩子也有人照顧了。再到職業介紹所去求職，出得門來，工作也有了。不記得我有時差的困擾，接下來的週一，上班去也。

每天一早天未亮，一家子就起床準備出門。這是一個陌生的世界，但只要老公在身邊，一家三口生活在一起，周遭的一切並不令我害怕。暑假過後，他順利由物理系轉入電腦系，拿到TA，有電腦系的獎學金可領，稍稍緩解了經濟上的壓力。

上班是在市區的一家油公司，離學校不遠，公司有一個小型圖書館，儲存著許多油卡，記載著每一個油井的歷史，如挖到100呎、1,000呎甚至10,000呎是什麼岩層？有什麼發現？我就做類似圖書管理員的工作。來申請調閱油卡的，都是學地質的學者。早上老公開車載著我去公司，送兒子去托兒所，下午我自己搭公車回到學校，托兒所也在學校附近，和老公接了兒子一起回家，他因為晚一點有課，會再獨自折返學校。如此生活規律，加上有固定的收入，心裡安定不少。

　　老公看我似乎適應良好，所幸乘勝追擊，幫我報名考GRE，之後申請入學UH電腦碩士班，陪我走到校長室外，讓我單獨進去面試，當我走出校長室時興奮不已，進了！我成了電腦系的學生。剛開始要補修大學部的電腦課程，還算輕鬆。老公幫我在學校電腦中心找到上大夜班的工作，一週三天，傍晚八點到第二天早上八點，算一週40個鐘頭。白天電腦中心都由學生占據使用，夜班的工作比較輕鬆，電腦主要是印教職員的薪水支票、稅單、學生的成績單和註冊單之類。而我也辭了油公司的工作，在校園裡既上班又上學。

美滿的家庭　生活雜記

　　大兒子小時侯一發燒、體溫過高就會抽筋。休士頓夏天很熱，有一次才從學校回到家，剛把孩子放在床上，看他口吐白沫一直抽搐。趕快抱起他衝到醫院，老公腳長，三腳兩腳進了醫院，嘴巴喃喃自語：「兒子要是有意外，我就是拿了博士，又怎樣。」

　　我們當時上學、工作、托兒所都在學校附近，而家在郊區，只有一輛車實在不方便，不到一年就把房子賣了，搬到學校附近的公寓，生活作息輕鬆好多，有必要時走路都可以回家。我來美國算運氣不錯，有老公打頭陣，一切由他安排，他說什麼我做什麼，而我好像也都能達到他的要求。他常說他這一生唯一做對的事，就是娶了一個好老婆。也常說老婆和朋友是不一樣的，把我看得很緊，我每天的生活起居，人在那裡他都很清楚。我常在下班後，從托兒所接孩子回家時，順路繞道類似7/11的店，讓孩子玩電動。當時流行的除了乒乓球電玩，兒子最喜愛的是Pac-Man遊戲。每天都要買一隻Pac-Man冰棒，一路走，一路吃回家。有時就在公寓附近的小溪流邊玩耍。老公趁沒課時會回家轉一圈，看我們不在家，就會慌張的到外頭找人。每次看到他在找我們，心中都會有一股暖流，好像還在談戀愛。他看到我們都會很開心的陪我們玩一陣，再一起回家。一家子能有一點小錢和時間陪兒子玩，感覺好幸福、好滿足。唸書的那幾年，經濟雖不寬裕，逢年過節、寒暑假，空閒時間倒不少，一家三口到處旅遊，也玩了不少地方。

科羅拉多莊園

Bear Trap Ranch, Colorado Springs, CO
1981, 12/19 - 12/25

　　聖誕假期，UH學校基督教社團舉辦到科羅拉多莊園讀經及滑雪的活動。社團租了兩輛中型巴士，由學生輪流開。從休士頓UH到科羅拉多莊園，全程961哩，車程不停的話約14小時。除了當中小做休息外，記得是連夜不停的開。第二天上山時，山路還是一片黃土地，下午睡了一個長長的午覺醒來，屋外居然呈現一片銀白的世界。我從小生長在台灣，這是平生第一次身歷下雪的奇境。

德州　加維斯頓　海邊戲水

1982, 5/15 Galveston

1982, 8/22 Galveston

德克松瑪湖　奧克拉荷馬州

1982, 聖誕節, Lake Texoma, OK

　　Lake Texoma是個州界湖，湖名是德州和奧克拉荷馬兩州名切半，頭尾連接而成，湖的80%面積是在奧克拉荷馬州。我們住的地方是夏天很熱鬧的度假勝地，有高爾夫球場、游泳池、三溫暖、賭場、指導如何釣魚等服務。冬天因爲地處湖邊，不僅風大氣溫也低，沒有人來度假，我們老中窮學生，樂得揀便宜，租下這麼個好地方。記得好像是由奧克拉荷馬大學的老中留學生們所主辦，當年的留學生都頗具有犧牲奉獻的精神。我們一票人馬從德州殺過來，共襄盛舉，吃好住好玩得好，度過一個快樂的聖誕佳節。這也是我婚後第一次可以和老公盡興的跳舞。旅館房間就在舞廳的兩邊，每隔一陣，我們就去睡房看一下孩子，舞會結束進到房間，馬上就可以休息啦。自從有孩子之後，少有這麼輕鬆浪漫過。

　　和主辦的留學生們說聲謝，才知他們忙昏頭，三天裡沒踏出過旅館大門一步。

好冷啊！

學業的進度　畢業啦！

MAY 1984

　　1983年，老公結束了學業也找到了工作。在學校做TA時，他的確是一個好老師，課前準備充分，上課講解清楚，黑板寫字又快又漂亮，圖文並茂。可能是學生們給他的評鑑太好了，他畢業到校外工作後，電腦系主任還安排下班後的時段，讓他回UH教一兩堂大學部的電腦課。

　　1984年，我生了小兒子後，回學校繼續趕論文，1985年五月，結束論文，通過論文口試拿到電腦碩士學位。老公幫我寄出好多求職信，由我自己去應試，找到了英國石油公司BP（British Petroluem）電腦部門的工作。公司離家開車走小路約10分鐘，工作輕鬆，只要我過得愉快，老公也鬆口氣，少了壓力。

　　往後在美國的這四十多年裡，生活一直過得生氣盎然，有老公陪著我，引導著我，伸出雙臂迫使我不停的學習，持續的成長。我常對他說沒有他，就沒有今天的我。每天都很感恩，我所擁有的一切都是老天爺所賜予。

老婆忙生孩子，無暇修理他的頭髮。

369

吉普賽家庭：I-10往東

　　若要在美國自助旅行，開車一定免不了。美國的公路系統是棋盤式的，東西向，由南到北以偶數命名，南北向，由西到東是奇數。美國最南邊的一條公路叫Interstate 10（I-10），往北I-20、I-30……。

　　其中最長的一條為I-90，從西雅圖到波士頓，全長4860.93公里。I-10東到佛羅里達，西到加州，共經過8州。以德州為中心點，向東經過路易斯安那、密西西比、阿拉巴馬、佛羅里達。除佛羅里達，另三州都是窮州，但風景不錯，還有看頭。路易斯安那多沼澤，鱷魚多，紐奧良是個具有法國風、有趣的城市，值得光顧。密西西比有密西西比河及Steamboat Cruises可遊覽。美國人叫他們拼密西西比，他們會先哭說：They can't even spell Mississippi in Mississippi。（密西西比人，自己都不會拼）至於阿拉巴馬，不知有啥，佛羅里達則不用多說。

1980路易斯安那，州府

吉普賽家庭：I-10往西

　　I-10從德州往西走，則灰頭土臉，黃橙橙一片。我們從德州搬到加州時，家當和一輛車由老公的新公司找搬家公司運，我們一家人，走I-10，一路開車一路玩，花了5天才開到加州。1984年聖誕節，曾開到德州西邊的麥當勞天文台，Big Bend國家公園和新墨西哥州的鐘乳石岩洞，探路兼遊玩，做搬到加州的暖身之旅。一路有些地方的確有點荒涼，我們總是很阿Q的說：只要我們一家在一起就安全了。好笑！現在想來，當時若沒去玩，後來搬出德州也不可能再去玩了。

　　照片裡工寮似的房子就是Big Bend國家公園裡的旅館，水龍頭流出來的水是土紅色的。

　　Carlsbad Caverns很深，要先搭電梯下到地底下去，才是鐘乳石岩洞的入口。那一路還順道到McDonald Observatory天文臺，兩者都是有名的景點但卻地處偏遠的地方。

　　沿路還到Corpus Christi海灘玩。從德州邊界小城Brownsville 3分鐘跨過國界Rio Grande河，開車18分鐘左右就到了Matamoros。

墨西哥及德州邊界

　　德州和墨西哥邊界隔著一條河叫Rio Grande。Brownsville在德州，Matamoros在墨西哥，有橋相通。若只到邊界，兩城距離開車三分鐘。Laredo在河的北岸屬德州，Nuevo Laredo在河的南岸屬墨西哥，這一區叫Two Laredos或Laredo Borderplex。若只是開車到邊界，1分鐘即可，走路過橋都可以。我們在這裡開車，一會兒德州，一會兒墨西哥，搞不清自己是在哪國。

1984聖誕節，Matamoros，墨西哥

Big Bend National Park

　　Big Bend是德州最大的一個國家公園，占地超過801,100 acres。旅遊季從11月到4月，因為夏天的溫度有時會高達100度攝氏。

背後像工寮的建物就是Big Bend國家公園裡的旅館。

Carlsbad Caverns National Park

　　鐘乳石岩洞已被堪察到的有30哩長，其中3哩開放給遊客參觀。主要的三層（3 levels）最深的地方是1,027ft。我們是搭電梯到好深的地下（underground）才到入口。到Carlsbad岩洞是臨時起意，本來的計畫是從Fort Stockton直接回休士頓，貪玩的心還不想就此罷休。當晚老公跟我哀求，再多待一天，只要開兩個半鐘頭，就可多玩一個國家公園。他忘了還要開2.5小時回旅館。那陣子，一天開車5、6小時是稀鬆平常的事。

從德州搬到加州　1986

　　I-10從德州向西行，經過新墨西哥、亞利桑那，最後到加州。我們搬家那次從休士頓開上I-10高速路後，說好了每天開車500哩左右。Google一下距離，天啊！每天都開車6、7小時，有一大半是山路。年輕時真瘋狂！我都忘了那一段往事。當時還帶著倆個小小孩，而且是在7月的夏天，現在重新回想，都快停止呼吸了。

　　1986夏天
　　7/26 Houston, Tx - Fort Stockton, Tx
　　7hr 15min（505.8mi）

　　7/27 Ft Stockton, Tx - Tucson, Az
　　7hr 55min（557.9mi）

　　7/28 Tucson, Az - Flagstaff, Az
　　4hr 13min（257.4mi）

　　7/29 Flagstaff, Az - Grand Canyon, Az
　　90min（79mi）

　　7/29 Grand Canyon, Az - Barstow, Ca
　　6hr 5min（382.7mi）

　　7/30 Barstow, Ca - Sunnyvale, Ca
　　5hr 56min（381.5mi）

　　雖然沒命的趕路，還是有一點遊玩的時間。亞利桑那多仙人掌，有的很大，像兩隻手往上舉的人，晚上突然看了會嚇一跳。
　　鳳凰城是亞利桑那州府，I-10到此往北直開I-17，到Flagstaff就到大峽谷邊

了，記得我們在Flagstaff住了一晚，到的時間不早不晚，剛好在一家中餐館吃晚餐。餐館老闆難得看到老中，抓著我們聊了好久。在由上面的時間表看，7/29在大峽谷逛逛，又開了6小時趕到加州的Barstow。第二天再繼續開了六小時，終於在傍晚時分到了我們在加州的落腳處。當晚家當還沒來，只有打地鋪睡地毯。幾天後，傢俱終於來了，才深深體會床在哪裡，家就在哪裡。

1986 夏天
7月5日 Aquarina Springs. Tx
　　〃　 Austin , Texas

7月26日 Houston — Ft Stockton

7月27日 Ft. Stockton — Tucson. Az

7月28日 Tucson — Flagstaff. Az

7月29日 Flagstaff. Az —
　　　　Grand Canyon. Az
　　　　Barstow, CA
7月30日 Barstow — Sunnyvale

土桑 Tucson　亞利桑那 Arizona

1986, 7/27-7/28

　　I-10的最高點是在西向的Willcox，離土桑約20哩左右，標高海拔5,000呎多一點。整個大峽谷坐落在亞利桑那州內的西北角，亞利桑那北接猶他州，有三個國家公園在猶他州很值得造訪：Zion, Bryce Canyon and Arches。Four Corners Monument是亞利桑那、猶他、科羅拉多和新墨西哥，四州交會的地方，你可以一腳踩在四個州。我們因為一路趕著要到大峽谷，未在鳳凰城停留。亞利桑那並非如想像中的西部開拓史那樣。以下的照片是一個給遊客參觀遊覽的地方，好像是拍西部片的攝影場地。

大峽谷　Grand Canyon National Park

太浩湖：我們家的後院

　　北加州的太浩湖Lake Tahoe是個在山中的湖（湖邊標高6223ft），風景秀麗四季皆宜的旅遊景點，還有許多戶外活動可供玩樂，如：開船、爬山、騎腳踏車、騎馬、健行、湖邊沙灘、冬天滑雪等。沿湖邊有許多高檔餐廳，在內華達州境內還有賭場（casino）。我們在這裡度過了許多春夏秋冬。

　　若從湖的南北畫一條直線，1/3屬內華達州，2/3屬加州，長22哩寬12哩，光是開車繞湖一周都要半天的時間。冬天會下雪，湖四周的山上有好多滑雪場。有好多年的冬天，每週五下午我們全家集合後立刻衝到太浩湖去。

　　我們有間度假condo在太浩湖北邊的Olympic Valley（Palisades Tahoe），說是慶祝結婚紀念買給我的，實則是爲了滑雪方便。清早滑雪道被整得平順好滑，我通常只滑一個早上，中午一家四口在餐廳或回condo一起吃過午餐，我就收工了，三個男生扛起傢伙，像礦工一樣繼續上山去滑。下午的坡道被糟蹋了一早上，雪都一小堆、一小堆聚在一起成了moguls，大小不一，滑起來人像氣球蹦蹦跳跳，一上一下，好累。午飯後，我一個人在condo睡午覺，好享受呀！三個男生都在我身邊，但我卻不必費神去招呼他們，這是我覺得最幸福的時光。傍晚我會做好熱騰騰的晚餐，滑雪場關了，男人們自然會倦鳥歸巢。想吃外食，樓下有各式美食餐廳：愛爾蘭小酒館、日式壽司、美式漢堡烤肉、比薩

餅……等。最受歡迎的是火爐邊（Fireside）的比薩餅店。我們一家在這店聊天等比薩餅，度過許多美好時光。無論外頭風雪有多大，免驚！出得店門，走五步路，就進了condo的大樓了。

　　每次去太浩湖一定會去一個屬於我們這一家的秘密的地方野餐，消磨一個下午，閒聊家常，或安靜的享受大自然的陪伴。那兒離度假屋不遠，人跡稀少，很多時候都是騎單車過去，那地方就像是我們家的後院。

再繼續向前騎，很快就會到度假屋喔！

太浩湖：暴風雪歷險記

　　由於經常到太浩湖附近山上滑雪，經歷過幾次驚心動魄的場面。都是因為突來的暴風雪被困在山路上。雪太大了，鏟雪車無法出動，還在山路上做困獸之鬥的旅人，只有自求多福了。

　　常常為了好玩，會把旅館訂在雷諾賭場，那兒旅館選擇多，價錢也合理。從雷諾開高速公路到太浩湖滑雪場的出口大約40～50分鐘。有一次滑了幾天雪，第二天大約早上十點多，從雷諾上高速路要回家，前面大概出了大車禍，一長排車陣看不到盡頭，全停著不動，大家乾脆下車在公路上玩，到後來才開始感覺情況不對，雪開始下大了。等車可以動時已是下午一點多。突然暴風雪籠罩，雪下到雨刷都刷不動，成堆的雪堆在車前的玻璃上，前途茫茫，啥也看不見，又不敢隨便停車，怕後面的車撞上來。老公一面慢慢開，一隻手伸出半開的車窗，用毛巾不停的將雪堆掃掉，至少他眼前有一個小洞可以看路。心裡不斷自我安慰，我們是往山下開，雪只會越來越小，山路會越來越好開，最終平安開到山下才想起要大大吸一口氣。

登山的入口，被雪封住了，只能望山興嘆。

沿著山路的路肩，連綿不斷，每隔一小段距離插一根黑色的細桿子（pole）。這些桿子，平日看似不起眼，在暴風雪時，一片白茫茫，那些黑桿子在視覺上形成一條線，告訴開車的旅人，超過那條線（boundary），就要滾下山了。

　　那一陣子，我對月的陰晴圓缺也特別敏感。我們常在週五提早下班，趕到山上去。從家開到太浩湖雖然只要四個多鐘頭，但一路還要休息吃晚餐，加上週五塞車，而且英雄所見略同，一堆人都要趕上山。等到開在山路上，已是夜黑風高時。如果是農曆十五或十六，我會特別開心，因為圓圓的月亮像一個大燈籠，照著山谷，大自然的一切，看來十分皎潔明亮，平靜而安詳。我們一面開車一面研究為什麼美國的月亮，圓圓的一張大臉，比台灣的月亮大好多。美國人高大，美國芹菜也特別大顆，連月亮的面子都比較大，什麼道理？

太浩湖：登高必自卑

　　無知的力量最大。第一次上山，每人各帶兩瓶水，難得見到下山的人，急切的問還有多遠，都是笑嘻嘻的說快到了。兩瓶水都喝光了，山頭還在almost there！只好用空瓶接山邊雪融了，流下來的雪水喝。

要爬上那山頭，就從這裡開始，抓緊腳程，趕快上路吧！

　　有一次，有位山林管理員看我們在溪邊的石頭上吃午餐，緊張的跑來，要我們看不遠處一棵高大的樹，有兩隻小熊高高在上追逐嬉戲，不說還以為是松鼠呢。管理員說看到小熊就知道熊媽媽應該在不遠處，要我們趕快離開。真的哦！小熊也是要有媽媽才生得出來哦！

　　山林的地貌時常在改變，無端的生出一條小溪流，不是自己走錯路，前次來並沒有啊！好在已經有人在溪中丟了石塊，就地取材找根拐杖，三跳兩跳過河去。

　　後來再去，比較常見的景象是小溪流不見了，許多高大的樹木因為缺水乾枯而倒地，成堆疊在一起擋住去路。可以從堆疊的樹幹底下半蹲躦過去，或爬上堆疊的樹幹翻越而過。有些樹爬滿白蟻，已開始粉碎。時日久了，這些樹木成了碎屑蓋滿步道，走在小徑上像踩在地毯上，軟綿綿的，舒服極了。但不要高興太早，很快，眼前出現了一堆大岩石擋住去路。路在那兒？就在許多岩石的縫隙之間，從此地開始要往上爬，第一次之後，我每次都會記得帶手套。路，就是順著岩石上，有叉路時會出現藍漆的箭頭在岩石上指示方向。一路爬行當中也會經過幾處開闊的地方，有瀑布溪流，水流湍急，當然也有小熊為伴，但風景壯麗，值得走這麼一遭。爬著爬著終於到了山巔，接下來一路開闊好走，內心充滿了勝利者的驕傲。等走到了山巔的另一頭，突然感覺像是原始人到了摩登世界。這兒有溜冰場、滑雪場、游泳池、餐廳，還可以瞎拼。更重要的，還有纜車可以搭下山。哇！哈哈！得救了！

到達山頂了，要從山的這一頭走到另一頭，一路平整好走，但沿路還是有些殘雪。

走到文明世界了。六月天滑雪場已關。

哇！哈哈！得救了！

太浩湖：Emerald Bay

太浩湖：滑雪得冠

　　我家這老公不是好學不倦，品學兼優型的，讀書一個鐘頭就會自誇很認真。他從不管小孩功課，家裡三個男生幾乎都是在外頭打混，所以小孩都很愛爸爸。因此只能自我安慰，行行出狀元，每個孩子都是優秀的。咱們家放牛班的，不比成就，比在雪地打混。（smile）

　　有一年（1994），海華體協在北加州舉辦滑雪比賽，老爸得第二名，因為青壯組個個都是得冠高手，參加人數眾多，得名不易。老大在他那組得第一，弟弟小五歲半，忘了是否和哥哥同組，拿第二。我這老媽子，居然拿第一。當年四十歲以上老中女人會滑雪的不多，只要不摔跤就得第一名了。（smile）

　　孩子長大了，各自有活動，老伴跟我，倆老時不時會突然想到，就載著兩輛腳踏車，上山去。湖就在山上，我們一上山至少住三、四天，是退休族的好去處。沿湖開車，如果突然看到好多賭場，那就是進了內華達州了。

　　Emerald Bay風景的確很美，沿著公路開往下望，忍不住叫司機趕快看，他說：妳幫我看。那一段路比較陡，天氣不好，或下大雪路常會關掉。以前孩子小，每年勞工節時都會參加台灣各大學，校友會聯合主辦在太浩湖的大露營，規模大，很熱鬧。我們嫌帳篷小，買一個大的，心想一家四口可以睡舒服一點。結果不是小朋友們全擠過來，就是有人來打游擊，所以每一年還是睡得很「阿雜」。我們都是和老朋友們一起去，一堆的孩子，打鬧一片，很有趣，也常在那兒見到久未謀面的老同學。

優勝美地　Yosemite National Park

　　優勝美地離太浩湖大約123哩，開車約2小時30分車程。遊太浩湖也可就近到優勝美地繞一繞。兩地有何不同呢？簡單說太浩湖文明一點，美麗的風景外，有高檔餐廳、有賭場、可滑雪、划船各式戶內戶外活動。優勝美地除美麗風景，以體能活動為主，露營、爬山等，旅館不多。兩地冬天都會下雪，優勝美地冬天會關，太浩湖不會關，兩地都值得一遊。旅行團都會有優勝美地的旅遊行程。開車繞太浩湖一周72哩，不停的開要三個鐘頭。

1986, 從太浩湖開往優勝美地的途中。

1987, 11/9 Glacier Point，優勝美地

優勝美地瀑布　　　　　　　　　優勝美地 鏡湖（Mirror Lake）

家庭相簿 Family Photo Album

大兒子陪媽媽到UH體育館註冊選課。

小兒子從很小就會幫我們照相,而他取景的角度都比我們好。所以很多照片裡都沒有他。

買雪橇給小兒子。幾乎每年都得換新。

有人要收養無家可歸的小狗嗎？　雖然坐輪椅，逮到機會還是很喜　壞了嗎？
歡搞笑。

說是頭過身就過，還是替他　1983, 5迪士尼Magic Kingdom，佛羅里達
捏了一把冷汗。

小聯盟棒球　Little League

　　孩子們打少棒的那個年紀，每年春天，每個週六的早上，做爸爸的，都要幫忙處理球隊的雜事，還兼教練，指導壘上的球員是否該跑壘等工作，只有裁判是花錢請來領有裁判執照的。做媽媽的輪流排班到球場邊專賣零食的小舖賣零食，賣得的錢充做球隊經費。不排班時就花錢買零食，坐在板凳喊加油。組織球隊都是家長們自願的，絕大多數是老白，也有幾個墨西哥爸爸，很少看到黃面孔的爸爸。美國的少棒就是這樣從小學一場一場打上去的。老中爸爸又另外組老中球隊，我們兩隊都參加，好忙呀！

夏威夷

1989, 12/17 - 12/18

　　聖誕老公公穿著涼鞋，走在威基基海灘，拎著鈴鐺，一路搖晃，一路吆喝：
吼，吼，吼！

夏威夷的公園，一定要玩一會兒。

黃石公園　Yellowstone National Park

1994, 6/20 - 6/22

加拿大

1995, 7/1 - 7/7

1996, 7/20

　　從聖荷西飛到西雅圖，在機場租車，逛逛西雅圖後，一路開到加拿大，過了邊界就警覺起來，從此要開始習慣公路旁的里程碑是公里不是英里，稱重是公斤不是英鎊，氣溫是攝氏不是華氏。以前歐洲的工程l師到公司來出差，抱怨連連說全世界都在用公制，只有美國死守不改，還在用英制。Google說有三個國家：美國，賴比瑞亞，緬甸使用英制

　　一家四口，有三口向爸爸抗議陳情，每天晚上或第二天早上要來一個簡報，否則一天裡跑好幾個地方，忽冷忽熱，不知衣服要怎麼穿。做爸爸的好脾氣，順應民情，每天吃晚餐時都會像旅遊團的導遊，報告隔天的行程，天氣概況和一天裡不同景點的溫度，十分受用，皆大歡喜。孩子們很愛爸爸，因為他好說話，媽媽壞脾氣，不大受歡迎。

1996.7.20	SJC → SEA → Kamloops, B.C.
1996.7.21	Three Valley Gap, B.C. Kamloops → Banff Banff, Alberta
1996.7.22	Cave & Basin, Nat'l Historical Site, Banff Sulphur Mtn., Banff Banff Springs Hotel Lake Minnewanka Johnson Lake
1996.7.23	Banff → Jasper Yoho Nat'l Park Hector Lake Bow Lake Crowfoot Glacier Peyto Lake Athabasca Glacier, Columbia Icefield, Jasper N.P.
1996.7.24	Jasper → Lake Louise, Banff N.P. Maligne Canyon Bears at Hwy 93A Athabasca River/Falls Sunwapta Falls Athabasca Glacier White Goat Wilderness Pass
1996.7.25	Lake Louise Morain Lake Johnston Canyon
1996.7.26	Lake Louise → Hope, B.C. Spiral Tunnels Takkakaw Falls Natural Bridge Emerald Lake Three Valley Lake

哥倫比亞冰原，Jasper 國家公園，加拿大

搭渡輪到維多利亞島。

中西歐之旅

荷蘭，德國，比利時，法國，摩納哥，義大利，瑞士

1997, 6/17 - 7/1

```
Europe Tour  Summer '97
6/17  SFO-ATL-AMS   6/18
6/18  Amsterdam, Holland
6/18  Köln, Germany
6/20  Brussel — Paris
6/21  Lourve, Notre Dam, Seine River
6/22  Paris — Lyon — Avignon
6/23  Merseil — Cannes — Nice
6/24  Monaco — Pisa — Firenze
6/25  Firenze — Roma
6/26  Vanticano — Roma City
6/27  Roma — Venezia
6/28  Venezia — Verona — Milano
6/29  Milano — Lucerne
6/30  Engelburg — Titlus — Rhine Falls —
7/1   Zurich — JFK — SFO
```

巴黎凱旋門，是拿破崙爲紀念1805年打敗俄奧聯軍而修建。巴黎市區12條大街都以凱旋門爲中心，向四周放射。

卡魯索凱旋門位於羅浮宮旁，建於1806到1808年間。

羅浮宮

塞納河畔的自由女神像，不是紐約那一尊喔。

從塞納河遊船看鐵塔，美輪美奐，細緻又壯觀。巴黎是個迷人的城市，和老公搭船遊塞納河，不免聯想起卡萊葛倫和奧黛莉赫本在《謎中謎》（Charade 1963）遊船中的橋段。

法國蔚藍海岸 French Riviera

　　坎城 Cannes, 尼斯 Nice 是在法國蔚藍海岸兩個有名的城市。

　　蒙地卡羅 Monte Carlo 是摩納哥 Monaco 有名的賭場，也在法國蔚藍海岸。

尼斯（Nice），蔚藍海岸

鐵力士山　Titlis，瑞士　Switzerland

　　瑞士約紐澤西州那麼大，地處中歐，夾在法國和義大利之間。鐵力士山海拔10,623呎，有滑雪場、可旋轉的纜車、冰川洞穴、高山探險等活動。

You are 147 feet under rock and ice.
你在147呎的岩石和冰塊之下。

義大利　羅馬

西班牙階梯（Spanish Steps），羅馬假期的電影中有個場景在此拍。蓋於1723到1726，屬洛可可風，有135個階梯和三個不同的樓台。很可惜，自2019之後，這個階梯就不能再坐人了，違反者會被罰400歐元。也不可以在階梯上吃東西。

羅馬競技場

羅馬凱旋門（君士坦丁凱旋門），位於競技場旁，建於西元312年。

茱麗葉的家

比利時　滑鐵盧　Waterloo

　　1815年發生在比利時滑鐵盧的戰役，拿破崙大敗於此。是世界戰爭史上以時間短，影響大，結局意外而著稱。這一戰讓拿破崙一蹶不振直到病死，對歐洲也產生了深遠的影響。

　　背景是拿破崙銅像，導遊說比利時人故意把這矮子將軍做得像個小朋友樣。

拿破崙銅像

北歐之旅

芬蘭，蘇俄，瑞典，挪威，丹麥

1999, 8/9-8/20

蘇俄（聖彼得堡，莫斯科）

　　真希望這世界沒有戰爭，人們可以到處旅行，欣賞各國城市的美麗風景和歷史文化。彼此展現誠摯的善意而不是仇恨和殺戮。在此為俄烏戰爭而犧牲的烏克蘭和蘇俄戰士及平民表示哀悼。莫斯科和聖彼得堡是兩個美麗且特別的城市，因為戰爭而蒙羞，只能長嘆一聲，所為何來？

在聖彼得堡的舊皇宮，民俗表演就在此。

彼得霍夫，冬宮，聖彼得堡

紅場（Red Square）莫斯科

在莫斯科的修道院。

日本

**東京，橫濱，箱根，大湧谷，富士山，京都，奈良，神戶港，大阪港，關
西機場**

2001, 6/20-6/27

　　日本行是最後一次全家一起出遊，很懷念！

　　歲月不饒人，孩子們長大留不住，留住的是美好的回憶，放手讓他們自由翱
翔吧！

中東歐之旅

德國，捷克，匈牙利，克羅埃西亞，斯洛文尼亞，奧地利

2009, 9/17-9/26

　　以上國家定義爲中歐，但也有認爲捷克，匈牙利是東歐。德國算中歐還是西歐呢？是中歐。太混淆了，不管它。中東歐值得一遊，是我們第一次放單飛，雖沒有兒子們同遊，仍是一次非常愉快的旅行。

Lake Wolfgang，薩爾斯堡，奧地利

克羅埃西亞　Croatia

布達佩斯　匈牙利

　　匈牙利的首都布達佩斯是個雙子城。布達在小山丘上，佩斯在平地，兩城被多瑙河切開，靠著鍊橋互相溝通，是個十分美麗迷人的城市。

由布達山丘遠眺河對岸的佩斯城。

捷克　Czech Republic

台灣　花蓮　砂卡礑步道

2011, 11/1

　　人在台灣，一時興起，突然想起從大學畢旅之後就不曾再到過花蓮。於是第二天一早，買了火車票一路殺到花蓮，當時台北天氣並不好，還下著細雨，原來只想搭公路局到太魯閣晃晃就心滿意足打道回台北。結果火車才開出台北，一路風和日麗，太陽掛著笑臉直到花蓮。出了火車站，看到有輛計程車在招攬生意，相問之下，要坐滿六位客人才開車。司機充當導遊，他也曾是導遊。好在我們運氣不錯，沒多久來了三男一女兩老兩年輕人。忘了他們是泰國還是緬甸來的，說是家鄉鬧水災回不去，只好留在台灣到處閒逛。司機找的都是像我們這樣毫無目的隨遇而安的客人。一日遊的行程都由司機說了算，從太魯閣遊客中心開始，砂卡礑步道，午餐，燕子口，九曲洞。三點多，乘著那一輛接一輛的遊覽車蛇陣開始蜿蜒上山，我們趕緊下山。司機早早在那家大排長龍的包子店訂了包子，車窗一開，包子送進來，我們兩個三兩口包子就沒了。「後面的，好吃嗎？」一整天，我們倆人的名字就叫「後面的」，因為第三排座位只容兩人，非我們兩人莫屬。那四人非常滿意司機兼導遊的服務，約好第二天再繼續另一個一日遊，我們在火車站下車，和萍水相逢的朋友們說聲再會，愉快的回台北的旅館，結束花蓮一日遊。

澳洲

2014, 1 - 2月

　　出發到澳洲時農曆年快到，飛機擠滿了爸媽帶著孩子們從舊金山飛回澳洲，趕著暑假結束，學校開學了。我的生日在飛行中消失，那一天沒有出現。旅遊團在雪梨結束後，我們多留一天想輕鬆的在附近看看，結果早餐後，出得旅館沒多遠就看到一個指示牌，順著旅人步道走，會經過好幾個景點，就走走看吧。一路又重遊了雪梨劇院，Mrs Macquarie's Point，Darling Harbor，在市中心鬧區找了一家中餐廳，好好讓兩人的雙腳休息一下再繼續前行，最終走到雪梨的China Town中國城，放眼望去一堆老白。有一條長長的人龍，排隊要買皇帝餅。出於好奇，也在隊伍裡排了四十幾分鐘，花了$1.50。

　　整日所見就是：風吹著樹不停的擺動，花草綻放，海浪後浪推著前浪拍打著岸邊，激出動人心弦的浪花。走在旅人的步道上，海風拂面，無端觸動了心中對大自然生生不息的生命覺得感恩。兩人組旅遊，信步閒逛，十分融洽，特別愉快。

澳洲 雪梨中國城

Arches National Park

2015, 10月

　　猶他州有不少國家公園，拱門公園是其中之一。要看到拱門並不容易，先要走一大段路，車子不到，最後爬上一大塊岩石山坡。站到坡頂後，才驚見拱門很優雅地矗立在遠遠的岩坡邊。第一眼看到，有點小小的震撼，一路走來的辛勞都忘了。

Bryce Canyon National Park

2015, 10月

Zion National Park

馬蹄灣

包偉湖（Lake Powell）

中國　絲路

北京，烏魯木齊，土魯番，敦煌，月牙泉，莫高窟，嘉峪關，蘭州，劉家
峽水庫，西寧，青海湖

2016, 9/8-9/19

火焰山

交河古城

月牙泉

小船行駛在劉家峽水庫，一路顛簸，過了好一回兒，突然眼前圍繞著一大片奇岩怪石，炳靈寺到了。

蘭州，黃河鐵橋

美國　芝加哥　Chicago

2017, 8/27-9/1

　　妹妹的兒子要到芝加哥大學讀研究所，從台灣搭長榮，飛到芝加哥歐海爾國際機場，到達時間大約晚上九點。心想也許可以去接機幫他一個忙，順便我們倆老也可以藉此機會看一眼密西根湖。

　　來美都快四十年了，北美五大湖（Great Lakes），還沒見過半個，這是一個好機會，從聖荷西飛去芝加哥，看一眼密西根湖，也甘願。不是老伴不願幫忙，他當時已被診斷得了帕金森氏疾病，不能開車。也就是說，從下飛機後，這一路都要由我掌方向盤。如果不是老伴不能開車，我們一定會去走一趟「穿越五大湖的公路之旅」。可惜！

　　雖說是去幫年輕人搬家，旅遊也是重點。先選好要觀光的景點，再來訂附近的旅館。

　　原本四個晚上都訂在The Congress Plaza Hotel，從旅館大門走出來過個街，芝加哥美麗的天際線馬上占據了視野，頗俱品味的白金漢噴泉就在咫尺之遙，整體的視覺給建築群帶來曼妙優雅的動感。

　　還未出發前，在網上看到對這旅館的評價，說是旅館令人感覺spooky（起雞皮疙瘩），我當下把後兩晚換到市區一家連鎖的旅館。實際上，這旅館頗有歷史，當年房子蓋得氣派，天花板是挑高的。牆壁和傢俱都是白色，窗戶也挑高，長長的窗紗，淺灰色底帶著金色花紋看來蠻優雅的。可是風一吹來，窗紗一飄一

密西根湖畔

飄的，是有那麼一點怪怪的感覺。好在我妹託外甥從台灣帶來一堆糖果，包裝紅紅的，十分喜氣，掃除了那一點點奇怪的感覺。

第三晚，和外甥到風景區旅遊閒逛，回來晚了，糟糕的是要換旅館，摸黑在都是單行道的市區亂開一通，好不容易聽到手機播報：目的地在50呎之遙。但左看右看兩邊各一堵高牆，旅館在哪兒？原來左邊的那道牆就是旅館。繞了三、四遍仍然回到原點，本來是繼續走到下一條街，三個左轉就可看到旅館的正面。結果那下一條街，穿過輕軌的高架橋下後，叉開了，沒看到有左轉的街道，手機導航跟不上我的車速，不停的轉，無法報出街名，真是叫天天不應，好端端的Congress旅館，明明住得很舒服，硬是換到這麼一家鬼打牆的旅館。只好打到旅館的服務專線，由他們在電話上導航，突然看到有個汽車入口，進了再說，正是那家旅館，只不過是給人check-in的櫃檯，只能停兩輛車。還告訴我，待會兒出去，如果街上沒車，就反著方向開，馬上會看到停車場的入口。就如此這般總算結束了這場午夜驚魂。

郵輪之旅：石垣島　沖繩

2018, 5/15-5/19

　　回台灣旅遊，和姐妹們一起搭Majestic Princess Cruise做四天遊，停兩個港口。沖繩可以靠岸，直接下船，到達時間下午一點半，看到好多人拖著大行李箱，不知所以。登船時間是晚上十點半，我們坐在陽台享受著船將離港的感覺，船上廣播不停的響，才看到好多計程車努力往船的入口衝。原來那些行李箱是要瞎拼用的，裝滿日本的美妝，藥妝，不瞎拼到最後一刻，不上船。天啊！夜晚的港口美麗極了，船在離港和進港時最令人心動，我寧可欣賞美麗的風景。

　　石垣島要用接駁船。當時老伴腳稍有點跛，但還可以自己走。午餐在石垣島吃烤牛肉，島上養殖的石垣島牛，在日本以肉質鮮嫩聞名，好吃極了，據說比和牛還好吃。石垣島風景十分秀麗，若因健康因素不能下船而錯過，多可惜啊！想旅遊，真的要趁早！

午餐在石垣島上的餐廳,吃當地養殖的著名的燒烤牛肉,好吃極了。

船上廚房正在忙著準備餐點。

土耳其　伊斯坦堡　Istanbul

2018, 10/3 - 10/16

　　博斯普魯斯海峽，是歐亞兩洲的分界。土耳其也因此分爲歐洲土耳其和亞洲土耳其。「土耳其藍」是藍綠色turquoise的顏色。我們當時看到的海水是深藍色，感覺比一般海水還要藍，像寶石藍。根據網站turquoise綠松石，古代經由土耳其運到法國，所以turquoise是法文「土耳其石」。綠松石產量不多所以價格高昂，品質好的，價值可比美黃金或鑽石。據說turquoise代表智慧、寧靜、保護、好運和希望。它是一種安定人心的石頭，可以增進內心的平和，提升低落的精神。它不僅可以滌除腦中負面的情緒，還可以幫忙去除身體內的毒素，是靜思冥想時伴隨的一種好寶石，以上是谷歌說的。果眞如此嗎？好像吃巧克力或維熊軟糖gummy bear，也可以讓人從鬱悶變得開心起來耶？

　　運氣好，三天兩夜，陽光普照，涼風送爽，完美的旅遊天氣。雖然我自願被騙近一百歐元，我還是覺得可惜，沒有在伊斯坦堡多待一個星期。

　　我爲什麼被騙？因爲我不會認鈔票。第一晚在夜市買水果，47里拉，我給50歐元，小販找3里拉。我又給50歐元換小鈔，給我50里拉小鈔。後來有人告訴我歐元沒有人頭像，里拉有土耳其國父像。剛查Google 今天1歐元兌換19.32土耳其里拉。

從旅館餐廳的屋頂陽台，下望博斯普魯斯海峽（Bosphorus）

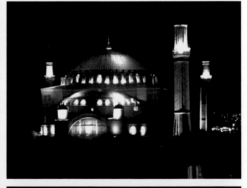

旅館門外。

從旅館大門出來，旁邊就是一條長長的夜市街，街的兩邊林立著許多餐館，十分熱鬧。我們一路走，一路觀望，大約15分鐘左右，走到了一個好空曠的廣場，一片安靜祥和，不知這廣場做啥用的？遠遠看到一噴泉在粉紅色的燈光下，潺潺流水，不停的閃爍。好平安的夜晚！第二天早上，再走路過去，原來昨晚看到透著燈光的建築，竟是那大名鼎鼎的聖索非亞大教堂。白天的景觀大不相同，人聲鼎沸，跟本無法靠近那教堂。

藍色清眞寺The Blue Mosque

希臘

2018, 10/3 - 10/16

　　旅遊團是由團員從美國各大城自己飛到伊斯坦堡機場集合,再一起飛到雅典開始希臘遊。

　　既然人都到伊斯坦堡了,何不就地玩個一兩天呢?兩地隔著愛琴海,飛行距離約344哩,飛行時間約1小時25分。曾聽朋友說伊斯坦堡和布達佩斯,是你此生絕對不要錯過的兩個城市。如果不是普丁這麼壞,窮兵黷武,我還要加一個城市,那就是莫斯科。莫斯科也是一個值得拜訪的美麗城市。夜晚燈亮起,真像是一座winter wonderland。話說回來,只花一張機票,就可順便到嚮往已久的伊斯坦堡,不去會後悔的。於是老伴被我拖著,提前其他團員先飛到伊斯坦堡住了兩夜,回來還直後悔,當時應該住上一個禮拜。

希臘遊船停靠的第一站其實是土耳其，兩國隔著愛琴海。希臘用歐元，所以我把土耳其里拉當小費，慷慨的在伊斯坦堡全送光了。在土耳其小店買了一條圍巾，一隻放戒指的小駱駝和老公的一頂小紅帽。土耳其人一看歐元就頭大，不高興，只好付美金了。

　　希臘船上的食物還蠻好吃的，食材有些特色，烹調卻還國際化。出外旅遊很少吃到怪味道，難以下嚥的菜。

聖托里尼（Santorini Greek Island）

　　是每個遊客必造訪的景點，遊船熙來嚷往擁擠不堪。船有靠岸的，遊客可搭纜車到山頂的景點。我們的船不靠岸，遊客從接駁船下來，迅速上巴士馬上開往上山的道路。旅遊車一輛接一輛，趕在太陽西下的最後一個鐘頭來此打卡。

　　山路很窄，錯車時，司機都友善禮讓。從車窗下望，愛琴海的景色美麗逼人。下了巴士，各自拾階繼續往山頭景點爬。回程時，風好大，燈很暗，階梯很陡，老公腳不良於行，我們緊緊的牽著手，互相打氣，說好慢慢走下不要趕，不要摔跤，不要迷路。終於下到停車場，小小的地方，停滿了大巴，車子動過，找不到了，只好在附近的石階上坐下來等導遊。當時希臘天氣還算溫暖，換上接駁船時，團員紛紛說我有先見之明。我自知我們是弱勢，要多做準備。我們兩人各自穿著帶著帽子輕軟的羽絨外套，很溫暖，我的背包有兩個蘋果和維尼軟糖。在昏暗的燈光下，帶著帽子，吹著強風，吃著蘋果聊天，只要他在我身邊，朝朝暮暮都很美好！

郵輪之旅：阿拉斯加

2019, 6/25 - 7/5

　　阿拉斯加遊輪，從舊金山出發，經阿拉斯加到加拿大溫哥華的維多利亞後，折返舊金山。帶著坐輪椅的老公，不必舟車勞頓，真是一趟輕鬆愉快的旅遊。

　　在舊金山上船，花十塊美金小費託搬運工處理行李，我直接推老公上船，遊輪公司也有服務生可以幫忙推輪椅。報到後先到樓上自助餐廳找個位置坐下，和老伴吃喝聊天，欣賞舊金山港灣的風景，好愉快。等廣播說行李都送到房間了，進到房裡，看到雙人大床，開心得不得了，往床上一躺，拿起遙控看電視，笑了。先前老伴還吵著不肯來。怎麼樣？不會比家裡差吧？

船從舊金山出發，正從金門橋下通過。

郵輪之旅：新英格蘭

2019, 9/24 - 10/4

　　紐約，New Port, 羅德島，波士頓，Bar Harbor, 緬因州

　　加拿大（Saint John，New Brunswick，哈利法克斯，Cape Breton Island, Nova Scotia，Charlottetown, Prince Edward Island，魁北克 Quebec）

　　有兩個港口不靠岸，停泊在海中，為安全起見，坐輪椅不能搭接駁船上岸，整天就坐在陽台，望盡過往千帆，也樂得逍遙自在。

魁北克市區多坡地，而且很陡。右邊照片遠看狀似山頭的是一大片平台，以為一定要搭那像鐵路一樣的纜車Funicular才上得去，要搭纜車得先走上一段很陡的街道，安全第一，有看到就好，一路推著輪椅和老公閒逛走回船上休息。船到魁北克是終站，當晚停駁港口，第二天我們就要打包下船，換到希爾頓旅館住一晚，然後飛回舊金山。因為時間還很多，老公留在船上休息，我又重回纜車那兒，上得平台，才知原來是一大片商業區，商店旅館就蓋在斜坡上。我們本來可以叫計程車從另一頭陡坡的街道開上平台。從平台可以看到我們的船，這是我第一次一個人在旅遊的人群裡閒逛，但一點都不覺得孤單。我的他就在那艘船上，如果我很努力，很努力的看，幾乎可以從船上的陽台看到他。無論我走到那裡，他總是在我心上。

群組上的對話　溫馨校友情

謝謝校友們一直默默的關心著我們。

2020年郭蓋因為結石要去做一個小手術，去醫院手術前規定要做新冠檢測。我帶著他去，回家後心想還有三天可以好好休息，那幾天他和我都好像特別累。我們當時顧有居家照護，我自顧不暇昏昏睡了幾天，知道自己應該帶他去醫院了，卻起不來。模糊中聽到兒子說我和爸爸的檢測結果都是陽性，兒子後來跟我說我當時已經不省人事。大兒子住在家附近，打電話叫救護車，小兒子平時住LA，當時年節期間住在家，指揮救護人員送我去醫院急救。

我是在晚上被送醫院，只覺得兩手被扎了好多針，不停的吃藥，當時還有點意識，心想我若沒有病死也會被藥毒死，兩天後全身皮膚皺得像魚鱗一樣成銀灰色。兒子終於託護士把手機送來，我當時人已經好大半了。兒子說爸爸在我入院第二天晚上送醫急救，我的醫生來看我時說我先生在醫院另一棟樓，由另一位醫生照顧，情況不是很好。再隔一天的晚上兒子打電話來，我還在醫院的病床上。他說爸爸的醫生要和我，弟弟和他在電話中做一個商談（conference call）。醫生說我的先生本來就不健康，新冠加劇了病情的惡化。他們可以把他救起來，但是他終身得靠呼吸器來輸送氧氣會很痛苦。我們老早就各自跟醫生簽了生死狀，急救只救到某一個程度。這是爸爸的選擇，醫生只是讓家屬了解並徵詢同意。我說有尊嚴的離去比痛苦的受折磨要有意義。我問兒子們有何意見？電話的兩端都沒有聲音。醫生說他們會停止救助，在IV中多加一點嗎啡讓他慢慢在睡眠中離去。兒子央求醫生和護士幫我把病房搬到爸爸病房的隔壁。護士推我到老公的病房離我們而去，我因此有機會和他見了最後一次面，他當時已呈現彌留狀態。

我想起了當年，他剛來美國我在台灣，兩人分隔兩地的那七個月，我一個人帶著一個六個月大的小娃娃，每天下班從奶媽那兒抱著娃娃回家，一眼看到信箱是空的，就會抱著娃娃痛哭。我常在信上寫著：爸爸，沒有你我活不下去，寶寶需要爸爸，我一個人沒有辦法把他帶大。

我忍不住伸手到毯子裡，握住他的手，還很溫暖，淚流不止跟他說：「凱，you will be always in my heart.」我注視著他仍然帥氣的臉龐，他的睫毛掀了一下。隔天的晚上他永遠的離開了人世。再隔一天我也出院了，好像又回到了當年兩人相隔兩地的那七個月。現在重看那些信還是很感動，當時兩顆年輕的心緊緊的鎖在一起，感覺好像他還在我身邊。突然發覺這些信件和他仔細編號註解的一大堆相片是他留給我的最好的遺產，帶給我安慰和懷念。40多年前，我剛到美國的那晚，他給了我最好的禮物，40多年後，在他走之前，給了我他所有。他實現了他的承諾，永遠永遠不要離開我們，直到他離世。

這一年的聖誕節真是過得亂七八糟。我買了一顆聖誕樹，還沒來得及裝飾，人就被送到醫院。等兒子接我從醫院回家，看到一地的針葉和滿桌的信件，心理充滿了失落感。老朋友來了又走了，郭蓋也永遠的走了。我在醫院住了6天，郭蓋走後第二天我說想回家，醫生在下午跟護士說我可以回家，也沒有再做新冠檢測就放人。醫院來電要派護士到家裡看我，我說不要不要，我會自主管理。醫院還是派護士每個禮拜來一次，不停追蹤，直到他們確定我好了才不再來。

我常跟郭蓋說沒有他就沒有今天的我。他常把我女人當男人操，不停的推著我向前走。他常雙臂抱著我打氣：只要我們願意一起努力，任何困難都可以克服。我們兩個人，讀書工作帶孩子，就這樣撐過來了。有一次郭蓋看我在整理鉛筆盒，問我他有沒有幫我平反？我知道他說的是什麼。我讀高中時，高一下要分組考，考一百題三角，一題一分。當時理組只收固定數目的班級，收完為止，其他全都強迫讀文組。我跟郭蓋說我這一生算是平順圓滿，戀愛也很甜蜜，沒嚐過失戀的滋味。想讀理組卻被分到文組，那種失落的心情，應該就是失戀的滋味吧？我來美國後都在從事電腦的工作，所以郭蓋問我工作愉快嗎？他有沒有幫我平反？我的朋友說郭蓋讓女人喜歡的原因之一是他很細心，會記住女人的需要而盡力幫忙。真的嗎？最好是只幫我一個人就好。（smile）

今天在公司較忙回到家吃完晚飯，直到現在才看到你們一夥聊天內容。

說真的，你和郭蓋過去徹骨銘心的愛情是沒人能比擬，值大家效尤，你何時可拋開雜瑣凡事靜下心來寫下一部回憶錄？供大家分享並可流傳美談。

　　仔細看完內容頗為感動，郭蓋極用心思去把生活點滴及心中一切想法完整的交托在筆紙中，借機萬里傳遞無盡的思念是值得你留存永久。

　　可惜我看古今往後再也不會有像郭蓋情痴第二人出現，因現大家懶已被Line，WeChat取代了。

　　早上醒來看完最後一頁，郭蓋每天百忙抽空寫信至清晨傳書寄情，令人動容，是值得你愛一生的！你就更要好好的活出自己，繼續美麗的人生，這應該是郭蓋最希望的。加油婉淑！師大同學都永遠關心你。

　　Eric，郭蓋能有你這位朋友是他的運氣。他曾說過你對他的幫助他不可能完全回報但他藉著幫助其他需要幫助的留學生，他要把他從你那裡得到的福報傳承下去。我也很感激師大校友們對我的關懷。當初他介紹我和朋友們認識，帶著我參加同學會，我看著他和同學們的互動，感覺他是一個值得信賴的人。郭蓋雖然走了，但是我感覺我並不孤單。同學們給我的溫暖，很窩心，我無以回報，只能像郭蓋所說：把福報傳承下去。

　　Hi婉淑，只是抬起手，不用掛在牙齒上啦。
　　也有句話：多靠近正能量的人，我認為這句和福報傳承是相對呼應的。很慶幸師大PH63同學群逐年增加會員壯大，彼此相愛關懷，這就是薪傳。

　　Yes, indeed.
　　已經是四十年前的信了，當時還保有一顆大學時的赤子之心。
　　我在孤獨無助的時候很容易想到他牽著女生的手，而忽略他除了讀書打工還要忙著為接我們母子來美奔走。他信中提到遊玩過的地方也都一一帶我們玩過，我們兩人分開台美兩地的那一段早就忘了。這些信也從來沒再拿出來看過，好快，一轉眼就是40年。

楊，你們夫婦每次來灣區看兒子都澤被朋友們。我們也很開心不必飛到波士頓就能看到你們。跟郭蓋旅行很有趣，他什麼事都記得清清楚楚。我常說讓他去旅行值回票價。

　　郭蓋也很能畫，一隻筆、一張紙就能飛快的畫出電腦流程圖，他當年教我做電腦功課，看他的手忙個不停，忍不住愛上他，如果不是已經嫁他，大概當他小三都甘願吧。

　　他當年拿獎學金做TA，在黑版畫圖、導公式，老美大學生被唬得一愣一愣的。學期末都跟他說很喜歡上他的課。當時他有考慮是否直接攻物理博士，去世前跟我說他還是比較喜歡教書。從國中、高中，上課時常有女生會在他寫黑版時，拿相機照他。天啊！如果他去當教授，恐怕小四、小五……沒完沒了。

　　這十年來，我曾和郭蓋哥嫂見面聚餐十幾次，在台灣、在波士頓、在聖荷西，每次都是看著他們手牽手的一起出現。郭蓋哥走路有困難時，換成郭嫂纏著他走，到最近幾年，是郭嫂推著輪椅，到處旅行。堪稱是我的朋友圈內最恩愛的夫妻。

　　雖然照顧病人辛苦，要帶著病人，推著輪椅去旅行，更辛苦，但是郭嫂毫無怨言的承擔下來。我當著郭蓋哥的面提起他們在這樣的情況下去旅行，是多麼不容易，郭嫂滿臉溫柔的說，不會辛苦，上山下海，只要郭蓋想去，她都會想辦法解決所有問題。

　　所以我常說，有妻如此賢慧，郭蓋哥是最幸福的人。

　　郭蓋哥年輕時真帥！一個才華洋溢，優默風趣，又玉樹臨風，當然會吸引不少蝴蝶、蜜蜂、美女。

　　過獎了，真不好意思。郭蓋很貪玩，年輕的時候更是如此。我們一家子每個周末都在外頭幌著，所以我們有好多好多照片。小兒子才兩三個月就小被子一包，抱著他一家四口跑了不少遠路。我常放個電鍋，一包米和罐頭在車上，說一聲走，立刻上路。以前我常跟朋友說我們是吉普賽家庭，到處流浪。即使郭蓋得了帕金森症後行動不便，出外旅行還是比在家輕鬆。比如前次的同學會，有大家幫忙真的方便好多。郭蓋除了行動不便，腦筋還好。無論是在機場或是找路，他都會很注意資訊，會告訴我，幫我省掉許多不必要的慌亂。有幾次在機場，我

推著輪椅飛奔，因為飛機快飛了，等我們上機後，兩人都開心的大笑。我們常都是兩人獨自旅行，兒媳感到很頭痛，一定要醫生同意才放行。我的確有跟郭蓋說過，只要他坐在我旁邊，上天下海我都敢開車去。我還一路開車一路跟他計畫開車環遊美國一周。現在想到他，都是想到在某處遊玩的情景。說到旅遊，郭蓋這一生應該是沒有遺憾的。

不曉得要給多少的「讚美」，太棒了！

真的嗎？不敢當。以前年輕都是郭蓋在lead，不怕死，我那時比較擔心，因為小孩還小，只能想說反正他是家長，有三長兩短，他要負責。後來變成兩個老傢伙，反而是我在lead，老了嘛，怕什麼。

很懷念2019那次同學會，郭蓋回來也一直回味，能見到這麼多同學他覺得好興奮。在他走之前有這麼一個機會和大家相處我也感到很欣慰。非常謝謝妳和阿鐺安排的台東花蓮之旅。

家門前的櫻花開了。

建商種的，買房子時就有，現在看來稀稀疏疏。以前一整樹的花同時怒放，非常夢幻，美到不行。

我們這附近有很多家都種櫻花。每年3、4月花開處處，美不勝收。郭蓋生病以前，我們每天早上都騎單車在社區繞。沿路鳥語花香，涼風送爽，一路騎車，一路和他聊天，好愉快啊！再怎麼幸福的日子，終究要結束。

Enjoy what you have when you have it!

（盡情享受你所有，當你還擁有它時！）

郭蓋真的是很多方面的才能，雖然讀的是物理可是語言能力也很強，據說在初中時就參加過高雄市的英語競賽，得過一次第五名、一次第三名，所以與嫂子談戀愛應該是講英語嘛也通的。另外郭蓋好像家人的某位是廣東人，居然能夠和香港來的僑生以廣東話流利地交談。

才藝方面則是音樂美術均擅長，音樂方面參加了道德重整合唱團，比著奇怪的手勢邊唱歌。也能邊彈吉他邊當音樂的主唱。

有一次，到三重郭蓋與阿基合租的地方找他們，郭蓋正好外出約會只有阿基在，聊了一會兒後郭蓋回來了，喜滋滋的對我說：「火王，你不知道，有女朋友多好啊！」

這個場景到今天依然記憶深刻，歷歷在目。

郭蓋沈浸在戀愛的甜蜜中，整個人都洋溢著幸福，真是羨煞我們這些羅漢腳。

郭蓋度過了精彩的一生，帶給大家許多的歡笑與樂趣。

我們都懷念他……

謝謝大家的美言。郭蓋好像又活過來了。他寫字飛快，研究所課堂的筆記寫得既漂亮又詳細還加上插圖。他當年應該去賣筆記，賺的錢還可以少打幾小時工呢。我因為整理房間，好幾次要把他的筆記本絞掉，捨不得又把它們救回來。

郭蓋跟我很能聊，上天下地，葷素不均，也常被我酸，刺得他抱著心肝直喊痛。平日說英文總是不流轉，吵起架來用英文倒是嚇嚇叫，好不暢快。他的聲音軟綿綿的帶著臭奶味，吵架他贏不過我。我大學讀英文系，法文是必修第二外語，他寫信給我常會加一句：Je t'aime（法文我愛你）是從我這裡偷去的。我讀了兩年法文，只記得這一句。

又到了歲末除舊布新的時候，把舊日曆拿下，才發覺一整年都沒注意去看這些金句，在丟掉之前，仔細看看，還覺有一點意思。

I DON'T KNOW
where I'm going from here,
but I promise it won't be boring.
（David Bowie,English Musician and actor, 1947-2016）

以上這句，像是郭蓋對我說的。

A FRIEND IS SOMEONE
who gives you total freedom
to be yourself.
（Jim Morrison, American Singer-Songwriter and Poet 1943-1971）

這一句是我的座右銘，我很少給郭蓋或孩子們壓力，指引他們的人生方向。Just be yourself.這也是我對我人生的期許：Let me be myself.

這幾年來，每一次見到郭蓋哥都覺得他的狀況越來越嚴重。你卻無怨無悔的仔細照顧郭蓋哥。連上洗手間都要陪著進男洗手間，讓我十分感動。看著你推著輪椅陪郭蓋到處去玩，還說推輪椅去玩不麻煩。你的堅強、你的付出，所有的朋友都看在眼裡，大家都認為郭蓋能有妳作為伴侶是最幸運的。

郭嫂，加油！我們都是你的啦啦隊。

妳長期照顧郭蓋實在很辛苦。我們自己的長照也要有所準備。我沒買長照險（60以後就非常貴）。只好多做好保健了。

的確是多做保健，運動勝於一切。我兒媳怕我倒下強迫顧照護來幫忙，一個月將近一萬美金，三個月後郭蓋就走了。我們也沒有買長照，保險給付只夠付一部分，自己還是要掏腰包的。實際上照護給我的麻煩也不少，我還是要常常盯著。有的照護怕自己受傷，郭蓋跌倒時不大願意扶他甚至要叫911。冬天一早居然用冷水幫他擦澡，郭蓋大叫，我相問之下才知。照護中午12-2午休，我本來午飯後可以躺在郭蓋身邊聊天，隨時想睡就可以小睡一下。結果為了等照護回來開門，不敢睡著。照護算鐘點，超過5分鐘就會跟我兒媳多報帳。有一次是他在看球賽快結束了，看完才走就超時了。晚餐也會拖拖拉拉，自己先吃，等餵郭蓋時就超時了。所以我幾乎要常常盯著鐘，催他何時餵飯，15分鐘前就告訴他可以離開。中午一次，晚上一次，很辛苦的。兒子幫我們換過一個，兩人各有不同的毛病，我們還得適應他們。我跟郭蓋兩人生活了43年，好商量，默契十足。他跌倒，就像滑雪摔跤，我們就一起研究方向、角度，兩人一起用力先坐在小凳上，手可以拘到桌子時，再壓著桌子坐到椅子上。我們從年輕就是這樣互相扶持帶著孩子，從窮光蛋到能在美國生活下來。孩子們是不能理解為什麼顧了幫手，我還是辛苦。

1992年和一群老朋友帶著各自的孩子參加親子童軍露營。我常跟郭蓋說我沒有辦法一個人把小孩帶大。他記住了，也信守承諾，是個盡責的好爸爸，給了孩子們一個快樂溫暖的家，這是我這一生最感到安慰的事。

孩子幫我們照的。他們最常看到的就是我們倆人抱在一起的畫面。在此母親節，願普天下的母親都有爸爸們強壯的臂膀呵護著。祝大家母親節快樂幸福。

郭蓋年輕時很有女人緣，一點點的lighthearted不要逾越道德歸範，也是很自然的事。但如果踩了紅線，那我們就Love is over了。

他在信上常說：妳和孩子，是我的精神支柱，我絕對絕對不要離開你們。他守住了諾言，自始至終沒有離開我們這個家。

我1983到Orlando Disney路過Pensacola那裡有很美的海灘。這些照片讓我想起很多回憶。冬瓜好大。我後院只有tomato長得好。

真的！Baton Rouge是路易斯安那的州府，網站說是有名的州府，大概風景美麗的關係吧。走I-10從休士頓往東直開大約1000哩就到佛羅里達迪士尼了。那趟路我們走過兩次。要搬到加州時兩人都感嘆這輩子是不會再來佛州了。郭蓋是種不成番茄才長了冬瓜。人生真的也不能太貪心，有什麼就接受什麼，已經很幸福了。

郭蓋特愛台灣的芭樂，每次回台灣都要買一堆放在旅館吃。前次同學會回台灣，我們住台北三峽的旅館，我常推著輪椅和郭蓋到附近的水果攤買芭樂，好重啊，就綁在輪椅上。兩人一早在林蔭道上漫步，涼風吹來好幸福啊。美好的回憶，曾經有過就該滿足了。最近看奧運學了這一句：人生不總是完美的，拿不到金牌，銀牌也已經很好啦！

塵埃落定　再會了！安息吧！

　　墓碑終於來了，圖樣是由我媳婦設計。兩個洞是插花用的，右邊空位留給我來日陪伴爸爸，黑色的山陵線在陽光下會發光，親眼看還蠻好看的。

　　很好看！有種緬懷之濃情感。
　　所以這墓碑是平放的……

　　是嵌在草地上的。
　　墓園看起來有點像公園。

　　美國人可能對生死看的比較開，對待死去的親人還像活人一般。周末常看到家家戶戶有家人圍著墓地野餐聊天。好多人家都把自家的墓地打扮的美美的，就像在自家的庭院蒔花弄草一樣。

　　風水不錯。後面有一條龍。墓地在何處？
　　幾週前化學系校友往生。選擇器捐火化骨灰撒山上。走得很瀟灑！

　　的確很瀟灑，揮揮手，不帶走一片雲彩。但有的時候決定是爲了後人而不是爲自己。郭蓋自己選擇要土葬，以往孩子們看我們倆個像連體嬰進出都在一起，他們非常愛爸爸，不能忍受爸爸一個人落單，要媽媽將來好好陪爸爸，他們看了墓碑會很安心。坦白講把郭蓋的骨灰撒在山上我會很傷心，那我要到那裡去看他？我已經跟他說過好多次goodbye，不知何時才能眞的跟他分手。Perhaps, we will never part.
　　親情的牽絆，很難看破紅塵啊。

　　難怪了，前幾天就夢到了他。

阿基，你所說的，我絕對相信。以前重大事件他幾乎都要跟你商量。這六個多月來，一切大大小小該辦的手續也都逐漸結束了。墓碑做好之前只是一塊木板釘在草地上。我想他要告訴你，他終於可以「Rest in Peace」。

簡潔細緻的設計，郭蓋哥安息了。他是一位溫暖、愛心、才華洋溢的才子。令人懷念不已！

楊，非常謝謝你們夫婦，一直是郭蓋忠實的支持者，這對我也是一個很大的安慰。我重看以前的照片，他常常張開雙臂把我和孩子們圈在一起，最終還是靠著他的雙臂幫我們保住了一切。他走的時候還有牽掛，現在終於可以放下了。

完結篇　2022感恩節的省思

　　因為疫情，我們親友已經兩年沒聚會，沒見面了。今年難得大家到度假屋共度感恩節，小兒子從LA開車回家接我一起去，車程一個半小時。

　　咱們家的感恩節大餐都是homemade的。媳婦那邊的親友喜歡cook，手藝都是父傳子、母傳女。看著年輕人一面切肋排，一面念著是爸爸教他怎麼烤怎麼切的。我們家以前也都是郭蓋在烤肉，當年是爸爸切火雞，兒子結婚後，就成了兒子的工作。今天的甜點是媳婦和她的媽媽及表姐們做的，她們都是做甜點的高手。

　　值此感恩節時分，正是親友們聚會的時節，也是我該停筆，結束這本書的時候了。以前郭蓋常說：「只要是我們兩人一起合作的，結果都是最好的。」
　　此書將是我們倆人此生最後一次的合作，心中充滿無盡的思念和感恩。

　　朋友傳來的靜思語錄：親情、愛情、友情人生才圓滿。
　　我得到了這一切，過了幸福美滿的一生。
　　我會如此一直懷念著他，因為他成全了我，一直伴著我和孩子們，帶領著我們這一家，不停的向前行。

　　美好的過去都留在記憶裡，是這一生上天所賜予我最好的禮物，最好的福報。我此生沒有遺憾。

謝謝爸爸陪著我們走過了一段完美的人生。

爸爸會存在我們的心中，直到永遠，永遠……

　　他於2020年聖誕節過後去世，由於新冠疫情沒有舉行追思儀式，僅以此書哀
思追悼。

2019, 10/3 魁北克港口，加拿大（Quebec, Canada）

2019, 7/17 沙加緬度塔橋，加州州府，沙加緬度（Sacramento, CA）

書信作者：

郭凱宏 1952-2020
國立台灣師範大學 物理系
德州休士頓大學（University of Houston, Texas）電腦系碩士
曾任職思科（Cisco Systems, Inc.）軟體工程師

林婉淑 1951
國立高雄師範大學 英文系
德州休士頓大學（University of Houston, Texas）電腦系碩士
曾任職蘋果公司（Apple Inc.）軟體整合工程師

國家圖書館出版品預行編目資料

福報姻緣／郭凱宏、林婉淑著. —初版.—臺中
市：白象文化事業有限公司，2023.06
　　面；　公分
ISBN 978-626-7253-80-9（平裝）
1. CST：郭凱宏 2. CST：林婉淑
3. CST：回憶錄 4. CST：婚姻
783. 31　　　　　　　　　　112002325

福報姻緣

作　　者　郭凱宏、林婉淑
校　　對　林婉淑
發 行 人　張輝潭
出版發行　白象文化事業有限公司
　　　　　412台中市大里區科技路1號8樓之2（台中軟體園區）
　　　　　出版專線：（04）2496-5995　　傳真：（04）2496-9901
　　　　　401台中市東區和平街228巷44號（經銷部）
　　　　　購書專線：（04）2220-8589　　傳真：（04）2220-8505
專案主編　陳婷婷
出版編印　林榮威、陳逸儒、黃麗穎、水邊、陳婷婷、李婕
設計創意　張禮南、何佳諠
經紀企劃　張輝潭、徐錦淳
經銷推廣　李莉吟、莊博亞、劉育姍、林政泓
行銷宣傳　黃姿虹、沈若瑜
營運管理　林金郎、曾千熏
印　　刷　百通科技股份有限公司
初版一刷　2023 年 06 月
定　　價　650 元